N39° 传奇

小 丐 著

中国文联出版社
http://www.clapnet.cn

图书在版编目（CIP）数据

N39°传奇 ／ 小丐著 . -- 北京：中国文联出版社，
2019. 4（2023. 3 重印）

ISBN 978 - 7 - 5190 - 4130 - 4

Ⅰ. ①N⋯ Ⅱ. ①小⋯ Ⅲ. ①长篇小说—中国—当代
Ⅳ. ①I247. 5

中国版本图书馆 CIP 数据核字（2019）第 057868 号

著　　者　小　丐
责任编辑　周小丽
责任校对　茹爱秀
装帧设计　争吵的橡皮

出版发行　中国文联出版社有限公司
地　　址　北京市朝阳区农展馆南里 10 号　　　邮编　100125
电　　话　010 - 85923025（发行部）　　　85923091（总编室）
经　　销　全国新华书店等
印　　刷　三河市华东印刷有限公司

开　　本　710 毫米×1000 毫米　　1/16
印　　张　36
字　　数　685 千字
版　　次　2023 年 3 月第 1 版第 2 次印刷
定　　价　165. 00 元

目 录

第一章

一个世纪前的召唤

——一个学童，很早就发现自己未来的生涯，
不能不说是一种幸福。

我清楚地记得，那天天气很糟。

我刚从学六食堂吃完中午饭回来，心情沉重地走进历史系那幢北洋时代风格的灰色小楼，穿过两侧挂着胡适、顾颉刚、傅斯年、谭其骧、钱穆、夏鼐、徐炳昶、陈垣、邓广铭诸位大师画像的走廊，最终在黄文弼先生的挂像前驻足。

我的硕士论文《就塔克拉玛干考古发现论述丝绸之路东西方文明之间的互动》，目前还是炒冷饭的程度。我的导师羊廉教授当初很委婉地劝过我，不要轻易启动这个课题。可我固执己见，一意孤行。结果就是，除了我，我同届的其他同学都按时毕了业。今年六月之前，能否如期答辩，我眼下一点儿把握都没有。

我自认为有很多的真知灼见，却苦于没有确凿的史料来印证；我又没有亲自前往塔克拉玛干探究考古的能力，一切全是空谈。

12岁那年，在图书馆首次翻阅到斯文·赫定伟大的旅程——犹如闪电划过黑夜的苍穹，点明了我人生的梦想。

俄国的谢苗诺夫、普尔热瓦尔斯基，瑞典的斯文·赫定、中国的贝格曼，不列颠的奥雷尔·斯坦因，德意志的格伦威德尔、冯·勒柯克，法国的伯希和，美国的亨廷顿，日本的大谷光瑞、橘越超。这些百年前的名字，熟稔到我可以信口呼出。我立志追随这些中亚探险者的足迹，希望能步他们的后尘，在西域文化史上有一番建树。

在大多数世人眼里，塔克拉玛干是一处恐怖凶险之地，只有疯子和亡命徒才会去那种地方。而我，看到一切有关塔克拉玛干的文字图片，都有一种回到故乡的感受。

位于中亚腹地的塔克拉玛干，曾经同时被覆希腊、波斯、印度、中国四大文明的普照，也是拜火教、佛教、基督教、摩尼教、伊斯兰教多个世界性宗教交汇的沃土。论人种变迁的多样性，文化的丰富性，世界上独一无二！

我关心的并不完全是丝绸之路上消失了的古堡、文字、宗教，或者佛寺的文物价值，而是在人类生存、发展史上，它们为什么会出现在那儿，为人类东西方文化的交流和递进提供了怎样的契机。

可如今，我一事无成，反倒成了一个志大才疏、痴人说梦的典范。我自认为有很多的真知灼见，却苦于没有确凿的史料来印证；我又没有亲往塔克拉玛干探究考古的能力，一切全是空谈。深受我敬仰的黄文弼先生，曾与晚年的斯文·赫定有过共事的经历。而与他同样怀有热切梦想的我，却没有任何机会参与到那些磨难当中。

我怀着沮丧的心情回到教研室，打开我的笔记本电脑，一眼瞥见遗忘在课桌上的手机，有三个未接来电显示和一条未阅读短信。

短信上写着："小A你好，我是郝明。你的老师把你的电话给了我。收到请回复。"

"郝明？？"

我一下想起来，我们历史系的马波博士曾经与我断断续续提过这个人的一些情况，说他是个奇人，开过三十多种类型的越野车。有次他跟我说："小A，你不是天天念叨，想去'塔克拉玛干'考古吗？如果说世界上有谁能带你进去，还能安全把你给带出来，那也只有他了。"

我立刻把电话回拨过去，那头占线。我刚挂断电话，电话打过来了。

"小A吗？你好，我是郝明。"这是一个富有朝气的声音，听了顿生好感，"今天下午三点，我们开会，确定'穿塔'行程和参加人员。如果你想加入，我把地址发给你。"

有好一会儿我无法发声，直到那边"喂"了一声。

"您说的'穿塔'，是穿越新疆的塔克拉玛干大沙漠吗？"我小心翼翼地求证。

"就是新疆那个塔漠。"他很肯定地说。

"我想加入！"这四个字我几乎是喊出来的。

"好。成府路到我这儿可不近呢，那你现在就可以出发了。"电话那边说，"你快到亮马桥的时候，提前二十分钟给我个电话，我去接你。"

"我快到了。"我只提前了十分钟给郝明打的电话。

"好，你出来吧。燕莎商场前面有辆紫红色的坦途，打着双闪的，就是我。"

"好。"我回答。

刚从地铁口出来，我就看到街对面停着一辆打着双闪的紫红色的皮卡。

我径直走过去，打开车门，发现这车底盘好高。方向盘后面倚着车门儿坐着一个二十多岁的年轻人——五官清秀，白净面孔，吊儿郎当的，左手食指和中指间夹着根烟，伸到车窗外面。他这个样子，很讨一部分小萝莉或者御姐的喜欢——但是对我没用。

这就是刚才和我通话的那个郝明吗——怎么跟电话里的感觉不一样呢？！

那人也斜着眼看了看我："小A？"

他有点南方口音，咬舌儿，不是郝明！

我松了口气："是啊。"

那人俯身递过来一只手，要拉我上车。我抓住前把手，自顾自爬上车，系好安全带。

那人不太高兴地把手缩回去，转动钥匙，开车走了。走出去几分钟，上了环路，开车那人问我："地铁挤不挤啊，小美女。"

"不挤。"

"来北京头两年，我还坐过地铁。后来买了车，真没法再坐地铁了。我们这边的八通线，那叫一个挤哈，怀孕的都能挤流产了。还有条五号线，从北边天通苑往城里来的，没怀孕的都能挤怀孕了。"

听一个南方人讲东北话，倒是挺有意思。

那人看了看我，又问："我今年18，你得叫我哥，对吗？"

"你要18岁，那只能称呼我为长辈了。"

"不会吧？！我看你长得不大啊——你不是学生吗？"

看我不答，那人又说："我叫王小满。你怎么叫'小A'呢？真够难听的。这不是你真名吧？能不能告诉我，你真名叫啥？"

"'小A'这名字也没惹到你。你要是认为难听，可以不叫。"我说。

王小满生气了："这样没法往下聊了——你不愿意告诉我，那就别告诉了。"王小满刚说完，他的电话响了。

我听到电话里有人在问："人接到了没有？"

"接是接到了，就是不肯告诉我她叫啥。"

"人接到了就好，你问人家叫什么干吗？——是派你去接人的，又不是让你查户口！"说完，那边电话挂了。

我面无表情，好像根本没听到他们之间的对话，心里却在偷偷地乐。

坦途驶进一个大杂院，穿过各种挖掘机、压路机和斗车，停在了一座淡绿色的三层小楼旁。

"我去把郝哥的车停那边去，你直接上三楼。"王小满告诉我。

我仰脸往上看了看，沿着楼外铁质的扶梯，爬上三楼。迎面只有一扇大门，房门虚掩着，屋里有人在交谈。

我悄悄往里窥视：背对着我有一个身影，穿着大红户外羽绒服——

"小A来了！"那个背影忽然很利落地站起来，把房门打开，一口低沉而带磁性的普通话问我："怎么不进来？小A。"

我有点不知所措。

这是一个三十多岁的男人，瘦削脸，面孔粗糙，笑容儒雅，看起来很友善。他的声音确定了他就是午间和我通过话的郝明。

我四肢僵硬地走进来。房间里除了郝明，还坐着两人。

桌对角椅子上，仰坐着一个50岁上下的"唐古特人"：肚子像一座山；一条腿收着，一条长腿伸出去老远；蒙古人种的宽脸，双目炯炯，眼神机灵狡黠，看起来自负且傲慢。

我正不知道说什么好，郝明伸手为我介绍："小A，那是老葛。"老葛坐着不动，向我微微点了下头。

"这是嘉琪。"郝明又把手伸向坐在我前面的一位女性。她回转身，对我微笑着。

嘉琪看上去应该比我年长，很壮实，小麦色皮肤，黄眼珠，戴一顶绒线帽子，黑色紧身毛衣，健美又性感。

嘉琪把旁边椅子上的几本户外杂志拿走，我对她笑了笑，在那把椅子上坐了下来。

"外面起风了，"郝明倒了一杯热水，放在我面前——奇怪，我来的时候没感觉外面刮风啊？

一阵冷风吹进来，方才接我的王小满推门进来了："外面起风了，天气预报说，这两天有大雪。"

王小满拖住一把椅子，忽然发现屋里除了我，还坐着一个女的，下颌顿时圆了，站在那里，含笑问郝明："哟，哥，这位美女是不是就是今天到的那位知名作家？"

王小满拖过椅子，挨着郝明落坐，顺手掏出香烟盒，一抖，抖出一根烟塞到嘴里，一按打火机，把脸凑过去，点了一支烟。

"把烟掐了！"郝明用不容置疑的口气说。

王小满立刻掐灭了香烟。

"嘉琪的文章我读了，文笔相当了得。"郝明热情称赞。

"哦，需要声明一下，我可不是美女，也不是作家。只是没事的时候喜欢码码字，抒发一下内心的情感。"

"嘉琪，你阅历很丰富，云、贵、川三省走了个遍，西藏你也去过不少次了。"嘉琪丰满壮实的胳膊，好像还有肱二头肌，一看就是常年流连在户外的。她和郝明他们是一路人。

"每年去一次，和朝圣一样，放飞一下自己的心情。"嘉琪的嗓音甜润，略带沙哑，她说话一字一顿，吐字缓慢清晰。略带一点口音，但是我听不出来她是哪儿的人。

"我们每年至少也进藏一两次，都是同道中人。就是不会用'放飞''朝圣'这些字眼儿。"王小满笑眯眯地说。

"你今天怎么零碎动作这么多？能不能稳稳当当坐着？"郝明问王小满。

"我这不是，见到才女，心里激动哈，最、最仰慕才女了，一提写作文我就头疼，小、小时候落下的毛病。"王小满隔着桌子，含笑直视着嘉琪。嘉琪庄重地坐着，矜持地审视着王小满。

"我高中毕业，你小学三年级读完了没有？"郝明问王小满。

"进沙漠，跟念多少书没关系，全凭车感。"王小满嬉笑着说。

　　我身后的老葛开腔了，用道地的京腔问王小满："我说小伙子，你明明是个南方人，怎么一口东北大碴子味儿呢？光头强管你叫王七——现在还有叫数字的？你父母不是特有文化吧？他们给你上户口的时候，那派出所的民警也不问问？"

　　"在老家，我这一辈儿男孩，大排行我排第七。"王小满很认真地和老葛解释，又冲着嘉琪说，"我大名叫王小满。"

　　"你下边儿没弟弟了吧？"老葛斜溜着王小满，满心想拿他开涮的样子。

　　"没有了啊，我最小。"

　　"还行，"老葛点头，"再有弟弟，就得叫'王八'了！"

　　"你是'小满'那天生的吧？"嘉琪微笑着问。

　　"说得一点不错，到底是才女。"王小满高兴地说。

　　"这名儿听着还是挺乡土的。"老葛声音清朗，显出和他年龄不相符的活力。

　　郝明并没有向老葛、嘉琪介绍我，看来他们早在我到来之前，已经听郝明提及了。

　　"嘉琪，"郝明扭脸对着嘉琪，郑重地说，"老葛对你发出邀请之后，你答应来，而且真的来了！这让我很意外，也很高兴。老葛肯定和你提到了，这次行程，可能会比较艰苦。"

　　我突然明白了。

　　单身女性，去荒郊野外，又有多名男性成员同行，正常思维下，队长一般都会再安排个女生和她做伴——这就是郝明为什么叫我来的原因。

　　老葛对郝明说："这次我把嘉琪找来，她可以随队拍照、摄像，把我们的行程记录下来。"

　　"是的，嘉琪照片拍得不错，又有很好的文字功底，"郝明拍了拍王小满，"去年我俩探路，就在尼雅那个标志性建筑——佛塔前合了张影儿。除了塔漠的耗油量，现在什么都记不起来了。"

　　"尼雅？"我的眼睛顿时亮了。

　　"做记录，一来，是给咱们这些人多年的爱好有个交代；二来，也为以后的车迷们留个一手资料，让他们知道，几十年前的那些老越野人，和他们一样，对秘境探险也有过热血和追求。"

　　"还是你想得周到，是该留下些文字的东西。中国有得天独厚的地理环境。我们占据这么好的资源，为什么国外的探索频道，就没有我们中国人的身影？不过再说了，外国人眼里的中国，永远是外国人的视角——没有人比我们，更理解我们自己的土地。"

　　看来嘉琪和这些人确实很投缘，被吸纳进这个穿越队伍板上钉钉——真是喜从天降啊，没想到我搭上了一条顺风船，哈哈哈哈哈哈！

我正高兴呢，郝明问我："小A想去吗？"

"想、想！"我急忙回答。

"不用点那么多下头，意思表达明白儿就够了。"老葛说。

"你是不是左眼有点近视？"郝明问我。

"是，平时那只眼睛戴隐形眼镜。"

"去沙漠可不能戴隐形眼镜，记住了！"

"我那只眼睛也不是很近视，不戴眼镜也没问题。"我急忙解释。嘉琪转过脸，我们亲热地同时相视而笑。

"你一直在上学，没有任何野外生活的经历吧？"我最担心的问题，郝明他终于问我了。

"没有。"我十分心虚地说出了这两个字，紧张得手心都冒汗了，生怕会被就此劝退。

郝明倒也没有吃惊："也没去过新疆？"

"也……没有。"

"亲爱的，那你怎么研究你的西域文化呢？"嘉琪含笑问我。

"当然是坐图书馆里看书，剩下的空想呗。"老葛接了一句。

这句话戳到了我内心的隐痛一我想反唇相讥，不过我担心，这会给郝明留下不好的印象。于是我谦逊地说："这就是我为什么一直在找寻你们的原因啊。"

对于我的这个答复，郝明和王小满似乎都颇有些欣喜。我便趁机问："你们竟然找到了尼雅？"

"对啊，去啦。"王小满说。

"在尼雅看到了什么？"

"小满你好像看到了什么？"郝明若有所思地看了看王小满。

"没有你梦想的金银珠宝，地上看到一骷髅，看着不像人，像猿猴儿的。"王小满说。

"猿猴？！头骨带回来了没有？"我急忙追问。

我心里忽然燃起了极大的希望，这次未知的旅程，也许真的能有什么收获！

"没带，那个万一被检查出来，是个麻烦。"

"这倒是。"我点头，"那拍照了吗？"

"拍那个干吗！你不是学历史的吗？对死人骨头还这么感兴趣？"

"'夏虫不可语于冰，井蛙不可语于海'"，我暗暗嘀咕，"人永远不要和不在一个精神层面上的人沟通。"

"你们是开车去，是吧？参加人员，是不是就是现在在座的我们几位？"嘉琪问郝明。

"是，预定是四个主驾、四辆车，现在还差一人没来。预计出发的名单和最终上路的人，往往是有变化的。"郝明微笑着回答。

"是不是人有点少？"嘉琪担心地问。

"去的目的，不是拉人头凑数，要的是心齐。"

"到新疆后，是不是有向导接应我们，给我们带路？"嘉琪又问。

"没有。"

"没有？"嘉琪吃了一惊。

"对，我们也没有后援。一切全依靠我们自己。如果补给、救援还依靠别人，那这支队伍就算不上能打硬仗的合格队伍。"

嘉琪沉吟不语。

郝明看了下表："马上两点半了，光头强人呢？他早上还跟我说，今天下午第一个到会。"

老葛"呵呵"一阵冷笑："郝明，我跟你打个赌，崔永强这人怕死得很，不会去的！"

"还有三十分钟呢，从'小武基'过来，还不是一眨眼的工夫。"王小满替那个叫崔永强的吭声辩护。

郝明拿起手机。

"不用打了！肯定打不通。"

还真被老葛说中了，光头强的电话没人接。

王小满说："也许正上厕所呢。"

"咳，我说王七，你替他找的这辩解说不通，他这种生意人，24小时，手机不离身的，就是上厕所也带着，没有接不到电话的时候。"老葛说。

王小满不吭声了。

"三点，咱们准时开会！"郝明斩钉截铁地说。

"你们这房间，好像个库房。"嘉琪笑着说。我也跟着环顾了一下四周。

靠窗户的墙脚边堆放着一大堆户外用桌椅、帐篷，一大捆扎紧的鱼竿儿，还有一种闹不明白干什么用的红色三角小旗子。另一个角落叠放着几个黑色大轮胎，上面搭着一块木板，孤零零放着一架 Nikon 5DII 单反。

相机前面，是一个相框，照片上是郝明搂着一个六七岁的小女孩——两个人脸贴着脸，十分亲密。

我和嘉琪背后的墙面上，挂满了大照片——清一色的户外——草原骏马、雪域高原、峡谷漂流、大海扬帆；沙漠最多，几乎占去四分之三。

"这里有你吗？"嘉琪指着墙上照片问王小满。

"有哇！"

王小满跳起来，绕过桌子，急步走到一张照片前，指着一个身材瘦削、穿赛手服的年轻人，说："这是我拿了中国超级越野拉力赛，张掖到敦煌分段赛的冠军，喷、喷香槟庆祝！"

"哎哟，你这么了不起呢！"嘉琪崇拜地看着王小满。

"那个开'八〇'涮锅的，是你吗？"老葛问。

"啊，那个也是我。"王小满答道。

郝明对老葛说："小满这孩子，车感一流，体力恐怖一还能吃苦。可以连续6小时不喝水，24小时不进食，一直不间断地跑，是越野圈里出了名的战斗机。"

"咱是乌龟壳上贴广告——底子硬。"王小满嘴咧成一"字"，对嘉琪说，"我哥难得夸我，因为你来了，我才听得到这些话。"

"脾气也好，没有车手通常那种暴戾。"

"是，我很少发火，也很少生气——"

"背后会不会暗中补刀就不好说了。小满，你把你是怎么参赛的，怎么拿的冠军，讲给嘉琪听听。"

"那、那都是过去的荣誉了。"王小满谦虚地表示，"路上时间多着呢，我慢慢讲给你听。"

"哎哟，你这么年轻，就这么有成就？"嘉琪含情脉脉地望着王小满。

"咱俩谁大，还不一定吧？"王小满暧昧地问。

"我今年就整30岁了，"嘉琪坦率地说，"你看着也就25岁的样子——"

"26——27岁啦。女大三，抱金砖。现在就流行，姐弟恋。"

"得，打住，别这么快就打情骂俏了。"老葛说，"先说正事。谈情说爱的，你们俩，待会儿私聊去。"

"我已经准备齐活儿了。"老葛用直截了当的口气告诉郝明。

"你那四门牧马人，后排座椅还没拆？"郝明问老葛，"我个人建议，你还是拆了。咱们的装备会达到极限，能腾出一点空间是一点空间。这样后面能装更多东西。"

"不拆！拆了也没空出多大富余——不如留着。进沙漠后，晚上我就睡车里。座椅上铺两信封睡袋，我自己套一黑冰的高山睡袋——闷得儿蜜！不像你们，还得搭帐篷、收帐篷。有个座儿，保不齐还能给人坐。座儿拆了，只能趴行李上了。"

"谁坐后面啊，把人能颠晕。"郝明说。

"昨儿我去崔永强那儿，看到你那六〇漏油的毛病，还没修好呢！修了有大半个月了吧？"

"这不一直忙，还没倒得出时间去看。今天散会后，我就去。"

老葛神情严肃地提醒郝明："你赶紧地瞧瞧去，崔永强手下的小工干活儿毛躁，能偷懒就偷懒，你不盯着、催着，且没时候呢。"

"你的车不能坏，你是重头戏——全指望你呢。"王小满笑眯眯地插了一句。

"欸，王小七，你是怎的？不会是开'涮锅'的那辆'八〇'去吧？"老葛问王小满。

"啊，是啊——啊不，不是。"

"什么'啊，是啊，啊，不是'，到底'是'还是'不是'，给个准话儿。"

"是'八〇'，不过不是这辆。那辆去年十月底在巴丹吉林翻了，打了十六个滚儿，车没法开了。"王小满说。

"翻的那辆'八〇'还在修理厂呢，顶棚也没了，器件外翻，惨不忍睹。"郝明说，"我看修实在是来不及了，为了不耽误咱们这次'穿塔'行动，只能再找辆'八〇'。万冬根告诉我，他无意中听他一朋友提到，黑龙江密山县有一辆1996年标准版'八〇'在出售。我和小修火速赶往密山。小修仔细做了检查，我又亲自试了遍车。发现这车车况非常好，比翻掉的'八〇'刚提车时的车况还要好。速去办完过户手续，我连夜将车从密山提回北京。"

"太逗了你也，就这老掉牙的化油器陆地巡洋舰，还当宝贝一样大老远提回来？"

"车，真的未必越新才越有意思。"郝明说。

"我那辆'八〇'，和楼下你那牧马人比，年份是早了点，但没到掉牙儿的份上。发动机是有点老，变速箱没问题。"王小满笑着从兜里掏出烟盒，拿出一根香烟，塞到嘴里，笑眯眯地说，"只有怂人，没有怂车。哟，忘了，屋里不让抽烟。"王小满说着，把烟从嘴角拿出来，又放回烟盒里去。

"做了哪些改装？"老葛问郝明。

"和我的一样，两寸升高，加装PIAA前杠、沃恩的绞盘，拆除后排座椅，加大主副油箱，也就这些了。"

"才做了两寸升高？"老葛将信将疑地问。

"够了。"王小满笑眯眯地说，"方才说了：只有怂人，没有怂车。"

听着他们聊车方面的事情，我注意到对面墙上贴着一幅手书的《满江红》：

问予何心？

任疏狂，不羁安宁。

观斜阳，漫卷黄沙，尘舞烟轻。

月孤星单雪中眠，渴饮荒泉食膻腥。

笑谈间，随意一樽酒，叙豪情！

气稀薄，人迹罕。

篝火弱，天微明。

车轮过，千里胡杨狰狞。

寒川冰河显本色，大漠刀锋论雄英。

待来日，跃马再聚首，侠客行！

鸣野丁亥年芒种

郝明见我读得认真，问我："是不是觉得我们这些玩儿车的里面，也有内秀的人？"又问王小满，"满江红是鸣野作的，'飞鹰'写的，你贴墙上的？"

王小满含含混混地应了一声。

"'有兄弟，才有阵营'，那是你们的信条？"嘉琪问，"你们还举行什么仪式吗？比方说，念一遍誓言之后，割破手指，歃血为盟。"

"没那么神秘，搞得和黑社会似的。那天我们被大雪阻在了杭锦后旗，支起帐篷在里面吃羊。聊着聊着，说起来大家在一起玩儿了这么多年了，都成了兄弟。既然这样，那就搞个组织，增强集体荣誉感。"王小满对郝明说，"那天有我，有你，有鸣野、小万，还有——"

"那天你在吗？"郝明问老葛。

"瞧你这记性，那天我怎么在！"

"想起来了，你说你要去香港公干。光头强说来，也没来——对了，我再给光头强打个电话，不信他还不接？"郝明说。

电话被转到了移动小秘书。

老葛嗓子眼儿里笑了两声："怎么样，我就说了吧？"

郝明的手机响了。

王小满问："是他吗？"

"不是，是个陌生电话。"郝明盯着那号码说。

"你接！肯定是告诉你，他在医院输液呢。打开免提，我们也听听。"老葛不紧不慢地说。

郝明接通电话："你好，哪位？"

"你是郝明，是吗？我叫米国军。'老光'的朋友。"电话里断断续续有人讲，我们所有人都在注意地听，"'老光'说他病了，去不了塔克拉玛干了，空一个人选出来，让我顶替他。"

"兄弟，我听不太清你说话。你那边信号不好——"

电话断了。

郝明和老葛对望着。

王小满问："怎么回事？"

"听见没？还没出发，就出现临阵脱逃的了！"郝明把手机往桌上一丢，"五分钟后我再打，看他接不接！"

"我就说，现在不来最好，总比去了之后，再退出要好吧？"老葛说。

郝明想了想，说："不行，搞什么名堂呢！我再给光头强打电话。"

"我给他打。"王小满从裤兜里掏出手机。

郝明手机又响了。

郝明对王小满一摆手:"稍等,那个号码又打过来了。"他接通电话说,"兄弟你好,哦,这回信号好多了。你现在在哪儿给我打这个电话——已经到国贸了?肯定能赶上我们开会?"

电话那边讲了不短的一段时间,郝明一直一言不发地听着,最后说了一句:"兄弟,你到了之后咱们再说吧。"

"哥,这是个什么人?干吗的?"郝明挂断电话后,王小满问。

"你问我,我上哪儿知道去。"郝明说,"这人现在在伊曼车上,说为了参加咱们的会,一大早乘高铁从扬州赶来的。本来中午就能到这儿,南方大雾,临时停车一个多小时。

"看来强哥是铁定不来了——"

"那还等什么,赶快步入正题吧。"老葛催促着。

"先讲讲我把大家找来的目的,有这么几个:一是确定人数、人员名单;二是让我们这次探险队的成员,互相认识一下。这次穿塔的活动,只有我们平时常一起出去、来往比较密切的少数几个人知道,别人都没告诉。我、小满、老葛,算经验比较丰富的老人儿了。问别人的意见,问来问去,最后的答案肯定是——'别去了!太危险了!'——那咱们就真的不去了吗?"

"这就和找老婆一样,问这个、问那个的,最后娶的一定是别人的媳妇儿。"王小满说。

"你脑袋瓜儿里,能不能想点别的?"

郝明搁在桌上的手机"嗡"地跳了一下,振动起来。郝明拿过来看了一眼,告诉老葛和王小满:"是光头强。"

"估计躲不过了。"王小满说。

"咱们不理他,先确定走哪条路进疆。"

郝明把桌子上的零散东西推到一边,铺开一张大中国地图——这张地图真大,大到几乎把整个桌面覆盖了。

这是要动真格的架势!

我兴奋极了,第一个凑到地图前。

"去年我和小满探路,走的是南线:太原、银川、西宁,从青海湖直插大柴旦、花虎沟、茫崖,翻越阿尔金山,经罗布泊进的新疆。这次,我计划走北线:张家口、宣化,进内蒙古,由呼和浩特、包头、巴彦淖尔一路往西,由黑戈壁、马鬃山进疆,"郝明站着,拿着一支红色粗水笔,俯身在地图上勾勒着,"经哈密翻越天山,过库尔勒、库车、阿克苏到喀什。第二天一早我们从喀什出发,到麦盖提加油,就进沙漠了。"

"标准的'雄鸡'国大穿越。"老葛靠着椅子，两只手交叉着叠在肚子上，伸着长腿，远远地瞧着，满意地说。

"是啊，喀什快到国境线了，是我们国家最西端的大城市。"

"黑戈壁也是无人区吧？"嘉琪问。

"四百里无人区。可以带大家看看黑喇嘛的黑碉堡。我去过一次，景物还是值得看看的。"郝明从俯身的桌旁站直了，把笔帽戴回到粗水笔上。

郝明和我最初想象的长着攻城锤下巴、龙骧虎步那么一个形象，完全不一样。但是，帽檐下那双锐利的眼睛，肩不塌、背不驼，腰杆笔挺，很有军人做派，印证了我师兄说的，他曾经当过兵。

郝明的手机再次振动起来，一直持续不断地响着。

郝明按了接通键，冲着电话说："我说光头强，为什么总干这种没谱的事儿？你别跟我解释，你不去，可以！但是，不要给我胡乱塞人，明白吗！"说完，郝明在手机显示屏上一按，就把电话挂了。

王小满的手机随即响了。

王小满瞄了一眼，笑了，把手机举到耳朵边："强哥，你把我哥给气着了。咱们兄弟几个，说好你也去的——得了重感冒？重感冒也死不了人啊，你跟我说没用，郝哥是领队，你自己跟他说吧。"

王小满把手机递给郝明。郝明不接："告诉他，爱来不来！意志坚决的，热烈欢迎！意志薄弱的，也不强求！"

王小满收回手机，继续笑着和光头强通话："咱认识这么多年了，郝哥那脾气你又不是不知道。好话我自然会为你说，不过，别怪郝哥生你气，之前你把话说得'叮当'响，临出发前，来这么一下子，确实不够意思！要来的那个人，是你一什么朋友？画家一曜，这么有才华！那得结识结识。他随手画几笔送我，说不定能卖个十几二十万的。"

王小满把通话口遮住，鼻子猛吸一口气，不无得意地告诉大家："一会儿到的米国军，是个后现代派画家。他的一幅画，最近在苏、苏黎世——有这个地名吗？拍了180万元人民币！"

"崔永强那个大俗人，还有画家朋友！是不是买了他车的？"老葛问。

郝明说："来后就能跟我们走，肯定是车已经在北京了。"

"有辆短版牧马人，骚红骚红的，在我们那改了至少有俩月——我问光头强是谁的车，他就是不说——不会就是他吧？"

"我想起来了，昨儿在崔永强那，是看到有辆红色短版牧马人在试行程，挂着江苏的车牌。一看就是南派改装范儿：大轮胎，升高必须六寸以上，不然都不好意思和人打招呼。"

"哥，光头一定要和你说话。"

郝明气消了不少，接了电话："你不用现在和我赔不是说好听的，你的客户我自然肯帮你维持。他想去，当然是好事，他能不能开车跟上，这你得搞清楚。他车开得不错，跟你去过翡翠岛，还去过浑善达克——完啦？就这些？你这不是扯吗？你还跟我去过乌兰布和呢，你都没胆去！嗓子疼得厉害？嗓子疼不是病。你到新疆用太阳照照，嗓子就好了！"

"喏！"郝明把手机递还给王小满。

王小满因为成了郝明和光头强之间的信息传递人，得意扬扬。

"哥，光头强说伊曼也要跟我们去。"

说这话的时候，王小满的双眼一下萌生异彩。这异彩是从心内向外发散的。它不是大街上，随随便便看到一个女孩儿的眼神，而是多年沉积下的情感。有意思啊，我暗暗琢磨：这些搞户外的人关系挺复杂呢。

"伊曼也去？"老葛说，"那可就热闹了。"

"带上伊曼吧，光头强说得不错，伊曼确实能干。我们每天开车那么累，得有个女人给我们做饭。"

郝明绷着脸，没有立刻说"行"或者"不行"。

有人在门上重重地敲了一下。

"请进。"郝明说。

门外那人没听见，又在门上重重地敲了一下。

郝明一示意，王小满跳起来，把门打开。门外那人扫视了屋内一遍，对老葛点点头。

"你干吗的？找谁？"王小满问。

郝明一回身，立刻说："这是老葛的司机。"

"我太太来了。"

一位双下巴，体态臃肿，白白胖胖的中年女人走进门内。

"呦，嫂子来了？快进来！哦，外面雪这么大。"郝明急忙站起来，笑着问，随即对我和嘉琪说，"这是老葛的爱人郭老师。"

"外面那个楼梯太难走了。我差点摔着。"郭老师一面说，一面径直朝老葛走来，"郝队长，我作为家属，列席你们的会议，不碍事吧？"

"不碍事，只要不乱插言就行。"郝明说。

我急忙将后面一把椅子拖到老葛近处，让郭老师坐。

"我保证不乱插言。"郭老师说。

"你怎么来了？"老葛问。

"哎呀，我能不来吗？"郭老师把手放在丈夫的胳膊上，忧心忡忡地说，"我得来听听。我实在不放心！新疆比北京冷吧？天哪，你们中谁提议的，怎么会想去那个没有人烟的大沙漠！那几个什么'布'、什么'巴'，还没去够吗？"

"那可不一样！那几个，加一块儿也没这个大——没这个惊险、刺激！"

"你们瞧见了没有，我们家老葛这段日子一直这样，就跟着了魔一样，白天晚上念叨：'塔克拉玛干''塔克拉玛干'。我劝老葛，新疆太远，天太冷，别去了！这么大岁数了。你是二十岁的小伙子，冒这个险，我支持。可你不是二十了，他非要去！"

老葛眯起眼睛，轻蔑地说："怎么地，我家老爷子83了，还给产妇接生呢！二十几岁的毛头小青年，还真不一定冒得成这个险。"

"你别说，葛嫂，身体素质，真不能用年龄来衡量。"郝明说，"整体上，八零后不如七零后，七零后不如六零后的老大哥们。有次从雅布赖出来，全累坏了，在雅布赖住一宿，明早再走。就他一个人连夜从阿拉善左旗干回到北京。一千七百多公里，不是玩儿的。"

"你连夜赶回来，是急着想见谁啊？"郭老师问老葛。

"哎呦嘿，瞧你问的，我都这岁数了，能急着见谁啊？"

"葛老哥儿，就你这岁数的人，才容易动花花肠子呢。"王小满笑眯眯地来了一句。"股东们开会，等我回去投票。要不我也不愿意赶夜路。我就去了几天工夫，没参加股东会，就这，他们还对我一肚子意见呢。"

"有意见你还去？"

"这不，我把股份都折卖给他们了，省得他们以后瞎咧咧。"

"那么好的公司，股份都不要了，这决心够大的。"郝明笑着说。

"瞧我这肚子，正好减减！我血脂高，血压高，血糖也不正常。回来什么病都没了，跟换了一个人似的。"

"这么说，老葛你也带我去吧，我也胖。"

"哎呦喂，你就别跟着瞎掺和了！我不是给你定了大溪地希尔顿套房吗？你找个老姐妹儿和你做伴。我十天半个月就回来了。"

"老葛，要不你给我买头骆驼，你在前面开车，我在后面骑骆驼跟着。我戴着面纱——"

郭老师没说完，郝明和王小满相视一笑。

"葛嫂，你骑骆驼，管保一定能瘦下来！"王小满笑眯眯地说。

"吓，你看到那小子的坏笑了没有？！他蒙你呢！你快别信他的。我们在车里都是25℃恒温待着，穿一件抓绒就够了。车外天寒地冻的，脸都吹掉了，还面纱呢，脸上全是风沙吧。"

郭老师忽然把身体前倾，揽住我的肩膀："你们两个女孩儿不会也是参加者吧？"

"是啊。"我大声说。

"我的天哪，我真佩服你们两个！我觉得我们老葛去就够他受的，你们干吗也去遭这个罪，跑那个地方受那个苦呢！"她友善地摸摸我的手，"瞧你，细皮嫩肉的。你们两个为的什么呢？"

"嫂，你不知道，女人着起魔来，比男人更疯狂。"王小满说。

门，忽然被一只雪白的手猛地从外面推开了。

大风夹杂着雪花，吹了进来。

"小满，你又瞎胡嘞嘞什么呢？"一个穿亮银羽绒服，细高挑个儿的年轻姑娘，用清脆的嗓音冲屋里喊，"我把米哥给带来啦"。

第二章

悬而未决的通行证

——我要扼住命运的咽喉，决不能让命运使我屈服。

"快进来吧，米哥。"那高挑儿个姑娘站在门边，用亲热的口气招呼。

一个年近 40 岁的男人在门口跺了跺脚上的雪，大步走了进来。

他穿一件半旧金边"鹅"牌羽绒夹克，大红铅笔裤，脚上穿着七成新意大利朗丹泽尖头鳄鱼皮鞋，戴着法国依视路科技变色眼镜，脖子围着巴宝莉经典开司米格子围巾。

"你们好，我是米国军。"男人热情地自我介绍。

郝明和王小满站起来，依次与米国军用力握手。

米国军隔着我和嘉琪，主动把手递向老葛："您好，您好。"

老葛哈着腰起来欠了欠身，和米国军紧握了下手："葛卫东。"

米国军很有绅士风度地对我和嘉琪笑了笑。我和嘉琪也不知道是该站起来还是继续坐着。

伊曼将巴黎世家最新款的女巫手袋扔在长桌上，脱掉外面亮闪闪的羽绒服，搭在椅子背上，露出 blingbling 的上衣和蓬松的短裙，下面是威茨曼的长靴，手腕上戴着的卡地亚表和钻石细手链闪着光芒，手指上涂着最近超火的"猫眼"指甲油——哦，这是我第一次亲眼看见真人穿戴着时尚杂志上才能看到的奢侈品！

伊曼转过身，正式对着我们亮相的时候，她的外貌让我大吃一惊：她有一张十全十美的瓜子脸，明若秋水的大眼睛，浓密乌黑的长发垂到腰间，脸庞洁白细腻，大红的唇膏，丰润娇艳。

虽然我们人文学院不乏漂亮女生，也没见过这种级别的美女。她举手投足，都和我们这些长期猫在图书馆的学生党不一样。不知道为什么，我总觉得她透着股风尘气。她那么年轻，本不用化那么浓的妆。

"伊曼，你好像又长高了？都赶上我了。"郝明问。

"我今天这鞋有点儿跟儿。"伊曼腰一扭，把小腿微微一翘，对郝明撒娇地笑了笑，"我巴不得再长高一厘米。我才 1.73 米。要是 1.74 米，我就能走 T 台了。就因为这一厘米，现在还在十八线上混。"

"那一厘米就别长了。和你站一块儿，我们已经很有压力了。"王小满笑吟吟地在郝明身后说。

伊曼淡漠地瞧了嘉琪一眼，又和我对视了一秒，神情瞬间变得冰冷。

"嗬，脸色变这么快！"我为目睹这一变化感到非常有趣。

"他们都在后面呢。"伊曼转过脸，笑着告诉郝明。

"谁？"郝明问。

"鸣野、小万、'优燃'他们啊，都来听咱们开会——在下面停车呢，马上就上来。"

"光头强没来？"王小满笑问。

"肯定躲起来了。"伊曼冲王小满一乐。

"瞧,一个大男人,还不如人家伊曼有胆量。"

外面进来一大票男男女女。这间库房一样的屋子顿时不那么空旷了。郝明高兴地说:"哟,今天天气不好,兄弟们还来了——没想到!"

"老郝,以后这种天,你们要天天体验了。"一人说。

"哥儿几个怎么能不来给你们壮行呢!"又有一人说。

"老米,我来给你介绍,这是'优燃',"郝明向米国军介绍说"壮行"的那人,又指着说我们要天天体验寒冷的那人说"那是小万,万冬根",又把一个正和其他人说话的年轻男子拽了过来,"这是鸣野。"

鸣野穿着牛仔裤,黑色长款羽绒服,没戴帽子,体形单薄,苍白的脸孔,削尖的鼻子,面容非常女性化。

鸣野伸出手,专注地看着米国军的眼睛,和画家礼节性地轻轻握了一下。

老葛爱人郭老师凑到我耳边,悄悄对我说:"你看,他们一看就是一个圈子里的,穿的、戴的。"

"是。"我顺着郭老师的眼睛,打量着屋内的这些人,赞同地点点头。

"三点整,开会!"郝明召集大家,"参加人员都坐过来。其他无关人员退到后面去。你往里去,小满。"

王小满往里移动了一个位子,郝明坐在王小满的位置上。老米坐在了头排,伊曼自己搬了一把椅子,靠墙坐下。

座位有限,空椅子让给那些穿着高跟鞋的家属坐。穿户外冲锋衣、戴棒球帽的男人们都贴墙站着。

"先给大家看段视频。"郝明一抬手,还未明确示意,伊曼已经抢先领悟,一扭身跳起来,把灯关了——长筒靴上的小蓬蓬裙绽放成一朵喇叭花,露出修长匀称的大腿——不管她是不是有意的,她确实成功吸引了屋里所有人的眼球。

房间暗了下来。屋里鸦雀无声。

一个熟悉的蓝色星球被投影仪呈现在我们眼前。

伴随着美妙激昂的音乐,一张张堪比美国《国家地理杂志》的大片在我们面前掠过,视频上跳出一个个字来:"地球,我们美丽的家园……沙漠,是大地经历风雨变迁,独具沧桑的美。"

"照片是我拍的,字儿是我太太配的。这就是撒哈拉,西起大西洋,东到红海,横贯整个北非大陆。说它是世界头号沙漠,其实它分属多个国家。"

老葛为他的视频旁白着:"这是埃及法拉夫拉沙漠,整个沙漠是奶油白,很有意思;这是玻利维亚乌尤尼沙漠,有世界上最大的盐湖,去了就是拍个照;纳米比亚的纳米比沙漠,世界上唯一有大象的沙漠;澳大利亚中部的辛普森红沙漠,沙粒含铁物质，长期风化后，阳光照射下好像一团火；这一看就知道是哪了，迪拜沙漠，女人购物的天堂。"

人众发出一阵笑声。

"老葛，去了世界上这么多沙漠，和咱们的比较一下。"郝明说。

"不如咱的好玩，去一次就不想去第二次。"老葛很干脆地讲，"说实话，撒哈拉基本都是固定或半固定沙丘，能动的都比较低矮。"

"那就给大家秀秀咱们的沙漠。"郝明说。

"我这里只做了前五大，七大库布齐就略去了，没那么多闲工夫看片，还要商量正事呢。"

"库布齐给略去了？这可是咱们早年的练兵场啊。"靠墙围观的人中有人笑着说。

"那也不能老展示练兵场啊，"老葛不客气地回了一句，"这是第八大乌兰布和——乌兰布和的骏马，那天恰好刚架好相机，给抢下来了。这是第四大腾格里，只有腾格里沙漠里的湖有天鹅——这些天鹅美吧？"

"这是第三大沙漠巴丹吉林——这个可以多说两句。这沙漠有两大特色：一是它是世界上高度落差最大的沙漠，沙山落差可以高达 600 米。二是沙漠中有 100 多个蓝色的海子。生与死，比邻而居，世界真的很奇妙，是不是？"

其他人倒还好，我、嘉琪都是第一次见，激动得血液都流快了。

我斜对面的米国军，镜片后面闪动着难以掩饰的兴奋目光。他从兜里摸出香烟盒和打火机，瞧瞧周围一个抽烟的都没有，就将烟盒和打火机放在了桌子上。整个开会期间，这位画家再没碰过香烟盒子。

蓝色星球又出现了，先缓缓停在了亚洲的上空，慢慢定格在一个公鸡图案上，突然图片被急速放大，一个橄榄球一样灰黄色的单调地貌，一动不动地停留在墙面上。

我的心跳加快了——这是我第一次从高空"俯视"塔克拉玛干大沙漠。

"那我来接着讲了。伊曼，去把灯开开。"郝明说。

"哎，好嘞。"伊曼答应一声。屋内光线暗，这回蓬蓬裙没再变成喇叭花。

房间的灯重新亮了。大家的目光仍然聚焦在墙面上，沉浸在方才演示的大沙山中。

"这就是所有探险者的终极梦想，我们这次探险活动的目的地。大家看，塔克拉玛干像不像一颗新疆大枣的'枣核'？两头尖，中间鼓。"郝明按亮了红外线指示笔，在墙上画了个大圈圈。

"嗯，是挺像的。"大家笑着点头。

"塔克拉玛干是世界上第二大的流动性沙漠，也就是说，它是个会'走'的沙漠，就凭这一点，就很值得我们去挑战。小 A，你知道塔克拉玛干有多大？"

郝明问。

"东西，最长距离 1000 公里；南北，最宽四百五十公里；总面积，33.76 万平方公里，比一个英国还大。"

"方才是谁说，库布齐是咱们早期练兵场来着？库布齐多大？ 1.61 万平方公里。塔漠比库布齐大——"

"二十倍！"我脱口应道。

人丛发出一声惊呼。

"1895 年，斯文·赫定从麦盖提出发，沿塔克拉玛干最长轴的北纬 39° 线，率先横渡塔克拉玛干大沙漠。因为缺水，还没走到和田，就折戟沉沙啦。"

"当年斯文·赫定的 N39° 他没走到头，是吗？"一个坐在靠墙小桌子上的男士问。

"没。"我忍不住回头说了一句。

"那个瑞典前辈没走完的路，一百年后的我们来替他完成。"郝明说，"我们将尝试人类历史上首次以汽车驾驶的方式穿越这条线路。计划：从塔漠西端的麦盖提出发，沿北纬 39° 线一路往东，一直到塔漠南端的若羌，完成穿越。"

郝明用红外笔沿着枣核最长轴边画边说："我们这次穿越的线路，是一条前人未曾走过的生僻线路，所有的经验都要靠我们自己摸。唯一可以借鉴的，就是去年我和小满从沙雅进，民丰出。"

郝明回身，从上至下，在枣核中间部位画了一竖，又转过脸，向着大家说："北南线，是塔漠最好走的线路。对我们 N39° 的穿越，到底有多大帮助，还是未知数。这段直线距离一千公里的沙漠无人区，究竟是不是不可逾越的，需要我们挑战之后再下结论。但，凡事都有第一次，不试试永远不知道行还是不行，大家说是不是？探险，可以体现一个国家的经济活力，和一个民族的生存能力。只要我们谨慎细致，哪怕尝试过了，证明确实难以通过，也是一种探险精神的体现和发扬！"

"对，"新来的米国军，热烈赞同，"凡事都有第一次，不试试，永远不知道行不行！"

郝明看着画家，笑了。

"两门 Jeep 牧马人撒哈拉版的车辆准备中，预计明天晚上全部改装完毕。时刻准备出发！"老米兴奋地说，没想到遇到一阵冷场。

"我们都是长轴距车。"半晌，王小满朝老米丢过去一句话。

"短轴距车好，灵活，比方说，我的短帕——"

"行了行了，小万，别再吹嘘你们家的短版'怕姐裸'了！"一个女人的声音。

我回头看了一眼，她也穿着户外冲锋服、软壳裤，戴着棒球帽，腰板挺拔，两手交抱，一直站在那里。我艳羡地瞧着她，她注意到了，把目光投向我，我急

— 21 —

忙把眼睛转了回来

"短版在沙漠里，特别是过刀锋的时候，确实不如长轴距车安全。老米，你的牧马人都做了哪些改动？"郝明问。

老米从手包里拿出一张折叠的厚纸，展开后兴致勃勃地念："底盘做了4寸升高；更换了18寸轮毂；改用固铂235/55/18STT大轮胎；加装了PIAK前杠；改用了OME重载避震和弹簧，加了水箱护板，换了四根氮气避震，加装ARB定制双备胎后杠，TJM涉水喉；拆除了后排座椅；主油箱加大到135升；还定制了24。升副油箱——不过副油箱控制开关、油表还没安装好，那什么，我让老光加班加点给我干。"

"四寸太高了，重心不稳，容易翻车嘀，特别你是小车。"王小满说。

老葛把他的一只长胳膊伸到半空，大呼一声："老米，你甭听他俩吓唬你。我的罗宾汉也做了四寸升高。"

老米向老葛投去热烈的一瞥，竖起两根手指，做了个"V"的动作："原来仁兄也是牧马人？"

"就比你多两儿门！"

"个人觉得，牧马人综合指数高，沙漠欠缺。大速比是美国人爬石头的改装方案，不适合沙漠——老葛，我每次这么说，你就撇嘴，那我不说了。"

"那是那是，谁说牧马人不好我跟他急。越野性能真是没得说的。开过的人都知道，死亡抖动、跑方向、前后桥差速器爱漏油、桥硬坐着不舒服、四处漏风，那都和我没关系。同样的沙漠哈，'八〇'爬一个坡，得歇半天；牧马人连着爬几个坡，竟然踩死不高温——我还以为牧马人水温表坏了呢！"

"扯淡，我怎么就没几次高温过。"

"所以我说，牧马人牛嘛～～"王小满笑眯眯地说。

"是日系车强悍，还是美系车强悍，现在下结论还太早，几天后咱们塔漠见真章！"郝明对米国军说，"明天我去光头那儿，看看你车去。其他的听着，倒没什么纰漏。"

郝明看了看王小满，见他没什么表示，接着往下说："我们的轨迹，偏差会严格限制在±5'，也就是1。公里的范围内。我们没有向导，也没有补给车队为我们提供后援支持，我们唯一能依靠的，就是我们自己。'无兄弟，不越野'，说的就是在野外团队合作的重要性，没有团队成员协作互助，在条件极度恶劣的野外，任何一个人都是走不远的。所以我们只提倡团队精神，不鼓励个人英雄主义。"

王小满说："去这种地方，不遇到事儿还好，遇到了事情，还得是兄弟才行。"

"去这种地方，肯定会遇到事儿，这都不用想，"老葛冲王小满大喊了一嗓子，"到时候，各人会是什么反应，能不能有难同当，走着瞧吧。"

郝明问老葛和米国军："我们进来就是一个整体，所有救援费用共同承担，你们看——"

老葛大长胳膊一挥："不用说了，来的人全明白——没异议。接着往下讲。不过，郝明，我可跟你说，不管好走不好走，咱坚决不绕，这趟，你得让我玩爽喽！"

"穿越沙漠，讲求的是驾驶技巧，而不是拼动力、拼你车辆的改装。在这种极限地带，不论哪国、哪家的王牌越野车，即便是铁打的，迟早都要坏某个地方。这是一定的！车损，对任何一位高手来说，都是难以避免的。护车，是最重要的标杆。你们几个，都是爱车但不爱惜车的主儿，特别是你，老葛。"

老葛举了下手，表示认可这种批评。

"物资的准备情况也是重中之重，带得太多，车辆负重过大，造成行车难度增加；带得太少，缺水少油，将有可能走不出沙漠，危及生命安全。我把所带物品列出，大家补充，看还要添加什么。我们几个里面，小A学历最高。那就你来记录。"

郝明递给我几张纸和一支签字笔："到时候整理好，用邮件发给大家。"

"好。"

"先说公用设备。极限环境下，车辆负载又过重，我们碰到的车辆损坏部位、机件损毁程度，可能是一个普通司机一辈子都遇不到的。工具必须带足了。记下来：全套修车工具一套——"

"我刚买了一套新的，老的不全了。"王小满说。

"我也新买了一套全套的修车工具。"米国军说。

"好！老米，把你的也带上。我们这次穿越有个很大的缺陷一我们四个人，四辆车，四个型号。小满是丰田八。，我那辆是尼桑途乐Y60，老葛、老米两辆牧马人，一长一短，勉勉强强还能算一类。"郝明转脸问王小满，"修日系车多带点公制的套筒、梅花不是坏事。装配日系车牙包我记得只要大、小八字轮、行星齿轮。"

"哥，咱日系车皮实着呢。"王小满笑眯眯地说。

"小满，你跟小修说，日产的长途穿越前，一定要把车的进气系统、真空管路、电路彻底检查一遍一前期工作一定要做到位。"

"放心吧，小修有谱的。不过我还是给他打个电话，再强调下。"

王小满胳膊架在椅子背上，拨了号码后，脸靠在肩膀上把手机夹住："没人接，估计在车底下干活儿呢。"

"记着晚上再跟他确定一下，"郝明叮嘱。

"化清剂两箱、齿轮油五桶、机油两箱、变速箱油两箱、充气千斤顶两个、油压千斤顶一个、猴爬杆两个、发电机一台、小型便携电焊机一台，电焊条若干、焊接电缆两套、搭电线两套、三十升小油桶十二个、加油管一套。"

郝明一边念，我一边写在纸上：

"关于油品，我这里说一下：桥差速器油、分动箱油都是齿轮油，最多粘稠度不同，紧急情况下可以通用，一般我们用的都是GL-5的。变速箱油分为手挡的和自动挡的，手动变速箱的离合泵油和刹车油可以通用，一般我们用的是DOT3或者DOT4。自动档变速箱是液压油，和转向助力油可以互换。我会把这些油品带齐备，都是最好的。这是最后救命的油，进沙漠前的保养各人要做好个人的，像轴承的黄油，走前都先换好。"

"好的。"老米说。

"抄收。"老葛说。

"走前，修艳喜都能给咱们换好。"王小满说。

"另外，充气泵、吊环、胎压表、绞盘控制手柄、铁锹每车必带。各车按照车型，再带各自备用的轴头锁、全车皮带、一套前后避震。备用绞盘绳每车两根、拖车绳每车四根、捆扎带每车若干根、工装手套两大包。"

"铁丝要带着。"王小满补充说，"万一哪个配件要脱落，可以用铁丝固定住。"

"记下来，铁丝一捆。都记下来了吗，小A？"

"记是记下来了，但是不知道记得对不对。'牙包'是什么？哪两个字？"

"'牙包'就是汽车的驱动桥，又叫'主减速器和差速器的总成'，牙包是行业内接地气的叫法——这些话不用做记录。"郝明告诉我，又问王小满，"我记得牙是牙齿的'牙'，包是包公的'包'。"

"别问我。你给我看，我知道那东西是牙包，让我写，我也不知道是哪两个字。"

"哎吆嗨，不用纠结是哪两个字了，"老葛急躁地用手一指我面前的A4白纸，"写俩拼音搁那儿就完了，我们都明白是什么。"

我只好写了两个拼音，旁边加了个括号，里面写着"芽苞"。

"你这不行啊，一点儿车不懂！"王小满说我。

"我完全听不懂你们在讲什么，'六〇''八〇'应该是车的型号——那什么是'梅花''套筒''硬桥''速比'？"我忧心忡忡地问。

"郝哥，'六〇''八〇'、牧马人是不是都是硬桥车？"伊曼问。

"是。"王小满笑着夸赞，"到底跟我们玩得时间长了，一般女孩儿哪知道这些？"

"不懂没关系，一趟走下来，你就全懂了。"郝明告诉我。

老葛说："跟着我们，熏也熏会了。天天听我们聊车，有听吐的那天儿。"

"工具说完了。下面是咱们的衣食住行。气炉、气罐、防风挡板、照明灯、餐桌都要带。"郝明笑着说，"感觉把家都搬去了！筷子我们带一次性的，水我们带瓶装饮用水，餐锅、餐具、炒勺这些，我们到麦盖提之后，再统一去买。到时候，看怎么分配，不要带重了——记住，车轻很重要！小满，你别再像上次那样还背个水箱去！上次我和小满去探路，整理装备的时候，我看后备厢里，什么东西，好嘛，这么一大个儿。一问小满，说刚买了一水箱。包装都没拆，连盒一块儿往后备厢一塞，完了。

嘉琪抿着嘴笑，看着王小满。

"我不背水箱去了，"王小满笑眯眯地说，"这次我带铝板去。水箱坏了我自己焊一个。"

"各车全部要安装好车载对讲机，"郝明继续说，"卫星电话老葛、我、小满各带一部，和外界保持联系。"

"我托人从香港买了一部摩托罗拉最新款9575卫星电话，不仅可以和外界通话，还带GPS功能。"老米说。

"老米，我看出来了，你是装备发烧友！"郝明说。

"我们就喜欢这样的科技人才加盟！"老葛笑着说。

"老光说还要给我安装ICOM 2820双段车载电台，现在还没弄呢，怎么安装？来得及吗？"老米着急地问。

老葛说："车台主机可以安装到最后排装饰板那儿，外接喇叭随便粘贴，天线可以卡边到后部也可到前部。这好弄的，你不用担心。"

老米点点头："还有，我是不是要多带几个空滤，万一空滤里进了很多沙子，如果被吸进发动机，会堵在节气门那里吗？还是会被机滤挡住？之前一家修理厂说打吊瓶清洗，老光说要打开发动机清洗。到底谁说得对？"

老葛说："打吊瓶清理纯粹就是扯淡，修理厂专门用来坑爹忽悠新人的。空滤一般能把沙粒挡在外面，你说的空滤有沙子，不会指的是牧马人进气面外侧的沙子吧？"

"如果空滤里的沙子被吸进发动机，沙子不会堵到节气门里，会进到发动机内部，造成拉缸，或者损坏缸体。机滤会挡住沙子，但是只是挡住进入油道，沙子会随着油品，造成连杆、活塞磨损。打吊瓶不管用，只能打开发动机清洗。"郝明说。

"空滤你们有什么品牌推荐吗？价格无所谓，一定要好的！"

"老米你别着急，放心，明天还有时间呢，我们会帮你把该注意的事项捋一遍。

"那太好了！我是新人新手，请你们多指教！拜托了。"

"药品，我准备了。大概列了一下，你看看，"老葛说着，递给郝明一张纸。

郝明接过来说："其实塔漠那里，很少有感冒发烧的，那里太阳毒，人又少，没有传染源。三九胃泰你不用带了，我车里常年备着这药。带得挺全的——化痔栓都带了。"

"多带点，到时候没地方买，天天没新鲜蔬菜，保不齐谁痔疮犯了。"

"这也不重，那也不重，都带着，车的负载就超重了。我要说的就这些了。大家看还有什么要说的？"

"我们什么时候出发，定好了吗？"米国军问郝明。

"后天一大早就出发。这个新年，肯定是不能和家人一起过了。好多年了，每年春节我基本上都在外面，家里有我没我都一样。你们得和家人协商好这件事。"

"从现在开始起，我们不接受任何形式的空降人员；也希望，现在开会的队员，在没有说得过去的理由下，不要退出穿越！"郝明说着，挨个扫视了我们一遍。

"我人已经到北京了——必去！"米国军第一个说。

"好！"

我发现了，郝明最喜欢这种干脆又确定的答复。

"老葛，你家大业大，你这一去，十几天联系不上你人，公司能玩得转吗？"郝明问。

"自打跟着你老往沙漠跑，我基本从公司的日常事务中脱身了，都交给职业经理人去打理。我已经交代好了，到时候找谁谁，我太太也能帮我盯一下。我就等出发了。"

"那就是说，铁了心要去了？"郝明笑着问。

"嗯。"老葛溜了一眼太太，应了一声。

郭老师满脸哀怨地看着老葛。

老葛恳切地争取郭老师："误，这次最后一趟了，回来哪儿都不去了。搁家和人喝喝茶，养养鱼。"

"一看就是亲媳妇儿哈，回头我也跟媳妇请假去。"王小满笑眯眯地说。

"怎么不带上嫂子一块儿去啊？"嘉琪笑着问。

"他哪儿来的媳妇啊！"郝明正在看我记录的那张纸，听见后说。

"我这话就是故意说给嘉琪听的——开玩笑，假的，我是单身'汪'，想找个媳妇——疼。"

"三位姑娘呢，要和你们的老公、男朋友事先沟通好。伊曼我知道，单身。"

"让人给甩了！几个月了，到现在连男朋友都没有。悲催！"伊曼气愤难耐地大声嚷。

"本人目前的婚姻状况是——未婚。"嘉琪故意卖个关子，停顿了一下，说给对面竖着耳朵听的王小满。

"小 A 呢？"

"一个人。"

"那就和你们的父母打好招呼，不同意你们去的，要多和老人解释。我得再次提醒你们，"郝明对嘉琪和我说，"沙漠里卫生条件有限，你们可能要几天甚至十几天洗不上澡。先想想你们能忍受吗？"

"能。"我说。

"还有夜晚的寒冷。虽然我们的装备已经顶级了，睡袋能抵御零下30℃的低温。但是肯定没有家里暖和。你们能受得了这份苦吗？"郝明在"肯定"两个字上着重强调了一下。

"郝哥，塔漠晚上真能到零下30℃吗？"伊曼皱眉问。

"不知道啊，去了才知道。"郝明问，"伊曼，去年十二月咱们去腾格里，我给你的那个睡袋你用着怎么样？晚上睡觉不冷吧？"

"挺好的，一点都不冷。"

"那这次你还用那个吧。"郝明告诉伊曼。伊曼伸手，做了一个"OK"的动作。

"我把两个抗零下10℃的睡袋套一块儿，就不买新的了！"王小满说。

"你老户外了，爱怎么折腾我不管——小A，睡袋我给你准备一个，还有帐篷、防潮垫，总之，睡觉的事情你就不用操心了。嘉琪的呢？"郝明问老葛。

"我已经给她备好了。"老葛说。

郝明说："帐篷我那还有好几个，嘉琪、小A，你们两个还有一点时间可以再考虑考虑。"

郝明和王小满，不消说，未来就是这两人在探险队里挑大梁了。郝明，作为领路人，有一股子不怒自威的稳健。我对面坐的那个王小满，也有一股子自信。这种自信装是装不出来的，只能是反复经受过历练才能有的自信。

"我考虑好了。"我说，"不过我想问个问题。"

"你说，小A。嘉琪，你们谁有问题，都可以发问。"

"沙漠里开车，是不是油耗会升高？"我问。

我瞥见王小满忽然笑了，就好像我问的是，从三十层楼高的地方大头朝下摔下来，会不会没命。

"小A心思挺细密的。你说的不错。"

"那我们在沙漠里面对的不光是人缺水，还有车缺油的问题。"嘉琪问。

"嘉琪你一定想问，一百年前的探险家们不是骑骆驼进去的么？我给你摆一组数据，斯文·赫定从于阗走到克里雅河的尽头用了十五天，他动用了多少骆驼、人员？这些人要吃饭，骆驼也要吃草。人在缺吃少喝的时候，首先考虑的是先顾自己，骆驼、马匹之类的会放弃。你可以问问小A，赫定的骆驼最后怎么样了。骆驼是活物儿，车是死的。2009年1月20日我单人单车，开陆巡进大河沿只用了一天时间。这就是科技的进步！"

如果开着越野车，一天时间就能深入沙漠腹地二百公里的地方，那真是太好了！

我导师告诉过我，70年代中期，他沿着克里雅河寻找消失的拘弥古国，是骑的毛驴。那次他深入沙漠腹地50公里，毛驴死了，我导师他差点也没回来。80年代，他坐的是牧民的拖拉机，然后徒步，沿克里雅古河道深入到沙漠腹地100公里，因为找不到水和吃的，再次差点送命。

"车是人类的好朋友。它可以帮助人类突破本身的局限性，能更接近荒原，能走得更远——只要了解它的性能，掌握一定技巧，和它达成共识。不仅如此，关键时刻，还要靠它救命。这次我们会带一个机修师——小满，小修确定来吧？"

"来。小修答应了的事，一定做到。小修办事，比光头强靠谱多了。"王小满说。

"我能再问问，油耗大概有多大呢？"

"沙漠中驾驶，有个'一二三原则'，GPS上直线距离乘以两倍等于实际行驶距离，需要消耗相当于平时三倍的燃油。这个计算原则对一般沙漠来说，可以做参考。但是塔漠不符合这个原则。"

"这么说塔克拉玛干沙漠的地质形态也很特别？"我问。

"是的，很特别，独一无二。"郝明说。

"独一无二。"我跟着重复了一句。怪不得他们对这次探险抱有这么大的热情呢。

"我也想问个问题，可能在你们的眼里，我的问题是可笑的。"嘉琪说。

"请讲。"

"你们为什么选择这个时候进沙漠呢？夏天热，地表温度高，轮胎容易融化，这我理解。可你们为什么不选择春季或者秋季，而是选择在寒冷的冬季进行穿越？"

郝明说："冬天是穿越的最佳时机。塔克拉玛干沙漠一年中最稳定的季节就是冬季，风沙相对较小，而且低温使沙丘相对较硬，和田河、克里雅河枯水期，便于通过。夏天，在毫无遮拦的烈日暴晒下，沙漠地表的温度可能高达70℃到80℃，不仅人受不了，车也受不了！春秋两季，可怕的沙尘暴会铺天盖地吹过来。即便人有车的隔挡，行进的难度也会增加一个数量级。每年三月一日塔漠准时开始刮沙尘暴，一直到本年的十月底才结束。所以，我们无论如何，要在三月一日前离开塔克拉玛干沙漠。"

"假设，这里我仅仅是假设哈，如果我们没有在三月一日以前顺利离开沙漠，或者我们被困在了沙漠里出不去，会有什么样的后果？"

"下地狱或者上天堂，就看个人的造化了——"老葛严肃地说。

嘉琪脸一下子变了颜色。

"不用害怕。"郝明看看我，又安慰嘉琪，"塔漠，之前我已经探过路两回。我们——"郝明指了指王小满和老葛，和气地笑了笑，"都是老沙漠了。多次穿越了国内几乎所有的大沙漠：先后九次穿越腾格里，十一次穿越乌兰布和；十四次穿越巴丹吉林。另外，无人区，我们也是常客。五次穿越可可西里、羌塘、阿尔金山和罗布泊，拥有很丰富的野外生存经验。可以说，我们是有这个实力去实践这次N39°行动的。"

"可以打包票地说，就放心跟我们走吧。"王小满也说。

“哎呦，不知道你们这么牛呢！”嘉琪高兴地说，“你们一带给我与众不同的感觉，跳达、洒脱，激情满满，之前我没有接触过你们这样的人，内心一很是喜欢。”

“那就多和我们接触接触。”王小满热情地劝。

我向王小满行注目礼，又冲老葛笑了笑，以示敬意。

“得了吧，风险不是靠你防范，它就能避免的。”老葛把眼皮向上翻了一下，面皮稍微动了一下，“人算不如天算，还有你算计不到的，该来的还会来。甭费脑子想那么多，想清楚了：干？还是不干？下决心了要干，那就踏踏实实做——就完了。

郝明对老葛的言论，似乎不是很赞同。他目光明亮地瞅了老葛一眼，但是显然不愿意和老葛在这个问题上争持。

“对自然，我们要有敬畏之心——没错。大自然，你摸透了它的脾性，还是好应对的。行了，这个会开差不多了。可以散会了。”郝明看看表，“大家回去吧，继续做准备。”

安静的会场内顿时人声鼎沸。

有人穿起衣服往外走，我也正准备离场，就听鸣野笑着大声问：“哟，伊曼，还真去啊？”

“谁说我去了？光头强说的？我今天就是负责把米哥送来。”

“别不去啊。机会难得，别光几个男的去，我们也得有个女代表。等你功成名就地回来，也羞臊一下我们这些没去的大老爷们儿。”

“你们还真希望我去啊？一点儿都不心疼我。没听郝哥说那特苦吗？”伊曼把腰一扭，噘嘴撒娇说。

“不是不心疼，你跟着郝明和小满，有他俩照顾你。你行的！你没问题。”不知道为什么，万冬根在“俩”字上，加了个重音，“万一老郝他们真穿成了，你就成了穿塔第一女。”

我发现，这些人和伊曼都不是一般的熟。他们越这样吹捧颂扬伊曼，越把她往荣誉的圣坛上抬，我就越不安。

忽听我背后王小满私下里问郝明：“看来这姓米的画家你是一定要带上了。”我大吃一惊，这么说参加人员还会有变动的可能？！我不能就这么走了。我摸出手机看着，实际侧耳倾听他们谈话。

“啊，我看这画家挺有干劲儿的！”

“那地方不能只凭干劲儿，会出事的！”王小满不满地说。

“还不至于。到时候，我第一个走，老葛跟我，你断后，画家在你前面。”

“他技术和我们比，差得不是一星半点儿。”

“那你正好多带带他。”

王小满听郝明让他"多带带"画家，心思有些活动了。

"女的太多了，"王小满又说，"不算老葛媳妇儿，有三个了。"

"老葛媳妇不会去的，也就那么一说。"

"伊曼肯定要跟我们走。每次跟咱们出去，都是她忙前忙后。嘉琪也要去，总得有个人做记录——有俩女的，够了。"

"你的意思——不叫小A去了？"

我心里顿时紧张起来。

今天第一次见到王小满，我对他不是很有礼貌，这是我的不对。没料到他心眼儿这么小，竟然报复我，这就是他的不对了！

在众人热闹的寒暄中，我紧张地盘算着：我们三人，嘉琪应当是首选。她要记录下我们将流过多少汗，甚至多少血。但是，但是这些人还没有意识到，其实我的出现才是真正的意义非凡。首要应该放弃的，应该是那个华而不实的模特——难就难在，她比我和嘉琪更早认识这些人。

我暗自留心，只待郝明一个人的时候，就主动走过去，告诉他，这次活动对我来讲多么重要，请他务必带上我。可是他周围总是人来人往。

我就像排队准备上船的难民，只能依靠船长和船上其他人的仁慈了。我一定要紧紧攀住这条船，就算上面的人故意推我下去，拿石块把我的手砸得血肉模糊，我也绝不松手！

"小A应该让她去啊。"我听郝明说，"人家就是学这个的。"

"她可以参加政府组织的科考队啥的哈，跟我们有什么关系！"

"政府组织个科考队要多少年一次啊，还要国家批文。科考队进个沙漠，要动用多少人力物力，不像我们轻手利脚的。这种科考行为也不能完全依赖国家。嘉琪在老葛车上，你带小修。我车还空着个位置，能捎上她，为什么不带？我看小A意愿很坚定。她这种努力钻研本职业务的精神，应当支持！"

"那姓米的画家要是不去了，伊曼坐哪儿？"王小满问。

"画家不是说，他一定去吗？"

"那位米大哥，刚才我问了，他还以为我们进去转两天就出来。我告诉他，没半个月，别想出来。他愣了，他对车在沙漠是怎么个速度，完全没有概念——未必去了！"

正说着，鸣野、万冬根走了来。郝明中断和王小满的谈话，几个人攀谈起来。

"郝哥、小满，"万冬根说，"你们的脚步真快啊！我第一次去浑善达克的时候，你们已经在乌兰布和耍了。我能在库布齐'涮锅'了，你们已经穿过巴丹吉林N遍了。我还没离开库布齐进阶呢，你们这又要穿塔了。始终跟不上你们的节奏啊。为你们祈福，预祝成功！"

鸣野说："真想一起去啊，无奈准备不足。郝明，想想零五年那会儿，人跟疯了一样，咱们一周一趟往库布齐跑。第一次横穿完库布齐的时候，咱说啥时候能把腾格里给穿了；等乌兰布和、腾格里都不在话下之后，目标又锁定在巴丹吉林。穿越N39°这条线，兄弟们蓄心多年。这次，你替兄弟们把这个心愿给了了吧！"

"刚才会上说了那么多，其实也不为证明什么，就是为了平复心底的那份躁动。不了了这个心愿，总惦记着。"

"正好是饭点了，"万冬根说，"去我那儿吃个火锅，我做东，算给大家伙儿饯行。"

"不了不了，心意领了，还有好些准备工作没完成。我一会儿还得去光头强厂子那儿一趟，我那途乐油箱一直漏油，查了这么多天，愣没查出来毛病。不行的话，我把车开到小修那儿去，让他给我好好查查。"

鸣野拍拍郝明胳膊："那就祝你们的'枣核穿越'一路顺风，有什么困难，给哥儿几个打电话，别闷在心里，一个人死扛！"

"行，这话我存心里了。"

"一帆风顺，小满。祝早日听到你们捷报。""长风"说。

王小满嘴里叼着一根儿没点的烟，伸出一只胳膊搂了一下"长风"。

万冬根和王小满用力抱了一抱："预祝英雄们凯旋而归！到时候为兄弟们在北京摆酒接风！"

人们穿上外套，准备离开。

"嘉琪你住酒店是吧？小满，你送下嘉琪。老葛，你开车带嫂子回去，你司机送小A回学校。"

老葛答应一声，一哈腰，从大圈椅上站了起来。

"老米，你住哪儿今晚？"郝明问。

"我一老同学混到美院副院长了。他让我去他家住，叙叙旧。我自己打个车去花家地。"

"怎么能让你打车走呢—这么多人、这么多车。伊曼，你送老米过去？"

"不不不，路况不好，哪能让个女孩子送我这么个大男人。"

伊曼笑着说："我住酒仙桥那儿，我自己回去不也是开车，顺道的事儿。我开车技术虽然没有郝哥那么棒，也还不差！走，我送你去花家地。"伊曼一把挽住米国军的胳膊，回头说，"郝哥，那就后天北六环加油站见了。"

郝明很歉疚地送米国军到门口："本来应当我送你的，家母高血压头晕又犯了，一直说去看看她。"

"哎哎，老郝，你太客气了。"门外老米说。

"郝哥，你就放心把米哥交给我，去瞧你妈吧。"伊曼说。

郝明站在门外铁扶梯的顶端，叫住正在下楼的我："能找到那辆蓝色凌志

570 吗？"

"哎呦，不会把她丢下不管的。"老葛拉长声调，从口袋里掏出一个镶钻的超薄手机，对着电话说，"你把 570 的双闪打上。"

冷不防，老葛脚下一滑，那架闪光光的手机差点没掉下楼去。

"郝明，赶紧地，把你这楼梯换个木头板的。"老葛紧紧抓住太太，大喊。

王小满从我们旁边侧身而过，轻快地跑下楼梯，边跑边笑眯眯地冲上面说："我这不是下来了，你两口子每天吃太好，真该减减膘了。"

一辆庞大绿色陆地巡洋舰的前灯突然大放光芒。小满一路小跑过去，我看见嘉琪打开车门坐了进去。

老葛司机果然等在"570"里面，看见我就问："成府路哪儿啊？"

"中关村北路，燕大东北门。"

收音机里飘出了低沉的歌声：

这是初次的感觉
我想了解这世界
充满悬念的未知
——击打我的心

第三章

高速惊魂

——往那梦想之地前进，有太多人死在途中，更多的人从未出发，只有寥寥可数的人抵达。

2011 年 1 月 8 日，腊月初五那天早晨五点，郝明就来学校接上了我。我们第一个到达集合点——北六环外第一个加油站。

天是黑的，加油站里空无一人。

郝明左手留在方向盘上，右手扭动钥匙，将车熄火，坐在黑黢黢的驾驶室里默默出神。他戴在左手白色工装手套外的手表，在黑暗中发出幽幽的绿光。

郝明开的是一辆白色越野车，车身长五米，车体宽而扁。我后来才知道那是尼桑途乐，一款老式的经典日系硬派越野，郝明的挚爱。

此时此刻，我的一颗心才彻底安定下来。

这两天，我一直在惶惶不安中度过。

我担心王小满又在郝明面前卫咀，阻挠我参加这次探险活动。我不断琢磨着，要不要给郝明去个电话，再次表达我坚定的决心，因为他喜欢信念坚定的人。

可是转念一想，我又觉得不妥。如果王小满并没有旧事再提，我这一个电话，或许反倒直接提醒了郝明。他开始正视有奇数个女生参加的问题。经过一番深思熟虑之后，他很抱歉地通知我，他觉得我的加入不是很合适。

多年修习历史的经验告诉我，眼下最稳妥的策略就是"以静待动，无为而治"。可内心仍然忍不住大声呼喊："如果，如果命中注定我将成功，那任何力量都阻挡不了我！"

我正在胡思乱想，郝明却把电话打来了。铃响第一遍的时候，我甚至不敢伸手去接。

我想装作手机遗忘在哪儿了，始终没听到电话，就这么混到明天早上出发前。那时候，郝明也就很难对我说出拒绝的话来。

电话断了后，又再次打来。是不是有什么紧急事件要通知我——或者我们的行动取消了？

"反正伸头是一刀，缩头也是一刀。"我想，那就伸头接这一刀吧。

电话那头传来郝明温和的声音。原来他不是来派发我的死刑通知书的，而是说准备带我去户外专卖店。

"昨天你穿的那身，去野外可绝对不行。"

我大松了一口气，很诚恳地谢了他，说我早就有所准备，应该不需要再添置什么："我买的凯乐石的全套，衣服、帽子到鞋。"

郝明有点失望似的，叫我不要客气。

很难想象，我跟郝明去了户外店，他会让我来买单。这是他的好意，但我不能接受。他肯带上我，我已经烧高香了。

我说上午有一个报告要听，下午走之前还要见导师一面，恐怕也没时间去。

"要不了多长时间的，我已经在你学校附近找好了一家，速战速决，最多半个小时到一个小时。"郝明说。

那我更不能让他大老远为我再特意跑一趟海淀，眼下他肯定忙得团团转。我很快又找了个冠冕堂皇的理由，婉言谢绝了。

"那好，"郝明说，"我户外穿的、用的都是多份的，你把你里面穿的衣服带足就行。"

"好的。"我答应。

挂上电话后，我心情稍微放轻松了些。但距离明早出发，还有近二十个小时，这期间，会发生什么变故还说不好。最佳情况，就是那个轻佻的模特儿昨天只是为了当众出个风头，食言不来，只有我和嘉琪两人，就好了。

一辆闪着光芒的两门红色越野车猛地拐进加油站，倏地停在我们车旁。

这车可真漂亮！棱角分明的外形，夸张的大轮胎，酷意十足的车灯，绯红色的油漆特别张扬，车门上骄傲地印着 Jeep Wrangle Sahara。

郝明看见这辆鲜红的牧马人，立刻推开车门下了车，一面告诉我："下车，去和队友们打个招呼。"

从红色牧马人上下来两个人：画家米国军和一个帅哥。

"郝哥，又是你第一个到！"

我定睛一看，哪是什么"帅哥"，就是前天会上见到的模特儿伊曼——她到底还是来了！

伊曼把一头长发剪去了一尺，扎着个"马尾"，戴着棒球帽，一身簇新的始祖鸟户外服，软壳裤很细致地塞在带毛毛的雪地靴里，清水脸儿，比她大浓妆时更好看了。

米国军穿着八成新的军绿始祖鸟冲锋外衣，戴着咖啡色始祖鸟的帽子，和伊曼站在一起，看起来两个人像穿着情侣套装。

"今天变了一个人似的！像是个玩儿越野的汉子了！"郝明笑道。

画家把胸膛拔得笔直，面露得意之色。

郝明用戴着白色工装手套的手，扣了扣红色牧马人的引擎盖："老米，你这'大脚怪'怎么弄这么一颜色？太跳了！"

"哎，还不是为了泡妞的时候拉风哎！"老米回答说。

"高速路上轮毂越大越好，越野路上，轮毂越小越好。还有你这手套是带颗粒的。"郝明对画家说，"我也戴过这种。这手套又贵又不好用，最后发现还是劳保品批发的那种工装手套既经济又实惠。"

"主要是觉得戴这种手套，妞儿们看了，显得比较专业。"

"还有，你这改装的氙气大灯——那天我就想和你说了，光头强在边上，大雾天效果会好，但是我们碰不到大雾天。不知道沙尘天气穿透效果会不会也好。"

"我可不想碰到沙尘暴天气。"伊曼背对着我，两手插兜，晃动着脚步，对郝明和米国军大声说，"本来我是不愿来的，光头强非让我跟你们来。说如果穿越成功了，我就是横跨塔克拉玛干沙漠的第一女。"

寒冷的空气中，突然飘来鲜橙花的气味，这是"感官之水"的香气，特别清新，特别醒脑。

两道车灯从马路上缓缓朝我们照过来，一辆车引擎盖上印着 Rubicon 的四门墨绿色 Jeep 牧马人罗宾汉驶到我们面前。嘉琪坐在副驾驶的位子上，朝我友好地摆摆手。

主驾的位置上是那个北京人老葛。他穿了一件亮黄色的冲锋衣，头上戴着一顶芥末色抓绒软帽，两边的胡子剃掉了，显得脸更宽阔了。

老葛没下车，而是降下了车窗，举起戴着白色工装手套的手，看了看表，问郝明："六点四十五，怎么说？"

郝明说："果然不出意外，就差王小满！"随即拨通王小满的电话，问，"在哪儿呢？"

"哎呀，车的水箱坏了！正在修呢。"

"噢，你知不知道今天定好几点出发？是七点，没错——十五分钟内，你和小修能从东坝赶到北六环吗？"

"哥，那水箱坏了哇，咋办？"

"那你慢慢修吧，修好了后边撵我们。"

郝明把电话挂了，通告大家："把车台都打开，频率438.175，路上我们用电台保持通联——出发！"

郝明挥了一下手，欢快地跳上车。我也急忙回到途乐，坐到副驾驶的位置上，系好安全带。

"我在前面开道，老葛你收尾，老米你跟着我。"郝明握着报话机一一安排。

"抄收了！"米国军大声回应。

天色晶明。

车子向八达岭方向驶出，很快由辅路进入京藏高速。

后视镜中，我看到鲜红的牧马人打开车灯紧紧相随。老葛墨绿色罗宾汉时隐时现地跟在最后。

我觉得浑身的血液奔流了起来。

1927年5月，黄文弼先生随斯文－赫定率领的中瑞考察团离开北京，前往新疆广袤的荒野，"接受自然界的知识"。而今日的我，也"走上征途，与俯首窗下，在故纸堆中讨生活暂别矣！"

"老郝，那什么，小满不来了？"老米在电台里问。

"来！"郝明很有把握地说。

"这么肯定？"老米问。

"只要我们一走，他就动身。一贯如此。"郝明说。

"噢，那就好，"老米说，"小满说了，进沙漠之后，他会指导我怎么开车。"

"老米，你背后烟囱一样的东西是什么玩意儿？"老葛问。

老米咳嗽了一声，回答："是营地灯。为这次进沙漠特意装的——怎么啦？"

"哎，老米，你是搞艺术的，怎么选了这么个糟心的营地灯！山寨的吧？"

"大哥，前面服务区放水的时候，你过来仔细看看，是 PIAA 原厂出产的，一个要我六千大洋！"

"是不是光头强给你力荐的？"

老米在电台里"嗯"了一声。

"我说看起来像是山寨的嘛！老米，我跟你说，你认识光头强的日子还不长，时间久了，你就知道了，你不能什么都听他的，这人会拉低你艺术品味的！"

"我这人其实艺术品位一向不高。"老米顶了老葛一句。

老葛不再言语了。

天，完全放亮了。

绕过西关环岛，隐隐一带青山，山脊上出现了万里长城。

一个牌子一晃而过，指示这个地方叫"南口"。

原来这就是南口——我曾在书上看到过这么一段记载："路越走越陡了，东西两边的群山挤压过来。活像凶猛的野兽，从不同的两侧在奔逐着一个共同的猎物，终于头顶冲撞在一起了。这个冲撞的地方，就是入山的山口，叫南口。"

过了南口，京藏高速一直在群山中环绕前行。

这是我第一次走"京藏高速"，我贴在车窗玻璃上贪看车外的风景。一座雄伟的关口在左手边倏地过去了。这就是中国最有名的关口居庸关。

车又往前开了十几分钟，京畿的外层防线八达岭长城出现了。2008 年，北京举办奥运会，我读大三的那年夏天，和班上同学乘火车来过这里。

高速右侧的山坡上出现一个孤零零的圆土堆——这应该是比秦长城还早的燕长城。两千五百年前的土墙已经和山峦融合在一起，只有烽火台仍然像地标一样傲立在大地上。

过了怀来，车速突然放慢了。高速公路上连串的车辆拥堵在一起。

"快看，"我指着窗外让郝明看，"那有辆货车背着两辆一模一样的货车。"

"是，为了省一些油钱，还有过桥费。"郝明拿起报话机，在电台里报，"前面可能出车祸了。"

一辆黑色小车突然从顺行的车流中对向蹿了出来。郝明猛地向右拐了一下，拿起报话机通告后车："一辆奥拓逆行，注意避让。"

越野车的底盘要比小轿车的高，特别是郝明他们为了提高离地间距和通过性，还将车身升高了数英寸。我居高临下看到那辆黑色小奥拓里挤着五个大汉。开车那人愁眉苦脸的，急得汗都快下来了。

"真是一帮神人啊！"老米看到后，啧啧称赞。

"怎么会这样？"我大为惊诧，"这不是高速公路吗？他们不是应该在对面行驶吗？"

"他们走错了路，或者错过了出口。下一个出口又比较远，他们不愿意再交第二遍高速费。就采用逆行的方式回来。"

"啊，这多危险啊！撞车怎么办？"我问郝明。

"你出来得少，我们老跑路的，经常见到这种不要命的主儿！"郝明平淡地说。

车流小心翼翼驶过交通事故肇事点。

一辆小面包和一辆运煤大车追尾。小面包车前挡风玻璃全碎了，掉了一地的玻璃碴子，地上还有一大摊血迹。

而隔离带的那一边，车辆全部动不了了。运煤大货车一辆接着一辆排列着，一直排出去20公里！路上全是车，连个藏身之地都没有，好些大车司机公然就在车前、车后、路边方便，望之惊心。

过了张家口，天空飘起了雪花。渐渐地，雪越下越大。

郝明拿起报话机："老葛，问问你内蒙古的朋友，内蒙古段京藏高速有没有封路？"

老葛应了一声后没了声音。

过了片刻，老葛在电台里回道："封了。"

"哦"郝明应了一声，既没有懊恼也没有不快，"那我们改走大同。"

车辆调头往南走了一个小时左右，大雪中，钻出两位大衣帽子上全是雪片、不住对我们做着手势的交警。

郝明立刻通知大家："倒车吧，大同方向的高速路段也封了。那我们继续往北扎，改从109国道插到鄂尔多斯去。"

没人说话。

大雪中我望过去，两辆亮着明晃晃车灯的牧马人在同时倒车。

"兄弟们，"郝明既没有懊恼也没有不快，在电台里给大家鼓劲儿，"我一直想走一次109国道，一直没走成——不是走呼和浩特就是走太原，今天老天爷终于成全了我的心愿！"

还是没人说话。不知道是不是坏天气影响了大家的情绪。

"谁讲个笑话，这车开得我犯困。"郝明又赶回到头车的位置，说。

"老郝，老郝。"米国军在车台里呼叫。

"请讲。"

"我们是走京银线吗？"

"不，我们不到银川，那样绕远了。我们从鄂尔多斯到乌海，沿着贺兰山，从巴丹吉林的北边，经额济纳到马鬃山。"

"是这样。你去过鄂尔多斯吗？"

"去过一次。"

"现在鄂尔多斯又改回叫东胜啦。那儿有个煤老板喜欢我的画，我没要钱。他请我去鄂尔多斯玩儿。"

老葛问："老米，那你去了没有啊？"

"当然去了，白吃白住的好事儿，干吗不去？"

"那你瞧见了什么奇葩怪事了吗？"老葛问。

"啊哈，我可知道什么叫暴发户了！"老米语气活泼地说，"整个东胜，都是二百万元以上的豪车！一个开保时捷卡宴的家伙在座位上摇头晃脑，扭来扭去，听的是'涛声依旧'。"

"挺有文化品位的嘛，没听东北'二人转'。"老葛说。

我听到电台里有女性的笑声。

"那哥们带我在城里转悠了半天，我愣没看见一家4S店。我问他：'你们东胜的4S店都建在哪了？'谁知道那哥们一脸茫然，问我：'什么是4S店啊？'一我靠！我问：'4S店你都不知道？那平时你们车怎么做保养？车坏了去哪儿修啊？'你们猜那哥们怎么回答我的？他说：'干吗修啊？车坏了再买一辆不就结了！'"

郝明也笑了，告诉我："路上有时候很寂寞的，听听这些笑话，可以提振精神。"

"米哥，他们怎么那么有钱呢！"电台里传来伊曼的声音。

"靠的是羊、煤、土、气，"老葛说，"原先养的羊，把地表的草皮都吃光了，露出优质煤矿来。老米，你没问问，你那热爱艺术的煤老板儿朋友，原来是不是个放羊娃儿？"

"连煤窑都不用挖，挖掘机一斗下去，直接上卡车。一天下来就是一辆凯美瑞。那煤老板告诉我，他不会用银行卡，也没信用卡那玩意儿。只认现金。他想把这地转租出去。接手的人开着个货车来，打开货车的后门，里面是一捆捆的现金——一共四亿元人民币。"

"这是不是编的段子啊？他们就不怕路上遇到打劫的吗？"伊曼问。

老米说："除了只知道买豪车，那些煤老板的钱还是有很大富裕，盖幢楼，办个放债公司，在放债公司旁边再盖幢楼，再办个讨债公司。谁敢抢他们啊？"

"老米，你上次拍出 180 万元的油画，画的是什么内容？"老葛问。

"怎么，葛兄你对收藏油画有兴趣？"

"不怎么懂，有几个朋友喜欢这个，偶尔我也跟一下。"

"等我名气再大点儿的，价码可以开得更高的，你介绍我认识他们！"

郝明一直默默地听着，忽然摘下报话机，一本正经地报："兄弟们，东胜到了。"

我透过薄暮往车窗外看。嗬，东胜的高速公路果然修得不同凡响，和北京可以一拼。

"兄弟们，我知道大家都有点累了，不过我们就不进东胜了。"郝明说，"一是从环城高速进到城里要 30 公里，明日出城又 30 公里，来回半个小时没了。二是这里洗一次车就要 30 个大洋。谁的钱都不是大风刮来的，大家再坚持一下，到前面县级市或者小镇找个好的旅店，咱们打尖住下，大家同意吗？"

"同意。"老米说。

"老葛有异议吗？"

"又不是没住过。"

老葛"过"字刚出口，郝明突然抢在他前面报："前方出现行人，注意避让！"

就在我们即将驶离东胜的时候，夜色里，高速公路上突然冒出一长串白花花的人行队伍。

天哪——高速公路意味着全封闭，只能走车不能走人！这些人是从哪儿走上来的？

这竟然是一支送葬队伍，一个个披麻戴孝，有举幡的，有打锣钹的，浩浩荡荡、旁若无人地走在高速公路上，一面走，一面往车道上空撒圆心的纸钱。我们就在一阵吹吹打打的鼓乐声中从纷纷扬扬坠落的圆心纸钱中穿行而过。

时间晚了。

高速上的车辆并没有减少，相反，运煤的大货车多了起来，一辆接一辆地在我们右边跑着。

"都是从鄂尔多斯出来的，赶夜路。"

一辆黄色跑车从右后方压线驶来。

"阿斯顿马丁 V12 Vantage 吧？"老米问。

"丫的刚才在我后面一个劲儿地按喇叭，叫我给他让路。我没搭理这孙子。"

"咱们减速，给他让个路吧。不过，这车流量，他也跑不起来啊。"郝明说。

马丁发现途乐有减速的意思，立刻漂移到我们车前。一会儿，马丁看见右侧大货之间有空隙，又快速漂移了回去。

"郝明，你给小满打电话了没有？"老米问。

"过太原了。晚上能和我们会齐了。"

"水箱修好了？"

"根本就没坏。就算有，也是小毛病。这就是小满，宁可后面猛赶，也不愿意痛痛快快准点出发。"郝明说。

最里面超车道的车辆忽然整体提速。

我看到我右手边，那辆黄色马丁夹在两辆硕大笨重的运煤车中间，慢慢地跟着跑。

"哈哈哈！"我指着车窗外那辆黄色跑车，大笑起来。

"晃来晃去的，最终也没我们快，是不是？"郝明也笑了。

毫无征兆地，黄马丁突然斜刺里蹿过来。

郝明猛地踩了一脚刹车。

途乐的车速在一百公里左右。车猛地打滑，整个车身横着扫过路面，车尾出了边线，甩向隔离带。我听到紧急刹车时轮胎和地面摩擦的心悸声，后视镜里，闪出一串火花。

我被安全带勒了一下，又急速甩向车门，脑门碰到车窗上，"砰"的一声大响。

郝明急忙打方向，车像被人从后面拖着往右甩。

我手忙脚乱地抓住头顶的扶手。车并没有熄火，郝明调整好方向，车子又顺回到马路上，以原车速继续前进。

马丁已经占据了我们正前方两米的地方。

"你大爷的！"郝明嘴里无声地迸出这四个字。

老米在电台里发怒了："这人是不是有毛病？！"

"这哥们儿想硬来——要是被我撞上，直接就进大车车轮底下了！撞上，是他全责，小命也没了。老米，没吓到你吧？我怕你撞上我。"

"你放心，我可以始终和你保持五十米间距，盯你。"

"我尾灯是不是碎了？"

"没有，外壳裂了，灯还亮着。"

"只能明早找个地方修修了，"郝明朝我看了看，"小A，你没事吧？"

我晃晃头，吓得说不出话来。

惊魂甫定，没过十分钟，竟然在我右手边，又看到那辆黄色马丁。

这回我笑不出来了。

马丁看到我们，屁股一扭，又想挤到前面来。这回郝明不再让它了。他猛地踩了一脚油门，途乐庞大的身躯逼了上去，结结实实挡在马丁左边。马丁给夹在前后两辆车之间，很快被甩在了我们后面。

"郝哥，你快瞧是怎么回事儿？"伊曼忽然问。

"方才我没给他让路，别了他一下，可能不高兴了。"郝明回答。

我转脸一瞧，这才发现，那辆马丁 V12 悄无声息地跟在途乐的右侧，跟了有一会儿了。忽然前灯亮了，毫不忌讳地打在后视镜上，晃得我睁不开眼睛。

郝明说："咱们都换了大轮胎，跑一百已经很吃力了。何况越野车提速是没法和跑车比的，所以它敢来挑衅我们。"

"甭搭理他，晾他一会儿，他自个儿就走了。"老葛说。

"问题是，我们不理他，他也不走啊。"

我趴在车窗上，手罩在眼睛上，想努力看看马丁里坐着何许人也。灯光太亮，夜色太暗，马丁车主面容看不清，只看见他看到我后，露出得意的笑，车灯忽明忽暗，然后不停地从侧面挤靠我们——这应该是故意的了。

"老郝，你等着，"老米愤愤不平地喊，"我来修理他！"

我看见红色牧马人背后的营地灯从右车道慢慢移动上前，并线过到我们正前方。

"小 A，"郝明说，"你把你前面抽屉里的墨镜拿出来给我。"

我依言找到墨镜，递给郝明。

郝明戴上墨镜，拿起报话机说了一声："好了。"

途乐斜着上了右边道。马丁不知底里，以为把途乐赶走了，一头顶上来，正好排在撒哈拉后面——就像足球场上的聚光灯柱一样，红色牧马人背后的营地灯突然大放光明，照得四周雪亮。

我从来没有听到过那么凄厉的喇叭声，比警笛还响，撕心裂肺的。可能马丁车主发现自己暂时性失明了。喇叭的声音快要被按劈了，郝明减速，让出空位；老米收起营地灯。马丁车主恢复了视力，闪到右侧车道，一声不吭地跑了。

"丫的怎么又跟来了？！"老葛电台里讲。

我隔着车窗，忧虑地注视着那辆不屈不挠，重整旗鼓再战的马丁。

郝明说："心里那口气始终没顺过来。"

"看来还是没服。"老米气哼哼地说。

这一段高速是弯道，架在山谷之间，傍着山腰修建的。

马丁可能意识到，途乐和红色牧马人是"一伙儿"的。所以他这次，换了一种方式，瞅了一个空子，冒险挤在了途乐和"小红马"之间，跟在途乐后面，向前冲一下，快追尾的时候，又往后急退，迫使老米后退。

"我不明白，他这样做，有什么意义吗？我后面一个大拖车钩子，他看不见吗？"郝明见 V12 反复在途乐和红色牧马人之间闹腾，真动了气，车速从一百公里锐减到零。

V12 和红色牧马人同时跟着紧急减速，两辆高大的越野车之间，夹着一辆低矮的超跑，三车一动不动地停在高速公路超车道上。

前车不走，后车也不动，僵持了一分多钟，我看到后面的车流转过大山，滚滚地上来了。黄色V12默默地启动，从右边驶入茫茫夜色。之后，我再就没看见过这辆车。

"刚才有点浮躁了，不应该争这个闲气。兄弟们，安全第一，我们还是安安静静赶我们的路吧。"郝明用电台说。

这段马路暗斗，真是惊心动魄。郝明那句北式骂人，听得让人爽到飞起。另外，那米画家人不错，够义气。

出行的第一天，我就挂了彩。我的额头上肿起一个鸭蛋大的淤青。冥冥之中，预示着我的这趟旅程将历经坎坷和磨难。

到达那个叫"于梁"的小镇的时候，已经晚上十点了。

南方的夜市经常开到凌晨两三点。深冬的北方，这个时间点所有的餐馆基本上都打烊了。

郝明为首，我们这一行车队沿着主街缓缓地走了一个来回。

"对街那个干锅鸭头看着挺干净，怎么样，今晚就来个干锅鸭头？"老葛问大家。

"在什么地方？"郝明问。

"就你前面一百米，那不亮着灯呢吗？"老葛说。

"我没看见有灯光啊。"

"怎么回事？老郝，你太累了？我们都看见了啊。"老米说。

"我们都看到了，你没看到是因为你戴着墨镜呢。"我说。

郝明迅速把墨镜摘了。

"哦，在那儿呢。"他不好意思地笑了，"好啊，那还等什么，马上路边停车。赶快进去吃个热乎饭，然后睡觉。"

郝明找了几个地方，才把车停住："行，这里路面没结冰。"他往外看了看，告诉我，"下车吧。走路小心，上冻了。"

外面很冷，冻得我耳朵疼。

这是目前我到过的最西部的地方，以后的数天内，我还将越来越往西行。

我小心地走过滑溜的路面。老米伸手抵住店门，我们鱼贯而入。

郝明把随身挎包放在临窗的一张大圆桌上，指着窗下老旧的暖气片对我说："那儿暖和，坐那儿去。"

我靠暖气坐了，拍了拍我右手的位置，示意嘉琪和我坐在一起。嘉琪客套地笑了一下，不知道为什么，她并没有过来。

郝明招呼店里的人："给我份菜单！"随即拖开我旁边的椅子，坐下了。

店里的人正打算关店门，没想到突然来了我们这么些人，乐得眉开眼笑。

"来份鸭肠、一份鸭血，"郝明一目十行地看着，"羊肉、豆腐皮、海带、金针菇、白菜、萝卜、红薯粉丝。先就这些，赶快上菜。"

老葛、老米从卫生间出来，在桌边坐下。

郝明解释说："等着你们回来再点菜，吃完就得二半夜了！所以我就先点了，你们想吃啥，再点。"

老米面露疲色，拿出眼镜布擦着眼镜："我不挑吃的，吃饱就行。"

老葛看起来也比较倦了："不是点了羊肉吗？那就没异议。"

伊曼拿筷子用力一扎，把消毒碗包装膜戳破，把碗碟杯子放在老米面前，又拿过水壶，把碗、碟子洗了一遍，再给老米往杯子里倒满水。

"哎哎，多谢多谢。有生以来，第一次跑这么长的路，第一次被照顾得这么周到。"老米戴上眼镜，笑着说。

热气腾腾、香味扑鼻的干锅鸭头上来了。

郝明夹起一个切成一半的鸭头放在我碟子里。我饿坏了，夹起鸭头就吃脑子。郝明的电话响了。他左手拿着电话放到右耳边，右手用筷子又给我夹了些鸭肠、豆腐皮之类的。

"你到哪儿了？你怎么会看不到'干锅鸭头'呢？这就一条街。你往前走。怎么还看不到呢？你是不是戴着墨镜呢！"

外面一道车灯晃过。

我透过浮着水汽的大窗玻璃往外看，先是王小满敏捷地从车上跳下来，之后车的那一头走出来一个穿着老军棉袄、矮小的中年男人。不用说，这就是上次开会提到的修师傅了。

修师傅戴着一顶雷锋棉帽，一边的帽翅掉下来，走路一颠一颠的。不留神差点滑了一大跤，两手在空中乱抓了一回，看得我和嘉琪差点笑出声来。

王小满发现店前有块冰面，紧跑了两步，从冰面直滑到饭店门前，一个大步跳上台阶。

门被推开，王小满和修师傅走了进来。

郝明说："你们俩自己点菜。我们都吃饱了。"

王小满笑眯眯地说："你们也不先给我们点两个菜，好让我们到了之后就能吃上。"说着，拖开嘉琪旁边的椅子，一屁股坐下了。

"就你掉队，不剋你就不错了，还想享受特权！"郝明不客气地说，"现在安排今晚怎么住。"

"我自己住一间大床房，"老葛说，"没办法，习惯了，床小了睡不着。"

"你和我凑合一间吧，老米。我知道你会不太习惯。好在路上也没几天，大部分时间我们会在沙漠里扎营。"

"没问题，"老米点头，热情地说，"正好你给我传授传授沙漠行车的经验。"

"这个没法传授经验的哈，还得你自己多体会。"

"你快吃你的吧。"郝明说，"小满和小修，你们俩一间。三个姑娘，得开两间房间。"

"郝哥，我要自己住一屋。"伊曼撒娇说。

"那小A和嘉琪，你们两个一间，没问题吧？"

"没问题。"我说。

嘉琪迟疑了一下说："我也没问题。"

等找到合适的旅馆住下来，已经是半夜。

我领了门卡，等着嘉琪背着她那个沉甸甸的大背包一同进房间。我曾提议和她一块儿抬那个大包，被她一口回绝了。我一向欣赏健康、开朗、独立的女生。看着她结实的体格，我心里着实羡慕。

我让嘉琪选择睡哪张床。嘉琪说："我要靠窗户的那张。我一向喜欢靠窗户，因为这样会让我很有感觉。"

嘉琪走到窗前，用力推了推窗户："是安全的，也不漏风。"

我让嘉琪先用盥洗室，嘉琪说她要先更新她的博客，待会儿还要发帖。

"一会儿我得洗个澡，"嘉琪脱下抓绒外套闻了闻，"葛老板一路上雪茄不断，哎哟，我这衣服上全是烟味，小A，你也应该抓紧时间洗个热水澡，因为以后咱们的住宿条件会一天不如一天。"

我洗漱好出来，刚钻进被窝，倦意就袭来。

凉爽、干燥、浆过的被罩和床单，是旅馆特有的。躺在床上，我仍然感觉在晃动，仿佛还坐在车上。这是我第一次坐汽车走这么长的路。好嘛，这才第一天，后面的路还长着呢。郝明他们怎么就这么喜欢这种在路上的感觉呢？

生平第一次，我没看会儿书就睡着了。梦中听见有人叫我名字："小A，小A。"我睡眼惺忪地睁开眼，发现原来不是梦。

嘉琪盘腿坐在书桌前那把椅子上，回头看着我："陪我聊会儿天好吗？我感到好孤独。"

"噢，是吗？好的。"

从彩云之南来到大西北，感到孤独是人之常情。我从被子里爬出来，靠着枕头，努力驱赶睡意，一面打盹儿一面和嘉琪聊天。

断断续续地，我听她讲述她以往的那些故事。她告诉我如何能搭到顺风车，如何精打细算节省开支。为了省钱，她和修路队的民工们一个炉灶吃过饭，晚上挤在一个大通铺上睡过觉。

"哦，我遇到过很多底层的人，吸毒的、出卖自己身体的，他们有他们的人生，有他们的喜怒哀乐。"

听着听着我竟然不困了，我被她绘声绘色的描述深深吸引。

有一次，她已经身无分文了，还是走进了餐馆。她已经好几天没吃过一顿饱饭了，打算碰碰运气。她和邻座一个单独吃饭的小伙子很"随意"地聊了起来，她的经历让小伙子听得入了迷，主动邀请她一块儿进餐，最后高兴地为二人的这顿午饭买了单。

"有一回，我竟然走到了边境线大山里一个兵营。当兵的为我，特意开了个欢迎会，一百多个男人，只有我一个女人。"

我没见嘉琪这么开心地咧嘴笑过："知道吗？平时我不喝酒的。那天我喝了好多啤酒，喝得站都站不起来，最后被俩当兵的架回到房间里睡的。"

嘉琪告诉我，因为她平时老在外面，从不开火做饭。有一次，她晚上回到家中，忽然想喝口粥。等把米放到锅里熬好后端出来，发现上面漂浮着一层白色的浮沫。开始，她以为这是米汤，仔细一看，原来米长时间不吃，已经生了虫子。

直觉告诉我，她从来没有结过婚，甚至一直没有固定的男朋友。

"你有这么多精彩的人生，难道就没有遇到什么合意的人吗？"我问。

"哦，很多次，坠入情网，热恋。缘起，缘灭。"她用七分无奈三分看开的语气说。

"琪姐，听了你那么多亲身经历，我强烈感觉到，你需要一个人来体贴、爱护你，陪你继续旅行，走累了，能与你交流，倾听你的内心。"

"哈哈，聊累了就各自回房睡觉？"嘉琪大笑起来，"不过，话说回来，正常男人不会这么办的。所以我在等一个这么办的正常男人。"

我望着嘉琪，一时不太明白嘉琪这两句话到底什么意思。

"唉。"嘉琪很夸张地叹了口气，"你来看看我在网上写的文章吧。"

"啊，这么快，你已经动笔了？"我披上外衣，光着脚，只穿着秋裤，站在嘉琪身后边看边念：

我的姐姐，看着我再次义无反顾地背起行囊前往机场，将无奈与不解硬生生地组合成祝福送给我。

啊，亲爱的姐姐，请原谅我，谁叫你的妹妹是一个不甘于平庸的人呢。

我再一次领略到了祖国的博大。

早上从四季如春的昆明出发，六个小时后，飞机降落在零下13℃的首都国际机场。

我不怕，我准备了足以抵挡零下20℃的御寒衣物。

这是我生平第一次来到北方。多么向往，雪花在空中漫天飞舞。北京，请帮助我实现这个小小的愿望。

我的朋友舒亦格远亲自来机场接我。我一眼就把他认了出来，因为他身上有越野汉子的那股范儿。

而更让我没想到的，我们真正的领队是那么一个温文尔雅的人。

之前，舒亦格远就有跟我讲过。我们领队曾服役于某特种部队，代号"前哨"。见到领队本人后，我的内心还小小地激动了一回。等到见到本人，才发现猜测和现实总是千差万别。原先的想象是长着连鬓胡须、高大粗犷如沙山一般的北方汉子。他话不太多，锋利的眼神，仿佛能把人的心思洞穿。

坐在我们未来队长的旁边，我盘点着自己：

这是我，第一次跟这么多素未谋面的人出行；

这是我，第一次去新疆；

这是我，第一次进沙漠；

这是我，第一次接触和体验极限越野。

我告诉舒亦格远我的这么多"第一次"，他哈哈大笑，说我还忘了两个"第一次"：和他"第一次"见面，"第一次"做他的副驾。

看到我要跟随的团队，是这样一些友善、随和的人，我敏感、紧张的心放轻松了。舒亦格远不无自嘲地对我说，他们都是一些单纯、执着的越野疯子，对沙漠有着痴迷的热爱。

我那寒酸、过时的小单反拍出的那些照片，他们给予的评价还是很不错的。说卡位挺准，表现力也有。听到这些发自内心的赞美，我不能免俗地做了一个嘴角微微上扬的动作。

我们未来的队长告诉我，以往，他们的这种极限越野活动，参与的全部都是男人，首次破例吸纳了作为一介女子的我。那好吧，感谢领队，感谢各位大神级的越野纯爷们儿。

我告诉我们的领队，小女子跟着车队外出，一不怕苦、二不怕累，外加不怕晒。凑合着可以拍照，凑合着可以码字；砍柴、生火、烧水、做饭，如果不是五星级要求，也能勉强满足；挖沙子挖淤泥我也能略尽绵薄之力。

沙漠，总让人想起荒凉与寂寥，但是如果你厌弃了都市的嘈杂与喧闹，想遵从内心的呼喊，广阔的塔克拉玛干将带给你全新的感受。

贯穿东西方两大文明心脏的丝绸之路曾穿越塔克拉玛干的事实，让塔克拉玛干就此流传着数不清的扑朔迷离的故事，其中不乏它的腹地埋藏着大量财宝的传闻。听信于此的人，走进了塔克拉玛干，而这些贪婪者无一幸免地葬身沙海，所以塔克拉玛干得到了一个令人战栗的名字——"进得去，出不来"。走进塔克拉玛干深处，是探险家们延续了千年的梦想。骆驼的銮铃将被引擎与喇叭声替代，有多少隐匿在历史尘埃下的往事会被我们揭开？

　　这将是一段奇妙的旅行，在我看来，我们将缔造一段创造奇迹和神话的冒险。我要同一个陌生的团队，走进一个陌生的环境，经历一次陌生的穿越，还将得到许多陌生的朋友的关心和支持。对我来说，这次出行的几大考验，排在第一的，是如何和一群陌生人在极限的过程里相互协作、友好相处，并顺利完成团队交给我的任务，其次是如何经受早晚极度寒冷的考验。

　　沙漠中，没有永恒的足迹。

　　坚毅的探险者，依靠灵魂的温度指引前行。浩瀚无垠的大漠带给人们别样的境界——那松软的沙粒，一色的金黄，高贵的光泽让天空沦为陪衬。

　　"写得真好！"我一口气看完，从心里由衷地赞叹，"真让我们这些文科生汗颜。"

　　"我发现你真会夸人，夸得我都快不知道自己叫什么了。"嘉琪笑得眼睛弯成两弯月牙，"行了，我突然来灵感了！你赶快睡去吧。"嘉琪突然用手推了我一下，然后转身构思她的文字去了。

　　我重新爬回床上。

　　嘉琪很有想法，特立独行，追求自我的人生意义和浪漫的激情。她和我的人生道路大不相同。截至今天，我的人生就是三点两线。我读万卷书，她行万里路。

　　路上，郝明和我提过一句，说嘉琪有一篇成名作《来，让我告诉你，我们为什么要去旅行？》，推荐我看看。

　　我拿出手机，打开网页，输入"为什么要去旅行"这几个字之后，立刻有十数个不同网站跳了出来。我随便打开了一个：

　　当你还在为每月的可怜收入哀叹
　　冈底斯山的雄鹰在云端盘旋
　　当你还在为职场的钩心斗角不平
　　锡林郭勒的骏马正在草原上撒欢
　　不要总把错过那美好的风景，归结到忙碌的工作
　　是你的内心，还没有揣着自然

　　我渴望探寻更远的地方
　　旅行就是一场修行
　　踏上一片

你从未想过会涉足的土地
惊艳了时光
撩动了心弦

带上相机
截取你最感动的瞬间
同未知的朋友们一起冲越险滩
一起大笑，一起疯癫
风景如何，不再萦怀
重要的是，你，在我的身边

嘉琪的文字真的很有蛊惑力，完全不适 合睡前看。看了之后，让人激情澎湃不能自已。让你觉得你再待在房间里，不出去闯荡一下江湖，看看这个世界，你就活得太悲哀了。

不行，我想，我得先把激情按捺住，睡觉。明早还要赶一天的路呢。

我把手机塞到了枕头底下，把被子掀好，只露个头在外面。

睡梦中我还在路上。对面有一辆大货车正朝我们开过来，越来越近，车灯刺得我睁不开眼睛，可是不知道为什么，我们的车一点改变方向的意思都没有，对着大货车直冲过去。

"哎呀，不好，要撞车！"我大喊一声从梦中惊醒，一看手机，才两点一刻。嘉琪还在电脑前码字呢。

第四章

火红的牧马人

——无穷无尽的时间里，有早，也有晚，刚巧赶上了。

我们赶上了京蒙大暴雪。

今天的路况比昨天更糟。道路上，挤满了从高速上被赶下来的大货车。路面的冰雪被车轮碾压后，开始融化，和泥土混在一起，形成泥泞。

我们四辆车，钻山洞，走田间，在泥泞中和大车抢路。

最怕大车乱走，把路挡住。在这种情况下，郝明也没辙，只能耐着性子一点一点往前蹭。

这时，迎面来了一长列运煤的大车。郝明不断地按喇叭，示意前面道路已经被阻断。那一长串大车依然占据我们的车道，一辆接一辆地往我们面前闯。

郝明见不好，急忙掉头。同如影随形、一直紧跟在我们后面的红色牧马人走了一个对脸儿。红色牧马人立即往坡下倒车，头昂着，斜着扒在山坡上，给我们让路。

亏得郝明当机立断，我们和红色牧马人从大车扎堆的地方及时撤了出来。不然，我们就要处在它们包围当中，进不能进，退不能退，困到后天早上也说不定。远处，一辆运沙石的大车翻到了路基下面。车上两名司机无奈地站在路边。

郝明摘下报话机，问："小满，没掉队吧？"

"和你隔了一辆大解放。"

"老葛，我一直没看到你。"

"在'八〇'后头。"

"好。"郝明简单地赞了一句，"我看到你们了，'八〇'和牧马人。兄弟们，前面的路是走不通了。我看到我左手边，有个施工工地，我们过去，下道，看看工地里有没有其他可以走出去的路。"

"哥，你咋走，我咋跟着。"王小满说。

我们七扭八拐地在大车间穿行，离左右两溜大车的空隙不到十厘米。百无聊赖的大车司机们从驾驶室里探出半个身子，好奇地看着我们这几辆红红绿绿的越野车泥鳅一样灵活地穿梭着。

"老米，前面是个小五十米的斜坡，敢走吗？不敢的话，就让小满先过。"郝明口里所谓的"斜坡"，是个布满乱石的陡坡，比羊肠小道还窄，人走还勉勉强强，不知道车怎么过去。

一辆大车观察到我们这里有块儿空地，发动引擎，想占据这个小空间。郝明急忙向左打满舵，抢先将车斜过来，挡住了大车。

"敢！这有什么不敢的！"老米兴奋地说，"我在扬州，经常去城外的河边玩石头，我的牧马人走这种路最好了！"

"米哥，别把话说满了，"王小满咬着舌音说，"万一卡在路上就不好玩了。

到时候，我拿前杠顶你下去哈。"

红色牧马人摇晃了一下，突然一个大角度倾斜到沟里，车像散架一样，轮胎从车底掉了出来，吓得我几乎要喊了出来——红色牧马人一头高一头低，从盖着积雪的深沟里，颠簸着挤了过去。

电台里传来老米的大笑声，还有伊曼的叫好声："米哥你太棒了，太刺激了！"

"强悍的牧马人，无敌的行程！"老葛在电台里赞扬。

绿色四门牧马人毫无耽搁，沿着红色牧马人压出的轮胎印，从我们眼前开过。郝明倚着车门，看老葛顺利通过后，立刻发动车子。

"坐稳了！"他通知我。

途乐猛地向上蹿了一下，又往下一沉，车体倾斜着，碾过山坡。

"有没有血脉偾张的感觉？"郝明问我。

"有！"

郝明满意地笑了，拿起报话机："很好，兄弟们，以后咱们在塔漠，就这么走。小满？我怎么还没看到你？卡壳下不来，就留你一个人在上面，你就掉头回家吧！"

原来这个施工地点是一个高速路段。一个穿山的隧道刚刚建好。

郝明从右侧快速插到红色牧马人前面。我们驶到隧道口，一位老人正在打扫卫生。

"你问问，"郝明叫我，"隧道通没通？"

我降下窗玻璃，问那位老人："老人家，请问前面通了没有？"

"通了通了！"

我有些疑心，又问："能走吗？"

"能走能走！"

我谢了那老人，高兴地摇上窗玻璃。

刚建好的隧道，什么灯光和辅助设施都没有，里面漆黑一团。我们就靠车灯那一点光亮摸索前进。

走了有半分钟，前面出现了一点光芒，光芒越来越大。道路也渐渐可见起来。最后光芒变成一个大半圆。我们出了隧道。

隧道的那一头，是个堆积起来的大石块山。郝明在电台里通知大家："大家先别跟过来，我先去探探路。"

郝明驾着途乐Y60上了石头堆。坐在车上的我，体验了一种我从未体验过的感受：途乐轻易跨越了石头间的沟沟坎坎，又轻易越过石头的突兀尖棱—这就是广告上所说的动力吧？

石头山的尽头，是一条十米多宽的鸿沟。除非车子长出翅膀，否则这个沟是无论如何过不去的。看来打穿隧道后，建高速的工作还远远没有结束，鸿沟之上还需要填平或者架桥。

没办法，我们只能原路返回。

我们又摸索着穿过那个伸手不见五指的隧道。我发觉，出隧道的时间比进来的长。正奇怪呢，终于看到了一点亮光。等看到进来的那个半圆形洞口的时候，发现前面横着一台压路机。

压路机驾驶室里没人。很显然，是有人故意停在这儿的。压路机两旁，有两条很宽的缝隙，我想刚才我们"羊肠小道"都过来了，便自告奋勇去丈量那两个缝隙，看四辆车能不能挤过去。

"不用量了，肯定过不去！"郝明紧抿着嘴，一动不动地坐着，然后呼地一下从车里跳了出去，把车门摔上。

我也急忙下车。隧道里弥漫着被车轮扬起的重重的水泥粉尘的气味儿，呛得人咳嗽。

后面的三辆车鱼贯从水泥粉尘中钻了出来。

老米、老葛、王小满都下了车。

"怎么了，老郝？"老米问。

"工地的人故意把车堵在这儿。"郝明一面说，一面走到压路机旁。

"不不，老郝，你错了，绝对不是故意的！"老米说。

"就算是故意的，也得当他是无意的。"王小满也说。

郝明的判断是对的。这个压路机停得很是地方。留出的两道缝隙，刚好让车辆不能通过。

压路机一前一后两个大圆滚子，就算我们八个人全上，也推不动。

我突发奇想，也许司机走的时候忘了把钥匙拔掉，那郝明肯定有本事把压路机给鼓捣走。我顺着梯子，三下两下爬到压路机上，不由得泄了气。驾驶室的门锁得好好的；方向盘上也没有钥匙挂在上面。

我对留神观察我的郝明摇了摇头，正恼火中，看见隧道外面山坡上匆匆忙忙走来两个技术眼镜男，其中一个夹着公文包，比比画画地讲着什么。走到隧道前的土路上，两个眼镜就分开了。

我急忙从梯子上跳下来，追上那个夹公文包的："哎，老师，我们的车被阻在隧道里了，能不能找人把压路机开走？"

"哼！""公文包"冷笑了一下，"就是为了挡着不让你们出来的。"

"建筑工地当然不应该随便闯入，这个我们都知道。但是路边没有任何警示牌。我们也问了'前面路通了没有'，答曰'通了'。上面堵车堵了很久，我们这才——"我解释着。

"公文包"听也不听，越走越快，我跟不上他，只能站住。

"突突突突突"，迎面驶来一辆铲土车。老米和小满迎了上去。

"干什么？都回来！"郝明站在原地大声嚷，"不去求人！我一定找一条路把你们带出去！"

老米把我们的情况和铲土车司机讲了一下："师傅，麻烦你给说个情儿。先谢了。"

王小满给司机递烟，又掏出打火机给他点烟，一边称兄道弟地说好话。

铲土车司机开始打手机。老米走回来，对郝明低声说："你别着急。他们找人去了。"

没过一会儿，从山坡上简易职工住房里，急匆匆走出来一个赤着脚只穿着秋裤、披着棉袄的年轻人。

老米迎上去，又和他解释。小满急忙又递烟。那年轻人摆摆手，面上带了几分羞惭，很灵活地爬上了压路机。

隧道里响彻着我们四辆车马达发动的声音；滚筒车慢慢倒开，被它遮挡住的光明又重新照回到隧道里。

"郝明，他们说了，洞口出去二十米，左拐，顺着那条土路就能上高速。"老米说。

"抄收了。"

途乐经过正在找地方泊车的压路机前，郝明按了下喇叭，表示了谢意。这个突如其来的小插曲就算结束了。

我们重新回归到高速公路上。前面一片通途，真好啊！

"一晃下午三点了！"郝明低头看了看表，"你饿了吧？我都忘了，我买了些吃的。我不知道你爱吃什么，就照我女儿的喜好买了些。你先垫垫肚子。"

他一手扶着方向盘，一手从我座椅后面提出一个大塑料口袋给我："喜欢吃什么，你自己拿！"

我打开塑料袋，里面有橄榄、梅子、牛肉干、曲奇、薯片还有杏仁饼干。

"那天开会，照片上和你合影的那个可爱小女孩儿，是你女儿？"我吃着杏仁饼干，问。

"对，是我女儿。"

通常来讲，郝明这个年纪，有家庭再正常不过了。我没有任何理由不高兴。

"她长得挺像你的。"

郝明说："一般来说，女儿都像爸爸。不过我倒是觉得，她还是像她妈妈多一点。拍照那时候她还小，现在她十二岁了。我比你大十二岁，你比我女儿大十二岁。"

"你二十三岁就结婚啦！"我吃惊地大喊一声。

"小A，你在学校读书，二十四岁还是学生。到社会上，我们那个三四线的小城镇，二十三岁还没结婚就算大龄了。父母会着急的。"郝明解释说。

我什么也没说，神色冷淡。

我把脸枕在安全带上，侧着转向车窗方向，看上去好像在打盹。这样，我就不用担心郝明会看出我情绪上有什么不对头的地方来。

人们是叫不醒一个装睡的人的。宁可现在让自己失望，也决不能怀有不道德的幻想。

没想到装睡竟然是个体力活儿，很是辛苦。我一动不动待了快一个小时，觉得脖子都快抽筋了，只好又重新坐起来。

"睡醒了，小A。"郝明看了我一眼。

"噢，我睡着了吗？我都不知道。"

"你能睡着了，说明我们彼此熟多了。昨天整整一天，你一直坐着，也不说话。"

"噢。"

"我看你很少喝水，是怕堵车没地方上洗手间吗？以后就不会堵车了，越往西走，几十公里过去，可能连辆车都碰不到。"

"西北你经常来吗？"我拿出保温杯，问。

"我是在青海长大的。我父亲原来的单位属于兰州军区。我父亲转业后，我才回到老家。"

很自然地，我可以顺着他的话问问他是哪儿人，在青海什么地方长大，哪年回的老家？我很想知道，但问了又如何。

沉默了好一会儿，郝明又问我："你都知道哪些关于塔克拉玛干的知识，讲给我听听。"

车台里一直保持无线电静默。

各车里的人，老葛和嘉琪，王小满和修师傅，画家和模特，可能聊得正嗨。长途开车很枯燥，我想这是郝明想和我聊几句的原因。我白坐他的车，不能就这么他问我一句，我回答一个字。

"还不就是书本上那些记载。"我没精打采地说。

"那你说说，书本上是怎么记载的？"

"我想了想，有些史料我一向是当志怪小说来看，不过漫长的旅途，倒是可以当成个故事来说：《西域风略备考》记载过：有个商队，走在丝绸之路上，忽然间天空昏暗了下来，很快聚集在一起的尘埃，把太阳变成了一个暗红色的火球。大风刺耳地呼啸，犹如哀号，把人和牲畜吹得团团乱转，最后只能都趴在地上。天色越来越暗，砂石在空中被吹得翻滚撞击，夹杂着风的怒吼，情形就如同地狱。人和牲畜在沙暴中由于过度惊吓，发疯似的跑到沙漠深处，最后可怕地渴死。当地的居民，后来发现了一些人和马匹的干尸——"

郝明一直没言语。

我忽然醒悟，这个时候，他最不爱听的就是这些话。这些可能来自我杜撰的可怕传说，会增加他对我的不信任感。他会觉得我是一个胆小鬼，一个意志薄弱的家伙——坏了，他可能会让我到喀什后或者之前的什么地方下车，返回北京。

我不敢去看他的脸色，僵硬地坐着。

"怎么不讲了？"郝明问。

"没了。"

"没了？！"郝明往前探了一下身，显得很吃惊，"古代文献就记载了这么少？"

"这还不够可怕的吗？"我说。

"这些传说，倒是值得我们参考，"郝明见惯大场面似的，"人对自然有敬畏之心是个好事儿。最可怕的不是恐惧本身，而是不知道恐惧或者不知道恐惧的边际在哪儿。"

"郝队，我问你一句实话，你有没有想过，会死在塔克拉玛干里？"

"我有你想的那么傻吗？我活得好好的，非得去送死。"

"野外是很危险的。箭扣长城、灵山不是也出过事吗？有一个还是我们学校的校友呢，博士生在读，马上就要答辩了。"

"那是他们没有足够的野外生存经验，对未知的困难甚至是灾难，没有做好充分的心理准备。或者明知道危险还往里闯，遇见了危险，又没有能力应对。"

"郝队，是不是在军队生活过的人，都有野外生存经验？"我问。

"不一定。看你分到哪儿。"

"是这样。"我说。

"小A，你学习很好吧？能考上你那所学校。"

"我？学霸——肯定不是！学渣——也还不至于。"

"我和你老师，去年秋天才认识。他开一辆吉田。国庆黄金周的时候跟我去了趟乌兰布和。"

郝明所说的我的老师"马啃菠萝"，就是我们历史系的佼佼者马波博士。

马波博士比我高好几届，当年省高考文科状元。博士毕业后，留在我母校任教。我的本科论文《浅论粟特胡商在南北朝时期向两河流域的迁移》就是在他的指导下完成的。所以郝明说他是我老师，也对。

"历史系的老师都没什么钱，"我说，"他上过央视十频道的《百家讲坛》，讲《魏晋之风与竹林七贤》。可能拿到一笔还不错的报酬，买了一辆越野车。马老师的车好吗？"

"那是辆韩国车，模仿日本的三菱生产的。"

"郝队，你这车好，是吗？"我问。

"我不知道你说的'好'是指什么？"

可能是我问得太过笼统，让郝明无从回答。而我也不知道车"好"包括哪些方面？

"动力？"我想了想，问。

"动力是四点二的。"

"你上次探路开的是什么？"

"两门的牧马人罗宾汉，就是老米那个式样。所以我知道短版牧马人在沙漠里不是很有优势。"

"那你这次为什么会选择这款车呢？"我确实想知道原因，为什么他放弃老米那款豪华越野车而选择一辆看起来有些老旧的车。当然，我内心可以这么想，嘴上不能说出来。

"途乐也是一款硬派越野。底盘很结实。车宽而且长，重心比较低，这样稳定性好。它的传动系统很不错。即便发动机在只有两千转的低转速情况下，仍然能产生很大的扭矩。其他车辆差不多在四千转的时候才能产生最大扭矩。"

"扭矩大，为什么就好？"

"爆发力强，提速快啊！"

"你刚才说它是四点二的发动机。动力好也是它的优点之一？"

"这车是尼桑公司早些年生产的，比较老了，功率比较低。它没有那么大的动力，超不过老米、老葛三点几的牧马人。只是发动机的排量比较大。"

"这车是哪年生产的？"

"九八年。"

"九八年生产的车辆还能用？！"

"可以，尼桑八八年生产的首批途乐，现在还有人用它穿沙漠呢。而且各方面性能都还不错。打开发动机前盖，里面胶套都是好的，橡胶也没有老化。"

停了一会儿，我问："怎么你们当中没人开国产越野车。我们国家难道就没有同类型的优质越野车么？"

郝明回答得比我预想的还要快，甚至都没有费神去思考一下："没有。"

犹如利箭穿心，我感到很不是滋味。不知道是不是因为我是学历史的，把民族责任感和国家荣誉看得比其他人都来得强烈。从八八年算起，二十年过去了。我们非但没有赶超人家的新技术，反而还在继续使用人家二十多年前的老技术。

"Jeep 牧马人的历史你肯定知道吧？"郝明问我。

大家普遍认为，学历史的人，什么历史都知道。其实，历史也有细分科目。

"好像二战的时候出来的，北非？巴顿将军？"

"1941 年。那时候日本和美国都有航母了。我们抗日那会儿有飞机么？有坦克吗？"

"没有。可不是有传说，'辽宁号'今年就下水了吗？"

"这就是我们和美国、日本差距的根源。老米、老葛他们盲目追捧美国技术，觉得牧马人是无敌的，其实，日本车和美国车比，技术上更细腻。"

我知道郝明说的都是真的，这更让我心里有技不如人的酸楚。我们的火箭都上天了，但是车子的技术和日美差得不是一星半点儿。

"等我们这次穿越成功了，到时候我开国产车走一趟塔漠，如何？我都这么说了，你还不高兴？"

"你刚才不是还说，我们国家没有同类型的优质越野车么？"我疑惑地看着郝明问。

"如果这次我们把塔漠的地理、脾性摸透了，车辆就是次要的了。我觉得北汽生产的吉普2032就可以——这车你可能都没见过。"

"就是电影里，七十年代那种老式的军车？"我惊诧地问。

"那车还行，就是小毛病不少。"郝明说，"还有就是，外形看着有些糙。"

"你有驾照了吗？"郝明问我。

"有了。2009年拿的。不过一拿得很勉强。笔试我考了满分。可是科目二就差点挂了。听一块儿学车的同学在那议论，科目二一般没人挂科，除非学财会或者学历史的。真是气死我了。"

"什么是科目二？"

"就是揉库、倒桩啊。科目三是练走单边桥、绕井盖。我真倒霉，还抽到了科目四，路考。一路磕磕绊绊，没少被教练骂。"

"你们教练严格要求你们，当然是对的。要不然不就是培养马路杀手了！"

"严格要求？！我看是故意刁难我们，让我们给他买烟。"

"买两包烟给教练也不算什么，他辛辛苦苦教你们。读书人不是讲'尊师重道'吗？"

"马路那么宽，非要我们靠路边停车不超过三十厘米。"

"我们靠路边停车都能做到不超过三厘米。"

"啊！"

"这不是什么难事，小满也能做到。我们都能做到零失误驾控。"

"练过单边桥、绕井盖有什么用，平时根本用不上，都是走马路。"

"我们今天从国道上下到工地，不就是走的单边桥吗？你说的绕井盖，我猜是模拟炮弹坑路。你去的地方，不一定都把路给你铺好了。很多地方是坑坑洼洼的路面，还有搓板路。你都得会走。"

"噢，是这样啊。"我的声音没刚才那么激动了，"这些科目，你当时一定过得毫不费力吧？"

"我没进过驾校。我是在部队拿的军本。那时候管得不严，退伍后直接换成了普通本。"

"噢。"

我是独生子女，没有兄弟姐妹。和他聊天，如沐春风。我们不像几天前才认识，倒像多年不见久别重逢的挚友。

"你毕业后要去国外？"他问。我想说，我不一定能毕得了业呢。

"不不，我不出去。"我急忙回答他，"塔克拉玛干在中国啊。现在法国、瑞士、美国的东方学者都跑中国来考察。祆教、摩尼教、景教在叙利亚、伊朗、阿富汗都很难找到遗迹了，现在只有中国还能看到。"

"你说的这些，我听得不是很懂。"他抱憾地说。

"懂就怪了。学我这个专业，真的是苦，而且极其枯燥。塔里木盆地四周，人种来源复杂，各种宗教文化互相影响、融合。除了普通的考古文献、艺术史、古老的宗教也需要了解，各种死文字也要学。如果没有这些基础，上手很难，板上钉钉，不会有什么成就。我们燕大在这个分支上，在国内乃至国际上具有碾压性的优势，主要还因为当年季羡林先生创立的东方语系提供语言上的支撑。不过，我们学校在这方面也出现了人才断档。现在，除了快要退休的林梅村教授，能带学生的，也就我的导师了。因为学起来异常艰苦不说，所有的结论全靠推断，很难找到确凿的证据。即便改行，学过的专业课对找工作也没有任何帮助。"我抱怨了一通。

他很认真地听着："小A，我听你马老师说，去年夏天，你花钱报了一个'塔漠旅游团'。"

"旅游团？——探险考古团！"

"是不是'四驱骆驼''刀疤'和'趟子手'组织的？"

"我不知道谁是'趟子手'，有个叫'骆驼'的，是领队；'刀疤'一直和我联系。"

"就是他们仨。"

"这个圈很小是吗？"

"不是圈大圈小，这件事开始闹得动静很大，现在是不是无声无息了？"

"'刀疤'还在联系我，这事好像还在进行。"

"他怎么和你说的？"

"他说还在紧锣密鼓地筹备中。因为要过春节了，二月二龙抬头之后再说。"

"简直瞎胡闹！龙抬头之后塔漠就该刮沙尘暴了！'骆驼'应该是放弃了。'刀疤'想赚这笔钱，私下里联系你。如果'骆驼'和'趟子手'都不去的话，'刀疤'就更没戏了。'四驱骆驼'在西藏当了七年兵，有一定野外生存技能。"

"刀疤对我们说，骆驼在阿里干了十二年。郝队，你在军队几年？"

"四年多，不到五年。但是，这三人当中，严格来讲，谁都没有沙漠经验。"

"那他们为什么要带队伍进沙漠？"

"他们收了你多少钱？"

我犹豫了一下，决定实情相告："初始费用，5万元。"

"后续还要交多少钱？"

"看困难程度，大概还要交10万元的样子。"

"就在民丰县克里雅河附近的塔漠边缘转转，就能挣个15万元，去阿尔金山、可可西里、羌塘走一圈也不过4.5万元。"

"没有沙漠经验，那他们怎么赚这笔钱呢？"

"找沙漠边上的当地人。巴丹、腾格里沙漠附近，有些牧民的技术比我们还好，从小在沙漠里玩儿，就是受经济条件上的限制，车一般。"

"原来是这样。先收钱，再探路？这不是蒙人吗？"我气愤地说。

"也不能说是蒙人。如果没找到人、谈不拢，再退钱。我估计他们是没找到人。巴丹吉林，你给牧民两千元，牧民很高兴带你进去转一圈。塔漠，估计是没人敢进去。"

"能进塔克拉玛干，做梦都没想过的事，如果真能带我们深入到克里雅河，真要是能有所发现，15万块钱真的不算多。"

"15万块钱，对一个学生来讲，可真不是个小数目！你哪来的钱？—你又不挣钱。和你父母要？"

"我研究生有工资啊。我爸妈定时也给我汇些生活费。我还有个有钱的叔叔。"

"是你亲叔叔吗？"

"我爸最小的弟弟。"

"然后呢？"

"他非常希望我能出国镀镀金，拿个洋文凭回来。"

"你要出国？"郝明非常吃惊地看了看我，"他自己没孩子吗？"

"有。"

"那他为什么不送自己孩子出去镀金？"

"他孩子没出息。"

"所以他把希望寄托在你这儿了。"

"他承诺，我出国的费用他来担负。我说我英语不好，考试通不过没法出去，要报额外的辅导班。他说他给我交学费。"

"这不挺好。"

"像新东方这样的名校，辅导班都有两个星期的试听期，如果不满意，退全款。交费，是我叔叔转账；退款，是退我现金。"

"那能有多少钱？"

"挺多的，一对一的口语训练课，老师如果是美国人，一期是4万元。"

"小A，你骗你叔叔，这多不好。"

"他出资，是为了支持我通过考试。考试我都通过了，只是没去听课而已。余下的钱，我又没拿去乱花，而是用它做更有意义的事。这点儿小钱，在他那算不了什么。我四叔做丝绸外贸的。他家客厅的古董柜里，一尺半高的玉佛，就有三座呢！"我比画着，"我叔叔很精的，不大露富。这是看得到的，还有看不到的。"

"你叔叔的财富，是人家自己靠劳动挣来的，对不对？就算一尺半高的玉佛他有一百座，是不是都和咱无关呢？给'刀疤'打电话，把钱要回来，然后还你叔叔——这就打。"

我坐着没动，为自己向郝明说了实话而懊悔。

"怎么还不掏电话？你还对'骆驼'抱着希望吗？你要觉得不好意思开口，我来给你打这电话。"他把右手向我一伸。

说心里话，和郝明他们这次的北纬39°横穿线路相比，"四驱骆驼"那条顺着克里雅河的南北线路更吸引我。

由和田河一路往东，克里雅河、尼雅河到安迪尔河流域，曾经发现了不少遗址。只不过，这些遗址，最北不超过北纬38°。如果郝明他们这次没能进到沙漠腹地，"四驱骆驼"那儿，我必须还得挂着一号。

"我原来是要跟'四驱骆驼'他们走的，现在又跟你。你跟他联系，他会不会不高兴，迁怒于你。"

"他们知道我是干嘛的。就'趟子手''刀疤'这几个的越野经验，玩儿车技术，三尺之内，别想往我身边凑！"

我急忙又想了个理由："走前我刚给'刀疤'打了电话，问他什么时候出发。现在我又突然变卦，做人上不大好看，等我到了喀什，再和'刀疤'说。"

郝明半天没说话。

"你为什么一定要进沙漠呢？你马老师是男的，这次也没要求来。你连那几个人面都没见过，也就通过几个电话，就敢跟他们走？为了研究你的文化？"

我真的连"四驱骆驼""趟子手""刀疤"的面都没见过，在网上看见了这个活动，就立刻打电话报名了。

我想了一想，答案还真只有这个字："是！"

马波博士是专修"魏晋南北朝史"的。这就是他为什么不用去沙漠的原因。他只要去国家图书馆，埋头翻阅故纸堆就行。不过即便他是学"西域史"的，他不去沙漠，也不会影响到我。

"不是我打击你，小A，这趟你来，除了沙子，可能什么都看不到！"

我不知道，我什么地方说错了，让郝明这么生气。

"我这趟来，确实可能什么都看不到，可是不来，肯定什么都看不到。"

"说实话，我真的不太能理解你的行为、想法。"他面色不悦地说。

"可是，郝队，我很能理解你想来穿越的想法。"郝明转过脸，盯了我一眼。

"其实想法的本质都一样，只是做的事儿不同。"我说。

他不吭声了，从大塑料袋里摸出一个小面包。我伸手想帮他，他却用一只手稳住方向盘，自己撕开了小面包的外包装。

天空飘来一朵乌云，车内的采光黯淡下来。

之前如沐春风的融洽消失了，取而代之的，是话不投机的别扭。

如沐春风是我自己的感觉。我们不仅性别、年龄差别很大，成长背景也不同。如果说，刚才觉得投缘，那是因为我们是陌生人，陌生人之间说话总是相对比较客气。进一步的交谈之后，性格、思维之间的差异就会暴露出来。

我心里怪难受的：郝明是个好人。如果话不投机，那一定是我说错了什么。

"怎么不说话了？冈。才讲到哪儿了？"郝明把最后的小面包一口吃掉，"抱歉，我一饿，就容易发脾气。"

刚才的别扭、隔膜消失了。如沐春风的感觉又回来了。天上那朵灰云也飘走了。阳光重新变得明媚起来。

"你毕业后要去国外？"他问。我想说，我不一定能毕得了业呢。

"不不，我不出去。"我急忙回答他："塔克拉玛干在中国啊。现在法国、瑞士、美国的东方学者都跑中国来考察。祆教、摩尼教、景教在叙利亚、伊朗、阿富汗都很难找到遗迹了，现在只有中国还能看到。"

"你说的这些，我听得不是很懂。"他抱憾地说。

"懂就怪了。我这个专业，不光学起来艰苦异常不说，而且极其枯燥。塔里木盆地四周，人种来源复杂，各种宗教文化互相影响、交融。除了普通的考古文献，艺术史、古老的宗教也需要了解，各种死文字也要学。如果没有这些基础，上手很难，板上钉钉，不会有什么成就。因为很难有新的发现，缺少确凿的证据，所有的结论全靠推断，也很难有什么成就。即便日后改行，学过的专业课对找工作也没有任何帮助。"我抱怨了一大通："我们燕大在'西域史'这个分支上，在国内乃至国际上，都具有碾压性的优势，主要还因为当年季羡林先生创立的东方语系提供语言上的支撑。不过，我们学校在这方面也出现了人才断档。现在，除了快要退休的林梅榛教授，能带学生的，也就我导师了。"

我觉得我说的，郝明不一定能理解，不过他似乎在用心听。

我又对我们之间的投缘有了信心。

"维语你会说吗？"

"自学的。有一定的词汇量，发音不标准。"我羞涩地说。

"说一句听听。"

"kðzingiz bek omaqken（你有一双善良的眼睛）。"

如果郝明问我这句话翻译成汉语是什么意思，我就说"这是阿凡提的毛驴"，不过他并没问我。

我们对着正西方前进，落日的光芒，从前风挡中照进来。

郝明左手扶着方向盘，右手往车顶伸去。我急忙替他从车顶取出眼镜盒，拿出墨镜递给他。

"谢谢。"郝明戴上墨镜，低声说了一句。这是我作为副驾驶，第一次履行自己的"职责"。

"你为什么叫'小 A'？"他忽然问我。

"我不知道，同学、朋友都这么叫我。"

"听着很奇怪。"郝明感到很不容易理解地琢磨着，"一般'A'都特指'A大队''老 A'。最开始你马老师和我提到你的时候，我还以为你是个男孩儿。"

我没告诉郝明，"小 A"只是我绰号的一部分——我绰号的全称叫"糙汉子小 A"。

"小 A，你真名叫什么？身份证上，你父母给你取的名字。"

我告诉了他。

他仿佛在心底默念了两遍似的："挺好听的——"他努力搜索着词汇，最后找到一个他认为合适的词，"这名字挺别致的，和你很相称。"

他笑的时候，眼角涌起了皱纹。

第五章

黑戈壁

——渡一个世界，共一场生死。

没想到去新疆，路上需要走四天。

我们八个人，一天三顿饭都在一起吃。行路的时候，我们利用车载电台聊天。很快地，其他人的情况，我也慢慢知道了一些。

米国军，中央美术学院毕业的高才生。

去年，因为一幅油画，在国外拍卖会上拍出198万元的高价，一跃成为"享誉海内外"的知名画家。光头强从他的客户那里听说了这件事，抓住时机向老米兜售了一辆牧马人撒哈拉。作为笼络回头客的一种手段，知道但凡艺术家都喜欢刺激，就想法让郝明带老米去塔克拉玛干玩。

老米到北京开会那天才知道，我们这次的目的地在新疆；要去的那个沙漠有34万平方公里，顿时头"轰"一下。一向争强好胜的老米，不想当着美女伊曼的面打退堂鼓——1000公里长的沙漠，正好慢慢培养感情。

王小满最早开过大货，想法攒了点钱，与几个人合伙开了个汽车修理厂。

他为人热心，好交朋友。"红星烧锅杯"中国超级越野拉力赛排位赛量产车组有个车队需要后勤维修，因为平时之间已经把交情培养厚了，近水楼台，先找的王小满负责。

比赛进入关键环节，车队的一名主力赛手赛前那晚被人硬拉去吃酒，贪嘴吃多了当地的手把肉，上吐下泻。下半夜没到，人已经脱形。

按照赛制规定，如果车队车手不能全部参赛，就等于自动弃权。本来能拿前三的好局面，变成连名次都可能没有了。情急之下，车队领队"大老一"深更半夜给郝明打电话。

"你现放着你旁边的高人不求，来找我！你说哪个高人？我小满兄弟不在你那儿吗？"郝明说。

那时候，越野拉力赛才主办没多久，赛手少，赛制也不是很严格。"大老一"连夜和王小满签了一份临时合同，现场给小满拍个大头照，打印出来。天一亮，递到主办方负责人手里，就全搞定了。

从张掖到敦煌一段，途经祁连山、哈拉湖、红军长征走过的沼泽和南库木塔格沙漠，小满以一籍籍无名的非专业选手脱颖而出，拿了个量产车组分段赛的冠军，在越野界轰动一时。

这就是我那天看到的"喷香槟"照片背后的故事。

那个修车技术很好的师傅修艳喜，原是小满手底下的人，后来自己出去单干。人走、茶没凉，情谊仍在。王小满厂里忙不过来的活儿，都介绍给修师傅。所以这次来塔克拉玛干，王小满和修师傅一说，修师傅慨然允诺。只是有件事我想不明白，为什么修师傅比王小满大了十几岁，可是王小满总叫修师傅"修师傅"——也许是因为他个子不高的缘故吧。

嘉琪和姐姐在洱海边开了一个小客栈兼茶馆，惨淡经营。她没什么钱，穷游的那一种。嘉琪很擅长讲故事，又是亲身经历，娓娓道来，所以很多人爱读她的文章。她很希望她的文字能为她带来一份经济收益，但是始终没法变现。

这次她破釜沉舟，决定跟着郝明、老葛，成为人类首次驾车穿越塔克拉玛干的女性队员，为自己博个出名的机会。

葛卫东，是我们这里的"有钱人"。四十多岁，就因为赚足了钱退休。他很少主动跟我们谈钱，谈他的生活。王小满私下里告诉我们，说老葛的人脉、背景深不可测。他做妇科器械起家，后来又做房地产，望京大片的房子都是他盖的。2008 年年后，转战资本市场。做国际期货开始，资产又上了一个台阶。

葛卫东对米国军相当尊重；对郝明直来直去，不假辞色；对王小满，大面上还过得去，内心里我总感觉不待见他。王小满倒是对老葛非常热情，一口一个葛大哥，鞍前马后地照顾他。所有这些，老葛都认为是理所当然。

越往西走，越显荒芜。

路的两侧，衰草凄凄。因为是冬天，颜色格外不好看。幽灵一般缥缈的白雾中，时隐时现地，还能看到土黄色的烽燧，代表着该地两千年前处于中国汉代军事势力的范围之内。

忽然，前面没路了，我们驶入了荒漠。行进中，车身忽而弹起、忽而坠下，好像小时候玩的跷跷板，让人由衷地兴奋。

"觉得有意思，是吗？到沙漠里，你会天天走这种路。"郝明告诉我，拿起报话机讲，"兄弟们，我们去碉堡山考考古。现在，让我们很称职的导游小 A 给大家介绍一下黑喇嘛的传奇。"

说完，他把报话机递给了我："你跟大家说说话，大家都累了。"

电台里传来伊曼懒洋洋、迷惑不解的声音："郝哥，'黑喇嘛'是谁呀？没听说过。是哪个车队的？"

郝明本来已经将报话机递给了我，听见伊曼的问话又暂时拿回到手里："'黑喇嘛'不是车队的，是驼队的。"

我拿着报话机，捋了捋思绪。这是我第一次在电台里同大家说话，心里有点小紧张："'黑喇嘛'，听起来像是中世纪时候的人，其实他就活在 20 世纪 30 年代。两千年来，丝绸之路上劫持货商的土匪肯定有很多很多，但是黑喇嘛应该是最后一个，也是唯一有文献记载的一个，成为离我们最近的传奇。"

"这里荒凉苦寂，人迹罕至。'黑喇嘛'为什么把碉堡建在这里啊，小 A ？"

老米问。

"这里应该是，丝绸之路从河西走廊进入新疆的咽喉部位。过去的商队一定会经过这里。"老葛回答。

"哎呀，小A，'黑喇嘛'是不是很残忍，杀人不眨眼啊？"嘉琪问。

"这个，嗯，应该是，幻想匪徒能发善心，都是与虎谋皮。"我说。

地平线上出现了一个由众多山丘簇拥的山口。

"前面就是黑戈壁了，西南连着罗布泊的东缘，往北去就是中、蒙边境。"郝明接过我手里的报话机，在电台里说。

车辆在飞快前进，依稀已经能看得到丘顶的碉堡。俄国探险家奥勃鲁切夫生动描绘过的、神秘恐怖的"丹毕喇嘛的城堡"到了！

"大家自由活动半小时。三十分钟后，原地集合！"郝明简短地下达了命令。

我拿起相机推开车门，意想不到的大风吹得我睁不开眼睛。

在车里的时候，我完全意识不到外面有这么大的风。因为这里看不到摇曳的树枝、被大风吹起的尘沙。我没体验过这样的场景——风猛烈地刮在脸上，却是无声无息。

和郝明描述的一模一样，黑戈壁的地面上覆盖着全是手机厚薄大小的黑色砾石。站在这里，好像到了另外一个星球。

"这个给你拿去玩儿吧。"郝明从车后翻出一架老式望远镜，"我战友从俄罗斯带回来的，笨重一点，还算是好东西。"

我把望远镜挂在脖子上，顶着大风朝碉堡山进发。

忽然兜里的手机振动。我拿出来一看，不由叹气：怎么又是他！这人真是锲而不舍啊。不过，"不好对付"归"不好对付"，还得对付。

"你打电话我没接是我没听见。我没在北京。我在黑戈壁呢。怎么来的，当然不是飞来的。怎么，你爸是国安部的，你也是国安部的？我又没去黑山。你还有什么事吗？我得赶快拍照记录，我在这儿只能逗留五分钟。"

好不容易刚敷衍完，又有人给我打来电话。这个人很老实，是多少女孩心目中适合过日子的理想经济适用男，所以今天我最好和他说清楚。

"你管我在哪儿呢？"我语气粗暴地说，"二十四岁，正是一个女人应该专注事业的时候！结婚的事，我要到三十五岁之后才考虑。你别等我。你今年都二十七了，马上迈入大龄失婚男青年行列。我都为你愁。别因为我耽误了，那样我对不起二老。我这人就这样——我是不会为你改变的！"

我把电话挂了，看了一下表，只剩下二十三分钟了。我要抓紧时间，郝明可是非常守时的人。

我爬到一个很高的地方。站在高处往下看，碉堡山就像一只晒干了的海星趴在广袤的戈壁上。方圆几平方公里内，错落有致地分布着密集的战壕、碉堡、岗楼。尽管大都已经颓败坍塌了，但仍然能看出这一百年前的工程气势浩大、井然有序。

我端起那架沉重的苏联制望远镜，从圆筒里观看碉堡细节。放眼四野，一处处干涸了的水洼、湖沼相当显眼，低洼的地方满是白色碱霜。要塞所在的山群曾经由水域环绕。这解决了我对黑喇嘛他们当初是如何解决饮水问题的疑虑。可是这种水碱性这么高，他们是怎么饮用的呢？

我一面拍照，一面思索。

谁，是这个要塞的设计者呢？没有相当专业的军事素养和战略眼光，根本不可能设计得出碉堡山的布局。谁，又是要塞的建造者呢？修建碉堡的砖头、石块是从哪里运来的？这么浩大的工程，为什么没有史料记载？

令人感慨的是，当年动用了多少人力、物力建起来的大规模的军事设施，如今，已经成为一道废墟，连一只狼都不会来。

山上的风真冷。我的耳朵都快被冻掉了。

我往山下看，伊曼和嘉琪以戈壁滩和碉堡为背景摆姿势，老葛端着一个大炮筒在给她两个拍照。

王小满背对着我们，看姿态可能是在解小溲。我急忙将望远镜移走，心里给自己提了个醒：和城市里不一样，野外没有遮挡，上卫生间必须要保证百分之百稳妥。

我看到修师傅刚从车里出来，没料到风这么大，"雷锋帽"被大风吹掉，在黑砾石上转着圈儿往前滚。修师傅急忙在后面追。我被逗乐了，忍不住大笑起来。大风一下子就把笑声给刮走了。

这么空旷风大的地方，就是扯破嗓子喊，旁人也根本听不见。

郝明独自站在碉堡里一个背风的地方。他找的这个位置很好，我们这些散兵游勇的行踪，他一目了然。我看到米国军朝郝明走了过去，很显然，画家对这些破败的历史痕迹毫无兴趣。

老米走到郝明旁边，掏出一包"中南海"，递过去。

郝明笑道："已经戒烟很久了。"

"来一根！"老米坚持。

郝明摆摆手："真的不抽。"

老米掏出打火机，自顾自地点起一根烟，抽着。

"老米，你车开得不错！"郝明说。

"每次带家人出去，要么我开，要么我服务区睡会儿，别人开我不放心！"

"你在买牧马人之前，开什么车？"

"别克商务。平时做画室工作用车；出去就当保姆车用。我不是一直单身嘛，我妈同我一块儿住——我只吃我妈给我做的饭；还有我姨，也在我那儿；我妹妹、姨表妹帮我打理画室的杂事这就四个女的了；还有一个初恋女友，是我在美院的老师，比我大九岁。我初夜就给了她。她离婚后得了抑郁症，现在靠我养活；还有一个前女友，分手后还老来骚扰我；走前，有一个和我暧昧中。我跟她说，我出来一个星期就回扬州，看来没十天半个月回不去啦。估计这关系，也就呵呵哒了。还有两个刚毕业的女孩子，也是学油画的，在我那儿临摹我的作品。每次出门玩儿，后面拉六七八个妞儿。所以小满说我不会开长轴距车，那是不对滴。我就和怡红院的贾宝玉一样，周围阴气太重。所以我要投奔个组织，补补阳气。"

"买你同样作品的人，要是两人碰一块儿了，都来找你怎么办？"

"那更好了啊！我就告诉他们，你们这两张都是赝品！喜欢我的画不是？我现场给你们画，谁出高价谁得！"

"这——"郝明觉得又好笑又不以为然。

"要不哪来的钱泡妞呢？"老米用很好理解的神态说。

"你那幅画画的是什么？卖那么高的价码。"

老米未语先"呵呵"笑起来："讲真的，我自己都不觉得值这个价。随手画的。画的是个男婴在哭，那个部位特别大，和成人一样——你懂的。"

"什么意思？"郝明不解地问。

"是呼吁社会关注儿童性早熟哎！我们二十岁的时候，比老葛那个年代的老同志是要开放很多。可我上大学那会儿，和女生说话还脸红呢。约个心仪的女孩子出去看个电影，手都没摸一下，纯洁得很。现在呢，电视台在黄昏时段——一天小孩子就那个时候看会儿电视，公然放壮阳药、卫生巾广告；电视剧、电影不分级；包括那些知名网站在内，到处充斥着色情内容，诱导年轻人去点开。你想了解个什么'信息'，网上都能找得到。正儿八经的性教育又跟不上，不是让未成年人犯罪吗？"

老米猛抽口烟，说："哎，这些牢骚就不说了。你知道买我那画的是谁吗？Agent（拍卖行）告诉我，是演《泰坦尼克号》的那个小白脸。现在他不是小白脸了，是中年油腻胖子。他说我：'Wow, genius（天才），incredible（不可思议）！'钱马上给到账上，不过没在我户头待几天，又花没了。这红色牧马人看着拉风，其实我兜里没俩钱儿。"

"你这车，税后五十万元也就。"

"改装又差不多花了一辆车的钱，我这个红马一共花了我130万元。"

"你做的那些改装，再加几个氙灯、四个大轮胎的钱，怎么用得了80万？！"

"不只那些，一顿爆改！自动改手动，连速比都改了。"老米眉毛向上扬了扬，像个做错事侥幸瞒过家长的小孩一样笑起来，"老光让我不要告诉你实话，说要是你知道了，你绝不会同意我来。"

"光头强，回去咱们要好好说道说道！"郝明气得一跺脚，"我忽略了，应该仔细查看一下你全车，一看就全明白了！"

"哎哎，老郝，你别生气，这是天意，天意我该来！"老米高兴地说。

"老米，你知道，现在的人，口袋里的钞票多了，就喜欢改车玩儿。车改得越多，坏车的概率就会成倍增大。咱们的宗旨，车越安全、通过性越强、走得越远越好。没办法，咱们都走到这里了，是你说的，天意你该来！"

"嗨，郝明，我和你交个底儿：那什么，我心里一点儿底没有。这个沙漠，实在有些大。"

"有小满帮你。你放心，小满技术绝对一流。虽然有的时候不靠谱，不过是个好兄弟。"

山下传来伊曼的大笑声，嘉琪正在给老葛和修师傅合照。

"胸挺大，腰太粗，下盘稳，两个男人打不过。"老米远远地打量嘉琪，"你再看伊曼，成语'天壤之别'，就是这么来的。"

"伊曼的爸爸是上海人，妈妈是山东青岛人。所以她皮肤，像南方姑娘，又有北方人的大个儿。"

"哎哎，山东妞儿最正点了！我也是南北杂交的优良品种！"

"我说呢，你长得挺壮实，骨架像北方人，可是做事的细致劲儿，又像南方人。光头强说你已经是北京户口，那你为什么去扬州定居？"

"还不是为了爱情！去了又没成。郝明，老光跟我讲，伊曼还是个内衣模特？"

"我发现，迄今为止，这个光头强没为你做过一件好事、出过一个好主意。伊曼是个模特，是不是内衣模特我就不知道了。不过她有次跟着车队，带着杂志的摄影师去沙漠拍过丰胸广告。"

"那胸不会小了！"老米眉毛扬了扬，粲然一笑。

"大哥，你就是为这个来的？目的也太单纯了吧。这么冷的天，穿得都和气球一样，你也看不到啊。"

"等她哪天主动给我看嘛。"米国军朝郝明挤挤眼，"错不过的缘分，迟早会在沙漠相见。"

"我可听很多人告诉我，这个女孩儿私生活不太检点。老婆，还是要找个安分的。别你人前正忙得焦头烂额的，后院又起火了。你也三十大几的人了。虽然你们从事艺术工作的人，和我们普通人不一样，也不能一辈子总让你妈给你做饭吧。也该有个家，安定下来。"

"哎哎，这点我和你不一样。我绝不为了结婚而结婚。对一个男人来说，比不结婚更可怕的，是和一个不爱的人结了婚。什么年代了！我不也风流成性。我的女朋友，只要没做过妓女，每段感情都是真心付出，就算有过一百个男朋友，我也不介意。那都是她过去的事，和我没关系。重要的是我要有感觉！热烈地去爱一个人，还不是我们这些每天苟活在操蛋人生里的男人们，唯一的英雄梦。"

半个小时的时限，很快就过去了一多半。

我放下望远镜，举起相机准备再拍张远景。有一只冰凉的手捏住了我的后脖颈。我看到地上出现了一个黑影。"黑喇嘛"还魂啦——他披着斗篷，发出喋喋的窃笑。

我吓得血凝住了，手脚也动不了了。刚才我用不屑的口气评论丹毕，现在他的鬼魂来报复我了！

忽然，我看到郝明向我招手。这让我感到身体恢复了些知觉。我猛地回头一看，原来是一块山石的影子；"黑喇嘛"喋喋的窃笑却是风声。

我失魂落魄地急煎煎地下了山。看到郝明和老米，才镇静了下来。

"上面风太大了。刚才就想让你早点下来，看你很有兴趣地在拍照。"

看我在发抖，郝明把手里的车钥匙递给我："你先回车里坐着吧，把暖风开开。等老米抽完这根烟，我们也就走了。"

我接过钥匙，心里老大不情愿地转身刚要离开，老米从冲锋衣的口袋里掏出一大块巧克力给我："这是葛兄给我的，我不过是借花献佛。"

我急忙接过，撕开巧克力的外包装和锡纸，吃了起来。

"是真正的军品吗？"老米从我手里拿过望远镜，往远处看着。

"五十年前，苏制望远镜是比较好的。现在没落了。这个大笨望远镜，有夜视功能。他们的夜视仪，整体实力在世界上还有一号。"

我吃着巧克力，而且能吃多慢就吃多慢，问："郝队，马鬃山树木多吗？"

"整个黑戈壁、马鬃山就没有一棵成材的树木。"

"那碉堡山的这些建材是从何而来的呢？这个'黑喇嘛'，如果没得高人指点，就是自己是个出色的战术家，他整个碉堡山的布局，攻防兼备，进退合理。"

"果然是燕大的学生，分析得头头是道。"郝明抑制不住喜悦，对老米说。

"嗯，小A，你是新晋'碉堡火力王'。"老米说。

"你也玩这个？"我问画家。

"玩啊。上次玩了一整晚，第二天一早，发现食指上被磨出一个大水泡。没法画画了，再就不玩了。"

"'碉堡火力王'是什么？"郝明听不懂我和老米的对话，问我们俩。

"游戏。"我和老米异口同声回答。

"有次网上组队玩'碉堡火力王'，对手是两退伍军人，只有两人，还选出一个正的。正的让另一人驻守一个制高点，玩着玩着正的不知道是不是泡妞去了，没影了。我们全火力进攻，尽管身处险境，满屏都是那个留守制高点的骂他同伴的话，就是死守不动，给我留下深刻印象。"

米国军拿着望远镜环顾四周："这些碉堡残破得这么厉害，这里的风沙这么大吗？"

"怎么可能是风沙？这都是石头垒起来的堡垒，吹一万年也吹不成这样！很明显，是人为破坏的。"

"这里真适合打 CS。开发个 CS 战场挺不错的。"

"哦，你还喜欢这个？！"

"我还空手道五段呢！"

"你在家画画，练这个干吗？"

"除了练这个，一个星期必去健身房举铁三次。没个好身体，怎么泡得到妞呢？"

"看出来了，胸大肌是练过的样子。"郝明说。

老米胸膛挺得更高了："虽然人近中年，说什么也不能变成放弃人生的颓废老伯。我喜欢的东西可多呢。哎哎，郝明，你射击怎么样？和你说，其实我最着迷的不止是车，还有枪！"

"我倒不迷枪支。只是在部队，这个是必修课。过去一百米内卧式基本十环；立式九环不在话下。当年，摸枪比用筷子夹菜都熟。离开部队后，我再没摸过枪。现在眼睛不如过去了——上靶没问题。说白了，就是练手感。"

"国内，我基本是玩速射。在加拿大打过雷明顿 700。"

"你靶场练的？那要不少钱呢！你这个爱好有点特殊，确实在家也玩不了。"郝明微笑着说。

"我的钱就是这么花没影儿的——存不住。我个人的恶趣味是俄制狙击步枪，真想来一支。幸亏咱们国家枪支管制。要不然，我肯定倾家荡产了。"

"老百姓第一次见到真枪，都会不自觉兴奋。想过打子弹能打到吐的感觉吗？大比武之前通常会有大量实弹训练。我的脸上曾经被枪托磨掉一块肉，现在脸上贴腮那个位置，有触觉，但没有痛感。就是打太多，生生磨烂的。哪有什么天生的神枪手，全是拿子弹喂出来的。"

"我小时候最大的梦想，就是当一名特种兵。可惜这辈子实现不了了。"

"说实话，我很难想象这句话出自一位艺术家之口。拿画笔和扣扳机，差得有点远。"

"咳，混吧。现在中国有几个敢称自己是艺术家的？"老米说。

"能进你那个学校的，都是人中龙凤，不说万里挑一也是千里挑一。"

"哎哎，好汉不提当年勇。过去照样不是混得很惨！没人帮你炒作，就是凡·高再世，也狗屁不是。真后悔当初干嘛不听我爹妈的劝，非要搞什么艺术！"

"你电影看多了，再加上你的艺术想象力。你进了特种部队，也会后悔的。绝没有影视里那么炫酷，一身黑科技装备，各个是子弹挨不着的小强。刻板的规章条例，严格的上下级制度。我知道有地方至今考核还是固定靶。我一直在想，能在特战队待满三年还打算继续留下来的，信仰得多么坚定。老米，特种部队可没有相亲会。"

老米眉毛往上扬了扬，笑问："连女兵也见不到吗？"

"女兵在部队都是宝贝疙瘩，单独住一院，院子有铁门，楼里有防盗门，院外我们营长经常巡逻。营长也是侦察出身，千里狐狸。三重禁。"

"那是有点难熬。"

"虽然有营盘的烙印，脱下军装不是还得回归生活？那时候我们都认为，自己水里火里都去过，还有什么克服不了的困难。即便你在特战队中出类拔萃，现实也很快告诉你，你没自己想象中的强大。有多少特战人员回到社会，非常失落。过得如意的少，落魄的例子倒是比比皆是——我太有体会了。但是不管怎么样，老米，我还是要向你年少时候的梦想致敬。我也有过那时候，当年的锐气我还依稀记得，虽然真正做到的时候已经被磨去了大半。"

黑戈壁的气氛是凝重压抑的，连太阳都受到了影响，方才明艳的光芒，忽然被一层灰蒙蒙的雾气笼罩住，显得冰冷而遥远了。

"我们得走了，天阴了，可能会有暴风雪。"

马鬃山刚出现在我的视野里，山头就向下飘大雪。在风雪中，棕黄色的山岭很像扬起的马鬃。

暴风雪被我们甩到了后面。浓郁的云团越飘越远。天放晴了。西沉的太阳出现在金灿灿的天际，我们这四辆车沐浴在万道金光中。

暮色苍茫中，前面出现一道关卡。过了这道关卡，就进入新疆了。

检查站的警官示意我们停车，例行公务。

我顺着警官的眼睛回顾了一下我们几人：这一行人看起来有点唬人。郝明的眼神，一看就是以前受过特别训练的；还有老米，他的近视眼镜是双功能的，逢光颜色变深，看起来不大像个好人。

一个戴黑框眼镜的斯文警察随便翻了翻，就在途乐后车门的凹槽里翻出一把斧头。这是美国越战时期SOG军用野营斧，漂亮又小巧，和老电影里赤卫队别在裤腰上的那种木头柄儿很不一样。

"来新疆干什么？"警察问。

"探险。"

"带斧头干嘛？"

"我查过，刀子是违禁品，斧子不是，可以携带的。"郝明回答。

警察不说话了，又翻看别的。

车上堆满了三十升的绿色小油桶和野营帐篷、睡袋、行军炉灶。警察没再说什么。南来北往的旅客他见多了，早看出我们不过是几个有追求的良民，包括老米红色牧马人的临时车牌都没检查，就放行了。

"老郝，今晚我们是不是要住在山里了？"画家问。

"对。明天翻越天山。"

我们走到一处叫"松塘"的地方，住下了。这里已经是天山东麓。

小旅店屋子很暖和。嘉琪在电脑前码字，我站在窗前，用指甲抠玻璃上的冰花，想看看外面的北国风光。

冰花凝在窗户上很实在，看不到外面的景色。我忽然起了一阵冲动，想出去走走。

我打算和嘉琪打声招呼，见她正专心致志与网友交流，就戴上帽子，围脖也没系，开门出去了。

外面干冷干冷的。

这个叫"松塘"的僻静边疆小镇，地图上都很难找到它的名字。

我悠闲地走着。背后的小旅馆，窗外垂着冰挂的几间房内亮着温馨的黄光。

这里，看不到高楼，周围全是低矮的平房，房顶积着厚厚的雪，更显得房屋矮墩墩的。毛茸茸的附着冰晶的树枝在清淡的月光下闪着晶莹的光。

夜空被云团遮盖着，云破处只有一弯冷月，几颗寒星。远处黑黢黢的松林，间歇地发出潮水般的呼啸。

我怎么会来到这里的呢？四周的景象，让我产生了梦幻般的不真实感一我的人生，开始向理想的目的地偏转航线。

远处传来几声狗叫，不知不觉，我走到了小镇的尽头。

我意识到，出来的时间可不短了，踏着深陷雪中的脚窝，我急忙奔回住处。

猛抬头，看见郝明披着大衣站在旅店的大门口一毫无悬念，这是在等我。我暗叫一声"坏了！"突然意识到违反了纪律，独自外出。我心虚地叫了一声"郝队"，从他背后"嗖"地一下溜进旅馆。

刚进到房间里面，嘉琪就转头告诉我，说老大来查过房。队长问她，小 A 出去的时候，有没有和她打招呼。

"我说，我当时在专心码字，好像小 A 告诉我来着。"

我感激地朝嘉琪点点头，谢谢她帮我打圆场。我把大衣挂好，拿起遗落在床上的手机，手机上有六个未接电话。

令我奇怪的是，郝明当时并没有叫住我，语重心长地批评我一番。而第二天上车的时候，郝明对昨晚的事情也只字未提。好像过了一晚，他已经把这件事给忘了。

但是我心里明白，这件事不会就这么过去的。

我一直以为，天山只有一条主山脉。等进到天山里面，才发现天山是诸多层层叠叠的沟壑和山峦的总和。

黛青色的山岩上，到处是覆盖着皑皑白雪的墨绿色松柏林。被冻住的奔腾的河流从眼前一闪而过。被群山遮挡的天际后，是一轮红彤彤的太阳。太阳的光芒极为柔和，一点也不刺眼。

一位穿着传统服装的少数民族美女，骑着一匹枣红马，在山坡上策马飞驰。看她的衣着、帽子上插着的羽毛，她应该是哈萨克族人。

我们的车队在土路上兜着大圈子，与她并驾齐驱。跑了一会儿，哈萨克美女似乎有些局促了，拨转马头往山上跑去，消失在朝阳的光芒中。

"哎，我要是开车跟上去，是不是有点龌龊了？"老米电台里问大家。

郝明笑了："也没什么不可以的，你的'小红马'可以和她的枣红马比比攀爬能力。"

"老米，塔漠是不是不打算去了？"老葛问。

"米哥的心躁动了，留下入赘当上门女婿吧，要不要来个'姑娘追'？"王小满说。

"算了，哎哎，"老米说，"这我毛病，看到美女，意志就薄弱。"

从这次无意的邂逅之后，大家统一称呼红色 Jeep 为"小红马"。相应地，老葛的绿色 Jeep，要么称牧马人，要么称"大绿马"。

猛然间，我发现天山北麓和缓的山坡上，竟然是漫山遍野的骏马！

我从来没有见过这么多的马匹，忽然，群马涌动，跟着头马奔腾起来，光是这一点，就足够让人动容！

我急忙掏出我那架爱如珍宝的尼康单反，放下窗玻璃，用手尽量托稳相机，拉近镜头，不住地按动快门扑捉骏马飞奔的景象。

郝明拿起报话机，通知："兄弟们，我们有麻烦了。大家打开双闪，慢慢靠边停车。"

"怎么回事儿，郝明？"老米问。

"你们往后看。"

我往右后视镜一看，后面一溜儿骑马的现役军人。他们不像是正在集训，看样子像是在追赶我们。

"这附近应该是军马场。"郝明说，"我们误入军事禁区了。"

"呔，他们手里端的是真家伙呢！"老米又惊又喜，"里面是真子弹还是橡皮子弹？"

"橡皮子弹一样能打死人。"郝明说。

"岂有此理，又没立个牌子，说明是军事禁区。"老葛生气地说。

郝明说："这里，不是我们说理的地方。都坐在车里不要动！一会儿由我来跟他们交涉！"

军人撵上我们。一个骑在马上的年轻战士，使劲用手指扣了扣我这面的车窗玻璃，厉声说："你出来！"

我推开车门，下了车。郝明也下了车，把手放到头顶示意了一下，绕过车头，走过来为我保驾。

"方才是你拍照了？"为首的军人眼睛瞪得和铜铃一样大，问我。

我恍然大悟。这些军人一定是看到了如下一幕：几辆车子在这种颠簸不平的道路上飞一般行驶；第一辆车的车窗无声地落下，一个长镜头从车窗中慢慢伸出来，前前后后一共拍摄了好几分钟，镜头慢慢缩回去，车窗无声地升上。

我想，这个时候，决不能躲躲闪闪，要如实回答，不然更糟。

"是。我是拍照了。"

"相机呢？"

"在这儿。"我拿起相机给他看了一下。

"拿过来！"为首的军人命令我。

这个尼康，是我帮人打书稿，在麦当劳打工，辛辛苦苦挣来的，绝不能给他！我把脸一扬，也瞪起了眼睛："这是我的私人物品。你没权利没收。"

"哼！"那名军人瞪着我，看起来更生气了。

我们四辆车打着双闪，停在路边。其他人也下车了，站在车边上关注着事态的发展。我想了想，必须做出一个认错的姿态，舍小取大，不然相机保不住不说，其他人也困在这里走不脱。

当机立断，我把数码相机的储存卡抠出来，递给了军人，同时收起刚才的骄横，做出楚楚可怜的样子。

"军马场，不允许随便拍照！没有事了。你们可以走了。"没收了储存卡以后，为首的军人说。

"一直往前没问题吗？没有哨卡了吗？"郝明问。

"没问题。"军人变和气了。

我们重新出发。我坐在车上，一言不发。

"小A，SD卡并不贵，我包里还有几个。老葛有十几个。"

"我也带了备用的。"

"是为黑戈壁的照片难过吗？那有什么难过的，去一趟黑戈壁不是什么难事，又不是极限荒野。就是极限荒原我随时也可以带你再来。"

"没有，没为那些照片难过。"

我本来想说八十多年前黑碉堡的照片在我眼里没什么价值，想起那天开会，郝明的意思，他是特意带大家来看的，话到口边又咽回去了。

"人世间，唯有情义，值得一生背负，其余的都是身外之物。"

郝明深看了我一眼："你这句话，好像有感而发。有什么深意吗？"

"没什么深意，就是随口说说。"

"你没有男朋友吧，小 A？"

"我？！"我哼哼哈哈地回答，"何以见得？"

"这几天，我没见你接过一个电话。就有一次，好像还是你妈妈打来的。"

"噢，没人喜欢我。"

"没人？是你条件太高，看不上别人吧？"

"我的内心很阴暗，毛病也多。"

"阴暗？"郝明不解地问。

我想，我内心的"阴暗面"来自职业病。史书上记载的，全是善与恶最极端的两面，看多了，久而久之，凡是遇见陌生的人，我会先以戒备的眼光去看待他们，直到接触到他们善良的内心，才能由不信任转为信任。长期生活在自闭、防范这种状态下，心会很累。但我宁可孤独，也不愿意对人性失望。

"学校里的男同学，就没人向你表示过好感吗？"郝明又问。

这还真难回答。

在我的看法中，男人是一种以自我为中心、容易情绪化、非常麻烦的群体。如果你对他们好了，他们会觉得你易于俯就而看不起你；如果你慢待他们，处处以自己的意志为先，他们又抱怨你清高，心里没有他们。总之，你都不对。

谈恋爱，就是被迫讲你已经反反复复说过的那些话，又要被迫去听那些你根本不感兴趣的事情。还不如周末一个人，在图书馆静静地看一本好书，让人感到惬意。

寝室里飞进来一只大马蜂的时候，才觉得男人还是有点用的。不过，当我发现燕大很多女生根本不惧昆虫之后，男朋友之类的就更没必要了。

"没人。"

"你爸妈催过你没有？"

"没有！他们倒是挺为我不能拿到文凭着急的。"

我不想谈论感情问题——特别是和郝明谈论感情问题，就把脸转向窗外。

天上浮动着变幻莫测的云团，向着天山峰顶滚滚涌去。

突然，云团被吹散了，远远地看见一道高耸的雪山。它由三座雪峰并肩，庄严地矗立在一起。我忘了自己的内心，和郝明言行上要疏远的告诫，大叫一声，用手往那个方向一指，让郝明看。

郝明微微低了下头，往我这边的窗外看着："那就是天山东段的最高峰：博格达峰。它不是天山的最高峰，不到六千米，排名第三而已。它下面就是著名的天池。"

"噢，这就是博格达峰。"我贴在车窗上，久久向外凝视着。就像赫定在书中提到过的："在这亚洲的心脏，这座神山被终年皑皑的积雪和泛着蓝光的冰川覆盖着，就像三块白色的丰碑矗立在那儿。保持着它永恒的美。"

郝明看我这么有兴趣，非常高兴："你真走运！我前两次来新疆，都没看到博格达峰，你第一次来，就看到了。这是个吉兆。看来你这次，一定会有所收获。"

"希望托您吉言。"我转过脸，喜气洋洋地道谢。

路面留下很多大车的车辙印，车轮印很深，积雪融化，汪着很深的泥水，上面覆盖了一层薄冰。大概懒得再转个方向，郝明直接开了过去。车猛地一摇晃，车下传来杏仁饼干被咬断的声音，车身两边被激起好大水花。

路边的地上有一堆动物的骨骸，和地上的积雪一样洁白。

"哥，这是盘羊的角，是吗？"王小满在电台里问。

"是。"

"盘羊就是大头羊吧，郝明？"老葛问。

"没错。"

"这盘羊的角真粗，快一米长了，可惜，咱这是往新疆去；等回来，空车的时候，我把这盘羊的头骨带上。"王小满说。

"带上，安检的时候给你搜出来。"老葛说。

"倒也是。那算了吧。"

由盘羊角带起的话题很快就结束了。电台里又恢复了一贯的静默。

"这盘羊的脾气很倔强的，和人一样。"郝明告诉我。

"动物也有脾气的？"

"不比人小。那是我第一次来新疆，开车开了好几个小时，我正边开车边打盹儿，忽然看到前面一团灰色的东西在动。我看它头上那对大角，就知道是一头雄性盘羊。很奇怪，这头盘羊不是往山上躲，而是一路沿着公路跑。我也没多想，就一直在后面不紧不慢地跟着它。

跑出去十几公里之后，盘羊明显跑不动了，和车子之间的距离越缩越短。可能，盘羊认为，它今天是无论如何躲不开背后这个怪物了，一转身，瞪着血红的双眼，一低头猛地向我冲过来。我想我这车有前杠，不怕。没想到一下车——坏了！"

"盘羊死了吗？"我问。

"那还不死——车速、它奔跑的速度，那么猛烈的对撞，不死才怪。它那对大角触到水箱里，水箱坏了，车动不了了。

这是七八年前的事儿了。那时候，这个地方比现在还荒凉，十天半个月看不到一辆车很正常。看来只能做打持久战的准备了。我把羊宰杀了，肉用盐腌了，晾在车的机箱盖上。还好，天比较冷了。羊肉一时半会儿坏不了。车上还有一面袋苹果，一天吃两个，能补充点维生素 C。这样等了六天，碰到一辆从矿场出来的大货，才算得救。"

"你一个人在野外待六天，你不寂寞吗？"

"习惯了，就不觉得寂寞。白天在外面晒晒太阳，看看天上的云再睡一觉。

日子很快就打发了。"

"天山里，已经没野兽了吗？"

"有，看到过雪豹。"

"那你睡着的时候，万一猛兽来了怎么办？"

"小 A，野兽没有你想象的攻击性那么强，它们也怕人的——除非饿了好几天了。"

郝明能独自一人处理一头羊，给我留下了深刻的印象。而我，连肉都没切过。

"盘羊有多大？"

"挺大的，一头成年公盘羊，能长得和毛驴那么大。你也没见过毛驴有多大吧？"郝明问我。

"你又没做过屠夫，怎么能宰杀得了一头大羊？"

"成家后，不要自己做饭？"

我的脸色不自觉地往下一沉。

"啊，那是什么，压上去了！"

山路转弯的时候，一个黑影从右边山上飞跑下来。它明明看到来车了，却想碰碰运气，从车前跑过。我指着前风挡，大喊一声，把眼睛盖住了。

郝明向左猛拐了一下。

"那个小东西跑了——没死。"郝明告诉我。

"怎么了，郝明？"老葛问。

"没事，"郝明拿起报话机，镇定地说，"刚才我睡着了。"

"我这儿有冰咖啡，要不你来一罐？"老米问。

"不用了，我不爱喝咖啡、茶之类的。听小 A 同学讲两个冷笑话就清醒了。"郝明说完，把报话机重新放回到车上。

"是不是该吃午饭了？"郝明问。

我们没有地方吃饭，别说餐馆，长时间连人都看不见。午餐都是个人在车上自己解决。

"把咱们的吃的拿出来。"

我帮郝明翻找他想吃的食物，又把吸管插到一纸盒巧克力奶里递给他。

"你也喝。"他说。

这些细小的琐事，让我们之间产生了熟不拘礼的亲切感。而这种亲切感，在我第一眼见到他的时候，就存在了。就像有些曲子，听个开头的旋律就知道——是它。

天快黑了。

我感觉我们在沿着山路攀行，山谷在我脚下越来越远，山尖上的大车不敢动，一个连一个，靠着峭壁停着。

"我们已经上了雪线了，这一段路是天山最难走的路，大家打起精神。"郝明用报话机告知大家。

天色已经暗下来，就着车灯，地面覆盖的冰层反射着令人晕眩的黄光。整个路面只有刚刚能会车的宽度。

我们四辆车紧贴着大车，一寸一寸缓缓驶过。郝明左手边下面就是万丈深渊。我紧靠着我这边车门，好像这样我就万无一失了。内心因为恐惧，咯咯只想狂笑。

"好了，我们离开雪线，往下走了。"

"我们今天住到哪儿？库尔勒还是库车？"我问。

"都不是。今晚住喀什。"

"喀什？！那还有一千二百多公里啊！"

"跑夜路对我来说，已经算是家常便饭了。"他平淡无奇地说了一句。

第六章

空降到喀什的老陈

——原野太辽阔了。当风带来一缕熟悉的味道时，没有任何中间过程，草原狼就能建立起深深的信任。它们一起合作狩猎，一起奔跑在无尽的阳光下。

　　薄暮笼罩的天山脚下，出现了一座灯火阑珊的文明城市。夜色中，这座晶明、辉煌的城市宛若扣在海底一般。

　　郝明摘下报话机："兄弟们，我们即将翻越天山，前面就是巴音郭楞蒙古自治州首府库尔勒。"

　　电台里一片沸腾，因为我们已经好多天没有看到大城市了。

　　百年前的库尔勒，在斯文·赫定的记载中，还是一座边远、盗匪横行、令人绝望的小城，如今却以一座庞大的现代化城市展现在我们面前。

　　内蒙古的土尔扈特人因为躲避日渐强大的准葛尔部落，移居到伏尔加河附近。但是新近崛起的俄国，在女沙皇叶卡特琳娜二世的统治下，将俄国的版图扩张到伏尔加河畔。土尔扈特人的生存空间受到严重挤压，同时也面临改变民族信仰的危难。乾隆年间，土尔扈特人历经艰险，返回祖国的怀抱，就被安置在天山以南这个地方。有部由"咆哮马"主演的连续剧《东归英雄传》讲的就是这段历史。

　　"我们离喀什还有不到 900 公里了。大家面包、火腿肠凑合一下怎么样？到喀什咱们再吃大餐。"

　　"老郝，到喀什，那怎么都得过午夜了。"老米说。

　　"午夜都是早的，如果没遇到什么意外的话。"

　　"有人吃巧克力脆脆鲨吗？葛老板这里好多。"嘉琪在电台里问。

　　"我买太多了，大家帮我消化消化，给我减减负。"老葛说。

　　"我不爱吃。女的才爱吃甜的。"王小满说。

　　"你的意思就是，我像个女的呗，王七。"

　　"我没那么说啊，葛老哥。你怎么自己主动往这个意思上贴哇？"

　　"等进沙漠了，你找我要，我还不给你呢。"

　　"小曼要吃。"老米在电台里说。

　　左边后视镜里，绿色牧马人正靠近"小红马"行驶。

　　"这是玩空中加油呢？既然这样，那给我车上的女生也来点儿。"郝明用报话机告诉老葛。

　　绿色牧马人驶来，隔了两尺不到的距离，和途乐并驾齐驱。

　　郝明将车窗降下来，嘉琪递过来一包脆脆鲨。郝明接在手里，转手递给我。郝明提速，老葛减速，就听"呜"一声尖锐的风响，绿色牧马人消失在我们后面不见了。

　　郝明升起车窗，拿起报话机："老葛，你轮胎不合格啊，扁平比太小。"

　　"怕什么，巴丹我都去过好几回了，不也没事儿。"

　　"塔漠不是巴丹。"

"我们 Jeep 动力强劲，再说还有四寸升高呢，别忘喽。"

"那把我的话存心里，塔漠里，咱们验证一下。"

"成！"

我们绕过库尔勒市，继续西行。就在离开那座灯火辉煌的文明城市越来越远的时候，郝明的手机又响了。

他从上衣口袋里掏出手机，看了一眼，用脸颊蹭了一下触摸屏，接通了电话："喂，你好，是哪位？"

电话里传出一个平和的男低音："是郝明队长吗，我是王小满的朋友老陈。小满说你们过了库尔勒了，让我现在给你打电话。"

"老陈？"郝明疑惑地问，"对不起，我不太清楚，我从来没有听王小满提起过。"

"喔，待会儿你问问小满就知道了。"对方并无半点愠色，继续用温和、商量的口气说，"我听小满说了你们这次穿越塔克拉玛干腹地的计划，我很渴望参加。我跟小满去过腾格里沙漠。因为前一阵子我老岳父动手术就没和你联系。现在他手术后效果不错，我尝试联系你，但是你的手机一直打不通。我很想加入你们的队伍。"

"哦，是这样。老陈，王小满和我是多年的兄弟，他的朋友就是我的朋友。不过这次，我们已经说好了，原则上不接受空降。我们这次只是尝试着穿越，以后肯定还有二次、三次，到时候一定第一个通知你，你看这样好吗？"

"郝队长，你看这样好不好？"对方依然和颜悦色地说，"我知道你们明天从麦盖提出发。我们先在喀什见上一面，怎么样？"

"你现在在哪儿呢？"郝明问。

"我已经到喀什了。"

有好一会儿郝明没说话，然后他很快地做了回复："我们现在还在路上，到喀什还要至少十个小时。"

"没问题，我等你电话。"

郝明想了想，答应了一句："行。"

果不其然，这面刚挂断电话，郝明立刻摘下报话机："小满，能抄收吗？"

"能抄收。"

不知道为什么，王小满仿佛底气不足似的。

"刚才有你一陈姓朋友打电话给我。"

那面稍稍沉默了一会儿，传来一声"嗯"。

"我们在京的时候不是说好了吗，不接受空降！来几台车就是几台车！来几个人就是几个人！不能少也不能多！"郝明语气急促，看得出他很不高兴。

"那个啥，我告诉过他，他一定要跟咱们来。"

"是吗？不是你挑唆的？我现在马上就给他打电话核实！"我还是第一次听郝明这么疾言厉色地说话。

"那个啥，他——"王小满干咳了一声，"我同他认识好多年啦，这老哥人不错，去过好几个无人区，他——"

"他什么车型？"

"六缸切。"

"可又来，这车型不靠谱你又不是不知道，又没防滚架！"郝明严厉地说。

"那怎么办啊，"隔了好一会儿，王小满问，"他人已经在喀什了啊！"

"我不知道怎么办。人是你招来的，你看着办吧。"郝明说完，就把报话机猛地扔回了原位。

我的眼皮有点不受控制地往下沉。

忽听郝明在电台里说："大家坚持住啊。还有两个半小时就到喀什了。"

我一看表，已经午夜十二点了——不是说一点就能到喀什吗？

"谁来唱首歌？《打靶归来》？"郝明提议。

没人回应。

半天，老葛说："大半夜的，谁想唱歌啊？要唱，你自个儿唱吧。"

"没事儿，哥，咱这过去经常开长途夜车的，小意思。"王小满说。

"你年轻啊。老葛你怎么样？"

"是挺累的，不过还好。放心吧，经常跟你出去。"

"老米，老米？"

电台里传来一阵轻松、甜腻的爵士乐："我喝着百事，开着'小红马'兜着风，有美女喂我薯片吃，陪我聊天，精神好着呢！"

"那就好。大家都打起精神。夜间行车，副驾们，要尽好你们的责任，主驾意识不清醒的时候，你们一定要及时提醒。"

郝明说完这句话，我立刻清醒了。好嘛，我先于主驾打上盹儿了。我们这边车辆很少，但是对向来车，却一辆接一辆，还真得打起精神呢。

"小A，找点话题聊聊。"

对面一辆大车的车灯晃过去之后，夜色里，我看到郝明戴的手表发出绿色的荧光。

"你戴的表，绝对不是普普通通的手表，应该有玄机吧？"我问。

"那你看看有什么玄机。"郝明用手掌底部扣住方向盘，很快把手腕上那块黝黑、看着很沉重的表解下来，递给了我。

表在手里，却飘轻轻的。

"这是舶来品？"我问。

"你翻过来看看。"

我把表翻过来。

"看出上面是什么图案？"

"一只大蝙蝠？"

"比较沾边了，但还不够准确。"

我暗自思忖，什么特色的东西会吸引到他："是不是美国的某种战斗机？"

"对！"郝明很高兴，"这表叫鲁米诺克斯，是一款美军军用特种手表。最初的设计理念是为海军陆战队员执行夜间任务能使用的潜水手表，是瑞士RBMG公司的技术。你说的大蝙蝠，是F22前身F-117夜鹰隐形战斗机直立的样子。"

"原来如此，那么它首先防水咯。"

"除了防水，它还防震。它的表面是蓝宝石玻璃，碳纤维的防磨手表外盘。它不需要电池，是用一种放射性气体激活照明系统。这种光源可以持续发光二十五年。二十五年后，技术会有更大的飞跃，这表也就该退出历史舞台了。"

"美军的东西，都是妥妥的黑科技啊。"我频频点头，赞赏着说，把表还给郝明。郝明接过，戴上。

我当时纯粹出于好奇，随口找了这个话题，没想到这表后来救了郝明一命。

过了阿克苏，公路时断时续，有的土路上还出现过"炮弹坑"，车速就更慢了。

到喀什的时候，已经是下半夜两点半了。

快进喀什城区前，郝明问大家："我们是直接歇了还是找个地方吃点饭去？大家什么意见？"

"哎哎，郝明，到新疆的第一个晚上，怎么能不吃新疆的烤羊肉串呢？"米国军说。

王小满用电台呼叫郝明："哥，哥！"

"你说，小满。"

"刚才陈哥给我来电话，他在喀什有个很好的朋友，叫麦西来甫。他听说咱们来新疆穿塔，特意在进喀什的路口欢迎我们。"

"哦，这么热情？"

"麦西来甫？这名儿好怪，维吾尔族不是都叫'买买提'吗？"

"还'阿凡提'呢！你这话说的，就不许别人叫别的名字。麦西来甫不是他真名，是维吾尔语'聚会'的意思。"郝明说。

"喔。"王小满支吾了一声。

"前面有一溜车队，都打着双闪，是不是他们？"

"估计是吧？陈哥说，麦西来甫开一辆三菱帕杰罗。"

"小满你去接洽一下，如果是，迅速通知我们。"

绿色陆巡从左侧逆行车道飞快超越我们。

"大家准备下车吧，"郝明通知大家，"我看到三菱帕杰罗了。"

四辆车尽可能靠路边停住。

我坐在车里，透过前风挡，看到郝明、老葛、老米疾步走过去，与等候我们的喀什车队的朋友热情握手。为首的那个叫麦西来甫的人，乍一看是维吾尔族人，再仔细看，又有汉人的特点。

双方寒暄了片刻，大家各自回到自己车上。

主人们为了表达尊重，喀什的车先行，为我们引路；我们四辆车跟在后面。

喀什非常漂亮。我们跨过喀什河，进入市区。大桥上的灯光照亮了岸边金色的大清真寺。也许因为要过年了，这么晚了，广场上还有人载歌载舞。

应该是询问了我们的通联频道，喀什车队也能与我们用车台通联了。

很快，王小满和麦西来甫一行人在电台里热络地聊了起来。喀什的朋友们不仅知道了我们是哪天出发的，还知道了我们在路上都遇到了什么状况。当然，聪明的小满只字不提，他比其他人晚出发了半天。

麦西来甫用当地特色的普通话告诉我们："远方来的朋友们，今晚我们喀什人呢，就在'伊斯兰大饭店'设宴招待你们，最正宗的新疆手抓饭、烤羊肉串、羊腰子！"

我一听"羊腰子"三个字，口水都快滴下来了。

"小满，你把老陈电话发我。"郝明拨通王小满的电话，在电话中说。收到小满发来的短信后，立刻打给老陈。

"老陈，我是郝明。你的朋友麦西来甫已经和我们联系上了，真是太热情了。我们现在正往你那儿走呢。"

从电话里能听出来，老陈对接到郝明的电话，很高兴，也在意料之中。

在电话里，老陈表达了对郝明的仰慕之情，又告诉我们，从塔里木石油大学毕业后，就去了北疆的克拉玛依。

"我在克拉玛依待了15年，加上塔里木石油大学四年，从20岁到40岁。可以说我的青春都奉献给新疆。后来我回天津了。那时候的塔中油田还在筹备中。"老陈坦陈他的人生历程。

郝明没说什么，他在琢磨这件事怎么处理。

老陈又在电话里为我们介绍这位麦西来甫。麦西来甫是土生土长的喀什人，父亲是维吾尔族，母亲是汉族。

粗犷的南疆吸引着无数的越野汉子，麦西来甫又是一个性格耿直而热情的人，于是，但凡路过喀什，没事找他聚聚，有事找他帮忙的人很多，久而久之，名气就在越野圈子里响亮了。

老陈介绍完麦西来甫，便主动说："郝队长，你专心开车吧，咱们见面再聊！"

"好的，那一会儿见了。"郝明说。

"刚和老陈通完电话，挺直爽的一个老哥儿。"郝明在电台里告诉王小满。

王小满听郝明的语气，似乎有了松动的余地，立刻热切地推荐老陈："那老哥儿很牛的。除了是个登山爱好者，还喜欢出海。就是沙漠玩儿得少。"

"他车上还有谁？"

"就他一个人啊，比我出来得还晚，比我们早一步到了喀什。"

"这老哥还真行啊，三天就赶到喀什了。"老米说。

"别看不起我们这些老头子，60后的，不见得比你70后差。"葛卫东说。

"那老哥不是60后，是50后。"

老陈一直站在伊斯兰大饭店的台阶下迎接我们。看到我们，立刻走上前，很早就把手伸过去，与郝明握在了一起。

我见到老陈第一面，就认为郝明会带上他。老陈干枯消瘦，有了一定年纪，胡须和两鬓有些斑白了。从外表看，他是一个饱经沧桑的人。

"郝队长，很久以前就盼着能和你一道走走。"老陈热忱地说，"你们中我就认识小满，还担心认不出你来。等看到你，当即确认，就是你，准错不了！"

郝明笑道："我听小满讲了你的经历，我们是同道中人。"

其他人陆续把车停好，走过来。宾主站在喀什的夜色里，因为寒冷和终于到达地头而显得格外兴奋。

老陈和麦西来甫打招呼，感叹道："哎呀，上次见面之后，转眼过去三年了。"

"那是因为，你们不常来我们新疆的缘故。新疆永远欢迎热爱她的人们。"麦西来甫笑着说。

伊斯兰大饭店门前，穿着维吾尔族盛装的礼仪小姐，热情地把我们带到一张七八米长的大条桌旁。基本上我们和喀什车队的朋友们一坐，这条桌子就满了。

老陈带了一瓶茅台，请大家喝。

"小满我知道，他酒精过敏。"老陈说。

"谢谢陈哥，我酒量差，一口就钻桌子底下了。"老米婉言谢绝。

"我也不喝酒，多谢。"郝明说。

"我陪你喝点—我也喝不多。"老葛说。

老陈喝了二两。剩下的全部被喀什车队的包圆了。

旋即，两个脸盆那么大的盘子端上来，一盘里面是羊肉串，一盘是羊腰子。我急忙抓了一串羊肉串在手。接下来，上的是热气腾腾的羊肉胡萝卜手抓饭。

新疆的羊肉串有糖葫芦那么大！不像学校门口卖的羊肉串，只有牙签大小，还没好好品一品味道，就没了。我一边吃着羊肉串，低头一看手机，才看到师姐今天给我打过电话。

我的心"忽"一下揪起来，拿着羊肉串，慌慌张张溜到大饭店门外一个肃静的地方。

"哎呦我的妈呀，小 A，你吓死我了——现在几点了！"

"啊，师姐，我给忘了——半夜了。我这儿刚吃晚饭呢。"我连忙鞠躬道歉，"我的论文，这回咱师傅说什么不好了吗？"

"呃，暂时还没——有。"

我暂时安了心："那师姐你给我打好几个电话？"

"我就是问问你，你怎么样啊？和好几个不认识的男人去新疆，我挺不放心的。"

"放心吧，他们人都挺好的。我们在路上还遇到一件好玩儿的事儿。"我把鄂尔多斯高速上郝明、老米"修理"阿斯顿马丁的过程告诉了师姐。

"哎呦妈呀，吓死人了。和你在一起的，都是些什么人啊！我老公常说，车一跑起来，我们就是坐在炮弹上。所以他根本就不让我开车。你看势头不好，就赶快回来吧。"

"知道了，师姐。我会小心的。我跟师傅请的一个星期到半个月的假，谁成想来新疆，路上就走了四天。我肯定不能按时回去了，到时候，你多帮我跟师傅说说好话。咱师傅最喜欢你了。"

"哎呀可算了，我的博士论文，改了三次题了，我现在都不敢去见他。我后悔是不是该读这个博——不行，我就找工作吧。博士读下来，至少又要三年不挣钱。我老公说了，不挣钱是小事，就怕我越读越傻。我现在一边研究课题，一边看着工作机会。要是没有好工作，我就回家生孩子，带娃儿。"

"你可以边读博，边生孩子啊。等博士毕了业，娃儿刚好满地跑了。"

"哎呀妈呀，小 A，什么事儿到你那都变得容易了。"

"So easy！明天早上起来，你就不这么想了。赶快睡吧，好梦啊！"

等我急急忙忙一路小跑回来，一看，盛羊腰子的盘子果然空了！

"我的羊腰子怎么没了？谁吃了？"我问。

"没谁吃了你的。一共就二十串，谁吃谁拿，没按人头算。"王小满说。

"本来就没你的。"老米说，"羊腰子是给男人吃的，补肾。你又不用补。"

"我不是补啊，我爱吃那个东西，香啊！"

"怎么，想吃羊腰子？"郝明问我，转身告诉麦西来甫："我们这位女队员想吃羊腰子！再给她要两串。"

"那还不容易！服务员——"麦西来甫招手。

"那就再多来几串。我还没吃够。"老葛说。

滴着油的烤羊腰子又上来了。我喜得直搓手，刚要去拿。郝明站起来，递过来一串给我，又拿起一串，递给米国军。

"我从来不吃动物内脏，胆固醇太高。"老米说。

"你们这些知识分子，真讲究。小满，你来一串？"

王小满摇头："不吃，味太膻。"

"还味太膻？！我就闻到香味了。"郝明说着，自己吃起来。

伊曼用胳膊肘撞了一下旁边的葛卫东："你和郝哥吃了八大串羊腰子，零下20℃也不怕了。"

老米问麦西来甫："塔克拉玛干冬天的晚上到底会有多冷？"

"几位哥哥，塔克拉玛干沙漠我不知道你们准备怎么穿，如果想纯粹穿越沙漠，我觉得难度不是一般的大，简直几乎就是不可能。"麦西来甫说。

"自打2006年，我在这个圈圈里混，混山、混水、混泥地、混沼泽，样样混得转。无论是长途跋涉，还是短途竞技，什么我都喜欢。北疆的库木塔格沙漠的'英雄锅''好汉锅'我也都去转过。唯独塔克拉玛干，我只从旁边经过，没进去过。晚上，大漠里究竟没一个人说得准，因为没人进去过。"

喀什车队的一人告诉我们："塔漠让多少英雄为之动容啊。可是一旦进去了不上五公里，茫茫大漠，浩瀚无边，别说人，连看见一个活的生物都难一刺激全无！唯一盼望的就是如何安全地回来。"

他旁边一人伸手抓了一串羊肉串，站起来边吃边往外走。

我意犹未尽地，舔了舔手指上的浓汤汁水，心满意足地咂了咂嘴，抬起头，发现郝明正吃惊地看着我。他犹豫了一下，大概以为我还没吃够，仔细一算，我吃得实在是不少了，就把脸转开了。

又有一人劝说我们："曾经有一哥们，开车到沙漠里。当时很渴，好不容易找到了水源，忽然遇见了两只狼。他在车上，开枪打死一只，另一只掉头跑了。这哥们还高兴呢，以为狼被他搞定了。刚开车前进几步到河边，还没来得及下车，就看到好几只狼朝着他跑过来。他赶紧把驾驶室的车门、车窗关得死死的，坐在里面不敢出来。其实狼根本没理他的意思，而是直奔那具被他打死的狼的尸体吃起来。这哥们趁狼不备，举枪又打死几只。狼还是没理会他，继续围着死了的狼吃。越来越多的狼被死亡与血腥气引来了，没有丝毫撤退的迹象，反而越来越多。子弹没有了，水没有了，除了炎热、干渴，还有一群饥饿的狼。这哥们被困，想喝水不能下车。结果只有两个，要么在车上渴死，要么被狼撕了吃。等死了的狼被吃完，狼群就包围住了车。这个人的结局……"

"你们不害怕吗？"麦西来甫笑着问伊曼、嘉琪和我。

"太毛骨悚然了。"嘉琪把两手放在心口说。

伊曼说："我不怕。我们郝哥厉害，他能治狼。"

我说："这个故事我不信。塔克拉玛干这么恶劣的环境，还能看见狼群吗？"

"一百年前，塔漠边缘还有新疆虎、野猪，有群狼的。""麦西来甫"用当地口音的普通话对我说。

"那是一百年前。"我说。

麦西来甫哈哈大笑："爱吃羊腰子的妹妹，你应该拿出你女性的优势来，做出娇柔的样子，'啊，狼来啦，狼来啦，我好怕啊，快来保护我'。"

"那就不是她了！"郝明说，"你问问她外号是啥，她同学都怎么称呼她？"

方才出去的那个人回来了，对麦西来甫说："麦哥，我刚才去瞧了瞧他们的车辆，他们真是准备来长途穿越的。后备厢满满的全是装备。"

那人坐下后，又对郝明说："我对你们准备的细心程度，十分敬佩！"

"远道来的朋友们，今天白天，你们先好好地睡上一大觉。下午我找两个兄弟带你们在喀什转转，晚上看看维吾尔族风格的歌舞喀什的'赛乃姆'，还有麦盖提的'刀郎木卡姆'后天送你们去，位于阿克陶县与塔什库尔干塔吉克自治县交界处的慕士塔格峰。慕士塔格是帕米尔高原最高、最美的山，有'冰山之父'的美誉！"麦西来甫像唱歌一样抑扬顿挫地向我们提议。

"去那儿不需要办理边防证吗？"王小满问。

"我那有熟人，"麦西来甫笑了笑，"隔着卡拉库勒湖看慕士塔格，当天去，当天回，没问题。"

"兄弟，你的热情让我们非常感动，不过，今天九点，我们就要出发，奔赴麦盖提县了。歌舞，等下次来喀什再看。"郝明诚恳道谢。

"这么匆忙！你们，已经很了不起了，"麦西来甫竖起大拇指，"哪怕你们只是来我们南疆看看，拍个照。敢来这个大漠，敢有这个心，有这个勇气，我都很佩服了！"

"哎哎，我们可是要实打实穿越滴。拍照走人的事——干不来！"老米板着脸正色地说。

"那你们早点休息。"

"好的，麦西来甫兄弟，我们再借用你们宴请我们的这个地方，开个会。"

"那我们先告辞了，祝你们一行顺利！"麦西来甫站起来，端起玻璃杯和老陈碰了一下，一饮而尽，"穿越过程中有啥事情一定找我！"

郝明、老陈、老米、老葛还有王小满，一直将主人们送到伊斯兰大饭店外。我能想象伊斯兰大饭店外面的情景：再次一一握手，说一些惺惺相惜、肝胆相照的话，挥手作别。

快凌晨四点了。

刚才熙熙攘攘、人声鼎沸的大饭店，安静了很多。客人都走得差不多了，服务员开始打扫卫生。

刚才我忙着又吃又喝，现在静下来坐着，感觉浑身的骨头像散了架一样——明天开始的沙漠穿越，不会比今天舒服吧。

修师傅已经托着下腮睡着了。嘉琪和伊曼看来是习惯当夜猫子，两人正神情亢奋地给朋友发短信。

郝明、老陈他们回来了，在大条桌旁落座的时候，还能感受到他们身上带回来的凉气。

"桌上还有几碗没动过的新疆酸奶，谁吃？"郝明问大家。

我和王小满伸手各拿了一碗。

"这是好东西。"老陈介绍，"疲劳的时候，吃这个，体力立马能补充上。"

"老陈，看样子，你得有50岁了？"老葛问。

"1958年'大跃进'那年生人，今年虚岁五十四。"老陈笑着问，"你呢？"

"那我得喊你一声陈哥。今年的最后一天，我就整五十了。"

"我们都是60年代长大的孩子，"老陈无限感慨，"他们是赶上好时候了。我们小时候，哪会想到，咱们这一代人还会有今天！"

"陈哥，一看你就是经常锻炼的，一点肚子都没有。我这肚子，怎么都下不去。"

"你一口气吃那么多羊腰子，这肚子当然下不去。你看我，怎么吃都吃不胖。"王小满说。

"你没心，当然不长肉！"老葛不以为然地回敬说。

"小满，别看他瘦，饭量不小。每次我们出去，从扎营准备做饭，他在旁边等着，能一直吃到洗锅。"郝明说。

"做饭我不会——我只会吃。"

"小满，别看他瘦，身体体质很好的。"老陈微笑着说。

"还是陈哥最了解我。"

我们吃着新疆酸奶，交谈着，感情越来越亲密。老陈不像是今晚才空降来的，倒像一路走来的老朋友了。

郝明问："老陈，小满说你登过珠峰。"

"还没有，不过世界上八千米以上的高峰，我上过一半。五十岁整，上的南伽峰。所有的积蓄都花完了。幸亏我有一位好夫人，一直支持我。"老陈深情地说。

我们啧啧称赞，都用羡慕、敬佩的眼光看着老陈。

郝明说："我高反很严重。2005年到珠峰大本营，上去之后，头就疼得没法忍受。我觉得不好，连夜从五千四百多米的地方往下撤。一路上头沉得抬不起来。现在回想起来都后怕，怎么把车开下来的！当年半夜沿着雅鲁藏布大峡谷开车到墨脱，都没怕过。那天晚上，我车上还有一人。本来不认识。这哥们儿第一次上海拔这么高的地方，也是没经验，告诉我们，已经有大半天没法小便了！我们不敢告诉他实话，怕吓着他。我载着他，他在后面躺着。到了2900米的地方，他终于能小便了。我心里一块石头才算落地！分手的时候，他给我一名片，说他是一上市公司的副总。这人，至今可能不知道他在鬼门关走了一遭。"

"我不高反。下次我也去珠峰大本营，拉人、收名片去。"王小满笑眯眯地说。

"当初拦住我车，托我送人下山的，就是后来在南伽峰遇袭，被塔利班武装分子杀害的老杨。"

"死去的老杨、老饶，唯一生还的姜小川，我们都很熟。"老陈神色一黯，"唉，谁能想到，那么高的极限环境会遇到歹徒呢。"

"你说的姜小川，原来是成都军区74师的。个子不高，比我大两岁。以前一次全军特战大比武的时候认识的。他能逃脱，绝对不是靠的侥幸。部队的受训帮了他大忙。我看采访，说几个人，当时都是被反绑着跪在那。在绑小川的时候，小川就做了手脚，尽量将绳索弄松。其他人都认为，劫匪只是抢钱，要钱就给，不要逃，不要自惹麻烦。只有小川观察了周围环境，设计了逃跑路线。歹徒开枪的时候，小川先把那个要射杀他的歹徒打倒，按照之前设计好的逃跑线路，'之'字形迂回跑动，暴徒在后面射击，但是没有射着。如果那个时候，对危险估计充分，活下来的人，不会只有一个。"

"小川真挺让人佩服的，还冒险回来找卫星电话报警，找对讲机通知其他登山者危险。"老陈说。

"小川这么做是对的。因为恐怖分子有枪，等待更危险！夜色可以做掩护。"郝明说，"我们不讲这些了。我看姑娘们脸色都不对劲了。"

我不明白，郝明为什么和老陈说这些。这不是主动和老陈套近乎吗？那还能拒绝别人吗？后来对郝明更了解了之后，我才知道，其实就在老陈说他已经赶到喀什的时候，郝明已经决定带上他——虽然他对王小满发了一通脾气。他就是这样一个人，外表是严厉的原则性，内心很富有人情味。

"好了，不聊其他的了。老陈，明早，确切地说，今天一早，我们就出发去麦盖提了。刚才和喀什的车友们聊天，估计你也了解这趟穿越的艰险了，还确定去吗？"

"确定。"老陈温和而坚定地说，"人在大自然面前，真的、真的很渺小。沙漠的经验，我没有你们多，和你们比，我是小学生，希望不要给你们拖后腿。"

"没有拖不拖后腿的事情，既然来了，大家就是一个集体！"郝明说，"我和小满进沙漠，早年都是通过切诺基上手的，虽说那车毛病不少。老陈，你主、副油箱都改大了没有？"

"主油箱没动，没有副油箱，小满让我带了好几个三十升小油桶。"

郝明看着王小满，半日才说："我那还有油桶，应该够了。"

"应该能够。我车后还有油桶呢。"王小满不住眨着眼对郝明说。

凌晨四点半了。

郝明看了看大家，问："刚才又是羊肉串又是手抓饭的，没有没吃饱的了吧？"

"没有。"我和大家一起说。

"那全都把手机放一边，集中精力听我说话。"郝明收敛了笑容，把两只胳膊肘搁在了桌上，郑重地说，"我们增添了一位新队员一老陈。今天起床后，八点半集体吃早饭，然后出发去麦盖提。在麦盖提把油加满，再检查一下车辆，确定没有问题，在麦盖提吃个午饭，下午就进沙漠了。我们没有后援车。所有的备用油和补给都要靠我们自己背进去。沙漠很美，也很无情。迷路、断水、断油，接下来直接要面对的，就是死亡。可以说我们把一半的命交给老天爷，那一半，能不能活着出来，要靠我们自己来掌握。保护好自己的车，它是我们在沙漠中最强有力的依靠。还有要强调的，老生常谈，我在北京已经说过了，今天再重复一遍！就是纪律。纪律，是保障我们能不能穿出去的唯一条件。野外生存，队员之间有意见分歧，绝对是死路一条！"郝明扫视了大家一眼，"一个队伍，只能有一个声音！我希望大家，现在把最后的决定权交给我。"

王小满说："我跟郝哥这么久，大大小小的沙漠走过不知道多少次，一直都是这么弄，大家能往一起使劲儿，才有胆量今天来走塔克拉玛干。"

"那我说，我们有不同意见怎么办？一路都得听你的？"老葛问。

"大家可以把意见公开地，或者私下地讲给我。"

"那万一，你要是错了呢？我是说万一，你也不是圣人。"

"即使是我错了，那也要听我的，因为我是你们选出来的。"郝明说，"我们只能有一个声音，这个声音由我发出来。这是雷打不动的纪律，因为这就是团队！"

第七章

塔克拉玛干，我们来了

——沙漠幅员广大，或绵亘至千里。
地乏水草，常起飓风，卷沙夹石，飞舞空际。
骤落则掩埋人畜，莫可逃遁。
昼间气候炎热如焚，入夜则异常凛冽，至见霜霰。
行人苦之。

小满给我们定下的这家宾馆，一共六层。而我们一行人，统一被安排在最高层。

经过长时间的长途跋涉，这时候，人都有点呈梦游状态。我们几个人找了半天，没找到电梯，一问前台，告诉我们："根本没有！"

大半夜的，我们只好自己爬楼。郝明、老米、小满不仅要拿自己的行李，还要帮我、伊曼、嘉琪把行李扛上去。

没睡多久，就被冻醒了。我睁开疲倦的眼睛，发现只穿着内衣的嘉琪瑟瑟发抖，试着打开空调吹点热风，没想到空调里吹出来的是冷风。

我穿上抓绒衣抓绒裤，从旅行袋里拽出大衣，盖在被子上，抓紧时间又睡了过去。

我觉得我的脸，刚枕到宾馆的枕头上，又被手机闹醒了。

昨晚郝明定下的：八点半准时到楼下吃早餐，九点半出发去麦盖提。

我痛苦地撕扯着自己的头发，好不容易才让自己清醒了些。我去叫嘉琪，发现嘉琪大被蒙头，睡得正香。

我独自一人走进餐厅的时候，发现郝明、老米、伊曼三人坐在一个四人位的桌子旁，已经吃得差不多了。

"你迟到了，小A。"郝明指了指手表，神情严肃地说。

"才慢了十分多钟。"我不服气地反驳。

"伊曼八点半准时到的！郝明也是。我也是啊！"老米张大眼睛，从镜片后面瞪着我。

坐在米国军对面的伊曼，未施脂粉，连唇膏都没擦，已经是九分九的美女了。在我们周围就餐的几个男人，时不时地瞧向她。伊曼吃得津津有味，对郝明和老米的当面教训我心合意满。

"哼。"我埋头开始吃我的炒饭。我吃得多，而且慢，我不能浪费时间。

老葛托着满满两大盘子食物过来，放在桌面。

我刚想给老葛让座，"不用，不用。"老葛说着，从旁边拖过一把椅子，打横坐在过道上。

"郝明，这什么酒店啊，早餐这么差，都没有能下口的东西。"

"今晚，你就后悔说这话了。"伊曼说。

"中午还有一顿。"郝明说。

"中午还进不去沙漠？"老米问。

"进不去。"郝明摇头。

修艳喜穿着一件半旧的蓝绒线毛衣，头发像刺猬一样地跑了来。

"小满呢？还睡呢？！"郝明问。

"起来了，他说昨晚吃得太饱，不饿。"修艳喜说完，赶快去拿吃的去了。

"这不行！"郝明看着老米，沉下脸："新人不守时，这老人也不起来。看来昨晚我说的话，全白说了！嘉琪起床没有？"郝明脸罩严霜，问我。

我正踌躇着要不要先说出实情，我的手机响了。

"嘉琪，郝队问你呢。"我说。

郝明把手一伸，我只好把手机递给郝明。

郝明拿过来，放在耳边，就听嘉琪在手机里懒洋洋地讲："小A，给咱老大带个话儿：昨晚睡得太晚，起不来，一会儿你给我带点吃的上来。"

"嘉琪，我们都是今天早上四点半后就寝的，我们都起来了——你也能起来！自助餐厅只能本人来吃，没有带走的道理。"

"哦，是老大呀，我昨晚头疼。我老在晚上爬格子，熬夜惯了，白天起不来。"

"嘉琪，从现在开始，我们就要和老天爷争分夺秒。如果你觉得，守时，对你来说很困难，我给你买张机票，你现在就可以回云南。"

我在旁听见，顿时肃然起敬。

半晌，就听嘉琪娇声说："老大，你别生气，我不过——"

"嘉琪，时间宝贵，没有时间在电话里聊闲篇。我们九点十分楼下集合，你抓紧吧。"

"我们先走了！"郝明告诉我。老米抓起桌上始祖鸟的腰包，和伊曼起身离座。我望着三人背影，发觉不如方才那么有食欲了。

我回到房间的时候，嘉琪已经洗漱完毕，精神亢奋，一点没有偏头疼的样子。九点零五分，我斜着挎上随行的包，提着沉甸甸的旅行袋。嘉琪背上她那个60厘米长、50厘米宽的超大双肩包，跟着我走出房门。

隔壁的房门也同时打开，王小满满脸欢笑，和修艳喜从里面走了出来。

此时，这家宾馆绝大多数旅客还在梦乡。

小满帮嘉琪背大包，修艳喜帮我提旅行袋。我们四人一步一步走下楼梯，就此踏上未知的征程。那一瞬间，我忽然产生一种强烈的信念，我一定不枉此行，达成我的梦想。

天还没亮，外面漆黑一片。

郝明、老米、老陈、老葛已经来到宾馆外临街的停车场，四车已经发动了引擎，马达声震，尾气从排气管喷射出来，在车后灯照耀下，弥漫成一团白色的浓雾。

"好嘛，咱们每辆车的东西可真不少！所有车后面都塞得满满当当的。"老陈笑着说。

"就我车还空点儿。"我听见郝明说，"小满的'八〇'应该最沉，好嘛，油桶、救援工具、千斤顶重家伙全扔在了他车上。"

"小米，你这后备厢整理得真好！"老陈赞道，"麦盖提加油的时候，你教教我。我很担心，进沙漠之后，我后边的东西得'喤啷喤啷'乱翻。"

"我这车轴距短，空间小，必须精打细算哎。"老米高兴地说，"老郝，给你们车上留件水喝。剩下的放我车上吧，我车上还有地方。"

"放我车上吧。水比食物还沉。进沙漠之后，你且得适应一阵子呢。"老葛从老米手里提走了两件四十八瓶瓶装饮用水，放到了四门牧马人上。

我后来才知道，提走途乐上的两件水，这是照顾郝明是头车。

头车担负探路、寻路的责任，油耗高，危险系数大；车重，容易陷车；另外，如果车尾沉，甩屁股，容易从沙山上侧翻下去。多背一件水，就要多担一分的风险。

途乐的后备厢打开着，我急忙把旅行包放入郝明的车后。刚把背包从背上摘下来，准备放到旅行袋上，一本大书和一个硬皮本从背包里掉出来，"啪"地落在地上。我慌慌张张地去捡，更多的零碎小物件又都掉了出来。

"坏了，"我暗叫一声，"没把背包的拉链拉严实。"

旁边的老陈看见，忙走过来，用一只青筋暴绽的手，弯腰帮我把那本《我的探险生涯》从地上捡起来，仔细端详着："这书比任何一本凡尔纳的小说都精彩。作者是理想指导生命的强大孤独者。"

"您也看过这本书？"

"年轻那会儿，有一天，在马路边一堆低价处理的图书中，一眼相中，至此以后爱不释手。虽然大部头写的西藏，但是精彩之处还是在新疆。漫长的沙漠征程，仅用如此少笔墨带过，实在不够过瘾。"

"我没您运气。这书后来没有再版。我最后是在一家私营二手书店找到的，逼着我父母以二十五倍的价格买下来的。我就是看了这本书，从此开始做白日梦。"我不好意思地告诉老陈。

"我没有你勇敢。"老陈微笑着，"你有做梦的勇气。我连梦都没有做过。我那个时代，也不允许我做梦。每个人都有做梦的年纪，有种种看起来好笑、令人害羞的荒唐梦想。可是有多少人，如斯文·赫定般认真地踏上了实现的旅程？在和田河边，那命悬一线的死亡之旅，正是因为梦想带来的信念，在心底激励他，一次又一次挣扎着往前走。不要追寻梦想的意义，只要跟随心的召唤，往那梦想之地前进。倒在荒野间，面朝繁星璀璨的夜空合上双眼，并对自己说，我没有辜负我的梦想。这是多么让人羡慕的人生。"

老陈把书递还给我："这书其实翻译得并不是很顺，好在故事还算明白。不知道现在是否有新的版本。真想换一个版本重温。"

"没有，"我把书接过来，"这类书看的人少。出版社不会再版。即便有新版本，常常代表着在校研究生课余捞外快，几个人几天几夜不睡赶出来，质量那是齐刷刷的——低！"

"小A，你干吗呢？磨磨蹭蹭的！"郝明突然走来，质问我，"还带这么厚的书！我们已经超载了！"

他从我手里一把把书抽走，看了看封面："哦，那带上吧。"

这书是太厚了，快赶上一本《辞海》了，而且我已经不再需要它。

我正踏上实现梦想的路途中。

我将书端端正正放在宾馆台阶上，正转身准备离开，发现一位老者正在打扫停车场。不行，他会将这本大部头扔到废品回收站。我还是将这本书放到宾馆，万一有哪位客人晚上睡不着，打电话给前台要书看。

我从包里掏出笔，急匆匆在书的内页写道："给有缘人。"然后放到了宾馆的前台上。

等我从宾馆出来，惊骇地发现五辆车，已经从并行停放转成出发队列—我又迟到了！

郝明正在调整固定架在窗玻璃上的车载 GPS。

我急忙登车。

"老葛，你头前儿带队吧。"郝明摘下报话机，说。

"抄收。"老葛回应。

我在驾驶室里，两根手指放到太阳穴旁，冲着老葛和嘉琪，做了一个美国大兵式的敬礼动作。

老葛咧开嘴笑了。"大绿马"一马当先，拐出酒店。

郝明在驾驶室里一摆手，示意老陈先走。老陈含笑，和我们挥了挥手。

郝明随即发动车子，跟在老陈后面，拿起报话机："老米，你跟我后面；小满，你来收尾。"

"抄收！"老米回答。

"抄收了哈。"王小满声音小得我都听不清。

准时九点半，我们迎着东方第一道曙光，出发了。

越野车跑了半个多小时，我才忽然开了窍：我们正逐渐向东，靠近北纬39°线。

"郝队！"我突然大喊一声。

"什么事？"

我往车窗外指了指，天际间有一道起伏晦暗的曲线："那是不是就是塔克拉玛干大沙漠？"

"对——你右手边就已经是了！"

相逢竟然不相识！

我没想到塔克拉玛干忽然离我这么近，我几乎是贴着它的边缘在走。

郝明瞄了一眼头顶的后视镜："老米，你上我前面去吧。我来盯小满。"

"好啊。"

晨光中，小巧的红色牧马人从途乐左侧急速超车，斜着又急速并回到右线，淹没在了后轮扬起的尘土中。

"小满，你人呢？"

一问，没人回答。

二问，是修艳喜在电台里作答。听声音，他刚才睡了一觉："七哥下车解手去了。"

"解手，为什么不支吾一声？！"

"我回来啦！"王小满在电台里欢快地喊，"肚子这下可松快了。"

"报一下你的位置。"

"路标——175。"

路侧一块方头方脑的石头路标从我眼前倏然而过。我只看见上面有红色的数字，是多少，根本没看清。

"我们刚过190！"郝明说，"你干什么了！落后我们15公里。"

"昨晚上的羊肉串吃多了。"

"大家打上双闪，路边停靠，"郝明电台里通知，"等一下小满。"

"哎呀，太让我感动了。其实大家伙儿不用等我哈，我就追上你们啦！"

"你别说嘴了，快点撵吧！"郝明拿着报话机说。

前面的三辆车靠向路边。我们的车也缓慢减速。

"又耽误个把时间。这就是小满，一个缺爱的孩子。"郝明无可奈何地摇摇头。

"老郝哎，我已经心痒难耐啦——手边就是沙漠，怎么能视而不见呢？！"老米嚷。

"兄弟们，是不是肾上腺素激增啊？那就试一试咱们的四驱！"郝明在后视镜里看见了王小满的绿色陆巡，途乐的车头突然一拐，下了国道。

四辆车按照自己的车头方向开进沙漠，顷刻间四辆车都动不了了。只见所有车轮在沙中空转，扬起的黄沙比车身还高。

我被吓呆了。

"先放气！然后放绞盘——互救！"郝明在车台里通知大家，"外面冷，你坐车里别动！"

郝明对我说完，跳出车外，用手拉上魔术巾遮住脸，跑向离他最近的红色牧马人。

老米已经从车里钻出来，急匆匆拉起脖子上的魔术巾罩住半张脸，又拉下护目镜。

郝明蹲在地上，从兜里掏出一个小玩意，按在轮胎的气门芯上；我非常清楚地看到：红色牧马人的轮胎扁了！车体往一方徐徐下降。

我惊讶极了一轮胎这样了，这车，还能走吗？！

老米也蹲下来，给自己的轮胎放气。郝明又分别将剩下的两个轮胎放了气。一边放，一边用胎压表测试。

我正看得出神，冷不丁被"嗡"一声电机的震动声吓了一跳。

电机的嘈杂声，发自途乐的车头。我看到郝明从车头里抽出一根似缆绳的东西，用力拖住那根缆绳，慢慢往前走，最后挂在了红色牧马人前端车钩上。

王小满的陆巡到了。他看到前行的四辆车都壮烈牺牲在了沙漠中，高兴坏了。"要不要我小满哥来救你们？谁第一个需要救援，赶快报名，说话！"

"小满，你就别逞能了！郝哥都陷车了。"伊曼在电台里尖声喊。

"那我就先救他，哈……"

我眼看着'八〇'下了沙漠，没走出一米，就顿在了那里。

"瞧，让你老实待在马路上，说你你不听，现在还得救你。"伊曼在电台里斥责王小满。

我看见王小满从车里跳出来。外面风很大，他用力一甩"陆巡"的车门，车门竟然又被大风吹开了。小满拿脚一挡，硬生生把门给怼了回去。

郝明和老米分头跑回到自己车里。

郝明发动了车子，左手拿着一个迷你遥控器，一按。

我听到电机绞动的声音，有点刺耳，不过很有力量感。老米的红色牧马人随着绞盘的绳索，一点一点地从陷入的地方被拽了出来。

"嘀！"我禁不住赞叹。

"看见这点就'嘀'上啦？！"郝明问我，说着拿起报话机，"老米，你踩住刹车。我以你为'锚点'。"

"明白！"老米回答。

郝明一按喇叭，我感觉途乐猛地被一股大力拽了一下；红色牧马人纹丝不动。途乐放出来的那根绞盘绳索在不断收短，车身从陷车的地方脱困出来。

"老米，"郝明往窗外看了一眼那辆动弹不得的陆地巡洋舰，"你去把小满拽出来；我放气。"

"抄收！"

"老葛、老陈，你们那儿情况怎么样？"郝明又问。

"我和陈哥，都得了。"老葛轻松地说。

解救出'八〇'后，郝明去看了看切诺基车头。

"老陈，你不常出来越野吧？"郝明问。

我知道郝明为什么这么说了。

老陈的绞盘，可能比较有点年头了。郝明和老米的沃恩绞盘，已经更新换代到无线控制，遥控器比一个啤酒瓶起子还小。而老陈的遥控器，是手动的，和一只吹风机那么大。

"郝队长，是的，而且我注意到了，你们的绞盘缠的都是软绳，不用钢丝的？

难道有什么玄机？请教。"

"那年徐浪出事，我们就开始关注绞盘缆绳的问题——"

"其实徐浪他不是被钢丝击中的，外界误传，我当时给'大老一'做后勤，就在现场。"王小满插言说。

"不管是不是钢丝缆的原因，我们开始重视这件事。因为沙漠里救援是必不可少的。用这种高纤维的软缆替代原来的钢丝绳。试验的时候，特意让它断一次，应声落地，不弹不进——安静、安全、轻便。断了后，打个结，继续用，强度不受影响。"

"我以前见人用过这种缆，但觉得在沙漠里，不如钢缆耐用，担心细小的沙粒会进入缆的内部，把那无穷多的细丝逐个割断。"

"国产有的编织得很稀疏，是容易进沙子。ARB 的，就编织得很紧密，在沙漠里耐用得多。小满，一会儿加油的时候，找根新软缆给老陈换上。"

五辆车脱困后，大家一个个把车开到路基上。

郝明招呼大家："都过来，抽根烟儿的。"

大家聚拢过来。

天太冷，风又大，人人变作忍者神龟，用脖套罩住脸，只露出眼睛。老米还戴着隆美尔式的防风镜。

王小满从兜里掏出"玉溪"，递给老陈和老葛，两人一人接了一根在手。只有老米摆手拒绝，继续抽他的"中南海"。小满给大家依次点上火。

没有人说话，只有风拂过耳边的声音。

方才五辆车同时"趴窝"，让我很受打击。我见识过郝明、老米在高速上展露的驾车本领，怎么一进到沙漠里，简直寸步难行呢？！

"沙子软，咱又都没放气儿。"王小满咬着舌音说。

"虽然只是牛刀小试了一把，已经有实战演习的味道了。"郝明说。

"还成，至少把新装备的绞盘试了。气泵也是好的。"老葛说。

大家发出一声会心的闷笑。

我以为郝明会问大家，特别会问老陈、老米："如果觉得困难，现在考虑退出还来得及。"

他没有问。

画家和老陈，还有老葛、王小满，谁都没有露出犹豫、胆怯的神色。

我忽然非常有信心！

老葛抽完最后一口烟，将烟头掷到地上，说了一声："走吧？"

郝明说："走，接着往塔漠奔！"

上车后，郝明通知各车："我们不进麦盖提，直接去省道边那个加油站。咱们不在城区里与民争利。好嘛，我们这五辆车，每车两个大油箱，加满油就是两千升！"

"对，踏踏实实的。"老葛说。

"老郝，那什么，油品怎么样？"老米担心地问。

"我和小满去年在那加过油。中石油的油品还是有保障的。"

"那好。"老米应了一声，显然放心了。

省道边的加油站很"迷你"，没有服务区，只有两个孤零零的露天油罐，外接油枪。

这里虽说没有别的车辆，只有我们五辆车排队加油，不过有好些当地少数民族青年，手里提着个大烧水壶，也等着给自己的摩托车加油。

虽然我们换班的时候，会让摩托车们先加油，但是一辆车的油量都在四百升以上。

我惴惴不安，生怕他们不耐烦。没有人焦躁发怒，时不时围着那两辆牧马人看来看去，最多有个青年等得久了一点，说了一句："喔呦。"

老葛对郝明小声说："这要在帝都，肯定有爷开骂了。"

"是啊，他们都跑到97号那加油去了。"郝明说，"97号油一升贵了七毛钱，这对当地人来说，就好像每升贵了七块。我心里挺不落忍的。"

其他人加油的时候，郝明找了根水管，给停在加油站外水泥平地上的车辆挨个冲澡。我们一路从泥泞中走来，五辆车车身上全是厚厚的泥浆，用手掰都掰不下来。洗去尘土的车体，闪着优质油漆的光泽，显得神采奕奕。

斯文·赫定在他传奇般的旅行中，记录了他在麦盖提看到了慕士塔格峰。不知道他是不是动用了望远镜，现场的我，肉眼根本看不到。

"郝队，"我走到拿着水管的郝明面前，"你那个望远镜呢？再给我看看。"

"在我车座后面。"

我依言而行。在郝明座位后面，找到一个类似军用挎包的东西。伸手一摸，果然摸到一个望远镜。

"找到了。"我拿着望远镜，朝郝明挥了挥。一转身，瞥见王小满手里拿着一根新的绞盘软缆，正站在陆巡放下的后备厢的挡板上，居高临下冷眼瞧着。

还是刚从北京出发没两天，大家一块儿在服务区吃快餐。老米问郝明，大家内部是不是都有别名——他也想有个，别总是"老米、老米"地叫他。

"那我也取个内部专属名字？"我问。

王小满忽然嬉笑起来："你可以叫'魔力小甜心'。"

我没理他。

郝明说他别称"行者僧"，伊曼是"许愿精灵"。王小满说他的别名叫"浪漫人生"。

我没克制住，一口热汤当众喷了出来。

接下来，我不合时宜，批评大车司机会车时，远、近光不变换不说，车尾还装两个氙气灯。车前、车尾的灯照得前车、后车司机睁不开眼睛——小车不让行人，大车欺负小车，长久如此，"国将不国"！

王小满听了很不高兴，说大车不避让小车是有原因的，大车车沉，停下来再启动很吃力——一停一起，五块钱油钱就没了，和素质没有关系。

"旧怨"未解，又添了"新仇"。

"哼。"我站得笔直，在王小满眼前示威性地高昂着头，慢慢把望远镜举到眼前。

我朝向西南方向搜索着，几乎没费什么力，就看到了一座云雾缭绕的雪峰。

"找到了！"我喊了一句，"郝队，你去过那边没有？"

"去过红其拉甫。那时候连（连云港）霍（霍尔果斯）高速还没修好。"太阳出来了。

慕士塔格依然躲藏在云雾后面不可窥见。

"再看看昆仑山'坐忘峰'上的圣火，是不是还在熊熊燃烧？嗬哈哈哈。"

我将望远镜向南移动了一个角度。昆仑山名声大，山势并不雄伟，当然，我也没看到"明教总坛"熊熊燃烧的圣火。

我又以慕士塔格峰为坐标点，向西北方望去。那里就是古代称之为"葱岭"的帕米尔高原，是天山、昆仑山、喀喇昆仑山、兴都库什山的交会处，又是古丝绸路南道、中道汇合点。透过望远镜，我贪婪地领略着古书中极少描绘过的帕米尔高原风貌：重重的冰山雪岭，湛蓝的高原湖泊，踞高扼险的古堡雄关，古老简朴的驿站舍馆。千年来，甚至更长的时间里，无数中亚的商旅驼队、马帮使节，一代一代，从这里来到中原内陆，又从中原内陆将大批丝绸、茶叶、瓷器，运往西亚、南亚、欧洲。

我正想放下望远镜，云雾散去，慕士塔格峰、公格尔峰及公格尔九别峰在阳光中展露真容。

"看到啦！看到啦！我的运气真是太好了。你要不要看，郝队？"我感觉自己浑身散发出夺目的异彩，不凡的人生就此起航。

没人回答。

我回过头，发现途乐没了。

"他刚刚走了啊，你竟然不知道？"王小满怪模怪样地说，语气让人听了很不舒服。

"郝哥去侦察饭点去了。"那个机修工修师傅对我说。

"噢。"我说。

修师傅虽然是王小满的朋友，人很淳朴——我要区别对待。

"你要看吗？修师傅。"我将望远镜递过去，修艳喜很高兴地接了过去。

"小A，"老米远远地喊我，指着地上一个土黄色提兜，"这个是你们家的，把它拿给老郝。"

"噢，好。"我答应一声。

你们家的！这个叫法挺有意思。我乐滋滋地想，伸手去提那个包，发现根本提不动。

"啊，这里边什么东西啊——这么沉！"我冲老米喊。

"工具啊！我车上有一套了，这套零散不全的，是郝明的。"

"这有多重，五十多斤？！这是谁放的，傻啊，为什么不分开放啊？都放一提兜里，情等着叫人拿不动。"我说。

"哪有五十斤，伊曼就拿得动！这包就是伊曼方才放那儿的。小曼，你干吗？"

"我帮她拎过去吧。你瞧她那样，拿得动吗？"伊曼一脸冷淡地说。

"我哪样了？"我想质问伊曼。

还没出发；郝明侦察完饭点回来，听说我和人家大吵了一架，他会怎么看我。再说，马上要开饭了，想到这，我把情绪按了下去。

"那也不用你啊，有我这大男人呢。你回去吧，"老米告诉我，"一会儿我给你送过去。"

"不用不用，"我急忙摆手拒绝。

我拖着这工具口袋，曳地而行。

"嚯，小车儿锃亮锃亮的，哥，这是要去哪儿呀？"王小满一手插在口袋里，抽着烟，悠闲自得地从我旁边走过。

我忍不住回头狠睨了他一眼。

老米高兴得合不拢嘴："哎哎，能干啥，当然是去塔克拉玛干搞穿越啦。"

一辆白色越野车擦着我的头发丝而过，把我吓了一个激灵。

车还没停稳，郝明从车上跳下来："哎哟我的姑奶奶，别闪了你的腰，还是我来吧。"

郝明一把把我推开，轻轻提起那个大口袋，一手打开后备厢的车盖，将工具包放到车上。

我目眩神驰地站在后面瞧着。王小满倚着红色牧马人，神色阴沉，满脸的不悦。

郝明告诉我们，他侦察到了一个"冒热气"的地方，午餐就在那儿解决。

郝明口中说的"冒热气"的地方，是街对面一家维吾尔族小饭馆。郝明一把轮，来了个180°"U"形大转弯，停在餐馆前。紧跟在后面的王小满没料到，直直地冲了出去。后面三辆车跟着郝明，"U"形转弯，停在小饭馆前面。

小满在电台里受到群嘲。

"我说'东坝之花'，是不是只会跑拉力赛啊？"老葛说。

"技术不行啊，小满。"伊曼说，"只会直行，不会转弯儿。"

"我说了'冒热气'的地方，连小Ａ都看到了，就你没发现。"郝明用车台说小满，"行了，前面那个路口掉头吧。"

小饭馆外，灶台上冒热气的大蒸锅后面，站着一个长着粗黑浓眉毛的维吾尔族老大爷。我们下车，鱼贯进入饭馆。郝明早已经安排好我们吃什么。我们刚坐下，就每人给我们端上一盘手抓饭。

郝明告诉大家："尽量吃饱！这是我们在人间的最后一顿热饭了。今晚，就在塔漠里扎营了。下次吃，不知道什么时候呢。"

一个羞涩的维吾尔族女孩儿，托着一个硕大的盘子，放在桌子正中。

"尝尝新疆的烤包子。"郝明说着，顺手拿了一个。

"嗯，好吃。这香，一咬一口油。"老葛咬了一口烤包子，对郝明说，"走时，咱们带上五十个。"

"我也有此同想。"郝明笑着说。

"有勺子吗？"我筷子使不好，问那个维吾尔族女孩儿。

"别说勺子，'勺子'在这里是骂人话。"王小满从餐盘上扬起脸，警告我。

"哎呀，我不知道啊。"我回头对维吾尔族女孩儿表示歉意，她羞涩地笑了笑，走了。

"米哥，方才加油站里的那个中石化女孩儿真水灵。"王小满说。

"嗯，注意到了，沙漠里的一朵玫瑰花儿。"老米回应。

"可惜了，在这种地方……"

"别聊你们的沙漠玫瑰了，你快点吃，烤包子要趁热，"郝明冲王小满说，"吃完我们再开个短会。"

"怎么还开会啊？郝哥。"伊曼说。

"我也不愿意开会。有些话不说不行啊。今天早上说，八点半吃早餐，准时到的就三人。"郝明把筷子往手抓饭的盘子上一放，拿过餐巾纸——一卷灰褐色的厕纸，撕了几张，擦了擦手。

"再次强调下纪律性，集体活动以后一定要统一、按时！进入沙漠后，全体人员，只要车动，就得系好安全带！不论主、副驾，所有人员均不得例外！另外，任何人不能单独行动！如果需要单独行动，也要和队友事先打好招呼。小Ａ，听见了没有？！"

"松塘"的旧账果然被翻出来了。我哑着嗓子应了一句："听见了。"

饭后，我们重新又回到加油站，五辆车都停在加油站外的水泥平台上。

我闹不清是怎么一回事，其他的人也没有人发问。

就听王小满喊："各车，过来领东西。"

"小Ａ，去，把咱车的那份领来！"郝明说我。

我答应一声，原来是去领工具：空滤，每车一个；鱼竿，每车一根；三角小红旗，每车一面。那天在郝明会议室里，看到的那些奇怪的用品，现在知道是拿来干什么用的了。

接下来发捆扎带，每车一根。郝明急忙阻止："不用新的一新的先收起来。来我这拿用过的，每人捡一根走！"

伊曼第一时间跑了来，领了一根旧的捆扎带："郝哥，你真会过日子。"

"日子不就得这么过吗？成天大手大脚的怎么行？"

伊曼冲郝明一乐，一转身，看到王小满站在她后面，差点撞一满怀。王小满嘴里叼着根烟卷儿，从一个报纸包的纸卷中，分出一张印制的国旗递给伊曼，又往途乐车头放了一张，告诉郝明："这是你们车的。"

"哇！谁想到的？！"我说。

王小满叼着烟卷儿，朝我斜着点了下头，意思是他提议贴国旗的。

王小满的这个"贴国旗"的提议，郝明最初不同意："咱们就是几个普普通通的探险爱好者。这次穿越纯属个人爱好，民间私人行为。别那么张扬！"

小满劝郝明："要搞就搞个大的，要有点仪式感，这样大家干劲才会更足。"

郝明想了一想，觉得王小满这个提议也没有什么特别不好的，欣然同意了。

原来郝明准备将国旗印成飘扬的样子，王小满说不好印刷，而且也容易被风吹坏，所以印制成长方形，就贴在车头的机箱盖上。

因为刚洗过车，每辆车都干净清爽的模样，在阳光下闪着金属的光芒。

"铛铛铛、铛——！"伊曼举起一个厚牛皮纸卷，高声嚷嚷，"米哥专门为咱们这次穿越设计的、万众瞩目的车贴一终于要和大家见面啦！"

"哎呦嘿，这可是咱们这次穿越的头等机密啊，不到最后不露一星半点。"老葛打趣说。

伊曼将车贴放在红色牧马人车头国旗的上面。我们围拢过去，七手八脚地展开来看。

一眼就能看出，这是一位职业画家的作品：几条曲线、几团色块，起伏的大漠立刻跃然纸上，下面写着"N39°穿越，探索，发现"。

"这车贴也太美了吧！"我忍不住称赞。

王小满笑道："这是史上最贵的车贴，我都舍不得用！米哥，这都是你一张一张手画的吗？"

"怎么可能呢？"老米眉毛扬了扬，"当然只有一张是我亲手画的，其他都是别人临摹的。"

王小满一张一张仔细翻找那张老米亲手画的正品："怎么看起来都差不多？"

"你傻啊，老米画的，当然已经被他贴到自己车上了。"郝明说，"你还指望靠车贴发财吗，最后没被这里的大风吹破就不错了。"

我们一车两人，主副驾合作，开始贴国旗和车贴。因为刚洗过车，每辆车都干净清爽的模样，在阳光下闪着金属的光芒。

小满和修艳喜手脚麻利，贴得最快。小满贴完后，又去帮老陈。老陈自己已经一点一点把国旗平贴在了车头引擎盖上，又同着小满把车贴贴在了车门上。伊曼帮老米贴完国旗，又去帮老葛和嘉琪。

我的手指僵硬笨拙，一看就是不事劳作的那种人，努力配合郝明，总算帮着他把国旗和车贴都贴好了。

离开中石油加油站，我们颠簸在依稀算是一条沙土路上。

路的两边是棉花地，残留在地里的枝条显得干枯。枝头偶尔挂着零星的被遗漏的已经干瘪的棉花骨朵。间或还有个把农夫在地里干活，听到车声，站起来移动着脸孔追随着我们。

又走了片刻，道路两旁不再有农户和耕地。道路开始起伏不平，路边出现低矮的沙丘。

车子行进的速度明显慢了下来。

正当我们准备进入沙漠的时候，一条狭窄的河流挡住了我们的去路。

这应该就是塔里木河最早的源头叶尔羌河。

河面已经结冰。

"我先下去。"郝明通知大家，"等我让大家过的时候，你们再过。"

途乐刚一走上河道，冰面立刻出现裂痕。

郝明打了一把方向，顺着冻住的河流往下游走了半公里，拿起报话机通知："兄弟们，就这儿了。这儿的冰冻扎实了。"

一路在河岸上跟着的绿色牧马人立刻咆哮下河，一口气上到对岸。老陈被河边的草丛绊住，车轮飞转扬起尘土，可是车身就是不动。

"需要救援吗，老陈？"郝明问。

"需要，你过来拖我一下吧。"

郝队正倒车，准备去救援老陈，从后视镜中看见红色牧马人笔直地从冰面开过来。老米从车上跳下来，爬到倾斜的切诺基后面挂上绞盘，从后面将老陈从杂草中拖出来。

"不好意思啊，"老陈在电台里说，"没陷到沙子里，却被骆驼刺给绊住了。"

红色牧马人跟在切诺基后面，上了河对岸。

"小满，那我上去了。"郝明说。

"哥，你走吧。"

叶尔羌河的东边，就是无垠的大漠。浅色的大漠在冬日的阳光下显得很苍白。

"停车，放气，升旗子。"郝明通知大家。

后来，日复一日地前行，我才知道，这种反常的轮胎放气，反而能让车在沙漠里走起来。轮胎的胎压到底要放到多少才合适，那就要看沙漠的"软硬"程度了。

像郝明、王小满这样有经验的老手不怎么需要胎压表，他们看到轮胎压扁的程度，甚至踢一脚轮胎就会判断出胎压是否合适。但是，置身于伟大的塔克拉玛干大沙漠，谁都不敢大意。

伊曼蹲在地上，拿着放气扳子帮老米放气，一面大声说："米哥，你去拿胎压表吧，这儿我盯着。"

"好嘞！"老米满脸幸福，咼兴地应了一句。

"你晃来晃去地，怎么就你那么闲啊，小满。你胎压放好了没有？"郝明问。

"啊，我有小修啊！"王小满晃荡着走过来，"我看你的副驾也挺闲的，就你一个人在忙。"

老葛将一条长筒丝袜罩在涉水喉上。又走到"小红马"那，给了老米一条。

小满一看到女用肉色丝袜就笑了。

"没用的！葛老哥儿，你这么做，纯粹是'瞎子点灯白费蜡'！"

"谁说的？！王小七，过三天你打开我发动机瞧瞧，看有没有用！"老葛说。

米国军突然急匆匆跑来："小满小满，那什么，你们胎压都放到了多少？"

"0.8啊。"

"可我怎么觉得我的轮胎比你们的都鼓呢？"

"你眼睛近视，看清了吗？"

"我仔细看过了，胎压表上显示，0.8，一格不多，一格不少。"

"你太紧张了！"王小满嘴角叼着烟，一只手插在防风外衣口袋里，斜着脸半闭着眼睛笑眯眯说，"你轮胎大，心理作用造成的。"

画家拿着胎压表，将信将疑地走了。

"看看自己的旗杆是不是固定好了？再检查一遍胎压。"郝明再次提醒大家。

修艳喜仔细地将每辆车底盘上的螺丝紧了一遍。

王小满走到郝明近前，低声说："那个麦西来甫昨天私下跟我讲，不知道咱们是动真格的，以为就是来这儿转转，拍几张照片就走。早知道，他把他当地的媒体朋友喊来了，给咱们搞个欢送仪式。"

"咱们不是为了鲜花、掌声来这儿的吧？"郝明蹲在地上，松开放气扳手，拿胎压表测过胎压，猛地站起来说，"就是没有鲜花、掌声，这事也得干，对不对？"

"哎哎，老郝老郝！"老米拿着佳明GPS，激动地走来，"真是天意，我们现在待的这个地方就是我们的起点，北纬39°00'0000"，东经078°01'2353"！"

自打从喀什出发，老米整个人已经处于一种极度亢奋的状态，不停地说："来穿塔的都是疯子，我是最疯狂的那个！"

郝明站在当地，举起胳膊，手指打了个转："都把车以老米的'小红马'为中心，靠拢。"

其余四辆车不断抹车，紧挨着停靠在了一起。

画家拿出准备挖沙子时用上的铁锹，在沙地上勾勒出一个大写的美术体的N39°。

小满和修艳喜灵活地爬上"小红马"的机箱盖，一左一右分列两边；郝明和老米靠着"小红马"前杠；伊曼站在两人中间，侧着身，一只手放在脸边做了个"V"字，另一只手架在臀部上，凹了个造型。我站在最右边，挨着嘉琪。老陈点燃带来的一万响挂鞭后，跑到郝明边上站好。

老葛把三脚架支好，相机光圈、时间设置好，以一种滑稽的姿态跑回来，站在我和嘉琪后面，伸开他的大长胳膊，将一面五星红旗扯在空中。

修艳喜喊："想不想挣更多的钱？"

我们齐声喊"想——"

我们九个人、五辆车，以及老米创作的N39°美术字，一瞬间都被定格在了照片里。

东经078°，只是我们的起点。我们的目的地是，东经087°。

五辆车在"噼噼啪啪"的鞭炮声中，隆重地开启了未知的行程。

我们向东，往塔克拉玛干腹地进发。

车辆就像一叶扁舟在沙海中航行。我盯着车外，由于行驶中产生的视觉差错，沙漠的波纹好像湖水的涟漪一样荡漾，只是颜色呈现金黄色。

这一回，我真真正正地走进了塔克拉玛干，儿时的梦想真的实现了！

第八章

我眼中睡着的沙漠

——物竞天择，适者生存。

突然，途乐不动了，斜着陷进一个小沙坡，大半个轮胎被沙子埋没。

郝明尝试脱困，打到倒挡，轮胎原地打转，车子却纹丝不动。我们就只能这么斜着挂在小沙坡上。

"需要救援。"郝明抓起报话机，简短地说了四个字。

"老郝，怎么说，我过去绞盘拽你一下？"老米问。

老陈率先跳下车，帮着把"小红马"的绞盘拉出来，挂在途乐后杠下的拖车钩上。老米按动遥控器，途乐借着绞盘的拉力，自己挠出沙窝。

"没想到塔漠的沙子这么软！别的沙漠，这个坡不高也不陡，看起来稀松平常的坡，通常途乐给脚油就挠上去了。没想到陷到里头。"郝明和大家说。

"第一陷呢，这是荣誉啊，郝哥你作为队长，处处争先！连第一回陷车的机会也不肯让给我们。太过分了哈。"王小满在电台里打趣说。

郝明看了看西沉的太阳，又看了看架在他左前方的 GPS："今天的日落是晚七点三十分，现在是晚六点五十五分，塔漠第一晚，我们就在这儿安营扎寨了。各车熄火，吃晚饭！"

听到"吃晚饭"三个字，我第一个在心里欢呼。中午吃的油腻的新疆手抓饭，此时已经消化殆尽。

这是一块相对平缓的沙地。郝明指挥大家车头冲外，停成一个圆圈，就好像过去那些逐水草而居的游牧部落。我们晚上就睡在车的中间，避风，同时方便支帐篷。

我们九个人，站在沙丘上，目力所及，是直达天际的毫无生气的土黄色。四周一片死寂，这里除了风声，没有其他声音。

火一样的云霞照映在沉闷的荒漠上。

沙丘上长着一丛丛半球状棕色的植物，在寒风中摇曳着。看到大沙漠里竟然生长着植物，让我倍感吃惊。

"老大，那是什么？"嘉琪问。

"骆驼刺。"郝明回答。

"没想到塔漠虽然荒凉，竟然还是有生命的。"老米惊诧地说。

"估计到了腹地，就真的是寸草不生了。"老葛说。

从公路上遥望塔克拉玛干和身处于塔克拉玛干中间的感觉是完全不一样的。

太阳的光线越来越弱，还没没入地平线，大地就变得冰冷起来。我们蜷缩着，一起打着寒战。

渐渐地起风了。美好、兴奋的心情，随着太阳徐徐落山后，也逐渐降温，此刻只有灰暗、令人生畏的荒野环伺在我们的周围。

夜色倏然降临大地。

郝明大步走到车前，打开途乐左后门，摸出斧子。

"小修，"郝明一晃手里的SOG野营斧，"咱们两个组织一个找柴小分队，跟我走。"

老米刚点燃一支"中南海"，听到郝明的话，马上说："我跟你们一起去。"

"伊曼，你负责做饭。其他人，给伊曼打下手。"郝明打开途乐的后备厢，对伊曼说，"炊具还在原来的箱子里。"

"知道啦。"伊曼戴上白色工装手套。

老陈笑着说："我们也不能闲着，光等着吃现成的，我和小满两个小碎催，随时恭候差遣。"

王小满说："做饭这事儿哈，就坚决别指望我啦。"

"做饭的事儿，我们从来就没想过指望你。"伊曼说，说得老陈也乐了。

我目送着郝明他们三人的背影，很快地爬上一个缓缓起伏的大沙丘，然后又出现在远处一个更高的沙丘上，随后消失在了沙丘背后。

等我回过头来，发现伊曼正一个人把一个大储备箱从郝明车后备厢抬起来。我刚想说："我来帮你。"伊曼已经将大储备箱"哐"一下，放在沙子上。

"我来弄自热米饭吧。"王小满说。

"你要弄就弄！怎么那么啰唆。"伊曼斥道。

"自热米饭买少了。"王小满对伊曼说。

"还少！我们的车都已经够重的了！"

"这么冷的天，一盒哪够。"王小满一边说，一边加热米饭。谁知道，不论王小满怎么努力，自热米饭就是不发热。

"别弄了，小满，"老陈说，"我们现在是在零下20℃的旷野，加热包自己都冻住了，你还指望它给米饭加热。"

"那不弄咋办，晚上吃啥？"

"羊汤啊！"老葛说，"我让伊斯兰大饭店给我们炖好的羊肉。"

老葛和老陈把行军炉支上，点燃。行军炉是郝明和老葛各一个，小小的火苗，火力和家里的煤气灶根本没法比。那户外的行军锅也实在太小，比婴儿的奶锅大不了多少。

老葛告诉我和嘉琪，这两个行军炉已经是目前世界顶级的产品了，产于瑞典的Primus牌子，将水烧开的时间，与其他同类品牌相比，可以缩短一半时间。一个炉子就要两千块人民币，是他和郝明特意为了这次穿越添置的。

伊曼从"小红马"后备厢拿出羊肉。羊肉直接装在一个大塑料垃圾袋里，外面又套了好几层塑料袋。羊肉和汤，已经冻成一个大冰坨。

伊曼打开郝明的大储备箱，找出一把宽背大菜刀，对着头灯照了照："郝哥的东西不会太脏，行，能用。"

她拿着大菜刀，对着羊肉冰汤一阵猛敲，将羊肉和汤敲成碎块，又用汤勺舀出部分，放到行军锅里。

"他们回来就能吃上热羊汤了。"伊曼盖上行军锅的锅盖，告诉老葛和老陈。郝明、老米、修师傅三人每人提着两大捆树枝走回来，将我们今晚要烧的柴火堆放在一起。

行军炉里冰冻的羊汤渐渐翻滚，鲜美的香气扑鼻而来。

"干得不错！"郝明满意地赞扬。

"汤里再来一个洋葱和两个西红柿吧。"王小满从他车后拿来一个洋葱和两个西红柿，说。

伊曼开始麻利地切洋葱，一面切，一面抹眼泪："这洋葱真辣！"

"真是难为你了。"王小满笑着伸手，本想在伊曼脸上刮一下的，忽然胆怯了，打算在鼻梁上刮一下。

伊曼正在搅拌羊汤，往后一闪，厉声呵斥："没看我忙着呢吗？"

嘉琪给每人发了一个搪瓷盆子。我也想帮厨，苦于插不上手，正好看到一把小折刀和两个西红柿摆在那里，我可以帮着切成块。

西红柿完全冻了，握在手里，就和个铅球一样，只有外形还像个西红柿。

我想先把西红柿头顶上的那个"窝儿"剜去，还没用力，刀尖轻易就把西红柿捅穿了。刀尖抵在我掌心上，只需半毫米，我就血流如注了。

我吓得大叫一声，左手一颤，那个已经被劈成两半的西红柿被我给甩了出去。所有饥肠辘辘、等着吃饭的人，全都朝我这边看过来。

"谁给你这刀的？"郝明走过来一瞧，猛地问王小满，"你给她这干吗？一个十指不沾阳春水的人！"

"我没给她。我就放那儿的。刚才伊曼找我要来着——伊曼用就没事。"

"你别干了！"郝明掉头厉声对我说，"你必须站到一边去！让你站到一边去，听不懂吗？"

我在众目睽睽之下，往后退了两步，站到了一边。

嘉琪同情地望了望我。伊曼打开锅盖，用愉快的声音大声说："汤快好了，马上就能吃了。"

"去再拿两个西红柿来。"郝明叫王小满，"把地上的那两半个西红柿捡起来，洗干净，明天吃。"

"不要了吧，都掉地上了，沾了一层沙子。"

"拿水洗干净。"

"哪有水啊，饮用水全冻了。"

"那就拿你喝的水。"郝明说完不理王小满，叫我，"你过来。"

我又踏回来两步。

"看清楚！用这种刀，是个技术活儿。我示范给你看，先把西红柿切成一半，用小刀的底部——不是用刀尖，两边各切一下，看着，就这样，这不，又安全又快。像你那种方式，我也得把我自己扎了。行了，吃饭去吧。"

伊曼拿着汤勺给大家打汤。我把我的碗递过去，伊曼给我舀了两小勺羊汤。我怕其他人不够吃，忙说："够了够了。"

"今儿你吃得够少的啊，小Ａ。"老葛说。

我戴着抓绒手套的两手早已经冻僵。我捧着搪瓷盆子，急不可待地喝了一大口汤，汤淡了点，但是我这辈子没喝过这么好喝的羊肉汤。

手里的汤，刚才喝还烫嘴，下一秒就凉了。我吸溜吸溜地尽快赶在美味的羊肉汤变冷前把它吃光。

"嘉琪，你的盆？"伊曼冷淡地问。

"我，我不吃羊肉的，我是素食主义者。还有别的吃的吗？"

"你说什么？你为什么不早说，嘉琪？"郝明问。

"诸位，听我说，这个时候，冒着众人视为大不合时宜之嫌，还望各位海涵。我吃素，缘于一只羊的那双眼睛。有一次，我路经菜市场，正碰上屠夫拉着一只羊准备屠杀。羊的惨叫声凄厉，就在我的耳边。"

我们端着汤碗，全愣住了。特别是我刚咽下去一块羊肉，现在由里往外犯恶心。

"你什么意思啊，嘉琪？"老米最先问。

"羊，就是养大了给人杀了吃的啊。"修师傅郁闷地说。

"你早干吗了？我辛辛苦苦把饭做好了，你现在矫情这话。"伊曼冲着嘉琪不客气地说，"我们九个人，就两口小锅，难道还给你单做？昨晚我们在喀什，人请我们吃羊肉串，也没听你和人布道啊！"

我瞧在眼里，心里很不痛快，暗自嘀咕："你凭什么用这种口气教训比你大的嘉琪？郝明、老葛还没说话呢！你有什么了不起的？不到二十岁就出来跑江湖，不就仗着以前认识郝明他们这帮人，趾高气扬的。现在你欺负嘉琪，下一个就轮到我了。告诉你，姐可不是吃素的！"

嘉琪问："有没有别的吃的？我看自热米饭有西红柿炒鸡蛋。"

"没办法，自热米饭热不了。"已经尝试了多次的王小满，无可奈何地宣布。

"今晚你只能这么凑合了。嘉琪，在野外，你不吃肉，没有热量，身体扛不过去。"郝明说。

"这里太冷！权宜之计，就喝汤吧。你食素，那我来给你舀汤。"我说。

"那好吧——注意，请尽量把羊肉过滤出去。"嘉琪说。

郝明从途乐后备厢里，拿出两把简易户外折叠椅，一把给了我，一把他自己当仁不让地坐了。这两把简易户外折叠椅，好像是给幼儿园小朋友坐的小椅子，可是在眼下天寒地冻的环境里，已经弥足珍贵。

米国军拎来两把 KingKamp 户外椅，很仔细地在沙漠上支稳当了，和伊曼一人一把。两人坐在宽大舒适的 KingKamp 里，从容不迫地喝着羊汤，就好像我们中的 King 和 Queen。

老葛和老陈，不知道是没想到，还是疏忽了，都没带椅子，只能围着行军炉或蹲或站。王小满拿出两把折叠三角钓鱼凳，一个递给嘉琪。一个他让给老陈坐。

"小满你自己坐吧。我们这种老玩户外的，早就不用这个。"老陈很爽朗地笑着，"今天开了一天车，正好站会儿。"

王小满又让了一回，老陈摆摆手："真的习惯了。"

王小满把三角钓鱼凳放到沙地上，自己坐了。

老葛蹲在地上，说："不行不行，这个，我蹲着吃，不得劲儿！"

我急忙站起来："老葛，你坐我的小椅子吧。"

"谢了诶，"老葛说，"我肚子大，蹲着吃不下啊！哎，小 A，你扶我一把，我起不来了！"

其实老葛并不胖，就是长了个大肚子。另外，他每天出门就坐车，深蹲的能力差。我扶着老葛从沙子上站起来，学着米那样，把折叠凳子给他放稳了，免得他摔倒在地上。老葛一屁股坐下，操着北京腔，高兴地说："哎呦，这下舒坦了！"

长这么大，我也没站着吃过饭。开始，一半是习惯、一半是心理作用，我也很不适应，食难下咽。没想到只用了两天，我也可以蹲在地上，捧着个搪瓷盆子，稀里呼噜地吃得很香。

塔漠的夜真冷！

刚喝完羊汤暖和了一小会儿都不到，又重新冷得瑟瑟发抖。连几个男人都被冻得缩手跺脚。我实在冷得受不了了，只好走起来不断活动胳膊腿。可是旷野的寒冷，没处躲、没处藏。

"生火！"郝明放下手里的搪瓷盆。

不知道是因为天太冷还是什么原因，堆起来的柴火居然点不着，老葛拿着他的世界顶级的专业引火家伙，急得团团转。那堆柴火偏偏一点面子都不给。

"真没辙！"老葛气得大喊大叫。

"第一天晚上就这么为难大家怎么行？豁出去了，浇汽油！"郝明大声说。

修艳喜提来一个三十升的小油桶。郝明旋开盖子，提起油桶，往柴垛上一泼。老米将只抽了三分之二不到的烟头往柴上一掷，香烟燃了片刻，竟然灭了。

"你那不行，米哥。点柴必须明火，烟头是暗火。"王小满笑着，用打火机点燃一根小树枝，往柴堆上一丢。

柴堆立刻烈焰腾空而起！

"有火了！有火了！"我们高兴地分头击掌欢庆。

明亮的篝火让营地沸腾了。

嘉琪掩着口笑道："瞧，刚才我们老大心疼的，泼汽油的时候，脸孔抽搐了一下，好像这不是汽油，是他刺破身体流出来的血。"

"汽油多宝贵啊，"郝明笑着说，"要不世界整天为它打仗。"

燃烧的红柳枝，照亮了沙漠里的黑暗。虽然只有那么不足十平方米的光亮，却让大漠中的人们感到了依靠和温暖。

靠近火的一面，脸和手会烤得有些生疼，而靠近黑暗的那一边，仍然仿佛贴在冰冷的墙面上，真是"火烤胸前暖，风吹背后寒"呢。

我在火堆边站了半个晚上，忽然觉得眼睛被熏得发痛。

我使劲儿揉眼睛，眼泪还是往外流。

"你就没想一下，为什么就你一人站火堆这头，"郝明问我，"因为烟是往你这边飘的。"

——原来在火堆边烤火前，要留心注意一下风向。

"伊曼、嘉琪，你们两个衣服都不合格。一个火星溅上，衣服就燎出一个窟窿。去！像小 A 一样，把大衣穿上。"郝明说。

"郝哥，我不穿，那个太丑了，又沉。瞧我这束身的羽绒服多好看，一点都不显臃肿，帽子上的毛还特别暖和。'梦可睐'今年出的户外最新款，是米哥给我买的。"伊曼亲热地撞了一下旁边的老米，"打完折还一万多块。"

"不是越贵的衣服就越好，户外最好的还是军大衣。军大衣抗脏、阻燃、挡风，虽然笨重一点，总比挨冻好啊。不听我话，到时候，'梦可睐'就变成'蒙着来'了。"

突然，一段枯树皮可能太干，遇火炸裂，火焰向我们飞溅过来。伊曼一声惊叫，向后退了一步，扭身就跑，一边跑，一边喊："米哥米哥，我来穿军大衣了。"

嘉琪笑着喊在车边给修艳喜找工具的小满："嗨，哥们儿，一会儿顺带手把大衣给我拿过来。"

王小满抱着大衣走过来："你说顺带手，其实就是要我送过来呗。你、你就不能像伊曼那样过去拿？"

嘉琪的脸色突然变得十分难看，对着晃动的火光，显得有点可怕。

沙子主要成分是石英石，存不住热量，脚站在沙子上，就像站在冰冷的铁板上，很快就冻麻木了。我们不停地把脚踢到火堆旁，金鸡独立几秒，脚才能暖和一下。

"注意啊，不能站得离火堆太近！尤其是橡胶底的鞋子，鞋底烤漏了，没法补，罪只有自己受着。"郝明提醒我们。

"不离火堆近怎么办，太冷了啊！"伊曼说。

"来，我教大家一个取暖的好办法。"郝明教站在火堆边烤火的人背对着篝火，面对黑茫茫的塔漠站定，然后自己喊，"一鞠躬——"给塔漠行个礼。"二鞠躬——"，再给塔漠行个礼。

我们跟着他，如法炮制，纷纷做这个郝明称之为"烤屁股"的运动。给塔漠鞠完三个躬，从小腿到腰部真的暖和了好多。

我正在不停地做"烤屁股"运动，忽听郝明叫我："小A！"

我急忙答应一声跑过去。

郝明提着两个土黄色户外用帆布口袋，放在车头。

"这个给你。"郝明递给我一个头灯，"会戴吗？"

我笨手笨脚。郝明帮着我，把头灯戴好了，又递给我一个手电筒。

"手电我有了。"我从大衣口袋里掏出一个给郝明看。

"你那个可以直接扔了。这是战术手电——你两个比较一下。"我打开郝明给我的神火战术手电，一道笔直的亮银色光柱直刺夜空。我向远处照了照，隐没在黑暗中的沙丘被一个个照亮。而我那个家常用的，只有手电附近有一大团昏黄的光晕，根本照不到远处。

我神气活现地把头灯点亮，按照郝明刚才告诉我的，试着变化光的强度，又晃着脖子，在暗黑的天空中画圈圈。

正玩得起劲儿，"你不会搭帐篷吧？"郝明从一个帆布口袋里掏出一顶黄色登山帐篷，扔在地上，直截了当地问我。

正在我斜前方搭帐篷的老陈，看了看我，又看了看郝明，笑了。

"不会。"我红着脸说。

"今晚我给你搭，你学着点，明儿自己搭。"

"好。"

"伊曼、嘉琪，过来搭帐篷。"郝明喊。

伊曼一听，立刻像只轻盈的燕子，跑了过去："我来啦，郝哥。"

嘉琪对旁边正在烤火的王小满笑了笑："哥们儿，我不会搭那个玩意儿啊，你过去帮我一把。"说着，伸出一根手指，在王小满腰间轻轻戳了一下。

虽然老米把他六千大洋购置的烟囱一样的PIAA营地灯打开了，郝明、老葛也把车前的氙灯点亮，一同照着，但营地还是影影绰绰，没有白天看得清楚。

"我这有，一个单人的帐篷，一个双人帐篷。"郝明说，"小A自己住单人帐篷；嘉琪和伊曼，你们俩合住这个双人帐篷。"

我感到奇怪，按照酒店的住法，不应该我和嘉琪住一个帐篷吗？为什么这么分配了？

"小满，把铲锹扔过来。"

郝明接住王小满抛过来的铲锹："先把地平了。"

郝明边说边用铁锹在沙地上横着推平沙子。

可能觉得军大衣有点碍事，郝明把大衣脱下来递给我："拿着！"

我上前接过大衣抱着，探手摸了摸大衣的内里，里面有他温暖的体温呢。

"这地看着挺平的呀？"我蹲下，用头灯照了照地面。

"是吗？"郝明立刻停住手，把铁锹往沙子里一插，"那你今晚睡一觉试试。"

郝明在沙地上铺了一层防水布，然后把软塌塌的登山帐篷放在上面。

"你和我扯对角！扯住了没有？"

"扯住了。"

郝明用力一拉，我被拉了个趔趄。

"不是说扯住了吗？"郝明问我，"行了行了，我自己来吧，哎呀，真让人着急！"

我讪讪地站到了一边。

郝明温和地告诉我："你不用站这儿了。去烤火吧。"

人群发出一阵不善的喝彩。

"下次，我就会做好了。"我说。

"下次？！在部队，就没有下次了！部队不是用来教育许三多的，是要马上能上战场冲锋陷阵的。"

老米给自己平好地，又帮伊曼和嘉琪平地。

"谢了啊，米哥。等会儿我帮你搭帐篷。"

"多谢，不用啦。我一个大男人，那怎么好意思呢？"老米笑着说。

"这个'天石'帐篷和我以前搭的帐篷不大一样。这铁针是插这孔里是吗，郝哥？"

"对！"郝明赞许地说。

王小满扯着双人帐篷的对角，嘴角夹着烟卷，半闭着眼睛，隔着夜色，深情地凝视着伊曼。

这座双人帐篷很快就被伊曼搭好了，王小满只是偶尔帮了帮。

"这么能干，谁都想娶了做媳妇儿。"王小满叼着烟卷，含含混混地说。

"别把火星掉我帐篷上了！"伊曼不客气地怒目呵斥王小满，"烧了我晚上睡哪儿！"

"哪会啊，我注意着呢。"王小满嬉皮笑脸地说，"真烧了，你可以和我挤一个帐篷。挨着我，比火炉还暖。"

"才不稀罕你这个暖炉呢。"

王小满抱着一床被子过来："伊曼，这个给你。晚上冷了，你可以压在睡袋上。我特意给你带的。"

"我不要！我也不冷！我这睡袋抗零下30℃"

"那我给你放'小红马'上，你需要了随时可以拿。"

"你拿回去，我们车上没地方放。"

修艳喜把他和王小满的双人帐篷搭好，并将帐篷四角严严实实用沙子压住。压帐篷的沙子，均来自老米帐篷门前。

郝明看见了，立刻说："小修呀，你这样，一会儿老米进帐篷的时候，得先掉到你挖的坑里！赶快填平了。"

老陈过来，和修艳喜一起，把老米帐篷前的坑给重新填平了。

我们在黑暗中，借着汽车人灯的光亮把帐篷都支好。

"哎，郝哥，你说我们能不能在沙漠里碰到食人怪兽啊？"伊曼问。

"有最好啊，就怕碰不见。碰见了，和它打个招呼。"郝明说。

"别说了，我太害怕了。"嘉琪望了望四周黑沉沉的夜色，说。

"这荒无人烟的地方，就我们这几个大活人。你说食人怪兽把我们全吃喽，下顿它吃谁去？就算有，早就活活饿死了。"老葛说。

"就是！"我心里赞同老葛，忍不住说，"食人怪兽没有，不过可能有干尸。半夜从地下爬出来。可能现在就躺在我们帐篷底下。"

"啊！"伊曼惊叫一声。嘉琪的脸上也流露出恐惧的神色。

"怕什么，咱们这么多人呢。要真、真有僵尸从地下爬出来，你就往我帐篷里跑。我来保护你。"王小满说。

嘉琪的脸色瞬间阴沉下来，不过她很快掩饰住，笑吟吟地说："哎呀，小满，我也怕啊。"

"你、你们两个一块儿来。我一边一个，搂着你们，谁、谁把僵尸招惹出来的，谁去和僵尸周旋。"

"小满，你小子想得倒挺美啊，还东宫西宫的！"老米突然出现在我们当中，大声说。

我的单人帐篷支好了，架在途乐车头前。垫子也给铺好了。睡袋又厚又蓬松，散发着簇新的味道，就等我晚上钻进去了。

"晚上，钻睡袋，记得把睡袋口扎紧！只能露出鼻孔和嘴。其它地方都要包上。能做到不？"郝明问我。

"能。"

我先脱掉了军大衣和软壳裤，穿着抓绒裤打着寒战钻进睡袋里。不过，这怎么睡啊，钻进去活像个蚕蛹。

睡袋里面，郝明很贴心地又给我添了一个抓绒的套子。我先钻进这个抓绒套子里，再脱掉冲锋外衣，然后把套子拉到上身，头朝帐篷口躺下。睡袋里冷得像冰窖一样，一点儿也不暖和。

我听到帐篷拉链被拉开的声音。我向后扬起脸，看到郝明蹲在帐篷外面。

"这样怎么行呢！"他两只手在我的头顶摩挲着，严厉地说，"刚才不是告诉你，要把头全部包在睡袋里，然后把带子扎牢吗！你这样，明天早上起来，我们只能发现一具冻僵的女尸！"

他一面说，一面替我把睡袋口牢牢扎了起来。我只有一张嘴露在了外面。

"哎呀，这样不舒服！"我在睡袋里抗议，"鼻子也关睡袋里了。我怎么喘气啊——会憋死哒！"

我在睡袋里来回翻滚，脚踢来踢去："太不自由了！"

外面没有了声息。郝明已经走了。

我滚累了，也感到暖和了一些。这时候，我明白为什么郝明、老米他们都要平地了。

沙地坑坑洼洼地起伏，顶着我的后背。另外，我好像脚高头低。不过，我不是豌豆上的公主，一向能吃能睡、没有择席之症的我，很快就睡着了。

人的适应性真强，除了第一天晚上，心理上的不适应之外，第二天，我就与睡袋合体了。

我、嘉琪、伊曼、修艳喜睡下后，郝明、老葛、老米、老陈、王小满围在火堆边，商讨明天的行车。

郝明说他明早开着他的白色途乐在前带队；他安排老葛跟在他后面；老陈在最中间，老米跟在老陈后面；最后是王小满的陆巡八〇，担负收尾和救援工作。

现在回想起来，塔漠最初欢迎我们的态度是极其友好的。

最西部的沙山，起伏舒缓。这给了我一个错觉：伟大的塔克拉玛干不过尔尔。

第九章

艰难地进入

——不积跬步，无以至千里。

夜半时分，我被冻醒了。

肩膀、后背冻得生疼。我努力动了一下大腿，发现双脚还在，小腿则完全没有了知觉。

寒气不断地从地下冒出来，透过帐篷、防潮垫、睡袋，直侵入骨髓。

我紧紧蜷在一起，小腿贴着大腿，两手抱住膝盖，觉得这样才能最大限度地保持住热量。

这是我这辈子经历的最冷的一个夜晚。

从帐篷顶的天窗望出去，外面是无边的黑夜。

我想让自己再睡一会儿，熬过这黑夜，却冷得翻来覆去睡不着。好不容易，我估摸着天快亮了。我必须狠下心舍弃刚刚有了点暖意的睡袋，提前起来。

外面更冷！但是没办法，待会儿天亮了，要想上"卫生间"就需要走到很远的地方。

我努力用冻僵的手指打开睡袋扎口，不知道哪儿来的冰碴掉了我一脖子，冰冷湿漉漉的好不难受。我裹着睡袋坐起来，不由大吃一惊——内帐四壁闪着光芒，我仿佛坐在水晶洞里一样。我用手一摸，原来是冰晶。睡袋的外面也结了薄薄的一层冰壳——原来这些都是由我晚上呼出的水汽，遇冷凝结而成的。

我打了个寒战！

怪不得郝明昨晚说，如果我不把睡袋口扎紧，第二天早上，他们只能见到一具冻僵的女尸。

可是现在不是后怕或者感慨的时候，就这么短短一两秒钟的愣神，好不容易聚起来的一点体温迅速流失了。我一边发抖，一边像个中风患者，一点一点吃力地把腿送进裤管。软壳裤和防风外衣的面料，在极寒下，触手都像树皮一样发脆、坚硬。

费了九牛二虎之力，我才穿好外裤和上衣。拉开帐篷的拉链，星星还在黑色的天空中闪烁着。东方微微有些发白，我向光亮凝视了片刻，发现那片天空又黯淡了下来。

大漠仍然在沉睡。凛冽的寒风从四面八方刮来，一阵比一阵刺骨。

我钻出帐篷，勉强活动了几下僵直的腿，听到绿色牧马人那边传来"窸窣窸窣"的声音。

我的第一个念头就是——来小偷了！在偷我们带来的东西。

继而一想，不对！这里除了我们，哪里还有其他人。莫不是野兽？我蹲下来，隐藏在黑处，慢慢接近牧马人，暗中悄悄观察。

忽听郝明喊我："小A，大早上的玩捉迷藏吗——那是老葛！"

我直立起来，走过去一看，果真是老葛。他正蹲在牧马人的轮胎后面，用自己的行军炉和一个不锈钢缸子热巧克力牛奶。

老葛爱吃巧克力，车上的零食，除了巧克力就是巧克力，有士力架、杏仁巧克力、榛子仁巧克力、葡萄干巧克力、巧克力蛋糕、巧克力派、巧克力曲奇、巧克力面包、巧克力甜甜圈、巧克力威化。

"老葛，"我冻得瑟瑟发抖，望着渐渐要沸腾的巧克力奶垂涎说，"我去上个洗手间，你给我留一口巧克力奶。"

"没问题。"因为冷，老葛说话像绷紧的琴弦。

我走出去两步，又跑回来："别一口气都自己喝了。千万给我留一口！"

"放心吧。"

我四下里打量了一番，找了一个自认为稳妥的地方，刚要迈步往那边走，就听郝明又在背后喊我："小满刚往那边去了。你沿着我们车辙印往回走，那儿不会有人，安全。"

"太厉害了，真是草原雄鹰一般的眼神啊！"我回头看了郝明一眼，心里嘀咕。

"带手纸了吗？"郝明又问我。

"噢，带……了。"我点了点头，小声说。踩着昨天的车辙印儿，一溜烟儿跑了。

等我从"洗手间"回来，发现远处山上，郝明拖着一个大木头，走在我前面。可是那人走路文气，不像一个成年男子。

我觑着眼睛再仔细一看，发现拖大木头的那人竟然是伊曼。我赶快跑上前，扶住大木头帮着拖。没想到树木上尖利的树皮，穿过我戴的抓绒手套，直刺入皮肉里。

我这么一停顿，大木头冲我往下一滑，我本能往后一躲，一脚踏进一个松软的沙窝，重心不稳，一个后滚翻从山上顺坡滚了下来。

幸亏天没大亮，我只能祈求大家都没注意到。

等我从冰冷的沙地上爬起来，伊曼已经把木头拖到了宿营地。老米、老陈迎上来，两人抬着树干，放到篝火上。

原来大家全都冻得睡不着了。

伊曼用打着颤儿的声音说："我的指头……都要冻掉了，太冷了！"

郝明检查了一遍昨晚篝火的余烬，将烧得差不多的树干扔到一边，已经把火生了起来："都过来烤火吧！今早，伊曼立了一大功，给予表扬。"

"今天，我是咱们营地第一个起来的。我早上八点半就起来了。"

"干吗起那么早呢？"老米满脸笑意，"我也想赶个早呢。"

老米的抓绒帽上有一层白霜。我用我紫红色的抓绒手套在抓绒帽上一摸，手套上也是一层白霜。

"我担心昨晚的柴不够，早上起来，大家伙儿第一个心愿肯定是烤火！"

"哎呀，真是勤快哪！我昨晚很郁闷，在睡袋里玩儿PSP，没玩儿五分钟，就没电了。用手把电池焙热了，又玩了一分钟，彻底没电了，绝望了，睡觉！"

"太冷了，电都跑光了。我的手机、相机昨天充得满满的，今早都打不开了。"嘉琪说。

"我没感到怎么冷啊！"小满走过来，"昨晚，睡得我冒汗。没办法，年轻就是本钱哈。"

"哎哎，小满，你是个怪人，"老米说，"我们不冷的时候，就你冷。我们都冷，你热！昨晚半夜，我想'嘘嘘'来着，外面太冻了，真不愿意从睡袋里出来，一直憋到今天早上。我靠！"

"这就是米哥你没经验了。昨晚睡前，我捡了一个矿泉水空瓶，放到睡袋里。不用出睡袋，照样可以'嘘嘘'。"

"喊！你那五百毫升的小瓶儿——哪够！"老葛说，"我特意备了一个五升的大桶！"

我们围着篝火边烤火，轮流喝着不锈钢杯里的热巧克力奶。

我突然想起来：我走的时候，师姐给我买了些吃的让我带着。其中有几听八宝粥。我去郝明车上翻找出来。果不其然，易拉罐里的八宝粥已经冻成冰坨了。我怎么把罐子里的粥融化掉呢？我想，放在火上烤肯定不行，八宝粥的外皮会被烧着的。

有了，我把八宝粥埋到篝火的余烬里，慢慢暖化。等八宝粥变得热乎乎的，我拿出来分给大家吃，大家一定异常高兴。天哪，我真是天才啊！这么快我就精通了户外生活，我想不佩服自己都不行。

我把八宝粥埋到红柳枝的灰烬里，骇然发现，左边手套食指上，不知道什么时候被烧出个窟窿，且有多处被火星儿燎黑的痕迹。这才知道，郝明昨晚交代的话，全然不是为了吓唬我们。

我们站在刺骨的冷风中，痛苦地等待着太阳的升起。

"几点了？"我打着哆嗦问。

"快九点了。"老陈回答我。

"有盼头了！"我说，"真是太冷了，冻得我骨头疼，皮都快冻破了！"

我想不通，陈宗器先生，怎么能在这种冰肌裂骨的天气里，独自一人在塔漠附近坚守了三年半时间，记录下塔里木盆地每天天气变化，而我不到半天就觉得痛苦不堪。

郝明走了来。我看炉子上不断加热的巧克力奶不是很多了，急忙把不锈钢杯子端给郝明。

"哎好，谢谢。"郝明接过不锈钢杯子，喝了两口巧克力奶，"这天是够冷的。

说不好听的，大家都冻成狗了！"

因为天冷，大家打着寒战，嘶嘶哈哈的，显得好像格外的欢喜。

"老大，现在到底多少度啊？简直是待在冰库里一样。云南的气温从来没这么低过。"嘉琪缩着肩膀，一边跺脚，一边说。

"昨晚咱们宿营的时候，我看气温是-18℃，早上三点钟我又看了下手表，是-23℃，方才我又看了，是-29.5℃——这里的温度很有特色。"

妈妈呀，将近-30℃——这么低的温度，昨晚就睡在一顶小帐篷里的我竟然没被冻死！

郝明说："这里的时间最起码比我们北京晚三个小时。早上七到八点相当于我们平时凌晨四到五点，是一天二十四个小时中气温最低的时候。今天晚上大家都晚点睡，早上等天亮了，再起床出帐篷。这样我们不至于在外面消耗过多的热量。起来后就赶紧收拾帐篷，收拾好就着车出发。早餐就不专门留时间出来了，在路上抽空吃干粮。早点出发可以多点进度，大家说怎么样？"

大家集体表示同意。

"太阳出来啦。"伊曼指着东方大喊。

太阳出来了！太阳出来了！我从来没有这么深情地注视过东方的地平线。太阳从一个红彤彤的圆球，转瞬化为一团刺眼的光芒。

郝明喝完最后的巧克力奶，取来一个户外用小水壶，用老葛的行军炉给大家烧热水，让大家灌壶带在路上。

"王七，你干吗呢你！"老葛看见王小满蹲在他车前，不知道在鼓捣什么，立刻奔过来，"我的车，除了小修，谁都不能碰！"

"七哥七哥，"修艳喜在陆巡下喊王小满，"你去着车，着车后，你逗一脚油！"

"你去看你车去，管别人车干什么？"郝明抬腿，踢了王小满的屁股一下。

王小满嘴角叼着烟卷，站起来，很好脾气地和郝明解释说："葛大哥牧马人的底盘一螺丝松了，我顺带手帮他拧上。没别的意思哈。"

"螺丝松了，我自己紧，不用你！"老葛说。

"车与自家媳妇，概不外借。"修艳喜钻出陆巡底盘，像卖甜瓜的吆喝着。

"葛老哥，你媳妇年纪太大了，我没兴趣。"王小满嬉笑着对老葛说。

"去！谁说她年纪大了，她一直是我心里的小甜甜。"

"哎呀……小甜甜，太肉麻啦！"我们几个女的一起拍着手尖叫。

"你们仨姑娘，都站那儿跟着瞎哄什么？赶快收帐篷去。"郝明对我和嘉琪说。

"听得我牙都酸倒了。"王小满笑眯眯地说。

"你车怎么了？打不着了？"郝明问王小满，"你化油器的车，天冷油面低，是容易打不着。我的车也打不着了。其他车辆各主驾查查看，如果着不了车，出发时间又要推迟了。"

"哎呀，我太幸福了，原来不止我一个人不能着车！梆、梆、梆啵啵梆！梆——梆梆梆、啊啵啵啵梆——梆！"小满一面唱，一面蹿来跳去。

"瞧你小满，活像一耍猴的！"伊曼远远地喊，一面把她和嘉琪的帐篷、防潮垫装包。

"不会打不着的，你逗逗它嘛！"

"我用脚逗不住。"王小满踩着油门踏板说。

"不可能！你逗逗它玩儿。"车底的修艳喜说。

接着，我听到一阵各车大脚轰油门的声音。

我正等着郝明把最后一壶开水给我灌到保温杯里，老米拿着一个硕大的保温桶走来。

"老米，我们每人都是一升的量。"郝明微笑着说。

"喔，我这是两升的，我每天喝水多。"老米红了脸，带着初入这个集体的一点不自在，"那每天我最后灌壶，剩多少给我多少——先给小 A 吧。"

郝明提着户外水壶往我的保温瓶里倒水，嘉琪拿着一个刷牙缸走来："老大，给我点热水刷牙。"

"什么，还用热水刷牙？嘉琪，我们没带洗漱的水，水只能是用来喝的！"郝明回答。

嘉琪面露尴尬，正准备走开，我把自己保温杯里的热水给嘉琪刷牙缸里倒了一些。

"谢寸谢寸你，亲爱的。你最好了。"嘉琪朝我笑了笑，走了。我不太敢去看郝明脸色，我当着他的面忤逆了他的决议。

"你的东西都收拾完毕了？"郝明问我。

"还、还没有。"我有些气短地回答。

"那还不赶快去！就你动作最慢！"

我正在收我的睡袋，就听"啪"一声大响，好像什么东西爆炸了。接着就听郝明大声质问："这是谁干的？是谁把'八宝粥'埋这儿的？"

我一呆。

又听"啪"一声大响。我急忙跑向火堆——遇热炸开的八宝粥从易拉罐里飞出来，溅了郝明一脸，天异常寒冷且异常干燥，八宝粥很快黏结在了郝明的脸上。

"是不是你啊，小 A！"郝明一看见我，立刻问。

我装出不明所以、无辜茫然的样子，好像就是无意间跑来看热闹的，企图蒙混过去。

"肯定是你！再没别人。"郝明用工装手套擦着脸，"不知道给八宝粥撬开一个口子让热气跑出来吗？这点生活常识都没有！"

从此，八宝粥有了一个"小 A 的地雷"的美誉。每当有人拿出八宝粥来与人分享的时候，总会问："我这儿有'小 A 的地雷'，谁吃？"

尽管后来早上加热八宝粥前，我都记得将罐头听上的盖子打开一个小口儿，但是大家仍然会说："小 A 又埋雷了，大家躲远点。"

我把我的单人帐篷折叠好，捆扎，打包，送到途乐车旁，由郝明统一装车。

四周是肃杀荒凉的寒冬景象，五辆车同时响起马达怠速的轰鸣声，车后排出的滚滚尾气，让我的内心十分有动力。

没想到刚上车没多久，毫无缘由地，我的头突然疼起来。

我觉得这是塔克拉玛干给我来的下马威，因为我平时从不头疼。越走头越疼，我强忍着，恨不得拿个锥子猛刺太阳穴。

好容易熬到老米陷车，郝明停车救援。我向老米要药。老米把一盒子散利痛都给了我。

吃了一粒，头不疼了。我坐在车上，看前看后看左看右，精神亢奋，很快又晕车了。晕车的药是早有准备的。就在我背包的外侧，一摸就能摸到。也是缺乏经验，晕车药苯海明片说明上写着，成人一次吃半片就足够了，可是药片像手表电池那么小，而且环境颠簸，根本没法分成两半。我就趁着路稍微好走一些的时候，一口水生吞了一片下去。

没多久，我就在车上昏睡起来，叫都叫不醒。郝明以为我弥留了，神情沉重，考虑是不是要把我送出去——刚进塔漠的第一天，就受不住了，以后怎么办？其实我没事，就是嗑药嗑猛了。

后来，我一再追忆这第一天的情景，除了不停地陷车、救援，其他的任何细节，竟然一点都想不起来了。

昨天郝明陷车的"荣誉"，今天很快地每个人都轮番体会到了。第一个获得这项"荣誉"的竟然是王小满。

我们刚走出去没二百米，小满就在车台里喊："哥，我陷车了。"

"我们前面四辆车走得好好的，怎么你走就陷了呢？"郝明不解地问。

"我车沉，负重大啊，工具、补给啥的都在我车上。"

"不可能！修艳喜，你给他检查一下。"

过了一会儿，车台里传来老葛的声音："走吧，郝明，把他给拽出来了——忘了挂四驱了。"

"你是个神人啊，小满，我四驱跑塔漠都没底，你敢两驱跑。"老米由衷地赞叹着。

车台里传来修艳喜的声音："我怕七哥忘，一早上我就把四驱给他挂好喽。好嘛，他看也没看，又把四驱给拨回去了。"

我正抱着保温杯喝热水呢，听见修艳喜这番解释，一口水差点没呛进嗓子里，引得郝明深看了我一眼："行车的时候不能吃东西喝水——上车前你干什么了？"

我只好把保温杯收起来。

"咱们今天出发比原计划整整晚了一个半小时，"郝明用报话机说，"我们穿越的任务比较艰巨。大家的车子得保持适当的距离，不能拖得太远了。小满，为什么还没看到你？"

小满挂上四驱，迅速地撵了上来，听见郝明在车台里催他，回复说："我不敢跑太快，我怕撞了咱葛大哥的老腰，造成腰椎间盘突出。"

"王七，我本来就腰椎间盘突出，你一撞，没准儿我好了！"老葛打着京腔说。

"老葛大哥，你这后车屁股很性感哈。"

"那当然，纯正的Jeep血脉，能不性感吗？你在后面多欣赏欣赏吧。"

"喊！葛老哥，说你胖，你就喘上啦。"

"后车注意跟紧！小满，我又好久没看到你影子了！"郝明问。

"哥，刚才冲坡，陈哥油门给小了，搁在梁上了。"王小满回答。

"老葛，你带着老米继续往前走，别停，把速度拉起来，我去看看老陈。"郝明说着，转方向掉头回来。

"老米，你没系安全带！"我们从"小红马"右侧对脸擦肩而过的时候，郝明拿起报话机说。

我转头一看，果然，副驾伊曼边上的老米真的没扎安全带。隔着车窗和两个人郝明能看到老米没扎安全带——真是草原雄鹰一般的眼睛啊。

老米用不耐烦的口气回答："我真不爱系那玩意儿，从来不系！马路上罚款就罚款好了。"

"哎嗨，老米，"老葛说，"你最好系上，信不信，到时候能救你命！"

我从前风挡望出去，远远地看到切诺基四轮悬空，架在沙山上，左前轮还微微往上翘着。陆巡从右翻过沙梁，赶到了切诺基前面，把车头掉过来对着切诺基。

王小满下车，拉出自己的绞盘，挂在切诺基车头。郝明虽然信任王小满，仍然有点不放心。他下了车，亲自走过去查看了一下，觉得王小满完全可以胜任，随即说："小满，那这里就交给你了。"

"对不起大家，队长还为我特意回来一趟，"老陈歉疚地说，"拖延大家时间了。"

"越野这回事儿吧，"别人还没说什么，王小满先说，"没有耽车就不够完美，没有救援就欠缺乐趣哈。"

"老郝老郝，你快回来看看是怎么回事？"老米惊恐地喊，"我右前轮的轮胎掉出来了，我要被迫退出了。"

"老米，少安勿躁，你那是'脱圈'了，我马上回来。老曹，你继续往前走。"郝明拿着对讲机告知米国军，迅速上车。

等我们赶到，看见"小红马"右前轮轮毂从轮眉下呲出来，轮胎也瘪了，挂在轮毂的外面。原来郝明说的"脱圈"，是因为外阻力过大，导致轮胎和轮毂分离。这，我还是第一次见到，看得我悚然心惊，好像看到人骨骨折的感觉。

王小满的陆巡将老陈的切诺基从沙山上拖下来之后，也飞快地赶到脱圈现场。小满从车上跳下来，回脚把车门踹上，一路飞跑过来，扒着轮胎看了看："没事儿，米哥，小问题，你不用担心退出哈。"

郝明告诉老米："最开始，我们也认为，脱圈就是整个轮胎废了，只能扔了，再换个新的，经历得多了，才领悟到，原来脱圈是可以'治'好的。"

小满手脚灵便地从陆巡车后拿出一个橘色充气千斤顶，一面告诉修艳喜："把充气泵搬来。"

王小满把千斤顶塞进"小红马"大轮胎旁边的底盘下面。充气千斤顶好像一个充气式游泳圈，只不过中间没有窟窿。橘色千斤顶慢慢鼓起来，那个轮胎掉下来的轮子也脱离了地面。

修艳喜上来，把气泵嘴接到轮胎气门芯上。我眼看着轮胎也鼓了起来。"好啦。"小满大叫一声，和修艳喜四只手用力把轮胎推回到轮毂上。就听"嘣"的一声大响，轮胎和轮毂贴到了一起。轮子又能跑了。

"哇！"

"咦！"老米睁大了眼睛。

"好玩吧？好玩也不能总玩儿。抓紧时间，上车走人！"

"老葛，你在什么位置？"郝明刚上车，立即呼叫老葛。

"往前直线距离五百米。"

"五百米？！好的。我们马上到。老米，你跟好我。"

"抄收。"

我们很快就看到了绿色牧马人停在前方，嘉琪一个人独自站在外面。

郝明把车开过去，下车走到嘉琪面前："嘉琪，你怎么了？晕车了？"

嘉琪回头和郝明诉苦："老大，我以前从来不晕车的，不知道怎的。"

我急忙从我大衣口袋里掏出苯海明片递给嘉琪："我带了晕车药。"

"谢谢你，亲爱的。可我怕吃药诶。那个对神经不好的。"

陆地巡洋舰也开了过来，小满放下车窗玻璃，胳膊架在车窗上，同情地望着嘉琪。

"那你怎么办啊？"我关切地问。

嘉琪朝我苦涩地笑了一下："我忍耐吧。看过一会儿能不能好。"

出发前，我去药店买晕车药，药店的店员竭力给我推荐了一种晕车贴，说特别管用。看到嘉琪比我严重，我把晕车贴拿出来送给了她："我就这么多，都拿给你了。上车后，迅速贴到肚脐上，希望你能不那么难受了。"

嘉琪拿在手里，感激地看了我一眼。

老陈拿来一小瓶风油精，叫嘉琪抹到太阳穴上，看能不能缓解。

我们都来慰问嘉琪，和嘉琪睡一个帐篷的室友伊曼却连面都没露。

"晕车贴没用的！哥，你让嘉琪坐我车上试试。"

"嘉琪，你第一回进沙漠，刚开始两天这样很正常，挨过几天就好了。非常抱歉啊嘉琪，咱们时间有限，那我们就出发了。"郝明做了一个让嘉琪上车的动作。

"老郝老郝，你离我多远了？"车台里传来老米忐忑的声音。

"不要急，我停车等你一下。"

老米看到沙地上一大片盘旋往复的途乐的车辙印，左突上不去，右冲不上去，急得帽子也歪了，汗也下来了。

看到后车上来，老米索性停下车，摇下车窗玻璃，大声问老葛："老郝是走哪条路上去的。"

王小满很快分辨出唯一可行的那条路："走那条路！喏，他不在那儿呢嘛。跟着他！"

我从后视镜看见"小红马"从沙山下冒头上来，一路跌跌撞撞，从后面奔来。

老米想把"小红马"开到途乐旁停下，车尾突然猛向下一甩，从车辙印里向右滑出来。左侧两个轮子腾空，整个车身在半空中往山下倾斜。

"啊呀！"我一颗心都快从嗓子眼里跳出来了。

郝明坐在车里一直看着，紧急拿报话机提示："老米，顺着车尾方向，倒车下去！下到山底下，再上来！"

老米本能地向左打方向，拼命踩油门，奋力抗争着，要把车重新强行开上来。大轮胎不断向后扬起黄沙，车体不住挣扎晃动，终于得到控制，保持住了平衡，没有滑落到谷底。

我松了一口长气。

郝明推开车门下车，走到"小红马"车门外。

"老米，知道吗，刚才你差点翻车！在坡上打方向是大忌！"

"那什么，你们告诉过我，有防滚架，再系好安全带，就没有生命危险。不过，那什么，还是吓出一身冷汗。"老米摘下金框眼镜，掏出一方手绢擦着汗。

"下次碰到这种因为速度不够、打滑的情况就按我说的做！"

"好的。"老米又擦了擦眼镜，戴上。

"小满，你那边情况怎么样？"郝明用车台问。

"刚才陈哥耽车了，不过已经搞定了。往你那边去啦。"王小满欢快地说。

"老米、老米，我怎么又没看见你了？"郝明持着报话机，问。

"老郝老郝，我又脱圈了。"画家用懊恼的声音说。

"怎么了，老米？又脱圈了？"郝明追问了一句。

"嗯。"车台里传来一个细微的声音，"再次脱圈，并且还是刚才脱圈的那个轮胎。"

郝明半天才说："那，这就和你开车习惯有关了。不能急，一时半会儿改不过来。我掉头回来看看。"

郝明拨转车头，来到"小红马"近前。

老米站在"小红马"突出的右前轮前，双眼在镜片后面鼓着，又气又急。伊曼也下了车，戴着白色工装手套，神采奕奕。

郝明下车，打开途乐的后备厢，拖出油压式千斤顶，一回身看见我："你站这儿干吗？外头这么冷！上车去。这都是男人干的活儿，你又帮不上忙。"

绿色牧马人、白色切诺基、陆巡八。赶上来了。老葛和小满一看，就知道脱圈了。

老葛递给老米一支雪茄："来，老米，定定神。"

郝明鼓励他："不急，今天才是个开始，总要有个适应过程。这就是沙漠的乐趣，既然来了，就要享受这种乐趣。"

"可不就是郝哥说的，不能一口就吃成个胖子。米哥你别急，路长着呢。"伊曼也在旁边说。

老米的脸色，如秋霖转霁，渐渐开朗起来。

郝明招呼大家："下午三点了，大家休整一下，把午饭吃了。小修，你帮我看看，我的轴头锁好像有点问题。"

修艳喜用千斤顶把途乐的左前轮支起来，打开扔在沙子上的工具箱，从密密麻麻各种型号的工具中挑了一个扳手出来。老葛费力地蹲下，和王小满给修艳喜打下手。

"轴头锁上的螺栓断了，换一个就完了。"修艳喜告诉郝明。

"幺西！"郝明说。

嘉琪手擎着相机走过来："老大，谢谢你，挑这么有气势的地方停车！让我有机会这么真切地领略塔克拉玛干沙漠如同海洋一般的浩渺千里与波澜壮阔！"

"塔克拉玛干美吗？"郝明问嘉琪。

"美啊！刚才不说了嘛。"

"值得来吧？那以后别晕车了。"

老米打开后车门，端出一个大纸板箱："大家受累了，吃点我带的东西吧？"一听说吃东西，大家都高兴起来。

"看看米哥都有什么珍藏。"王小满走过来，动手打开纸板箱。

"喏，都是我的最爱：牛肉干、牛板筋、鸡翅、鸭腿、猪蹄儿、苏打水、开心果、豆干儿，请大家随便享用。"

"太丰盛了！"我搓着手，急忙走上前。我们每人上去挑了一样，撕开真空包装袋，就着冰碴吃起来。

中午和煦的阳光照耀在大漠上，我们被包围在一片暖洋洋的金色当中，其实这是一个假象，作为当天最高的气温，也只有 -15℃。

王小满在车里放起了《爽，过得倍儿爽》。我真心想说，这不就是快节奏的《涛声依旧》吗？

"有没有人和我一样，觉得吵得慌？"郝明问我们。

老米正啃一个鸭腿，听见后朝郝明一挤眼："小满，把你那音乐关了吧，你那破音箱，都快'嘶'裂啦。"

"瞧你这品位，王七，听的全是街头大妈跳广场舞的曲子。"老葛往嘴里扔了两个胶囊，喝了口温水一仰脖子，说。

"你要听样板戏，那我还真没有。"王小满一点也不生气，笑眯眯地说，"这舞曲大妈跳不动。葛老哥，你跟着跳，肚子管保就小了。"

郝明吃着冰冻猪蹄儿，问："老陈，你方才是不是单独找了一条路走的？"

老陈吃着面包夹豆干，很爽朗地承认："我看有个地方你绕了一下，不如直插过去，没想到就陷住了。"

"你走的地方，搁我，也得陷。"郝明说，"我们在沙漠行车有个不二的秘诀，就是后车要严格按照前车通过的车辙印行进！"

"学习了，郝队长，"老陈说，"经过今天频繁的陷车，我真心体会到了，你们那么多年的沙漠经验不是白历练的。"

"谁要百事可乐？"老米问。

"来一瓶。"郝明说。

老米一人抛了一瓶给大家。果然不出所料，百事可乐冻得结结实实，根本没法喝——咬都咬不动。

郝明从腰间摸出一把多功能刀，"嗖"一下亮出锋刃来。老米拿着"百事可乐"在刀锋上一滚，塑料瓶子立刻被切为两截。老米撕扯掉塑料瓶的上半截，得意地拿着"瓶状"百事，面对着金色的大海啃了起来。

"嘎，好玩儿，"我连忙拿出手机，"老米，我来给你拍个特写。"

老米很配合，一只手举着"瓶状"百事，另一只手举着"中南海"。

"米哥，麻烦你回去把'百事可乐'和'中南海'的广告费落实一下，把咱这一路的油钱给报了。"王小满笑眯眯地说。

我把照片给老米看，老米看了，非常满意："小A照相还可以。至少我的脸还在镜头里。"

"我觉得超赞呢。"我异常欣赏地端详着，"老米，回去找'百事可乐'和'中南海'的营销部，和他们谈，如果不给广告费，就 P 成'可口可乐'和'红塔山'。"

"我们这里面，就小 A 最鸡贼。"王小满吃着鸡腿说。

我不过随口开了句玩笑话，怎么就变成"鸡贼"了，还让人活不？我愤愤地想：这样的人，以后少理他。

"吃完这顿冷餐，咱们是不是该抓紧时间出发啦？"郝明问大家。

"哎哎，老郝，工装手套放哪儿了？我靠！我这颗粒手套是不好用！"

"米哥，我知道在哪儿放着，我给你找去。"伊曼说。

"那太好了，"画家高兴地一笑，"我跟你去。"

王小满两根指头夹着一根烟，凑到郝明前低声说："这画家，技术不是一般的差！"

"他本来技术就差啊！你又不是才知道。"

"每两公里扒一次圈。这样下去，走到明年也走不出塔漠，我们会受他拖累的，不如你和光头强说——"

"那你就不能手脚再麻利点？"

"我？他、他脱圈，凭、凭啥要我手脚麻利点？"

"来的时候不是说了吗，让你多带带他。你都干吗去了，早上还你第一个陷车！"

郝明一把推开王小满，打开途乐车门，坐了进去。

"尾车跟上了没有？"郝明问。

"跟上了啊，我正在我们葛大哥后面欣赏他性感的屁屁呢。"

"对不起，老葛，赶快停车！"嘉琪掩住嘴喊了一句。

"要吐？"老葛问，一个急刹车。

嘉琪推开车门，飞跑出几步，跑到一个断头坡那儿，翻江倒海地往外吐。

老葛拿了温水过来，让嘉琪漱漱口。嘉琪接过水瓶，哽咽着说："葛爷，多谢！你这么一个大老板，竟然还这么无微不至地照顾我一个小女子。"

"瞧你说的。特外道了不是？"

郝明见身后除了老米，其他车辆都没看到，立刻又问："后车有没有跟上来？能抄收吗？"

王小满在车台里回答："哥，嘉琪晕车，都吐了。"

郝明一直等着绿色牧马人和陆巡追上来，下车走到老葛车旁："辛苦你了，嘉琪，是不是刚才吃得不舒服？"

老米也过来安慰嘉琪："哎，这几天白天你就别吃东西了，也尽量少喝水，扎营吃晚饭的时候，你多吃点，补充体力。"

"哥，不行让嘉琪换到我车上来吧。葛大爷开车不行，嘉琪太受罪了。"王小满说。

"胡扯！"老葛生气地说。

"这绝对是驾驶技术的问题。"王小满说，"你看嘉琪一会儿换到我车上，还晕不晕？"

郝明望着脸色蜡黄的嘉琪，心思活动了："小修呢？"

"小修，过来，郝哥找你。"王小满帮郝明招呼去上洗手间的修艳喜。

修艳喜听王小满叫他，一溜烟儿跑过来。

"你晕车吗？"郝明问。

"小修他从不晕车——修车的怎么会晕车呢。"小满回答。

"不晕车。"

"那你和嘉琪换个位置，你去老葛车上，让嘉琪过来。"

王小满帮嘉琪把背包拿到自己车上。修艳喜背着个褡裢一样的口袋，走去绿色牧马人。

"小修，"王小满又喊。

修艳喜困惑地回过头。王小满从他这边，拿起副驾驶位置上的一袋葵花子，笑眯眯地递给修艳喜。

"你怎么样？还晕车吗？"上车后，郝明问我。

"不晕了。"

"表现不错，舍己为人。"郝明发自内心地赞扬我。原来他什么都看出来了。

"你不说，挨过几天就好了嘛。扎营吃晚饭的时候，我多吃点。"郝明默默地点点头，什么也没说。

我们继续前进。

没走多久，老陈又一次耽车。

王小满说："哥你走吧，我一个人留下来救陈哥。"

"行，那我们先走了。"郝明这次连车都没停，带着两辆牧马人往前走了。

路上，郝队呼叫过王小满几次，询问情况，车台通联的信号非常清晰。最后一次，王小满告诉郝明，救援成功，准备马上追赶大部队。

"好的，天快黑了，你们路上小心，一定要走我们的车辙印，记住了吗，小满？"

走了半个多小时，郝明发现仍然一直看不到陆巡和切诺基的踪影，抄收王小满，再就没有了回音。

我们和老陈、小满失去了联系。

切诺基耽车的位置不是很好，另外，老陈油门的配合也比较生疏。王小满换了几个地方挂绞盘，才将切诺基拖出耽车的地方。

王小满收好绞盘索，和老陈在我们身后几公里的地方向东追赶我们。

"陈哥，这里沙子软，你抵住油门，千万不能松哈。"王小满走在前面，不厌其烦地做着指导。

小满刚说完"抵住油门"，猛然间陆巡往旁边一歪，"唰"一下，厚厚的一层沙子被扬到车窗上，慢慢向下滑去。

陆巡里一片漆黑。嘉琪被向左猛甩过去；吸在前风挡上的 GPS "咣当"一声掉到驾驶座下；搁在变速箱上正在充电的卫星电话、打火机、香烟"噼里啪啦"地纷纷砸向王小满；后备厢里没有捆扎牢靠的琐碎物件，撞在油桶和玻璃上，发出"叮铃哐啷"的敲击声。

"不好，嘉琪，你千万别动！"小满紧张地喊了一句。

"哥们儿，我根本动不了。要没有安全带，我就掉你身上了。"嘉琪全力抓住头顶的扶手。

小满不停地着车，发现车无法启动。

"完蛋了！"王小满告诉嘉琪，一边摸索着找到报话机，"陈哥，你得回来一下，我动不了了。车子陷得太斜，我怕要翻！"

老陈刚才紧跟在陆巡后面，看到陆巡车头突然偏离车辙向左打，观察了一下，发现小满另外选择了一条轻松的线路。他想起郝明说的"要严格按车辙印走"的话，关键时刻，他选择了沿着车辙印往沙山上去。

"坡势陡，必须一鼓作气，踩死油门，用点速度。"老陈嘴里念着。没想到出乎意料地顺畅，切诺基顺利登顶。刚翻过这座山顶，就听王小满在车台里唤他回去。老陈刚掉转车头准备返回救援，没想到倒车途中掉进山顶一个鸡窝里出不来了。

"陈哥，你过来的时候小心。我陷车的这个地方，正前方是个大鸡窝，左侧是个大斜坡。"王小满这时候最怕老陈耽车或者陷车，急忙在车台里提醒老陈。

"小满，恐怕我现在还自顾不暇呢。"老陈把他的情况告诉了王小满。

王小满一听，顿时泄了气。呆坐了半晌，发现嘉琪还挂在上面呢，只好自己先试着下车。

一推车门，车门竟然还能打开。王小满解开安全带，小心翼翼地一边挪动，一边观察车体是否会侧翻，发现陆巡底盘陷在沙中，被牢牢吸住了。

王小满这一喜非同小可，迅速从车里出来，扶着车头，踩着浮沙爬到车的那边，用力把车门从浮沙中搜开，抓住嘉琪的胳膊，解开她的安全带，把嘉琪从车里给拽了出来。

"我们得先去救陈哥！"小满给嘉琪讲明原委后，两人步行上山去找老陈。

这座沙山，坡长且陡。嘉琪走了不到一半就累得爬不动了，只好独自在半山腰等着。

王小满爬到山上，和老陈相会后，立即掏出手台联络郝明。

和车台相比，手台信号要微弱得多。被前方的几座大沙山阻隔后，前面三辆车已经完全接收不到手台的信号。

王小满踩着刀锋继续往沙山最高处移动，一面不住呼叫郝明，一面高举着手台等回音。

几乎快喊到绝望的时候，突然在手台里听到老葛的声音，原来老米的大功率车台在沙山顶上听到了王小满的求救。

"王小七，你搁哪儿困住了？"老葛问。

"我没被困住，就是车底盘被吸住了。我说，葛老哥，电台呼叫是严肃的事儿，能不能叫我大名王小满。"

"瞧，我们赶来救他，他还嫌我们不庄重。那你跟他说。"

"小满，小满，"手台里传来郝明的声音，"我和老葛正开着绿色牧马人，回来救援。你现在在什么位置？"

"就在这儿啊。"

"这儿是哪儿？"

王小满往周遭看了一遍："我也不知道哇，我手台信号你们都抄收到了，说明离你们不远了啊。也就两三公里到头了。"

"得了，甭问他了。他自己还稀里糊涂的，弄不明白。咱自个儿找吧。"老葛说。

郝明问："小满，你和老陈在一起吗——"

"啊，在。"

"好的，稍安勿躁，我们马上赶到。"

王小满见郝明来了，一颗心顿时落在地上，又恢复了活跃、欢乐的情绪，从沙山最高处快步跑下来，告诉老陈："我哥和老葛头儿来救援了。"

老陈听了，也很高兴。

"我们就要得救了！"王小满两手罩在嘴边，冲嘉琪大喊。

王小满抽了根儿烟，耐着性子等了二十分钟，感觉不对。急忙揣上手台，又往沙山顶峰跑。

"小满，小满，能抄收吗？"手台里，郝明的声音断断续续，"我们沿着原车辙返回了五公里，没有看到'八〇'和切诺基。"

"能抄收！"

"我们往东返回了直线距离一点五公里，现在站在一个高处，能看到我和老葛吗？"

老陈也爬到山顶，同王小满极目眺望，找寻绿牧马的身影。

那一边夕阳尚在山头，这一边弯月已经挂在半空。

"小满，天马上要黑了。我们只能先回去了。你和老陈想办法自救。如果不行，明天早上天亮后，我们再赶过来救援。今晚，只能大家分别就地扎营了。"郝明说。

王小满一下子失去主心骨似的，嗫嚅着说不出话来。好在身边还有个老陈，心才安定了一些。

太阳渐渐靠向西边的山头，暮色正在悄然降临。独自一人的嘉琪，眼看着就要天黑，心内惶急不安，又往上爬了一小段，一直走到可以看到老陈和王小满的地方，内心的焦灼才化解了几分。

老陈从车后拿出一把铁锹，和小满两人开始挖沙子自救。王小满认为，目前只有先让切诺基先脱困，陆巡才有希望。

太阳一下山，寒气一下子兜上来。

嘉琪独自一人站在寒彻心肺的黑暗中，冻得手脚麻木，眼巴巴地望着山顶，在焦灼不安中等待了二十多分钟，终于看到，切诺基的排气管冒出了白色的尾气。车灯由远而近，停在嘉琪身边。

嘉琪高兴地上了车，老陈把车开到陆巡附近。王小满点亮了头灯，提着铁锹，徒步从山上走下来。

因为陆巡倾斜角度过大，油箱泵不上油。王小满和老陈左比画右比画，车前车后绕了几圈，研究了半天切诺基去什么位置才能把陆巡拖出陷车地点。商量好了，老陈把车停过去。

小满上车，又发现了一个可怕的情况：刚陷车时，他着慌拼命打火着车，把电瓶的电差不多耗光了。夜幕降临，塔漠气温急剧下降，电瓶此时一点电都没有了。这下陆巡的绞盘用不上了；而切诺基的绞盘功率又不够。

王小满想了好一会儿，决定让切诺基冒险开进鸡窝，头朝着陆巡，用拖车绳挂住陆巡后拖车钩，将陆巡拉出鸡窝。

两人一尝试，才发现这个方案完全不管用。陆巡自身重量就有两吨半，再加上各种工具、装备、补给、油品，差不多到了三吨。而切诺基自重只有一吨多，去拖深埋浮沙中的陆巡就像一匹羸弱的小马去拉一头笨重的大象。

王小满坐在车里发愣，脑筋动了半天，最终无奈地对老陈说："陈哥，真没别的办法，只能继续挖沙子了。"

"那就挖吧，小满。来这儿，不就做好了挖沙子的准备了吗？"老陈说。

王小满拿过老陈的铁锹，卖力挖起来。没挖几下，锹把儿突然折了。王小满将手里半截锹把儿远远地一掷，又爬进陆巡，把自己的铁锹抽了出来。一把铁锹，老陈和小满两人轮番上阵。

浮沙的特点是，你这边刚铲出，它那里往下溜又填上。挖了一个多小时，王小满和老陈累得胳膊都抬不起来了，深陷的四个车轮子露出来了大部分，但是底盘仍然被浮沙掩埋着。

"陈哥，小满，二位且停住。"嘉琪急忙提醒。

"小满，车就算挖出来，也开不走了。"老陈说。

王小满往四周一看，吓了一大跳。"八〇"、老陈和他二人被堆积的浮沙包围在当中。

"你二人可能不觉得，我怎么看车子在浮沙中越陷越深呢？"嘉琪说。

"你说得一点没错，车是在陷。"王小满拄着铁锹，半闭着眼皮想了一会儿，"没法，只能让车高起来，要不然就算把底盘挖出来，车也开不走了。"

王小满又爬进陆巡，把油压千斤顶拖出来。王小满和老陈把四个轮胎一个一个卸下来。用油压千斤顶顶起一角，将沙子回填到下面。再装回四个轮子，再把沙子推进底盘，垫高车辆。

一直折腾到凌晨一点，连站在浮沙外面的嘉琪，也捡回地上的那半截铁锹，奋力刨起了沙子。

王小满擦了擦脸上的汗珠，脑瓜中灵光一闪——主油箱泵不上油，那就看看副油箱能泵上油不？

王小满打开陆巡引擎盖，拨了一下主、副油箱切换电磁阀，再用"过江龙"搭在切诺基的电瓶上，给陆巡充电，然后跑回车里，一转钥匙，发动机响了，车灯亮了。陆巡的绞盘可以用了，自身使得出劲来了。

王小满喜形于色，一面眉飞色舞地、不断地向嘉琪吹嘘自己的聪明才智；一面发挥神勇，于夜色中，将陆巡开出大鸡窝坑，停到一个相对平缓的地方。这时，已经是晚上十一点半。

三人这才觉得饿狠了。嘉琪烧水煮面；老陈拿着手电筒照着，王小满进一步检查陆巡车况。等嘉琪把面煮好，三人匆匆忙忙填饱肚子，搭好帐篷，睡下了。

我们的餐具都在陆巡上。没有王小满，我们吃不上饭。

郝明从他储物箱里翻出一个黄色搪瓷盆子，架在他那个顶级瑞典户外炉上，让伊曼煮方便面。他自己戴着头灯、打着手电筒离开了营地。

约莫过了不到五分钟，郝明回来了，两手握着一丛红柳枝。他从兜里掏出SOG多功能工具刀，开始削剥红柳的枝干。

"做筷子是吧？"老米走过来，从兜里掏出一把橘红色的折叠刀。

"莱泽曼的？我最早用过这个，后来改SOG的了。莱泽曼的也不错。"

"买车的时候，老光送我的。这个看起来还是挺娘炮的，还是你的像男人该用的。"

"SOG，是越战中唯一一支军方秘密特种部队的名字。这支精英部队总是执行最艰苦、最危险的任务。我这款平刃折刀叫'SOG哨格小火神'可见这款刀在战斗刀具中的定位了。你看这刀，设计精要简洁；钢好；最重要的，是它的刀锁技术，展刀、收刀都极其迅速、利落。"郝明给老米演示着，"你要是喜欢，就把这把拿去，我车里还有一把老款的。"

"哎哎，太好了。那我就笑纳了哎，老郝。"老米笑着把刀收好，放到外衣口袋里。

面煮好了，一次只能给一个人吃。

老米说："女士优先。"

我说："伊曼先吃吧。"

"没看我这儿占着手呢吗？"伊曼冲我嚷了一句。

"你什么态度啊，我好言好语的。"我一口恶气直往脑门上冲，想回敬伊曼两句，想想她说的也是，况且今天大家都不容易，就把这口气忍了。

我把这碗方便面端给老葛："您先吃吧。你们体能消耗大。我——还不怎么饿。"

"哎呦，谢谢，谢谢小A。"我把郝明的幼儿园小折叠椅拿过来，放牢靠了。老葛捧着黄色搪瓷盆坐下。

等郝明最后一个吃上方便面，已经十一点多了。

郝明把我的帐篷和睡袋从车上拿下来，又从车的最里面掏出一个睡袋包。

"小修，这个睡袋给你。今晚你跟我一个帐篷里挤挤吧。"

"你那单人帐篷太小了。要不让他今晚和我睡车里吧。"老葛说。

"你那车里都是东西，你自己睡还伸不开腿。谁说我那单人帐篷小了？野外还挑拣那么多？我和修艳喜两人背靠背，挤着还暖和。"

"葛兄你那肚子，晚上把咱修师傅顶出去了。小修，你跟我睡吧。我那顶天石帐篷比老郝的宽敞。"老米说。

"哎呀妈呀，啥时候我成香饽饽了。"修艳喜抱着郝明给他的那个睡袋，"还以为被七哥抛弃了，幸亏有咱队长、葛老板、米总关心我，老感动了。"

"你一开始还愁今晚睡哪儿——用愁吗？咱们团队，不会抛弃任何一个队员，除非他自己要放弃。"郝明说。

"定了？那我就不收拾我那车了。"老葛说。

"哎，我去铺床，好了我叫你。"老米告诉修艳喜。

"那行，小修，"郝明说，"你什么时候翻我的牌子，提前和我打声招呼。"

入夜，又是侵入骨髓的冷。

嘉琪今晚怎么办呢？方才郝明说了，他们这种老户外，车里通常都扔着两三床睡袋。还好，他们是三个人。我躺在冰冷的睡袋里，胡思乱想。

出发前，我自认为对塔克拉玛干的辽阔，荒凉无人，了然于胸。可当我真正置身在一望无垠的沙海中，才发现实景将我最原始的想象击得粉碎。

这里没有高楼大厦分割地平线，真正的脚踩大地，头顶蓝天。站在广阔的天与地之间，随时被沙海吞噬的危机感，提醒我们正视人类在自然界中真正的渺小，抛弃因为所谓科技导致的膨胀和虚荣心，回归到人在最初蒙昧进化阶段，苦苦挣扎于生存与灭亡的真实处境。

这一天，就在忙乱、极度不适应中过去了。才进入大漠的第二天，就发生了队员失散、失联的情况。

明天又会发生什么新情况呢？

第十章

胡萝卜加大棒

——我们各自为营，却又要 依为命。

天刚蒙蒙亮，我听到外面有人在弄篝火，知道郝明第一个起来了——知道他起来了，我顿时有了动力，挣扎着爬出刚有了一丝暖意的睡袋。

"早，郝队。"我着急忙慌地裹上大衣，跑过去，和郝明打招呼。

"早上好。"郝明回问我。

寒风尖利，就像蝎子的毒液那样蜇人的脸面。

郝明已经把篝火重新点燃。火苗越烧越大，红柳枝被烧得吡吡啵啵地响。天空仿佛被这团明亮的篝火照亮了，由深青色渐渐发白，渐渐地又被染成橘红色。

第一束朝阳从地平线跃然闪现。

新的一天开始了。

郝明熟练地点着行军炉子，拿出多功能刀，把冻成冰坨的矿泉水外表割掉，扔到户外水壶里："先把咱们的水壶灌好。再烧水，让别人灌壶。"

"知道了。"

郝明交代完，几步跨上沙丘，尝试用手台联系王小满去了。

我看着矿泉冰渐渐融化，冒出丝丝白气，心想，与其在这里傻等着，不如趁着这会儿，把大家的壶都要来，一会儿——给灌好。

绿色牧马人的车窗没有摇上去，我奇怪地往里瞧了瞧，老葛穿着"Columbia"，正躺在睡袋里抽雪茄呢。黄色冲锋衣上还有从车顶掉下来的还没完全融化掉的冰球。衣服的拉链没有完全拉到头，露出亮闪闪的锡箔纸内胆，据说是 Columbia 的最新技术，能将热量反射回去来达到保暖的效果。不过老葛说，没觉得热量给反射了回来，还是照样冷。

听到我问，老葛高兴地把他的暖水壶从车窗中递给我。

"我知道你巧克力粉放哪儿了，要喝杯热巧不？"我问。

"那敢情好！"

我在寒风中拱背缩头地跑回来，一看，行军炉上的那壶水竟然不见了！

——壶呢？？？

幸亏我这人是历史唯物主义者，不信灵异鬼怪，急忙奔出去四处找壶。

转过老米的"小红马"，看到伊曼正在洗脸——脚下扔着"失踪"的那只壶，旁边还有打开的半桶农夫山泉。

我一步一步走过去，弯腰捡起水壶——不用说，已经空了。盆里的水，别说洗脸，洗头都够了。

"热水你用了，是吗？"我举着壶问。

"是啊，你再烧去！"伊曼瞧着放在'小红马'机箱盖上的镜子涂面霜，满不在乎地说。

"我再烧去？！早上有多冷！大家都等着喝口热水。"我举着壶喊，"你知道我站了多久，都快冻僵了，才把一壶水烧热。"

我的样子一定是气坏了，伊曼看到我，吓得连连后退。

"你管后勤的，难道不知道我们的水有多宝贵！只够我们喝的！昨天早上嘉琪想要点热水漱个口，队长都没给。"

"怎么了怎么了？"老米跑过来，替伊曼解围。

伊曼哭着告诉老米："小Ａ要打我。"

"什么？我要打你？！你真会说谎，你一米七三的个儿，提三十斤的工具包不费吹灰之力，现在你诬陷我要打你。"我气得跨步上前，要和伊曼理论一番。

老米横住一只胳膊，护住伊曼。我猝不及防，用手挡了一下老米胳膊，往后倒退了一大步。

"行了小Ａ，你少说两句吧！连珠炮似的，就听你一个人说个不停。今天别给我热水了，总行了吧！"

"大清早的，都别挑事儿！是不是嫌这两天我们走得太顺了？"郝明出现在沙山顶上，脸罩寒霜，居高临下冲我们喊——话是对所有人说的，眼睛却看着我。

我马上不吭声了。

老米拿着一包纸巾，抽出一张递给伊曼，低声劝："别哭了别哭了，再哭把脸哭苦了。"

"哼！"我冷笑了一下。

老葛推开车门，坐在车座位上，慢悠悠地穿他的高帮户外鞋："我那热巧泡汤了吧？"

郝明从沙丘上大步走下来，迅速从地上捉起两个瓶装矿泉水，从兜里掏出刀，三下五除二切去塑料外壳，往水壶里一投："这不——这壶水马上就烧好。"

"行了，小Ａ，这儿不用你了，收拾你的帐篷睡袋去吧。"郝明忽然用和蔼的语气对我说。

"是。"我答应一声，心内却有一种不祥的预感。果然走出去没两步，就听郝明在背后讲："让你烧个水，还能把壶丢了。干事不成，还净惹事。你说你还能干什么吧？"

——这是说我呢！

我转身想回去和郝明说理去："昨天嘉琪找你要热水刷个牙，你说这水是给大家喝的。今天早上伊曼用大家喝的水洗脸，你'选择性无视'。明显地针对不同的人，用不同的原则、立场。做队长的，不论是新人还是旧人，是不是应该一碗水端平！"

不过，我选择了耐住性子，忍气吞声地回去收拾帐篷、睡袋。

"古往今来，尽是小人得志，忠良遭陷害！"我悲愤地想，忍不住把睡袋用力往土黄色行军包里捶。就听郝明高声喊："那是我特意花四千块给你买的。被你弄坏了再没第二床——你是不是嫌晚上睡热了？"

我吃了一惊——忘了他有一双草原雄鹰般的眼睛了。我不敢再捶，扎好行军包的带子，提到途乐车后备厢。

郝明告诉老米和老葛，方才和王小满通联上了：小满、老陈昨晚已经脱困，现在正在追赶大部队。

"老郝老郝，刮了一晚上的风，咱们昨天下午走过的十公分深的车辙印，已经被风沙覆盖了大半，找起来已经非常吃力。你提醒小满，天不好，千万不能着急。"

"我提醒了小满，一定要顺着车辙往前走，不按照车辙印走，就找不到彼此。放心，小满今天无论如何不敢大意。我们也马上开拔，往东进发，走到前面那个高沙山顶上，就停下来等他和老陈。"

我们站在高沙山的山头上，看到"八〇"一马当先来到，不由齐声欢呼。我跑向嘉琪，和她热烈拥抱在一起。

"小满，陈哥，昨晚你们没有回来，我们五个人都特别想你们。"

——咦？昨晚我们不是六个人吗？怎么变成五个啦——那就是没把我当人呗。

"有车辙印，你竟然能跟丢了；你尾车，竟然能陷车——啊？小满，老陈都走得好好的！"郝明看见了王小满，劈头盖脸就训，"好好一个'八0'，被你开成这样，气死我了！"

"我……"

"我什么我！"

"那个……"

"别狡辩了，我还不知道你，做什么事都粗心大意、不动脑子。我在前面反复强调、提示过了。那个地方很危险，要按照车辙印走，你怎么回事？没带耳朵，还是走神想什么去了！"

"我那个……"

"哥们儿，要不要告诉咱们老大，为了听评书，你把车台关了。"嘉琪笑着说。

"你怎么胳膊肘往外拐啊，出卖我。"王小满半开玩笑半认真地说。

"怪不得老瞅不见你——不用嘉琪出卖你，这么多年了，我还不了解你！"

"哎哎，小满，我每天开车精力都要高度集中，你倒好——前面找路你抽烟，前面救援你煮面，听听评书泡泡妞儿——赛过活神仙。"

"我这都是多年的积累，你想做到和我一样，那肯定不现实。"王小满笑眯眯地说。

老米拿出"中南海"递给老陈。

"省时间吧，老米，休息的时候再拿出来。"郝明说，"我们又团聚了！还不错，昨晚掉队的队员及时归队了。咱们今天还按前天的排兵布阵走。我在前面探路。"

我们全都上了车，准备出发。

早上，因为和伊曼之间闹出的不愉快，我忘了把老米给我的铁罐咖啡放到篝火的余烬里了。现在它仍然是个冰坨。

我悄悄把咖啡揣在怀里，想用体温去把它暖化了。没想到这么一个小小的动作，竟然被郝明注意到了。

"你干什么呢！"郝明厉声问，"你想喝是吗？想喝你为什么不问问我，就用你那点可怜的常识做了决定——把咖啡给我！"

我沉着脸，把咖啡给了他。

郝明把咖啡放在了暖风机上。不到半个小时，咖啡化了。

"如果再耐心等一等，咖啡还可以更热乎一些。"郝明递给我咖啡的时候说，"你看，这不是比你的方法好？"

我沉着脸，把咖啡接了过来。

郝明作为队长负责领路，并不是一个轻松出风头的活儿。

进沙漠之前，我认为沙丘都长一个样，到了这里才知道有迎风坡、被风坡的概念。沙型也分为新月形沙山、链形沙山、金字塔形沙山、蜂窝状沙山。

山顶坡度比较和缓的，被称为馒头坡；而尖锐陡峭的山顶，就是常常被老葛、郝明所提及的"刀锋"。领队要在行车的同时，迅速判断出前方沙山的类型，找出能通过的路，同时避开容易陷车的地方。

途乐忽左、忽右、忽上、忽下、忽疾、忽徐地走着。这种飘忽不定的沙漠行车，没有约定俗成的路，可以随心所欲地走。那些向往自由的人，郝明、老葛、老米，是不是这样的感觉呢？

"哎哎，老郝，"老米忽然在车台里问，"我看你们都喜欢匀着速度、切着坡走。"

"这种攀爬的方法对驾车人员的胆量、技巧、车速都有很高的要求，如果车速过慢，车轮陷在沙子里，车身失去动力，很容易翻车。你这种直拔的方式，原则上最安全。"

"哎，我更喜欢直上直下，是不是我这么走费油啊！"

"都一样！"郝明很干脆地回答，"唯一省油的办法就是，一次性通过。"

"我这么强大的发动机，不直拔不爽！"老米踌躇满志地说。

"米哥，你不能总靠直拔哈，一招鲜，吃遍天。"王小满今天像指导老陈一样，不厌其烦地开始指导起老米来，"米哥，不要老想着'一脚油门踩到底'，还要多关注技术的细腻。入刀锋要收着油入。感觉有一点点别着劲儿就别犹豫往下打重来。"

"小满，你今天话有点多。台子里全听你在品头论足。"郝明对着报话机讲。

"来之前，你不让我多带带米哥吗？我正指导他怎么开车。"

"你再指导下去，老米就不会开车了！以后老米我来带，你管好你自己吧。"

深入腹地的真实感越来越强烈，迎面的"浪头"越来越大。连我这个大外行，都能用肉眼判断出来，沙漠的状况变复杂了。

大漠里，一个漩涡连着一个漩涡，车子就像是在大海的浪尖上行驶，翻过一浪，又是一个波涛迎面而来。

每走一步都"如履薄冰"。频繁的陷车，行程的不顺畅，让所有的人感到一股无名的焦躁。

郝明停车，叫大家："过来我说两句。"

后车陆陆续续赶到。

"老米，下次不要从两辆车的中间走，这样很危险！"郝明忽然拿起手台通告画家。

王小满跟着说："米哥，有个叫'张胖儿'的，也是开两门牧马人。从两车中间过，他觉得没啥事，没想到车失速打滑，他怕撞到下面的车，自己甩尾撞在一个沙丘上，后杠都撞裂了。"

画家好半天才说了一句："嗯。"

站在寒风中，我感到体温在迅速地流失。我这才深刻体会到坐在车里的好处。

王小满把帽子两侧的护耳放下来，盖在耳朵上。

"这样你还能听见我说话吗？"郝明问。

"我、我刚才不是怕把耳朵冻了吗？"王小满好脾气地笑着，把护耳又折了上去。

"我们的速度，只能说比蜗牛快点儿！连'蚂蚁搬家'的速度都比不上！"郝明不比往常，口气严厉地说，"我再跟大家强调一遍：我选路选再好，后车一定要盯着前车的姿态走；如果不盯着前车的姿态——前车白走！你看到我的起伏，下去的时候，旗子的速度，你心里就有数了。光有那个车辙印，看不到我是怎么走的，接下来，你在台子里面就慌了。我冒着生命危险，辛辛苦苦在前面给大家开道，没想到你们这么不尊重我的劳动成果！"

老米低着头，心事重重；老陈神色凛然地听着；老葛、王小满面无表情地吸着烟。

"老米，你要时刻注意看我走的姿态。我上坡时什么时候减挡、减速，你过的时候，心里就有数了。"郝明换了副声气，好言好语地告诉老米。

"要看你走的姿态，那米哥也得能跟上啊。"王小满笑眯眯地说。

老米满脸通红，想说点什么，又憋回去了。

"小A，你让开，你挡着我摄像了。"我回头一看，嘉琪手托着摄像机，慢慢转动着。我急忙往后退，我忘了这里是坑洼不平的沙漠了，没站稳，后背正好撞在陆巡铁杠上。

"哎呀。"我没留神，喊了一声，所有人的目光都集中在了我这儿。

"让你躲一下镜头，你竟然还把自己给撞了一你说你还能干啥吧？"郝明冲我喊。

我红着脸，讪讪地走到一边。每天，我总是以为，今天我够倒霉的了，没想到接下来还有更倒霉的事情发生在我身上。

"小A，你上车去！"

我正在扭腰，活动着胳膊腿，回身一看，老葛从大绿马涉水喉后面探头喊我。

"为什么呀？"

"你在车下面，我尿不出来。"

我只好上车。黄沙漫漫，接连天际，四面已经看不到除了沙海之外任何的东西。

忽听伊曼在车台里报："我们又陷啦——需要救援。"

"怎么，又陷了？老米，你今天陷车是有点频繁。"郝明掉头回来，"'小红马'四寸的升高，怎么会在我们都不陷车的地方，你老陷呢？"

"就是，奇怪！"老米说。

"米哥，你是不是心理作用哇？一到这种软沙子侧坡，你就陷。就和妇女习惯性流产一样。"王小满问。

郝明下了车，走到救援现场。

老葛也从绿色牧马人下来，一甩手，重重关上车门，指着王小满大声嚷："我说王七，你干脆挖个坑儿，把老米埋了算了！"

绿色牧马人拉出"小红马"脱困后："我看这胎压有点高啊！"郝明看着轮胎的状态，寻思着。

"不高，刚才米哥陷车的时候，我刚用胎压表给他量过，0.8，正好！"王小满说，"他胎大、轮毂又小——"

"我看不对——"

"怎么不对，胎压表还能有错？"

"我也一直觉得我的轮胎比你们的鼓！"老米站在郝明旁边，说。

"明显气多了，放！"郝明踢了一脚"小红马"的大轮胎，说王小满，"拿老米胎压表去我车量一下。"

老米跟着王小满，走到途乐后轮一量，胎压0.6。

"你想，一个画家的眼睛，能赶上特种部队的狙击手了。"郝明双手叉腰，说。

"哎哎，我说嘛，怪不得你们轻易过得去的地方，我走不动。那就和我技术没关系！"老米仿佛多年的冤情得以昭雪，大声喊起来。

王小满猛地站起来，急煎煎走到自己车前，一量，自己的轮胎也是0.6。又走回到"小红马"旁，用自己的胎压表一量，1.02。

— 151 —

"胎压表坏了！"王小满恍然大悟。

"小满，你和米哥什么大的仇、什么大的怨啊？故意给他个坏胎压表。"伊曼厉声质问。

王小满急得百口莫辩："走前，我、我去买新胎压表，想着米哥也需要一个。好心买俩，一模一样的，我、我哪想到给他的那个是、是坏的！"

"别'我我'了，用你自己的胎压表，把老米四个轮胎的胎压都降到0.8。老米，你监督他！"

"哎哎，我会在旁紧盯着他！"老米气哼哼地说。

王小满给"小红马"四个轮胎重新放过气。

"这回走起来感觉如何？"郝明问。

"哎，太爽了哎！老郝，原来死命过不去的地方，现在稍微给点油儿就过了，啊哈！哎，珍爱生命，远离小满哪！"

"小满，我想你来，能给我当一帮手。好嘛，你是来添乱的！"

"我是故意的，给个坏胎压表，好让米哥提高得快一点。"

"小满，我又好久没看到你了。是不是得有个人在你后面不断踢你屁股你才能往前赶一赶？"郝明拿起报话机问。

"哎，王小七，今儿你怎么不盯着我性感的屁股看了呢？"老葛突然问。

"昨天看了整整一天，已经审美疲劳了。"

"我看不是吧，是不是另有原因啊？"老葛拖长声音问。

"你们俩别占着车台斗了，我还要不要给你们报路况了——啊？注意这段，鸡窝很多，一定要沿着我的车辙印走！"郝明说。

"郝哥发这么大火，肯定是又沦陷了。"王小满嬉笑着说。

王小满说得不错，离开前一个"刀锋"没多久，刚翻过一个平淡无奇的沙丘，途乐就一头扎进一个"V沟"里，来了一个"嘴啃沙"。

"老米，这里有个大'V沟'，你从我左边三个车身过。"郝明用报话机通知后车，"小满，过来救援。"

老米依言从途乐左边三个车身的位置过去后，停下来观瞧："怎么说，老郝，不用我救援吗？"

"不用，这个救援难度有点大，需要小满来。"郝明隔着车窗，温言鼓励老米，"不错不错，今天就比昨天进步很多。"

画家又高兴又得意："哎，天天泡在沙漠里，从早开到晚，能不进步吗？"

绿色"八〇"从我头顶右边的沙坑边缘"呼"一下驶来。王小满从车上跳下来，甩手撞上车门，高喊了一句："我来啦。"

郝明用力推开车门——大风吹得车门只能开一条缝儿，门外又被滑沙顶住。郝明用力抵着车门，挤了出去。

"这个地方就好像是个陷阱！沙地表面上没什么特别的，下面有个被软沙盖住的硬坎，我一上去，车头就被绊在坎上了。沙子也是前所未有得软！"郝明告诉王小满，"坡的左侧是个大锅底。后面不是鸡窝就是斜侧的坡，所以还只能往前拉。"

后面，四门牧马人和切诺基陆续上来。

老葛沿着老米的车辙印过去后，放下车窗，笑道："我说郝明，今儿就你们俩日系车子总出漏子。"

郝明颇有些不快："我都快累死了！你们开美系车的，尽是站着说话不腰疼的主儿。不用探路，走现成的，当然顺溜儿。"

"说啥，队里还不是我和郝哥两车担负的最重要。"王小满抽了口烟，往外喷着烟气，"一个探路带队，一个收尾保障，苦活儿、累活儿全我们俩儿，还要救援你们牧马人。你们只管自己跑爽了就好。"

"既然牧马人那么好，那不如换你们牧马人前面探探路，让我这老得没劲儿的老爷车也轻松一下。"郝明拍了拍身上的沙土，说。

"行啊，"老葛双目闪闪地说，"陈哥咱们走！"

"老葛你走吧，我留下来帮帮忙。"老陈说。

"那老米咱们走！"

"趁我这会儿救援，你试着找路，带带队伍。"郝明对老米说。

老米迟疑着："那什么，那我和葛兄就慢慢往前走着，你们搞好了就追我们，还是你到前面做头车，好伐？"

郝队心领神会："放心吧，我们会尽快追上你们的。放松心情，去享受沙漠行驶的乐趣。"

"小Ａ，你赶快出来！"车台里忽然想起郝明的声音，我一抬头，原来他用手台通知我，"我怕这车会翻。"

我一动也不敢动，慢慢朝主驾驶那边移动了一点，取到报话机，按下通话按钮："我不下车——我系着安全带呢。我一推车门，车本来就往右斜着，再把我压成高位截瘫。"

"暂时没有大碍，底盘、轮胎都被牢牢吸住了。"郝明用手台通告我。

我拔出安全带，刚打开车门，就"噗"地笔直地掉在了沙子上。

原来郝明陷车的这个"V沟"，旁边是一个漏斗形状的大沙坑。

大衣又笨又沉，我刚要爬起来，我放在驾驶室座位下的那个随身的背包也掉出来，砸在我后背上，把我砸得又趴在地上。

我顾不上我那装着单反的背包，慌忙爬起来，没命地跑到一个安全地带。

电机"嗡"地大响了一声，郝明扶着车身，爬到车头，从绞盘里抽出缆绳。王小满顺着迎风坡的浮沙滑了下来，从郝明手里接过绞盘缆绳，爬上高处，把绞盘缆绳挂到自己的拖车钩上。

郝明告诉我："你可以去拿你的包了！绞盘已经套在八。前杠上了，把它拉住了。不会翻了。"

我忙不迭跑过去，抓起包，又忙不迭离开。

我明白了他们常说的"沙子软"是什么意思。我准备徒步爬出沙坑，往前迈了一步，半条腿没入沙中。天啊，这么吃力，车是怎么走的！

我手脚并用，爬两步，往下滑一步，爬了半天，累得我满头大汗。嘉琪端着相机，伸手要来拉我。王小满两步冲下来，提住我大衣领子，把我拽出沙坑。

我感激地想回头说声"谢谢"，哪知我腿还没迈出沙坑，王小满把我往沙地上一扔。我猛地趴在沙上，差点来一个"嘴啃沙"。我愤愤地爬起来，拍了拍手掌上的沙土，对着王小满的背影怒目而视。

郝明扶着车身，从车头又回到驾驶室里。王小满没上车，站在车下，嘴角斜着一根烟儿，右脚踏在刹车上。郝明按了一下喇叭，挂挡、给油，小满用力踩住刹车。郝明和小满多年培养的默契，彼此依靠打出清晰、明快的手势，实施救援，不像对老米，要用手台一一告知步骤。

郝明用遥控器收绞盘，车子竟然纹丝不动。

"怎么办？"郝明一时也一筹莫展。他皱着眉，思索片刻，告诉王小满，"加动滑轮吧。"

王小满从"八〇"后备厢找出动滑轮，加在本车的绞盘上，再重新挂上绳子，一切准备就绪，老陈站在车下，指挥两位主驾同时用力，车子仍然纹丝不动。

"把我的绞盘也加上吧，郝明队长？"老陈问。

"只好试试了。老陈你到这来，到王小满车旁边，放你的绞盘下来。"

郝明让王小满的绞盘挂在动滑轮装上，做主动力；老陈切诺基在途乐车头的一侧挂住，也就是队里俗称的"搭把手"；此外，又在途乐和"八〇"之间添加一根拖车绳，辅助配合绞盘。

绞盘、动滑轮、拖车绳都准备就绪。郝明一按喇叭，老陈和王小满同时收绞盘。郝明在车里挂上低四二挡，方向盘略微向左，车子有点动的意思了。

郝明把油门加大了些，轮底的沙子扬得比车身都高。

两个绞盘继续同时收紧，途乐车身不住向上、向前移动。

"停！"郝明一按喇叭，对王小满一亮手掌心，"老陈的绞盘已经松得着地了，必须收紧，不然等于空转，使不上力不说，拉索还会缠得乱七八糟。"

王小满的绞盘先停了下来，老陈的绞盘继续收紧。郝明不住转动方向盘，用车轮在沙里豁出一个空间。在老陈绞盘和拖车绳同时收紧的节骨眼儿上，郝明再略微给了脚油，趁势把车头稍微调整到一个更适合救援的方向。

途乐和切诺基之间的拖车绳和绞盘已经被扯得笔直，郝明对老陈一摆手，老陈立即停止收绞盘；郝明又按了下喇叭，王小满笑眯眯地按下绞盘控制器。途乐在电机绞动的"嗡、嗡"声中，一步一步从陷阱里被拖出来。

"脱困啦！"我振臂欢呼。

"老郝老郝，能听到吗？"车台里传来老米的呼叫声。

郝明掏出对讲机："能听到，你说。"

"不行，这个地方太麻烦了！我腿都软了，那什么，这里坡都斜得太厉害了，沙子还这么软，我不敢走了，你快上来带路吧。"

"抄收了！老米，你们原地等待，我们马上就到！"

"小红马"一马当先，绿色牧马人在后，向前走了没多久，沙漠地形骤然起了大变化——从起伏和缓的中型沙丘、沙谷变为连绵的大沙山。

对初次进入大沙漠的老米来说，这样骇人的地形走势，真是巨大的心理挑战。但是他不是一个轻易服输的人，特别是当着伊曼的面。

老米小心翼翼地尝试着，看似坚强敦实的大沙山，沙子像面粉一样扑簌簌地落下来。老米感到莫名的恐惧，最后他让伊曼下车，自己下到谷底一次又一次冲击对面的沙山。

老葛打着哈欠在沙山顶上等着，只听见"小红马"的引擎在谷底轰鸣，但始终看不到"小红马"在沙山上驰骋的影子。最后，老葛将车熄了火，帽子罩在脸上，把暖风开大，靠着座椅睡觉。

郝明一到，人们焦灼的心立刻得到了安宁，睡觉的也起来了。郝明跑到沙山边缘往谷底一看，"小红马"还在谷底反复兜圈子呢。

"老米，"郝队急忙走到老葛的车前，拿起他的报话机："再转下去，你的油要不够了！"

"小红马"兜了个圈子，返了回来。老陈和王小满也到了。老陈看到耸然隆起的沙山，目瞪口呆。

"还是换我带路吧。"郝明说。

如果不是我亲眼所见，我是绝对不会相信，纯靠沙子垒起来的沙山会这么高！忽然车子向右倾斜了一个角度，上了沙山的侧翼——

妈妈呀！这能走吗？！这还不滚下来！我紧紧抓住座椅，生怕什么时候从沙坡上翻下去。郝明瞄见了，微笑着说："不要紧，你系着安全带就没事。"

天哪，这么说，真的有可能会翻车啊！我记得昨晚大家围着篝火烤火的时候说过，途乐和绿"八○"都没有防滚架。

我一直认为，车那么重，怎么可能翻，都是大家随口说说、开开玩笑的话。我正想问郝明他有没有翻车的经历。郝明向左一打方向，车头猛地扎向软沙山，顿时不动了。

"郝队用这种方法刹车倒是省力了。"我暗自嘀咕。车身向郝明那边倾斜了快三十度角了。眼前的风挡左边是黄澄澄的沙山、右边是蔚蓝的天。

郝明摘下报话机，告诉大家："兄弟们，前面这段路途很是提气啊！必须打起百分之百的精神——都扎好安全带了吗？小A同学表现不错，让她系好安全带，她就一直系着。"

听到表扬，我顾不上高兴，因为途乐稍微退后了一步，又向我这边打方向。车身歪斜着穿过沙坡向上走——就像在沙山上画一道彩虹一样。我看到山下停着的四辆车，只有甲壳虫那般大小。我紧紧抓住车窗上的把手，紧张得手心里全是汗。快到山顶，途乐向左快速调整了车头的方向，近乎垂直着跨越沙山的尖顶。

车头猛向下一沉，两只前轮子着地，震得我上下牙床猛地撞击了一下。

郝明上到沙山顶部，立刻下车，用对讲机提醒大家："注意，会'磕'一下头。沙子软，尽量直上直下，别在斜坡上停车——那样容易翻车！过'刀锋'的时候必须控制好车速，千万不要靠速度'飞'过'刀锋'。"

"小红马"慢慢倒车，远远地退后了很久，突然发力，猛冲了上来。

绿色牧马人跟着也登顶，高高昂起的车头一低，滑下山去。

"哥，我不冲了，我车太沉，我带陈哥另找路绕了。"不待郝明回答，八〇转而向北方驶去。

就在老陈刚要翻过一个沙脊时，"八〇"掉进了坡上的一个鸡窝坑。"好坑！"

王小满大喊了一声，着车后有次车虽然动了，但还是开不出来。小满没用车台，降下车窗，直接喊话站在坡顶的老陈，让老陈放绞盘把他拽上去。

"我掉鸡窝的时机掌握得真好，正好是你要翻、还没翻过这座沙梁的时候。"王小满笑嘻嘻地说。

穿越途中，小满多次指导、救援老陈，充分显示出老到的司机特性。他指挥，老陈自然听从他的。

"绞盘声音不对了！"郝明突然在车台里说。

"哥，你咋知道的？你、你有'顺风耳'？"王小满问。

"你俩对讲的时候，我都听出来了——赶快停下来！"

"小满，我也闻到绞盘有股糊味了。"老陈说。

"糊味很正常，你车轻我车重——不好啦！"王小满忽然大喊，"陈哥，你绞盘起火了！"

老陈闻到胶皮导线的糊味后，本能地拿着绞盘遥控器退到了比较远的地方，而站的位置，恰好逆光。还是小满在车里，首先看见老陈绞盘里冒出蓝色的火苗。

"我马上过来。老米、老葛你们先往前去。老陈，你那边现在怎么样？"郝明重新上路后，问。

"队长，小满到底年轻，腿脚勤快，已经跑去把灭火器找出来了，现在正在灭火。火势应该控制住了。"

"老陈，你盯着他点儿，看小满是不是真的把火苗扑灭了。"

"知道了，郝队长，我会仔细检查的。"

切诺基的车头前，很明显烟熏火燎的样子，一看就刚着过火。

郝明下车，一看"八〇"陷车的地方就说："这不和你昨晚陷车的情况一样吗？你不动脑，一个坑还跳两遍。"

"我……"

"我什么我！老陈的绞盘只有七千五百磅的马力，你老司机了，还犯这种低级错误！"

"在你眼里，别人自然全是毛病。"王小满抽了口烟，笑道。

"我说得不对吗？你想自己找路，可以，但你得过得去——瞧你，方向还打慢了，右轮顶死在沙里；油还给大了，轮子刨了一个深坑。"

王小满闷声不响，上来就准备拉途乐的绞盘。

"着急挂什么绞盘，能拉得动吗？"

"我知道你绞盘是一万两千五百磅拉力的。"王小满嬉笑着说。

"那也不能生拽啊！我停车这地儿也不适合救援。"

"那你找合适地方停。"

"你把路堵死了。叫我怎么救你？"

"你艺高人胆大，冒个险，从我旁边小鸡窝的沿儿上过来吧。"王小满嬉笑着说。

"你倒挺信我的，我要陷了，咱两个就得挖沙子。"

"没事儿哈，我昨晚已经挖出经验来啦。"

"我需要下车吗？"我心里有些畏惧，问。

"没让你下车，就不需要。"

郝明看了看四周，途乐骑在两个鸡窝之间的沿儿上，推着沙子过来了。

"到底是我哥，这技术就是不一般！"王小满心悦诚服地赞道。

"郝明，你那边还没完事儿？快过来！老米翻车了！！"老葛忽然在车台里说。

郝明吃了一惊，很快稳住了："知道了，马上返回。"

途乐风驰电掣一般往回赶，瞧见"大绿马"之后，急忙下车，跑到沙崖边上，发现"小红马"好好地停在沙地上。

老米倚着车子，正用他那个刻着"二战"Jeep威利斯浮雕的Zippo打火机点烟。伊曼靠着前杠，兴奋得满脸泛红，仿佛像坐了一回过山车。

"老米，你也没翻车啊？"郝明在断崖上对老米喊。

"郝哥，米总真翻车了。"修艳喜嗫嚅着说。

"郝哥，我们真翻车了，没骗你。"伊曼在谷底朝郝明喊。

原来老米真的翻车了。

"小红马"从坡上一个侧倾之后，打了四个急滚儿，又正着直立起来。

老陈、王小满也火速赶到了。

老米微笑着向火速赶来的队友们挥手示意。看到我们都是一脸惊恐，老米一脸得意地一笑，扬了扬眉毛："哎，不好意思哎，让大家受惊了。"

郝明从断崖上跑下去："就跟没翻车一样，连旗子都没倒。没人受伤吧？"郝明关切地问老米，又关切地看看伊曼。

"没受伤。好玩着呢！跟做梦一样。"伊曼高高兴兴地说，"我是不是塔漠翻车第一女啊！"

"检查车辆了没有？"郝明问。

"刚试了一下，能打着火。我让车一直怠速，看看情况。"

老米跳上车，在断崖下面兜了个圈子。郝明用手台问："发动机有没有异响？"老米在车内摆了摆手。

"小修，把车子再检查一下，看有没有什么隐患！"郝明说。

修师傅敲敲打打，查看了半天，大声汇报："车子——没事儿！"

"哦，真是万幸！老米，刚才翻车吓了一跳吧？"郝明这才问。

"现在腿肚子都是软的！"老米回应。

原来，一贯喜欢直拔的老米，想学着郝明涮上沙丘，没上去，顺着沙子往下滑，老米本能地猛踩了一脚刹车，失去动力的车子像个小玩具一样打着滚儿掉下来，把后面的葛卫东和修艳喜吓出一身冷汗来！

"亏得米哥听话，"王小满说，"要是没系安全带，现在米哥你得头破血流。就是去年的事儿，我一朋友，从一不高的坡侧翻下来，告诉过他一定要系安全带，他不听啊，当场断了一只胳膊，一条腿大腿骨折，在积水潭医院住了三个月，正是大夏天的，拆下石膏，大腿的肉都捂烂了哈。"

"头破血流？！"老葛说，"当年带我进这圈儿的两人，一个开G的，一个玩马的已经没了，就死在库布齐那毛拉子小沙漠里。"

"行了，老米严格遵守了'系安全带'的原则，别吓他了。老米，你得把你过去开车的习惯全部清空！让你的下意识变成一张白纸。你想从这个锅里脱困，只有按我说的方式出来！"

老米点头。郝明拿着手台，爬回到停车的位置，站在锅沿边："老米，顺着车尾方向，倒车下去，下到山底下，再上来。"

老米按照郝明的指示，将"小红马"倒到谷底，猛冲到山谷的半山腰，四个轮胎大半部分埋在沙中不动了。

"米哥你不要不好意思哈，你的技术没法和我们比的。我们都有上不来的时候，何况你。一次上不来没关系哈，倒车下去，再上。"王小满挨着郝明站在锅沿边上，也用手台说。

"好，挂倒挡下去——注意，严格按照车辙印倒车下去。"

"这种地势，倒车下去，还能压着车辙印？"老米疑惑地问。

"能！我们都能，你也能！"

老米盯紧了后视镜。"小红马"沿着车辙印的深沟，一寸一寸往下倒，倒到谷底，重新换挡猛冲到山谷的半山腰，这次"小红马"比前一次高出半米多。

郝明和王小满都没说话。"小红马"自己倒车，顺着两道车辙下到谷底。

"哎哎，老郝，我还得倒两次才能上来，换你就上来了。"

"换我也上不来。老米你不要急，控制好油门，把握好换挡时机。"郝明用手台讲。

"米哥，心急吃不了热豆腐。你能三次上来就不错了。看着简单，换挡且得练呢，特别你这一直开自动挡车。"

"小红马"连续倒车四次，终于一路咆哮着，从沙谷里跳跃出来。

"老郝老郝，我突然开窍了。"画家激动地说。

"不错不错，掌握到要领了，换挡越来越纯熟了，脚下油门也越来越细腻，"郝明也很高兴，"有次，小满做头车找路，等我们后车赶到的时候，看到沙坡上清清楚楚两个大写的字母'C'。一个大'C'是外车辙，套着另一个小'C'内车辙。为了冲坡，小满连续倒车五次，但是始终只有这两道车辙印！"

王小满在旁边，矜持地笑着，坦然地接受了郝明的赞誉："断后的，技术上基本就和领队相差无几。"

"你可歇了吧，"老葛说，"路都给你瞠出来了，再轮番给你压实几遍，我们走的是沙漠，你走的是长安街。"

"可不就是！"伊曼说。

"陈哥，你绞盘怎么样？"老米问。

"基本上废了。"老陈微笑着说。

"本来完全可以不用烧坏的。"郝明说，"到和田后，把切诺基上的绞盘拆下来，直接搁废品回收站。我们剩下四架绞盘，还有五根拖车绳，救援上足够了。"

"哎，珍爱生命，远离小满呐！"老米说。

当晚扎营的时候，我们都有些发蔫，没有初来乍到的兴奋了。所有的人都没想到，塔克拉玛干沙漠这么难走。

晚饭后，我们围着篝火团团坐定，没有一个人说话。

"塔漠的地形，比我预想的还要复杂。"郝明打破沉默，先开口了。

"这个游戏不是那么好过关的！"老米紧抱着胳膊，胳膊肘枕在腿上，低着头说。

"塔漠那么好走呢！"郝明目光炯炯地扫视着我们每个人，"要好走，天下英雄豪杰那么多，第一个走的，还能轮得到你、我？既然困难比我们想象的要大，队伍就更要团结！现在怎么样？男人和男人之间闹不愉快，这女人和女人之间还干仗。特别要批评的，是小A！"

我以为我耳朵听错了——怎么说我呢？伊曼拿大家喝的水洗脸，竟然指责我，

这不是黑白颠倒吗！

"小A，你梗着脖子朝我瞪什么眼睛？怎么着，敢情你还不服？"郝明眼冒凶光，严厉地问我。

我讶异地看着郝明，自打我认识他，他从没有这么疾言厉色地说过我。

"我有什么错？"我想跳起来，和郝明大吵一架。

可我要是当着大家的面顶撞郝明，那他这个队长可就太下不来台了。失去队长的权威，对我们后面的穿越将非常不利。

我向两边的队友看了看，大家都面无表情，低着头看着前面那团熊熊燃烧的烈火。只有嘉琪用同情的目光看着我。我顿时心里好过了一点。

"小不忍，则乱大谋"，正反两面的教训，史书上比比皆是。逞一时之气勇很容易，可是这是愚人之勇。郝明待我不薄，人要知道感恩。

于是我把两只手夹在大腿之间，低下头，而且比别人垂得更低。同时，心里打定主意，不管郝明后面再怎么说我，我也要一直保持恭顺的态度，绝对不能回嘴。

郝明见我一副痛心疾首悔过的样子，没有方才声气儿那么高了，换了比较温和的口气说："我们是一个团队。队里绝大多数人原来都不认识，包括也不认识我。现在就我们这么几个人，而且是在这么个艰苦、封闭的环境中——是旁人看着我们艰苦，我们应该说是枯燥。我们每个人，包括我在内，都是有脾气的人。是不是由着我们每个人的脾气，想走哪儿走哪儿？想干啥干啥？都仔细想想，人与人之间到底该怎么相处，学会克制，学会与他人沟通，学会如何面对自然、面对困难、面对队友，还有面对自我。面对成功了，你也成功了。"

"关于明天的行程，大家有什么提议？"郝明挨个看了看大家，问。

"从麦盖提到若羌，一共1000公里。"王小满说，"我们第一天进来，走了25公里，今天，才走了五公里。两天走了30公里，到阿和公路还有210公里。这样走下去，车不坏的情况下，到阿和公路还要走24天，我们带的水和干粮，满打满算最多只够十天的。"

"小满，你的意思是？"郝明问。

"我的意思是：不是每个沙漠都能走的。至少，我们作为先行者，证明了：这个沙漠，开车没法通过！咱不成功，至少积累了经验。也许后面的车队借鉴了咱们的经验，哪一天穿越成功了，咱也算功德无量。"

"知道了。小满的建议是：撤出。放弃这次N39°穿越。"郝明又问，"其他人呢，

是什么意见？"

郝明问的其他的人，无非就是老葛、老陈和米国军的意见。

老葛抽着雪茄，没有说话。

老米猛地晃了晃头，突然坐直了："哎哎，既然能进来，又不是一点都不能动！既然已经走了30公里，就应该继续走下去！没有刚进来两天，有吃有喝的，就谈退出！"

我看到郝明的眼里闪现出一丝光芒。他的内心当然是要继续走下去。但是他是队长，担负着我们这些人的生命安全，这个责任太过重大。所以他让每个人都把心里真实的想法说出来。

"老米的意思是继续往东走。老葛、老陈你们两个呢？"

老葛拿着雪茄，用力指了一下老米。

"老葛，你是赞成老米的意见，我的理解没错吧？"

"嗯。"

"我也赞成老米的意见。"老陈态度温和而坚定。

"只要你们有一个人愿意往下走，我就带队。姑娘们呢？有谁已经受不了了的？嘉琪？伊曼？"

伊曼银铃般的声音快乐地说："我没事儿，挺开心的！"

"小A呢？我看你那小身板有点顶不住了！"我还没表态，郝明却直接问嘉琪去了，"嘉琪，你这两天晕车晕得很厉害。不如跟着小满一块儿撤出吧！"

"我？我还行，走没问题。"嘉琪勉强笑了一下。

王小满脸涨得通红："我没说我不愿走，我就是给大家列出来，会有哪些困难，影响我们的穿越。我这人呢，比较直接，有什么说什么。"

"不用解释了，兄弟，我知道你是什么样的人。"郝明说。王小满旁边的修师傅，突然咧开大嘴，无声地大笑起来。

"既然大家思想统一了，从今往后，不要再想退出的事儿。再往前，就只能想每天怎么克服困难，奔目标去。既然我们已经走到这儿了，就绝不再往身后看。'人不出门身不壮，火不烧山地不肥！'明天我们继续向东进发！"

我们散会后，大家开始搭帐篷。我把自己的单人帐篷拿出来。眼看着别人一顶一顶都把帐篷搭起来，很简单的事，我就是玩不转。我又冷，又急得冒汗。

郝明打开途乐的机箱盖，戴着头灯，打着手电筒，正和修艳喜检查什么。看到我搬出防潮垫、睡袋，急忙喊："等一会儿啊，小A，我这里查完车辆就过去帮你搭帐篷。"

他果然不是对我真的心存不满，我高兴地想，但是我也不能轻易与他"和好"。我得表示得"强硬"一点。

早上我和伊曼闹翻了，等同于也把老米得罪了。小满和我，从开始就不和。

老葛不会搭帐篷,所以睡车里。以他的身高,睡车里绝不是一件享受的事情,但是他宁可蜷缩着,也不愿意动手。

只剩下一个人能求了。我悄悄找到老陈,请他帮忙。老陈很爽快地答应了。

钻睡袋的时候,我把眼角、耳朵里的沙子抹掉,就算是洗脸了。另外,我已经两天没有刷牙了。

等郝明检查完车辆,发现我已经躺进了搭好的帐篷。

"呦,今天真不错,自己把帐篷搭起来了。"郝明把帐篷拉链拉开,手在我头上摸索着,"睡袋还是不合格,没把头全包起来。"

我紧闭着眼睛不说话。

"是不是闹情绪呢?"郝明问我。

我不想表现出闹情绪,没想到眼泪一下子不争气地滚了下来。

"哎,你不会真哭了吧——真哭了?!"郝明的手在我脸上一阵擦抹,我哭得更厉害了。

"好了好了,我知道你受委屈了,"郝明好言安慰我,"我明白是怎么回事。"他这么一说,我立刻收住了眼泪。

虽然沙地还是那么坚硬冰冷,可我还是觉得,每天都非常美好。

半夜,我又被冻醒了。

外面,似乎有人在走动。

"这么晚了,是谁还在修车?"睡意蒙眬间,我想。

帐篷后侧传来脚步声。

我像个茧蛹一样,拱到帐篷的门前,把睡袋的扎口松开,从孔洞中勉强伸出胳膊,拉开帐篷的拉链:"是你吗,郝队?"

脚步声消失了。

我急忙把头伸出睡袋。

整个大漠笼罩在一片皎洁的月光下,显出清晰的轮廓。

外面空无一人。沙地上,只有两行清晰的脚印。

我明明看见有人走过的,怎么眨眼就没了?

一道阴影,从我睡着的帐篷顶儿,无声无息地掠过——是幽灵!

我吓得迅速钻回睡袋里,帐篷门的拉链都没顾得拉上——好像我这么做,就安全了。

刚才我这么一折腾,睡袋里好不容易积攒起来的热气儿全散没了。我打着寒战,蜷缩在睡袋里,把冻得关节疼的手,夹在两腿之间暖着。

那个幽灵就停留在我帐篷上,不停地"啪啦啪啦"扇着翅膀。

我吓唬过嘉琪和伊曼,现在,"幽灵"来报复我来了。

第十一章

曲线上的死亡恐怖

——沙漠令人生畏，又充满了诱惑。

　　早上我钻出帐篷后，"嚯"地全想明白了。

　　原来昨晚，老陈帮我把内帐搭好，我独自一人安装外帐，把登山帐的外层给装反了。昨晚的"幽灵"，是外帐的通气窗。而那一行看不见人走的清晰脚印，是我自己的。

　　我正准备收睡袋、防潮垫，就听嘉琪和伊曼在她们俩的双人帐里吵了起来。

　　"每天都是我一个人搭帐篷，"伊曼的大嗓门在帐篷里肆无忌惮地嚷，"谁天生就会搭，还不是自己学的。你怎么就那么高贵呢？凭什么我就得伺候你，谁愿意伺候你，你找谁去。"

　　我听了，真想过去找伊曼为嘉琪抱不平：每天晚上我都看到嘉琪和你一块儿搭帐篷，怎么到你嘴里就变成每天都是你一个人搭帐篷了呢？你说给谁听呢？

　　双人帐的帐门拉链一响，嘉琪从帐篷里钻出来，直奔郝明跑去。

　　"老大，我不想和伊曼住一个帐篷了。"

　　我正想过去，和郝明表示我愿意和嘉琪睡一个帐篷，就听郝明问嘉琪："你说小A晚上说梦话、磨牙，吵得你神经衰弱，你不能和她睡一个帐篷。现在你又不想和伊曼同住，你打算和谁住啊？"

　　"那我和小满睡一个帐篷吧。"

　　我立刻站住了。

　　郝明低头沉思着，有一会儿我认为郝明正在思考嘉琪的提议，没想到他抬起脸来："不行！就两顶双人帐篷，你跟王小满住，难道让伊曼晚上和小修住？"

　　方才根本没看见人影的画家，不知道什么时候出现在了途乐的附近，假装忙碌着，其实是注意在听——听见郝明说让修艳喜和伊曼住同一个帐篷，气得太阳穴上的青筋都暴起来了。

　　郝明用不容置疑的口吻说："第一天进来怎么住的，以后还怎么住！不能随意更改！回去和伊曼收拾帐篷去，半个小时内，所有人员要全部整装完毕，着车，出发！"

　　郝明一伸手，看了看他的鲁米诺克斯："现在倒计时！有不乐意在队里待的，打好铺盖卷儿，我随时恭送你们出去。"

　　见队长震怒，嘉琪不敢再说什么，转身回去了。过了不多一会儿，我见伊曼和嘉琪两人，开始一块儿动手拆卸帐篷。

　　我也悚然心惊——别看郝明平时一团和气，到时候真瞪眼睛。果然，郝明锐利的目光扫了过来，见我的进度还可以，这才没找我的麻烦。

　　老陈走过来，对郝明笑道："郝队长，你这成了救火队长了。"

　　"组织纪律性差，时间观念淡漠，东西随手乱放；明明一个眼神就能领会的，非要解释，解释一遍听不懂，还得两遍三遍地解释，急得让人搓火！"

老陈含笑说："跟我们这些老百姓打交道，你得多点儿耐心。"

郝明沉着脸，一言不发，暗自叹了口气，换上愉快的神情："我们刚入伍那会儿，十八九岁的年纪，也是一身毛病，叫部队一顿收拾，都老实了。"

老陈笑了笑，又问，"队长，我心里有个担心。我油耗太高，基本上一公里一个字！"

"我们也是这个油耗。"

"是这样？那就好，我担心是不是我这技术不过关，导致油耗过高。这里就我没有副油箱。如果油耗正常，咱们这油，可将将够啊。"

"以现在的油耗，如果不出意外的话，应该够到和田河了。油方面的事，你就不用担心了。每天只管专注开车，享受沙漠行驶的乐趣。"

"那就好，那就好。"

"老陈，现在可以去着车了。"

老陈刚走，王小满晃悠着过来了，见郝明正在叠一件衣服，便说："这件冲锋衣应该有年头了吧？我记得最初见你那次，你就穿着它。"

"可不有年头了——袖口处开线，内侧防水都开胶了。算算快十年了，风风雨雨陪我走过三江源、墨脱。这次回去，把它洗干净，叠好压箱底儿吧。"

郝明把衣服塞进包里，正要把我的两个土黄色户外包放到捆扎带下面，见王小满手指头缝儿里夹着一根儿烟，立刻厉声说："干吗呢你！我这后面十二个油桶呢！"

"我这烟没点着——没火。"王小满把香烟给郝明看了一眼。

"你别干杵着，帮我把捆扎带拉紧！"

王小满把烟塞到嘴里，用力拉捆扎带："你副驾呢？这应该是你副驾干的活儿！"

"人没你闲，烧水去了。"

王小满三两下把行李扎牢："我看米哥来的目的不纯，就是为了伊曼来的。要伊曼不在，你看他还这么热衷吗？"

"不管他什么目的，我看他挺有河南人那股子拧劲儿的。技术不好，可以慢慢练！"郝明一把把王小满推开，关上后车门，"这胆量差了，就不是练的事了。"

王小满眨巴着眼，呆了片刻。

"郝队，能帮我点一下炉子吗？"我走来，急躁地说，"怎么我一直点不着呢？""小满，去帮小A点炉子。"

王小满收敛了笑容，滞后了一会儿才过来，轻易点着了炉子，用教训人的口气告诉我："你也学着点，人家伊曼为什么就会？"

对了，我把伊曼这茬忘了。

我想回怼王小满一句："我烧水也不是为我自己，是为大家——你不喝吗？"不过，我要是正面再跟小满也杠上，打击面太大，树敌太多，对我不利。

"老葛、老米，你们俩过来一下。咱们四个人说一下。"

老葛、老米走过来。

"方才我没跟老陈说实话，我算了一下，咱们这油，可丁可卯将将够。人没口粮了，可以饿一段时间；沙漠里，车没油了，立马不能动了。现在每一滴汽油对我们都是宝贵的。从今天开始，以后我们每天，出发前十五分钟才能着车。"

老米、老葛、王小满三人颔首表示同意。

"鸡窝坑"是沙漠里最常见也是最讨厌的地形，任何驾车穿越沙漠的人都不希望掉进"鸡窝坑"里，掉进去基本只能等人来救。

"我掉鸡窝坑里了——谁过来拽我一下。"郝明车台里报。

"我来我来！"王小满快速从后面赶上来，"前面还是后面——姿势你选。"

"我没心思跟你磨牙、斗咳嗽！快点给我过来！"郝明突然发了脾气。

"我们修总问啦：今儿几次进鸡窝了？你们这开日系车的，也太不经战了！怎么老是陷车呢？"老葛把绿色牧马人停在鸡窝边，伸出头来，用京腔问。

"你要是看不起我这个队长，要不你来带队试试？"郝明在车上等王小满来挂绞盘，胳膊肘架在车窗上，对老葛说。

过去占山的胡子们大概都是这种类型的人，你强——我就服你；你不如我，就要被我撂倒，你位置就要被我坐。

"试就试！Who 怕 Who 啊！"老葛把手里的报话机往右边一丢，猛地踩了脚油门，走了。

郝明很意外，沉着脸看着老葛绝尘而去，大拇指朝老葛方向比画了一下，老米心领神会，跟着老葛走了。

王小满把途乐拖出鸡窝。

"看吧，要不了半天就要出事。"郝明眼里露出紧张与担忧，半是生气半是无奈地对王小满说。

我看得出来，他内心自责得很厉害。老葛的脾气他应该比我更了解。我很想安慰他两句，但是想起要保持强硬立场来着，就不吭气了。郝明此时根本不会注意到我的小情绪，他的整个注意力都放到老葛身上了。

老陈从车上下来，走到途乐的左侧车窗前，劝慰道："我们进来好几天了，头两天的斗志、新鲜感没了，情绪上容易起波动。郝队长，你是队长，要比别人更沉得住气。"

"是是，老陈你说得对。"郝明点头同意，"唉，我刚才语气是太生硬了，难怪老头儿面子上挂不住。"

"那老滑头平时被人奉承惯了，一点儿委屈受不得。谁还得老想着照顾他面子，让他吃点亏不是坏事。"王小满说。

"幸灾乐祸的事就你能做得出来！你是不是就盼着他出点事一啊！"郝明厉声说，"还不跟上去照应一下！"

小满不敢再言语，立刻走了。

郝明把身体从车窗外缩回来，重新着车出发，追赶老葛和老米。

"我说葛大哥，你这屁股甩得幅度有点大。方向校正得太厉害了哈！"

"我就愿意甩我的屁股，怎么滴？！"

"小修啊，你坐在咱葛大哥车上什么感觉啊？"

"感觉好极了。我们葛老板开的不是车，是飞机。"

"别的地儿咱不敢说，这地儿，我平蹚！"

"老葛，你悠着点儿。速度太快！停下车，老陈，你旗杆快倒了！"郝明看着后视镜，说。

"好的。"切诺基立即停车。

郝明也停车，和老陈把旗杆重新竖好。二人冒着寒风走到沙山边缘，向远处观望着。郝明对老陈说："不知道这犟老头儿今天怎么的了，你看那车开的，迷迷瞪瞪地，真叫人担心。"

"老葛今天的状态的确不大对劲儿。"

我在车里瞧得一清二楚，绿色牧马人不知道怎么回事儿，突然跟着滚落的沙子滑到一个深沟里——那猛然间的倾斜真叫人揪心。

郝明急忙跑回途乐，拉开车门进车，前进。

"葛大哥啊，今天你怎么啦？我就不明白你啦，我说你技术不行吧，你也不至于往沟里开啊？"

郝明焦急地问："老葛，你到底行不行啊？"

"是男人，怎么能说自己不行呢？"王小满接话说。

王小满把陆巡停在深沟边缘，故意将车头探出去，放下车窗，上半身探出窗外："葛大哥，需不需要我放绞盘，拉你上去？"

绿色牧马人铆足了劲儿，四个车轮拼命在坑里刨着，越用力挠，越往谷底滑去。

小满的笑意越发浓了，索性还在车里伸了个懒腰，又故意喊："嘉琪，还不快出去给咱葛大哥摄像去。"

"小满，你在旁边睁着眼看着，就没说上去搭把手？！"郝明在车台里严厉地说。

"没有啊，我随时听从咱们老葛大哥的召唤，可他不让我救援，我有啥办法啊？"王小满夹着香烟的手搭在车门框上，也不畏扑面而来的风沙，一面笑，一面不紧不慢地抽着烟，"葛老哥，你不要不好意思哈，你技术不好我不嫌弃你的。"

老葛从车窗里往上看了一眼"八〇"："嘿嘿，王小七，你想救我，我就是不给你这个机会。我有三把锁，我自个儿——挠。"

"你别把车挠坏了。坏了大家还要等你。你别动啦，我过来拉你吧。"

老葛挂上差速器锁："我油门小点儿，一点一点挪哒。"

说着，绿色牧马人从谷底轰鸣着冲上来。

"有锁就是牛啊！"王小满赞叹。

"王小七，让你见识一下牧马人的强悍；叫你看看牧马人的自救能力，别像你似的，动不动就挖沙子！"

见老葛已经脱困，"八〇"飞速跟了上去。

"小满，你近水楼台，怎么不装锁啊？"老米问。

"装锁太花钱——我这技术，哪需要锁啊。锁，都是给咱葛大哥这种水平人用的。"

从前风挡望出去，绿色牧马人正在爬一座沙山，爬到山顶后，车头一沉，屁股一翘，掀起底盘——底盘上的细沙"扑簌簌"纷纷掉落，然后倏地下山去了。

"老葛，你今天开车有点急。"郝明在车台里提醒，"注意稳住速度。"

"是啊，郝明，今儿我是怎么了，好像状态很糟。"

绿色牧马人再次出现在我的视野里的时候，正斜着驶在一座大沙山上的半山腰上。

"不行，赶快倒车下来。"郝明急忙拿起报话机通知，"这么走太危险！"

话还没说完，途乐转了个向，就这片刻的工夫，就听老米在车台里大喊："葛兄，你怎么了？啊呀！"

像看好莱坞大片一样，我眼看着绿色牧马人，先是一跳一跳地往下折，滚了两圈儿八个滚儿，接着就像个小孩儿的玩具一样，骨碌碌快速从沙山上翻滚下来。

郝明大惊失色，急忙喊："老葛、老葛？！"

老葛的声音从车台里传过来："人还活着。"

"老葛你没事吧？小修呢？"郝明急切地问。

"都活着。谢谢队长问候。我一点事儿都没有，就是头有点晕。"

"老葛，你在原地先不动！我马上就赶过来。"

郝明看了看沙丘上杂乱的车辙印，自己找了条路，抄近路赶超过去。

等我们的车子驰到，把我吓得魂飞天外。

绿色牧马人打了十八个滚儿，翻转了四圈半后，车头拍入沙中，车体悬空在两个沙丘之间，四轮朝天整个儿翻转过来，好像一只翻倒的巨兽，底盘全部晾在蓝天下给人看。车身颤巍巍地，随时还有翻转的危险。

王小满第一个跑下来，用手死死抵住防滚架。郝明、老米两个男人，从外边铆足了力拉车门。老葛这边的驾驶室车窗玻璃是好的，车门却死活打不开。

郝明踏了踏传动轴，发现车身还算稳定，就爬到右前轮上。发现修艳喜那边的车窗全部碎了，但是被沙丘堵死，只露出砖头那么大的空隙。

"小修，着车。"郝明往车里喊。

"打不着火啦。"车里修艳喜的声音，就好像捂着棉被在说话。

"越电子化越不安全！过去机械式的，手摇就下来了——把窗玻璃踹开。"郝明又回到老葛那边，隔着车窗冲车里老葛喊。

老葛努力蜷起腿，一是他肚子大，二是腿长，腿怎么也伸不到车窗前。

"让小修过来踹！"郝明马上下令。

老葛两手使劲儿搬住头顶的座椅，蜷缩着给小修让路；修艳喜踩在车顶棚上，蹲着爬过来，仰躺在车顶铁皮上，用力拿脚踹，牧马人的钢化窗玻璃纹丝不动。

"踹不动的，拿锤子砸吧。"王小满说。

"只能这样了。"郝明说。

王小满从"八车后工具箱里找出个榔头。郝明拿手台通知牧马人里面的老葛、修艳喜，用榔头敲碎玻璃让两人出来的救援方案。

外面的人急忙闪到一边；老葛和修艳喜则尽量往里躲。小满嘴里叼着烟卷儿，笑眯眯地把榔头抡圆了，轻轻一击。窗玻璃上先出现了许多道裂纹。小满又拿榔头补了一锤子，玻璃碎得更厉害了，但是仍然粘在一起。王小满用戴着工装手套的手一推，车窗玻璃一整块被取下来了。

"我去拿钳子，把窗户上的碎玻璃摘一摘。"老陈说。

"老葛，你先出来。"郝明安排。

老葛费力地抬起腿，搬着座椅，好不容易把腿伸出窗外。老陈、老米抓着老葛两条小腿，用力往外拽；修艳喜在里面帮着往外推。老葛出来了一半儿，却在肚子那儿卡住了。

"老葛，你这肚子——赶快憋气。"郝明说。

"我已经憋着气儿呢！"老葛气喘吁吁地说。

"衣服太厚，把上衣都脱了！冷就忍着点吧。"

老陈、老米抱着老葛的腿，又往回送。老葛蹲在车顶铁皮上，把上衣全脱了，露出一个大肚脯。

"葛大哥你这肚子，吃了多少鲍鱼、红烧肉哈。"王小满笑道。

老葛把腿伸出窗外，老陈、老米又拖腿，却又在肚子那儿卡住了。

"哎，葛兄，你多大腰围啊！"老米也忍不住问。

"往外猛拽，也许就把人拽出来了。"王小满说，"小修，不用那么温柔，抬脚在我们葛老板的肩膀头上踹两脚，咱葛老板就出来了。"

"那怎么行！这是人肚子，又不是木头。猛拽——那不就开膛了！"郝明生气地说，"我们男人手劲儿大，别按坏了哪儿。姑娘们上来，帮按肚子！"

嘉琪一直在摄像。我和伊曼上前。我使劲搓手，还特意把手揣到袖子里，暖了一下。

我和伊曼站在车门前，四只手压在肚子上，用力把脂肪往下按。老米和老陈一人抓住老葛一条腿，看见肚子矮一点，就往外拽一点。这样一点一点挪动，最后老葛两条大长腿能着地了；肚子最高的那部分也出来了，修艳喜后面按着老葛后背；他自己手推着防滚架，钻出牧马人。

我们舒了一口长气，紧张得大脑都缺氧了。修艳喜把老葛的衣服递出来，老葛站在当地，开始穿衣服。老葛的肚子被车窗的碎玻璃划出十几道血痕，所幸没流血。

修艳喜从车窗爬出米。老米跑到绿牧马车顶，用力压住车身。郝明把手架在他腋下，助他一臂之力。

两人都安全地从车里钻了出来。

"嘟，以为要摔个大马趴——没想到摔了个仰八叉！"

伊曼捂着脸，尖声说："我和米哥在车上，都快吓死了！"

"紧张个什么，你昨儿个不也翻了吗？怎么样，这么精彩的侧翻镜头，嘉琪你拍下来没有？"

"光拍照哪能够呢？我行车记录仪也录了——留着以后做经典教程，哈哈哈哈哈哈。"王小满笑眯眯地问，"小修，方才翻车啥感觉啊？"

"啥感觉？就是翻起来怎么没完没了啊？"修艳喜说。

"你真的没事吗？"郝明问老葛。

"真的没事儿！"老葛动了动脖子和胳膊，"哪儿也不疼，也没有地方不能动的。"

"你清单上列了云南白药。晚上钻睡袋的时候，哪儿疼，你自己涂点儿吧。"

"小意思。"

"没在沙漠里翻过车，不能算毕业。我和小满几年前就毕业了。祝贺你，老葛，今天终于拿到文凭了。"郝明说。

"昨天米哥比我葛大哥早一天毕业。"

"什么，我比你早玩儿沙漠，还晚一天毕业？！"老葛问老米。

"哎哎，这不能比嘚！"老米得意地说，"这可没有论资排辈、先来后到之说。"

"你怎么样，小修？"郝明又问。

"妈呀，太爽了，太刺激了，这在北京吧，整天在车底下干活，老没时间出去玩，到了这坦克马、马、马拉、竿儿，倒和进了游乐园一样——嗯，这地方真好！”

昨天老米翻车，今天老葛翻车，不到二十四个小时，我们翻了两辆车。再加上前天晚上，王小满的半个侧翻，不到四十八个小时，我们翻了两辆半车。我望着耸立的大沙山，这才意识到，真是小瞧了坦克－马拉竿儿了。

“老大，你也翻过车？”

“没少翻。应该是不止一两次了。”王小满笑眯眯说。

“光看见贼吃肉了，没看见过贼挨揍。行，心跳了一回，干活吧！”

先要把肚皮朝天的绿色牧马人翻转过来，郝明指挥“小红马”停在牧马人车头位置：“光老米一个人的绞盘，还不足以把车给正过来，小满也得上。”

“你让我停哪儿，我就停哪儿。”王小满高兴地说。

郝明抄起铲子，跳到沙子上，老陈也拿着铁锹，和郝明一道把车头的浮沙挖开。“差不多了。”郝明说，和老陈退后两步，一打手势，老米和小满一同开动绞盘。

双绞盘一起发力。拉拽过程中，我看到牧马人左后轮胎像一块橡皮一样被压得严重扭曲变形，忍不住大喊：“轮子！轮子！轮胎被压折了！”没人理我，就像没人理会那个可怜的轮胎一样。就听“嘣”一声大响，右后轮胎脱圈了，不过轮胎倒是好的。牧马人“啪”一声，弹落在地面，激起一阵烟尘。我急忙往后退了几步，我这才又意识到绿色牧马人，是那么一个庞然大物。

小满和老葛把绿色牧马人的引擎盖打开，撑住。修艳喜认真地检查了一遍，确认发动机没有伤筋动骨。老葛的脸皮松弛了下来，正打算着车，郝明喊了一句：“等一等！”拔掉点火线圈后，喊，“行了，着车！”

一股浓重的蓝墨水颜色的蘑菇云从发动机里升起来，我紧张得汗毛直竖——下一秒牧马人不会火光四射，真的变成一朵蘑菇云？蓝烟慢吞吞四下里散了开，牧马人好好地在那里一电影里那些吓人的特技就是这么做出来的吧！

郝明和老米清理了现场：除了窗玻璃碎了，黑色的分动箱油渗了出来，流了一驾驶室。除此以外，一切正常。

“强悍的牧马人！”老葛说。

“还强悍呢，看摔得！”郝明打断了老葛。牧马人虽然没受内伤，外表给摔得鼻青脸肿！左前窗、右前窗、右后窗全没有了，顶棚开裂，两个倒车镜折了，耷拉在车两边。

“这车还能走吗？”伊曼问。

“妈呀，你可不敢说，这个问题老简单了。”修艳喜边说边干活。

“哎，得先把车窗的问题解决了！这样的天气，这么大的风，没有玻璃会很难过的！"老米说。

可是，这荒郊野外的，哪里来的玻璃？王小满撕下装自热米饭纸箱上的两块硬纸板，老米掏出SOG多功能刀，按照老葛车窗的尺寸，用刀子裁剪了一下。

右后车窗可以全封闭，修艳喜和老葛一起把右前车窗的一半用硬纸板封住，左前车窗为了看路，还得考虑主驾的视线，只能任其往里灌风了——两块硬纸板一贴，顿时为我们的穿越增添了悲壮感。

队长拎着个八角锤亲自上阵——老陈坐在车顶，郝明钻到车里，一阵"叮当叮当"，把瘪下去的车顶棚愣给砸了回去。倒车镜就不奢望还能归位了。

修艳喜钻到车底，看看底盘有没有松动的螺丝需要拧紧。另外，还要把那个给强行脱圈的轮胎复位。

"老葛头儿，你干你的活儿，我得好好絮叨絮叨你。"郝明靠在牧马人前杠上。

老米拎来自己的气泵，在一旁用气泵帮老葛吹掉"狼爪"保暖帽和耳朵眼里的沙粒。

"你说说你，这个地方，你犯了几个错误——你停下来干什么？接着干你的活儿！你为什么用低四三走？你很牛叉，是吧？为什么不降挡？动力没了，重心已经掉下来，为什么不倒车下来，还要愣嚓愣嚓硬往上干！这点地方你犯这么多错误，不翻你翻谁！"

老葛闷声不响地听着。

我们也面无表情地在一旁站着。就在老葛回身给修艳喜找扳手的时候，车底的修师傅忽然露出半张脸来，笑得上牙床都能看到了。

看来，修理资本家总是一件大快人心的事情。

"嘉琪，你今天还晕车吗？"老米问。

"确实嘢，从早上紧张地赶路到后来紧张地翻车，一路上还真的一点点晕车的感觉都没有了。不知道是不是我真的适应了，还是因为紧张没有顾得上晕车？——理由不重要，重要的是我没有再昏天暗地地呕吐了。"嘉琪高兴地说。

"我说得没错吧，吐两天就好了，适应了就好了。"老米微笑着说。

"牧马人桥太硬，坐着太难受；还有咱葛大哥那破技术，嘉琪就是愣被他给颠晕菜的。你们看，今天在我车上她就没事。"王小满十分得意，扭头又对嘉琪说，"幸亏你坐过来了，要不然，今天可就是你跟着咱葛大哥翻车了。"

"承认自己不行了吧？"郝明问老葛。

"不是不行，是塔克拉玛干太凶猛！"老葛说。

"还嘴硬呢，杠头，我看你也就是在郭老师面前才肯低头——那你继续领路？"

"带路这事吧，还真是挺麻烦，我还是跟你走吧，老大。"

郝明笑了，两人早上的芥蒂在这一笑间烟消云散。

刚才散发着恐怖死亡阴影的大沙山，在蓝天的映衬下勾画着迷人曲线。

"既然人没事，车也没事了，我们朝前赶路吧？现在，时间对我们最宝贵！"郝明和颜悦色地仿佛和大家商量似的说。

我们重新上车，准备出发。领头羊的位置，又换成了郝明。

老葛翻车对郝明是个好事，从此以后，老葛个性上收敛了很多，不那么经常炸毛，也听话了不少。

郝明很专注地看着 GPS，思考着下面选路该怎么走。忽然转脸看着我："你别光坐着，饿了就找点什么吃。还有剩下的，分一点给我。"

我忍不住笑了。

"昨天我说你，没记仇吧？"郝明又转回去，继续看他的 GPS。

"没有。"

郝明很满意："昨儿我说得对吧？"

"不对！"

"不对？！"郝明又拿出昨晚训人的架势来，大喝一声。

"但我做得很对！"

"小 A，你知道，那天伊曼洗完脸，虽然后来补擦了擦脸油。她的手和脸还是裂了很多小口子。这么冷的天，你手上、脸上裂小口子，也会疼吧？"

我不知道郝明是怎么知道的，是老米心疼伊曼，还是伊曼自己告诉的郝明。

"她就不应该拿大家喝的水洗脸！郝队，我想，这事你做不来，是不是？老米不会，老葛也不会，我也不会！"

郝明瞪视着我，有一会儿，我以为他发怒了，心里有点害怕。没想到他没生气，转过脸，一副"心灰意冷随你去吧"的样子。

车子启动了，郝明往后视镜里看了看，问："后车跟上了没有？"

"我在你后面。"米国军说。

"我在老米后面。"老陈说。

"我跟着陈哥呢。"老葛说。

"还是我来收尾。"高昂的语调，一听就知道是王小满。

那天以后，我看到伊曼都是用暖风吹过的湿纸巾擦脸和手，再没用大家喝的水洗脸了。听到郝明告诉我的这些话，我心里也十分懊悔。讲良心，伊曼，只要不是为了在异性面前出风头，打压同性，她是个很能吃苦、不爱抱怨的人。

沙山长达几公里的棱线，映衬着蓝天，夺人魂魄。

一座蜿蜒数公里、垂直落差在六十米以上的大沙山横亘在我们面前。沙山长达几公里的棱线，映衬着蓝天，夺人魂魄。巨大的沙山在西斜的阳光下闪耀着凛然不可侵犯的金光，看得我们无不咋舌惊叹。

——完了！这是世界的尽头，我的梦想也到头了！

"怎么了？吓住了？——下车吃饭。"郝明对瘫坐在座位上的我说，推车门下车了。

老米、老葛、老陈、小满也把车停靠过来。画家搬出他的纸板箱放在小红马车头上。我们九个人站在小红马前，一块儿吃冰冻鸡腿，大嚼冰碴百事可乐。

"这、这得二十层楼高了吧？！"王小满变得更有些结巴了。

"五层楼高的我们都过了，二十层的我们也过得去。"老米啃着鸡腿说。

"我看了，除了这个地方我们还有可能通过，别的地方根本想都别想。如果这里过不去，就意味着我们要重新找路，如果在 ±5' 内，一直没有合适的路，就意味着我们的穿越彻底失败了。"郝明说。

"不会失败！一定能过去！"画家啃着鸡腿说。

"我考虑的路径，"郝明说，"也就是塔神指给我们的道路，就走这豁口的三段坡上去。"郝明往东指了指。

这是我们第一次用"塔神"这个名字称呼神秘的塔克拉玛干。嘉琪曾经告诉我，她第一次进藏后，随即明白了，为什么藏民会那么虔诚。人在面对过严酷的大自然之后，会深感自身的弱小，不由自主地匍匐在它的面前。

第十二章

一条救命的石油便道

——天无绝人之路。

郝明站在车前，眯缝着眼睛望着前面的大沙山。我急忙从车里取了墨镜，跑过去递给他。

"谢谢。"

郝明说的，那个塔神指给我们的道路，犹如梯田一样的路段，中间有两道自然形成的矮沙梁截成三段坡：第一段最短而且平缓，长度充其量不过两三米。沙子的颜色非常浅，这几天，天天在沙漠行路，我也对沙漠有了一点感知，这意味着这段坡全是浮沙，沙质软、阻力大，冲坡速度起不来。

第二段是斜侧坡，比第一段稍长，必须要向右涮上去，再迅速左转才有可能翻过沙梁，掌握不好速度或者没有及时打好方向，就会像上午老葛那样连车带人翻下山。

第三段是一个大长坡，看似前途光明，但是车辆的动力在攀爬如此长度的高坡，会急剧衰竭，速度土崩瓦解，最后不得不半途而废。

郝明望着沙梁的最高处，重新确定了一下路径，接着徒步走了一遍前面的两段坡，用脚试了试沙子的软硬，再左右来回反复看了看，仔细把地形摸透了；继而下山回到途乐旁，估算车后有多少助跑空间，然后对我一挥手，让我上车。

郝明系好安全带，告诉我："你坐好了。"着车，挂倒挡，有了一段助跑距离后，换成一挡，途乐就像被激怒的公牛，四轮奋力抓地向前。我从后视镜往后看，轮过处，沙扬尘飞。软软的沙子上被碾压出两道深深的车痕——第一道坡顺利地过了。

郝明没有做任何停顿，再猛加一把油，趁着惯性斜着涮过第二道坡。紧跟着，又上了第三道坡。只冲了一半，途乐的车速明显降下来，郝明迅速将三挡切成一挡，一点一点向上挠。

老米、老葛、老陈站在当地，捏着汗紧张地看着。

"这么陡的坡，速度拉不起来，不可能一下子冲上去的。"王小满说，手里的烟忘了抽，静静地冒着烟儿。

离坡顶还有很长距离，光靠低四一挠不到头。郝明只好挂倒挡下来。我在后视镜里看着，二层和三层之间的平台非常小，倒车的距离非常有限。谁知道途乐只后倒了一点距离，随即又换挡往上爬。这一次上到的位置比刚才要高了一些。郝明再次把车子只往下倒了一点距离，再向上超过刚才的高度。如此反复，终于，四个轮子全部上到山上。

大家松了一口气，继而奔向各自的战车。

"厉害啊，我的哥。"王小满在车台上由衷地表示钦佩。

"都上来吧，"郝明的身影出现在沙山顶上，手持步话机说，"老米！该你了。"

"上面是个大广场，非常平！"我激动地朝下面喊，"伙伴们，躁起来！"

"我要准备起飞了！"老米踌躇满志。

"你飞吧，我给你摄像。"伊曼端着手机说。

老陈在第三道坡的时候卡住了，毕竟他的车子动力还是有点欠缺。老米跑下来挂绞盘，切诺基被慢慢吊了上去。

最后轮到王小满。

"看我的！我保证一口气就冲上去。"王小满紧了紧裤腰带，对我们一招手，敏捷地钻入'八〇'。

松软的沙子经过前面四车的反复碾压，已经相当紧实。王小满冲得十分轻松，一口气就冲到第三道坡的中间了，眼看着就要登顶，前面一个车轮已经搭着沙梁上，忽然车身动不了了——居然被吸住了。

"都说了几遍了：叫你把油门踩到底、踩到底——别松，一鼓作气就上来了。你好好的松油门干什么啊？倒车下去重来。"

"我不倒车了。你们把我绞上来吧，省车省力。"王小满像个闹情绪的小孩，噘嘴说。

"那行，那你别倒了！就在这儿停着，叫老米拽你上来吧。"郝明很快做了让步。

"抄收了。"

老陈跑下山来，把"小红马"的绞盘挂在车钩上。

尽管"小红马"的绞盘异常给力，'八〇'自身也使劲往上挠，可"小红马"依然被'八〇'拽着往下走。

郝明立即用手台喊"停！"

修艳喜给支了一招："我看，不如让大绿牧在后面用拖车绳拖住'小红马'，然后'小红马'再拖'八〇'。"

郝明听了有些疑惑："这能行吗？"

王小满在车里往上喊："这法子听着不错，那就试试吧。"

老葛立刻登车，把绿色牧马人停到"小红马"后面。修艳喜跑过去，把拖车绳在两车前后的拖车钩上挂好。

为了减轻自重，小满让嘉琪下车，自己步行爬上去。

老葛挂倒档，拽住"小红马"；王小满始终保持低四给油不变。"八〇"四个轮胎将沙子扬得满天飞，却纹丝不动。

"哎哎小满，我有个主意，我把'小红马'往前开一点，然后倒车的瞬间利用速度猛拉一把。"

"小红马"猛地往后一退，"八〇"配合着给油，跟着朝前挺进了一下，"八〇"半个车身已经挂到沙山上。

"不错，这个法子好。再来一次，我就上来了。"

"小红马"换挡再上前，再换倒挡向后猛一退，就听"哐当"一声大响。

我们都以为是拖车绳断了。发现绳子结结实实地挂在车上，安然无恙。老米左看看右看看："没发现哪儿不对呀，接着拉！"

"小红马"再次往后一用力，又听到"咔嚓"一声，这回我们都听得十分真切——声音是从"小红马"底盘传出来的。

老米有一种不好的预感："不对不对，那什么，郝明，又有声音了。小满那什么，我不敢再用劲了。你先自己挠挠看，能不能上得来。小修，你过来帮我看看怎么回事，"

老陈下山，把绞盘从"八〇"上摘下来。绿色牧马人将"小红马"拖到一边。修艳喜急忙过去检查。

郝明从沙坡上走下去，走到"八〇"跟前。王小满将车窗降下，露出笑眯眯的样子。郝明将挡位、油门控制、方向，仔仔细细地给小满讲了一个执行流程。

"本来我是想让大家提提气的，没想到小A把地形提前暴露给你们了。别人都过了，就到你这儿卡壳。讲这么清楚，再开不上去，以后别说你是什么分段赛冠军了，直说你是开电瓶车的好了！"郝明说完，往后退去。

"小满，好好表现一把！"伊曼把手罩在嘴边，在山头上喊。

上上下下都是激励之声。小满叼着烟卷，笑眯眯的，重新将车窗摇上。

"油门踩到底，一鼓作气！"郝明用手台喊。

"八〇"这次一蹴而就，飞上沙山顶。庞大的陆地巡洋舰冲至半空，像二战中B52轰炸机一样，在空中飞翔了一会儿，然后头一低，重重落在沙地上。

我忍不住大声鼓掌叫好。

郝明招手叫王小满下车："天上飞的是飞机，下水游的是冲锋舟，四个轮子的越野车最好贴着地表走。我都把什么时候收油讲得再明白不过的了，你还飞车！"

"我收油了。"

"还嘴硬，你看你车辙印和我们比，冲出去多远！喏，底盘磕在沙子上的印都在那儿。给你叫好的，就是小A这种只会看热闹的门外汉。你看老米、老葛、伊曼给你鼓掌了没有。"

王小满不吭声了。

"小修，老米的车什么问题？"

"米总的车，前驱有问题，什么问题不知道，得拆开来查。"

男人们围拢在小红马旁边。

"需要多长时间，小修，"郝明问。

"不好说，这牧马人，少说也得两个小时下不来。"小修在红马车底下回复。

郝明看了看表："现在是下午五点五十五分，离日落还有一个半小时。今晚咱们只能在这儿安营扎寨了。伊曼，给大家煮面条。小 A、嘉琪，你们俩给伊曼打下手。"

"郝哥，今天应该多做点吃的出来，犒劳一下大家。"伊曼说。

"随便你，你看着办。羊肉、鸡蛋、火腿肠、榨菜，想怎么加怎么加！"

我走过去，主动问伊曼："需要我做什么？"

伊曼冰冷着脸，看也不看我："我又不是厨师长，就一个吃，有什么活儿你自己看不见吗？"

我一想，她说得也对。她是平面模特，我害得她脸上、手上裂了好多小口子，我就多包容她吧，再说她做的饭，我不是也跟着吃吗？

"小满，你来。咱们俩个把火生起来。我已经想好不用浇汽油，点火的方式。"郝明从兜里掏出一个小圆铁盒。我以为他是要给我们发宝路薄荷糖，没想到他从铁盒里拿出一条自行车链条一样的东西。

"这种链锯，我有三个。就是没带来。"

"没带来你还说。"

"是把大柴锯断是吧？"老陈接过链锯。

郝明和王小满两人，把小树枝折成更小的小段，搭在一起，用打火机点燃。等小树枝着起来，再慢慢往上加大树枝，渐渐地小火苗慢慢变成大火堆。

我才了解，点火原来是个精细活儿。郝明和王小满都很会伺弄火，快死的火都能让它活回来。

"不修车的人，可以过来烤火了。"

吃饭的时候，老葛对修艳喜说："你今儿可辛苦了，第一勺子该先给你——没人反对吧？"

"没有！"

"来，大家开始互相伤害。"郝明拿出一头大蒜，挨个分发，"限制每人只能吃一瓣。"

"这蒜都冻了。"伊曼剥着蒜皮，说。

"看来今晚的面要不够了。"老葛咬一口蒜，满意地说。

"就是，明天想吃这美味，可就没有了。"

"老大，葱姜蒜我都不吃的。"

"不吃的，就要挨熏。我们八个熏你一个。"郝明说。

这顿饭，老米几乎食不下咽。他一直一言不发，不与人交谈，吃完晚饭，就一个人坐那儿吸烟。

修师傅匆匆忙忙吃完面条，把嘴一抹，准备跑去检查"小红马"。他的老式棉袄上沾了几块油污，但是不是很明显。

"小修，不急不急！不在乎这一会儿半会儿！"老米说。

"没事儿，我吃饱了。"一直闲赋在车上，不是睡觉就是嗑瓜子的修师傅，终于可以大显身手了。

"谁车坏了心里都不好受。"老陈低声，对旁边盛第二碗面条的老葛说。

"唉，深有体会，你看我那牧马人——多惨。"老葛说。

老米神色阴沉地走回来，告诉郝明："'小红马'前桥差速器的两个一级行星齿全部被打碎了。"

老米的声音听起来，像是来与我们诀别一样。

才进大漠的第三天，就发生了坏车的情况。

郝明并没有心慌意乱，也没有垂头丧气，而是默默地思索对策——让老米继续走下去："马上给北京打电话，叫光头赶快空运一根新桥过来。"

老米的眼神立刻亮了，精神也振奋了。

王小满抱着面碗说："倒不如给喀什的麦西来甫打电话，让他给米哥弄配件，这样更快。"

"不要随便麻烦别人。人家喀什都请我们吃一顿了。咱们自己的事，还是自己解决为好。老米的车怎么改的，光头最清楚，当然要找他。"

"你别以为麦西来甫就一定有，崔永强还不一定有呢，除了我们这些玩极限的疯子，谁没事坏前桥？！"老葛说。

老米又紧张起来。

"放心，"王小满安慰老米，"光头肯定有。多了不好说，一根总会是有的。"

老米的脸色轻松了很多。

"他要没有，别的厂子就别想了。"王小满又补充了一句。

老米脸色又阴沉下来。

"天天吹嘘牧马人，说我和郝哥不经战，现世报了吧？"王小满嬉笑着说。

"空运到了，怎么接收呢，这个有点麻烦。"郝明思考着。

"不行不行，"老米摇头，"单单空运配件保证不了时间的，最好是有个人带着配件一起飞过来。"

"说的是，"郝明想了想，"那就赶快给光头强打电话：定配件，定机票。"老米拿出他的卫星电话，走到一边打电话去了。

今天是进入大漠的第三天。

虽然经历了老葛翻车，老米坏车，可是我们还是走出了鼓舞人心的三十公里。对比前两天的行进状况，这简直就是"飞"一样的速度了。

我们离阿和公路直线距离还有 180 公里

"真冰！冻得我手脚都伸不出来，这可怎么出去啊？"我听见隔壁帐篷里嘉琪的声音。

伊曼睡意蒙眬，仍然不忘呛人："大清早的，你怎么能说这么丧的话呢！"

"哦，亲爱的，我说的是出帐篷，不是出沙漠。"嘉琪披着睡袋，回过头，很有涵养地笑了笑。

她俩都醒了，我也不能赖床。我一咬牙坐起来，拉开睡袋拉链，帐篷顶稀里哗啦地掉了我一脸冰殖子。

昨晚我和嘉琪、伊曼睡下后，五位主驾和修艳喜六个男人一直忙到二半夜。先把"小红马"的前桥卸掉，把打坏的差速器拆下来，再把前桥重新安装回"小红马"。现在的"小红马"可以走了，不过，和轿车一样，前面两个轮子没有动力，也就是郝明所说的"只剩下两驱了"。

"老陈，你上到二车的位置来，"郝明重新安排，"老米你往后，老葛和小满两个给你保驾护航，在你需要的时候可以随时拉一把。"

"陈哥，今天我代替你成了重点保护对象啦。塞翁失马，焉知非福啊。说不定到时候我技术猛涨，超过你们呢。那时候你们可不要流口水哦！"老米乐呵呵地说。

我们刚离开营地，向东没多久，就遇到一个不输于昨天的大沙山。郝明找的路，是从两峰之间通过，相对于跨越"刀锋"，难度低了很多，但是对于两驱的"小红马"来说，还是很成问题。

老米挂上"前、中、后"三把差速器锁，车子倒出去很远，准备依靠"三把锁"的辅助，用两驱带着速度冲过去。然而，"三把锁"总归不及完好的四驱动力充足。眼看着，"小红马"后轮用力，车轮底下扬出比车身还高的扇面状黄沙，活像个开屏的孔雀——就是冲不过去。

冲了几次都没成功，老米不由动了肝火。

"刚才是谁说的，要给我们表演两驱穿塔漠，要创造一个两驱的神话来着？"王小满在后面看着，笑眯眯地问。

"哎哎小满，你小子，都是为了你，我的前桥齿轮才碎了的！"

"怎么又怪上我了呢，又不是我叫你那么拖的啊。"

"我先来，老米。"绿色牧马人赶上前去，调头。穿着臃肿老棉裤的修师傅忙不迭从绿色牧马人上跳下来，接过老葛手中的绞盘绳索，背在背上。

"来吧，'小红马'，我亲爱的Jeep兄弟。"老葛拿着报话机，斗志昂扬地说。

资本家老葛和艺术家老米都是Jeep的狂热铁杆粉丝。牧马人外形阳刚强悍、极具攻击性，外加二战中北非利比亚沙漠的传奇性的亮相，是许多男人心中的挚爱。

"葛兄，一路都靠你拖我，咋谢你呢？"老米问。

"谢什么？咱们都同属于血统高贵的Jeep家族。一家人，不言谢！"

"要不这样吧，回头我送你一幅画。"

"欸，这个我要了。哈哈哈哈哈。"老葛大笑着说。

"小红马"屁股一翘，先下山去了。忽然，车尾鱼竿上红色三角小旗子一动不动了，露出沙峰飘扬着。

"怎么了，米哥？"王小满问。

"又掉鸡窝里了。"老米叹了口气。

"我去前面拉你吧。"王小满踊跃地说，抢先上前。

"那好吧，你从我右边两个车身过。"

"八〇"一个大角度转身，从沙梁上斜飞下去，绕过鸡窝，掉头停下来。

郝明在车台里问："怎么样？需要我回去吗？"

"不需要！这么强悍的后援团护着'小红马'，你放心地走吧。"老葛说。

"那我就不管你们了啊。老陈，咱俩先往前走着。"

王小满下车，按动遥控器，松了"八〇"的绞盘，把绞盘索扛在肩头，边走边用手台笑眯眯地说："米哥，你不要不好意思哈，怕欠我人情，非要送我一幅画。"

"切，王小七，画儿都是人主动送，哪有自己觍着脸要的！"老葛说。

"该出手时就出手，特别是和钱有关的。"王小满嬉笑着说。

老葛站在鸡窝坑的坑沿上，指挥老米和王小满配合——两条长胳膊左伸一下、右挥一下，脸上表情丰富，肢体动作夸张，快乐得就像个小孩儿一样。

"小红马"没费什么劲儿就从原来我们深为头疼的鸡窝坑里上来了。老米在车里对王小满、老葛做了个"V"字。老葛咧着嘴哈哈大笑，对王小满挥臂做了个掉头往前走的动作，自己也爬回车里。

郝明把车停在一个高坡上，远远地望着，见救援无大碍，随即驾车出发，一手拿报话机说："不错，不错，经过这几天的锻炼，大家救援的熟练程度都提高了！救援时间也大大缩短！整个穿越，越来越有希望了。"

"小红马"脱困后，老米下车，过来给王小满、老葛一人递了一支"中南海"。仨人蹲在沙山的刀锋上，边抽烟边聊天。

老米提议："索性我们把电台频率调了，我是双频电台，可以听到郝明他们对话就行了，我们哥仨儿用另外的频率通联，这样，郝明就听不到我们之间的通联，如果陷车他也不知道，咱们自救就好了。嘿嘿，他肯定会觉得不可思议，我们怎么忽然就能畅通无阻、如履平地啦，哈哈哈哈哈。"

"这个主意好，就这么办。"王小满点头称赞。

车台里传来郝明的声音："老葛、老葛，能抄收吗？老米、老米，能抄收吗？——小满？"

"哎，你说，我们这样，郝明会不会着急？"老米问。

"不会，我哥迷上那个历史学家，早把我们兄弟忘了。"王小满大为不满地说，

"那个小 A，没看出有哪点好来。"

"一物降一物。"老葛说。

"不不，不是一物降一物，郝明恋爱经验少，相应要求的，也要经历简单的。"

"那不就是一物降一物嘛！"老葛说。

"现在的女大学生，可不简单！把男人玩儿得滴溜儿转。"王小满说。

"这倒是，"老米说，"咱们走吧，不然郝明该担心我们了。"

等后面三车追上，发现郝明在途乐车头用他的 Primus 行军炉煮方便面呢。早上，为了抓紧时间，郝明宣布没有早餐。趁着"小红马"救援的工夫，把可能也是中饭的早餐顺带着补上。

第一盆面煮好，我让老陈先吃，老陈摆手，我也坚决不肯先吃。一盆方便面推来让去的。

"你先吃吧。"郝明对我说，"吃完了，把睡袋拿出来晒一晒。"

"好主意。我的也拿出来晾晒一下。"老陈赞同道，"就是风吹吹也能干得快一点儿。每天早上起来，睡袋上都是冰殖子，白天稍微暖点就化成水了。冷不怕，这又潮又冷的滋味真是太难受。"

我先吃完面，拿出我和郝明的睡袋来，拉开拉链，挂在车门上。睡袋湿漉漉的，那是表面上的冰殖融化了。太阳真好，今天晚上终于可以睡在干爽、有阳光味道的睡袋里了。

"是谁提议私自建立通联频道的主意？"郝明果然发难了，问三人，"你们这点儿三脚猫的小把戏，我要识破不了，怎么带你们穿塔！小满把你们出卖了。我这回出门前一天晚上换上了双频电台。看你们很久没陷车，就觉得奇怪，一搜，你们三人用另外一个频道聊得正嗨呢，我在电台听得清清楚楚。你们问问小 A，她是不是也跟着听来着？"

三人倒都是大丈夫，没有把责任推给老米，一口承认是同谋。

嘉琪掩着口笑："方才他们一致认为，背着队长做手脚很有快感。"

"这不是三个大孩子吗？"老陈笑着说，把吃完的面碗交给郝明，让下一个接着吃。

"可不就是三个没长大的孩子。只不过最大的五十了，最小的也快三十了。"

"男人永远都是孩子，只是玩具越来越贵。"老米笑着说。

"哎，我们就是快乐老男孩儿。"老葛说。

"叫快乐老男人更酷。"老米说。

"那你做老男人，我做老男孩儿。男孩儿从未长大，只是玩具越来越贵。"

"还不给光头强打电话，问问配件和机票的事儿落实了没有？"郝明提醒老米。

"对对，这是头等大事！"老米不住点头，在排队等吃面的时候，用卫星电话与北京的光头强联系，问情况怎么样？

"让'板锹'送来？'板锹'是个人名是吧？"

听老米说到"板锹"两个字，正在吃面的王小满立刻说："不错，'板锹'是个人，光头强手底下专门管配件仓库的。"

老米放下卫星电话。

"怎么说？"老葛问。

"'老光'说，前桥已经准备好了——还是个新桥。送配件的人也在待命，目前在等机票——年底了，正赶上春运期间，一票难求。"

老米看了看前方连绵不断的沙山，愁眉不展："离和田河还有12.公里。"

"老米，不成——我在前面用绞盘拖着你走吧。"老葛说。

"不，再等等，这两天，我'小红马'后驱加三把锁，跑得还挺有感觉，不行的话，你再拖我。"

"高沙山区差不多过去了，接下来都是小结构，再遇到高沙山就快到和田河了。"郝明说，"到时候，我和老葛轮番拖你。"

车台里罕有地传来小修的声音："哎呦我滴妈呀，以后可千万不能得罪米总。他连两驱都能跑沙漠，还有啥不能嘚瑟？太生猛了！"

"'小红马'现在可以理解成一个腿骨骨折的运动员，差速器锁对于'小红马'就像是病人手里的拐杖，尽管无法替代前驱，好歹能往前走两步。"郝明说。

"米哥，等你这'小红马'康复了，拐棍扔了，得多能跑啊。"

"说得可不就是吗？！小满，啊哈哈哈哈。"

"强悍的牧马人，无敌的Jeep！嗨呵，王小七，不服不行吧？"

"公路！"我大叫一声，用手往前一指。

"把这个好消息告诉大家吧。"郝明把报话机递给我。

"我看到公路啦。"我在报话机里说。

"你做梦呢吧，小A？看见公路了——海市蜃楼吧？！"老米说。

"不是公路，"郝明从我手里拿过报话机，"但——是路，有防沙固化带。我们已经上路了。大家下车，重新讨论一下救援方案。"

切诺基、绿色牧马人、"小红马"、陆巡依次上到路上停下来。

这条路呈南北走势，路面铺有砂石，显然是人工修造的。

"这路的一头必然连着公路或者乡村土路。"郝明安排，"咱们兵分两路：小满，你和老米一起，沿着这条'生命线'出去，然后到喀什取配件，修好车，直接去阿和公路找我们。我带着老葛、老陈继续往前走，我估计我们再有个两三天应该可以到阿和公路边了。到时候，我们阿和公路汇合。"

"那不行，"老米"脱"地直跳起来，"修好车我还得回到这儿，从这里接着穿。还有一百多公里的路呢，我大老远费这么大劲儿地过来，怎么能把这段漏掉呢！到阿和公路汇合，我不干！必须回到这里接着穿！"老米虎着脸，脖子上的青筋都暴起来了。

"我跟米哥出去也可以，"王小满抽着烟，"关键是，我跟米哥出去，嘉琪坐葛老哥的车，又得晕车。你那途乐，半轴有点状况，说严重吧，目前还不影响啥，说不严重吧，万一它什么时候撂挑子呢？少谁也不能少你啊，不如你和米哥两个出去，你把你车也好好修修。"

"你行吗？小满。"

"我咋不行呢，再说还有咱葛大哥呢，他来带队，绝对没问题。"

"老陈，我看还是你带队吧，你带队，我心里会踏实些。"

"还是小满带队吧，和你们比，我还是小学生。"老陈谦逊地说。

"陈哥，你还没明白郝明的意思，"老米说，"他是让你看着小满和老葛这俩'孩子'，别让他们太疯狂了——免得出事。"

"喔，原来这样，"老陈笑了，"郝队长，你这又当爹又当妈的，真够操心的。你看这样好不好，让小满当队长，如果他们有太出格的地方，我说他们。我年纪在这儿，他们也不至于完全听不进去。"

大家都觉得老陈的提议很好。

"原本咱们的安排是：配件送到阿和公路。现在有这条路了，咱们的计划改了，得立刻让光头强把前桥提前发出来。春运期间，机票本来就紧张，尤其是明天就得到喀什。北京到喀什没有直达的航班，必须经乌鲁木齐转机。老米，你赶紧跟光头强联系，让他定机票！"

老米急忙拿出卫星电话，走到安静的地方和光头强通话。电话接通后，老米将计划改变的事情，一五一十告知了光头强。光头强说他马上咨询机票的事情，让老米十分钟后再打过来。

十分钟后，光头强告诉老米，第二天的机票，经济舱已经没有了，只有头等舱还剩下最后一张。老米丝毫没有犹豫，当机立断："那就头等舱吧，赶快定。"

五分钟后，老米又给光头强打电话，光头强告诉老米，机票已经定上了。

放下卫星电话，老米长舒一口气："哎哎，我自以为我已经是个知名画家了，到现在，我自己都没坐过头等舱呢，居然为了一铁家伙定了个商务舱！这一也太夸张了点吧。"

"不夸张，'越野疯子'的生活都这样。"葛卫东不以为奇地说。

"每一个越野人心中，都有一种常人无法理解的生活态度。"郝明笑着说，"那我们就在这儿分手了。老葛、小满、老陈你们几个，过了这路，前面找个平缓的地方扎营，等我们回来。"

郝明和王小满约定好，每天晚上准时九点，王小满用卫星电话与他联系。

"你们走了，"王小满笑眯眯地对郝明说，"陈哥今晚上就不用给小A搭帐篷了。"

"看见没有，全队都对你有这个印象。"郝明说我，"修完车后再进塔漠，能不能做到自己搭帐篷了？"

故意在郝明面前揭我短，太可恶。伊曼、嘉琪的帐篷，哪天不是你过来帮着搭，你帐篷全靠修师傅。老舌鸟落在猪身上，看得见别人黑看不见自己黑。这次不反驳他，他下次会变本加厉。

"你不用说我，我虽然有各种不好，但是没害得老米要出去修车，整体拖延了大家时间。"

就像高射炮打中了靶心，王小满的脸气得洁白，对旁边的郝明说："哥，哥，你可都听见了？"

有一会儿郝明没说话，大概他一时不知道如何处理，不过最后感情的天平倒向了我："我听见了，是你先招她的。"

我禁不住面露得意之色。王小满更生气了。我们俩隔着郝明的肩膀，用眼神较劲儿。

"都少说一句！"

王小满转身就走，招呼："陈哥、嘉琪，咱们上车！"

我非常高兴，这个回合，终究是我胜了。冷不防郝明突然转过身，我急忙收敛我的得意劲儿，可是已经晚了。

"有意思吗？"郝明问我，"你知道小满说话不过大脑，非得回一句——小A，我真不该带你来！"

我顿时泄了气，偃旗息鼓，没有刚才那么趾高气扬了。郝明这句话可能是一时气话，可听得我灰心得很。

"小红马"在前，途乐在后，顺着砂石路一直往南，风挡前方突然出现一个高大的人工建造的绿色管道。

"老郝老郝，你快点上来看看，这是什么东东？"

"原来这是一条'石油便道'这叫采油树。是油井外边的装置。今后还要继续开采油气的，就用采油树，随时可以关闭阀门，随时可以开采。如果没有油气开采价值了，而且今后不会再开采了，按照规范要求，就用水泥直接封掉。这肯定是以后还会继续开采的。"

我们下车，走到采油树前面，拍照留念。采油树不远处，有个露天的废油坑，里面是黑乎乎粘稠的、沥青一样的东西，上面像撒着花椒面一样飘着薄薄一层黄色的细沙。

离开采油树没多久，石油便道突然转向了东面阿和公路方向。便道的西南，是无垠的大漠。

"小红马"面对无垠的大漠停了下来。

"老米，你到我前面去，"郝明说，"找你敢走、能走的路，我在你后面，为你保驾护航。你陷车，我过去拖你。"

没有老葛、王小满前后护持，就剩下郝明一人跟随，老米自信心一下严重不足起来。"小红马"慢吞吞地走着，歪歪扭扭地在地上画着曲线。

"老米，怎么了？"郝明话音刚落，"小红马"索性停下来了。

"郝明，两驱出去，我真的没把握啊！要不，你来开我的'小红马'；我开你的途乐。"

"你对我没信心？"

"我不是对你没信心，我是对我自己没信心。"

"我都对你有信心——你不信我，你只信你自己！"郝明直视着米国军，"去年探路，我和小满就开的牧马人短版罗宾汉，我对这车性能很熟悉。这车两驱——我开出去没问题，但是我认为你能——你能的，老米！如果你能两驱出沙漠，技术的长进不能用'突飞猛进'来形容了！以后，王小满再说你'技术差'，你就说，'说我技术差是吗？敢不敢摘了四驱，两驱比一比？'小满肯定认怂了。"

"米哥加油！我来给你们报路况。"伊曼自告奋勇。

一种光芒出现在老米的眼镜后面，特别是当着伊曼的面，这个面子更要撑起来。

"好！上车！"

"老米，两驱加锁，你这小'屎壳郎儿'跑得不错啊！本来你这车就有短板，不如我们长车稳定性好。"郝明跟在后面远远地观望着，在车台里称赞。

米国军受到鼓励，跑得又顺畅，更来劲儿了。

"老郝老郝，前面有个小'刀锋'，我想滚一下！"

"滚吧。注意控制好油门和速度，宁'担'勿'飞'！"

"小红马"轮子"骨碌碌"飞快地转着，稍微斜侧着，上了沙山，轻轻一扭，头一低，屁股一翘，翻过"刀锋"，下山去了。

等我们也翻过这座山，发现"小红马"不见了！

郝明俯下上身，从前风挡向外观看了一圈："老米哪儿去了？"

一辆红色铁甲小车突然从前面沙山背后出现在我们视野里。

"不错不错，小红马跑出它的极限了！老米，我现在四驱追你都有点吃力。"

"老郝老郝，你快点上来看看，这是什么东西？"

"老郝，这里有摩托车的车辙印儿，往沙漠方向呢。"

"应该快出塔漠了。"

前面出现一辆锈迹斑斑、快报废的长城皮卡。

我从前风挡看到，老米停了车，和伊曼下了车，围着那车转了一圈。

我们也把车停了过去。

"真够破的，不是弃车，好像有人开来着。你看上面还有车钥匙。"米国军对郝明说。

"这辆长城应该是从我们发现的那条石油便道过来的。你看，到这儿，它就走不了了。"

快到国道了。人类活动的痕迹就多了起来。吃过的鸡骨头、香肠的包装袋、被砸碎的啤酒瓶子、扔在路边的锈迹斑斑的空汽油桶触目惊心。

"这是什么东西？"老米指着不远处地上几个玻璃细管。

"应该是葡萄糖口服液。"

"这地方，怎么什么都有呢！"

我看到我脚下踩着的沙子里，还有一个香烟盒。我踢开上面的浮沙，发现烟盒上写着"Dunhill"。香烟纸旁边有几块被风吹成单片的用过的医用纱布，上面有发黑的血迹。

郝明俯身，从地上捡起几块连在一起的铁皮，拼凑了一下。

"我靠，AK47的弹夹？"老米惊诧地问。

"是弹夹，"郝明迟疑了一下，"不一定是47的，可能是56的。"

"晚上是住到喀什吗？"伊曼问郝明，"那天晚上到喀什都半夜了，第二天天没亮就走了，我都没好好逛逛。"

"原则上是这样。不过路上我们会看，有没有修车的地方，有，就不去喀什了。"

沙丘下面忽然爬上来一人。那人看见我们，吓了一大跳，一缩头，消失在沙丘下面。过了一会儿，又露出头来，逡巡着不敢走过来。

"怎么，那人还怕我们俩是打劫的不成？"

"在野外，见到野兽不可怕，可怕的是见到人。特别是你这样戴变色镜的。"郝明说，"我们走吧。别让那人老担惊受怕的了。"

一只干枯的手，突然从我背后伸了过来，把我吓了一大跳。

一个满脸干核桃皮皱纹的老者托着一个植物的块茎，似乎让我们购买。

"老郝老郝，这什么东西？"

"肉苁蓉。"

"喔，听老光提过，说这东西，滋补壮阳，只长在沙漠里，号称'沙漠人参'。"

"对，一般寄生在梭梭根部，从梭梭中吸取养分和水分。"

"哎哎，好东西哎，可惜——"老米对那老者用力摆摆手。

我们好容易摆脱了老者的纠缠，上了车。一道道摩托车压过的车辙印，在我们眼里，已经是"一级"公路了。我们可以跑到每小时六十五公里的速度。

很快，我们看到车辙印的尽头，窝着一辆白色大切诺基。

四个年轻人——两男两女站在车边。一个戴着银色大耳机、把头发染成桃红青绿两色编织成鸟巢发型的大男孩儿正在那儿扭动蹦跳，看到我们来了，急忙深一脚浅一脚跑来，一个飞跃大跨步跳到"小红马"前，招手求援。

第十三章

遇到两个去阿里的人

——你以为的极限，只是别人的起点。

我们下了车。白色大切诺基里放着当红硬摇滚"车钩"乐队的曲子：

车发动……
我不要再迷惑……
不要再替你圆谎……
你不爱我……
你爱的只是你的自我……
Doo Doo Dud Did Doo……

鸟巢小子欢呼雀跃："谢天谢地，总算看到人了。我是'韬贝勒这是我朋友BOBO。深圳那边过来的。"

BOBO瘦高个儿，戴着黑边窄框眼镜，神情腼腆，目光从我脸上掠过，最后在伊曼那儿不动了。

大切诺基的车上贴满了车贴，看的人眼花缭乱。开始我以为是国家地理频道的采访车，看到这么多资质许可，羡慕得五体投地。后来才知道，这些车贴网上随便可以买到，价格还极其便宜，十几块钱一大摞，Discovery Channel、National Geogra-phy、CCTV 10、YouTube任意选！

"韬贝勒"说："两位大哥，我们车陷了，帮我们看看怎么拉出来。"

"你们车怎么下来的？是自己开下来的？"老米问。

"是。""韬贝勒"说，"我们来的时候，经过一个沙地，看到有人在里面玩儿。路过这里，我们看这片沙漠挺平坦的，而且就在路边，来了不能白来，也下去玩玩儿得了。没想到车子一进沙漠就动不了了。我们在这儿等了快三个小时了，才碰到了你们。"

"比较平坦？"老米咧开嘴，笑着对郝明挤了挤眼睛。

"大哥，我们这车是不是不该进沙漠？"BoBo问。

"没问题，这车能在沙漠里跑。这里不会只有我们两辆车通过，怎么没人愿意伸出援助的手吗？"郝明奇怪地问。

"我们招手了，小轿车看一眼停也没停就走了，大车、中型卡车，我们也招手了，他们说帮不了，下去他们也得陷，到时候没车拉他们。"

"进沙漠要放气啊，不知道吗？"老米用脚踢了踢轮胎，说。

"放气？""韬贝勒"和BOBO对看一眼，诧异地问，"放什么气？"

"你们来沙漠之前，没做功课吗？"郝明问。

"我们没打算来沙漠，计划是去阿里。"

这回轮到我们吃惊了。

"阿里？"郝明问，"这是哪儿，你们知道吗？"

"西藏暴风雪，进藏的路都封了。我们就转到新疆来了。"

"你们两个牛人啊！"

"这种天去西藏？不等着暴雪把路埋了。"

"平时太忙，就春节前后能凑一个月假期。"

"你们按我说的做，先给轮胎放气。"郝明蹲在轮胎前，教他们如何用放气扳子放气。"韬贝勒"和BoBo两人给一个轮胎放过气后，很快就学会了。

郝明问："你们两个谁开？"

"我！""韬贝勒"说。

"那你上车，先挂低四二挡，给油。"

"低四二是什么？""韬贝勒"大为困惑。

"晕！没用过四驱吗？"老米在旁边说。

BoBo拿着一本厚厚的手册，刚要问郝明，突然手握成拳头扣在鼻子前，轻轻咳嗽了一下。"对不起！"BoBo轻声道歉，"师傅，哦不，大哥，书里说陷住了就挂四驱，你说的'低四二'是不是就是这个四驱？四驱怎么挂呢？是不是就是four L这里？"

郝明问："没开过越野车吗？越野车都有高四低四啊。"

"韬贝勒"说："没开过。买车的时候，4S店的人说城里用不上，而且费油。"

老米问："你们家里是什么车？"

"自动挡的宝马730。他开的是自动挡的沃尔沃。"

"没开过手挡车？"

"我们都是英国拿的驾照，国外几乎没有手挡车。高速上边开边练就拿到驾照了。"

"韬贝勒"和BoBo用英语交谈起来。

"我看你们俩不像ABC，是中国人吗？"老米问。

"是啊。""韬贝勒"说。

"那你俩互相说英语，好不奇怪！"

"我们俩小学在新加坡念的，初中去了英国，说英语说习惯了。"

"那你俩继续英语交流。"

"韬贝勒"问："我刚才在这里爬的时候试过fourH呀，但是感觉没有劲，就挪了一点。"

"所以让你用低四二。按照我说的做，上马路吧。"郝明说。

"韬贝勒"坐进大切诺基。四个轮子在沙子里刨了一下，一下子冲到路基上。两女高兴地击掌庆贺。BoBo喃喃地念叨："oh, Jesus！"

"韬贝勒"高兴地跑下路基，兴奋地说："太刺激了！"

"上这个路基，你没问题吧？"郝明登车前，笑着问老米。

"哎哎，两驱从塔漠里出来的，这还不小 case！"老米戴上白色工装手套，高声嚷着。

"小红马"往后退了一小段距离，"蹭"一下，蹿上路基。

"咱车上各有一个气泵，一块儿给大切诺基打气。"站在路边的郝明招呼正在下车的老米。

"呼——"一辆放着高保真重摇滚的暗红色大轮胎两门牧马人从老米身边擦肩而过，把老米吓了一大跳，连忙跳向一边闪避。

"妈蛋的！"老米气愤愤地骂，"平地上，无缘无故突然加什么速，故意地炫一把——扬我一脸沙子。"

"别生气米哥，你站那儿。"伊曼脱掉自己的工装手套，拍打着掸掉老米身上的土。老米逐渐高兴起来。

"'小红马'失散多年的兄弟来找它了，"郝明望着烟尘中渐渐远去的牧马人，"一模一样的颜色，一模一样的型号，只是它是罗宾汉，你是'撒哈拉'六寸升高，从头到尾 20 个灯，三〇的泥地胎——比你的还小两号。"

"罗宾汉怎么了？"老米愤愤地说"弄那么炫酷，纯粹就是为了泡妞儿、博人眼球——敢不敢下沙子，摘了四驱，两驱比一比？"

打气的时候，郝明问"韬贝勒"和 BoBo："你们从西藏那边过来，那段险路你们怎么走的？"

"韬贝勒"说："我们花了 3000 块钱，雇了个大车司机给开过来的。"

"我靠！"

"那大车司机怎么办？"郝明问。

"大车司机再走回去。"

"我靠！"

"你们两个的老婆也真胆儿大，敢坐你们车。"郝明说。

"韬贝勒"说："她们俩不是我们老婆，是网上认识的。一起出来转，分摊个油钱。"

"你们俩一个开宝马、一个开沃尔沃，还需要分担油钱吗？分明就是借机泡妞儿。"

郝明问："那你们原路回去怎么办？"

"韬贝勒"笑笑说："希望我们俩儿这趟车技能有提高。实在不行，车扔新疆了，不要了。我们坐飞机回去。"

"我靠！真够洒脱的。"

郝明说："你们应该多开开越野车，多了解一下性能，然后再出来。宝马和越野车是两码儿事。"

"韬贝勒"说："我们知道，都准备了的：我负责开车，BoBo找了很多修车方面的资料都带着呢。现在发现没用！关键是发现不了问题，发现了问题不知道原因，所以还是不会修。"

"你们没拿着说明书开车就不错了。"郝明问，"你们路上没遇到什么问题？"

"轮胎爆过。"

"没带备胎吗？"

"带了。"

"那换不就完了。"老米说。

"千斤顶是坏的！"

"你们出来的时候没做检查？"

"新买的。在商店的时候，试了是好的。一次没用就坏了！在拉萨又买了一个，也没用——就坏了。"

连郝明都诧异了："你们这么背？你付了钱，没理由还给你个坏的。宰人也没见这么宰的！当时是什么情况？"

"压不上来。两个都是。买的时候没多想，他们试了，我看了一眼就放车里了，估计可能路上颠坏了。"

"不可能！是不是打千斤的时候，油压开关没有拧死？"

"什么油压开关，没看到。"

"我靠！"

"千斤座上边有个小开关，打千斤之前用钳子拧上。你们没拧，千斤顶当然不好用。"

"那轮胎后来怎么换的？"老米问。

"我们拦了一辆过路大车，给了一百块钱，大车司机给我们弄好的。"

"有钱就是爽啊！"

"两位大哥，没什么谢你们的，凑合着一块儿吃个饭吧。"BOBO说，"米饭已经焖好了，是真正的泰国香米，不是越南进口的。"

"泰国香米？真够奢侈！"老米说。

"韬贝勒"说："我们有两个冰箱，一个大功率逆变器，电火锅、电烤炉，连擀面杖、面粉都带了。"

"挺会犒劳自己的嘛。"

我们站在大切诺基车后，一块儿吃了个热气腾腾的韩式年糕火锅。郝明又叮嘱"韬贝勒"，讲了些意外情况处置方法，主要就是万一没有刹车的时候减挡用发动机制动；冰雪、沙石路面不要猛踩刹车，容易打滑翻车什么的。

"从深圳过来的，哪经历过这些，"郝明和老米说，"深圳一年到头穿衬衫，也不下雪啊。"

"你们俩干嘛的？搞乐队的？"老米见"韬贝勒"左耳朵戴菩萨，右耳戴十字架耳环，指了指"韬贝勒"的发型。

"我们有自己的公司，我是董事长，BoBo是执行总裁。""韬贝勒"说。

"怪不得，原来是富二代啊。"老米说。

"可能我当兵的出身吧，看见你头上那团乱毛就想给你剃了去。你每天顶着这团鸟窝一样的东西，你公司员工能听你的吗？"郝明问。

"员工比我的发型还酷。我这还算保守的！"

"你这还算保守？！我在美院读书那会儿，最多把头发留长点儿，教导主任还老找我麻烦，说我自由化思想浓厚。"

"你们俩是开啥公司的啊？"伊曼问。

"软件公司，做 mobile（移动端）方面的视频。"BoBo 回答，"公司像 Facebook 那样大开间办公，董事长、CEO、员工都在一起，不分彼此。"

"不愧国外回来的。"老米说。

"BoBo 是个走运的孩子，他毕业后，虽然专业不对口，还是在我公司找到了工作。""韬贝勒"用力拍拍 BoBo 的肩膀，"我们两家父亲很熟，虽然我是 BOBO 老板，但我爸是他爸供货商。幸好我和 BoBo 都是男的，不然肯定被父母指腹为婚了。"

BoBo 是个奇人，"韬贝勒"说，他和 BoBo 幼儿园就认识了，小学又一同被送到新加坡读英校，初中又一道去了英国。大学两人才分开，"韬贝勒"在伦敦，BoBo 去了曼彻斯中——因为他是曼联队的死忠粉。2007 年到 2008 年，BoBo 特意休学一年，陪着曼联转战各个客场，一直到亲眼目睹曼联第三次登顶欧洲足球的巅峰。

"那门票钱，你得花多少啊！"伊曼搭腔问。

"还好，球票其实不是很贵。我定的全年的套票。路费花费多一点，我尽量提前订好打折机票。旅店也尽量选平价的。我还是蛮节约的。"BoBo 温情脉脉地告诉伊曼。

一辆银灰色奔驰越野车从砂石路上颠簸而来，从我们旁边开过，经过"小红马"后，突然停了下来。

"哎哎，老郝，那辆奔驰 G500 在瞧我。"

"你想多了，他没瞧你——人家不过是停一下，接个电话。"

"老郝，那辆奔驰 G 真的在瞧我。第一次被一个男人这么瞧，瞧得我心里发毛。"

"谁说就不能是女人在开奔驰 G？"

"哎，是女人？那倒情有可原。"老米笑了。话音未落，奔驰 G500 忽然倒退回来，停在"小红马"边上。

"老郝老郝，她听见你的话，找我来了。"老米低声说。

奔驰G墨色贴膜玻璃徐徐降下，一个大脑袋男人伸出头，热切地问："车坏了？要帮忙吗？我这里有拖车绳。"

"没事了，都搞定了。""韬贝勒"说。

"你们这是去哪儿？""奔驰G"不走，又问。

"我们想去阿里来着，现在打算在新疆转转，走哪儿是哪儿，没有计划。您呢，老前辈？"

"奔驰G"说："我也就是去红白山捡捡玛瑙回来。""韬贝勒"和BoBo敬仰地看着"奔驰G"，"这两位大哥也是刚从沙漠里出来。"

"你们咋的了？""奔驰G"问老米。

"我车坏了，出来修。"

"你车咋坏了？"

"我们是来'穿塔'的。"老米指了指身后的塔克拉玛干，"前桥坏了，只能用两驱跑，太费劲。"

"穿塔？""奔驰G"把眼睛睁得铜铃一样，"你这牛皮，吹大发了。我G500，涡轮增压、V8、400的马力、四驱，都不敢走，你两驱跑——你骗娃娃呢！"

"晕，我真是两驱跑的，没骗你！你爱信不信！"

"你要是能两驱跑沙漠，你就是儿子娃娃！"

"哎你说什么？"老米气得脸都红了，"你说谁是你儿子？"

"他不是骂你呢，当地方言，说你是'儿子娃娃'，就是'英雄'的意思。"郝明在旁边解释。

"我听不懂你当地土语！你跟我说普通话！我说，咱俩别白费唇舌一没劲儿！有什么可争的，咱们大老爷们儿，动点真格的！是骡子是马牵出来遛遛！你开你那G500，我开我的'小红马'，咱俩在沙漠里练练。你用四驱，我用二驱，看谁先到——放心，距离不长，不到1000米哦。要么你就坐我的车，眼睛盯着分动箱挡位，看看是不是挂在二驱上；实在不放心的话，你看我前传摘下来没有。你来体验一下，看看我是怎么用两驱开出飞一般的感觉的！"

话还没说完，老米钻车里了。

"米哥，那我帮你们计时。我先给你们画根线一哎，您是跑左边还是右边啊？"伊曼问"奔驰G"。

郝明瞅了伊曼一眼："是不是嫌咱们事儿还不够多？！"

"光这样也没有劲儿，"老米见伊曼配合他，更来劲儿了，乐哈哈地说，"咱们是不是也下点赌注呢？你开奔驰G的，别下那几块钱的小注，下多少合适你想想啊，拜托啦！"

"奔驰G"心里发虚了。他倒是不认为老米能用二驱开红马，是自己不敢下沙漠。老米坐在方向盘后面，故意问："哎，要不要我再让你三秒钟？"

"不用。""奔驰G"口里说着，却把车发动了，一道儿烟儿冲出去。没想到第一个坡就没上去，车挂在上面下不来了。

老米得意地笑了，故意拐了一下，蹭着奔驰G，从旁边一蹿而过。

"挂倒挡！挂倒挡！"郝明把手罩在嘴边喊，见"奔驰G"听不见，就徒步走过去，爬上沙丘，敲窗户，"行了，你别挠了。再挠你分动箱就烧了。"

"奔驰G"见郝明来了，连忙降下窗户，喊："老弟，你拖我一下。"

"拖什么！你重心在下面呢，倒车就行。"

"奔驰G"慌得不行。"怎么？倒挡都不会了？"郝明问。

这时，"小红马"已经跑回来了。经过郝明、"奔驰G"的时候，特意"哇"一声鸣了一下喇叭。

"韬贝勒"和BoBo看到"小红马"在沙漠里飞一般地奔跑，又惊又喜。BoBo把手指盖在鼻子上，喊："Oh Jesus！ Jesus Christ！！"

我们和"韬贝勒"、BoBo告别后，车台里有一个小时没闲着，郝明和老米聊的就是他们俩。

"我靠，低四、高四都闹不清，就敢开个越野车来沙漠！胆儿也忒大了！"老米说。

郝明说："这俩儿年轻人谦逊好学，车子性能一路走下米能摸个烂熟。我比较担心的是，他们在温室里生活，野外生存能力差。当人类的生活中充满了自动化、生活过于便捷的时候，同时也必须要面对失去很多生活的常识，万一自动化失灵那么就是束手无策。尤其我们国家这代男孩，独生子女，娇生惯养。等我们老了，靠他们管理、保卫这个国家，让人担心。"

路上，光头强派来送配件的"板锹"给郝明电话。原来乌鲁木齐下暴雪，航班全部取消，那人只能待在乌鲁木齐机场，等明早的飞机。郝明在塔漠边缘发现了一个叫阿瓦提乡的小村落，决定当晚不去喀什了，就在这里住下。

在阿瓦提乡一家清真小餐馆吃过"手抓饭"，我坐在小旅店的床上，靠着被子，拿出硬皮本和签字笔。走之前，我导师让我把所有观察到的细节用客观、谨慎的态度记录下来。

我颇有些自鸣得意地在第一页写下："我很高兴能有机会，深入到塔克拉玛干大沙漠的内部——"

在阿瓦提乡一家清真小餐馆吃过晚饭，我正坐在小旅店的床上，靠着被子看书，有人在门上重重敲了两记，门被推开了，郝明在门外问："能进来吗？"

"能。"我急忙爬到床那边，对着门喊，"能。"

郝明走了进来："我来查查房，看你有没有溜出去。门没锁！你们两个姑娘一块儿住，不安全，下次记得锁门！"

"噢，伊曼刚出去了，我不知道她没关门。"

"伊曼刚才和我请假了，说出去一会儿，买点日用品就回来。"郝明沉吟着，靠在桌子上，放低了嗓音，踌躇着说，"小A，我有话和你说。"

我紧张起来，郝明正是因为知道伊曼出去了，才来找我的。我们每天白天都待在车里，有什么话非要现在特地等我一个人的时候来找我说呢？

我暗自思忖着，脸不觉红了，盘腿坐在床上，心里隐隐觉得不妥。因为只穿着薄薄的抓绒裤，我把被子拉过来盖在腿上，心如鹿撞，低着头，拿不准郝明要和我说什么。

"小A，队里有不少人和我反映，说你高傲，好斗。"

——啊？原来是和我说这个！

"队里不少人？不就王小满吗？最多还有那个毕加索一老米才好斗呢！他最好斗！"我的反应又快又激烈，郝明一下不知道说什么好了。

"你这性格可不好！人不犯我，我倒是不犯人；人若犯我，我必回击。我说得不对吗？我从没看你和嘉琪、还有伊曼一块儿上个洗手间，总是你一个人独来独往。荒郊野外，你们小姐妹，是不是应该团结、相互有个照应？"

我气鼓鼓地低着头："我不能干活，引人不满；现在我一个人上洗手间，竟然也是徒罪。"

郝明不知道，伊曼在野外的生活能力远超过我和嘉琪，根本不屑与我们同行。而嘉琪，以前我认为她见多识广，又长我几岁，是个可以依赖的同伴。几天下来，发现她非常自我，而且，需要你永无止歇地赞美她一我不知道她是不是也这么对王小满的——令人不厌其烦。

"伊曼今年只有二十一岁，你是做姐姐的，要让着她点儿。"

"郝队你是没看到背后，她对嘉琪说话那个趾高气扬的样儿，我就气不过。她还在老米面前嘲笑我，说我戴着眼镜像溥仪。"

"你听错了！伊曼那句话我也听见了，她不是说你戴着眼镜像溥仪，是说你戴的那副眼镜像溥仪戴过的。你自己长什么样你不知道吗？你自己说说，你长得像溥仪吗？"

"好端端的，她人前中伤我眼镜干什么。我也就是偶尔看个书才戴。"我咕哝着，"哼，溥仪的眼镜她戴得起吗？"

"伊曼这女孩儿没坏心眼儿，就是有点自私。"

"世上哪有那么多有坏心眼儿的？王小满坏吗？我坏吗？难道非得坏成秦桧那样，才叫坏？！"

郝明没动气，继续平和地对我说："伊曼身世挺可怜的。她妈妈在她十二岁的时候就过世了。你十二岁的时候，是不是还赖在你妈怀里撒娇呢？她父亲是下岗职工，买断工龄的那种；身体也不好，整天就在家里写诗看报，全靠伊曼挣钱养活。伊曼给她爸在上海买的房子；每年安排她父亲出国旅游一次；夏天送她父亲去青岛；冬天再送三亚。你二十一岁的时候，有体验过生活的艰辛吗？是不是每天只想着，我要发现一座古城，我要做个女斯文·赫定？！"

"人不应该依仗悲惨的遭遇来获得人们的同情；而是依靠自身的美德、崇高的理想赢得他人的尊重。"我说。

"还有——不说了。"郝明突然改变了主意。

"小 A，你玩过纸牌没有？"

"怎么了？"

"纸牌里，除了大小王之外，什么最大？"

"A。"

"对了，我现在明白你同学为什么叫你'小 A'了——老拿尖刺扎人。"

他说这句话的时候，神情看起来不像以往那么和善。

"小 A，人都有善的一面和恶的一面，包括我在内，不要激怒人性恶的一面，而是应该多关注人性善良的一方面。"

我不吭声了。郝明认为我在开始反思自己，满意了一些："不要跟她吵，她说什么，笑一下就过去。你是做姐姐的，胸怀不妨大度一点。"

我低着头，不置 词。

"行，你们都早点睡吧——记得出去锁门！"郝明说着走了，出门的时候把门关严了。

我慢慢靠向床头。郝明告诉我的，关于伊曼的事，在我心里翻滚着。我无法想象，我十二岁就没有妈妈了，会是怎样一个人生；就像我从来没有想过，二十一岁就要工作一样。听人说有一种女人，她们从来没有过女性朋友，也就是说她们不需要任何可以说说私心话的闺蜜。在她们看来，任何女人都是潜在的敌手，不论丑、美。我不知道伊曼是不是也是这类人呢。

我收起只写了一行的硬皮本，拿出手机搜索嘉琪的文章。

嘉琪没有在她和老葛过去经常流连的那家网站，发表关于我们穿越的纪实报道。原先那家网站界面做得相当美观，文章质量也上乘，但是太小众了，人气不旺。这次，她改换了一家全国性大网站，用她自己的本名嘉琪注册了一个用户名。

帖子很冷清，冷清到嘉琪都不自信起来。

我立刻用手机注册了一个用户名"魔力小甜心"，帮着顶帖："这么好的帖子，不能沉了，我把它顶上去！"

过了十几分钟，有两三个人留言："包爷儿，我来了。"

有人回复我："人会多起来的！"

伊曼很晚很晚才回我们这个小旅店。我在酣睡中被她打开的灯光惊醒，又不断被她拉开旅行袋找东西的声音弄得神经兮兮。我一看手表，快六点了。好不容易等她进去洗澡了，我刚重新睡着，就听"嘭、嘭"两声大响。开始我以为伊曼摔倒了，头撞在了铁管子上，进而听到"哗哗"的流水声依然是洗澡的模式。

我翻了个身，正准备睡个回笼觉。忽然听到伊曼唱起来了——伊曼的嗓音纤细，而且有点儿五音不全。

我要疯了！我"忽"一下坐起来，想冲到浴室外用力拍门，问伊曼"知道现在几点吗？"

这么做的结果，就是我们两个大半夜的吵上一架。几个小时前郝明还让我多包容她，"忍了吧，毕竟同宿一屋不过就今天一晚"。

我又倒回到了床上。睡中我做起梦来，梦见自己捅了马蜂窝。一大团马蜂围着我"嗡嗡"乱叫，无论我怎么逃，也逃不掉。

我被吓醒了。睁眼一看，伊曼裹着一条白浴巾，一条腿放在房间椅子上，正用女用电动剃刀在刮腿毛——"嗡嗡嗡嗡"。

"唉"我长叹了口气，把头钻到枕头下面，又蒙上大被："尽快回野外扎营吧。"

郝明和老米自始至终不知道，当晚她出去和"韬贝勒"、BoBo见面去了。不知道什么时候，伊曼和那两个年轻后生互相留了电话。路上他们就开始联系，所以"韬贝勒"和BoBo也在阿瓦提乡没走。伊曼和"韬贝勒"、BoBo在喀什玩了整整一个晚上，快天亮了，才被"韬贝勒"送回来。

我们住的小旅店，不提供早餐，只能在外面的小饭馆吃早点。九点，我按照郝明的通知找到小饭馆的时候，郝明和老米已经在那儿了。

"伊曼干吗呢？"老米问我。

"她本来准备要下来的，说出了点状况，一会儿就来。"

郝明赞许地看了我一眼，又盯着他的平板电脑，一边喝小米粥，一边告诉老米，昨天他查阅地图，发现这条沙漠石油便道，一头通向麦盖提，一头通向中石油玛北二号井。

"郝明啊，从沙漠回到人间，一天到晚就想回沙漠，离开沙漠心里老是痒痒的，做梦都梦见在沙漠里玩车哎，这种心里感受不知道你有没有啊？"老米说着，把手伸到冲锋衣里挠了挠。

"快了，"郝明微笑着说，"'板锹'坐乌鲁木齐飞喀什的早班飞机，正在天上飞来呢。早饭后，我们就奔喀什。"

"小A，你真能吃！你把伊曼的包子都给吃了。那包子是留给你和伊曼两个的。"

"啊，"我大吃一惊，不由就把伸向包子的筷子缩回来了，"我以为伊曼来了才给她点呢。"

郝明急忙说："老米逗你呢，就两笼包子就是给你留的。等伊曼来了，再给她单要。"

"你饭量快赶上我和老郝两人了——看着挺淑女的。"

"还淑女呢！你昨天没见到小 A，直着脖子我嚷嚷，在床上跳啊！"郝明摇头，"好印象全没了！"

我听到"床上"两个字，脸一下红了："不是'床上'，是我当时正坐在床上看书呢！"

"都一样。"

我不说话了。没想到，原来我给郝明留下的印象还不坏。可我不知道，到底什么地方，我给他留下了好印象呢？之前他认为我挺淑女的，现在不这么看了，他会不会认为我是猪鼻子插葱——一直装象（相）呢？

想着想着，我把那屉包子吃完了，又喝了一碗小米稀饭。

"老葛嘴碎，小满话多。我真担心，他两个能听老陈的吗？"郝明对老米说。

"听不听的，你也没办法。"

"说的是。就这仨儿姑娘，说了还不听呢——没一个省心的。"

"谁说的，伊曼就很好！"

我一撇嘴，反唇相讥："你不就是想说，你的模特比我能干吗？她是故意做给你们看的。"

老米镜片后瞪起眼，像只炕蹶子的驴冲我昂昂大叫："哎哎，那你也做一个给我们看看。谁说不是，就是比你能干！你能否认吗？当着郝明的面我就不讲你了。"

郝明抬眼看了看我，又看了看老米，然后又继续低头看他的平板电脑。我认真跟他杠下去，我们俩就吵起来了。我要和老米吵起来，最为难的是郝明；另外，老米这个人不错，我退一步，不和他计较了，刚才毕竟是我把人家包子吃了。

老米顺手拿起小饭桌上的点菜单，用插在上面的铅笔头信手而画，几笔勾勒出一幅素描：一个年轻男孩，戴着眼镜，笑吟吟瞪着大眼睛，一看就是老米：老米挽着裤腿，站在水里，背后背着一个小女孩——一看就是伊曼，温柔地把头伏在老米背上——旁边一竖行字：我向往的爱情。

不愧是中央美院毕业的，功底深厚，寥寥数笔就能把两人神态、五官特征勾勒出来。我伸手去拿——这种随手写意，有时候能拍出天价，就像苏东坡的《快雪时晴帖》。

"哎哎，干吗？"老米劈手夺下来。

"不能送我？"我问。

"不能！这个我要送给小曼。"

"哼，不给就不给！"我讪讪地把手缩回来，"画得不错，字太难看。"

"那是美术字，好伐？"

我第一次感到，我所学的历史专业，除非真的很有执念，否则真的没什么用处，不像绘画，到底还能换钱。

搞艺术的，都是天生的情种。老米从高铁上下来，毫无思想准备，看到北京的漫天大雪中，一个身材挺拔高挑、穿着时尚的年轻女孩儿站在月台上等他。喜欢一个人，不容易；但是喜欢上一个人，只需一眼足够。

伊曼热情地上前和老米打招呼；又热情地帮他提箱子，看似纤细的身材却有出乎意料的力气。这已经足够迷人了。随后的两天，伊曼对米国军全程陪同：开车载着米国军去户外店挑衣服；陪他买各种日用品；给他讲沙漠的各种注意事项。米国军之前没遇到过这样的女孩，一个快四十岁的单身汉，动了炽烈的感情，老房子着火，不可救药。

"一会儿我和老米就出发了，你和伊曼留守，"郝明正说着，伊曼来了。

"今天晚了一点儿，你干吗来着呢？"老米笑吟吟地问。

"哎呀，我的指甲劈了，"伊曼坐下，依然看着她的手指甲，"好久没修过了。以前根本不可想象，我每三天就要做一次指甲的。瞧我这指甲脏的。"伊曼絮絮叨叨，尽说些言不及义的废话，老米就在旁听着。这就是幸福吧——你所有的一切，我都想知道。

"我把你的包子吃没了。下一锅还得等两三分钟。"我主动对伊曼说。

"没事儿。"伊曼通情达理地表示，让我觉得今天太阳是不是打西边升起来的。

"奇怪，这饼很像河南正宗的烙饼。"老米疑惑地说。

"新疆是有很多河南移民，"郝明说，"来新疆种枣儿、种棉花——"

"'好想你'？！"我问。

"对。"

"怪不得！我说嘛，历史文献上从来没有新疆产枣的记录。原来新疆的枣儿是河南过去的。不过，'好想你'的枣可贵了。"我说。

伊曼说："最好的五百元一盒，才十五颗。我每天必须吃三颗，女人就是要对自己狠一点。"

小店的店主端上一笼包子，放到桌子上："这笼包子钱还没给。"

郝明刚要掏钱，老米从口袋里掏出张五十元钱，用河南话说："这饼再来点，还有馒头，到时候打包带走。"

小店的店主用盘子又装了一叠烙饼端上来。

"你尝尝这饼，很好吃的，你有山东人的血统，应该也爱吃面食。"

"米哥，你不扬州人吗？"伊曼问，撕了小半张河南烙饼吃着。"我四川人哎！我妈是河南人。小时候在郑州我姥姥家长了好多年，所以河南话也会说。"

我拿过那半张面饼，夹上榨菜、炒土豆丝和酱豆腐，卷着又吃了起来。

"你怎么吃都吃不胖吧？"伊曼问我。

"是。"

"真羡慕！我喝个凉水都会长膘。"

"那你怎么保持身材呢？"老米问。

"靠运动啊——高温瑜伽、普拉提。"

"最喜欢爱运动的女孩子了。"

"真希望这次进沙漠我能瘦个十斤下来。"伊曼小口小口地吃着饼，"这饼真好吃，就是不敢多吃。"

"你看起来真得很瘦啦，伊曼！"

"我还算瘦？你别逗了！我都五十四公斤了！"

"以你的身高，五十四公斤还算胖？！"

"你懂什么！小S说过，好女不过百，体重超过一百斤的女人就不能算是好女人！"

刚正常交谈了几句，她就开腔呛我。我一个一类大学在校研究生还没个综艺节目主持人懂得多？！

"我今年三大愿望："伊曼小口喝着粥，说，"脱脂，脱贫，脱单。"

"原来你就这点出息，伊曼。"

"什么叫'原来就这点出息'，这三个愿望健康积极向上，"老米望着伊曼，笑着说，"不过女生还是要有点肉肉的好——肉要长在该长的部位。该胖的地方胖，该瘦的地方瘦。"

"老米，在美院当学生那会儿，人体素描没少画吧！"我立刻挖苦了一句。

"姑娘们，能不能消停会儿，啊？！沙漠里，伊曼和嘉琪吵，出来，小A又和伊曼吵，大家同生共死的情分，一点都不珍惜——你们哪里有一点点团队精神？"我想到郝明的叮嘱，不说话了。

"老米，"郝明把平板拿到画家眼前："拿到配件后，我们有两个方案，原路返回是一个方案，或者我再给你找一条又难又近的路，抄近道回去，一来节省时间，二来让你这新晋'二驱王'过过瘾。"

"我倾向第二种方案哎，老郝。"画家高兴地说。

吃完早饭，十点多一点，郝明就开着途乐，同老米去喀什拿配件。车子拐上去喀什的公路。十点半不到，郝明的电话响了。郝明看了一眼，和老米说："不会出什么事了吧？小满这个时候给我打电话。"

"喂，小满，别急，你慢慢讲，"郝明语气平静地说，"知道了，老陈人现在怎么样？受伤严重不？"

老米正在副驾驶位置上喝着一罐听装咖啡，听见这话，立刻不喝了。郝明挂上电话，告诉老米："切诺基翻车了。老陈肋骨和锁骨骨折。他们现在在出沙漠的路上。"

　　郝明本来计划等拿到配件后，和老米一块儿回来，现在决定把老米送到喀什机场后，就立刻返回阿瓦提乡。

第十三章、遇到两个去阿里的人

第十四章

老陈翻车

——人性，在痛苦中闪耀光辉。

"走啰，出发啰，晚上就要到和田啰。"

我们离开塔克拉玛干后的第二天，一大早，担任临时队长的王小满第一个钻出睡袋，吹野营哨"招呼"大家起床。

昨晚的篝火还没有熄灭。

"别烤火了，着车，准备出发了。"王小满戴上工装手套，像模像样、颇有队长威仪地对嘉琪和睡眼蒙眬的修艳喜说，"咱们抓紧时间往前赶——不对啊，还少一人啊，咱老葛大哥呢？"

王小满说着找到绿色牧马人，打开车门，见老葛穿着冲锋衣躺在睡袋里抽雪茄呢。王小满拿起脖子上挂着的野营哨，使劲对着车里猛吹了两声："看看咱们这里谁是懒虫哈，看谁最后一个起床！"

"最后一个起床的，第一个出发。"老葛把雪茄戳灭，从睡袋里爬出来，滑下座椅，站到车外，之后拉上睡袋拉链，随便往座椅后面一扔，随即走到篝火旁，和小满、嘉琪、小修还有老陈一块儿烤火。

"明天就能跑到和田河咯，这样我们就能在和田市温暖的酒店里等他们，哈哈哈哈——郝哥看我们行进的速度这么快，简直飞一样，一定会吃惊得鼻子都歪了。"

"支持！王小七，你在前面好好领路！"老葛高兴地说，"晚上就可以睡床了，吃它七串羊腰子！"

"主要想洗个澡，很多天没洗头，真要人命。"修艳喜把手伸到棉袄里，边挠边说。

"难度最大的也就这里，塔中之后的就简单咯。以我们现在的水平，二月十日就能到若羌啦！哈哈哈哈……"

"这么说，不到正月初八，咱们这趟史无前例的穿越就完成啦？我又可以回到温暖如春的云南了？"嘉琪兴奋地问。

"怎么？你不跟我们回北京？当然，我不能给你建议，回云南还是回北京，就看你想去哪儿了。"王小满嘴角一扭，微微笑了一下。

老陈："小满，怎么谢你呢，及时给了我消息，让我参与了这次穿越。"

"陈哥，说啥客气话呢，忒见外了不是——哈……"

"七哥，我想给我媳妇儿带点新疆土特产回去，买啥我没想好——你说买点什么好呢？新疆大枣、葡萄干……"

"新疆大枣、葡萄干，修师傅，对你媳妇太没诚意了！"嘉琪笑着说。

"和田玉有诚意，可咱又买不起。"

"那——你是买不起，现在的和田玉，只有咱葛老大哥买得起。北京的房价太高，贵得咱都娶不上媳妇儿。钱都叫葛大哥赚去了。"

"就凭七哥你死人能说活的嘴，还愁找不到媳妇儿？"修艳喜说。

"就是就是，小满以你的人品样貌，有房没房，都有姑娘愿意跟你的。"老陈说。

"咳，陈哥，这样的好姑娘一定有，关键是，姑娘后面的丈母娘不答应。"

"嗯，怎么变成在这儿烤火聊闲篇了，王队长！咱到底走不走？"老葛问。

王小满五人喝着老葛煮得滚烫的巧克力奶，用以去暖化吃到胃里的老葛的冰冻巧克力蛋糕卷。之后，王小满在空中打了个清脆的响指，用力往东方一指。今天由他带路，老葛收尾，老陈居中，三人迎着朝阳向和田河进发。

郝明临走时特别叮嘱的"找地方扎营等候，不要自作主张往前赶路"的话，早被老葛和王小满抛到了脑后。老陈并不明言反对，只说："我总归是跟着你们，不过小满，你不要着急，还是安全第一。"

陆巡犹如一匹脱缰野马，在前面横冲直插。

"陈哥，我刚绕过一个'V沟'，你从我左一个车身通过哈。"王小满精神抖擞，用报话机通告。

修艳喜在老葛车上补前天晚上的觉。嘉琪在小满车上，却深感不安。她凭着女性的直觉，有非常不好的感觉：小满找路，车头忽左忽右，摆动的幅度明显要比郝明带路的时候大；忽上忽下，一会儿飞到梁上，一会儿又冲下谷底。

嘉琪感到心惊肉跳，不知道是不是因为眼前沙势更加漫无规律、难度增大，还是王小满探路欠缺经验——心中虽然感觉不好，却又不好提出来。

王小满驾车技术一流，找路不行。原因就是郝明说的："不爱动脑！""胆儿大，哪儿都敢去。"

王小满可以几乎不怎么减速，灵活地绕过炮弹坑；或者很快估算出一个适中的车速，飞驰过搓板路。但是碰到地形的复杂程度要远远超过炮弹坑、搓板路的流动性大沙漠，王小满的技术就不够用了。

老陈这时候发言劝说了："小满啊，我们没按照郝明队长说的，自作主张自己找路走了。我们还是要悠着点。"

"陈哥说得对。"老葛经历过翻车后，变得谨慎起来。

"小满，"嘉琪忍不住了，"我看你还是多听听老陈和葛爷的建议。"

"怕啥？放心吧，我的技术绝对是有保障的哈。要不，上次探路，郝哥为啥单单就叫了我，没叫别人？"王小满得意地笑着，拿起报话机，"都跟得上吗？跟不上的说话啊。"

老陈说："还行，总归有点吃力。"

"那我把速度放慢点哈，大不了，我们初九到北京，哈哈哈哈。"

"王小七，你别哈哈啦！赶快回来！陈哥翻车了你没看见吗！"老葛忽然在电台大喊。老葛一向有北京大爷说话四平八稳的特点，现在嗓音紧张得发抖。

王小满闻言就是一愣，手比头脑反应快，车子已经掉头回来。他刚抟着顺风坡翻越了一个陡峭的刀锋，想折回来可要费力了。来回冲了好几次，都没冲上去，只好另外找路绕上来。

"你可快点啊，王小七！我搁在梁上——也动不了啦！"老葛在电台里急催。听到老陈翻车，王小满心里也着急，越着急，手脚越乱，刚成功反向翻过"刀锋"后，慌里慌张地一头又扎进"V沟"里。小满见车的前杠实实在在地顶到沙子里，动弹不得，一时无法脱困，就从车里出来，心急火燎地徒步往回跑。

小满喘着粗气爬上沙峰，往下一瞧，眼前的景象把素来胆大的王小满也给吓了一大跳：绿色牧马人高高地骑在对面沙梁上，成了一个自负却无用的巨兽；切诺基四轮朝天，整个车顶被拍得瘪了进去，后备厢门裂开了，车旁的沙子上撒了一地的碎玻璃，暗红的液体从右前门缝里流出来。

老葛早已经下车，跪在切诺基车门边往里看，一面冲里面不住地大声喊："陈哥、陈哥，你醒着呢吗？"

"我是清醒的。"老陈气息微弱地说。

老葛看到王小满马上说："陈哥现在躺的那个位置，顶棚相对无大碍。"小满紧跑几步，扑在地上一瞧，切诺基前风挡玻璃已经全碎了，主驾驶的位子已经完全被埋入沙中，流沙仍旧不停地往里面灌。副驾驶位置的车窗已经压扁变形，但是人勉强可以爬出来。

老葛将他的大长胳膊从外面伸进去，拉住老陈，王小满也过来，两人一起要将老陈从副驾的窗户中拉出来。

"等一等，等一等，"老陈忍着疼痛，和老葛、王小满说，"发动机还没熄火。我右臂抬不起来，我用左手关掉它。"

"对对，得防止翻车后电路短路，造成爆燃。"

老陈慢慢转动身体，抽回左手，又一点一点往方向盘挨过去，握住了钥匙，逆时针扭动了一下。发动机的马达停止了工作。

老葛和小满两人小心翼翼地将老陈一点一点慢慢拉出切诺基。老陈躺在冰冷的沙子上，闭着眼睛。

嘉琪和修艳喜也随后跑到。修师傅看到老陈的状况，吓得脸色愣怔不定。

王小满轻手轻脚把老陈的防风衣脱掉，抓绒外套胳膊肘那儿殷红一片。

"你哪儿疼？陈哥。"王小满焦急地问。

"你别问了，王小七，你看陈哥哪有精力说话！"

嘉琪倒是很沉着："左不过是胳膊、胸腔两个地方。陈哥，你腿受伤了吗？"

"我感觉没事，胸口除了疼，没有心慌、喘不上气的感觉。"

嘉琪对在旁边抓耳挠腮的王小满说："你测一下陈哥的脉搏。"

老陈的脉搏正常。三人稍稍放了心。

王小满拿自己的外套给老陈盖在身上。老葛冲王小满嚷："王七，你怎么婆婆妈妈的，净注意这些小节！赶快啊！得赶紧把人送出去，送医院啊——救人要紧啊！"

王小满说："我说葛大哥，你老人家先冷静一下！我知道救人要紧啊，这不是先得把你和我的车弄出来，再把陈哥的车正过来，然后我们开车把陈哥送出去啊。你总不能就这么背着陈哥走出去吧？"

"那就赶紧啊，你愣在这里干什么！还不赶紧地先弄车去？"老葛跳起来，挥舞着大胳膊，大声嚷嚷。

"陈哥胳膊流血呢啊，不得先处理一下，止住血啊？"王小满转头对嘉琪说，"你到我车后备厢里把那个医药箱拿来，给陈哥包扎上。然后把咱的水壶也拿过来，给陈哥喝点热水暖暖。"

嘉琪腋下夹着医药箱，把暖水壶先递给王小满。王小满扭开暖水壶盖子，给老陈喝了点热水。

"陈哥胳膊骨折了。"王小满问大家，"谁会包扎？"

大家面面相觑。最后老葛说："我学生物的，做过解剖。只能赶鸭子上架了。"

"怎么能赶鸭子上架呢！万一弄不好，反倒让陈哥落下后遗症。"王小满说。

"救人要紧啊！"

"二位，能不能暂且停止抬杠，让葛爷先采取措施，我们帮着他看着，看有不合适的地方再提出来，二位说这个建议怎么样？"嘉琪说。

王小满不言语了。

老葛和嘉琪二人用绷带把老陈伤口缠住。

"赶快找两块夹板来，"老葛叫修艳喜："只要硬的就行，别太沉了！先把陈哥肘关节固定住。"

"我去吧。"王小满往山后的八〇跑去。

"再找块软布垫着。"老葛又喊。

过了好一会儿，王小满跑回来，拿着一大块儿硬纸板、十几根短红柳枝和一条洗脸毛巾。

王小满掏出多功能刀，将纸板迅速割成一段一段，又摘下帽子，将脖子上的魔术巾拉下来，裁成一条一条。

老葛和嘉琪一齐动手，将老陈的胳膊固定在胸前。

"成了！""王七，你赶快啊，娘儿们叽叽的你，赶紧去把陈哥的车子给弄正了。陈哥这么躺着，时间越长越危险！"老葛用一贯的居高临下的口气不住嘴地说。

"你的车还在上头，我的车还在'V沟'里，都动不了！拿什么救啊？"王小满说。

老葛突然不嚷了，拎着铁锹就往陆巡跑。王小满连忙紧跟在老葛后面跑，走前对嘉琪丢下一句："你和小修，好好照顾陈哥。"

两人一前一后跑到"V沟"里，只见"八〇"的车头深深地触进沙子里。

"你可真行，扎'V沟'你最在行。"

王小满不接腔，跳上车，尽力试图把车倒出来，无奈车轮只是空转。

"得了得了，你别在那儿做无用功了！没别的辙儿，挖沙子吧！"

老葛憋足了劲儿，扬沙飞尘地一口气直挖到车头从"V沟"里露出来。中途，王小满曾要求替换老葛，让他休息会儿，被老葛十分干脆地一口回绝了："得了吧，就你瘦那精儿一样的小体格。还不如我这老头子呢！"

"八〇"出来了。

单靠"八〇"一己之力，想把老陈的车重新正过来，显然还不够，还得把骑在沙峰上的四门绿色牧马人给解救下来。

老葛让王小满去开牧马人，自己挥舞着大长胳膊，在外面扯着嗓子、指手画脚，给王小满指路："倒啊，左打轮倒啊，再向后一点啊！好啦，停！往前，往前！你再往前一点啊你。快点啊，快！陈哥人还伤着呢！救人要紧哪，我们得赶时间把他送出去啊！"

老葛越催，王小满越慌；王小满越慌，手脚越乱，老葛就越急，最后小满慌得左右不分。

"我说大哥，你能不能别这么冲我嚷嚷，我被你吵得头昏脑涨的。"小满停车，用近乎哀求的口气说，"这里不止你这么关心陈哥，我不也是希望陈哥早点能得到治疗嘛。"

嘉琪后来详细追记了当时的情景。那天，老葛和王小满两个，可以用"惊慌失措"四个字来形容。倒是一旁受伤的老陈异常镇定，不住轻声安慰老葛和王小满："你们俩都别着急，事情一个一个地来解决。别担心我，我没事。"

等把绿色牧马人拯救下来，天已经快黑了。

王小满认为天黑之后，不能再走。但是老葛认为要不顾一切把老陈送出沙漠。两人又争执起来。

"你没夜穿过沙漠，我跟郝哥走过，根本不行。走过夜路了你就知道。"

老葛不听："我们摸黑慢慢走，总比在这儿傻等着强——救人啊！赶紧的！"

"你把夜穿想得太容易了。天黑了，沙漠里的细节你都看不见——还不如中午沙盲那会儿，至少还能看见'鸡窝''V沟'你要再翻次车，怎么办？"王小满面对顽冥不化的老葛，也生起气来，态度渐渐变得强硬。

"你怎么不说你几次扎'V沟'、掉'鸡窝'里呢？"老葛生气地嚷。

"所以——我不敢晚上走！"

"救人要紧哪，我们得赶紧把陈哥送出去！知道吗？我家老爷子、老太太都当大夫的！"

"你爹妈是有能耐，可产科和骨科差得远呢！"

"你懂什么！精神病科大夫还能看个头疼感冒呢。"

"既然郝哥指派我做了队长，关键时候就得听我的。这根本不靠谱的事儿。"

嘉琪在旁边没插手，冷眼瞧着，见两人越争越厉害，天马上快黑了，老陈躺在地上；葛、王两个又是这种焦灼状态，修艳喜蹲在沙地上，愁眉苦脸只是看着，就上前对葛、王二人说："小满，葛爷，你们两个暂停争吵一下，听小女子斗胆说两句，好吗？你们两位先问问陈哥，确定他有哪些不舒服的症状，再用卫星电话和认识的医生朋友联系下，让陈哥把他的症状都和医生说一下，再定需要不需要连夜走。如果不是非常必要，那就明天早上再走？你们二位看如何？"

王小满和老葛马上不吵了。王小满急忙去把卫星电话拿过来。老陈说，他们家有个亲戚是骨科医生，就给这人打电话。王小满帮忙从老陈防风衣口袋里摸出老陈电话，老陈告诉王小满骨科医生的姓名，王小满把电话号码找出来，念给老葛听。老葛拨通号码，把卫星电话放在躺着的老陈耳边。

老陈给葛医生描述了自己的症状：胸口疼，但没有恶心、呕吐等反应。葛医生听完后，说问题不是很大，鉴于目前环境特殊，不妨就待在原地，晚上一定要休息好，注意保暖；尽量再不要有大幅度的动作，明天早上起来后往外走，到附近的医院先拍个片子、做个检查，再看医院的大夫怎么说。

夜色笼罩了大漠。

王小满和老葛抬着老陈，把老陈轻轻放到王小满副驾的位子上。王小满拿来自己的睡袋，裹在老陈身上。

这一天正是农历的腊月十三，将满的月亮升到半空，洒下银色的光辉。

老葛突然跑到沙梁上，前后左右看了一遍，又跑下来，急吼吼地冲王小满大喊："可不就我说的，这——么亮的月光，我们完全可以连夜赶路啊！"

"我说大哥，你怎么又提赶夜路的事儿了！"

"救人啊，救人要紧啊！"

"小满，要不——听葛爷的，试着往外走。不行，再原地扎营。"嘉琪说。

"月光虽然很好，可是赶夜路，光线还是太弱，根本判断不了路况的，太危险了，再说陈哥本来就受伤！"

"你甭跟他费唾沫星子了，就他那智商。"老葛告诉嘉琪。

当着嘉琪的面，王小满脸上挂不住，登时放下脸来，态度异常强硬，说："这根本不靠谱的事儿！既然郝哥指派我做了队长，关键时候就得听我的！"

老葛闻言，连连冷笑。

"你不用瞧不起我这个队长。我怎么能和你比呢！我小时候每天咸菜稀饭，过年才能吃顿肉、穿件新衣。你每天早上牛排、面包。你吃橄榄油，我吃棉籽油长大的。"

嘉琪站在一旁，见老葛和王小满正式直面杠起来，又是焦虑又烦恼。

"嘉琪、嘉琪"老陈轻声呼唤嘉琪，让嘉琪把老葛叫来，他劝说，"老葛，今天晚上咱就按方才说好的，原地好好休息，明天早起再出去。"

老葛点头，再不提"连夜赶路"的事儿。

老陈又让嘉琪叫来王小满："小满，你看，是不是考虑下，能不带走的，就先放置在这儿。"

王小满回身叫小修："一会儿，和我把'八〇'车里油桶、吃的、喝的、帐篷都拿下来，整理好，码放在这儿，明天一早起来空车带着人走。"

修艳喜答应一声。王小满和老葛紧张情绪一下子歇下来，呆呆地站在那儿，突然不知道该干什么好了。

大家忽然想起来，今天一天谁都没吃饭。老葛、王小满都说不饿，没有心情吃饭。

小修说："我得吃点儿。这胃太空，难受。"

嘉琪对老葛、王小满说："你二位今天吵了一天，又挖了一天沙子！这个时候，必须要保持好的体能和战斗力！我去煮点粥吧，大家都填填肚子。"

嘉琪煮好粥，先给老陈端去喝了点。之后，大家都不再去打扰老陈，让他静静地休息，保存体力。老陈忍着伤痛，坚持不肯吃止疼药。他整宿清醒地坐在王小满的副驾位子上，直到天亮，始终没有叫一声苦。

老葛和王小满、小修几乎一晚上没睡，连夜苦干了好几个小时，终于把切诺基翻了过来。月光下，王小满看着这辆破损严重的切诺基，心里说不出是什么滋味，问修艳喜："这车到底能不能修好，如果真的报废了，那就要永远留在沙漠里了。"

"不好说，得全面检查一遍。"

王小满看着满脸疲倦的小修，欲言又止，"我来搭帐篷吧，这回真得天一亮就出发啦。"

天还没亮，嘉琪就听到帐篷外有发动机的响声。听方向，是"八〇"发出来的。估计老陈在车里冻得不行了，挣扎着起来，把车点着取暖。听到着车的声音，一向都是最后起来的老葛和有拖延症的小满全部起来穿好衣服，提前钻出睡袋。

昨晚没有篝火，老葛和王小满、嘉琪、小修四人包裹得严严实实的，只露着眼睛，站在刺骨的冷风中，商量天一亮，就立刻动身。

"我，能不能不走了？我就留守在营地等你们回来吧。"临走前，嘉琪忽然说。

老葛和王小满吃惊地望着嘉琪。

"你说什么？"王小满问。

"是啊，这里有吃的、有矿泉水，白天我可以到沙梁子上晒晒太阳，晚上欣赏一下大漠落日前的风光。"嘉琪用忧郁、超脱的口吻说。

"你说什么呢？你疯了吗？"王小满直跳起来，"亏你想得出来！不可能！跟我们出去！我们怎么可能把你一个人留在沙漠里呢？知道不知道什么叫团队精神？再说了，你一个人待着多危险啊，万一晚上狼来了，你怎么办呢？"

"可是，我待在这里等你们的话，一定会继续跟着大家穿越下去的。要是跟着你们出去了，我怕——我怕我真的没有勇气再进来了！"嘉琪掩着脸说。

"那也不行，你必须跟着我们走！"老葛大吼，"你一个人留下来，你想什么呢！"

老陈也在座位上，劝嘉琪跟大家一起撤出。嘉琪一想到夜晚的奇寒，四周围荒无人烟，万一晚上真有狼来，队友们都走了，只剩下她一个人孤守着营地，意志一下崩溃了，终于同意跟着一块儿撤出。

昨晚，王小满和修艳喜已经把"八〇"上不需要带走的东西都码放在这个临时设立的"营地"里。只带了两个油桶、气泵、充气千斤顶和全套工具，车内基本上是空的。

"那你把你的东西都搁我车上吧，万一你不回来了呢？"王小满干巴巴地说。

"让陈哥躺我后座上吧。平躺着比坐着舒服一点儿。"老葛说。

"那哪行！你那车避震那么硬，又是后座，翻一座刀锋，上下一颠，陈哥哪能受得了？"王小满反对，"再说我车只能坐一人。"

老葛也承认，相比美制的牧马人来说，日系的陆巡舒适性要好多了。最后，老陈还是坐在陆巡的副驾位置上不动。女士优先，嘉琪坐到老葛旁边；小修去坐颠簸得更厉害的牧马人后座。

"我带着伤员呢，不能再冒险，你在前面探路吧。"王小满对老葛说。昨晚老葛不断嚷嚷着要走，今早真的要老葛在前面带路，老葛本人和王小满顿时都感到心里没底儿了。虽然老葛不承认，翻车的阴影始终是留下来了。

"怎么走，你做主吧，反正尽量避免横冲刀锋，陈哥受不了的。"王小满告诉老葛。

老葛的车因为没了两块玻璃，仪表盘、变速箱、后座、装备上全是积土。车子一开动，冷风就灌进来。老葛用头套套住脸，再戴上帽子，只留下两只眼睛看路。

"葛大哥，我说你这样走对不对啊？咱别绕远了，陈哥可受伤着呢。"

老陈一直咬牙忍受着颠簸带来的剧痛，以极大的毅力克制自己，不让旁边的王小满再为自己焦急。

"我听郝明今早儿电话那意思，让咱往南走，应该比原路近多了。丫咋就没想到往南走的沙山，比我们昨天翻的还难！沙子太他妈软了！"老葛暴躁地骂。

老葛越是急躁，找的路越糟，难度越增加，人就更急躁，开始不停地骂娘。嘉琪坐在老葛旁边，心里烦得不行，对老葛越来越不满。

"我说，葛大哥，你那路选得不对。"

王小满屡次和老葛说他找的路线不合适，无奈老葛全然听不进去："鼠有鼠道，龙有龙路！"

两人互不服气。王小满一气之下，自己另外采路去了。

两车走散了。

等两人都察觉到，已经看不见对方很长时间之后，才互相抄收对方。车台里只有二人断断续续的呼叫声，信号很差，什么也听不清。

老葛和王小满这才意识到，自己目前是单车孤身位于塔克拉玛干沙漠中——老葛旁边只有修艳喜和嘉琪；王小满还带着伤员老陈，心一下子揪了起来。

两人同时从车里跑出来，站在沙山上四面眺望，只见茫茫沙海，谁也看不到谁。

听老葛不断焦急地呼叫王小满，修艳喜知道境况严重了，吓得瘫坐在了地上。

老葛用手台不断抄收，总算在王小满爬到一个更高的地方的时候，两人通联上了。

"王七，你在哪儿呢？"老葛咆哮着问。

王小满见周围除了连绵不断的沙山，没有一个地标性建筑，只好说："我在太阳的十点钟方向。"

"我也在太阳的十点钟方向，怎么看不到你？！"老葛嘶哑着嗓子，拿着手台喊着，"现在你把你的坐标报给我！我去找你！"

王小满车感一流，但是基本属于 GPS 盲，除了只会读屏幕上显示的数字外，对手持佳明 GPS 完全不知道该怎么看："我、我不会看啊！"

"那我教你！哎哟，摊上你，可真够费劲的！"

老葛给王小满讲 GPS 怎么看，王小满越听越糊涂。

"丫可真够笨的啊！"老葛破口喃喃地骂，"那你听好了。我把我的坐标报给你。你来找我！听明白了没有？回个话啊你！"

"听见了啊。"王小满也在那边声嘶力竭地回应，可声音听起来始终像蚊子"哼哼"。

老葛把自己 GPS 坐标报给王小满。

"你经度和纬度怎么有三个数呢？我的只有一个数。"王小满不解地问。

"我是'度分秒'格式，你的只有一个'度'。你转换一下，转换成我这种格式的。"

"咋转换啊？"

"你先把我给你的经度、纬度存起来，然后选择格式。"

"咋选择格式啊？"

"妈的，郝明为什么把这件事忘了！事先没让我们把 GPS 格式统一一下？！"

最后还是老陈，忍着疼痛，把手从睡袋下面伸出来："小满，我来报 GPS。"

王小满怀着歉疚、感激的神色，把 GPS 递过去。"我胸腔疼，没法大声说话，我报给你听，你告诉老葛。"老陈气息微弱地说，因为一个晚上没睡，脸色蜡黄。

老葛得到 GPS 坐标点后，让王小满原地不要动，他按照老陈报的 GPS 点找过去。

一路走，吓得老葛出了一身冷汗，原来两人之间已经差了两座大山。再晚一会儿，两人真的是联系不上了。

老葛和王小满，载着老陈，到阿瓦提乡的时候，已经是北京时间晚六点了。郝明在我们落脚的宾馆一楼来回踱步，已经等候多时。

看到王小满和老葛的车子开进宾馆。郝明急忙迎上去，先扒在陆巡窗户上往里面看了看，然后拉开车门，问："老陈，你现在感觉怎么样？"

老陈平和地说："我没什么事，就是脖子、肩膀这两个地方有点儿疼。"

"唉，你看，我正好不在。"郝明搓着手，愧疚又心痛地说。

"郝明队长，你一路反复强调：全体人员，只要车动，就得系好安全带—我没有遵守这条规则。"老陈说，"其实这一路上，我一直在想，一旦翻车我该怎么办。我想我是新手，临机应变的经验缺乏。我的车又没有防滚架，如果在沙漠里遇到翻车，系着安全带比不系安全带更危险。

为了能更快地跟上小满，过顶坡的时候，将之前你说的'宁担勿飞'的准则丢到脑后，改为'宁飞勿担'。

因为我眼睛不够用，没注意小满是怎么过这座山的。等爬到沙山上，才发觉判断失误，'山顶'不是馒头坡，而是一个'刀峰'，油门过大，车速太快，直飞了出去。车头笔直向下，一头扎向了山谷。"

郝明手扶着车门，低头默然。

"如果我当时要是克服恐惧，迅速给脚油，也就躲过这次劫难了。多年在公路上的开车习惯，本能地，我还是踩了刹车。车头戳入沙中，一下直立起来，如果那时我要是能再次克服恐惧，松开刹车，再迅速补一脚油，前轮一挠地，后轮落地，可能也就没事了。我还是下意识地死死踩住了刹车。悲剧性地倒立着拍向地面。还好，我还活着，目前看，没有性命之忧。"

老陈微微一笑，神情安详。

郝明神色沉重，"陈哥，我跟麦西来甫联系了，他一会儿人就到，到了喀什之后，赶紧去医院检查，什么状况第一时间打我电话，好吗？"

"好的。"

"陈哥，真的得和你说声'对不起'，没能亲自送你去喀什。希望你能理解！"

"理解！"老陈微微笑了一下，"这一路我们走得很艰巨——你最辛苦。"

"另外，还得请你再理解一下——关于这次翻车的事情，麻烦你私下和麦西来甫兄弟强调一下，替我们暂时保守秘密——在穿越结束前谁也不能说出去。我们对自己的处境十分清楚，也有把控危险的能力。临近春节了，如果你翻车受伤的消息让老葛爱人郭老师、小修媳妇知道了，会白白让她们为我们担心，也许会增加不必要的干扰因素。"

　　"我理解，你放心好了。我一定会和麦西来甫说，以他的为人，也绝对做得到守口如瓶的。"老陈和郝明互相望着，彼此之间是完全的信任。

　　两人正说着，麦西来甫开着帕杰罗进院了。王小满和修艳喜把老陈抬到帕杰罗后座上坐好。麦西来甫从旁边拿过一条毯子，给老陈盖上。

　　"麦西来甫兄弟，辛苦你了，老陈就托付给你照料了。"郝明说。

　　"哪里话。什么辛苦不辛苦的，喀什医院外科的大夫都和我熟啊。上个星期还送一豁车不扎安全带被甩出来的二愣子，去医院瞧大夫。"

　　"这一路上真的很难，"老陈坐在帕杰罗后座上，与我们道别，"能和大家在一起走了这么长一段路，经历了这么多，我真的很高兴！很遗憾我不能继续跟着大家往前走了，你们多保重！"

　　老葛神色凝重地微微颔首。王小满抽着烟一言不发。

　　"看来走前，我是见不到小米了，替我和他道个别。"老陈对郝明说，"同行的日子虽然不长，情深谊长。"

　　"我一定把话带到！"

　　嘉琪和我纵然心里万般不舍，却不知道说什么好，手扶着车门，不愿关上。老陈倒是很豁达，反过来安慰我和嘉琪："我们能在一起穿越，是缘分。我和塔神的缘分就这么短，退出，也是命。嘉琪，期待早日看到你的大作。"

　　嘉琪含泪点了点头。

　　"还有小A，把梦做到底，祝你——心想事成。"

　　老陈艰难地转动身体，将骨节粗大倔强的左手伸过来。我急忙伸出两只手紧紧握住，同时佯装突然被沙子迷了眼睛，抽回一只手去揉眼睛。

　　"好了好了，回北京我们再聚。又不是见不到面了。"郝明把我和嘉琪从车门边拉开，对麦西来甫一挥手，"你们走吧。"

　　麦西来甫的帕杰罗在薄暮中，驶离了我们住的小旅馆。我一直认为，老陈是和郝明性格最像的人——低调、隐忍、意志坚定、自我控制力强，但是时间没有给我们更多的相处机会，命运安排老陈提前退出了。

第十五章

被误认为是盗墓贼

——我们都生活在阴沟里，但仍有人仰望星空。

"哈哈哈哈哈哈——"伊曼忽然前仰后合地笑起来。我见了，也忍不住大笑；老葛、小满和小修也笑个不停；连郝明看了，也笑起来。

原来嘉琪头上、脸上、浑身上下全是土——就像个刚从地里挖出来的泥人一样。

老葛车窗没有玻璃，风吹、再加上车轮扬起的尘沙，盖了嘉琪满头满身。我一边笑，一边帮她拍打。嘉琪自己也笑了，不过笑得很勉强。

正笑着，一辆三个轮子的"三蹦子""突突突"开了进来，停在我们面前。戴着"隆美尔"老式防风镜的老米坐在"三蹦子"后面，扎着一条已经看不出颜色的围脖，怀里抱着一个被风吹破了的、外面缠着塑料布的配件。我们见了，笑得更厉害了。

"笑什么？"老米风尘仆仆地从"三蹦子"上纵身跳下来。

乌鲁木齐大雪，飞机推迟起飞。老米在机场足足等了六个小时，以为没有希望了，当天最后一班乌鲁木齐直飞喀什的飞机到达后，终于看到一个人扛着用泡泡包裹得严严实实的铁家伙，一手推着行李车从飞机场里冲了出来！

"这就是'前桥'吗，米哥？"伊曼问。

"可不就是呢——DANA44 的前桥。"老米给了"三蹦子"司机五十块钱。

"怎么没叫辆出租？"郝明问。

"出租车不肯拉我，说我东西沉。把他车压坏了。妈的。我只好扛着配件，坐的长途汽车，到麦盖提找了个'屁驴子'——快冻死我了。"老米一边和郝明抬配件，一面说，"除了前桥，还有之前在'老光'那儿存放的全套速比，同时带来的还有'小红马'全车避震弹簧。"老米告诉郝明，"这是后来我想起来，又给'老光'打的电话，让他订购的——我车太重了，车上的弹簧已经有断的啦。"

"不错！"郝明点点头。

"'小红马'要满血复活啦。"伊曼拍手说。

"伊曼，一会儿把咱们的自热米饭拿出来，都到我屋里去。咱们一边吃晚饭，一边开个会。"郝明说。

"'老光'还给了我们一个新玩意儿，"老米拿出一个自行车打气筒一样的东西，"CESS 液压千斤顶。"

"欸，这玩意小巧，就是不知道好用不？"老葛大感兴趣。

"明天试试不就知道了。"郝明说。

"'老光'让我们用的时候，在沙漠里拍几张照，给他发去。"老米说。

"这是让我们免费替他做广告啊，光头强真是一点亏不吃的人。"王小满说。

"白给你用了，还不满意？"郝明扭头问王小满。

郝明、老米怎么也没有料到，这根全新的前桥，光头强并未着人加固，在随后的行程中给老米和全队带来很多麻烦。

"你们昨晚一晚上救援、救人，今天又赶路，每人得吃两盒吧？"伊曼站在陆巡车后，回身问。

"还、还是伊曼细心。我得吃三盒。"王小满说。伊曼一边数一边从纸板箱里往外掏自热米饭。我将伊曼放到一旁的盒饭，抱着一摞来到郝明房间。

旅店房间里，只有两把椅子，郝明和老葛坐了。老米靠着房间的桌子，我们剩下的人只能坐床了。

"正好借这个机会，做个总结。"郝明说，"这个自热米饭，进去不带了。天太冷，没法自热。白占地方——还沉！咱们的车，都够重的了。"

"那咱们吃啥？"王小满问。

"当地人吃什么？"

大家想了想，不约而同："馕啊。"

"咱们就带馕进去。这个地方干燥，馕不容易变质，还轻！明天，老米和伊曼去找找当地的巴扎，把馕买回来。"

"买多少个？"伊曼问。

"一顿饭，怎么得要一个馕，开一天车，不吃饱咋行？没力气。"王小满说。

"还有五天我们就到和田河了——五天还出不去啊？！不过这么大的沙漠，保不齐有什么意外，保守点，按七天算，剩下的，伊曼你就自己把握吧。"

"饭后你再给我些现金。这里的巴扎，肯定没地方刷卡。"

"对了，提醒我，我一会儿还得去取钱。明早加油用。这儿处处都是要用现金的地方。"

"不用加油，也够用了。陈哥切诺基里还有半箱油，还有三个三十升油桶里的油没动呢。"

"我刚走，就发生这么大事故，你这个队长怎么当的？！"

"我在前面带路，不知道发生了什么，陈哥就翻了哇。"

"你不用申辩，不出漏子，才不是你呢。一个一个来——老葛，你这回用的 HT 胎，如果不是靠你牧马人的强大动力，三步一陷车！老米要是没换酷铂的 30/75/19 的 STT 大轮胎，他基本上是无法在塔漠中跑起来的。虽说要'快过沙'，但是你得有条件把速度提起来。我们现在整天回旋着走的这种小结构，根本不可能有太快的速度。采用大花纹，可以前拉后推，更利于向上攀爬。老葛，记得到和田后换轮胎！"

"嗯。"老葛闷声答了一句。

"老郝老郝，不会是冲着我们来的吧？"老米从楼上的窗户，看到楼底下的院子里进来两辆警车。

郝明走到窗前，看到警车围着我们几个人的车转了一圈："应该是针对我们来的。"

外面有上楼的脚步声，接着进来三个警察，一个问："谁是你们头儿？"

郝明把吃了一多半的自热米饭饭盒往茶几上一放："我就是。"

"跟我们走一趟。"

我们坐在那儿面面相觑。这里，老葛和老米年纪最长，所以我们一齐望着二人，看他们俩有什么主意。

老葛抽着雪茄，一言不发。

"葛大哥，你人脉广，赶快给北京打个电话，找人疏通一下！"王小满急切地说。

"你能不能不这么慌！这哪跟哪呢！"老葛说。

老米说："小满，你别着急。等郝明回来再说。"

"等郝明回来再说？——他今晚不回来了呢？"我走出房门，回自己屋里穿上棉大衣，往外就走。

"你干吗去，小Ａ？"嘉琪在郝明房内看到，急忙问我。

"我去警察局。"

"你就别添乱了！"王小满生气地说。

"我不能就干坐在这儿。去了警察局，至少可以探听一下郝队的消息，他犯了什么罪。警察问话，我们是不是能给他做个证明。就是他今晚被扣在那儿了，我们也能回来，给他送件大衣、一床睡袋过夜，是不是？"我冲着屋内说完了，抬脚就走。

我问前台，前台告诉我，警察局没多远——这个地方就没多大，出门左拐，就在主路边上。

我走出旅店，顺着主路往前走，一路留神别错过警察局。冷不防，脚下一滑踩在冰上，一个屁蹲儿坐在了地上。

我正准备爬起来，一个硕大的轮胎，在离我脸二十厘米的地方戛然而止。我吓了一跳，抬头一看，是"小红马"。车窗后面，老米两只眼睛从镜片后面瞪着我。

我抠住大轮胎的花纹，很快站了起来。

老米稍微打开一点车门，从缝隙里对我说："上车！"

"去哪儿？"我又问。

"你去哪儿？！"老米不耐烦地问我。

我上了老米的"小红马"。

车到底比人走得要快。不一会儿，我看到一个围着白油漆栅栏的院子，院里有一座白色的小平房。平房的屋顶，积着厚厚的白雪。房子正中，挂着一枚国徽。空地停着五辆大众桑塔纳警车。

"白色的警察局？！还第一次见。"我想。

"待会儿，我来和警察解释，你不要乱插话。"老米同我说。我点点头。

我们走进警察局。屋里还算暖和，墙边立着一个老式的烧蜂窝煤炉子。

我在靠门的长条椅上坐下。桌子后面，一个披着警用大衣的警察站了起来，看了看我，冲着老米问："你们干什么的？"

老米拿出"中南海"和他的限量版 ZIPPO，给警察递过去。警察接过烟，眼角斜了一眼刻着"二战"威利斯浮雕的打火机："真漂亮，是纯铜的吧？"

"是一个收藏品，喜欢就送您了。"

"哎哎哎，不不不，不要这样不要这样。"警察态度和蔼了很多，又问老米，"你们来干什么？"

"我们探险穿越队的队长，一个小时前被带到了你们这里。"

"是不是就是那个叫郝明的？你们是他什么人？"

"我们是一个探险队的。"

"你呢？他媳妇儿？"警察问我。

"不是！我也是队员。"

"还有女队员？"警察诧异地看着我。

"没什么稀奇的，不是还有女警察吗？能不能对我们做个说明，为什么把我们郝队长带走？"

"最近，文物贩子非常猖獗。前不久疏勒县发现的'犍陀罗'风格的壁画，被盗割了。'犍陀罗'的塑像在新疆倒是发现了不少，但是这个风格的壁画，目前就这么一幅完整的。"

我的心抽搐了一下，心在滴血。

警察抽了口烟，继续说："去年，阿瓦提这儿发现了一个 3500 年前的古墓群。上级领导说，我们现在没有财力去开发、保护这些墓葬，所以就一直没有挖掘。最近，国外有人给村民钱，让他们去沙漠里盗掘墓葬。前天我们听人举报，说有人开车进沙漠了，我们追不进去，这两天一直就在路边守着，今天早上看到你们出来了。"

"塔克拉玛干边缘地区一向很荒凉，即便出土有文物，只是具有文化价值，谈不上经济价值啊！"我问。

"一具干尸能卖到四万元人民币。"

"四万元人民币？！"我大为诧异。

"运出国一具就是十万美金！喏。"警察指了指我背后的墙，说。

我回头，墙上贴着墓葬盗挖现场的照片。一具没有棺木的干尸半埋在沙地里，寸褛全无——从脸型、体格上一眼就能判断出是白种男人。他的眼睛和嘴没有了，看上去是三个黑洞，但是脸部肌肉完好，大腿肌肉仍然清晰可见，只是小腿的肉没有了，露出漆黑的骨骼。他的个子非常高，接近两米，小腿的腿骨，有我胳膊那么长。

"干尸怎么出国的呢？"我问。

"有渠道呗。"

老米看了我一眼，对警察说："我们不是盗墓的。前天因为车坏了，碰巧路过。我们压根儿就没瞧见有墓葬群，对那玩意儿也不感兴趣，纯粹就是来探险的。"

"探险？那里面？"警察向塔克拉玛干方向遥遥一指，"有什么险好探的？荒无人烟，连个飞禽走兽都没有！每年三月一日以后，那个风沙啊！"警察摇了摇头，叹息着说。

"那，既然澄清了，我们不是来盗墓的，你们就没有理由扣留我们队长。"我情绪激动地说。

"扣留？没扣留他啊。他和我们杨局在里面聊天呢。"警察朝里面关着的一扇门指了一指。

里面的门忽然打开了。郝明和警察局长谈笑风生地走了出来。桌后那个警察立刻站起来，叫声："杨局，这儿有两个老百姓找上门来了。"郝明看见我和老米，有些吃惊，同时又像是在意料之中，高兴地和我们打招呼："误会，完全是误会！"

郝明到警察局之后，和警察解释："我原来在部队当过侦察兵，喜欢开车。国内大大小小的沙漠、无人区都跑遍了。这次来塔克拉玛干是为了探险穿越来的。"

正巧，和田市公安局的杨局长在这里蹲点公干，听见郝明说他当过兵，就过来问话。

这个杨局长，也当过兵，曾在兰州某装甲师开过"五对轮"。而兰州某装甲师是郝明父亲原来的单位。

"哎呀，说起来还是我老首长呢。"

"我父亲原单位属于重装甲旅，所以我对履带车不陌生，小时候经常钻坦克里玩儿，我记得是操纵杆的，很难开。"

"你父亲在兰州军区那会儿，一直到我当兵那时候，和北边的关系，一直很紧张。我们那时候，训练才叫一个苦呢。夏天坦克内能达到四五十度，还不能脱头盔，汗顺着下巴直往下淌，衣服没干过。沙尘暴一来，能把人吹走。冬天，气温能到零下三十摄氏度，有把耳朵冻掉的。"杨局长说得高兴，立刻将郝明让到自己办公室，给喝茶的待遇。

"来，郝明，把你探险队的成员都找来，咱们一块儿吃个饭，聊聊。"杨局长兴致勃勃地说，"这里有个当地特色，面肺子与米肠子搭档，是绝配。肠糯鲜，肺软嫩，羊肚、面筋有嚼劲儿，香辣可口。你们肯定没吃过——没吃过，那正好，一起！我们也没吃晚饭呢。"

郝明拿出手台，呼叫："老葛老葛，我是郝明，能抄收吗？"

我听到手台里发出一阵欢呼的声音。

"怎么，你没事了？"老葛问。

"不光没事，和田市的杨局长还请我们吃当地特色小吃。你们开车来警察局吧。伊曼，你把我车开来。钥匙在我床头柜上的包里。"郝明吩咐。

手台里又是一阵欢呼的声音，伊曼娇滴滴的声音说："抄收了。"

"还坐这儿干什么，走了。你总比别人慢一拍。"郝明对我说，伸手在我肘部一托，我不由自主站了起来。

我们正准备走出警察局，看见门旁的墙上贴了十几个通缉犯的照片，下面列着名字。照片上还有几个白人。

有一两个人，眼睛里流露出邪恶、阴森，但是大部分人的脸，和我们路上擦肩而过的行人没有差别。我的眼光落在一张照片上，上面是一个少年，栗子仁的大眼睛，笑得很开心，下面的名字阿卜都吉力力·卡拉卡西，年龄十七。看到这张无邪的照片，我心内不自觉打了个寒战。

一只拳头重重地在这张照片上敲了几下，背后传来杨局怒骂声："在我们眼里，他还是一个半大孩子。让人恨也不是，同情也不是！就这么大的孩子，最不知道轻重，也没有明辨是非的能力，被洗脑之后，来干杀人越货的勾当。"

"别看了，小A，上车去。"郝明也不知道是不是无意的，他手在我腰间搂了一下，推我出门。

"老郝，"老米在后面拉住郝明，低声说，"虽然杨局说他们请客，别太实在了，还是咱们把单买了。"

"你说的是，"郝明悄悄将一张白金卡和一沓百元钞票塞到老米手里。老米用手硬挡了回去。

我兜里的手机在振动。开始我以为是妈妈打过来的，等掏出来一看，心里不由犯嘀咕："唉，怎么又是这人。"这人的爹，和我四叔关系不一般，我还不能得罪他，至少不能显得太失礼。

我走到警察局外面一个僻静的地方，接通了电话："我没接你电话，是因为我在警察局呢。没事啊，去警察局不见得有事啊。去烤烤火不行吗？手机一直打不通，是因为这里信号不好。我在国内啊，就是离边境不大远了。我说过了，你条件太好，长得帅，家里又有钱。我这种普通人家出来的，还是找个经济适用男，为人妻、为人母，过粗茶淡饭的日子。你不要飞过来！你来了也找不到我！告诉你，我没住酒店，我住的帐篷，睡在地上。我不要你给我打钱过来，我这儿没地方花。喂、喂、喂，信号怎么这么不好，"我假意提高音量，"听不清你说什么，挂啦！"

"石头，干吗呢？忙吗？我让你帮我还图书馆的书，你还了吗？噢，多谢多谢！不能再被罚款了。我都快上图书馆黑名单了。""石头"和我七年同学，去年夏天，他按时毕业后，直接保送读博士。

— 225 —

"新疆之行怎么样？目前还没什么收获。刚听说这附近发现了一片古墓群，还不让挖掘。要是挖开该多好，唉，生不逢时啊。又来了！你人是没说的，但是咱俩不合适。我仔细想过，我历史专业，你也历史专业，毕业后两人都找不到工作，贫贱夫妻百事哀，孩子都养不起，天天吵。我准备找个金融男过日子；你那么温暖的人，不如找个投行女吧！好了好了，不说这些没用的，我得吃饭去了——你倒是饱的，我还没吃晚饭呢。"

我转过身，吓了一跳。院子里一堆车灯。

伊曼开着郝明的途乐到了。我看到她把钥匙扔给郝明，回到"小红马"上去了。郝明已经坐在途乐上，应该是等我呢。我急忙挂了电话，小步跑过去。

前面三辆警车，途乐跟在后面。

郝明摘下报话机，问："兄弟们，都出来了？尾车跟上了？"

老米回答："我在最后面。都出来了。"

"好的，抄收了。"郝明把报话机放回去，"小A，说了那么长时间的电话——都是你的追求者？"

"不是啊，是我导师，"情急之下我撒了个谎，"说我论文的事儿。"

"没问题吧？"他担心地看了我一眼。

"没问题。搞得定。"我故作轻松地说。

我们进了一家清真餐馆。

警察们坐一边。杨局拉住郝明，热情地说："来来来，你挨着我坐。"

"葛老哥，你往里去，挨着郝哥坐——这是北京来的大老板，做房地产的。"王小满殷勤地为杨局介绍。

老葛伸出手，和杨局握了一下。

"嚯，这么漂亮的女队员？"杨局看到伊曼，露出惊诧的笑容，"郝明，你们是来探险的还是来拍电影的？"

"伊曼，那你里面去，挨着咱葛大哥，离杨局也可以近点。"王小满向里推了一把伊曼，就在伊曼旁边坐下了。

我和修师傅坐在靠门的最外围。

等着上菜的工夫，杨局为我们一一介绍警方的人："这是巴音郭楞最年轻的刑侦队长——阿尔斯楞，"杨局拍拍旁边一个三十岁上下、小麦色脸孔的年轻人，"蒙古族——是我在若羌县当公安局长的时候，我一手提拔上来的。阿尔斯楞是土尔扈特第二十七代汗王满楚克扎布的后人。"

王小满站起来，给阿尔斯楞敬烟，又帮他把烟点着，才坐下。

我记得，斯文－赫定最后一次来新疆，还见过这位土尔扈特第二十七代汗王满楚克扎布。他的叔叔多布栋活佛策楞车敏为赫定的考察团提供过不少方便与支持，后来被盛世才关了八年，差点神经失常。

"这位，刚从一线退下来，现在退休后返聘到警校做教官。"杨局指着一位瘦得活像一段干枯胡杨木、神色麻木的老人，说，"看不出来吧，这位老同志过去一年要拆除三千多个爆炸装置。"

"嚯！"我、修师傅禁不住发声赞叹。

"万一一个失手，会不会爆炸啊？"伊曼问。

"想都不要想，当场粉身碎骨。"老米说。

"那干吗还干啊？为啥不换个工作？赚钱多，又安全的。"

郝明对伊曼说："你看不到黑暗，是因为有人把黑暗，挡在了你看不到的地方。"

杨局使劲摇摇头，突然换了个话题，问老葛："方才那个小兄弟说您是大老板，您是做什么的？"

"我第一桶金是做医疗器械，"老葛平淡地说，"有了钱之后，通过关系拿地。北京望京附近的房子，好多是我盖的。2008年之前房价最高的时候，我基本都脱手了。2008年金融危机之后，和几个朋友搞了一家私募，也就在一级市场、一级半市场玩玩，偶尔做做天使投资。基本上淡出江湖了。目前就挖挖沙子，还有乐趣。"

"哎呀，太高深了！"杨局摇着头说，"赚钱我不在行啊。"

"一年365天，我每年有300天是识别各种骗子，哪些是真项目，哪些是来圈一笔钱跑的，和您一样，斗智斗勇，就是工种不同。"

老葛掏出一个薄薄的镀金名片盒，掏出一张纸质非常厚实又非常窄小的奶黄色名片，递给杨局："来北京，打这个电话找我。我超长版凯迪拉克全程招待你。"

杨局含笑接过："多谢多谢！"

大约老葛的镀金名片盒触动了杨局，杨局说："1990年，有个台湾人回大陆，找的自治州当地政府，说他爷爷是盛世才的副官，逃跑到台湾前，和一批人亲手把盛世才的一吨半的黄金埋到了大漠里。"

"嚯！"我们齐声大呼。

"黄金现货，我记得价格是四百元一克。"老葛说。

"那一吨半黄金，就是——"王小满掏出手机，正要算。

"六个亿啊！"我忍不住大声喊了一句。

"这可不是个小数目啊！"修师傅说。

"绝对不是小数目哈！"王小满说。

"似乎沙漠里，没埋个金银财宝，就不叫沙漠了。"郝明笑着说。

"郝明，塔漠里真有黄金，"杨局说，"这个台湾人带着一张他爷爷当年画的图纸，要求和政府合作：找到黄金，和政府对半分。据说，图纸上画着：古河道边上，有三堆红柳枝。某个时间点，在红柳堆中间，罗盘的指针正好对着天狼星——黄金，就埋在下面。"

我的眼前出现了塔漠的夜空。最容易辨认的星星不再是北斗七星，而是那颗以前从来没注意到的"天狼星"。有一天，我们拿着斧子去找柴，不经意间，在三堆红柳枝下面，发现一个古老的雕花木头箱子。

起初我们并没抱着很大希望，打开一看，满满的萨珊王朝的金币，亮瞎人的眼。拨开金币，下面是镶嵌着红宝石、蓝宝石、祖母绿的古波斯金银器皿。我和大家商量一下，金币我就不要了，分我一些嵌着红蓝宝石的金银器就行。这样，我这趟来塔克拉玛干探险的花费就有了。

等拿出这些金银器，才发现箱子的最下面，还藏着一个不起眼的阿拉伯神灯。那金银器我就不要了。我和大家商量一下，就把那个阿拉伯神灯给我——那我就要什么有什么了。

"瞧，已经有人信了。眼神都不对了。"郝明用手一指我。

"不不，这黄金是真的有！你们不要不信。真有不法分子来挖来了。我们的人，扮成放羊的，就在旁边监视着，一旦挖到金子，立刻人和黄金全部按下。"

"哥，不穿越了，改找黄金吧。"王小满笑眯眯地问郝明。

"能放羊的地方，肯定不在大漠腹地，离我们的路线远着呢。"

"还真是在沙漠里，没准儿离你们穿越的路线，还真不是太远。"杨局笑着说。

"那就是大河沿往北，克里雅河附近那儿。我和我哥去看过，克里雅河还有水的。"王小满说。

"黄金和水的比重是二十比一。"老米举着手机看着，"我算了一下，我们把车上所有的水都丢掉，刚好能放下黄金。"

"要命？还是要金子？好好想想先。"郝明说。

王小满眨着眼思索着，陷入了两难的困境。

"傻啊你，小满！打个点，把黄金埋了，回头空车进来，把黄金拉出去。"老米说。

"可是，什么时间点对着天狼星还不确切，怎么拉黄金。大概的年月日，能否告知一二？"我问杨局。

"咳，杨局要是知道，你还能听见杨局告诉我们这个故事？政府能让人在自己眼皮底下把黄金挖走，还对半分——美得你们。"老葛说。

"这是正解，"郝明说，"好啦，杨局，你们肯定还要值班；我们回去后，还要开个小会。"

"到若羌后，一定给我打电话！"

我们返回旅店的时候刚晚上十一点，大家都进到队长的屋里坐着。刚进大漠的时候，相对之间还比较生疏。也就仅仅过了五天，我们真的感觉是一个集体了。

"沏茶，解解油腻。"郝明说。

"我的安溪铁观音不错。我去拿。"老葛说。

老米伸手拦住老葛："我带了上好的正山小种。先喝我的。"

小满用水壶烧了开水："早知道有黄金这种美事儿，什么也不带，就带个金属探测器来。"

"为啥那金子就找不到了呢？"伊曼问。

"根本就没有黄金，亲爱的，别想了，越想越难受。"嘉琪笑着说。

"你没听杨局说，真有黄金。人家一个大局长，哪能跟我们说谎。"

"可能因为地震。"我琢磨着。

"啥？"伊曼问。

"塔里木地区地震多，一年有上千次的地震，平均一天三次。"

"一天三次？我怎么没感觉到地在震？"

"大部分震级很小，感觉不到。"

"那地震和金子有什么关系？"

"金子不断受频繁地震的影响，会越来越往下沉。还有，塔里木的河流都有'无缰的野马'称号，随时会改道，光凭克里雅河边上的三个红柳堆，这个地点也太笼统。"

"哎哎，其实世界上绝大多数黄金都在大都市的银行保险库里，沙漠里的黄金是极少数，找不好找，运也难运。书中自有颜如玉，书中自有黄金屋。"老米告诉伊曼。

"还聊黄金呢？你们也不关心关心老陈怎么样了？"郝明问王小满，"给麦西来甫打电话了吗？"

"路上我就给他打了，问了陈哥的情况。"王小满说，"要说麦西来甫这个人真够朋友，一直在医院里忙前忙后。刚刚离开医院。麦西来甫说，陈哥情况还不错，在医院里住着，睡安稳了。明天，他家人就从天津飞过来。"

我们听见老陈的家人来，都放了心。

"陈哥还说，如果那切诺基真能够修好，他来石油便道接车开回去。"

"都锁骨骨折了，怎么接车！就是想找个由头再跟咱们进去。"老葛说。

"真是条硬汉！"老米赞道。

"都看到了吧？"郝明说，"哪怕有一星半点儿的希望，老陈都不会放弃。塔神是很无情的。每一个疏忽，都可能是致命的。"

气氛突然凝重了。

"明天，我和老葛去修车厂。争取把牧马人的玻璃装上。小修，小满的车也要好好检查一下。"

"知道了。"修艳喜回答。

"楼下那几辆越野车是你们的吧？"门口突然站着一个戴雷朋墨镜，穿迷彩背心，脚上穿着过膝橘色防沙鞋套、仪表堂堂的男人。

"是我们的，怎么了哈？"

"你们牌儿还挺杂的。我看你们有辆京牌车，还有黑龙江、宁夏、江苏的车牌。"

迷彩背心大步走了进来，拖过一把椅子，坐下了："我刚从红白山出来。打算明儿去叶城，你们这是要去哪儿？"

"您刚从红白山出来？"我问迷彩背心。

"我们马上也要去了。"老米说。

"去吧，和田河冻得硬邦邦的！"

"原来你是从和田河去的，我们不那么走。我们从沙漠往东，穿到红白山。"王小满笑眯眯地说。

迷彩背心愣了一下："沙漠我也去了——嗨！老实说，我并不喜欢沙漠。几年前，我到过撒哈拉。今年又在塔克拉玛干钻了一个星期。嗨哟，半天工夫不到，一嘴的沙子，包里、睡袋里，全是沙子——还有上衣口袋，也不知道这些沙粒是怎么进去的。"

"您在红白山有没有看到什么值得注意的地方？"

迷彩背心凝神想了想，把雷朋墨镜对着我："看到一个千佛洞。"

"千佛洞？"

"对，共有上百个完好的洞窟，有个巨型石窟上面匾额刻着'金天福地'四个汉字。"那人在空中从左向右点了四下，"月光中，非常宏伟壮观！"

"那可是个大发现啊！"我吃惊地张大了嘴，血液都流快了。

"是吗？不懂！"迷彩背心笑了笑，歪过头和我说，"我就是一个——纯越野人。"

古于阗国全民信佛，但是他们的官方文字是佉卢文。如果红白山千佛洞出现汉字，那就太有意思了。

"汉字是从左向右写的？还是自右向左？"我问。

"从左向右？还是自右向左？"迷彩背心皱起眉头，"当然是从左向右。"

从左向右？我暗自思忖。古汉语都是从右向左书写。不过，佉卢文是从左向右书写，也许汉字在于阗国这儿，入乡随俗了。

"千佛洞里都有什么？只有雕塑吗？"我朝迷彩背心迈近了一步，问。

"有什么，你自己去看嘛。"

"千佛洞在'红白山'什么地方？有 GPS 坐标点吗？"

"你知道'红白山'是先南北走向，然后东西走向，像把镰刀一样。"迷彩背心摘下雷朋，面对着我说。

"对对，知道。"

"在镰刀的'刀'那个位置。"

"靠近北纬 39° 线吗？"

"不靠近——没到！38° 到 39° 之间。"

"38° 到 39° 之间？这个范围也太笼统了。"我暗自里嘀咕。

"从和田到千佛洞有多远？什么样的路况？"

"你们没问题的——你们车那么好！"

"好了，明天要办的都落实了。快十二点了，你们三个姑娘回自己房间吧。"郝明说。

迷彩背心抬眼看了看郝明，又看了看我，戴上雷朋，站起来往外走。

我紧追了两步，喊住迷彩背心："方便留个电话吗——万一我们没找到千佛洞。"

迷彩背心走出去挺远了，抬胳膊摆了一下："不会找不到的，很好找。"

我快快不乐地走了回来。刚进门，就发现屋里气氛不大对。

"行了，大家该干嘛干嘛去。"

大家朝外走。

"不要随随便便和人乱打听，别人能找到的，我们会找不到？"老米黑着脸不满地瞅我一眼。

"你们还不睡觉——去干吗？"伊曼问老米和郝明。

"去干吗？当然是去干活！"老米瞪眼说。

"今晚就把'小红马'的新桥装上？"伊曼问。

"当然。不然老米今晚睡不着，明天我们修车，没你们仨的事儿，愿意干吗干吗，不过早上务必按时起床，下楼集体吃早餐。"

我、嘉琪答应了一声"好"。

"晚上做个好梦，梦见找到金子。"王小满笑眯眯地对伊曼说。

"还找到金子呢，做你的春秋大梦吧。"

"琪姐，我搬去你房间吧。"趁着伊曼和王小满"打擂台"的时候，我问。

嘉琪迟疑了很长时间，终于说："好啊。"

王小满对郝明说："哥，嘉琪想要退出了。"

我吃惊地回头看着嘉琪。嘉琪有些尴尬，冲郝明笑了一下："是啊，老大，我有这样的想法，但是还没有最后下决心。今晚，再给我些时间考虑考虑，好吗？"

我把自己的东西搬回到新房间，嘉琪在盥洗室洗澡。盥洗室的门，就像往常一样，是敞开的。

"我有幽闭恐惧症。"嘉琪告诉过我。

"琪姐，你一会儿还会更新你的文章吗？"

"应该是——会的，怎么了，有什么不对吗？亲爱的。"

"没有没有，就是——我很喜欢看。"

"真的吗？听到你这么说，太开心了。"

"如果，你离队了，后面的内容我就看不到了。"我走到盥洗室的门前，想告诉嘉琪。嘉琪正闭着眼睛，小麦色、敦实健壮的身体站在淋浴的莲蓬头下，享受着热水浇头的幸福。刚才的话，我顿时说不出口了。

"亲爱的，我再洗遍头啊，不跟你说了，要不洗发水进我嗓子里了。"

前方，出现了一座大沙山——这是一道叫我仰视的沙山，它足足有二十层楼高，几乎垂直地矗立着——是难度的焦点。沙山在阳光下闪耀着骄傲、不可侵犯的金色，以至于我紧张得连拍照都忽略了。

嘉琪的观察力和情感方面的饱满都远胜过我，让我恍惚又身临其境，跟着嘉琪又重温了我们当时艰难地行进。

"当初，我们遇到五层楼高的沙山，认为已经是过不去的'不周山'。现在，二十层楼高的大沙山，不也过来了？哈哈嗬。"

我仰天笑了一下，急煎煎又往下看：

所谓挑战，就是在无路可走的时候，想方设法走过去。

男人骨子里都有一种叫作"征服"的欲望，所以主导越野游戏的永远是男人。他们总担心道不够远，路不够险，他们总是喜欢跨越，一个个在常人看来无法完成的障碍。对这些男人来说，"征服"与"荣誉"，有着与生命一样等同的重要性，甚至更加珍贵。

嘉琪的帖子，人气明显上来了。

嘉琪撰写的关于我们旅程的记述中，除了她自己自称"琪爷"，我认为她所说的"我们头儿"，就是郝明。

嘉琪文中所提及的老华，应该是画家米国军；那个叫钱伯豪的，应该是葛卫东。出乎我意料的，嘉琪在文中一个字没有提到伊曼。不过，更出乎我意料的是，我竟然在文章里面，而且出现的次数还不少。

我是一个幽灵一样的东西，招之即来挥之即去，甚至连性别也非常模糊。在嘉琪犹豫不决的时候，我就是一个倾诉的对象。她表现出胆小畏惧，有损形象的时候，我又出来，替她打圆场，告诉她的读者，如果换作是我，我也会这样，甚至比嘉琪还怯懦。在嘉琪感觉良好、自信满满的时候，我就退回到我该待的角落里，等待为她下一次的心情低落复出。

文章中那个"风一样的男子"，应该就是王小满。

在我经历了多次呕吐的非人折磨后，我的主驾，换成了一个半仙级别的人物——他车感犀利，意识超前，走位风骚，技术精湛，出神入化。

嘉琪在文中，不厌其烦地描述这个"风一样的男子"，脚步是多么得轻巧敏捷，紧握方向盘的双手是如何修长，两根指头夹着香烟的样子是多么潇洒，就像言情小说一样，看得人心旌神摇。

不少不明真相的热心网友都在网站上大声呐喊，热心撮合嘉琪和"风哥"，"在一起吧！""一定要在一起啊！"

　　那些留言的热心网友，有一部分很可能是原先网站追随过来的读者，比较熟悉嘉琪，亲热地叫她"包爷"。

　　看到那么多网页上的回复，我明白了嘉琪为什么那么留恋上网，原来从网上收到众多陌生人真挚的问候，是那么幸福的一件事。

　　我看到有人留言。

　　"第一次感觉到塔克拉玛干离我们并不遥远。"

　　"跟着你们，我经历了一次不一样的人生。"

　　"敬佩你们这些为了理想执着顽强的人，祝愿你们的梦想早日实现，平安归来，祝福你们！"

　　"已经中毒了！沙漠才能体现真正的男人，是男人就去沙漠吧。"

　　"天佑勇士，这么长的穿越，需要非同一般的勇气。"

　　也有人回："你们对塔克拉玛干大沙漠的穿越，让我这个普通人看来是极其不可思议的。但我想，我们每个人，其实都是在穿越自己的'人生'，继续为职场的提升，为了车子、房子、票子、孩子奋斗着。穿越了一个又一个人生'旋涡'，还是免不了掉进'鸡窝'。想着明天的项目，还有那么多麻烦事要面对，就能理解你们'头儿'的苦。泡的面可以吃了——手机码字，水平有限，祝你们一路平安！"

第十六章

嘉琪差点退出

——人要变得多么谦卑，为了踏上通往成功的路。

我们又在做回沙漠的准备了。

集体用过早饭之后，郝明、老葛、小满、修师傅四人修车，老米和伊曼开着"小红马"，去巴扎买馕。

嘉琪，依旧是在电脑前码字。

嘉琪的帖子里，详细叙述了老陈翻车的经过。关于老葛、王小满如何应对的事宜上，嘉琪是这样评论的：

我现在看出来差异了。哦，天哪，我真担心这两人一着急，再闹出点什么乱子来。我当时心里想，这会儿要是我们"头儿"在，该有多好啊！至少他能有条不紊地处理现场。

我们头儿行伍出身带队，带队的风格如带兵。我时常对他独断专行的军阀作风心存不满，甚至因为他一些不近人情的言辞，对他产生过抵触的情绪。可是，当我们遇到问题了，我才发现他的处变不惊、随机应变在穿越途中是多么重要。也许，这就是领队必须具备的核心能力吧。

看到老葛和王小满走散那一段，想起郝明昨晚说的"塔漠是很凶险的"那句话，我不由自主打了个寒战。

帖子追完了，那六人却一直不见踪影。

我拿出硬皮本，倚着被子接着记录："虽然此行目前为止来看，依然没有丰厚的收获。但是收获还是有一点点。"

我略有些为赋新词强说愁地在内心轻叹了一下，继续写道："这点收获来自我的个人推断。从我们已经穿越的地区，我在沙下发现河床的残迹。河床很高，以至于我竟误以为是不是'古城'。那些还没有被掩埋掉的厚实的沉积物，就像大海里突然露出的暗礁。这里不知道多少年前，曾经是一条大河。不过河水还存在的时候，周围的植被就不丰富。

"斯文·赫定曾在著作中写道：'（从麦盖提出发的）第二天，我们相当意外地碰到一个活水湖，我们沿着湖岸向东走，穿过一座真正的原始森林。森林茂盛到我们经常被迫退回原路，重新绕路前进，有时候不用斧头开路根本寸步难行。'——每次读到这，我都高度怀疑，这是号称'进去出不来'的塔克拉玛干沙漠吗？

"现在我可以断定，斯文·赫定先生的记述是百分之百真实的，尽管我一点原始森林的影子都没有看到。个人认为，叶尔羌河曾经分成两条主要支流，一条绕过塔克拉玛干沙漠西缘，流向东北，在阿克苏绿洲南部与喀什噶尔河、阿克苏河及和田河汇合，形成塔里木河。

"另一条流入大漠腹地的湖泊。这就验证了，斯文·赫定确实曾经坐船到过红白山。

不排除，斯文·赫定泛舟的河流是一条无名之河，而非叶尔羌河。这条河流能在平坦的原野上蜿蜒奔流二百余公里，那么它的流量也会相当不小。初步设定，它的水源也是来自慕士塔格峰融化的积雪。"

写完这个冗长的记录，我发现已经下午三点了。

我实在是饿得有些头昏眼花，才叫上沉浸在网络世界里的嘉琪，出去找饭吃。嘉琪不愧是拥有丰富的穷游经验。她迅速找出一家又卫生、饭的味道还很不错的小餐馆，我们两个进去，一块儿吃了个砂锅。

"我微博涨了好多粉丝，"嘉琪掩饰不住内心的喜悦，告诉我，"原来才三万多的粉儿，现在涨到十三万啦。每次回到人类社会，都会有好多粉丝给我留言。"

"噢，祝贺啊！你写得确实招人爱看。"我发自内心地说。

"小A，你帮我拿个主意，"嘉琪从砂锅里舀了一勺汤，还没喝，忽然问我，"我一直犹豫，你说我是跟着老陈一块儿离队，结束穿越，打道回府呢；还是和大家一起，再继续往前走。"

嘉琪非常敏感、多疑，尽管绝大多数时候，大家很照顾她，但她总认为"北京人"骨子里有着首都人特有的傲慢与清高——她所认为的"北京人"就是队伍里除她以外的那七个人。

"你确实受了很大的罪。天天吐，也不能老这样下去啊！"我忧心忡忡地看着嘉琪。

"多谢你，你也晕车，还体谅我。"

"我吃了几天晕车药，好了。"

"我看出来了，小A，你虽然没有皮实的身体，却有一个皮实的灵魂。"

"说实话，我也不愿意吃这个苦。我是没办法了。我这个专业还没有肄业的，可能我要做我们学院第一人了。"我学伊曼的口吻，自嘲地说。

嘉琪同情地看了看我。

剩下的时间，我们两个就是闷声不响地继续分享一个砂锅。

吃完饭，我和嘉琪返回小旅店的时候，看见"小红马"已经停在了旅店前面。老米和伊曼正在分装今天早上新购买的补给，一面商量着如何往车上码放。我和嘉琪对望一眼，走了过去。

根据郝明的指示，因为天气太冷，我们每人各添加两床化纤毯子。一条铺在防潮垫上当褥子，一条盖在睡袋上当被子。这样每辆车又添了四条化纤毛毯的重量。

自热米饭被摒弃了。不过，郝明又让伊曼购买了几斤土豆、七根白萝卜和三棵大白菜，还有六个被当地人称作"皮芽子"的洋葱头儿。买这几种蔬菜不是因为大家都喜欢吃——沙漠里没有"喜欢"或者"不喜欢"，只有"合适"或者"不合适"。因为是冬季，所有蔬菜在野外都会上冻，只有这四种菜冻了之后还能吃。我们穿越过程中所有支出的现金，大头在郝明身上，剩下的全在伊曼的腰包里。伊曼记账又管钱，弄得井井有条。

"成，就按你说的办。"伊曼两手一下子把储备箱抱起来，"嗵"一声放到"小红马"车尾。

"哎哎，这种体力活儿以后让我们大老爷们来做。"老米急忙说。

"没事儿。我搬得动。"

"老郝他们回来了没有？"老米问我。

"不知道，应该没回来。"我面无表情地回答。

"你们吃了没有？"老米又问我和嘉琪。

"我和小A刚吃过了，对面那家砂锅做得很好哎。"嘉琪说。

"好啊，那等一会儿我俩也去吃砂锅去？"老米侧着脸，笑着问伊曼。伊曼往里推了推车后的箱子："最烦的就是砂锅——天天在'沙锅'里涮，还没够啊？"伊曼扭脸，用明若秋水的眼睛，似喜非嗔地瞟了老米一眼。

老米高兴地笑了："那就看看有没有羊肉烩面。"

一个快四十岁的男人，以为耗尽了所有的情感，没有人再可以撩动情怀，意外地又品尝到了心动的甜美。伊曼粗俗、心直口快，在这个女孩面前谈禁忌的话题，不会引起她的任何忸怩不安，反倒可以陪你一起纵声大笑。这让她有了一种不同平常的魅力，让人觉得容易亲近。她每天虽然近在咫尺，却一直无法和她突破界限，让人又找回了初恋的滋味。她不再浓妆艳抹，天然的本色，却越发显得美好。塔克拉玛干每天清晨初升的朝阳照在伊曼年轻娇嫩的脸上，都激励着老米继续前进。

回到房间后，嘉琪继续更新她的文章。我一面在硬皮本上做着记录，一面等着看更新。

有人在房门上重重敲了几下。我跑过去，隔着门问："谁？"

"还能有谁？"是王小满的声音。我打开门。门外走廊里一股烟味。

"你警惕性蛮高啊。"王小满把烟头掐灭在走廊，和老米一同走进来，后面是郝明和老葛。

"我们来看看咱们在沙漠中拍下的照片和视频，然后集体去吃晚饭。"郝明说。

我们都凑在了嘉琪背后。

"先看看咱葛大哥经典的翻车视频。"王小满笑眯眯地说。

嘉琪把已经导入到电脑里的视频找出来。

在笔记本电脑里看绿色牧马人从沙山上翻下来，就和看电视剧里的特技一样，完全体会不到现场那心惊肉跳的感觉。

郝明把胳膊撑在桌子上，一边看一边问老葛："我说的那几点错误，没说错吧？视频看得多清楚。你当初，还七个不服八个不忿的！"

老葛看着自己的翻车视频，若有所思地点着头。

"才出来没两天，不回顾这些照片，全忘了。"

"哎哎，老郝，看到这些照片，又想进去了。"

"明天不就又进去了。"郝明看着老米，笑着说。

老米忽然说："嘉琪，你每次照相是不是爱歪着脖子照，怎么图片地平线都是斜的？"

老米说："我刚才就想说，我说嘉琪，你又不是搞艺术创作，下次还是把相机端平吧，你看你照片上，天都去哪儿了？你不能蒙那些没进过沙漠的菜鸟，这么陡的坡度，车早掉下来了。"

"米哥，你还是原谅一下嘉琪吧，毕竟人家是头次到沙漠进行拍摄。嘉琪你这两天加强一下臂部训练，以后应当会端平相机啦。"王小满嬉笑着说。

这些调侃的话，不过是大家随口而论，活跃下气氛，但是嘉琪的脸色越来越难看。

"老米、老葛说得很对，嘉琪你把地平线没有拍水平的照片处理一下。总体来说，照片还是拍得可以的。光圈掌握得不错，手很稳，对焦也很清晰。这么恶劣的环境下，值得肯定表扬。"郝明说。

嘉琪顿时面露喜色："唉，我实在是不喜欢拍那些纯粹的风景，没有故事的画面，是那样苍白无力。"

虽然嘉琪这么说，她把大漠还是拍得很美的。如果对自然没有由衷的爱，是拍不出这么美的片子的。

"怎么，嘉琪，你不想再往下穿了？"郝明坐在窗户下的椅子上，问。

是退？还是进？嘉琪仍然犹豫着。最后，她决定把这个问题抛给我们。

"在沙漠里，我同大家伙儿很生分。我知道大伙儿对我很好，可是，我内心总觉得融不进咱们这个团队，和大家始终是两层皮。除了偶尔拍点照片，我作为一个副驾，也非常得——不称职；经常引得主驾牢骚满腹。我拍的照片，也让你们不满意。我还老是晕车，对大家行进造成不好的影响。"

"那你就退出了？"王小满靠着门站着问，"你这些退出的理由，好像很没有力度啊。"

嘉琪没做声。

王小满一面对着外面抽烟，一面说："你都已经来了，已经吃了那么多苦，说退出就退出了？你回去后，怎么跟云南你那些兄弟们说呢？还有你网上那些粉丝，你怎么交代呢？当然了，我是不会给你建议的，主意得你自己拿。毕竟这次穿越非同小可，往后还不知道会遇到啥困难呢。"

"嘉琪，"我忍不住有些激动了，"在你想要放弃的这个时刻，想想当初为什么会不远万里来到这里—不忘初衷，方得始终！"

嘉琪望着我，显然受到了震动。

"虽说你走了，我也就是少了个副驾的事儿，你的离队丝毫不会影响到其他人的决心，但是总归大家不希望看到你离开。"

嘉琪低头想了很久："那好，我坚持走下去。老大，有件事，想和你先说妥当。"

郝明皱着眉头，半晌回应："你说。"

"这次我拍摄的穿越照片，你们得向我付费购买。"

我以为我耳朵听错了。其他人也吃惊地看着嘉琪。

"嘉琪，你把照片保存好。"郝明站起来，口气一如往常般平和，"从准备出发到现在，我们人均花费是七万元。你先把这七万元补交上来，再给你的照片开个价码。当然，你的照片，我们可能一张也不选用。十五分钟后，全体人员旅馆门前集合，去吃晚饭。"

"七万元——还不包括每辆车的改装费用。"老米冷冷地看了一眼嘉琪。其他人跟着老米往外走。小满没走，依然靠门站着。我低着头，脸火辣辣地发烧。太难堪了，嘉琪怎么能当众说出这种话来。

"怎么，你这门神还没当够？"郝明经过小满的时候，问。

"我把这根儿烟抽完。"王小满笑眯眯地向郝明伸了一下胳膊，给他看指头缝儿里快要燃尽的香烟，转脸看了嘉琪一眼，眼神很复杂，但是看得出来，他相当不快。

屋里只剩下我和嘉琪。

嘉琪蜷缩着，盘腿坐在椅子上。冬日的天黑得真快，嘉琪的脸渐渐隐没在阴影中。

"小A，我看我有必要去找老大解释一下。还有葛老板，葛老板是个典型北京款爷，做事特讲面儿——他们现在应该是在一起吧？"

"你现在去，不是正撞在枪口上？"

"那也是没有办法的事。"嘉琪从椅子上站了起来，走出房间。我悄悄跟着，走到门口往外探听。

"老大、葛老板，容小女子开诚布公地讲几句心里话。"嘉琪的声音很低，惴惴不安的语调，就像是向老师承认错误的小学生一样。

我心里一阵难受。

"说！"奇怪的是，说话的不是资本家，而是艺术大师。我都能想象出老米的样子来：黑黑的脸，冷冰冰的态度。

"嘉琪，首先我得和你强调我的观点：这个穿越是一种民间行为，不是硬性的规定。'去'与'留'无论你做出哪种选择，我一定都会尊重。"

"老大，你看我晕车、素食，我担心大家会不会觉得我太烦，内心希望我自己提出退出？"

"你别老在意别人怎么想你，最重要的，是你自己还想不想！"老米不耐烦地说。

　　"我……想的。"

　　屋内一片安静。

　　"但愿我今天讲的一番言论，不会引起什么误会吧，"嘉琪极度不安地说，"但愿心怀坦荡不是我的一厢情愿，但愿大家能够担待我这个小女子的软弱……"

　　"还行，你没坚持'退出'，表态要跟下去，这点我倒是挺欣慰。"老葛发言了。

　　"她到底还是决定了，跟着队伍继续往下走。"我心中的一块石头落了地。

　　回到屋里，坐在自己床上，郝明的话让我非常吃惊：原来迄今为止，我们每个人人均花费已经达到惊人的数字！趁着晚饭前这点自由时间，我得赶快给刀疤打个电话，让他退还我的报名费。

　　果然如我担心的那样，刀疤听完我道明原委后，就开始给我吃定心丸，说这个活动还在紧锣密鼓地筹备着。我表明态度，说我坚决要退出他们的活动计划后，他就开始跟我打哈哈。

　　不管刀疤怎么和我说好话，我始终坚持让他们退款。刀疤不再那么云山雾罩又始终不切重点，换了一种公事公办的语气，说："我们已经签订了合同，合同上写得明明白白，除非发生战争、瘟疫或者这个计划主办方主动放弃，才能有条件退款。"

　　我越听越怒，真想挽起袖子，对着那个人的脸重重来一下子。

　　"你现在在哪儿呢？"我打断他。

　　刀疤觉得我问的口气很怪："马上……回北京——怎么了呢？"

　　"我现在在塔漠边上的阿瓦提乡，刚从塔克拉玛干出来。"

　　很明显地，我听到电话那头有人倒抽了一口冷气，刀疤吃惊地问我："你已经进去了？跟谁？"

　　"肯定不是你——因为你还在北京没动窝呢，所以说，你赶快把钱退还给我！"

　　我们八个人四辆车一起出动，在阿瓦提乡竟然发现了一家川菜馆。当听到队长点了水煮牛肉、酸菜鱼之后，大家舔了舔干涩的嘴唇，情绪立刻高涨了！

　　我见桌上有一小盘蒜泥白肉，立刻端到老葛面前。

　　"欸，就好这口，"老葛果然立刻抄起筷子，高兴地说，"先来上三片。"

　　"毛毯买到了没有？"郝明合上菜单，递给服务员，问老米。

　　"买到了。算我们走运。阿瓦提乡就一个巴扎。整个巴扎就只有十六条毛毯，多一条都没有！一条要我们一百块。伊曼和我砍价，砍到一条七十块。六条毛毯装一个鱼皮大口袋。我就像个民工一样，肩上扛一个，一只手提一个；伊曼背四条。从巴扎最里面，一直走了一百多米，才走到'小红马'。土豆、白萝卜、大白菜、皮芽子也都买到了。"

"很好，"郝明点点头，"老米和伊曼，你们俩，今天都辛苦了。"

"穿始祖鸟的民工？"王小满笑眯眯地，"旁边一个漂亮的穿始祖鸟的女民工。"

"不说话会死吗？"伊曼厉声说。

"你让我给葛兄买的马扎，我也买到了。不过不是你说的木头的，是铁的。"

"怎么不是木头的？铁的多冷。"

"找遍了，没有木头的，只有铁的。"

"铁的就铁的吧。"老葛说。

"我给你的小凳子你不爱坐，那你和修艳喜坐马扎吧！"郝明对我说。

"再说说下一步穿越的事儿，明天早上九点，咱们准时出发。到下道点要四个小时，进沙漠到老陈翻车那儿还得六个小时。一天就没了——如果明天天黑前还到不了，那拖得时间要更长。"

"明天必须赶到陈哥那儿。"老米说。

"塔漠的凶险，不用我说，这几天大家都有深切的体会。北纬39°这条穿越线路，囊括了我们去过的几大沙漠的所有难点：有库布其让人头痛的小鸡窝，有能和巴丹吉林媲美的高沙山、深沙窝，沙子还特别软，一脚下去，没过小腿，就跟掉进面缸一样——"

"——这这辈子记忆最深刻的就是塔漠的凶险了。"王小满说。

老葛"啧"了一声，掸了下烟灰，告诉王小满："首长讲话的时候，你别老乱打岔，支起耳朵好好听着——王队长，你现在可不是队长了啊。"

"小满打岔，正好拿他说事儿。他一个动作不到位，害得我们多耽误好几天工夫；急躁冒进，导致老陈现在在医院里躺着，虽说没有造成生命危险。我先把话撂这儿，下面的路，大家都别逞能！后面还有二十多天呢！一切行动一定要听指挥！我、小满、老葛都是老人了，彼此秉性、脾气都了解，也知道谁都没坏心眼儿——"

"——我跟你们也磨合好几天了，也都熟了。"老米插言道。

"再不能——不听话，又是一个人一个主意；八个人十个主意。错了，我一个人的错，我愿意担这责任！你对我个人有什么看法，你先忍着，等出去了，你再说我。除非所有人一致赞成，按你说的行动走，那我按你说的做，否则你就得听我的！除非头车带的路错得没谱，一定再不能出现另一辆车又带出一条路的情况来！"

"队长怎么说，我怎么跟从。"王小满笑着说。

"什么'跟从'——跟随！用词不当。"老米说。

"我跟着，听从，叫跟从。"

"还有，每个人心里藏的那点小心思、打的小算盘，我都知道，服从大局为主，有什么要求，跟我说，别自己瞎做主张！"

"大家还有什么想法，都说出来。有什么异议，现在提出来，再进去，就要一切行动听指挥。"

"老大，能不能让我只拍照片。之前，我把摄像想得太简单了，以为自己可以一手相机、一手摄像机玩得转的，没想到，我之前拍的视频导出来简直不能看。这样一来，我错过了许多好镜头，加上晕车，我——"

"嘉琪啊，你是第一次参加我们活动，大概是不了解我们的规矩。一般我们活动，事先安排好、定好的分工，是不允许随便调整改动的。念你是新人，这次就尊重你的意见，把摄像交给伊曼。明天进去，你就专心把照片拍好。"

"伊曼又做饭又管后勤，跑前跑后的，事儿不少了，你还让她摄像？"老米不满地瞅了嘉琪一眼，黑着脸说，"算了吧，我来摄像吧，我把我的摄像机架在我车子上。"

"主要是，我不擅长摄像欸。我发现我又摄像又拍照，摄像没摄好，照片也没拍好哎。"

"行了，你不用解释了。老郝不是也答应你，把摄像的任务交给伊曼了吗！摄像是有多难的事吗？小曼以前也没拍过，怎么她就爽爽快快一口答应了。"

"停车、修车的时候，我可以摄像，"伊曼说，"做饭是晚上咱们扎营那会儿——两不耽误。"

"你这精神，都快成劳模了。"王小满看着伊曼，欣赏地说。

"我可以替代嘉琪摄像。"我毛遂自荐、自告奋勇地说。

"你行吗？"老米用极不信任的眼神看我，问："你手稳吗？"

"这个，我没想到手稳不稳的问题。我尽量让自己的手稳。"我说。

"这个，不是你说能拿得稳就拿得稳的。"郝明对我说。

"我那儿还一台摄像机呢，我那个不仅比你的画面质量高，而且轻巧，可以双保险，多留下点图片、视频也不是坏事。"老葛摩挲着烟斗说。

"你还带了摄像机？"郝明问。

"我还带了一箱子镜头呢，一直忙着赶路、陷车、救援，到现在还没拿出来拍过。"老葛说。

"怪不得都车沉！这个加点，那个背点。"郝明又问大家，"还有什么问题？没了？那好，既然大家思想一致了，我们这次再进沙漠，就要一鼓作气干到若羌。"

"必须一鼓作气干到若羌！"老米跟着说。

"甩开膀子干吧！"老葛喊了一句。

"光喊口号，感觉少了点什么。不然，一起喝点儿？"郝明问大家。

老葛点头："早有此意。"

"我也喝点儿。"老米点头同意说。

"大家都喝点啤的吧，明早还要出发呢。"郝明提议。

"服务员——"伊曼喊。

一个相貌憨厚的胖姑娘走进来。

"你们当地的特色啤酒是什么？"

"绿乌苏、红乌苏，金乌苏最好喝。"

"那就来几瓶金乌苏。"

"再来一瓶大雪碧。"王小满补充说。

"不来别的了？"胖姑娘问。

"不要了。"

胖姑娘两只胖手一手抓三个啤酒瓶，放到餐桌上。她刚离开，我忽然想起件事来，急忙站起来。

"你干吗去？"郝明问我。

"我去厨房要个啤酒瓶起子来。"

"不用！"老米一撩抓绒衣，露出裤腰带上的 SOG 多功能刀。

"你坐下！"郝明让我，抄起一瓶啤酒，用筷子在瓶口轻轻一抿，啤酒瓶的盖子就像沾在瓶子上的泥一样掉了。

"一看就是不喝酒的人。"郝明给老米倒酒。

"小半杯，就是意思意思，"老米注视酒杯中不断升高的茶色液体有没有超过自己的承受极限，"嗯，平时几乎不喝酒，也不能喝。"

"你这点儿酒量，那你平时咋应酬呢？"伊曼脑袋一偏，问。

"就是，米哥，你你都知名画家了，应酬肯定少不了了。"

"能躲的应酬我就不去，实在躲不开的，让我喝我就喝，喝完钻桌子底下，第二次再见我，就没人让我喝酒了。"

郝明问王小满："你，也意思意思？"

"你不是不知道，我喝不了酒！我喝雪碧，一样的。"

"老陈离队了。现在只剩下我们八个人，四辆车。"郝明把空酒瓶放到桌面，说，"我有个想法，我们四辆车组成两个互助组。我和老米一组，老葛和小满一组。只在同组实施救援。打个比方，我陷车，老米负责救援；老葛和小满不要停留，继续往前走，把速度拉起来，要不然，等待我们的最终结果，我不说，大家都明白。"

"放心，我现在完全能盯牢你。"老米自信地笑着说。

郝明指着老葛说："他不盯牢你，这俩儿不就丢了吗？老葛，你和小满，你必须看老米怎么走的！过梁的时候，我报路况，没听见或者听得不清楚的，一定要台子里呼我重复。头车开道，无异于摸着石头过河，什么情况都有可能遇到。小满最了解，是吧？只要你没走到那步，一切道路、陷阱都是未知的。我冒过一遍的险，你们轮流再去冒一遍，没有意义！"

"都知道，这几天都带过队了，包括米哥。"王小满说。

"老葛头儿，说说你前天带路的感受吧？"郝明说。

"我觉得，还是没得要领。"老葛吃热了，加之心情激动，一把抓下抓绒帽子，没头没脑地一通乱擦："跟你们后边，我不会出汗。我自己带路，我是一身的汗！说不好听的，下边脚趾头一直都是抓紧的。怎么带这个路，你要不停地思考。还得同时顾及自身安全。就像上次似的，车跑着，眼睛往前看着，一不留神就翻了车。带路，真是个技术活儿，也是一种挑战！"

"说得好。"王小满喊了一句。我们一齐鼓掌。

嘉琪看到拍摄视频的责任卸掉了，以后只需要专注拍照，心情好起来，拿出一支粗笨的录音笔，笑吟吟地问大家："老大、葛老板，凡事都有个第一次，你们讲讲你们第一次进沙子的处女行？"

"第一次进沙子的经历？"郝明和葛卫东互相看了看。

"那我先来。老米的第一次，我们共同给你见证了。老葛你待会儿讲——我一讲，就把小满给带出来了。"

"等等，我来给你们摄像。"伊曼拿起桌上那架索尼摄像机，递给郝明旁边的老米，"我先在镜头里露个小脸儿的。"

伊曼对着镜头，比画着剪刀手。

"米哥，你也露个脸呗。"伊曼接过相机，指挥老米。老米笑着，对着镜头招招手。

"开始录了，"伊曼用摄像机对着郝明，"你讲吧。"

"2005 年的时候，我有了点钱，买了一辆很老的'手四化'——"

"那个时候能买得起小切，已经算很有钱了。"王小满抽着烟，笑着说。

"闭嘴！"伊曼举着摄像机，厉声说。

"讲哪儿了——'手四化'。最早还不是这辆'手四化'，是一辆吉普 20。我开着这辆'手四化'满山里转悠，很快就觉得没意思了。这时候听人说，沙子好玩，又不伤车。我想，那我也试试吧。我找了过去我们特侦连的一战友。我们两人一车，带了几块煤，就去了库布齐。我一看，嘀，满眼的大沙山，这可怎么走啊，就让我那战友下车，到前面给我探路。"

"我踩着油门，好不容易爬上沙山，一看前方，吓得我赶紧踩刹车。下车对我那战友劈头盖脸就骂，'你会不会找路啊你，这不让我连车带人栽下去吗！'其实，那沙丘也就五米——是斜坡长五米，落差也就三米不到——"

我们这几个在塔克拉玛干沙漠深处，见过二十层楼高沙山的人，全都大笑起来。

"我想既然已经来了，也不能就这么半途而废，好歹往前再走走。沙山不敢上了，那就走谷底。有时候，两边沙丘还没车顶高。"

我们又大笑。

"在谷底走，走得我很满足。一走走出去十几公里，车子转速一直下不来。

我停车检查，是火花塞坏了。我爬到沙顶上，发现竟然有手机信号。我给我在包头的一朋友打了个电话，让他帮我买一个火花塞，让人带过来。因我是侦察兵出身，GPS不陌生。我叫我那战友，拿着GPS去接那人，再把那人带进来。等了一天，才把那人带来。换好火花塞，我想，这沙漠再不来了，太危险了。"

我们又笑。

"那你后来怎么又玩上了？"伊曼问。

"后来有次进藏，在米林江边儿上，看到一片小沙漠。突然对沙漠有了一种特别的冲动，想体会在那沙壁上挂着飞驰的感觉。我又去了库不齐。看到四辆大连的途乐Y60在沙山上，上下翻飞，'8字形'来回地涮，如行云流水一般，我才猛然醒悟——原来应该是这样开。

"开了窍之后，隔三岔五，只要有时间，我就去库布齐练车。一年去十二次，那都是少的。最密集的时候，头天早上才回北京，第二天晚上连夜又去独贵。"

"咱们练车最疯狂那会儿，亿利黄河大桥，还没动工呢。去独贵走的还是浮桥。"王小满说。

"我就是在库布齐练车那会儿，认识的小满。在高沙山区爬一山，我以为上面是个馒头坡，上去一看，是个断头崖，十几米高，把我吓出一身冷汗。一回身，见后面一'八〇'来了，车速很快。

"我连忙下车，招手喊话，让那'八〇'赶快停下来。谁知道那'八〇'就紧贴着我，从我眼前直飞出去七八米，拍在沙子上。我这辈子见过的，最奇特的事儿发生了——那车给脚油，走了！我把这车主记住了——就是他，"郝明拍拍王小满的肩膀。

"那天看到你，我以为你招手叫我下来，是因为你油不够了。我也不多了，就跑了。"王小满笑着说。

"其实早在这之前，我就知道小满这个人了。我再给大家讲讲，我是怎么知道他的。说来也挺传奇。

"有天傍晚，我从门头沟回北京，准备进西六环。车开得我直犯困。冷不防，一辆五菱宏光斜着驶过一个大垃圾堆，从乡村土路上右侧超车。我一个急刹车，才没撞着它。那时候，我又换了一辆三菱V73。我正要提速赶它，前面出现一个集贸市场。那辆五菱宏光左突右闪、七扭八拐，快得连尾灯都看不见。就在五菱宏光即将消失在夜色的一瞬间，我看到车后'专业货运搬家'下面贴了一张快被风吹掉的'永强改装'。

"我给光头强打电话，说，就在刚才，我被一辆小面给干了。他用两个轮子过弯儿；他的车很快！如果知道他是谁，麻烦跟他打声招呼，说周末妙峰山下，我等他——不见不散。光头强说，如果无视交规，敢别直行车，垃圾堆也不在乎，照样上边跑的，那没别人，准是王小满。"

"还有这事，我都忘了。光头强竟然没和我提过。"王小满笑得眼睛都眯起来。

"说明你经常右侧超车，走垃圾堆。"老米"哼"了一句。

"小满横移过弯，在失控临界点的控车技术确实无人可及，"郝明称赞说，"我讲完了，该你了，葛老头儿。"

"我也是朋友带着进这个圈儿的。最早去的翁牛头，也是大帮哄，一大群人乱玩。"老葛嘴边咬着一根牙签，一说话，牙签一跳一跳的，"跟人后面冲过几次大坡。人告诉我，要放气，放气！你们放你们的，我偏不放，看你们陷车不。我看了，他们一个接一个陷！原来你们放气的也没比我好哪儿！不过我也没高兴多久，我发现我不陷车——我是根本走不了！"

伊曼笑出了声，手里摄像机抖了一下。我也在心里笑个不停。

"我说葛大哥，你根本就不像你那身份的人，倒像是一老愤青。"王小满笑眯眯地。

"愤青怎么了，你不愤青，那你就做到比人家有钱！"伊曼呵斥王小满。

王小满慢慢收敛了笑容，不说话了。

"较了半天劲儿，看周围没人了，我下车偷偷放了点气儿——这次能走了！心里正高兴呢，没想到刚走了两步，又陷了。——反正一路各种陷，到后来，精神完全崩溃了——不走了！在车上睡了一晚，第二天早上心情平复了一些，下定决心，再不进沙漠了，谁劝都不好使！

"那时候，车跑不起来，只认为是车不行，万没想到，其实是人不行——换车！大切换硬派牧马人。再进沙漠，两年后了。老老实实降了胎压——这回感觉好多了。这一玩儿，尝到了乐趣——好玩！从此就疯魔了。谁拦着不让我去，都不好使！"

我们又笑。

"刚会玩儿那会儿，真没少闹笑话。还是在库布齐，看好了一座高沙山，铆足了力气，一脚油门踩到底，埋头往前冲。正好是正午，太阳光打在沙体上，分不出来前后，以为是一座沙山——其实这是两座沙山挨着，高的后面还有一更高的，中间一个谷。结果冲过头了，从断崖上直接飞出去，拍在沙子上，把油底壳磕漏了油。还不错，要再给油大点儿，直接扎对面沙堆儿里了。"

"原来那天水箱拍坏的人是你。"郝明说，"那天早上我瞧见一辆土豪金牧马人在前面晃悠，我还想，嘀，这牧马人三把锁，还没我跑得快呢。"

"那天我也在哈，刚进沙漠，瞧见几辆牧马人上不去山，急得直转圈儿。晚上我出来，听人说有辆牧马人摔坏了，被拖出来了。原来就是葛大哥你老人家。"王小满乐得眼睛眯成了一条缝儿。

"我从车里爬出来，就听周围人喊，'嘿，瞧那个土豪，摔得前脸都没了嘿'！我这脸丢的，都丢到沙漠里去了。当时真想把自己埋沙坑儿里。"

"说起来，老葛你、我、小满咱们仨儿，原来那天同时在库不齐遭遇了。只不过那次，我认识了小满，还不认识你。"

"是啊，郝明，2007年到现在，一眨眼工夫。这时间过得这快！唉，往事不堪回首。第一次跟郝明进巴丹，上午跟着还行，下午有点玩不转了，出了一身虚汗，方向感也没了，辨不出东南西北。你们都跑前头去了，后面就剩我一人了。这时候前面回来三车，有个是河北的盘毅。他说，老葛我知道你在后头呢，你别急，我们坐这儿喝茶等你先上去的。有了人，心里就定了不少。喝口水，把眼睛再睁开点，一咬牙，接下来还得继续——总不能掉份儿，留那不走了。好不容易开出来，小腿肚子都转筋了。"

"那你现在胆量不也练出来了。"

"可不是。以前总说我，车开得不好，手脚配合不协调。一趟巴丹回来，那帮人没人再敢我面前说半个不字。"

"葛老板，车修好后，你把这车重新上漆了吗？是否经历了太多之后，改为更为低调、内敛的墨绿色？"

"不是，根本不是我变低调了。这是补的又一辆牧马人。我那辆'土豪金'，其实是让我开报废了。"

"那次他又飞车了。把油底壳磕漏了油，车扔巴丹里了！"

"我跟崔永强说，你能把车拖出来，这车就归你。"

"原来我强哥平时开的牧马人这么来的，怪不得他不敢来塔漠呢。"王小满笑眯眯地说。

"老葛那神车总出事，就没有一遭顺顺利利走到头的。上次去墨脱，分动箱还开爆了——你们都没听说过'分动箱有开爆'的吧？我让个途乐Y61一路拖它。半夜里，还正赶上滂沱大雨，下面就是悬崖峭壁。不知道怎么过来的。"

"统共前前后后，六辆牧马人，光改装费就上千了，刚归置好，车就废了。"

"真是痴心不改啊，"嘉琪微笑着叹息，"此生只爱牧马人。"

"为你这六六大顺，干一杯。"郝明提议。

郝明看看旁边王小满的杯子："你这饮料好像喝得不够。"

"我说老米，你可真算一异数。"老葛说，"我们不管怎么样，历经坎坷，到底都是稳扎稳打，由易到难。"

"米哥是一上来，就干了个大活儿。"

"还真是，逆练九阴真经的，目前就遇上老米一个。"

老米高兴地笑起来。

"记得回去臊臊崔永强去。"伊曼用胳膊肘捶了一下老米。

"差不多，该撤了。明早我开车去麦盖提取点儿钱去。这儿加油肯定需要现金。"

"我这儿还有现金。"

"有多少？"

老葛从挎包里拿出三沓用白条封扎的百元大钞："够吗？"

"够了。"郝明点头。

"绝对够了。"王小满笑着说。

"还带了这个，"老葛拿出一张信用卡，放在桌面上，将黑色的正面亮相给我们看。

我、伊曼、嘉琪、小满齐声大喊了一句："万事达黑卡！"

"哇哦，我活了二十四岁，这辈子头一回见。"我说。

"我活了二十七岁，也是这辈子头一回见啊。"王小满放下筷子，站起身，拿过那张黑卡，在手里捧着，"好好瞻仰一下，传说中的万事达黑卡。"

"我是第二回见，"老米说，"上次是在汉堡一家乡村 penny 店，看有人拿黑卡付钱。"

"国外的有钱人，真是太低调了。"嘉琪说。

"你带个黑卡干吗？"郝明问。

"我是怕牧马人油底壳再摔漏了，或者分动箱再开爆了，来不及修的话，不耽误穿越，抓紧时间再买辆新车。"

又是一阵愉快的开怀大笑。郝明率先起立，这是队长宣告晚饭结束，接下来开始干活的信号。

晚饭后，老米、老葛、郝明、修师傅还有王小满，五人点着头灯，打开车灯照明，挑灯夜战，将四辆战车又检查了一遍。

"小红马"又恢复了四驱。只是绿色牧马人的窗玻璃在阿瓦提乡这个小地方一时半会儿配不上。到和田市之前，老葛还得继续吃土。

嘉琪回到房间后，情绪一直不高。她抱着膝盖坐在椅子上，却没有继续打字。

"小 A，我这个人并不胆小的。我是怕冷怕黑。我身体并不好，两年前我动过一次大手术，手术前浑身插满了管子，可是仍和医生护士谈笑风生。"

"谁说你胆小了，琪姐。没人这么认为！特别你是从遥远的云南来的。"

嘉琪听了我的这番话，情绪有了好转。

"在这个队伍里，队伍的团结和整齐划一的意志都是非常重要的。因此，咱们老大他虽然不高兴，仍然可以接受我放弃一些任务，但是肯定不能原谅我轻易放弃穿越，半途而废地回去，是吗，小 A？"嘉琪忽然问我。

"是。"

"尽管这个解释气氛很紧张，但是说完了，大家反而都轻松了，是不是？"

"是。"

获得了我的肯定后，嘉琪的心绪明显好了很多。

"我好像明显地瘦了一圈，唉，真干涩！"嘉琪摸着自己的脸说。

"早点休息吧，别码字码得太晚，这阵子你睡得少，说不好可能就是你晕车的主要原因。好好睡上一大觉，明早天不亮我们就要出发了。"我劝嘉琪。

嘉琪慢慢抬起眼，看着我，似乎在思考"缺少睡眠"和她"晕车"之间的关系，然后放下膝盖，盘腿坐在椅子上，又回到她的网络世界中去了。

我钻进被窝，用手机打开嘉琪的文章。果然，她已经更新了。

当我决定出发的那一刻，我以为旅行中最困难的那部分已经结束了——其实不然，困难才刚刚开始。N39°，这个再简单不过的字母和数字的组合，让我爱恨交织。永无止境的漫漫征程，消磨的除了体力，还有毅力……

嘉琪对于她曾经的动摇、萌生退意的想法毫不掩饰地和盘托出在网络上，倒是让人心生敬意。对于自己的"软弱"，她一直耿耿于怀。不过接着，她又为自己开脱、辩护：

你那看似随意的笑容，却总在无意间流露出异常固执的神情。随意不是你刻意的伪装，因为好些事你真的不计较，或者说无力计较。你毕竟不是那样强势而极端的性情，热衷于特立独行的标榜。你聪明却太过理智，你坚强却害怕受伤。你无意宣扬自我的主张，却在用心灵微薄的力量，抗拒、守护心中不变的信仰。

我不知道嘉琪的信仰是什么——除了素食主义。她好像没有跟我谈过她的信仰，我想了一会儿，又继续往下看。

明天，我们将重返塔克拉玛干，在火堆边，仰望永恒的星空。又将过上在睡袋里送走黑暗，在帐篷里迎来黎明的日子。又要继续睡在坑洼不平、冰冷的沙地上，在寒冷难眠的午夜聆听风的呼啸，品味荒漠古老的悲歌。

不难想象，我们走后营地的寂静。切诺基在寂静中，孤单地等候了近六十个小时。环顾四周，一片狼藉……

皓月当空，群星闪烁，塔克拉玛干啊，原来你与天可以靠得如此得近，你的夜色可以如此璀璨、如此清新……

晚霞在向我们招手，我们要永远带着坚毅的眼神和不屈的信念走下去……

郝明停住车，立刻跳了下来，走到那辆残破不堪的切诺基跟前。队长亲临事故现场，所有的人都觉得有了依靠。

郝明看了看四周凌乱的脚印、纷杂的车辙印，以及身后的沙梁，说："看来我还真是冤枉小满了，老陈居然在这种地方翻了车，显然是他疏忽大意了，不是探路带队的过错。"

"没事儿，哥，我都被你冤枉习惯了。"王小满点燃一根烟，笑着说。

"陈哥这车后面整理得真扎实！"老米赞道。

"可不是，小满，要是你，这一翻，八个油桶，非砸成肉酱了。"

我还以为老陈这辆切诺基会永远地留在大漠里，就像一艘被命运决定了结局的沉船，在未来的某一天，完全被风沙淹埋在我们曾经行走过的线路上。

没想到修艳喜检查一遍整车之后，告诉郝明，这辆摔得已经变形的车，问题其实只有三点：一是发动机气缸进了机油；二是变速箱油流失殆尽；三是车架扭曲变形。

"变速箱齿轮油流光了，往里添就行了，"伊曼敲了敲切诺基发动机上的金属板，问，"发动机气缸进机油，咋弄啊？"

"这个好办，拆掉变速箱上的火花塞，把机油排出来就没事儿啦！"修师傅望着漂亮的伊曼，神情活泼地说。

得知切诺基有很大的希望修好、能开出去，大家内心涌起一阵狂喜。王小满第一个跳起来，把郝明的卫星电话找出来，第一时间给老陈报喜，又和老陈商量明天接车的时间、地点。

"你等等，急什么你！什么时间能修好切诺基还不确定，等确定了，你再和陈哥通电话也不迟。你先问问陈哥现在怎么样了，还疼不疼是正经。"老葛说。

"小修，留下修车，老葛、老米、小满，咱们四个去看看南边的沙形。"郝明说。

我这才留意到，郝明、老米、老葛、小满四人一人一顶一模一样的姜黄色始祖鸟抓绒帽。

我们出发的前一天下午，郝明、王小满、老葛陪老米去了趟户外店。四人一起购买了四款一个型号的GPS、三星手机、三防照相机，为的是应急的时候能互相置换替补。另外，老米单独为四人购买了四顶一模一样的姜黄色保暖帽。他认为，这样更彰显团队精神。

老米总是单独戴那个姜黄色保暖帽。老葛第一次剃光头，怕自己冻感冒，姜黄保暖帽里面又套了一个抓绒帽。郝明喜欢把姜黄色保暖帽套在棒球帽上。王小满年纪最轻，他通常只戴有两个耳朵的单帽。只有最冷的黎明时分，才把姜黄保暖帽戴上。

四人一人一个手持GPS，爬到南侧的沙山上，向南眺望茫茫大漠。就见老葛大长胳膊一会儿往东指，一会儿往西指。过了一会儿，四人下沙山，回到营地。

"送车的最好方案，必然是走那条救命的石油便道。"王小满说。

"肯定要从石油便道上借力。"老葛点头。

"从GPS上看，从咱们宿营地直接向南，打直线过去，到砂石路的距离，比我撤出去修车走的那条线路要近一半多。"老米说。

"看来大家想法一致。那明天我们就按照这个方案，送切诺基出去。小满，你去给小修当帮手去。还剩下半箱自热米饭，咱们想法把它吃了，不带着了。"

老葛说，今晚他来主厨。

"有人愿意做饭，我当然乐意。"伊曼手插在大衣口袋里，说。

"你还会做饭啊，葛兄？"老米诧异地问。

"米哥，一般好吃的人都会做，不稀奇。"王小满在切诺基前，朝我们这边喊。

伊曼、嘉琪和我都留在老葛旁边，给老葛打下手。郝明看见了，非常满意："那好，我和老米两个小碎催，去平地、扎帐篷了。"

营地依然到处是忙碌的身影。

老葛刚刚把晚饭做好，就听到切诺基发动机传来响声。

这个速度让郝明很高兴，立刻招呼修艳喜先过来吃饭。

大家齐声欢呼："就等你好了，才开饭呢。"

我说："修师傅，你是当代鲁班吗？"

不知道是不是老葛的个性容易着急，他做的自热米饭竟然夹生，不过，我没听到有人抱怨。大家都毫无怨言地吃下去了，就好像不是和我一个锅里焖出来的。

"今儿我做的米饭夹生，大家不会没吃出来吧？一个个都给我留面儿，不戳穿。"

"明儿还是我来做饭吧。"伊曼说。

"我说得不对，我收回，好吃的人不一定都会做，比方说我们葛老哥。"

"要想合口味，就自己做，我又不会做又不愿意做，那就做什么我吃什么。"

"车顶棚被拍下去一个深坑。人坐在驾驶的位置上，根本直不起腰来，咋开这车？"小修端着饭碗，问郝明。

"要是在修理厂，这就不叫个事儿。可眼下咱是在沙漠里修车，可不能和在家比。"王小满说。

"你这话，王七，说和没说一样。"

"我想出了一招。"郝明吃着饭，沉思片刻，说，"待会儿试试，好用不？不过，这一招需要小满来配合。"

"我哥第一时间能想到我的，一定不是什么好事儿——估计又是让我卖苦力。"

"谁让你年轻，你不卖苦力谁卖！"老米说着，冲伊曼一使眼色。

"满哥，自打我认识你以来，第一次见你智商亮了。"伊曼回应老米一笑。

王小满见到伊曼"千金难买"的一笑，顿时喜笑颜开，用工装手套抹抹嘴："马上开工。"

郝明安排部署："老米，你把你的'小红马'开过来，用'小红马'绞盘前端的沟子搭住切诺基的车顶。小满，你进车去！"

王小满像一条蜥蜴一样，灵活地慢慢拱进车内，翻身躺在车座上，屈起两腿，轮番蹬踹车顶。

郝明这招还真见效。我眼看着切诺基的车顶竟然重新鼓了起来。

"胜利！"我举起胳膊，喊了一句。

当晚，我们就在老陈翻车的地方宿营。

夜幕降临后，我们集体围着火堆取暖的时候，郝明安排："明天一早我们就动身出去送车，小满开切诺基；我和老葛开绿色牧马人护送。其他人跟随老米原地等待。"

老米点头。

"老陈是你招来的，"郝明对王小满说，"就由你把车给老陈开出去。"

王小满倒也有担当，不等郝明讲完，自己主动应承了下来："明天一早，天不亮我就出发，到时候谁都别拦我哈。"

天刚蒙蒙亮，郝明穿戴利落，早早在切诺基边上等候了。这回老葛也没拖拉。按照老葛的习惯，通常早晨总要磨蹭一会儿。

"看到没？"郝明看了看鲁米诺克斯，对站在绿色牧马人前的老米、老葛说，"果然又只差他。"

老葛抽着雪茄，微微冷笑了一下。

"这孩子再不起来，就要掀被窝了。"郝明走过去，拉开王小满和修师傅的双人帐篷，朝里面并排躺着的两具睡袋喊，"哪个是小满？"

"郝哥，左边的是七哥。"右边那具睡袋里传来修艳喜的声音。

郝明摸索着找到王小满睡袋的扎带，打开。王小满的脸露出来，闭着眼睛，还在睡呢。

"还不起来！"郝明在王小满脸上拍了几拍，"是不是想睡到日头晒着屁股再起来！"

王小满被战术手电刺眼的光芒晃得一下清醒了，想起今天的任务，穿着睡袋，"呼"地坐了起来。

"五分钟后出发。不然拆房子！"郝明指了指他的鲁米诺克斯，告诉王小满，走了。

不到半分钟，王小满提着软壳冲锋裤，从帐篷里钻了出来。

郝明背着手，问王小满："明明知道今天早上一大早就要出发，为什么晚上看平板电脑看到凌晨三点？！"

"我这不火力旺嘛，晚上睡不着——哥，你咋知道我看平板来着？"

"你那平板发出的光五颜六色的，从帐篷外看，好像里面闹鬼了。本来还想留十五分钟早饭时间给你，时间真来不及了——别忘了，回来咱们是单车。"

老米烤了张馕，递给王小满。王小满感激地瞥了一眼老米，大口吃起来。

半敞棚的切诺基，没有了前挡风，零下二十几摄氏度的低温，开车后迎面而来的北风，真是个苦活儿。我递给王小满刚烧开的一壶热水。王小满把馍咬在嘴里，匆匆忙忙给自己的保温杯灌了热水。

"这个你贴上吧。"嘉琪递过来一沓膏药。

"什么东西？暖宫贴？！你自己留着吧，我不要，没地方贴。"

"贴脚底板、后腰、小腿上都行，功效就是自发热保暖。"

"行，那我拿着了。"王小满接过来。

嘉琪把她戴的那顶打劫帽摘下来，递给小满，让他戴上："今天还降温了！这趟真够你受的，哥们儿。"

"有你这帽子，就够了——虽然是戴在脸上，心里暖啊。"戴上打劫帽后的王小满，依然嬉皮笑脸。

"戴着打劫帽，还是挺帅的。"嘉琪帮王小满调整好打劫帽，将缝隙尽量塞进大衣里，"路上多小心，自己照看好自己。"

"你也是，"王小满拍拍嘉琪后背，手突然滑落下来，在嘉琪结实的臀部上重重拧了一把。

郝明交代："伊曼、小A，你们几个在营地把东西收拾好，我们一回来，兴许还能往前赶赶路。"

伊曼的鼻子冻得通红，脸颊也冻得红扑扑的。听郝明说一回来就出发，嘟囔了一句："还要干活啊，我以为就在营地晒晒帐篷、睡袋，顺便发发呆呢。"

"还发呆呢，刚修整回来！"郝明说，"你提醒了我，今天白天打开帐篷、睡袋好好晒晒，倒是个好主意。"

郝明呼唤老米，两人分别登车，将途乐和"小红马"开上营地边两个小沙丘上。老米和郝明分别从绞盘里拽出缆绳，然后挂到对方的拖车钩上。

"噢，这个方法好！"我鼓掌赞扬。

"噢，你才看明白。"郝明学我口气，对我说，"记得，晚上睡觉的时候，把睡袋口扎紧！只能露出鼻孔和嘴。其他地方都要包上——能做到不？"

"我尽量争取做到。"

"什么叫尽量争取做到！必须做到！伊曼，晚上入睡前，你先来检查一下小A睡袋口扎紧了没有！不然第二天早上她就冻死了。"

"OK！"伊曼假意笑了一下，做了个手势。

"你这面面俱到，全替她想了。"王小满半笑不笑地说。

"去吧，该干吗干吗去——都站在这儿，搞得我们三个好像不回来了一样。"郝明故意板起脸，对我说。

我先搬来我自己的睡袋，拉开拉链，打开来摊在绞盘缆绳上。又把我的两床毯子也晾出来。郝明、老葛和王小满非但不能晒他们潮湿的睡袋，还要把帐篷、睡袋搬到绿色牧马人上，以防今晚赶不回营地。相比之下，我们真是幸福多了。

等我从飘扬着花花绿绿毯子、睡袋的谷底爬上来，一轮红日方才冉冉升起，我凝视着东方，直至太阳迸发出刺眼的光芒，突然发现切诺基和牧马人已经不知去向，周围甚至连一个人影也不见了。

人都哪儿去了？我急忙去找，发现老米、修师傅和伊曼、嘉琪四人，搬了一个储物箱和四把户外椅，放在沙山顶，玩起了纸牌。

我爬上沙山。原来，四人在玩"锄大地"。伊曼输了，发脾气说"锄大地"是南方人玩儿的，她玩不好。另外三人顺着她的意，改玩北方人常玩儿的"扎金花"。

我聪明一世，却糊涂在了一时，竟然问："郝队他们——是不是已经走了？"

一向老实巴交的修师傅，咧开大嘴笑了，笑得只剩下了上半张脸。

老米眉毛一扬："你现在赶着车辙印在后面撵，还来得及。"

"哎哟，这么舍不得啊。"嘉琪拿着满手的纸牌掩着口，笑得眼睛都眯成月牙了。

"我'豹子'，三个A！还有比我大的吗？"伊曼把手里三张牌摔在储物箱上，用比平时还大的嗓门嚷。那三人目光被吸引过去，我趁着伊曼这句话，赶紧鞋底儿下抹油溜走了。

我拿出带来的《俄藏黑水城北宋西北边境军政文书》，坐在阳光下看起来。虽然知道他们不可能返回，我仍然时不时爬到坡上，向正南方眺望。

途乐、"八○"和"小红马"车顶摊着大家色彩艳丽的睡袋和毯子，在阳光下格外的温馨。老米把他带的百事可乐和咖啡放在"小红马"的机箱盖上，希望阳光能把冻住的百事可乐和咖啡晒化。

"有队友的地方，就是我们的家。"嘉琪在她的帖子里这样深情地说过。

我以为在阿瓦提乡住了两天之后，回到寒风凛冽的荒野会极度不适应。没想到，我看到这漫天的黄沙，喜悦的心情溢于言表。我不再是因为某种目的，强迫自己去接纳它，而是发自内心地，真心热爱这块荒芜的地方。这种好感基于什么，却让我百思不得其解。

我忽然看见一块白色的碎片，掩埋在沙中。原来是撞碎的切诺基的挡板，旁边还埋着老陈挂过的红色三角旗。

四个人打了一会儿牌，不打了。上面风大，四个人坐不住，纷纷搬着户外椅，回来烤火。队里虽然只走了三个人，却感觉冷清了很多。

"我忽然想吃烤馒头片了，咱们不是带了馒头进来了吗？"伊曼问老米，"还带了一瓶王致和红豆腐乳呢。"

"哎，馒头片，说得我也想吃了，"老米马上说，"这还不容易，等下我烤给你。"

"记得烤焦一点！"伊曼叮嘱。

老米从小满车里找出两个又白又胖的大馒头，用 SOG 多功能刀切成薄片，点燃行军炉，上面放了一个铁丝架子。虽然干得有点笨拙，却如老米一贯的风格，有条不紊。

老米用小火烤着馒头片，一面翻动，一面不住念叨："这是我们精灵妹妹的最爱，要吃烤焦一点的。"

"米总，你这样的男人也太难得啦，"修师傅坐在沙子地上，前仰后合地摇晃着，赞叹，"卖一幅画顶我们白干二十年，又能两驱跑沙漠，你说，你还有啥不会的吧！"

"生孩子我就不会。做饭我也不会。我就从来没有进过厨房。搞绘画的，不能沾染烟火气。"

"我看你，从来闲不住。咱米总的车，从来都收拾得利利整整的，要什么，和他一说，立马就能找到！米总，你要是会修车，我们就该失业了。"小修说。

"嗯，我从小就爱收拾屋子，我见不得屋子乱，一切必须有条理。"

"我瞧出来了，您做事很有条理性！"嘉琪说。

"嗯，我做事一向有条理——就是感情上，没条理。"老米双手交抱着，陷入了沉思，"伊曼做事也很有条理。小 A，你做事就没条理！"

"老米，不带这样的——你夸伊曼就夸，别顺带踩我。"

"可不你做事就是没条理！什么东西用过随手一放。伊曼用完东西，一定放回到原位。你要不是后面有郝明不断帮你收着，早不知道丢了多少东西了。你还有一样毛病小 A，不知道你自己知道不？"老米用手一指我，"你喜欢斜眼看人。"

"我什么时候斜眼看人了！"我说，一边想着自己斜眼看人的样子。

"对，就这样。还有你的性格，"老米思索着，"喜欢你的人会很喜欢，不喜欢你的人会很不喜欢。"

我想反问老米："凭什么不喜欢我的人会很不喜欢我？！"

我要是认真和老米辩论，烤得煳香的馒头片就吃不到嘴了——所以我选择了"心胸不妨放宽广一点"。

太阳已经过了头顶的位置。

"这回真吃饱了，"吃了一只碳烤鸡腿、两根油煎火腿肠、半张馕，又喝了三杯"米制"清咖啡之后，我说。

这是我们进塔漠以来，第一次有充裕的时间，享受一顿正规午餐。

"我给你们看看我盖的宅子吧。"老米拿出手机递给我们，"预计今年七月完工。十月份，我请你们去做客，招待你们吃大闸蟹。瘦西湖边上有家馆子，每年中秋，我必去他家吃蟹。"

我们凑在一起，看着图片，一面啧啧称叹："开眼了，终于看到了传说中的豪宅。"

老米这套中西合璧的宅子，分为两个部分，一边是老米的工作区，楼上是老米的画室；楼下是展览厅，画好的画挂在里面展览，有客户看中，就可以买走。另一边是生活区，楼上是卧房，楼下是会客室、书房和餐厅、厨房。工作区和生活区之间，由游廊相连。

"太漂亮了，老米，设计理念也超凡脱俗。"

"你们看，我这房子有个特点，没有门，包括卧室，"老米热心地为我们介绍，"这个洗手间设计在楼梯转角处，隐私的地方用不透明或者半透明的隔断阻挡，浴缸嵌在地板上，对着落地玻璃窗，外面人看不到里面，里面的人泡在浴缸里，喝着小酒，看着远处的'二十四桥明月夜'，多自在啊。"

"米总，你这日子过的，神仙一样。太让人羡慕了。在这种地方画画，能不一幅画卖到二百万元吗？人比人，是不能比啊，我们这样的，一辈子只能在车底下修车了。"

"这是茶室。茶室的顶篷是活动的，手一拉，外面鸟语花香。我这画室外面，有个超大露台。每天早上练完空手道，我在那儿，必喝一杯现磨咖啡。我从不喝磨成粉的，买上好的咖啡豆，不用电动的，用手动磨豆机一反正有人给我磨，不用我自己动手。冲好了给我送过来。现在当然，有什么条件说什么话，只能喝速溶的了。"

嘉琪羡慕地说："我什么时候能在洱海边，有你十分之一大的一个小小住处，就心满意足了。"

"有想法就有实现的一天！"老米说，"我不也是从一穷二白，一砖一瓦盖起来的。"

"米哥，你这豪宅盖下来得要一千来万元了吧？"伊曼问。

"告诉你实话，二十分之一都没有。"老米神秘地一笑。

"啊，怎么可能啊？！我不信。"

"怎么不可能！整体建筑设计是我中央美院的老同学，免费给我设计。装潢、装修，也是我同学义务给我打工，这些钱就省了。我这房子断断续续盖了好多年了。有钱就盖点，没钱就搁在那儿风吹雨淋。有段时间，我连我自己都快养不活了，拿什么盖房子。当时没路，大车不愿意进来，是我自己推两个轱辘的小车，一趟一趟把水泥、沙子、石头拉进来的——我能享受，也能吃苦！"

"你那块儿地的地价，拿到时候就不会低了啊。"修师傅说。

"我这是在'瘦西湖'东边一条分叉上，离'瘦西湖'还有一定距离呢。只能说当初我非常有眼光，我计划在那里盖宅子的时候，那里还是一块儿没人去的荒地。现在都来这儿盖房子了，地价比我那时候可不是贵得一星半点了。"老米得意地说。

画室里，果然画布、各种颜料，摆放得一丝不苟。和我想象甩的满屋子的油彩，完全不一样。

正对着露台落地玻璃大扇门，一张巨型横幅油画，占去半个墙面。

　　油画的内容令我大吃一惊——老米从前一定在什么地方见过丹丹乌里克的壁画"裸女出浴图"，然后按照自己的印象、想象，重新创作了这幅画，只是手法西洋化了。

　　壁画上的"鬼子母神"在老米笔下，化身为世俗的民间女性。她站在荷花盛开的水中，高耸的云鬟松松地挽着一条丝巾，尖下颏，脸庞丰满娇艳，笑容安静恬淡，身体扭曲成"S"型，轻轻撩起脚下流水的手臂挡在胸前。原壁画"鬼子母神"下身的璎珞去掉了，关键部位，被周围荷叶层层叠叠的阴影巧妙地遮住。

　　当我注视这个女人的时候，她的面部仿佛活了一样，好像在用眼睛注视着我。

　　我骇然抬起头，看着老米——"中央美院"四个字真不是随便乱叫的，全靠一只笔，老米是怎么绘出肤若凝脂、明眸善睐的丝绸之路上的"蒙娜丽莎"？

　　"老米，这画——"

　　"那画我不卖！"

　　"我也买不起啊，"我说，"你四平尺的画都卖到200万元，这得多少平尺了？"

　　"这幅画，我从学生时期就开始构思、描绘，断断续续用了我十五年。现在我的画技越来越好，也越来越油滑，再也没有过去那样的情怀去画了。"老米告诉我们。

　　看来粟特人不仅善舞，也善于作画。"曹衣出水，吴带当风"的曹仲达，还有举止癫狂的"米癫"。

　　"老米，你是不是'米襄阳'的后人？家里有没有他的真迹，比方说'烟雨图'之类的？嘿嘿嘿嘿"我厚着脸皮，问。

　　"米襄阳？"老米皱着眉，想了一会儿，问我，"你是说米芾吧？姓'米'，就一定是米芾的后人？他是画国画的，我是画油画的。就算有米芾的真迹，也不会给你，我当然自己留着。"

　　这就是故意不和人好好聊天，我生气地想。

　　忽然，图片中客厅一角挂着的什么东西引起了我的注意，我放大图片一看，顿时计上心来。

　　"老米，这挂着的一排是什么？"我装作不解的样子，问。

　　老米果然涨红了脸，犹豫了一下，回答我："是风吹老腊肉。"

　　"噢，我还以为是后现代派风格的灯具。"我故意煞有介事地点头。

　　"哎哎，怎么了！我一半是四川人呢！"老米果然涨红了脸。

　　"米哥，咱们什么时候开始收拾装备？"伊曼一句话，把我拉回了现实。眼前哪有"青山隐隐水迢迢，秋尽江南草未凋"的瘦西湖和能望见"二十四桥明月夜"的豪宅，只有"今夜不知何处宿，平沙万里绝人烟"的大漠和孤零零几顶帐篷。

　　"着什么急呢，"老米微笑着说，"今天能走不能走一还不一定呢。你想，咱们来时都走了五个小时。回程他们还是单车，保不齐不陷车，日落前能赶回来就很不错了。"

"又有点饿了。平时赶路不觉得饿，现在啥也不干，还老觉得饿。"修师傅揉着肚子说。

"你想吃啥，修师傅？"嘉琪问。

修师傅回答："我无所谓，不过有连汤带水的面条最好。"

"晚上，我给大家煮老坛酸菜面吧。"

"我拿手台到高处去试试看，能不能和他们通联上。"老米说。

"看来他们今晚是赶不回来了，"老米从沙坡上走下来，对我们说，"你们看太阳，都这个时候了，连信号都抄收不到。"

"说得是欸。"嘉琪说。

嘉琪先煮面，接着把酸菜包丢进去，然后又把她在阿瓦提乡事先洗好、切好的白菜丁、胡萝卜丁、菠菜段、香菜碎——已经全部冻透了，郝明曾经告诫过嘉琪，但是嘉琪坚持这么做，另外又加了川味的腊肠。

面条煮好后，起锅的时候嘉琪又加了点大海米——也是她在阿瓦提乡买的。老米让修师傅先吃："味道怎么样？酸吗？又辣又酸？那我不用吃'老干妈'了？"

嘉琪问老米："我这面做得如何啊？"

老米只顾吃面条，支支吾吾地不说话。

"好吃。"我赞扬说。

嘉琪叹了口气："唉，这哥们儿，就是不肯正面夸我一句！"

突然，"小红马"的车台里传来断断续续的声音，但从声音判断，肯定是那三个人。除了他们仨，在这荒无人烟的地方，也不会有其他人。

"他们回来了！"我和嘉琪立刻把手里的饭碗放下，凝神静听。

"还早得很呢，车台里还听不清说什么，"老米慢条斯理地说。

"不管怎么说，他们离营地肯定是越来越近了，我来做饭。今天这趟，够他们累的了，等他们一回来，就可以热热乎乎地填饱肚子。"嘉琪说。

"可是，琪姐，这饭容易夹生。"我说。

"那是因为葛老板干什么总是急吼吼的。"

嘉琪还是很能干的。她吸取了急性子老葛的教训，在煮饭的时候，用大火烧开后，就转小火慢慢焖着。然后把冻成冰砖的自热材料放在锅盖上解冻。

"老大他们一回到营地，你就用这个发热包热菜，"嘉琪告诉我，"瞧，一点都不带浪费的。"

天黑了，车台里再没有传来呼叫的声音。我的心也跟着太阳沉了下去。

"看来他们今晚还是要单独扎营了。小修，你今晚还跟我睡一个帐篷吧。"

"我听见东南角有发动机的声音。"伊曼忽然说。

"是风吧？"修艳喜问，"都这么黑了，怎么赶路！"

东南角的沙丘背后，伸出来两道微弱的光柱，在夜空中一闪而过。

"还真是他们回来了哎！"

我把自热材料放在菜包下面，一骨碌跳起来，跟着老米，就往山上跑。

暮霭中，两道车灯刺破夜幕，正小心翼翼沿着沙海的起伏飞驰而来。

我们把头灯、手电都打亮了。这点光亮，在无边无际的大漠里真的不算什么，可是，对于归航的水手们来说，无异于黑暗中浮现的灯塔。

嘉琪说得对！"有队友的地方，就是我们的家。"

绿色牧马人绕着营地四面的沙山斜着兜了一个大圆弧，"倏"地停在"小红马"的旁边。郝明从驾驶室方向盘位置下来。接着王小满推开郝明后面的门跳了出来。

老葛下车，乐呵呵地喊："你今儿可是把我累死了——这沙子挖的！"

郝明也笑："少来，我和小满没比你少挖。"

王小满笑眯眯地说："在阿瓦提乡的时候该给咱葛大哥过过磅，估计体重现在只有一百八了。下次翻车，不用再脱衣裳也能出来了。"

老葛揉着肚子："还真的是小了好多——有什么吃的吗？"

"有、有。"我们留守的五个人齐声说。

小锅饭刚刚焖好。三人吃起来。

"香啊！今天这饭做得真不错。软硬适中，也没怎么煳！这是提前过年了啊！"王小满抹了抹嘴，"回头要和我们后勤部伊部长说一下，不能老'速食料理的'，人会没精神的。"

"我只负责做饭啊，吃啥都是郝哥说了算。'速食料理的'和我一毛钱关系都没有啊！"

"这么快就回来了！还担心你们今晚铁定赶不回来了。"老米高兴地说。

"多亏了麦西来甫兄弟，"郝明说，"等在咱们那天上道点一就是遇见那两小菜鸟儿的地方。到阿瓦提乡那段就省了，连打气儿、放气儿的时间都省了。"

"打气儿、放气儿——那能省多少时间？"老葛说。

"你说得对，还是咱们的技术都提高了。"郝明笑着说。

"米哥，你今天的党代表当怎么样？"

"用词不当——你把小修忘了！"

"米哥，你猜怎么的了？"王小满说。

"什么怎的了？"

"麦西来甫不信咱们真进塔克拉玛干了——"

"他不会带着人跟着咱们车辙印儿走了一回吧？"老米的目光在眼镜片后闪耀着。

"真走了！一见我们就直竖大拇指。"

"大概进去四五辆车，"老葛告诉老米，"走到咱们第一天的宿营点，又往东走了几公里，就往回返了。他们说，是因为水没带够。我想不是这个原由——"

　　"我们第一天的宿营点，又往东几公里，沙子开始变软，沙势也起来了。"老米回忆着。

　　"对了，还是心理上恐惧了。"

　　我们八人又团聚了。

　　虽然分开不到十三个小时，就和久别重逢一样。大家围着篝火，聊得很热络，三句话没说完，就又回到了明天的穿越上。

　　"高沙山区差不多过去了，接下来都是小结构，再遇到高沙山就快到和田河了。"郝明说。

　　"争取能走上40公里。"老米说。

　　从我们离开北京那天算起，到今天，已经过去了整整十天。

第十七章

红白山

——我们的征程，是星辰大海。

　　我第一次见到，清晨的塔克拉玛干，隐藏在弥漫的雾气中。太阳出来后，薄雾渐渐消散，起伏的沙海上覆盖了白白的一层积雪。

　　王小满大喜过望："好兆头哇！冻了的沙子可能会硬一些。"

　　"说是这么说，但谁也说不准，只能走着瞧。"郝明说。

　　我正装车准备出发，嘉琪按着小腹，脸色蜡黄地走了来。

　　"小A，你带了红糖没有？"

　　"还真带了，"我急忙从我的旅行袋里找出益母红糖，"还是'冠生园'的呢，你都拿去喝吧。怎么，来'姨妈'了？"我关切地问。

　　"唉，今早来的，还好，没弄到睡袋上。下面隐隐地疼，整个人没精神。"

　　"哎呀，真是，早不来晚不来。"

　　"我就是这么背，伊曼昨天早上刚好结束。"

　　"今晚还要继续露宿荒野，你又要受罪了。"

　　"生命不息，折腾不止。"嘉琪叹了口气，带有几分自怜又自我为傲的苦笑，拿走了那包红糖。

　　下过雪的沙漠，沙子照样软。雪或者霜，结在沙面上形成一个硬壳，沙面更滑了，轮胎吃不上劲儿，况且白茫茫一片，辨不清远近高低，山峰山谷，行路愈加艰险。

　　主驾们喜悦的心情顿时没了。

　　"前路没有捷径啊！兄弟们，打起精神来。"

　　"塔漠哪那么好走的！"老米接口道。

　　仿佛是对我们坚韧不拔的奖赏，雾气突然散去。白茫茫的积雪，瞬间消失殆尽。太阳破云而出。

　　从前风挡望出去，眼前豁然开阔起来，东方的天际矗立着一座粉红色的巨大阴影，就像彩虹从天上坠落到人间。

　　沙漠变得平坦坚硬。

　　"那是什么？！"我问。

　　"老郝，今天下午我们就能赶到红白山了吧？"

　　"赶不到的话，就是我们有麻烦了——"

　　"小满你想干吗？"老米突然打断郝明，喊了一句。

　　后视镜中，我看到收尾的"八〇"，正在暗中从右侧悄悄提速，听老米这么一问，立刻朝前飞奔。老米岂肯相让，"小红马"离弦的箭一般，绕过我们，冲到了最前面。

　　绿色牧马人加速，跟在"八〇""小红马"后面跑了一阵子，被越落越远，渐渐停了下来。

　　郝明一个甩尾，紧挨着老葛把车停靠过去："还以为你又出什么毛病了呢。"

老葛在没玻璃的车门后，举了举手里的保温壶："画家来劲了。"

"两驱练出感觉和信心了。"

"是个好人。崔永强看人眼光还是有的。你看路上，我都没怎么鼓励他。我想他进来玩儿两天得了，等他主动说要撤了——人没有！"

老葛一扬脸，示意前方："那也还行，有点儿虎气，就是爱满嘴跑骆驼——没溜儿。"

"关于小满，要知道两件事：第一，小满他一直想做大哥；第二，小满他做不了大哥。"

修艳喜从老葛背后探出头来，笑得嘴角都咧到耳朵根了。

"你想，上面六个哥哥！很多事情，不用和他认真。小满有他自己的长处。我和小满认识多年了，他做什么出格的事情，我都能预先估计到，给他兜着。他也是好心，想着老米也需要，买胎压表，一模一样的，谁也想不到给老米的那个偏偏是个坏的！"

老葛也笑了，拧好保温壶，冲郝明一挥手："红白山下见了。"

我们变成了尾车，在三辆前车滚滚的尘烟中迅速驶向红白山，伴随着回荡在山间的马达声，场景相当动人。

"到了红白山之后干什么？"我问郝明。

"当然是继续往前走。你是想去找找那个'千佛洞'，是吗？"

"是！"

郝明沉吟不语。

"看情况，如果有机会的话，可以考虑。"

这是能给我的最好答复了。我还以为他会一口回绝呢。平顶帽提到的"千佛洞"，地理位置距离我们的航迹，要向南偏离半个多纬度呢。

仿佛破水而出的一条蛟龙，浩瀚沙海之中突然耸出一道赭红色的山脉。在广袤孤寂的大漠里看到一道色彩绚烂的山脉，内心那份感动真得难以描画。

临近夕阳，等我们和老葛赶到的时候，老米和王小满已经站在红白山上，等候我们很久了。这是我们在沙漠里，单日里直线距离行程最长的一天。

"你们两个谁赢了？"郝明关上车门，走过来问。

"那还用说嘛。"老米得意地笑着。

"我说'二环十三郎'，五方天雅车神，说好的踩死油门不高温呢？"老葛揶揄地问。

王小满本以为能抢到头筹，没想到被老米占了先机，心里老大不是滋味，脸上半笑不笑，一言不发。

日落将至。

鲜红的太阳在左手方冉冉落下。金色的沙漠仿佛退了潮的海水，从我们所处的位置，向四面八方无限远处伸展开去。天空的背景是浓郁的深红色，云朵镶着闪耀的金边。我记得，那一晚的云霞简直美轮美奂。

"老大，小女子斗胆提一句，今儿就别赶路了，在这儿看看景儿。"

"嘉琪提醒了我，"老葛也说，"我该把我二十几万元的镜头拿出来了，拍拍红白山的夕阳——一直没心情拍。"

"那今天晚上我们就在红白山山脚下扎营。"

我们齐声欢呼。

我们并排站在红白山向西方眺望。山顶的风并不凛冽，在严酷的寒冬里，竟然让人感到了春意盎然。我后来才知道，和田市当天的气温竟然高达16℃。

"老郝，"米国军走过来，悄声说，"小满今晚有点情绪不高，一直闷闷不乐的。"

"要想情绪高，就拿实力说话。又不是幼儿园小孩子，还要人哄。"

"我也太认真了，不就是个玩儿嘛。"老米有点懊悔地自责。

"不用担心他，过一会儿他自己就好了。那天我告诉他，你是怎么用两驱跑塔漠的，他应该是受了刺激。受点刺激好，不然老沉浸在分段赛冠军拔不出来。"

老米高兴地笑了笑，走了。

当天空呈现近乎透明的紫罗兰色时，星斗慢慢现身沙漠的上空。

红白山的南面是一片广阔、坚硬的戈壁，星罗棋布地点缀着一人半高的小沙丘、红柳堆。这真是绝佳的宿营地点。

戈壁的黏土地上覆盖着薄薄的灰黄色细沙。灰黄色细沙上覆盖着红色大颗粗沙粒。这些红色大颗粗沙粒形成的波纹，要比灰黄色细沙要大。非常有意思，这里的风散乱，但是根据沙子的走势来看，又存在着规律。

随地枯死的红柳枝，为我们提供了今晚的篝火。我们在火堆旁，呼吸着清冷的空气，仰望着星空。

群星缱绻，布满了整个天宇。银河如一道紫色的闪电，从头顶跨越，仿佛一把利剑将穹庐割裂开。

今晚能见度很好，那些在星象图上一目了然的大熊星座、御夫座、天秤座都辨认不出来。只看到了熟悉的那把大勺子，以一种奇怪的姿势躺在地平线上。

"这能看到射手座吗？"王小满问。

"哥们儿，你不是射手座啊。"嘉琪问。

"我没说我是啊。"

"你是个怪人，不是——你找射手座。"老米说。

"因为我是射手座的！"伊曼回答。

"哎哎，小曼，原来你是射手座的。我是金牛座的。"老米笑着说。

"嗯，挺像，米总一贯牛气冲天的。"修艳喜说。

我听人讲过，如果你在背后盯着一个人瞧，不用五秒，他就有感觉。可是我站在郝明身后，直愣愣看他五分钟，他竟然一点反应都没有。

他有妻子、女儿、母亲，他对女人很熟悉。理智地来看，他对我的好，和对待别的女生没什么分别，即便稍微多那么一点，也是因为我坐在他车上。

"小A，小A，"我听有人喊我。

我愕然抬头。

"喊你这么多声，你都听不见，你想什么呢？"老米问。

"干什么？"我茫然地问。

"我们在聊星座，问你什么星座的。"

我伸出一只手，抓了抓。

"巨蟹？"

我摇了摇头。

"天蝎？"

我点点头。

"蝎子啊！蝎子最难对付了。"伊曼说。

"天蝎座是十二星座中，性格最多重、最难以捉摸的一个。个性强悍而不妥协，喜欢有勇气有抱负的男子汉。要嫁给一个能力超过她，使她自豪而又不干涉她、鼓励性的男子。小A，是不是呀？"

我仔细品度嘉琪说的这几句，不置可否。

"老大你什么星座？"嘉琪问。

"你们说的那些星座，我听都没听过，我不知道我是什么星座的。"

"你生日？"

"阳历八月九日。"

"那你是狮子座，老大。狮子座和天蝎座不是最合适的，都很强势，要努力维系才行哦。"

"噢，那狮子座和什么星座最合适？"

"白羊座或者天秤座。"

"你不就是白羊座的吗？"王小满问嘉琪。

"哥们儿，白羊座的多了。"嘉琪嗔怪地看了王小满一眼，笑着说。

"狮子座和什么星座最不合适呢？"郝明又问。

"和射手座，最不合适。"

"那射手和谁最合？"伊曼立即反问嘉琪。

"还用问吗？"老米笑着说，"当然是金牛啦。"

"哥，那面来车了。"王小满忽然说。

郝明断然否定："不可能！"

"我都看到车灯了。你往你后面看。"

地平线后面有一道明亮的光芒。

"难道说，这塔漠里还有一只穿行的车队不成？"老米问。

灯光越来越明亮。

我们看着东北方向，不自觉一阵紧张。荒野里，不怕遇到野兽，就怕遇到人。

"不是车队！车队的灯加一块儿也不能这么亮！"

我非常同意老葛的看法，山脊那边的灯光像是一个强力探照灯。

"是不是来打劫的了？！"伊曼问。

"恐怖分子？！"嘉琪紧张得一只手紧紧捏住另一只手。

一个异常明亮的硕大圆盘从红白山后面升了起来！

我失声大喊："UFO！"

UFO忽左忽右地在沙丘间跳跃，直朝我们驶来。

"原来这里是外星人的基地。"嘉琪凄凉地喊了一句。

郝明大喊一声："赶快灭火！"

老米第一个跳起来，抄起我们煮汤面的大蒸锅，一泼，把火扑灭了！

我抱住头，蹲在柴堆边，瑟瑟地抖着———一半是因为冻得，就等着UFO的圆盘飞到头顶，放下一道光柱，把我们这几个地球人带走。

"妈妈，我再也见不着你了！"我在心里喊。

"别自己吓自己了！月亮都不认识了吗？"郝明突然说。

月亮升起来了，令人吃惊的明亮。这是在灯火辉煌的大城市里，完全体会不到的。在她银色的月光下，塔克拉玛干真像夜幕中的波涛翻滚的大海。

大约因为光线在沙丘之间的折射，让人产生了错觉，一瞬间，真以为是不明飞行物。

我们大笑了很久，彼此取笑，特别是第一个跳出来灭火的是老米。

"哎哎，应该夸我，是我反应最快哎！"老米不服气地说。

"行了，把火重新生起来吧。方才谁谎报军情，喊的UFO？"

我竭力把自己的脸缩进大衣里藏着。

"小A喊的，除了她，我们都不知道UFO是啥。"王小满说。

我们重新升起篝火。落日那会儿，大漠暖洋洋的让人瞌睡，一入夜又寒冷彻骨。我们又像荒蛮的"食人族"一样，围着火堆烤火。这个情形，让我想起我导师曾经给我们讲过的他的一次亲身经历。

那是20世纪70年代末，他一人途经塔漠，看到塔漠边缘有火光，还有一跳一跳走路长着骆驼足披着兽皮的人形怪兽。他走过去，发现是一群不开化的土著，他们砍下骆驼的脚掌，掏空里面的肉，套在人脚上当鞋子穿。每天夜晚，土著升起一堆篝火，望着火堆直到天明。他们与世隔绝，近亲繁殖的话，智商估计也比较低下。这样日复一日地活着，也是一种人生。

"快十点了，家人就该睡了，你们谁给家人打电话。"郝明拿来卫星电话，问，"小 A，你怎么老不想和你妈妈通个话报个平安？"

"噢。"我接过卫星电话。

"你打完之后关机，放我车座后面。"

"好。"

"我想和俺媳妇说两句。"修艳喜红着脸说。

"那你先打吧，修师傅。"我把卫星电话递给修艳喜。

"你用我的吧。"老葛把自己的卫星电话扔给修艳喜。

修艳喜到一边打电话去了。我坐在火堆边默默地出神。

我几乎从没听到他和他妻子通话。他不像老葛那样，每天晚上同郭老师说几句，讲讲我们的行程。

有次，我们烤火的时候，他就在我边上，边打电话边把鞋带松了，把鞋子脱下来，脚搁在高帮鞋上取暖。听他说话的语气，很明显，这个电话是打给他女儿的。他问她：在老家待得开心不？寒假作业做了没有？并承诺半个月后就回去。接下来，顺理成章地，他应该同他妻子讲几句。但是，他把电话挂断了。

他们为什么不通话呢？

以郝明保守的性格来看，他是不会愿意让我们听到他们夫妻之间的体己话的。他们结婚十三年了，彼此之间不会再讲恋爱时的那些肉麻情话，简单的问候就是最真挚的关怀。这些，有什么不能当着我们面说出口的呢？

如果郝明察觉出，我对他有什么特殊情谊的话，当着我的面，同他妻子讲话，是对我最体面、最委婉地回绝。

"小修这电话打的时候可不短—都快四十分钟了！跟小修说，有事说事，给家里报个平安，不能抱着卫星电话和普通电话那么煲粥！"郝明告诉王小满。

"他这不跟着咱们进塔漠，心情激动嘛，跟他客户们吹吹牛。晚上我就跟他说，葛老板再怎么有钱，咱也不能和不要钱似的。"

——或许，每天早上，为大家升篝火的时候，他已经悄悄同他妻子通过话了。但是，早上那么寒冷匆忙，又不像。

是不是他们吵架了？我脑中忽然冒出这个想法来。

为什么会吵架呢？是了，她要跟着他一块儿来塔漠。他不肯，他舍不得她来受苦。

那天早上，他出发前，吻别了妻子和女儿。他的、我始终想象不出面容的妻子，眼角挂着泪珠，望着他离去。牵挂他，她愿意跟着他去受苦，但是他又不同意。所以，她很伤心，不愿意接他的电话。

我竭力从照片上那个看上去只有五六岁小女孩的脸，去推断郝明妻子的长相。

"小 A，小 A！欸！"一群人又一块儿喊我。

我愕然抬头："又叫我干嘛？"

"干嘛？布置明早的任务。"大家一齐说。

"什么任务？"

"明天早上，我们晚一点出发，以红白山为背景，伊曼、小 A，把咱们营地的生活情况，拍点录像，记录一下。"

有昨天的直线距离 70 公里垫底儿，大家心情都轻松了。这天早上，连队长都没有急着赶路的意思。

我和伊曼端着两台手持摄像机，幽灵一样蹑手蹑脚在营地里走着。

"和镜头招招手吧，老葛。"我把镜头对着绿色牧马人车内，拍摄了老葛在睡袋里抽雪茄的镜头。

"小 A，你怎么不用咱们自己的摄像机，用别人的。"郝明问我。

"你的摄像机对不上焦了。"

"不可能！你放哪儿了，我看看。"

忽听伊曼在"哧哧"地笑："郝哥，米哥，你们俩瞧小满。"

"小满，把裤门拉上。"郝明厉声喊。我下意识回头看了一眼，看到王小满正在系裤带。

"我这裤子，里面是胶面的，穿久了热得难受，要打开透透气。"

"哎，你拍到他弟弟没有？"老米笑着问。

伊曼"哧哧"地笑得更厉害了："没有。他里面还穿着抓绒呢。"

四车沿着红白山平缓的山脊蜿蜒向东。

红白山的"刀"从一个粉色的大阴影，渐渐显露出清晰的肌理。

托红白山的福，两天里，我们直线距离竟然向东推进了 150 公里。

临近夕阳，太阳在红白山的东北角投下巨大的阴影。我们站在红白山的巅峰，尝试着眺望东方的和田河。可是除了无尽的沙山，什么都看不到。

"看来，大家还都不累。"

"不累啊！"老米回答。

"今儿走的，也太容易了，感觉没过瘾。"

"既然这样，我们趁着暮色，去夜访一下神秘的麻扎塔格戍堡，怎么样？"

我这一喜非同小可，只是面上不露出一点儿来。

"小红马"在前面开路，我们沿着红白山内一条仅能容一车通过的沟壑，折往北纬 38° 的方向。

红白山是座奇怪的山，它像一把横卧在北纬 39° 线上的镰刀，镰刀的刀与南北走向的和田河并行，又像深入茫茫大海的岬角，似乎期待着什么。

麻扎塔格戍堡就矗立在岬角上——而我已经可以清楚地望到它了。

我内心十分焦灼，什么千佛洞——红白山上连个窟窿都没有！我们不可能错过什么。可是，迷彩背心讲得明明白白，千佛洞很容易找到。

紧临和田河西岸，麻扎塔格突然戛然而止，形成一个海拔高度 150 多米高的突兀山嘴。从山下往上看，戍堡高大的墙体映着深邃的夜空，醒目地屹立在红山的山嘴上——麻扎塔格山到头了。

"小 A，怎么了？因为找不到千佛洞？要不你拿我卫星电话，给你马老师打个电话。"

我一看，还不到十一点。这个时候，我导师应该还在台灯下伏案工作。

我接通了我导师家里的座机。是师母接的电话，得知是我后，我师母赶快把我导师叫了来。

我向我导师复述了一遍迷彩背心的话，我导师并没有感到震惊，反倒是颇为感慨地道："我第一次去红白山，是 1984 年。刚改革开放没几年，西域研究又蓬勃发展了。我是自费去的南疆，从墨玉县城乘拖拉机，顺着和田河到的麻扎塔格。正逢和田河涨水，河水滔滔，将我阻在了和田河的东边。我记得特别清楚，站在和田河岸边，红白山的山峰就像直接从河中拔地而出的一样。

"再次故地重游，是 1992 年的 10 月。

"那次是一项国际合作的学术活动，由中国、瑞典联合举办。瑞典方面由斯文·赫定基金会的沃尔特斯负责。中方，马大征是组长，我和王戎是副组长。除了中瑞两国的研究人员，还有美国学者米华健。"

我导师在电话里平静地对我讲，我没法截住他，告诉他卫星电话是每分钟六块钱，只能耐心听。

"这次天公作美，正是和田河枯水期，河床已成坦途。十月十四日下午，考察队终于抵达向往已久的麻扎塔格。

"第二天清晨，我被几个中国队员叫醒，他们七嘴八舌地告诉了我，一个让我震惊不已的消息。

"昨晚，考察队中年龄最大的队员老黄一夜没睡，沿着南北走向的麻扎塔格山脉，向北走了八公里，半夜时分，他突然在月光中见到了宏伟壮观的千佛洞。共有上百个完好的洞窟，里边塑像精美，文物成堆，而且老黄还记住了一个巨型石窟门楼的匾额是'金天福地'四个汉字，字竟是从左向右写的！

"我们古人横向书写汉字，是从右向左排列。但是西域民族文字例如佉卢文，在书写时则正好相反。这几个汉字出现在于阗王国的关防内，可谓颇不寻常。"

— 271 —

我导师的话刚说到这儿，我的内心就像被暴击了一万点。

"我有些不信，两位北京的考古学者异口同声说：'老黄是专业人才，他绝不会瞎说！'

"我多了个心眼，问了老黄同一帐篷的队员、瑞典西域史学家席沛德，他证实，老黄的确一夜未眠，天快亮时，才见到他从山边转回营地。

"一听这，我立刻深一脚浅一脚地跑去找马大征和王戎。我们三人商量，立即放弃返回和田市的原计划，全体人员有组织地去探访这个即将震惊世界的大'发现我还宣布了四条'纪律'，不准拍照，不准动文物，任何人不能单独行动，发现'和田莫高窟'的消息，必须等到了和田市之后，统一由考察队在新闻发布会上宣布。

"队员们欢欣鼓舞，很快吃了早饭，就陆续沿山脉向西出发了。我让老黄带队，老黄告诉我，昨晚他走得太疲倦了，今天实在走不动，不去了。他还特意关照我，沿山根走，就可以见到石窟群。

"我简直克制不住自己的激动心情，我从小时就梦寐以求的探险成就，就在今天得以'梦想成真'了吗？

"我们一口气向西走了两个小时，麻扎山脉渐渐升高。我们第一次席地而坐休息的时候，我突然注意到：两边山岩都是片麻岩，那是一种质地松软，易于分解为土壤的水成岩，在这种岩石中，怎么能开凿出石窟寺，而其石窟还能在长达千年间不崩坏塌朽呢？

"这一下子让我从梦想成真中回到现实。我立即作出了决定：'别再往前走了！马上回河边营地！'

"还好，我们一行四十余人，总算一个不缺地全回到了营地。大家默默地吃了中饭，谁也没说什么。老黄不敢抬头正视大家，那两位考古学者也不再提此事，我却羞愧难当，为自责而烧灼着肺腑。"

怒火也同样灼烧着我的肺，兴师动众了半个晚上，那个迷彩背心，竟然是个大吹子！

"这是我这辈子最不愿回首的往事，今天终于对你说了出来。多年来，我时常会为失落感、迟暮感攫住不放。不过现在，我真正原谅了自己，从此以平常心对待自己的人生。时代注定我成为不了斯文·赫定、斯坦因，也成为不了黄文弼、陈宗器，但我内心深处，其实一直是以他们作为楷模的。他们的探险精神，对未知的渴求，对投身事业的热忱，一直激励着我。我最好的成就，是把这种精神传承下去。你们，或者你们的学生，甚至你们学生的学生，总有一天能完成我毕生的夙愿。"

挂上电话，有好一会儿，我一声不吭地站在那儿，羞愧难当。

"蒙瞪了吧？"老葛问我。

"既然来了，不妨疏散下筋骨。"郝明提议，"不妨来个夜探麻扎塔格戍堡。"

爬到麻扎塔格戍堡的时候，正好月至中天。

月色清朗，我们以君临天下的姿态，站在主峰上的戍堡前向西眺望。夜色中，红白山的镰刀把从大漠中逶迤而来。

红白山的东侧，是低矮的白山，依傍着红山并列而行。白山由石膏岩构成，而红山由红沙构成，是而称作红白山。

汉时，这里已经是丝绸之路上的交通枢纽。红色山嘴上的戍堡遗址，已经被确定为至晚建于初唐。距戍堡不远处，依山势建有一座烽火台。

戍堡占据的地理位置，无论从哪个方位，都是易守难攻。红山的西侧十分陡峭，几乎无法攀登。红山的东南面相对缓和，但是完全处于弓箭的压制之下。

戍堡是混有灰浆的土坯构建的，修造得十分牢固。每隔一尺的宽度，土坯中会添加一层坚硬的红柳枝。此外，又有木桩和横梁起加固作用。我用手电照了一下，果不其然，用的是胡杨树干。

1908 年，斯坦因曾于古堡中盗运走甚多古文物。后来者还在戍堡的洞穴内，发现刻有梵、汉文字的石板两块，和一个古怪人头像。

我从地下拾起一块厚厚的红色陶片，斯坦因在玛亚克里克、木克塔尔乔勒、麻扎塔格多次见到这种质地坚硬、釉色细腻的红陶碎片。百年内，各研究所、各大学已经在这里反复筛查过一万遍了。这里除了这些零星的红陶片，已经毫无有价值的东西。

我把那枚红碎陶片重新放回到地面，这里，除了深刻细致的观察，什么都不能带走。

白山的东边、和田河以西，是一长趟狭窄的野生林子。越过幽暗的林子，可以俯瞰到闪着寒光的和田河在我们面前蜿蜒流淌。

大地一片苍茫：谁在这里建造的这座戍堡？是谁在这里和我们一样俯瞰过和田河？那些在这里活动过的人，就无声无息地消失在历史的长河中。

想到那些曾经驻足在这里的无名之众，我的心情平复了一些，细细想来，迷彩背心只是信口开河了几句，我竟然信以为真，一是我涉世未深。最主要的，是因为我太渴望了。

这种渴望，蒙蔽了我的头脑。

麻扎塔格戍堡，与百年前斯坦因的照片做对比，简直看不出变化。但是红白山附近的地理环境变迁，可以用令人发指来形容。根据赫定的笔录，百年前，我们现在行走的道路上，时刻伴随有碧波荡漾的湖水和浓密的芦苇草。现在除了荒凉的沙丘，连动物的骸骨都难得一见，说明沙漠侵蚀这里很久了。

我可以把我观察到的实际情况，用文字忠实地描述下来。虽然，这和我的论文，相去甚远，更不能保证我毕业。即使我的成就永远无法与黄文弼、陈宗器先生比肩，也应该把这种精神传承下去。

不过，我不想现在就和自己的理想达成和解，我还要拼一拼，哪怕碰得头破血流。

月亮忽然钻入薄薄的阴云。

"我怎么忽然发现少了一个人。"郝明说。

"是少了两人。"伊曼说。

"七哥带作家去下面溜车去了。"修艳喜告诉郝明。

和田河幽蓝的冰面上，出现一辆绿色越野车。

我们六人站在山顶，看着"绿八〇"在泛着银光的河面上，"八〇"就跟上了发条的卡丁车，来回漂移，原地打转玩儿。

"小满，等你玩够了，后面找我们。我们先回去扎营了。"

"哥，需要救援！"

"你怎么了？"

"我上不来了。"

"你怎么下去的，怎么能上来。"

"这个地方是个饿头坡，"王小满着急地说，"不是沙，是硬土，前杠顶着了，上不来。"

"那你找不饿头，不顶前杠的地方上来。"

电台里沉默了。

我们三车往北走了一会儿，就停下来了。在红白山巨大的阴影里，竟然有一座淡黄色小平房。

我们等了差不多半个小时，王小满仍然没赶到。

"小满，你什么情况？"

"我上来了，不过在林子里过不来。"

"林子里怎么会过不来？"

"我来来回回走了好几遍，全是走的我自己的车辙印，一直在这儿兜圈子！"

"你还会迷——仔细找找！"

画家下车走了过来，不放心地说："老郝，要不要过去接应一下小满？"

"接应什么？不打招呼，私自离队。一路上就这么无组织无纪律惯了，该长个教训了！"郝明说完，推开车门下来，"今晚我们就在这儿扎营了。"

月亮在云翳间穿行，照得我们每个人的脸上时明时暗。回首遥望，月光下，红白山显出不凡的恢宏气势。红白两个山嘴则更加高拔，隐隐约约地，还能辨认出麻扎塔格成堡的影子。

远远地，听到红白山的那一面传来猫头鹰的叫声。

我们走到小黄房子前，门轻轻一推，吱呀一声开了。里面是个走廊，走廊里的房间挂着一把明锁。我从门缝中悄悄看进去，一边一架单人床，中间有炭盆，上面架着一个吃肉的大锅。

"小满，听得到不？"郝明用手台呼叫。

"我还在鬼树林东边。"

"怎么搞的！要是看不清车辙，就下车来找！"

"真的过不来了。这儿太可怕了。黑灯瞎火的，连月亮都看不到。林子里不知道都是些什么东西。"王小满的声音听起来特别沮丧，"今晚，我和嘉琪就在和田河上睡了。"

"老郝，"画家心神不安地说，"我们俩跑一趟吧，把小满接过来。还有嘉琪呢！"

一进到野生林子里，顿时让人头皮发麻。

我总是听到车前车后，有什么在狂奔乱跑，可是伸手不见五指，什么也看不到，徒自毛骨悚然。王小满一向胆大，用郝明的话说，"哪儿都敢去"。他确实下车去看了看车辙印，那些疾驰飞奔的黑影，把他闹得心惊肉跳。

突然，前灯亮了。灯光打过去，照见躲在灌木后面的一些山羊，一动不动瞪着我们。我正松了一口气。突然有什么小东西"啪"一声，撞在我旁边的车窗上。我还没看清楚，又有一个小东西，一跳跳到了风挡前的车头上。

这次我看清了。这种小动物，外貌看上去很像老鼠，却长着两个蒲扇一样的大耳朵，看上去很可爱；前肢短小，两条细长的后肢，跳起来像袋鼠。这是一种濒临灭绝的动物，外号叫"沙漠米老鼠"，学名叫长耳跳鼠，基本上是中国特产，主要生存在塔里木盐碱化荒漠之中。

"是不是开着灯，比不开灯更害怕。"郝明问我，接着把车灯关了。

惨淡的月光从密林的缝隙中洒下来，更显得林子里阴森幽暗。林中的猫头鹰在黑夜中咕咕叫着，从这棵树扑棱棱飞向那棵树。

长年累月的风沙，堆积黏连在树枝梢头，已经完全看不出树木的原型，更像一个个张牙舞爪的魔鬼怪兽。

我们在这个诡异的树林里试图看到"绿八〇"的身影。突然发现，"绿八〇"没有找见，"小红马"也不见了。

鬼树林越来越昏暗。

郝明 GPS 上的那个箭头，忽然像没头的苍蝇一样，东指一下，西指一下。

"老米，小满，能抄收到我吗？"

"老郝，我 GPS 失灵了。"

"我航迹指示也失灵了。可能这山下有矿。"

"哥，咋出去哇？"

"前面那辆车，是不是小满？"郝明沉着地问。

"我看到你了。"老米回答。

"你没看到我，那是小满。小满打下双闪。"

"我看到双闪了！"老米在车台里说。

"很好，你们两个离得很近，小满你别动，老米你靠向小满。我去找你们两个。"

很快，我看到两辆一前一后打着双闪的车。三车汇合后，郝明在前，缓缓绕行，寻找我们来时的车辙印。

返回的路走得很蹊跷，明明红白山离我们近在咫尺，我们却始终看不见麻扎塔格戍堡的影子。

此时林间的沙地上，布满了鬼画符一般的车辙印——除了王小满留下的，又多了途乐和"小红马"的。时不时能看到跳鼠在车辙印上蹦来蹦去。

我不清楚郝明究竟是如何从杂乱无章的车辙里辨认出自己进入"鬼树林"的轮胎印，可能就像我一眼能识别出婆罗迷文、吐火罗语言和佉卢文一样吧。

我们顺利找到来时的入口，有惊无险地离开了这个恐怖的鬼树林，回到黄色小平房的时候，已经是午夜过后了。

修师傅和老葛在戈壁上，一点一点搜罗出一堆枯枝，在小院里点上一堆明亮的篝火。野兽怕火，不敢靠近。这个道理，我也知道。另外，王小满如果提前从"鬼树林"出来，看到篝火，就知道我们在这儿。

修艳喜烤好的馕，因为寒冷，又变得僵硬了。可是对于我们早已空空如也的肚皮来说，这根本就不是一件事儿。

"咱们今晚睡在走廊里。男的靠门边睡。三个姑娘，睡男的里面。"

走廊冰冷的水泥地，比沙地还要硬。可是，这却是我在塔漠睡得最暖的一晚。

我们的猿人祖先很早就知道，山洞比旷野更保暖。

太阳从东方升起来了。大地的阴影急速向西方移动，直至整个沐浴在光芒中。

西段穿越胜利在望的喜悦在我们即将离开麻扎塔格，重回沙漠的时刻集体爆发了。

郝明、老米、老葛、王小满站成一排，准备以棱角分明的红白山为背景，合影留念。

嘉琪、我和伊曼各拿相机，站在五个男人对面，准备拍照。就在准备按下快门的一瞬间，嘉琪嘴里"喷"的一声，把相机放下了，歪着头，含笑看着五人。

四员主驾互相看了看，往一起站了站，靠得更紧密了。拥着四人中间矮小、头发蓬乱的修艳喜，像足球开赛前球员那样，手很自然地搭在彼此的肩膀上。

　　嘉琪笑着点点头，按下了快门。

　　红白山是一道分水岭。

　　从南跨越过红白山，北部高大的沙山立刻横亘在人们的眼前，红白山的北侧，被山体挡住的积沙，就像惊涛拍岸，壮观的气势令人生畏。离开戈壁滩的沙石地面，车轮一刻也没有停留，车头微微向上一抬就上了沙山。

第十七章　红白山

第十八章

遗失的绿洲

——这是马可波罗眼中瑰丽的城，
我心中的一片废墟。

在沙漠里过了几天没水、没电、没房住的日子后，我们觉得和田是安拉在绿洲上建起来的天堂。

我们开着车，沿着和田市的街道缓缓行进。

"小海妹鲍鱼饭看着不错。"王小满说。

"告诉你，小满，饭里没鲍鱼。"郝明说。

"告诉你，小满，也没有小海妹。"老米跟着说。

"没想到能赶上在和田吃晚饭，"王小满说，"那红白山东边的大沙山太吓人了，快赶上巴丹吉林了。"

"你们总说巴丹吉林险巴丹吉林险，我没感觉，这次知道你们说的巴丹吉林了——掉下去只有拆车的份儿！"

"车下去，绝对地上不来了。别说车，人也上不来。"老葛说，"郝明，你来找咱们今晚的下脚地儿吧，别像上次那家，那么不靠谱儿！"

"路左边，有家便捷商务酒店，前面有很大一处停车场，兄弟们，意下如何？"

"我没挑的。"老米说，"总比沙漠里舒服。"

"老葛，你没问题吧？"

"没问题，就是给我要个大床房，床小了，我睡不着。"

"葛大哥，这个心愿，今晚给你了了。"王小满突然拔高声音说。

我凝视着那个红色的未接电话。为了让时间永远停留在松塘那天的晚上，我决定手动输入这个电话号码。

电话拨出去了。

"郝队，我有件事想请示你。"

"你出去啦？"郝明警惕地问我。

"没有啊！就在走廊上。"

"那干嘛打电话，我出来，面对面说。"

斜对面的房门打开了，郝明大步走了出来。

酒店走廊，空无一人。单独直接面对他，我突然感到很不好意思。

"这多好，面对面说得清楚，"郝明说，一边向上拉抓绒衣的拉链，"你说，你有什么事情？"

说到正事，我的羞涩感立刻消失得无影无踪，"我想明天去和田市转转，找寻一下过去的遗迹。"

"可以！"他回答得很痛快，但是很快又犹豫起来："不过小A，我明天得帮着老葛去配玻璃，还得检修车辆。不然我就亲自带你去了。"

"不用不用，你忙你的。我自己坐出租车，一点一点找，反而好。"

"不行，不能坐出租车！你一个人，人生地不熟！这样，我和麦西来甫联系一下，看他在和田有什么朋友。"

"不不，千万不要麻烦老陈在喀什的朋友。"我急忙阻止。

当初，老米的前桥坏了，王小满要联系麦西来甫，郝明都不同意。现在为了我，再特意给麦西来甫打电话，让别人怎么看他。

"这件事你不要管了，我会处理好的。"郝明说。

我回到房间。嘉琪已经洗完澡，正坐在笔记本前面，一面吹头发，一面含笑浏览网页。

我打开水龙头先洗了个手，水盆里的水浑浊不堪——我的手立刻白了两个色号。

我摘下帽子，头上"蓬"地起了一道黄烟儿。洗头发的时候，黑水顺着脸往下淌。我连着用了四遍洗发水，头发上才有了一点点泡沫。

洗完澡，头发只吹了半干，我就迫不及待地跳到床上，拿着手机追寻嘉琪的更新。

打开网站，把我吓了一大跳。嘉琪的文字下面，有海量的回复。

"追着琪爷的帖子，了解你们的行踪，成了每天必做的功课。"

"谢谢琪爷给我们带来的精神上和视觉上的盛宴。"

嘉琪帖子中，回帖的清一色都是男读者。他们基本关心的是航迹、车况、轮胎磨损情况。上次更新，嘉琪破天荒地放了王小满开车的侧脸照，还有他给老米拉绞盘的正面照——照片上，王小满扛着绞盘绳，一如既往的笑眯眯；老米握着拖车绳，在后面做驱赶状。

这两张真人照，就像投了一枚深水炸弹，一下子把长期潜水的女粉丝给炸了出来：

"被'风哥'旷世的颜给惊到了。"

"受不了了，直接喷鼻血了。"

"花痴 ing，口水流了一键盘。"

还有人的留言，一下子让我笑出声来。

"琪爷，你这次赚大了——我是一男的。"

一直翻出去四十多页，我才看到嘉琪更新的文字：

人呢，真是很奇怪的动物。想想两天前，我在沙漠里，每过一分钟都是那么的难，分分钟盼着赶紧离开这个鬼地方！

出去才一天的光景，再回来，居然觉得大漠是如此的亲切。

是被这些勇士们坚韧不拔的精神感染的？如果说这是一种如此不知天高地厚不畏艰难险阻不因人言左右彼此天南地北性格迥异也能同道而行的精神，那么，我很高兴能被这种精神感染。

矛盾吧？

人就是这样，我不过是普罗大众中小小的一分子，和每个人一样，平凡而普通，所以就请别介意我的矛盾与反复吧。

嘉琪的读者在下面回复：

"只要去做了，就是英雄——你也是，期待英雄们成功凯旋。"

"不让梦想只停留为梦想——为包爷加油喝彩！"

"虽与你们不曾谋面，但心与你们一起穿越！"

看得我热泪盈眶。

第二天早八点，我们八个人集体在一楼餐厅吃早饭的时候，郝明跟我说，十点整，会有辆车来接我。

还不到九点四十，我独自一人站在酒店旋转门前等待着，边以一种复杂的、忐忑不安的心情打量着眼前的车水马龙。

今天一定要有所斩获——我暗暗下定决心，在这个叫"和田"的地方。

十点差五分，一辆小奥拓驶入我们酒店前面的广场。车里钻出一个眼窝深邃、眼神清澈、栗子仁大眼睛的年轻人——直觉告诉我，这应该就是接我的人。

我刚要上前问询，那个年轻人走上前，有点腼腆地对我旁边的一个人说："阿布力孜。"

我愕然，这才发现旁边站着的人就是我们队长。

"我在这儿站了快十分钟了，你连瞧都没瞧见我——你脑子里想什么呢！"

郝明打开后车的车门，让我坐进去，又看了看车后，记住了阿布力孜的车牌号。

"多少钱？"

"两千。"

郝明拿出十张崭新的百元大钞："下午四点前带她回到这里，我把另外的一千付给你。"

阿布力孜点点头，把一千元新票小心揣在怀里。

"路上开车的时候小心点。"郝明交代阿布力孜，又对我说，"有事打电话。"帮我把车门关牢了。

"是你老公吗？"车动后，阿布力孜问我。

"不是不是。是我们队长。"

"挺关心你的。"

"他对谁都很好。他是个好人。"

"看出来了。"

"维吾尔族？"

"乌兹别克。"

"你眼睛是绿色的！"我盯着车前的后视镜问。

"是的。我也不知道为什么我的眼睛是绿的，我父母都不是绿眼睛。"

"你祖上有俄罗斯血统？"

"没有。"

"你肯定吗？"

"肯定。"

阿布力孜也许是斯基泰人的后代一只是他完全不知道！

阿布力孜从车前的后视镜瞅了瞅我："你打算看和田哪儿？"

马可·波罗说，1275年他到达和田的时候，在这里看到有被中国人称为景教的基督教分支东方亚述教的教堂。

"比方说——"我突然发觉和一个穆斯林说这个可能不大适宜，就止住不说了，"古迹，哪儿最老，就去哪儿。"

"和田，没什么古迹了。"阿布力孜为难地告诉我。

"不可能！"我生气地说："于阗有两千多年的历史呢。"

我们在林立的高楼和低矮的土房中穿梭。路上只看到了几个艳丽、气魄宏大的清真寺。

到下午两点，我失去了耐性，另外也饿了，遂提出请阿布力孜吃手抓饭。

我们闷声不响地吃完了饭，就在我准备掏钱的时候，阿布力孜抢在我前面付了饭钱。

"啊，这样不好吧。"

阿布力孜从怀里拿出那十张崭新的百元钞票，给我看了一下，"都在这里了。"店主送回来一些找头。阿布力孜把零钱放进钱包里，手指头抠出一枚金黄色的圆硬币。

"你是北京来的大学生，你帮我看看，这是不是真的。"阿布力孜非常放心地将这枚金币放到我手掌心里。

这竟然是一枚迦腻色伽一世在位时期的贵霜钱！

金币正面是站立的迦腻色伽一世本人，身着厚重的贵霜式大衣双肩喷火，左手持皇家旗杆，右手趋前，在祭坛前祭拜。金币外缘以大夏语铭刻希腊式铭文：万王之王，贵霜迦腻色伽一世；金币的背面是着希腊通肩式佛衣的佛陀，正面而立，右手施无畏印，左手拖曳佛衣一角，右侧刻有希腊铭文 "Boddo"，即"以佛陀之名"；左侧刻有迦腻色伽一世名字的首写。

这枚金币，不知道什么时候被一位粟特胡商带进了和田地区。佛教，正是因为贵霜的迦腻色伽王将佛陀的头像，印在钱币上，得以在中国流行、推广。

"阿布力孜，你这枚金币哪儿来的？"我马上问。

"一个月前，有个维吾尔族人吐尔迪半夜四点打车去和田机场。他说他手头没现钱，就给了我这枚金币，还要我给他五百元钱。他说，这枚金币是二千年前的国外传进来的。黑市里卖，可不止五百元了——他不至于骗我吧。他还给我留了电话，说以后碰到要买宝贝的人给他打电话，或者去民丰塔瓦库勒村找他。"

塔瓦库勒村，百年前可是非常非常有名啊！斯文－赫定、斯坦因都去过这个小村子。斯坦因就是因为在那儿无意中看到了婆罗迷文的壁画，向北找到了丹丹乌里克和喀拉墩，拉走了93车文物。

20世纪初，欧美和日本探险队在和田，上演了一场长达半个多世纪的于田文物争夺战。新疆地下宝藏的流失，与敦煌所经历的浩劫一样，都令人心痛。陈寅恪先生说过，此我国学术之伤心史也。

阿布力孜告诉我，吐尔迪让他别开"黑车"了，跟他一块儿干，这"活儿"挣得多，而且也不累。

这真是一条宝贵的线索！就阿布力孜描述的来看，这个吐尔迪很可能就是生活在塔克拉玛干边缘的"寻宝人"。

我紧紧攥住这枚金币——我没有钱，不然我就买下来了。这枚金币应该保留在博物馆，虽然它也不是什么绝世珍品，但是也不应该在市面上流窜。

"这枚金币，我以前没见过，"我思忖着，如何措辞，才能让这枚金币在阿布力孜手里留得更长久，同时又不说假话，"应该是真的，别轻易将它卖掉，等我拍个照，回去找专家给你鉴定一下。"

阿布力孜点点头，一点没怀疑。我忽然想到，吐尔迪轻易给阿布力孜一枚金币，那他手里还有其他好东西。

"阿布力孜，你给吐尔迪打个电话，说有人要看看他的宝贝。"我热切地要求。

"我给他打过电话，打不通。他可能回沙漠了。沙漠里是没有手机信号的。"

"那你怎么找他！"我露出极度失望的表情。看来只能那人单线和阿布力孜联系了，也许他早把阿布力孜给忘了。

"吐尔迪说过，要找他，就去和田市东边的塔什萨伊路大巴扎。"

"那个地方真的有吗？"

"有。"

"那咱们现在就去那儿。"

"你不在和田市里逛了？"

"不逛了！"

吐尔迪说的那个地方，是个小黑市，就在大巴扎后面。

巴扎里一定有个屠宰场。空气中弥漫着浓重的血腥气，令人作呕。我拉起魔术巾盖着脸，才能继续坚持待下去。

黑市里，只有十来个人在晃悠。

大漠层层向昆仑山推进。古代人类活动的遗迹越来越难以企及，所以寻宝人的收获越来越少，黑市也越来越小。

我在黑市里漫无目的地转着。

在大量毫无价值的现代手工艺品中，我瞄到几百年前赤陶做成的双峰骆驼，色度的狮身鹫头像，还有萨珊王朝的几枚古银币——看来这里还真能淘到真东西。

我开始变得有耐心起来。

一个摊位的角落里，摆着一个"野猪狩猎图"银盘。我一眼就看出，这是一个典型的粟特物件。

盘中，一群野猪隐身在芦苇荡中，图中所绘很是酷肖——长吻，獠牙，沿着背脊生长的粗壮鬃毛暴怒竖立，面目极为生动。

狩猎图上的猎者手中所执的武器，是中型的矛。这种矛需要两手执握，不像柏林国立博物馆收藏的同题材的银盘，猎者单手拿着一只短矛。另外，狩猎图上的猎者，头上没有佩戴萨珊各王所佩戴的王冠。

法显记录下的精觉古国，已经是一个人烟稀少的沼泽。而银盘中的植物正是生长于河岸旁的湿地或浅水中的禾本科芦苇。这个猎者抑或是一个生活在于田的起居奢华、身穿华丽丝绸锦袍的粟特胡商。

当然，这只是我个人的想象和猜度，这个银盘子的出处，已经无法溯源追踪了。

后世统称为萨珊金银器的波斯器皿，其实大部分并不来自萨珊王朝的政治、文化中心地，而是来自更东方的粟特诸国。中亚的粟特城邦在政治上不隶属于萨珊帝国，但是美术上仍属于东波斯的分支。

中、西文化交流的最重要的使者，就是东迁的粟特人。隶属东波斯系统的粟特人是一个商业民族。荣教授在课上曾对我们说过，"就没有粟特人不卖的东西。"

在从位于帕米尔高原以西的故乡索格底亚那到中原的丝绸之路沿线上，不辞辛劳的粟特人，基本把持了丝绸之路上的贸易权。粟特人能歌善舞，就是由他们，把胡乐、胡舞传往李唐宫廷的。粟特人语言天赋极高，会个八九种语言没有问题。他们和多个民族交易、交往，不仅把中国的丝绸、茶叶、瓷器销往大马士革、罗马，也把香料、芝麻饼、葡萄种植带入中国。

"安史之乱"后，粟特这个来自撒马尔罕的移民群体渐渐消失，融合到中国的各个民族里，因此后世对粟特人知之甚少。这个狩猎图，一般的买者不知道出处，加之银盘边缘受压扭曲变形，氧化得很厉害，黑不溜秋的，所以乏人问津——其实这是真品。

它的具体年代尚不能判断，但是最迟不晚过唐朝——可惜不在我研究兴趣之列。而且这种银盘在中国有大量出土，算不上珍惜之物。

我将盘子轻轻放回到桌面。卖主两手抄在袖子里，围巾紧紧包着脸，黑洞洞的大眼睛瞪着我。他认为我不会是出价的买主，因此也就懒得过来。

我正思考是继续游手好闲一样在这里晃荡，还是离开这里继续在和田市里探索，就看到摊位后面不远，一个披着藏式毡毯、头戴藏式毡帽、挂满藏饰的内地人正向一个外国人推销一本"古书"。

这个外国商人戴着一副大茶色墨镜，盖住半张脸，初看像中东人，再看又有欧洲人的相貌特色。

这个内地人说着很流利的中式英语，正和外国商人神采飞扬地说起他和他的同伴——旁边站着那人的沙漠历险经历。

他们在沙漠中遇到了沙尘暴，偶然间注意到有个大沙堆。等过去一看，原来是一个被沙掩埋的房屋。因为门窗已经被风沙堵死住了，于是他们在墙上打了个洞，爬进一个密封的室内。

室内也积了很厚的沙子，以至于人钻进去就抬不起头，伸不直腰。他们随手扒开积沙，就发现了这本文书，除此以外，那里还有相当多的古代手稿，但都已经朽败不堪，手一触碰，立刻成为一堆碎片。

内地人的同伴补充说，他们怕被活埋在这个暗无天日的小黑屋里，就赶紧出来了。他们根本没敢再检查，屋里是否还有其他文物，就拿着几本册子赶紧出来了。

废弃的村落，鬼魅般的石屋——我都听呆了。之前沙雅那里确实有过发现千年前当地牧民把经书手抄本藏在树洞的真实案例。

根据我自己目前的亲身经历，徒步进到广袤的塔克拉玛干大沙漠，死亡的几率高达百分之九十九，收获宝物的可能却只有百万分之一。

但是这个人应该真的进过沙漠，或者他真的听进过沙漠的人讲述过。他所描述的氛围、沙漠的地貌，包括他的恐惧心理，没有进过沙漠的人编都编不出来！

"这个地方，在和田市本地的地图都能找到，叫'雅布库姆'。你们去查。"内地人笑了一下，笑得异常从容。他的脸赤红褐色，那是经历了长久以来风吹日晒形成的。

"库姆"是"沙"的意思。"雅布库姆"就是"骆驼与马驹子的沙漠"。这个名字太诱人了！

那个外国商人，很显然对西域文化不是一般地感兴趣，对内地人这段冒险经历，深信不疑。

我不能让这个外国商人把这本古书买走，至少阻止不了的话，我也要在他买走前看上一眼。我急忙走到内地人面前，"先生，我想看看您的这本古书。"

内地人微笑了一下，彬彬有礼地回答我："有什么理由不可以呢？"他很有风度地对那个外国商人，向我做了个请的动作，"这位 young lady 对您手中的书也是十二分地感兴趣。请让她先看看。"

那个外国商人右眉毛一挑，墨镜的镜片对着我瞧了半天，又对着阿布力孜打量了一番。

我用英语告诉那个商人："我是燕京大学西域史专业的研究员。我想看看这本书。"

我这个牛吹得有点大——我自称是 resercher。很明显，我一点儿也不像。

"OK。"商人的墨镜疑狐地对着我，还是把手里的小册子递给了我。

我小心翼翼地打开古书，发现里面的单词一个也不认识，字体也很奇特，我激动得手颤抖了——这会不会真是消失千年的、前所未有过的一种西域文字？

塔克拉玛干四周曾经分布有三十六个绿洲城邦——说是三十六，其实五十多还不止。东有楼兰、精绝，西有疏勒，北有龟兹、车师、莎车，南有戎卢、渠勒、皮山、拘弥。这些小国家，民族来源众多，文化交合驳杂。我们这些研究西域史的，恨不能前所未有地发现某个消失小国的蛛丝马迹——这才是毕生的荣耀啊！

早上，我还起誓，今天一定要有所斩获——难道我的苦心这么快就有了回报！

"我是希腊人。这个字体看起来像是闪米特语系的古阿卡德语或者古亚述语和古巴比伦语，甚至古希伯来语。"希腊人突然摘下墨镜，低声和我说。

现在历史界有"雅典娜是黑色的"说法，意思是古希腊文化源自于非洲闪米特。所以这个希腊人是很有发言权的。

"怎么样？小姑娘。"内地人高兴地问我，"我们找专家鉴定过了，这是西域古语言吐火罗语 A 之一的焉耆语。"

历史比较语言学研究表明，于田人属于斯基泰人分支的后裔，讲印欧语系东伊朗语方言的"于阗塞语"。吐火罗语 A 的焉耆语，是龟兹、楼兰人讲的。

吐火罗语是塔里木盆地流行过的一种印欧语系的死文字。20 世纪初，新疆库车、焉耆、吐鲁番、敦煌藏经洞曾发现大批用这种语言书写的宗教、文学和医药典籍——但这绝不是吐火罗语！

不过，对这些复杂的术语，非专业人士搞混、记错是很有可能的。

"这是我们在一具人骨下发现的，那具人骨就是枕着这些文书死的——也就是说这些文书无比重要，形同生命——真是信仰的力量啊！"内地人感慨地说。

我费了极大的努力，才克制住虚荣的念头，开始冷静地看这本"古书"：书的纸张相对于它存在的"年代"，有点太"挺"，翻起来很响。而且是模仿一百年前和田地区民间常用的"桑皮纸"做旧的——因为他们没有见过更早年代的手抄本。

我用手指轻轻捻了一下书页，我手指捻过的字迹突然变浅淡了——这是一种廉价的现代化学药水印制的。

如果这几个人，碰到斯文·赫定、斯坦因林梅榛教授还有我导师这些内行的"沙漠通"，这出戏就演不下去了。可是绝大多数买家连沙漠的边缘都没靠近过，对西域文化也是一知半解，甚至一窍不通。

这些人还是费了一番苦心地做了研究——吐火罗语A、焉耆语这些术语他们都知道。

"我们在一个叫'卡拉库姆麻扎'的地方，找到了一个十几公里长的巨大古墓葬区。"内地人旁边站着的那个人托儿看我们听得入迷，周围围了越来越多的人，提高嗓音骄傲地告诉我们，经他们勘测，判断是和田佛教时期的墓葬，距今至少快一千年了。

人丛中发出一片惊呼。这句话，足以让我激动不已的心立刻冷下来。

如果不是冒出"卡拉库姆麻扎"这个名字来，我或许又是一阵惊喜——因为前几天，我们就是因为古墓葬群和杨局他们认识的。

"麻扎"这个词，对那些经常来新疆考古，对西域文化有特别情怀的人，特别容易产生亲切感。于阗时期佛教徒的墓地叫"麻扎"，这就太让人费解了。

古于阗人都是采取火葬的形式埋葬。因为挖掘不到土葬形式的墓葬，加之于阗国没有修史的传统，所以古于阗一千多年的历史相当空白。而且这么大一片古墓葬区，就这两个"找宝人"知道，那政府机构那么多研究西域文化的人都去做什么了呢？

"怎么样？"希腊人用英语轻声问我。

"哦，我从来没见过这种神秘的文字。"我的神态已经让商人起了疑心，他购买的意愿没刚才那么强烈了。

"喔，我们碰到了专家了。"谈吐优雅、风度翩翩的内地人，笑得不那么愉快了。

我忽然看到人群中闪出一张鼓泡泡油馕一样的脸，鼻子尖上方阴冷、仇视的眼睛从毡帽下看着我。那双充满敌意的眼睛和我对视了足足三秒，慢慢又隐藏到人丛中去了。

我心里打了个"突儿"。阿布力孜也有所察觉，不安起来，拉了拉我的袖子，一面向四周紧张地张望着，"快到时间了，你该回酒店了。"我一看表，才刚过下午三点——和田并不大，回去最多只要二十分钟。

阿布力孜长得瘦弱，我也没有三头六臂。我默默地将那本"古抄本"递还给希腊人，转身向阿布力孜的奥拓走去。

"Hello——hello——"那个希腊人在背后叫我。我想装作没听见，但是还是站住了，缓缓转过身。

"怎么样？你有什么建议吗？值得购买吗？"希腊人眉毛拧在了一起，用疑惑的眼神盯着我的脸。

内地人笑容变得僵硬了——还有那个托儿，紧张地看着我。

我想了想，说："真抱歉，这是一个重大的决定，我无法给你建议。

Sony！"

我回到奥拓上，巴不得赶快离开这儿。

车子开动了。我回头看了看：希腊人神色冷漠；那个托儿手不住地比画着，试图再次说服希腊人；而那个更为老到的内地人知道大势已去，安静地站着，不再讲话。

这让我心里好过了很多。

后来从杨局那得知，我在小黑市碰到的那个内地人叫甘逢兴。2005年就到了新疆，认识了当地的柯尔克孜人毛依不拉因。两人合作，自己雇向导和毛驴进沙漠找宝。

开始很辛苦，赶上了几次沙尘暴，仍然一无所获，就放弃了。甘逢兴在和田市做点藏饰和古董生意，当然都是小打小闹。随着开放与入世，国外商人逐渐进入新疆。甘逢兴发现和田西域古文书手稿生意日渐红火，而且买主几乎从不讨价还价、挑挑拣拣，好坏都要。

甘逢兴和毛依不拉因先是在于阗、民丰这些地方走乡串户地以低廉的价格搜集、收购文书手稿，然后拿到和田加价卖出。干着干着，甘逢兴不打算这么费事了。那些国外买家貌似并不懂行，于是他决定在和田附近开个手工作坊，生产"古书"。他也很快因为这桩生意致富了。

阿布力孜将我送到酒店后就走了。

我站在早上等车的那个地方，望着一如早上的车水马龙，心情糟透了。出发前，虽然觉得希望不大，还是怀揣着希望的。等返回酒店，除了再次一无所获之外，还有另一种新的痛苦又袭上我的心头来：真正的发现是那样艰难与稀少，而假货市场却是那样繁荣兴旺，已经达到了以假乱真的地步。

今天唯一的收获，就是从阿布力孜那里得知，塔漠边缘目前还生活着以在沙漠里搜寻古迹为生的"找宝人"。这些"找宝人"都是家族传承，几辈子生活在大漠的附近。他们很小的时候就被父辈带进沙漠，对沙漠有着常人难以比拟的嗅觉。我向阿布力孜要了吐尔迪的电话。下次再来和田的时候，争取找到他。

"小红马"从外面回来了。这是老米和伊曼又去菜市场添购补给去了。采买肯定又要花钱；补给里面也包含我那一份。

快过年了，我看能不能以拜年的形式，从我四叔那儿再套点钱出来。说来我也好有心机，我从小几乎都没怎么见过他。直到我考上燕大，我们才有了联系。

"你在新疆还记得给我打电话，你那边冷不冷啊？"四叔问我。

坏了！我四叔怎么知道我来新疆了。肯定是我爸嘴快，告诉他的——幸好，我四叔先提了一句，要不然就穿帮了。

"这边不很冷，北京呢？"

"北京今年暖冬。空气也不好，连着两个星期雾霾，尤其二环内严重。我家对面的崇文门菜市场都看不见了。我眼睛都红了，一直在滴眼药水。"

四婶接过电话告诉我，我叔叔前两天在洗手间里摔倒了，发现有脑血栓，开始吃药；我爸还给我叔推荐了一款抗血栓的新药。

在全家为他脑血栓操心的时候，我再提让我四叔赞助我学梵语或者塔吉克语，太有点说不过去了。

唉，真是祸不单行！

从我四叔这里弄钱的路暂时断了。看来只能再继续催"刀疤"给我还钱。

我拨通了"刀疤"的电话，依然是扯皮，对方始终友善地和我兜圈子，让人没法发火。眼下能不翻脸尽量不翻脸，我还是力争心平气静把钱要回来。

和"刀疤"的这通电话更增加了我的愤懑感。我心情低落地走进酒店，有部电梯正要缓缓关上电梯门，我一个箭步冲过去，按住按钮。电梯门重新打开，里面有个穿亮黄冲锋衣戴芥末色抓绒帽的大高个儿，左边脸明显比右半边黑，两只眼睛炯炯有神。

"啊，是你！"我说。

老葛那张宽阔的大脸露出和蔼可亲的笑容。

我走进电梯，贴着门靠电梯站着。

"你玻璃装上了？"

老葛笑着点了一下头："装上了。"

"真好，以后不用再吃土了。轮胎也换了？"

"后视镜也弄好了。终于不用每次倒车的时候都要伸出脖子看了。"

"可喜可贺！"电梯"隆隆"地往上开。我突然发现，我和老葛都忘了按我们的楼层，而是直接来到酒店的最高层。

"去喝一杯不？"老葛问我。电梯门开了，外面是个酒吧。

"在酒店的酒吧里喝酒，那不情等着挨宰吗——你请客？"

老葛眼睛很缓慢地闭了一下。

"走！"我大步迈出电梯。

因为时间尚早，酒吧里面几乎没人。服务员把酒单往我们面前一扔，当着我和老葛的面，毫无掩饰地打了个大哈欠。

"你喝什么？"老葛不满地瞅了服务生一眼，问我。

"尼雅粒选赤霞珠干红。"我完全心不在焉，听老葛问我，就随口照单念了一个。

服务员好像看一个怪物似的看了看我。

"干红？"老葛诧异地问。

"我酒量很好的。干红我一次能喝大半瓶，还是没放开喝的情况。啤酒，我还没见到能喝过我的。你来这个吧，老葛，这款可可利口酒看着不错，上面标明是酒店自己调配的——你们这种地方，不至于拿假白兰地和代可可脂糊弄客人吧？"我问服务生。

"不会啊！"服务生不高兴地说。

老葛满意地笑了："那就这个。"

服务生端上酒，往我们面前"咚"一放，干巴巴说了一句："二位请慢用。"就到一旁和同事聊天去了。

我和老葛都伏在吧台上。老葛看着那个服务生的背影，说："这要在北京，还不立马被开了。这边的服务意识还是要差很多。"

"行啦行啦，"我拖长声音劝老葛，"我们都从塔漠几进几出了，你还介意这些。"

老葛看了看手里的利口酒，笑了："别人看见会奇怪的，我们两个手里的酒应该换换才对。"

"就一个利口酒，无所谓啦，你的范儿在那儿镇着呢。"

"嗯，这话我爱听。"老葛高兴地笑了，点点头。

"你怎么突然想起来喝一杯？"

"我不好酒。只是今天突然很想喝。"

"是不是因为翻过车，心里有阴影？"我小心地问。

老葛没说话，拿出打火机和雪茄，正准备点燃，方才那个服务员看见了，急忙走过来："先生，这里不准吸烟的。"

"你这儿现在也没人呐。"

"那也不行的，酒店规定！"

老葛不紧不慢拉开冲锋衣的拉链，拿出爱马仕鳄鱼皮的钱包，点了十张百元钞票，递给服务员。服务生盯着那一千元，脸涨得通红："不行，先生，这里不允许抽烟的！"

老葛又点了一千元，放在桌面上。那个小服务生脸上的肌肉抽搐了，脸涨得更红。这两千元钱，可能是他半个月的工资。

我对老葛的行为十分不满："那边明明白白贴着：室内禁止吸烟。您何必为难他。如果您真的烟瘾犯了，我陪您去消防楼道。"

老葛不好意思了，收起了雪茄烟盒。

我刚才说话的语气有点冲，所以另找了个话题："方才我没看到你上电梯，你是从负一层坐的？"

"方才去理了个发，剃个头随便刮几下要我一百二！"

"一百二，一个头？！在酒店里的理发店？"

"下面还有个小超市，你想买什么可以去看看，省得出去了。"

"你们干嘛都要剃头？"

"不剃头，开一天车，灰尘暴土的，晚上在睡袋里头发发痒难受。"

"那干嘛还留胡子？"

"我立了誓，不到若羌，不剃胡子。"

"就你一个人，其他人呢？"

"郝明、老米，在楼后面的停车场忙活呢。应该就快忙完了。"

"老葛，你怎么会不认识王小满呢？你们俩都是郝明和光头强的朋友。"

"层次不一样，就玩不到一起去。他经常帮崔永强带客户去库布齐。库布齐，我已经很久没去过了。"

"老葛，光头强这个人好有意思，真想见见他。"

"见他干嘛？一个秃瓢儿。"

"他真是光头吗？"

"不光头能叫光头强。就和我现在一样，"老葛抓下脑袋上芥末色始祖鸟的抓绒帽。

"老葛，我很佩服您！"

"我有什么好佩服的？"老葛的京腔，听起来给人一种玩世不恭的感觉。他可能自打会说话，就这口音，他觉得没什么，可是有的人会认为他是故意炫耀。

"我说的是真心话。"我转动高脚椅面对老葛，认真地说，"与你等同身家的，会这么执着地来这儿？能说剃光头就把头剃了？"

"哦哈，原来你佩服我这个啊。我，已经有惊无险地活了五十年。如果按人活百岁的话——我的人生，已经过半。我能活到七十就很知足了。你说人生就剩下最后的二十年，再不抓住梦想的尾巴，以后连做梦的勇气都没有了。"

老葛从冲锋衣口袋里掏出一板胶囊给我看："一粒就是五十美金，全世界最好的治糖尿病的药。"

"您把肚子消了，糖尿病就好了——不用吃药！"

"其实原先我很瘦的。"老葛从手机里找出一张照片给我看。

照片上，是一个穿着20世纪80年代肥大夹克，长发中分，不到三十岁的瘦高年轻人，在美国自由女神像前留影。

"你在美国留过学？！哪所大学？"

"宾大。"

"哇！宾夕法尼亚大学，常春藤名校——牛人啊，老葛！"

"宾州州立大学，"老葛不好意思地低声说，"帕克分校。"

"美国大学教学水平都差不多。那你是学什么的呢？学哲学的？"

"傻叉才学那玩意儿。"

文史哲不分家。骂学哲学的，不就是拐着弯骂我们学历史的么，不过我不能自己主动表示找骂。

"我学生物的。"老葛告诉我。

"噢，会看GPS的达尔文啊！对了，有空你教教我看GPS。我们文科女生，对那些特别会摆弄电子产品的大神，简直是佩服得五体投地。"

老葛乐得眼睛都眯起来了："行啊，只要你肯学。"

"等等，我把思路捋一捋。生物，GPS，沙漠，这个跳跃有点儿大。"

"我从小就喜欢海洋生物，特别是鱼类。"

"鱼？！"

"我家养着一条一百万的鱼。"

"一百万的鱼？！那么贵的鱼！不是为了吃吧？"

"马里亚纳海沟捞上来的。"

"深海鱼，那你怎么养得活。"

"养活了啊。我把鱼箱里的水温、含盐度都调节到合适的条件。没事儿在家，我就观察这条鱼。能观察一个下午。"

"那你毕业后也没见你去搞海洋生物——忙着赚钱去了？你有门路，起点就比别人高。"

"我钱都是靠我自己本事挣来的。当时想得很简单，这个社会越来越开放，得妇科病的人会越来越多，年龄会越来越小，没想到——还真成了这样。内窥镜，国内我是老大。我是德国莱斯康这个品牌全球最大代理商，他们厂一半的products，都是我销售的——我们有六亿女人呢。"老葛一本正经地说。

虽然我不是很清楚内窥镜到底能检查哪些妇科病，但是我本能地觉得最好不要继续聊这个话题。

"你喝得可不少。"老葛像个父兄一样，告诫我。

"心情很不好。"我低着头，手紧紧攥着那个看似华丽水晶的玻璃杯，干红只剩下个底儿了。

老葛皮里阳秋地笑了一下："是不是因为今天没人陪了？"

我的头脑因血液摄入了酒精而变得迟钝，没有去想老葛为什么笑："今天在和田跑了一整天，犄角旮旯都转了个遍。什么有价值的古建筑也没看到。和田并没有发生过大规模毁灭性的战争。宗教间的垄断性排挤，这是一个解释。不过——"

"60年代的破坏也有可能。"

"对了，你是那个时代出生的人。你有没有被人骂过'狗崽子'？嘀嘀嘀。"

"怎么没有！我姥姥、姥爷都靠边站了。我家老爷子老太太都是'臭老九'。

就像陈哥说的，我们那时候哪想过会有来塔克拉玛干沙漠探险的一天。"

"老葛你说，光头强这人即便来了，会不会走到半路又回去了。"我说。

"你今天已经是第三次提到他了。有什么缘故吗？"老葛问我。

"没有没有，就是觉得崔永强这名字，一听就像是个倒腾汽车零配件的。"

"早先还真是。现在看不上了，做大了。"

"光头强和郝明、小满是朋友吗？"

"看你怎么定义'朋友'二字。在郝明、王七这边应该是的。崔永强这个人很实际。"

"你、郝明，"我试探着问："是不是都和伊曼很熟？"

"都很熟，谈不上吧。光头强和伊曼很熟，给伊曼介绍了不少大客户。"

"这不是什么好话吧？"我皱着眉头问。

"你不要往歪处想，公司需要模特做宣传——人光头强有老婆的。"

"光头强有孩子吗？"

"目前还没有。"

"那干嘛不离开原配，光明正大地在一起。"

"结婚不一定是因为爱情，爱情不一定有婚姻。"

"明白了，有资源的给婚姻，有爱情的给资源。"我煞有介事地说。

"你涉世不深，不要以为自己是学历史的，就乱说话！"

"是是，"我脸一红，心悦诚服地说。老葛的年纪足以做我的父亲了。他说我两句，也是应该的。

"你和伊曼不一样，你就嘴上功夫。她可是实打实混江湖的。"

"伊曼是不是在你们那个圈儿里挺出名的？"

"不是'挺出名的'，是非常出名。最轰动的那次是在科尔沁，'五一'期间，内蒙还很冷。只穿着比基尼，坐在车顶，摆姿势拍照。四面沙山上全是拿着单反的男人，就跟开新闻发布会一样，全是按快门的声音。"

"嚯，这么劲爆！你和郝明也在场吗？"

"我不在，我在巴丹呢。"老葛不怎么起劲儿地说，"我不去科尔沁那种地方。一大堆人，走一天，在公路边饱餐一顿，然后往回返——对不起那点儿油钱儿！"

"伊曼那么好出风头吗？在沙漠里穿比基尼，这也太惊世骇俗了吧？"

"崔永强给伊曼联系了一个丰胸广告。"

"啊？！脑洞好大。"

"人崔永强说了，沙漠的起伏像女人的曲线。"

"像塔漠这么长的曲线，那身材得多宽厚啊，还有美感吗？"

"就是说呢。"老葛不屑地说。

我想告诉老葛，伊曼"混江湖"也是情非得已，她也有她的苦衷。

"伊曼还是个年轻的女孩儿，不该这么早就涉足社会——"

"什么女孩儿——都孩儿他妈了。你不知道吗？伊曼，可是有个儿子。"

第十八章　遗失的绿洲

第十九章

神秘的信物

——人不是因为没有信念而失败，
而是跌倒了再没有爬起来。

"什么？？！"我大吃一惊——这比人告诉我伊曼是个外星人还要让我震惊。

"别那么一惊一乍的！"

"可、可天哪，她才二十一啊！"

"真新鲜。"

以老葛的年纪、地位，他是不会胡诌的。我心慌意乱，才二十一岁的伊曼，竟然要养活两个男人了。

"她不是未婚吗？"

"胡搞的时候没做好措施呗。这事儿，事先要谈好：有没有未来，要，还是不要。都快生了，才想起来找我。协和有我家老爷子的关系，就这么着，还费了好大周折才把她安排进去。孩子生下来了，人家根本不承认。"

"那去做亲子鉴定啊！既然是两个人的事，为什么让伊曼一个人来承受。那个渣男为什么不站出来！"

"你小点声，克制一下，就听你在酒吧里嚷了。"

我平息了一下内心的愤怒，又问："那伊曼怎么还能跟我们出来？她不用在家照顾孩子？孩子谁管呢？"

"不知道。有人管吧。"

"老米知道不知道？"

"肯定知道了——王小七那大嘴巴，还不告诉他。"

"我就奇了怪了，小满既然那么喜欢伊曼，为什么还和嘉琪有瓜葛？那不更没希望了。"

"没嘉琪也没希望啊！本来就没希望的事儿，不如吃着碗里的，再瞧着锅里的。"

酒精让我和老葛都放松下来。和我在一起，老葛不会像和郝明在一起那样，时时保持一颗争强好胜的心。也不像和王小满在一起那样，处处看他不顺眼。我和老葛并不喜欢这些八卦话题，我们讲这些无聊的东西，其实就想发泄心中的愤怒。

"老葛，听说你有家电影公司，时代春秋娱乐影业？"

"我咋手那么长呢，啥我都掺和进去？你是不是又听王小七那小子说的？"

"这么说，是真的了？"

"我不是老板，只是入了点儿股份。怎么了？"

"伊曼的脸绝对可以当演员啊。她是单亲妈妈，模特这碗青春饭能吃多久！现在最红的大明星胡娇蕊也是模特出身，长得还不如伊曼呢。她去你那儿，你可以罩着她。"

"可又来！"

"你是怕我甜甜姨不高兴吗？你们俩感情那么好。"

老葛不屑一顾"你看她有内涵吗？她看书吗？就知道在男人面前争风吃醋。

人胡娇蕊演得好，演什么像什么。伊曼行吗？"

我犹豫着要不要告诉老葛，伊曼十二岁的时候，妈妈就不在了。可是老葛要是问我，你怎么知道的？是不是郝明告诉你的？我是答"是"，还是"不是"呢？我这一犹豫，老葛丢过来一句话，我没法再往下说了。

"你替别人操那么多心干嘛？多想想你自个儿吧。"

"我？我没什么可想的啦。我的命运已经定了。不管我能不能毕业，等我离开学校，我就来和田。今天我得知，塔漠边缘的'找宝人'还存在——其实就是文物贩子。我准备找到这种人家，嫁给他们的儿子。麦西来甫的爸爸是维吾尔族，妈妈是汉人，所以维吾尔族男人和汉族女人也有通婚的。我会说一点儿维语，交流没问题。《可兰经》我也读过，如果需要，我可以皈依伊斯兰教。"

"你喝多了，讲段子呢？"

"我是认真的。有的人注定生不逢时，塞巴斯蒂安·巴赫一生穷苦，文森特·梵高生前一幅画没有卖出去。纵然我有理想，但我未必能实现它。我可以培养我的孩子们，来完成我的心愿。老葛，下次你来和田，看到街角儿有个裹着头巾卖贴饼子的妇女——旁边站着三个高矮不一、长着栗子仁大眼睛吃饼的娃儿，就是我。"

我说一句，老葛笑一下。

"想想我的孩子，有我这样的文化底蕴，又继承了'找宝人'的体魄和对沙漠天生的嗅觉，那不是完美的结合吗？"

"你怎么没想想，万一没继承到沙漠的嗅觉，又遗传了你那样的体魄呢？"

"总有一半的几率嘛，我可以多生几个——少数民族有计划生育吗？"

"行，你爱胡诌就胡诌吧，我当乐子听。"

"我说的是真心话。现在不是我挑别人，而是担心别人嫌弃我。我不会做饭，也不会烤馕。那家人能有多少面粉给我'祸祸'。如果遇不到合适的，可以放宽条件，年龄从十七到四十七都可以考虑。老葛，你说我那个'找宝人丈夫'，发现我嫁给他不是因为爱他，而是带有目的性，会不会打我？"

老葛根本没听，而是低头看他的手机。

"刚我有个朋友给我来了条短信，说他带了五百万，去法国收购乾隆玉玺，没想到被一个中国人一亿三千万抢先买下了。这个人没有付款，流拍了。再这么干几次，拍卖行对咱们中国人的抵押缴款又要提高了。"

"五百万？！"

"五百万欧元！"

"花五千万人民币买一方二百年前的石头？！"

"怎么的？乾隆玉玺，世上独一无二。"

"有钱也不能这么花。在我看来，只能说，比圆明园兽首稍微有点点价值而已！"

我不屑地一撇嘴："您对收藏很有兴趣？"

"近两年才开始了解。前儿我和马未都我们几个还在东四牌楼胡同吃涮肉。"

"哇！最爱听马先生讲瓷器。"

"对了，我走之前，有人让我去看了一尊汉代佛像，说是张骞出使西域带回来的。我听着有点悬——"

"假的！"

"有机构鉴定过，说是真品——"

"机构也是假的！"

"你还没看呢——只让我拍佛的上半部头，不给拍整个佛像。"

"不用看了，"我把阿布力孜那枚迦腻色伽一世的金币照片展示给老葛看，"这才是目前为止传世最早的佛像，时间约在公元127年到公元147年。张骞是公元前200年的人。那时候的佛是无影无踪的，只有一个概念和法轮、脚印。"

"噢。"老葛漫不经心地应了一句，"你等等，陈哥电话。"

"啊！快接。"

"啊，他怎么样了？"老葛挂断电话后，我急忙问。

"出院了。右胳膊还是抬不起来。医生说，可能一辈子都这样了。陈哥倒是挺乐观，他说他会积极治疗，下面准备去爬珠峰。"

"嚯，真够乐观的！真可惜，他走了。"

老葛拿起利口酒，喝了一口："陈哥也真够倒霉的。你说，我车翻了十几个滚儿，老米打了四个滚儿，都好好的。陈哥就往前折了一个跟头，就这么退出了。"

"要是他还和我们在一起该多好。"我伤感地说，眼泪差点往外掉。

"这还是他和塔神的缘分浅。我们中间，陆续还会有出局的。保不齐下一个是谁。唐三藏去西天取经，他那四个徒弟，哪个是从长安带走的？"

我不由自主打了个寒战："下一个被迫出局的那个，很有可能就是我。今天我还能和您在和田喝个酒，明天说不定郝明就让我打包回家了。我回去后，写一篇《记一个废物点心的南疆美食之旅》，算是为我的这趟旅程圈上一个句号。"

我正构思着未来要写的这篇只看得见浓汁和油光、没有任何深刻内涵的文章，老葛说："他不会让你打包回家的。"

我心里有鬼，端起干红想掩饰一下，忽然察觉这里面话里有话。我顾不得老葛是不是会在心里笑我，急忙问："这话什么意思？他和你说什么了？"

"你别激动。他没和我说什么。"

"老葛，不带这样的，话只讲一半——你要是做收藏，以后我帮你找有佉卢文《法句经》的桦树皮或者土陶罐。"我随口胡吹大气。

"《法句经》是什么？"老葛问。

我想了想说："我这么解释你就明白了，《毛主席语录》。"

老葛嗓子里笑了两声："我告诉你，你可要守口如瓶，装作没听过的样子。

特别不能在老米和王七面前露出一点来。要是让他们知道了，非炸了庙了不可。"

"我答应你——你快说！"

原来我们从阿瓦提乡回塔克拉玛干前的那个晚上，并不平静。

王小满认为我假单纯，暗地里鸡贼得很。因为伊曼洗脸这件事，米国军也对我十分不满。

那天晚上，王小满来找郝明，碰巧郝明不在。王小满和米国军两人抽着烟闲聊着，正说着，郝明回来了。三人喝着茶，不知怎么聊到我们三个女生。老米和王小满对伊曼赞不绝口，和她形成鲜明反差的，就是我了，我不仅说话刻薄，食量还大。

郝明替我出头辩解："伊曼做事有条理也和她的职业有关，她总是到处跑。小A就是个学生，每天两点一线。如果她经常出差，做事也能像伊曼。她脑瓜儿还是挺灵的。"

就是这句话炸了锅，引爆了王小满、老米对我的积怨。王小满认为，索性一不做二不休，一定要郝明这次返回沙漠的时候不带上我。

"哥，"王小满说，"我认识你这么多年，你都是兄弟情义为重。每次野外扎营，你都拿酒拿菜地招呼兄弟们，现在的你，整天就只顾围着小A转，作为兄弟，我实在是看不过眼了！"

"自打我们进大漠，每天不都有事儿？零下30℃，你让我怎么拿酒拿菜招呼你。我现在车后备厢里就有酒，喏，你愿意喝去拿出来。"郝明说着把车钥匙递给王小满。

王小满气得脸都涨红了："我不是这个意思！每晚你给她平地、搭帐篷，她就站旁边看着；不光你自己的包，她的包你也帮着背，我看着心里就不爽！做饭主要靠伊曼，嘉琪也没闲着，她也就是偶尔搭把手！你陷车，都是米哥上来拉绞盘，她也干不了！你打气、放气，她也插不上手。"

郝明好声好气地解释说："小A是娇气一点，暂时看来对队里没什么贡献，不过一旦有什么重大考古发现，其意义要远超过我们穿越。以后小A的所有开销花费，我来负担。我早就想和大家说，这不，一直还没有聊到这个话题。"

"这不是钱的事儿！"老米铁青着脸，大声说。

三人抽了两包烟，谈到凌晨三点，不欢而散。

我之所以当时没被遣返回北京，是因为最后老葛出面，找王小满和米国军谈话："自打我认识郝明，每次出去，他都是单人单车。没见他带过哪个女孩儿。这回总算碰到一个让他心动的。这些年，郝明不容易。你们是兄弟，郝明喜欢的，你们也应该喜欢。郝明爱的人，你们也应该爱！"

老葛并没有把"郝明喜欢的，你们也应该喜欢。郝明爱的人，你们也应该爱"这句话告诉我，只说老米和王小满对我有意见。

老米和王小满都不喜欢我，我早就有所察觉。一直苦于没有应对的法子。只靠郝明给我撑腰，苟且地存在着。没想到队伍里也有了我的人。因为有了老葛这根内线，我才知道，那天我在阿瓦提乡呼呼大睡的深夜，暗地里还有这么多事情发生。

米国军心肠软，听了老葛的话，对我的态度有了一些转变。王小满还是经常在背后嚼我舌头。不过，只有他一个人和我对立，就好对付多了。

其实除了我，小满和老米也有矛盾。他放出话：老米绝不许打伊曼的主意，特别在塔漠里，否则兄弟就做不成了，他要坚决退出。这话是当着老米的面说的，还是让郝明转达的，我就不知道了。

老葛手机突然又响了。

"什么事？马上集合？"

我听电话里郝明的声音："现在就小A联系不上，其他人都在我这儿。"

我急忙从我的兜里往外掏我的手机，一看有六个郝明的未接电话，从我回来的三点半一直打到现在——啊，坏了！我忘了告诉他一声我回来了。

"小A和我在一起，你要不和她直接说。"老葛说着，把手机递给我。

"郝队，我是小A。"我拿着手机，声音低了八度。

"我打阿布力孜的电话，他说他早已经把你送回酒店。我打你手机，一直没人接。"

"我、我在电梯里碰到了老葛，上来一块儿喝了一杯。"

"下午四点喝酒？！"

"我、心情不太好。"

"出了什么事情吗？什么重要的东西丢了？"

"都没有。"

"那回头再说，你和老葛尽快来我房间，上次我们见到的杨局在我这儿。"

"好。"

那头挂断电话后，我急忙告诉老葛："郝队让我们尽快去他房间，说上次我们见到的杨局在等我们。"

"杨局？是不是上次请我们吃羊肺的？"

"应该不会有第二个了！老葛，速度！"

我快步跑到电梯边，按了一下下行键。电梯上来，我闪身进去，连按电梯"开"键几次，老葛这才四平八稳走到。

"哎呀，不过打了个电话，不用急成这样。"

"我今天又一次违反了纪律，我回酒店后没立即给他打电话销假。"

"不用那么正式吧，还销什么假。"老葛笑着说。

电梯猛地晃了几晃，灯灭了之后又亮了。

"电梯怎么不走了？"我听见我声音都变调了。

老葛神色紧张，不过他比我拿得住。

"走了"两个字刚说完，电梯猛地以失重的速度陡然掉了下去。

我一向认为我会临危不惧的，没想到我吓得差点趴到地上。方才我觊觎我四叔的钱，安拉生气了。

电梯掉了两层，忽然停住了。我一下子跳起来，拼命按紧急呼叫铃。过了漫长的时刻，外面有酒店的安保人员把电梯扒开。

我只看到了一些人的腿，原来电梯停在了两层楼之间，"地震了。"外面的人一边告诉我们，一边把我和老葛拽了上来。

我慌慌张张跑进房间，脸色怔忡不安。

"哎呀，总算姗姗来迟了。"嘉琪朝我笑了笑，说。

杨局穿着便服，和郝明坐在房间小圆桌旁的椅子上。郝明穿着始祖鸟抓绒衣，没戴帽子，好像刚刚洗过澡，短头湿漉漉的，脚上穿着酒店的塑胶拖鞋，见我进屋，抬眼看着我，脸色不怎么高兴。

我在其他人后边站定。

杨局含笑冲刚进门的葛卫东打了个招呼，继续说："这个大阿訇是自治区政协委员。那天和田市委委托我们系统接大阿訇去和田开会，路上我说起你们穿越的事情，大阿訇非常感兴趣，特意请你们去见见面，吃个便饭。"

"大阿訇？我们不懂伊斯兰教的规矩，万一冒犯了怕是不好？"郝明说。

杨局说："没事，80岁了，什么人没见过，什么世面没经过。他汉语说得很好，梵文、阿拉伯语也懂，博学多才。要不称他大阿訇么！他那个地方离和田还有三十多公里，在于田县。还有个土耳其的肚皮舞明星，今天在他那儿—不要一听'肚皮'两个字，就和色情挂上钩。这是一门很高雅的艺术。人家是世界级的舞蹈大师，还是值得一看的。"

"你们的意思呢？"郝明问大家。

"既然杨局都亲自来请我们了，怎么也得去和主人打个照面吧？""人生在世，能见到大阿訇几次？顺便看看肚皮舞。"王小满说。

"那就去吧。小满去把小修叫上，一起去看看大阿訇。"郝明站起来穿他的冲锋衣。

我跟着大家一块儿离开房间，到楼下往停车场走，郝明从旋转门里走了出来，戴上帽子，在我肩膀上推了一下："站在这儿别动。"

没一会儿，他开着途乐来到酒店门前，停在我面前。我急忙拉开车门，钻了进去。

今晚的夜，黑得早。

我们跟随警车，出了和田市区。

"小A，阿布力孜说，你把另外的一千块钱给了他了？"

"你给他的那一千块钱，其实也该我给。"

他半天没说话："你今天为什么不高兴？"

"现在好了。"

"你真喝酒去了？"他皱眉问。

"真去了。"

"你还是个酒鬼？"郝明露出惊诧、不可思议的表情。

"我爱喝酒。一斤装的二锅头，一次半瓶没问题。"

"真没看出来！"郝明说，语气掩饰不住生气和失望。

"我隐藏得深。"我说。

一阵儿沉默后，郝明开口："我今天跟'四驱骆驼'通了电话。"

"他说什么了。"

"'四驱骆驼'说，他们真准备了，从大河沿沿着克里雅河进去。但是难度太大！离开大河沿向北50公里开始，基本上河道里就全部是小的沙丘了。相对两边的沙漠来说，河道还是比较好走的——就这，四天只走了40公里，一辆用作后援车的乌尼莫克，陷那儿了。弄了一个星期才弄出来。'四驱骆驼'说，所有人都快精神崩溃了。他再也不想进塔漠，这个活动，他是准备正式放弃了。"

"他竟然放弃了？"听到这个消息，我不知道是喜还是愁。

"钱，扣除油钱、包车的钱、维修人员的工钱，各种花费，剩下的钱全部会退还给报名的个人。"郝明看了我一眼，说。

"这就是说，我能拿回我的钱了。"

"部分。"

"那你没问'四驱骆驼'，多快能把钱退还给个人？"

"我没有问他。不好问，'四驱骆驼'能给出这么个确定的解决方案，就说明这人还是很不错的。"

"我不这么看，他是在敷衍你。"

"小A，每个人都会遇到钱周转不开的困难时期。"

"我不能放过他。"

"一分钱跌倒英雄汉。我真知道这没钱的滋味。"

"等我拿到钱，就把钱给你。"

"把什么钱给我？"

"到目前为止，我们每个人又花了多少钱了？'四驱骆驼'退还我的钱，应该还不够。"

"还没算账呢，目前是我、老米、老葛轮流刷卡。你不用为这件事老耿耿于怀。嘉琪、伊曼都没交钱。你问问伊曼，哪次跟我们去沙漠，她花过一分钱？"

"这不一样，嘉琪和伊曼有明确分工；我没有。"

"你不是也帮着拍照和摄像，也帮着做过饭。"

这只是郝明一厢情愿的想法，其他人嘴上不说，心里会不服的。但我也实在没有其他更好的突出自己作用的举动，只能先自欺欺人地在队伍里这么待着。

"你把你攒起来的钱，全准备投进塔漠考古？你们学校不提供补助吗？"

"西域考古 80 年代热过一阵儿，就无声无息了。塔克拉玛干沙漠这块儿，文化意义重大，经济价值极小，探索开发受地理环境限制又很难。我导师、林教授、还有其他老师，不管是这个专业的还是仅仅是个人兴趣，哪个不是自掏腰包去实地勘测？热爱的事业，还考虑是不是给补助才做？"

郝明不说话了。车里又是长时间沉默。他可能觉得很尴尬，按了一下车载广播，里面传来刀郎的《驼铃》。

"送战友，踏征程，耳边响起驼铃声……"

这首歌，好多次耳边飘过，不知道这回听了为什么这么刺心。

大阿訇的住所，应该是在近郊的于田县。

半圆的月亮，映着一个清真寺的尖顶。月色下，可以隐隐看到昆仑山巍峨的轮廓。

郝明下了车，把车门猛地一关。我坐在车里，默默地望着他朝大家走去。

经过上次"盗墓风波"，郝明很明显，对我增添了朋友般的亲切。他可能觉得我这个小女生，挺够意思。可我最多只能成为他的战友。我们之间有一道巨大的鸿沟，如果长期徘徊在边缘上，我会陷入万劫不复的深渊。

所以我也只有在心里感伤哀叹一番了。我在和田找我的宝。逢年过节会发个短信互致个问候，也许还能通个电话，也就这样了。

可能是着便装的安保人员，不断用客气但是严肃的口气告诫我们："进去之后，不能拍照。"

我们跟随杨局，走进大阿訇的居所。

这是一座非常典型的东方式中亚庭院。顺着波斯风格的拱廊，我们进到一间宽敞高大的房间。地上铺着厚厚的新疆地毯，四周也挂满了色彩艳丽的毯子。由于大陆性气候非常明显，早晚温差大。墙上只开着前窗，而且窗户并不大。

我们盘腿坐在厚实的地毯上，面前放着一个巨大的黄铜炭火盆。

大阿訇和我们围坐在一起，用非常地道的普通话说："远方来的客人们，尝尝我们和田的红酒，我们有信心和你们喝过的智利红酒、法国波尔多红酒、美国纳帕酒庄的红酒比一比。"说着露出慈祥安宁的笑容。

我们听了，都笑起来。不愧是大阿訇，这句话，无形中拉近了我们之间的距离。

杨局也是非常高兴："这是和田著名的'尼雅粒选赤霞珠干红'，外面轻易喝不到的，每个人都要喝一点儿，不管能喝的、还是不能喝的。"

盛宴开始了。

先是水果，哈密瓜、西瓜、葡萄和各种干果、土耳其热茶、方糖。

接着是鲜美的羊肉汤、炙烤得十分鲜嫩的羊排，最后是极其可口的加了各种阿拉伯香料的羊肉手抓饭，里面掺杂了野禽肉、葡萄干、李子干，切成薄圆圈的洋葱丝、榅桲。

我抓起面前放着的大铜勺子，吃起铜盘子里极为可口的手抓饭来。在沙漠睡过就这点好处，完全不用殚精竭虑地思考摄入的热量，人人都希望自己胖得像一只冬眠前的熊。

因为没有语言上的障碍，又有杨局作陪，大阿訇和郝明、葛卫东、米国军闲聊着。因为坐得比较远，我不知道他们具体在聊什么。

我很难想得到，一位受人尊敬的大阿訇，为什么会对沙漠穿越如此关注。

一阵鼓点打破了屋内的宁静。我循声望去，房间角落里坐着一个"沙陀人"面孔的盲人，他用灵活的手指和手掌心反复敲击拍打着一个很小的手鼓。没有任何音乐伴奏，这名盲人音乐家开始歌唱。

我从没有听过这么打动人心的民间音乐，演唱人唱得格外投入，我完全被带入到节奏和歌词中。

这位盲人音乐家在忧伤沉郁的曲调中，表达他渴望着光明，去看看这世界这一悲哀微小的愿望。是了，每个人，或多或少都对我们生存的这个世界充满了好奇心。

我正若有所悟，伴随着"锁子甲"般的窸窣作响，一位风情万种、浑身散发着金光的西域女郎款款向我们走来，大方又友善地对我们一行人笑了笑，面对我们站好。

她身材颀长苗条，五官是欧洲人的高鼻深目，又有亚洲人的柔和细腻。栗色的卷曲长发飘逸，戴着金色嵌红宝石的头饰，金色的流苏长裙，巴掌宽的腰封上，露出平坦细腻的腰部。

小鼓"咚咚"地敲着，鼓点变得轻快、急促起来，这位西域美女上身不动，胳膊微微上抬，胯部轻微抖动起来，而且幅度越来越大，频率也越来越快。两耳旁金色的长坠不住晃动文胸上的金色亮片纹饰，发出悦耳的撞击声。长裙闪动，流光溢彩，蜜色的大腿在其间若隐若现，两耳旁金色的长坠不住晃动。

她的上半身和下半身仿佛不是一个人所有，不论她上身、双臂如何扭动，腰肢终像钟摆一样筛动着。她满场旋转飞舞。大腿将金色的裙裾掀起一个扇面，忽然像骆驼那样缓慢地跪倒在地上，膝行了两步。她修长的胳膊像天鹅一样舒展开，浓密的秀发猛然向后一甩，腰肢像波浪一样滚动。

虽然之前完全没有看过肚皮舞，我也知道她这是故意在向我们炫技。整个表演过程，她都是极度严肃、庄重。我们也完全被她美丽的舞姿所折服。

美丽的西域女郎从地毯上站了起来，露出动人的笑容，对我们微微行了个屈膝礼，离开了。

我看得如痴如醉，连手抓饭都忘了吃。

酒足饭饱之后，拜访的时间不算短了，我们跟着杨局起身告辞，感谢大阿訇的盛情款待。大阿訇也站起来，为我们祈福："我想，车开得好的，全中国不单单只有你们几个。不过，既然是你们来我们南疆，首次挑战塔克拉玛干沙漠，你们就不平庸了。"

我们和大阿訇作别，跟着杨局往外走。

我突然落后众人，用维语和大阿訇打招呼："Salam alekium。"

大阿訇友好地打量我，一双深谙世故的眼神好似暗夜苍穹深处的两颗明星。便衣有些纳闷也略有些紧张，但因为我是跟杨局来的，他们是放心的。

"我心里有一个美好的愿望，希望得到您的祝福。"我说，但是我什么都没有问他。

"你是住在童话里的孩子，"他用维语回答我，"遇见童话般的恋情是神的旨意。那些别人看不懂的热闹和开心，只有你能制造出来。你内心的美好终会让所有的人倾倒。你的恋人更是被你迷得无法自已。因为这世上再也没有哪个女人可以令他笑得如此灿烂。愿真主保佑你，我的孩子。"

大阿訇，真是一个有智慧可以读懂人心的人。

"你怎么擅自向大阿訇东问西问？这会给杨局带来麻烦的。"郝明突然出现在我旁边，用手悄悄猛一拉我袖子，低声告诫我，"赶快跟队伍走。"

我快步走出房间，回头一看，大阿訇站在门首的回廊上，目送我们离去。

忽然，大家仿佛走不动了一样，停了下来。我一抬头，是方才那个美艳的肚皮舞明星站在走廊中央。

她还穿着那身金灿灿的裙子，只是外面披上了一件保暖的羊绒大衣。

她和大家笑了笑，用土耳其语问我："你好，我叫赛达。你会说突厥语？"我惭愧地用英语回复："能看懂一些，说——不行。English better。"我不自信地看了老葛一眼。老葛笑了。

"OK。"她露出亲切的笑容。显出富有教养、见多识广的风度。

她伸出涂着丹蔻的手掌，从无名指上取下一个银灰色像戒指一样的圈圈："我的祖先来自撒马尔罕，是一个已经消失的民族粟特人。"

这不是说到我老本行了吗。

说到粟特人，百分之九十九的国人可能都不知道这个民族。但是几乎没有人不知道安禄山的。这个原本姓康、有一半突厥血统的大胖子就是最有名的粟特人了。

正因为来自阿姆河流域布哈拉的安国、锡尔河流域片及肯特的米国粟特人在丝绸之路上的商业活动，才伴生了东西方文化的传播。

"当时，是俩兄弟，哥哥去了中国的唐朝，后来因为战争回到了撒马尔罕；小的弟弟因为爱上了一个姑娘，留在了沙漠的一个古城里。这个戒指是一对儿，一个留给了弟弟，一个，喏，就是你看到的这个。"

咳，又是一个姑娘。传说啊、美丽的爱情，对我们这些学历史的唯物主义者来说，都是无稽之谈！

"这个故事，在我的家族里，传承了一千多年。有意思的是，经历了多少次分离、战乱，这个戒指总是会神秘地失而复得。我的祖祖辈辈，每年都会说起这个戒指。到了我这一代，中国重新变回到一个开放、繁荣的国家。我想，我要亲自去中国的那个古城看看。我去看了。沙漠太大了，古城看不到。"

她耸耸肩，笑了，笑得非常动人："沙漠很有魅力——也很可怕。你带上它，说不定你会发现什么。"

我接过那枚戒指。银戒指中间镶一青金石，青金石上雕一裸体人物手持弧形花环——对，粟特人确实最喜欢金银器。裸体人物，花环，这意味着什么呢？

以前在国家图书馆翻阅美国富兰克林博物馆年鉴，依稀见过一个粟特人的银盘上，也有这么一个图案——可能是来自同一母题。无论是哪个政权统治粟特地区，该政权的统治性宗教就会在粟特地区流行起来，甚至是多教并存。这也造就了粟特美术的多样性。

我看着这位美丽的粟特人后代："你为什么要选择相信这个故事？"

"为什么要选择不相信它呢？所有的传说，背后都隐藏着真实的故事。选择相信，你没有失去什么，可能多了一条通往美好的路。"

"美好的路？通往沙漠？"我瞧了瞧手里的那枚戒指，不管怎样，我可以把它交给博物馆收藏。确实如这位舞者所说的，我没有失去什么。

"好的。我拿着它——我选择相信。"

美丽的脸庞露出美好的笑容："祝福你还有你们，好运！"她朝其他人笑了笑，和我们招了招手，裙裾发出窸窸窣窣的响声，走了。

我去酒店 B1 层的超市，打算买一瓶 56° 的"大二"，外加两个吃面的那种大海碗："不使个厉害出来，还以为我是 Hello Kitty。姐今天就做一回彪娘们儿。"

没想到超市没有卖吃面大碗的，只有普通小饭碗——拿在手里，不能壮声势。

我腋下夹着一瓶红星二锅头，手里拿着两个白饭碗，走到卖香烟的地方，意外地发现了王小满常抽的玉溪烟。我犹豫了，我打算以我的长项，震慑一下王小满的计划，到底好不好？

冤家宜解不宜结，古有明训。

我放下二锅头和小白碗，换了两包玉溪，就在我去收银台准备付款的时候，一眼瞥见了老米在我前面。

我从眉毛上方看着老米背影："原来想赶我走的人里还有你！"

"怎么你还抽烟，"老米突然一回身，瞧见了我，诧异地问，"还是给小满买的？放这儿吧，我一块儿把钱交了。"

"那谢了。"我干巴巴地来了一句。

从超市出来，我去酒店大堂的前台问服务员："请查一个叫王小满的住哪个房间？"

服务员警惕地看了看我，我急忙说："他是我队友，我们都是一个叫郝明的人定的房间。"

她查了一下电脑，点点头，告诉了我。

我回到房间，立刻拨酒店的内线电话："小满，你在？"

"啊，咋的啦？"

"修师傅在不？"

"小修停车场修车呢。咋啦？"

"我马上过来。"我没等他回答，直接把电话放了。

我们下面要进入的克里雅河流域，对我很关键。我不会突然变得比伊曼更优秀，所以更要提防小满暗中给我使绊子。

屋里飘出一股浓重的烟味。王小满已经把房门打开，站在门边等我。他有一分高兴三分诧异六分怀疑："你有啥事吗？"

"有。"我闪身进入他房间。

王小满不知道东窗事发，对我的来意丈二和尚摸不着头脑："你能不能把话说得礼貌点。比方刚才，叫声哥或者满哥。"

我原来也拿不准，心中忐忑不安，看他这么说，底气更足了："让我叫哥很容易，但是做事要像哥的样子。"

我把两盒玉溪放在了茶几上。

"哟，这是啥意思啊？"王小满笑了。

"明哥都告诉我了，以后你别再让明哥赶我走了。"

听了这句话，小满就是一愣。

我瞧见后，急忙转身就走，心里有点想笑。小满老实，他没有我那样迂回的大脑皮层，想不到是老葛反水，还以为是郝明告诉我的。而我突然改口亲热地叫郝明"明哥"，无形中帮我"证明"了我在郝明心中的地位，让他这样误会一下也好。

门忽然被推开了，我差点和郝明撞了一个满怀。郝明很奇怪地转身看着我，问："小A，你很神秘啊。你今天在两个我意想不到的地方出现。"

"不神秘，"我故意用愉快的口气说，"我少了一样东西，来找小满借一下。"

出了门，我有点儿担心，小满会不会直接问郝明什么。如果穿帮，那我这两包烟就白买了。

幸运的是，小满只字没提。

大漠中的胡杨将是一道独特的风景。胡杨，或生而不死，或死而不倒，或倒而不朽，用自己的三个一千年，使大漠拥有了不多见的一抹精彩。

胡杨，是最坚韧的生命。面对风沙肆虐、烈日似火、寒风如割，胡杨依然挺直脊梁张开枝丫，不屈不挠不畏不惧，那豪气、那雄韵，给人们的不仅仅是视觉的冲击，更是一种心灵的洗礼。

胡杨，又是最无私的生命。它们是阻挡风沙侵害人类的天然屏障。它的身后是城市是村庄，是青山绿水，是并不了解它们的普罗大众。可它并不计较，它们将一切浮华虚名让给了牡丹，让给了垂柳。在最需要它们的地方，诠释着生命的价值和力量。

路上郝明就曾告诉过我们，中国百分之九十的胡杨在新疆。而南疆百分之九十的胡杨在克里雅河边上。

"有胡杨的地方一定有水，有水就意味着文明的存在。"想到这，我的内心似乎又看到一丝微弱的希望。

大河流淌过的土地造就人类的家园，溯水而居是最古老的生存方式。

从昆仑山汇流成涓的雪水注入了沙漠，从磅礴到蜿蜒，从蠕动到散尽；克里雅河像塔克拉玛干深处一条永生的饮水槽。

嘉琪真富有想象力，我不觉点头赞叹，接着往下读：

夜幕降临后，那些丧生于此的圣徒们的灵魂都来这里解渴。

你以为它早已经干涸，其实不然。是什么样珍贵的血液，在覆满黄色尘埃的肌肤下不停地流淌。胡杨树那失去知觉的枝条，仿佛饱含毒汁的触角，承受着地狱般的冷漠，带着无可救药的思绪，伸向黯淡的天际，期待着从绝望的死角中，迸发出耀眼的烈焰来。

沉睡在沙底的古老文明，仿佛静默在深海中的亚特兰蒂斯城，被浮沙掩埋的壁画、石刻，犹如海面下缠绕着青苔的雕塑。我念着：在现代人类文明的闪光灯下，封印的文化，高歌的灵魂，在低吟诉说着上古的辉煌。亚特兰蒂斯在呼唤，呼唤另一个消失已久的世界，穿越时空，与我们来一次推心置腹的交谈。

这都是些什么乱七八糟、荒诞不经的词句！

我一骨碌从床上爬起来，走过去问："琪姐，你这是在写科幻小说吗？"

"我这是模仿法国超现实主义作家布勒东的写作手法。"

"我不知道谁是布勒东、布勒西，可哪来的塔克拉玛干公主？"

嘉琪伸了个懒腰，用平淡无奇的口气说："我需要点击率，太写实了，一旦读者的热情过了，没人看了呢。我常混论坛，很懂的。"

我的眼光尖锐了起来。

嘉琪立刻解释说："小A，我们的穿越很小众，景物也太过单调，天天就是一抹黄沙，还有我们几个普通得再不能普通的人咯，也没有明星效应。整天写我们穿越，坏车，修车，救援，读者会看烦了的，必须加料。"

"可我们并没发现这些古老沙埋啊，这不是欺骗读者吗？"我的口气听起来相当生硬。

"你没发现，不等于不存在啊。你来的目的，不就是期待找到这些吗？你怎么能下定论，说我是欺骗读者呢？"嘉琪微微一笑，说。

这句话噎得我好难受。我再说不出什么来，只能重新回到床上。

"这么快你们又要出发了！"关上手机前，我看到，"你们前几天穿越的故事，绿色牧马人翻车，'小红马'的前桥断裂，我看完后晚上做梦还梦到呢。我这样的菜鸟，只能跟着你们神游N39°啦，预祝大侠们穿越成功！"

一看表，凌晨三点了。我必须尽快摆脱掉无可救药的抑郁，让自己赶快进入梦乡。期待第二段穿越中，我的生命可以"从绝望的死角中，迸发出耀眼的烈焰来"。

第二十章

倾城绝恋

——爱，可以永恒，直至海枯石烂。

　　我和嘉琪背着包进了电梯，下楼到酒店的大堂，等待与其他队友会合。

　　酒店前台，背对着我们，站着一个穿豆绿数码迷彩的人。户外高帮鞋，腰上系土黄色腰包，黑色始祖鸟棒球帽帮我断定，他就是郝明。

　　郝明结完账，提起地上的土黄色厚帆布大包，走了过来。

　　嘉琪慢慢抬眼，仔细打量着郝明，含笑说："老大，这身儿帅帅的。"

　　老米看着郝明："干嘛穿这么漂亮哎，是因为要过年了吗？"

　　"还以为你这艺术家看不上迷彩呢，"郝明笑着对老米说，又转过来问我，"你是不是忘带什么了？"

　　我一愣，想了想，用手捏了下背包的外层，又把手伸进拉链里来回摸了一遍，抬腿就往楼上跑。

　　"不用去了，"郝明拉住我上衣，把我拽回到原地站住，按住别在他肩头的对讲机，说："小满，去1314房间把小A的手机充电器带下来。"

　　没过多久，王小满穿着一件芥末绿花纹抓绒，慌慌张张从酒店的电梯里出来，一面走，一面在口袋里掏摸着。

　　"你找什么呢？"郝明问。

　　"哥，我身份证不见了。"

　　"你浑身上下全是口袋，好好找找。"

　　王小满从上往下，一个一个口袋地摸，一直摸到膝盖侧一个深口袋，用力一拍："在这儿呢。找到了。"

　　王小满从口袋里掏出身份证，又恢复了笑眯眯的样子。

　　"你们两个，一个忘手机充电器，一个不见了身份证，真够可以的。"

　　"瞧我这身怎么样？是不是帅到没朋友了哇？"王小满问。

　　"我一亮相，就获得一致喝彩。怎么你连个夸你的人都没有？"

　　"主要我瘦，不像你，衣服架子。"

　　"我看不是，更深层次的原因你想过没有？"

　　"你已经很帅了，"嘉琪眉目含情地看着王小满。

　　"瞧，还是有夸我的。"王小满往嘴里塞了根烟，用打火机点燃，一甩打火机，合上盖子，将打火机放到上衣口袋里，把手机充电器递给我。

　　我接过来一看："咦？充电器怎么只有一个头，上面那根线呢？"

　　"那线一会儿我要用一下。"

　　"什么？！没这么做事的，王小满！"我高喊了一嗓子。

郝明和老米刚走到酒店旋转门那儿，回身问："你又惹她干什么？"

"你还用我东西呢。"王小满告诉我。

"我什么时候用你东西了？！"

"你现在用的神火手电就是我的！我哥有一个菲尼克斯，把我的神火要去之后，就没还回来。"

我预感到王小满说的可能是真的。

"那不管，给我就拿着。"

"我说这话，不是打算要回来，"小满用豁达的口气说，"你不就是想给手机充电吗？那你给我，我路上给你充——你手机里没什么秘密吧？"

——看来送的两包烟还挺管用的。

如果我坚持把那根线讨回来，王小满可能会报复性要回手电，不如暂时将计就计，以后再找机会要回充电线。

"那你用吧。别把那根线再丢了，我也就这一根线，丢了大家都没得用了。"

"哟，那根线呢！"王小满突然大惊失色，焦急地摸了一下上衣口袋，看到我脸，笑眯眯地从兜里掏出一短根黑色手机电源线。

初中生都不屑玩的小把戏，我竟然还着了道。

我站在途乐挂着的备胎旁，看着其他人车前车后忙碌着一又要出发了。

大家都非常快乐，而我怎么都快乐不起来。

希望，一直如暗夜中飘忽不定的一点微光，一路跋山涉水，始终抱着巨大的希望向那微光进发，等走到了近前，那点微弱的光亮却又冥灭了。

如果说，从北京出发的时候，虽然不抱有奢望，我的内心还是带着无尽的憧憬。此次征程，与其说希望渺茫，不如说毫无希望。有希望的人生多美妙。

老陈不在了，我不知道还有谁能鼓励我。

这里，我的欲望最强烈，野心最大，所以我最痛苦。斯坦因爵士曾说过，考古、探险，要付出的不仅仅是艰苦的劳动和天使般的耐心，还要依靠百分之一的运气。

我豁然明白了：原来我来这里的真正意义，不是去探究那些尘封在过去的历史，而是学会面对现实的残酷。

这才是真正的人生呢！

"好，我们出发了，这次我们的目的地是塔中。"郝明精神抖擞的，戴上白线工装手套，钻到驾驶室里，拿起报话机问，"兄弟们，都能抄收吗？"

"'小红马'抄收。"老米回答。

"牧马人抄收。"老葛回答。

"八〇——抄收！"最后一句声音高亢，一听就是王小满。

途乐前方有一辆运载着巨大鹅卵石的大卡车。

"哎哎，老郝，方才伊曼和我说，这车上的鹅卵石要都是和田玉该多好！"

"那你就看不到这一卡车鹅卵石了，早被人抢光了。"

跨越和田河向北进发的时候，我看到和田河南北两岸的石头河滩上，远远近近、密密麻麻，聚集有上千人。

"这帮人，每天全做着发财的白日梦吧？这条河来来回回被捡了上千年了。"老米说。

"世界上最遥远的距离就是，我去塔漠穿越，你在桥下找玉。"王小满说。

"哎哎，他们干的是捡钱的事儿，我们干的是烧钱的事儿。"老米说。

"郝明，往南是不是就是去克里雅大峡谷的路？"老葛问。

"对，从于田县普鲁村，穿过克里雅大峡谷，出来就是阿里日土县松西村界山达坂。克里雅山口的北方，就是克里雅河的发源地。咱们刚才经过的和田河东支玉龙喀什河的发源地也在克里雅山口附近。我还开车去找过当年'英雄路'遇到的火山。"

"那你找到没有？"

"我找了很久才找到。因为一直看不到熔岩流出的火山岩。后来站在一号火山的山顶，我才明白是怎么回事，由于地势东高西低，熔岩大都流向了西南侧的阿什库勒湖南岸，形成了黑石滩。"

"老郝老郝，什么意思？你是说，新藏线没经过克里雅峡谷？"

"对。葛大哥和我哥说得就是这事儿。因为遇到了火山，新藏线改道从喀什的叶城到日喀则的拉孜县。"王小满说。

"老郝，现在火山不喷发了吧？"

"暂时是没有迹象。硫磺味都闻不到。这个火山口，直径有120多米，深有60多米。口里有条清晰小道，我还下到坑底看了看，山口里存着积水，狼粪和动物的尸骨随处可见。坑底四周有许多熔岩洞，就像铅灌铁铸的，看上去阴森凝重。"

"哎哎，葛兄，啥时候一起走一趟？老郝，你不陪同？！"老米说。

"那还不随时的？"郝明拿着报话机笑道。

"到时候，我开我猛禽去。上次开牧马人去墨脱，太累。"

"牧马人怎么会累呢？"

"我们开着一百万的越野车，还犹犹豫豫地，又怕塌方又怕高反。想想50年代那会儿，经济上一穷二白，又是风又是烟雪的，全靠牲口、徒步，你说这路修得有多苦！"

"是这话。我还找到了当年筑路大军的指挥部，在普鲁河的源头苏巴什，海拔4200米。院内有十几间用石块隔成的屋子。半个多世纪的风吹雨淋，房顶已经没了，只剩下墙和房基。"

"哎，听你这么说，觉得更有必要去一下。"

"姑娘们也在台子里发发言，别光我们几个大老爷们在那有一搭没一搭瞎聊。我这个副驾，没睡也快了，从出发到现在，一直蔫蔫的。嘉琪，冈仁波齐去过吗？"

隔了一小会儿，王小满回答："嘉琪说她去过。"

"我问嘉琪，没问你。"

"去过，老大。"车台里传来嘉琪甜润略带沙哑的声音。

"印象深刻吗？"

"太深刻了。晚上回到塔尔钦的客栈，在院子里打水，一抬头看见满天浓郁的火烧云，映照着冈仁波齐的雪峰，美不胜收。唉，可惜的是，我竟然忘了拍照，太残忍了。"

"玛旁雍错去看了没有？"

"通透的湖水，真是太圣洁了。玛旁雍错，一个今生不能错过的地方。"

"说得很好。"

"老大，跟玛旁雍错一路相隔，有一个鬼湖，藏语叫'拉昂错'，意为'有毒的黑湖'。据说两个湖底部是相通的，一个是淡水湖，另一个却是咸水湖，一个湖边芳草鲜美牛羊成群，一个湖边却是寸草不生死气沉沉。真是太神奇了嘞。"

"喔，这个我还不知道，下次去玛旁雍错，把鬼湖看一看。"

"小A，你知道吗？你耷拉着脸儿的样子真的很丑。"驶上阿和公路后，郝明说。

"有吗？"

"我就不明白了，你一直在学校里，除了写论文有点麻烦，你还能有什么不高兴的？"郝明大声问我。

我想说："大哥，论文完不成还不是个大麻烦啊！我们这个专业目前为止，除了提前退学的，就没有肄业的！"

我选择了无言以对，把脸扭过去，看着窗外。

窗外是起伏低矮的小沙丘，偶尔沙中会出现一些风化的石头山。有一棵长在石头缝隙中的胡杨树，向下伸出树枝，好像要拦住过往的车辆。

一个旅游指示牌一样的东西从我眼前倏然而过，上面写着什么我没看清楚。

"啊！"我大叫一声。

郝明问："是处遗址——你是不是想看看？"

"如果可能的话。"

"'是'还是'不是'？"

"是！"我急忙说。

郝明摘下报话机："刚才好像经过一处名胜古迹。我们下道过去瞧瞧。"

没有人出言反对。

四辆车齐往后倒车，一直退到那个"指示牌"前。指路牌前，一条混杂着煤渣石子的沙路，向东通入大漠深处。

煤渣路大约走了不到百米，就只是纯沙路了。

我们先是经过了一座破旧的"塔"，不了解的人，会以为这是一座孤零零的风化的山岩。

又走了二三公里的样子，前方有排成一线的小山峦。车辆顺着石头山的喇叭口山谷继续往前，一直走到抹车比较困难的空地，才停下来。这里山的地质是石英石，可能和昆仑山是一体的。山峦的一侧，好像被打磨成镜面一样，亮晶晶的，可见即使在绿洲的范围之内，沙漠之风的威力依巨大然如此。

这个地方早已经被发现，并列为省级保护单位。

因为普通车辆很难到达，再加上天冷，将近年关，所以这里无人看守。既然已经被列为保护单位，专家组肯定已经来过，我来这，也就是看看好了。

我们这个队伍，除了我，其他人都对佛寺乃至西域文化不感冒。因为我，大家同意耽搁宝贵的一个小时，令我感激不尽。

佛教、伊斯兰教、基督教这三大世界级宗教，都是以古丝绸之路为途径，传往中国内地的。

佛教，由古印度的迦湿弥罗国的罗汉毗卢折传入于田，先进入的是小乘佛教。至公元 3 世纪，大乘佛教与小乘佛教在于田已势均力敌。至公元 4 世纪末，于田成为纯粹的大乘佛教国，成为中国大乘教的策源地。

龟兹的佛教传入时间，较于田晚了约一个世纪，同样经历了大乘与小乘的对抗，最终变成了纯粹的小乘佛教国。

佛教在塔里木盆地流行了千年，致使塔克拉玛干的南、北，随处可见石窟群和佛寺。库车那边古龟兹国遗留下来的石窟群，我闭着眼睛都能背下来：克孜尔千佛洞、库木吐拉千佛洞、森木塞姆千佛洞、台台尔千佛洞、克孜尔尕哈千佛洞、苏巴什千佛洞、玛扎伯哈千佛洞、吐火拉克埃肯千佛洞。

而塔漠南缘的这些洞窟都不大，和龟兹那边的佛洞简直没法比。这些小洞窟，或高或低松散地分布在这个暗黄色的山体中。

最外面的洞窟壁画损毁得很厉害，再加上岁月的流逝、风沙的侵蚀，大部分壁画已经模糊得看不清了。我凑到墙壁近前，只辨认出一只赤足，还有一些忍冬花的花纹。我指望从中间找寻出一点蛛丝马迹来，终究是失望了。

这里的洞窟都没有窗子，全靠手电，才有光亮。我钻进一个洞窟，举着手电往里一照，发现里面有一尊戴着眼镜的雕塑，眼睛眨了一下——竟然活了，吓得我往后倒退了一大步。

那雕像开口说话了："是我。"

惊魂方定。老米从我面前走过，钻出洞窟，出去了。

我发现这个石窟被破坏得相当厉害，只有一个台座依然保留着，上面的雕塑已经荡然无存。这个台座后面的墙上，模模糊糊留着一个巨大的光轮的印迹。从这个光轮来看，这里原来立有一尊很大的佛像。我脚下磕磕绊绊的碎石块，可能就是原来这尊佛像的主体。——不管它是佛像的什么部位，这座佛像都比真人大。

在洞窟的入口处，这座主尊佛像的左右两侧，有两个倒塌的基座。我推测，这里应该有一男一女两座神像。可惜，现在早已经不知去向。

我蹲下来，举着手电，注意到台座的中间，有一个非常奇特的石柱。这个石柱是一个象腿，象腿上面却刻了一个象头。象的鼻子盘绕着象腿伸出来。象的眼睛从象头上凸出来，上面有眼珠，细看却像女人的两个乳房。在象头的头顶，有个女人的头像。

真是奇怪的雕塑！我好像曾在课堂上，听教授讲过这种有关联寓意的雕塑，那天上课的时候我忘了是不是在下面看小说了，所以竟然想不起来教授说的，这种有关联寓意的雕塑是出自哪儿。

"你研究出来什么没有？"郝明忽然出现在我背后，他半蹲着，从洞口往里照着手电，"你可够专心的，叫了你好几声，你都没听见。"

"我，"我嗫嚅着，思绪还在象头头顶那女人身上，倒退着正要离开，腿踢到一个石像上。我拿战术手电筒一照，地上有两个神像，正是方才我以为已经找不到的男神和女神的雕像。女神的头像还残存着一部分，男神的头没了，躯干保留完整。

我蹲下来，发现那尊女神，竟然是鬼子母神。旁边那个没头的男神，应该是鬼子母神的丈夫，佛教八大夜叉之三的儿童保护神半支迦。

鬼子母神在中国民间家喻户晓，造像为汉族服饰、慈母式的中年妇女，身边总是围绕着一群活泼健壮的孩子，鬼子母神自己手抚或怀抱着一个小孩。

这里的鬼子母神，穿着盔甲，风格酷似罗马神话中的天后朱诺。但是女神的盔甲，有很大的护肩，前、后都是像鱼鳞的甲片。而在欧洲，鳞甲仅用在盔甲的下部边缘。很明显，鬼子母神穿的是一副中国样式的盔甲。

我顺着山体往里走，在最里面两山之间的狭缝中，又发现一个洞窟。这个洞窟开口极大，不用弯腰就能进去。里面相对这里所有洞窟是最大的一个。很罕见的，这个洞窟在岩壁上方开了一个方孔，通过方孔，可以瞭望到外面壮观的大漠。因为有自然光照进来，这个洞窟的大致模样，仅凭肉眼就可以看出一二。

里面果然曾经绘满了壁画。壁画的画面曾经五颜六色，现在只剩下斑驳的色块了。最里面的壁画，竟然又有鬼子母神。鬼子母的服饰是印度的，她脚下五个完全空白的痕迹，对应佛教里她的五个孩子，但是周围的纹饰却是波斯风格的。

这些精美的壁画，曾遭受过人为的最大程度的破坏，尤其佛像面部，无一例外都没有了。如果这些壁画有幸逃过劫难，我们这些后来者极可能会看到更美轮美奂的萨珊希腊式样的关于佛教的绘画。

这里的壁画最晚能达到 10 世纪，"犍陀罗"的痕迹已经相当地不明显，但是壁画中裸体、半裸体的绘画仍然繁多，无一不彰显，希腊人崇尚人体美的思潮还在"后犍陀罗"时期很长一段时间影响着当地人。另外，即使在犍陀罗文化已经走到衰竭的晚期，希腊风格的忍冬花花纹还是在塔克拉玛干随处可见。

忽然，我脚边有手电筒的光晃动；一个大垃圾堆后面，钻出一个人影来。

"怕什么，还认不出那是老米吗？"一道战术手电筒直的光柱从外面在画家身上画了个圈，又斜着照在地上。原来垃圾堆后面，有一个仅能容身的隐蔽孔洞。

"进去看看吧，大开眼界！"老米拍了拍手上的土，双眼放光，对郝明说，"画面保存挺好，看明白没问题。这个洞比较小，又被这些破布、破陶罐、动物骨头、沙土给挡住，所以被忽略了。"

"我是个粗人，对壁画啊、雕塑欣赏不来。"郝明摇头。

我听说垃圾堆后面有保存尚好的壁画，立刻想爬进去看。老米拦住我："小A你就别进去了，里面都是污秽的东西，有碍女士观瞻。"又对郝明说，"印度的性爱壁画，你没听说过？！世界闻名啊。跟春宫图似的，是男人都愿意看。"老米对郝明一挤眼。

"不看了。看也没用，摸不着的东西——出去抽根烟吧。"郝明对老米说。

两人走出洞窟。老葛也在外边，站在塔克拉玛干冬日的阳光下，气定神闲地抽着雪茄。我也跟着走出来。灰黄色的山在这里就消失了，眼前又是茫茫大漠。

突然，修师傅满脸通红跑了来，抱着头，蹲在了地上。

郝明忽然想起来似的："好像小满和嘉琪下车后，就一直没看见这两人。"

修师傅脸更红了，蹲在地上，抱着头，脸快低进棉袄里去了。

"哎哎，小修，你是不是看到他俩抱在那儿亲呢？"老米双眼放光，笑问。

"妈呀，米总，你是一明白人，不止亲呢。"

"我靠，直接干上了！这么饥渴——零下15℃。"老米说。

"谁和谁干上了？"郝明问。

"还有谁？那两人呗。"老葛说。

郝明听明白了，立即问："他们俩在哪儿呢？！"

小修朝大象头上有女人的洞窟一指。

原来嘉琪在我们后面，一直不断给壁画、雕塑拍照。王小满跟在旁边帮嘉琪打光——多日来两人一直没有独处的机会，此刻再也按捺不住，王小满一把将嘉琪掀翻在空荡荡的台座上，终于发生了不可描述的事端。

"这俩人，得好好说说他们了！"郝明转身就走。

"哎哎哎，"老米一把拉住，"老郝，这个不能中途打断的，把小满吓着了，以后可能落下毛病！"

"会吗？"郝明生气地问。

"会。"老葛一提腰带，蹲在地上，抽着雪茄说。

"都是成人了。小满也奔三十去了。人家不过利用一点儿自由活动时间，一没耽误我们出发，二又没害着谁。你又不是他爹妈，犯不着管他们。"老米说。

"路上，嘉琪在我车里，王小满半个小时一个电话，两人一聊就是一个小时。还以为我听不出来是谁打来的呢。

"咱们开会那天晚上，两人肯定在酒店滚床单了。"老米挨着老葛蹲下来，掏出中南海，凑过去，就着老葛的雪茄，点燃了香烟。

看得出，老葛不高兴。老葛骨子里有老北京人那种讲理讲面的传统—嘉琪是他请来的，王小满这么做不地道。

"谁让你当时让王小七送嘉琪回酒店了？会上那两人，眉来眼去的，表现得多明显了。"

"这还怪到我头上了？"郝明说。

"这和派不派小满送嘉琪回酒店一点儿关系没有！第一天晚上不滚，第二天也会滚的——两个人想往一块儿去，根本拦不住的。

"小满，迫切需要一个有孩子的婚姻了。"郝明沉思说。

"切，这和有没有孩子、有没有婚姻没关系。"老葛不以为然地说。

"七哥一直在忙着找媳妇儿，就是找得有点着三不着两的。"

"看来那天水箱是真坏了。"老米朝老葛挤挤眼，"他几点修好水箱的？快下午一点了吧？晚上就比我们晚到了一个小时。这一路，'八〇'跑得比'马丁'都快。"

老葛面无表情的脸，也撑不住笑了。

郝明默然，忽然看见了我："小Ａ，你站这儿听什么呢？听得津津有味的！该干嘛干嘛去——去考你的古去。只剩下五分钟时间了。"

我只好走开。

"葛兄，嘉琪网上发表的文字你看了没有？"老米问。

"看了！"老葛脸色阴沉，咆哮着说，"前面还凑合着能看，后面那他妈的都写的什么玩意儿啊，里面没有我们，只有丫她自己——全是发烧时的胡言乱语，真是对我们的极大侮辱。"

"哎哎，葛兄，读过弗洛伊德没有？"

"没有。对那些'梦'之类的玩意儿不感兴趣。"

"其实嘉琪写的，都是她内心的独白，就和她生活一样，胡乱没有方向。你们看过她网站上那篇出名的连载，叫《只和陌生人恋爱》。"

短暂的沉默之后，老葛忽然说："我发现了一件新鲜事儿，我能蹲下了。不仅蹲下了，还跟这儿抽了半天的雪茄。"

郝明说："一眼就能看出来，这是两只越野男人抽过的烟，散落的烟灰比较

— 321 —

完整，应该是蹲着抽的。"

后面的话我听不到了。

我刚想去车里，忽然想到了那些林林总总的"淘宝人"。为了不让那些"淘宝人"未来乘虚而入，我回到有壁画的洞窟，想把那些垃圾重新堵在洞口前。就在用工装手套推垃圾的时候，我忽然想起老米的话来，大感好奇：印度大神的性爱壁画会画些什么呢？

我回头看了一眼，洞窟里就我一个人。我屏住呼吸，趴在地上，费了不少气力，终于钻进洞口。我打开帽子上的头灯往里照：里面是一个更小的洞。

墙上有一块亮白的光晕，但是壁画细节什么的还是看不清。我慢慢把胳膊缩回来，摸到兜里郝明给我的神火强光战术手电，又慢慢把手伸进洞里。洞口很小，如果我不谨慎一点，就会把洞四壁的沙土震下来。

洞窟壁画保存得相当完好，色彩鲜艳，绝对不是犍陀罗风格。这些壁画所处的时代比较晚，应该在10世纪左右，佛、菩萨的脸都是圆的，印度风格浓厚。

有两幅比较大的人物绘画引起了我的注意。一幅是一个肥胖的男子和一个丰腴的妇人面对而立，那个男子胳膊扶着妇人的腿，妇人则搂着那个男子的脖子。还有一幅是一个美艳动人的妇人横卧着，后面一个男子抱住她的腰，妇人回身用手抚摸男人的脸。画的四面，布满了各式各样的飞天，除此以外没有任何特别的地方——老米说的性爱壁画在哪儿呢？

我正准备爬出来，忽然发现动不了了——有人按住了我后脊梁骨。我急了，又不能大声喝问是谁。我使劲用力往后撑，背后那只手突然撤走了，洞口上面沉积的沙土掉了我一脖子，呛得我直咳嗽。

我从洞口爬出来，掸了掸身上和头上的土，走出漆黑的洞窟。老葛和小修不见了，只有老米和郝明站在外面。我看到老米在和郝明讲什么，看到我出来，老米笑得更厉害了。郝明也在笑，看了我一眼，笑得很诡异。

我意识到被人捉弄了，可有苦说不出，只能暗气暗憋。我急煎煎往车的方向走回去，在背人的地方，我弯下腰，把掉到脖子里的土往外又好好掏了掏。

我往外走，来到喇叭口我们停车的地方。

天上有个大鸟似的黑影悄无声息地向我扑了过来，落在我右腿边不远的地方，"砰"一声巨响，震得我脚下的大地一颤。

我正仰头看这巨石是什么地方掉落的，突然摔在了地上。

车台里，传来郝明的声音："大家不要慌，和田地震了。确认一下，都安全吗？"

披着大衣坐在"小红马"驾驶室里睡觉的伊曼被大石震醒了，她倏地张开眼睛，凑到车窗前，冷静地观察着外面。

"我和嘉琪躲在洞里，洞口有个石像倒了，上面掉了两块石头，不过看样子暂时没有倒塌的危险。"

"好。我、老米四人也安全。能看到小 A 吗？"

我从地上爬起来，摇晃着爬到途乐左侧车门那——车门锁了。我转身就往洞窟群跑去，刚跑了两步，一阵剧烈的像打雷一样的轰鸣声从我头顶滚过，众多的石块和沙土铺天盖地从我两边的断崖上，重重地砸了下来。

我抱着头趴在地上，就听车台里郝明说："伊曼伊曼，你是不是还在车上？"

"在。"

"能看到小 A 吗？"

"在地上趴着呢。"伊曼用报话机告诉郝明。

"叮嘱小 A 千万不要往我们这边来。你们两个赶快躲在车头下方。"

地震来得快，去得也快。

大地重新恢复了平静。

"我们赶快离开这里，可能还会有余震。"郝明通知大家。

往石窟去的山谷里，堆积了不少碎石。我从地上爬起来，透过溅起的呛人烟尘，远远看见六个人踏着乱石头堆，有条不紊地从洞窟群方向返回。

"太酷了，真是一群好汉！"我心里赞道。

我们迅速上车离开。

我向着我们来时的山谷望去，地面突然激起一个巨大的尘柱，直冲到半空。几秒钟的安静过后，沿着我们出行的山谷一直到远方，到处都是这样的烟土尘柱。

我们四辆车就在巨大的尘柱之间穿行。时而能见度极差，时而又互相看得很清楚。

车子开到阿和公路上的瞬间，我才放心地认为，我们确实安全了。那些巨大的尘柱在我们身后，像云一样散漫在无际的天空。

可能和老葛、老米一块儿抽了烟，郝明身上带着一股很大的烟味。闻着这股烟味，我内心莫名其妙地感到一阵波动。

我忽然想起来，教授曾在课上展示过庞培出土的物件：一条用来祭祀的野兽腿上站着一只奇特的长着翅膀的东西。教授说，这是用同一东西表达两种意思。方才见到的象头，与庞贝居民的表达方式何其相似乃尔。也就是说当年，塔克拉玛干早期的居民看过类似于庞培出土的东西，并且按照自己的理解雕刻出了这些深奥隐晦的作品。

"快看，兔子！"郝明说。车头前跳跃着一只野兔，比家兔大，双腿有力。途乐不徐不疾地跟着它。

这是我第一次在沙漠里见到活生生的动物。

"这兔子怎么活呢？"我问。

"有地下水和芦苇根，就可以活。"

兔子忽然聪明地改变了奔跑方向，转向沙丘不见了。

"老郝，咱们撵它，看它跑得快，还是越野车快。"老米说。

"这里的兔子过着与世无争的生活，就不要打扰它了。咱们继续直线前进。"

沙漠太寂寞了，看到一只兔子，大家都会兴奋得不行。很快，这种兴奋劲儿过去了。

周围单调的景物让人昏昏欲睡。

"你不是一直在找寻古城遗址，为什么看见了，毫无反应？"郝明奇怪地看了看我，问。

我伸长脖子张望，除了那些呆板单调漫无边际的沙丘后一个毫不起眼的风蚀雅丹脊，我什么也没看到。

"不是海市蜃楼吧？"老葛突然发问。

"我见过的沙漠中的海市蜃楼，都是呈现大片的胡杨林，还有湖水。古城还没见过，应该不是。"郝明回答，"咱们去看看。"

车的两旁频频能看到河底的沉积物。车的风挡前出现一个土黄色的阴影。开始我以为是一座大沙山，但是渐渐地，它变得棱角分明——是一座古城！我简直不敢相信自己的眼睛。

"问问小A，这到底是什么地方。"老米也大感奇怪。

传说归传说，可真有一座城出现在我面前的时候，我完全蒙了。我脑子里拼命搜索在图书馆里翻阅的那些典籍，可是毫无头绪。

"史书上有个传说——"

"你来给大家讲讲。"

我自己摘下步话机，说："史书上有个传说，说塔克拉玛干沙漠里有座死城。这座城，就叫'塔克拉玛干'，这座大沙漠就以古城的名字命名。这座城，城门大开，城里空无一人，街市上遍布金银玉器，任人捡取，但是，只要外人从城内拿走一丁点不属于自己的东西，城门立即自动关闭，你根本走不出城区，接着阴云四合，一场沙暴，就要把你和古城掩埋。只要扔掉不义之财，城门又为你大开。随时来去自由。"

"那这个传说的意思就是，望着遍地的金银珠宝，只能干瞪眼，拿不到？"王小满问。

"就是这个意思。"

"那来这儿还有什么意思！"伊曼嚷道。

"就是为了馋你们这些贪心的人。满地的金银珠宝，偏让你捡不着"老葛说。

郝明调转方向，向古城驶去，"那咱们去转转，看老天能不能对我们网开一面。"

车子穿越荆棘，慢慢开过去，停在黄土修葺的城墙外。

"兄弟们，我们进去考考古吧，时间一个小时。"郝明说。

我们下车。这里只有死一样的寂静。

嘉琪面如土色："老大，这里，会不会有什么可怕的东西在里面？"

郝明对我们说："这样，你们在这里等我。我先进去侦察一下。查明里面没有情况，手台通知你们。"

"不行，万一手台不通了呢！"我摇头，口气坚决地说，"我同你一道进去，不能让你单独涉险。"

郝明看着我笑了："说得你好像很有用似的。"

米国军说："一座空城，怕个毛的！有个灵异，显示给我看看！说不定激发我什么灵感，创作出一幅好作品，卖个好价钱！"

"米哥，我陪你去。"一定是听到"卖个好价钱"，伊曼空洞的眼神忽然焕发了光彩。

老米高兴地笑了，转身对嘉琪，话中有话地揶揄说："你要是害怕，就坐到车里等我们。小满，你陪着她好嘞。"

这座"来历不明"的古城呈正方形，和中原内地的古城式样并无二致。城墙曾经约有七层楼那么高，巨大的城墙上半部分，历经千百年的风吹日晒，损坏得已经非常严重；但城墙的下半部分坚固依旧。

城门的破损更为严重，只能算是依稀可辨。我不知道，如果我们从里面拿走金银珠宝，这道残破的大门是如何关住我们的。

穿过城门，我们沿着当时的街道走进古城。城里的建筑损坏也异常严重。我们在布满沙土的城内走了好一会儿，看到了做梦也没想到的情景。地上倒着从基座上坍塌的巨大佛像，半被风沙掩埋了。这些佛像的宏大令人咋舌，仅佛的头像就有一人多高。如果不是亲眼所见，很难想象，在沙漠中能有如此巨大的佛像。

才发现这座城里有两条宽阔的主要街道：一条南北走向，另一条东西走向。我的内心陡然兴奋起来，整个城市的布局，毫无疑问是仿照罗马城市卡斯特姆修建的。

这座古城是一座寺庙之城，所有建筑，毫无例外都是和宗教有关联的庙宇、寺院和墓地。每一类建筑既有屋顶呈拱形的波斯风格，又有佛塔式样的印度风格，间或少数中原式样的建筑。

城的中心，矗立着一座宏伟的建筑废墟，我认为这是突厥回鹘的摩尼教王家寺院。

还有佛像，歪倒在沙漠里。我们站在这些巨大的佛像前，好像进入了大人国。简直不敢想象，大漠腹地有这样的佛国。

在这个形如大厅的巨大建筑物内，一面古老的土墙上，有一幅大型壁画的遗迹：一群穿着白色摩尼教服饰的男女教众，正围着一个比真人还大的穿着白色摩尼教祭祀服饰的男人。这个男人在整个画面中，占据了最突出的地位。

这个男人的白色衣服上，画着刺绣图案，可惜年代久远，刺绣图案已经完全辨识不清了。他戴着一顶高高的有金线装饰的白帽子，帽子用一根白色带子扎在颚下。非常特殊的，这个男人的背后，画着独一无二的由日月组成的光轮。代表太阳的圆盘还能辨认出淡淡的胭脂红色，而太阳圆盘包含着的月牙还可以很清晰地看出是金黄色。这个背后有光轮的男人，很有可能就是摩尼教的创始人摩尼本人。

这幅画，可以结束历史界关于摩尼教教堂没有绘画装饰的讨论。男女教众的图像故意比真人缩小了一些，他们的胸前，用粟特文写着他们各自优美的波斯语名字。

在大量摩尼教的壁画中，有几幅盛大的佛教壁画最值得一提。壁画非常精致、细腻，所反映的是关于阿阇世王在奶液中接受洗礼的故事。阿阇世王端坐在盛满奶液的澡盆中，没有人敢告诉他佛陀涅槃的消息。只有他的宰相，在他面前展示表达佛陀一生的帛画。帛画有四幅画，分别代表了佛陀一生中的四件大事。第一幅画，讲佛陀的诞生；第二幅画描绘的是佛陀在苦行中抵御各种诱惑；第三幅，是讲佛陀在贝纳勒斯鹿野苑初转法轮；第四幅画是火化佛陀尸身。国王看到这里，明白佛陀已经涅槃了，顿时陷入极度的悲伤之中。这四幅画的四周，还描绘着须弥山崩塌、日月失去光泽并脱离原来的轨迹坠落。

我忽然注意到，成殓佛陀的棺材上，绘有一条龙。这种形态的龙，从公元5世纪开始，一直到加洛林王朝结束，也出现在日耳曼民族的棺材上。这是否可以推断，隐含在这个"龙"形象之后的某种宗教信仰应该是相同的。

我们在这座王家摩尼寺院的旁边，又发现了大量佛教壁画。有一幅画十分生动，画的是魔王波旬的女儿诱惑佛陀，试图让他破戒。佛陀端坐在宝座上，苦修生活让他早已经憔悴不堪。最年轻，也是最美的那一个，靠在佛陀身边，大胆地挑逗他。魔女穿着露着腰肢的裙子，坦露着半个胸脯。佛陀非常轻蔑地看着她——引诱失败了，三个魔女立刻变成了面目丑陋的老妇。

非常有意思的是，魔王漂亮女儿的容貌全被留了下来，她们变老变丑的脸庞，和佛陀苦修时候憔悴的面孔，被人刮得面目全非。人们一方面敬仰佛陀的毅力和信仰的执着，一方面又向往世俗的美好。这一点，古人简直和我们一样呢。

这幅栩栩如生的壁画前面，一座比较新的墙面上，却画着可怕的图画，只有线条的轮廓，没有清晰的五官，但是分明可以看出是无数的信徒扭曲的嘴，因恐怖而变形的脸，举起双手向上呼喊着。

这幅图让我们每个人看了，都不寒而栗。这是什么意思？

王家摩尼教寺院的西北角，还有一座波斯风格的拱形建筑群。这里散落着画着涡流卷行装饰花纹的摩尼教文献，这让我决心进去一观。没想到这座建筑的大门已经被墙封死了。但是它的圆形屋顶塌落了大半，碎砖石块可以让我们踩着上去。

我们相互拉扯着爬上建筑的顶端。在建筑的顶端破旧的屋顶上，加盖了一座新的佛教寺庙。我们进到这座也被毁坏的佛教寺庙里，王小满上前揭开地上一块翘起的木板，从破落的拱形屋顶往下，我们看到了毛骨悚然的一幕：一堆一堆层层叠叠的死尸，至少有几百具。最上面的一层尸体居然没有腐烂，皮肤、头发、干枯的眼睛，以及衣服上干涸的血迹还有致死的可怕伤口依旧清晰可辨。

没人愿意在这个地方多停留。我们从碎石块爬下来，却又被建筑物后面的悲惨场景惊呆了。郝明先迈步走过去，其他人也就跟着队长走了过去。地上随处可以踩到散落的人骨和丝绸织物的碎片。他们可能是被集体残杀在这里的。

一个小孩的骷髅被风吹着在沙土中滚动。一只蜥蜴，像玩儿跷跷板一样，趴在一段发白的腿骨上。看到我们在沙漠中移动的影子，它倏地钻入一个成人骷髅里，从黑洞洞的眼眶里悄悄观察我们。

王小满，从地上捧起一个鬼一样的龇着牙的头颅。看骷髅我没有问题，可是看到骷髅的嘴里还有牙齿，胃不觉往外作呕。

在这个巨大坟场的角落里，有两具骸骨。从体格上看，是年轻的一男一女。男性的头盖骨已经从头顶至牙床处脱落了，很明显，这是被利剑砍断的结果。女性没有明显致命的创伤。很可能，他死的时候，她还活着。从骸骨的姿势来看，她扶着他被劈裂的头颅，躺在他身边，最终死在了一起。

老米从地上捡起一个银戒指，戒指中间镶着一青金石，青金石上雕一裸体人物手持弧形花环。

我们围着这两具枯骨，心里涌起莫大的震撼。说来真是一个难以理解的人性隐秘。电视上那些卿卿我我，甜言蜜语的表白，让人感到俗不可耐，心生厌烦。看到这两具互相搂抱在一起，一共度过了千年的毫无生气、干枯的骸骨，反倒震撼了我们复杂浮躁的灵魂，让人不由地渴望起凡间的爱情来。

这真是我人生中最奇特的一天。

"趁着还活着，好好相爱吧。"老葛说了这么一句，又对小修说，"回去对你媳妇再好一点。少赚一点钱，多陪陪她。"

小修摘下头上的雷锋帽，拿在手里，脸被风吹得发红，一言不发，好似默哀一样。我扬起手，盖在眼睛上，仿佛在遮挡突然变得刺眼的阳光。

老米从地上捡起一块竹签，看了看。我急忙走过去，也要看。

"估计你要失望了。上面的字是简化字！"老米告诉我。

我不信，接过来一看，竹签上用简体字写着："在天愿作比翼鸟，在地愿为连理枝。"

"有人来过这儿——还是解放后，车进不来，人是能走进来的。"郝明说。

"来的这人是谁呢？为什么将'在天愿作比翼鸟，在地愿做连理枝'竹签丢在了这里。有什么特别的想法吗？"我皱眉苦想，"如果是考古队的，为什么关于这座古城，完全没见到有任何报道。"

郝明启动了车子。后视镜里，我看到"小红马"也紧随着启动，接着绿色牧马人也启动了。后轮扬起的尘土，弥漫在空中，越来越浓，掩盖了这座不知道是不是就是传说中的"塔克拉玛干"的死城。

"谁从那城里发现了值钱东西，并且带走了？"郝明忽然摘下报话机，问。

"这座破城，除了满地的人骨头，哪有什么值钱的玩儿意？"老葛问。

"那就奇了怪了。"郝明皱着眉，百思不得其解地说。

"是不是王小满偷走了我放在骸骨旁边的戒指了？"我气愤地说。

郝明立刻带着质疑的口气问："小满，是不是你把那枚戒指取走了？"

"没有啊！"王小满说，"我拿那个干什么？"

"真没拿吗？"

"没啊！"

"哎，老郝老郝，能抄收吗？可能那些死去的亡灵，不想外人再打扰他们。"老米说。

"哈，真是搞艺术的，"我在心里撇嘴，"太唯心了。"

"那我们遵从他们的意愿，把坐标点删掉。"郝明想了想，说。

郝明把GPS拿过来，我在他调出数据，准备删除的一瞬间，迅速把两个坐标的数值背了下来：东经082° 0031'，北纬039° 0001'。

坐标点删除后，方才绕来绕去的路，突然不见了。这回，我们来到一个新的起点——邪了门了。

我后来把我记下的死城的经纬坐标点告诉了中科院新疆地理研究所的师兄。他们开着一辆"霸道"和一辆"八〇"，走了三天，几乎走得要崩溃了，才到达"塔克拉玛干古城"。

这位师兄和他的同事，找到了我描述的那棵大胡杨树，甚至还发现了我们停车时王小满抽的玉溪香烟的烟盒。他们不停地在古河道的河床边兜着圈子，可是那座死城，就仿佛不曾存在过一样，从地面上消失了。

第二十一章

海扁虫与狐仙儿

——遇见你之后，我想将我的前半生拿来与你分享，
然后，你跟我走吧。

"我座位后面有个大包，里面有个备用手台，以后你拿着用。"我们上车，走出去没多远后，郝明告诉我。

我一摸，就摸到了。

"这个手台看起来型号有点老，其实挺好用的。"

"我相信。今天地震，我想通知你，我是安全的。但是车门锁了。"我把手台揣进大衣口袋。

"知道小满为什么染发吗？"郝明突然问我。

"他染发了吗？"

"现在剃半寸，看不出染了。"

"是为了'潮'？"

"不是，他头发长长后，你就能看到他有很多白发。"

"少白头？"

"不是。"

"那不知道了。"

"小满以前在老家，喜欢过一个姑娘。听说那姑娘第二天就要嫁人了，小满连夜跑了十几公里，去求那姑娘不要结婚。就这一晚，头发急白了。"

我猛地转脸，吃惊地望着郝明。

"你那天拿着玉溪去找王小满，威胁他——"

"啊！他又在你面前搬嘴了。"我脸涨得通红，大声喊。

"我们那么多年的交情，他能不告诉我吗？你前脚走，他后脚就告诉我了。这事儿不用脑子，就是动动脚指头也能想出来的事儿。"

见我不说话，郝明换了稍微和善的口气问我："你为什么突然想起来去找他，和他说那么一番话的？"

郝明说完，拿起报话机："今天大年三十，可以早点收工。我们共同欢度一个除夕夜。"

扎营后，我们把现场布置了一下，好让这大漠的除夕更有节日的气氛。王小满和修师傅特意卸下两个备胎，摞在一起当桌子。伊曼竟然找出一张红纸，蒙在"小红马"营地灯上。顿时有了过年的喜庆。

队长告诉我们，今晚他来主厨。主打菜是羊肉白萝卜火锅，另外再给我们烧几个大菜：西红柿炒鸡蛋、豆豉鲮鱼皮芽子炒馕。

营地一片欢呼。

"你们是刚从和田来的吗？和田的大盘鸡还没吃够？"郝明问。

"自从进了沙漠，肚子里一直缺油水哈！和田就待了一天，没补回来。"王小满说。

我以为我这几天心情，已经坏到家了，没想到，今天晚上的心情会更糟。

平时扎营后，都是我坐郝明旁边。今天，就因为我先去了趟洗手间，回来发现伊曼和王小满，一边一个，占了他两边的位置。

我阴沉着脸，这个漫长又特别的夜晚，我将要和坐我边上的修师傅一块儿度过。

王小满拿来一板鸡蛋，用扳手把鸡蛋一个一个敲破。鸡蛋里的蛋清、蛋黄已经冻成了不会流动的晶体。在篝火的照耀下，好像寿山田黄。

嘉琪把冻鸡蛋尽力搅拌成糊状。王小满扛出装馕的口袋，为大家烤馕。今晚的小满，勤快又能干，讨人喜欢。

伊曼和队长抱怨，平时蔬菜太少，嘴角都长了溃疡，今天能不能多放半个萝卜。

"这个要求可以有。"郝明手里托着一根大白萝卜，先用刀把皮削去，接着就见萝卜好似雪片一般飞落到煮锅中。

"哇！"我们同声喝彩。

郝明削了一整根萝卜在汤里，一面搅动锅里的汤，一面给我们讲故事："刚进部队那会儿，有个广东老兵爱欺负新兵。他总看我不顺眼，一心想整治我。有次，被他逮到了个机会，想顺便教训我一下。他刚举手，我轻轻一挡，他就受不了了。旁边别的老兵劝：郝明是练过武的，你要打他，自己吃亏。本来也就没事了。谁知道这个广东老兵，觉得自己下不来台，见我背对着他，就突然扑上来。我早有防备，往旁一闪，他摔了个狗啃泥。我扶他起来，想着能化解就化解，没想到他劈面就给我一拳，这回我没再让他，直接把他反手扣到地下。"

"他明目张胆欺负新兵，是不是有门路的那种？"王小满问。

"我靠，这不是给你小鞋穿吗？"

"不算小鞋，打架，在任何一个部队，都是不能容忍的。"

"你们连长是对你好，炊事班油水多。"王小满说。

"老大，你这削萝卜的技术就是那个时候练出来的？"嘉琪笑问。

"可不是，连队里做饭，不讲刀工，就讲究快。当时我能给全连90个人做饭，现在做你们八个人的饭，那还不是小菜一碟。"

"接下来，你是不是要告诉我们你是怎么离开炊事班的？"老米问。

"过了三个月，连长看我做饭也做得高高兴兴的，又让我去养猪。"

"啊，这么惨！"伊曼说。

"这不叫惨——最惨是送你关禁闭。禁闭室，窗明几净，有人陪你谈心，那都是电影、电视剧！禁闭室里可能连灯都没有。就一张床，一个暖瓶，一个垃圾桶。可能会有张桌子，也是给你写检讨用的。进小黑屋就一个人在里面待着吧，除了定时有人来送三餐，不能和外人有任何接触。"

"那不是监狱吗？"我忍不住说。

"就是监狱，短期监狱。"老米说。

"不到半个月，我们连部的猪被我养得白白胖胖。我们旅长下连队视察，看见猪吃饱了，都耷拉着耳朵在那里睡觉，很不高兴，说，这个郝明啊，当初是好苗子招进来的，没想到他没出息，只能喂猪——这猪也喂不好，一个个懒懒的！我就想了个办法，只要听说我们旅长来，就不给猪喂食。猪饿得难受，看见我们旅长，就一齐拥到前面来。旅长见他下连队，猪都这么热情，高兴得不得了，说，这猪养得好——不光膘肥体壮，还精神！"

一轮红日，在徐徐西沉。

"你不会一直就喂猪了吧？"伊曼问。

"那后来呢？"我问。

"后来就是，我离开了炊事班，去了混合特战旅。我枪法还不错，又会养猪，旅长觉得我是多面手。我正式学车，就是去军直属特种大队之后，从解放大卡练起来的。那时候，不光要会开车，还要会修车。班长拿个扳子，在旁边走来走去，看哪个学得慢的，做得不好的，上去直接敲一记。我还行，学车十个月，没挨过我们班长的扳子。"

"老大，你去南方过得惯吗？"嘉琪问。

"我当兵第一年，一天三顿米饭，每天胃都像空的一样。冬天阴冷阴冷的，衣服晾了一个星期，还不干。"

"郝哥，当兵的挣得不多，还苦吧？"伊曼问。

"怎么不苦。所有的天气，只要不下刀子都得训练。不管刮风、下雨、打雷、暴晒，不能说，班长，今天我累了，想多睡会儿——没这种事儿。我们对抗训练的时候，肋骨被打断的不是一个两个，我现在左手无名指还伸不直——这世界上，真有干一行爱一行的。"

羊肉在火上翻滚着。

"我在特战旅那会儿，就给你一盒火柴加一个指南针，直升飞机把你往深山老林里一丢，自己走出来。深山老林里可没食堂，有人给你炖羊肉汤，得自己找吃的。"

"把人饿死了怎么办？"伊曼说。

"不会不让自己饿死？！不光要自己找吃的，还有老兵埋伏在灌木丛里，随时朝你放冷枪。你要躲开他们，还要让自己'活'着，到达目的地。"

"不公平！老兵本身就更有经验。"我说。

"你不会走老兵都不爱去的地方。"

"现在想来，老郝你们那时候就一半大孩子。那个时候的男孩子，最热血！"

"最爱冲动，也没牵挂——那个年纪都爱犯傻。"老葛说。

"不不不，不能这么说，"我用力摇头，"这不叫犯傻—一这叫'为国捐躯'。"

篝火边一阵短促的沉默之后，突然爆发一阵惊天动地的大笑，老葛笑得眼泪都出来了。

我莫名其妙。

"哎呦喂这么护着啊，一点儿都说不得。"嘉琪笑得眼睛眯成两弯月牙。几道大菜也相继出锅。加上刚才的大笑，过年的欢乐气氛，一下出来了。

"没酱油了，出不了色，"郝明颠了几下锅说，"今儿晚上，大家务必都要喝点，老陈留下的茅台，放谁那了？"

"在我那儿，我去拿去。"老葛从小椅子上站起来。

伊曼给我们每人发了一个一次性纸杯。老葛将老陈留下的茅台拿来，放在备胎摞起的桌子上。

"能喝的喝酒，实在不能喝的喝饮料——"郝明给我们每人往纸杯里倒酒，"小A你喝什么？"

"呃，我喝——果汁。"

"别装了！把杯子送过来，给你倒点茅台。"

"来，大家都把酒端起来。"

我们围着火堆站着："队长先讲两句。"

"好，我讲两句。我们这八个人，既不沾亲，也不带故。半个月前，之间还互相不认识。今晚却将在塔克拉玛干里，一起度过一个难忘的除夕夜。大家在一起十多天，每天24小时朝夕相处，相处越来越融洽，也越来越有默契，感情已经不再是简简单单的队友，更多了几分战友情——还有个别队员，进一步升华为炮友。"

除了伊曼"哈"一声笑出来，其他人都面无表情。我们都比较厚道，不愿意让嘉琪太难堪。

"今天晚上，就让我们不想明天会遇到什么困难、会有多少次救援，尽情过个年。大家量力而行；不能喝的，也要抿一口，意思一下。"

"好！"我们八人举杯碰撞。

"谁还再来点儿？小A，你别递杯子，递也不给你了。"

"待来日，直达若羌，与诸君痛饮耳！"

"小A，说白话，不要说文言文。"

"那到了若羌之后，再和大家喝大酒！"

"汤好了啊！来，大家拿碗来。老葛，这个大骨头给你了。来，来，来——逮谁给谁——"

我们捧着碗，都吃上了热气腾腾的白萝卜羊肉汤。王小满把馕一张一张平放铺在红柳枝上，然后两根指头一转，将馕翻过来烘烤，把馕烤透后，撕成几份，分发给我们。

"嘿，满满提。"我吃着热乎乎的馕，说。旁边的修艳喜忍不住笑了。

"谁帮我在碗上包个保鲜膜？"郝明问。

"已经给你包好了。"老米说。

"到底是老搭档了，互相想着。"嘉琪笑着说。

我拿了一双方便筷子，递给郝明。正好郝明也来取筷子，两下里一凑，筷子被他手给打掉了。

"递双筷子都拿不住，你说你还能干嘛吧，小A？"郝明自己取了筷子，"说你是孬兵，不为过吧？"

我吸了一口冷空气，扬起脸说："我照样能把猪养得又胖又精神！"

"算了吧，猪你也养不好——猪都得叫你饿死。"郝明坐在了幼儿园小朋友坐的户外椅上，喝着汤说。

"小A和猪，一块儿饿死。"王小满捧着汤碗，笑眯眯地补充说。

"差不多。"

"我要当兵，绝对是好兵。"老米喝着汤，停下来加了一句。

"嗯，老米你有戏。"郝明很肯定，"执行力强，从不找借口，报位置精确。"米国军得意地笑了。

"不过你这烟瘾，是个麻烦事儿。"

"当兵的不让抽烟吗？我不信。"

"到老兵阶段自然没人管，刚入伍前三个月肯定不许。你能坚持三个月吗？我看你三个小时都熬不住。"

"老郝，为啥新兵不让抽烟呢？"

"首先说为什么要戒烟，主要是新兵阶段是打好兵之初的阶段。新兵阶段练不出来，剩下的军旅生涯都扯淡。抽烟对强化体能，增强身体素质有很大影响。你不如趁现在把烟戒了，反正迟早要戒！"

"每天开车那么累，不抽根烟怎么行呢？我是个有毅力的人，别的事儿都好说，就这戒烟，戒了几次，都没成功。我看，除非是被困荒岛，没吃没喝，否则肯定戒不了。"

"郝哥，我呢？"伊曼用膝盖猛撞了一下郝明的小腿，一歪头，笑着问。

——又来了！哪儿都有你！

我低头装作喝汤，一面从饭碗边缘观察着。伊曼用膝盖撞郝明，郝明却毫无忸怩、闪避的样子，竟然还认真地想了一想："还别说，伊曼能吃苦，胆儿大、心细，遇事冷静。"

"哎，老郝说得真对。元旦那天，我还在想，这个春节陪哪个妞呢？做梦没想到遇到你们。"

"小修也是我连哄带骗赚来的。"王小满笑眯眯地说，"手艺是没得说，脾气也好，从来不急不躁，总是心平气和的。"

"要没小修整天给你收拾，你那车得乱成猪窝一样。"老葛说。

"猪窝倒也不至于，肯定没有小修收拾得干净是真的。"

"你还觍脸说呢。"

他们四个聊得兴高采烈，全没有注意到火堆对面，有个人在闷闷不乐。

"小修，你是哪儿人？"老米问。

"我是内蒙古通辽人。我妈是蒙古族。小时候想念大学。可，家里条件不好。下面还有弟弟妹妹。想到读书，家里还得出钱供我，一狠心就进了牡丹江最大的汽车修理厂。在修理厂，什么车都归我修。三年后，修车技术老师傅都比不过我。国企的汽修厂效益不好，我就来北京了。"

"小修，"老米问，"你来北京就在'老光'那干吗？"

"对，那时候，七哥是我二老板。厂子一共三个老板，最大老板只出钱，从来不来厂子里。厂子就崔永强和七哥管。七哥负责联络，大事崔永强拍板。"

"你们二老板，待你们不错吧？"郝明问。

"待我们没说的。我是干了两年，才离开的。我家那口子没工作，全指望我，有了孩子，不出来单干，北京这房价，根本养活不起家。"

"修师傅，你小孩儿多大了？"嘉琪问。

"八个月了。"

"小孩儿才八个月大，也跟我们穿越，你也不容易哦。"

"可不是咋的！没办法，七哥开口求我，我不能不来。"

"修师傅，你几个小孩了？"我问。

"一个孩儿都不好养，还几个！每天光奶粉、尿不湿就一大笔钱。国内的奶粉不敢喝，怕有三聚氰胺，都是托人国外带。和我们那个时候不一样，现在一家就一个孩儿，宁可大人不吃肉，奶粉得买好的。"

"你这么晚才要小孩儿？"我问。

"不晚啊，二十二生孩子算晚吗？"

"你才二十二岁？！"

"过了年就二十三啦。"

"啊！你还没我大？！"我转过身，瞪着修艳喜的脸，仔细辨认他真实的年纪——虽然脸上一副饱经风霜，眼神却清澈透亮。

"天啊，你才二十出头就谢顶了？我寻思我得叫你叔呢！"

"原来我还得叫你姐，是吧？——我长得老，人都说我像宋小宝。"

"只有我们小A才能出这种笑话。她乐子多了。"郝明笑着说，"你们再跟她说话，她能把你肠子笑疼了。"

"上能知五百年前，下能预测未来五百年，眼面前的人和事儿，她看不明白。"老米说。

"我看是这样，都快愁死我了。"郝明说，"我先去打个卫星电话，等我回来，谁要，再接着打。"

巨大的红柳堆阴影下，有个人影，应该是在打卫星电话。

今晚，他们应该会通电话，互诉衷肠，尽道别后思念。

郝明在那儿说了很长时间。我坐不住，装作去拿东西，悄悄潜过去，借着黑暗，偷偷地聆听。

郝明好像在和谁发火："我和你的兄弟情分，到此为止了！上次你私拿公司的公章，嫁祸于我，我想我们认识这么多年，之前你也帮过我，就既往不咎了。你这次又来这么一手！你干的事儿一件比一件恶心人，你让我怎么原谅你！什么也不用多说了，法律程序见吧。我还有十多天就回北京了，这段时间，你好好想想，你扛得住一顿胖揍不？"

听这口气，肯定不是和他妻子。郝明有一双草原雄鹰般的眼睛，我不敢逗留太久，怕他起疑心。

又过了好一会儿，郝明才走回来。看神色，似乎心事重重。难道他们还没有和好？或者他们又有了新的龃龉？

郝明回到篝火边，立刻换上了愉快的神色。

"怎么大家都不说话啊？一个个闷坐着？"

虽然没有任何道理，可我还是为了他和他妻子通了这么长时间的电话，感到十分不快。因此一言不发。

"等你回来活跃气氛呢。"老葛说。

"今晚没电视，也没春晚，只能靠聊天'守夜'了。"王小满说。

"那叫'守岁'！不叫'守夜'。用词不当。"老米纠正。

"是啊，咱们在这大漠腹地，一没电视，二没网络，看不到春节晚会，唯一能做的消遣，也只能是聊天了。"郝明说，"我们八个人，来自不同的八个行业。每个行业，都有一般人不了解的常识，分别给大家普及一下。谁先给大家讲？"

一提到我专业，我立刻来了精神，这是一个让我的队友们了解我专业的大好机会，虽然我知道他们对和自身生活八竿子打不着的西域文化毫无兴趣。

先从张骞"凿空西域"，联络大月氏合击匈奴开始讲起。张骞出使西域，为什么没有找到大月氏，大月氏人去哪儿了？大月氏人是雅利安人吗？尼雅为什么会出现希腊的佉卢文？金庸《倚天屠龙记》里的明教到底是什么教？今天我们在死城里看到的只是佛教的壁画、塑像吗？

我要一展平时不肯轻易暴露的口才，把丝绸之路上的迷人过往深入浅出地娓娓道来。让大家彻底理解，为什么我会来到这里。另外，我要告诉老米，中国的"康、米、安"三姓氏，可以肯定，一定是东迁粟特人的后裔——尽管，老米一定不爱听，哈哈哈哈。

"没人主动，那就按年龄排，从大到小，老葛，你年纪最大，你先来！"

老葛嘴里"嘶"了一声，思忖着："我给大家讲讲我大学专业课学过的冷门知识，你们肯定没听说过的。"

郝明一抬胳膊："时间受限啊，十五分钟到二十分钟。我看着表呢，不能像麦霸那样，一晚上全听他了。"

"葛老哥儿，你你，还上过大学？"

"怎么，你认为我是个文盲是吗，王小七。"

"就你老打岔，小满！"伊曼厉声道。王小满不吭声了。

"葛兄，你大学学的什么专业？企业管理？"老米问。

"老葛学动物的，主攻海洋生物。"我替老葛回答。

"哎，这你都知道。"老米露出诧异的神色。

我有点后悔，不该多这句嘴，暴露了我和老葛私下里的交情。

"哦，葛爷，动物之间到底有没有爱情？"嘉琪问。

"有没有爱情？我不是动物我不知道——只知道，肯定有'性'。"

我们全愣住了。

"除夕之夜，说这个话题，不大好吧。"郝明说。

"你看你，都结过婚的人，还假、假正经。"王小满说。

"说到这个话题，王七小朋友最兴奋—你是没有发情期的，你随时随地都能发情。"

"这个话题，这里谁不兴奋，只是我表、表现出来了！"

"队长说了啊，除夕之夜，这个话题不合适，那我还讲不讲了？我可先打好招呼，有点儿童不宜。"

"讲！"我跟着一股洪亮的声音齐声回答。

"你看，我一说儿童不宜，大家立刻都兴致高昂。"

"就愿意听儿童不宜的！"小满兴高采烈地说。

"嗯，想想从哪儿讲起。先讲个海洋生物——海扁虫，大家听说过没有？"

我们一致摇头："没有。"

"海扁虫，是单性繁殖。但它们倾向于让自己表现出是男性。繁殖期的时候，身体会凸起一个大丁丁，继而用丁丁互相开战——只有战斗了，才能一决雌雄！就像两个绝地武士，手持刀剑，你砍我一刀，我戳你一剑。赢了的，就有权利当爹，输了的，就转型生孩子。"

"嚯，大自然真神奇嘢！"嘉琪说。

"怎么不讲了？！葛老哥，接着聊海扁虫啊。"

"不说了，没意思，"老米摇头，"一群 gay。"

"怎么是 gay 呢？"

"怎么不是 gay 呢？葛兄讲得清清楚楚，海扁虫是单性繁殖。"

"原来是这么回事，到底米哥有文化，那换个有公有母的。"

"小满，你才论公、母呢！"伊曼厉声斥责。

"行行，我是公的。你是女的。"

"话说得粗鄙！小满，你要这么问葛兄，讲讲雌雄异体的，这样，小曼就不会生气了。"

"嗯，雌狮子，只有天天闹腾雄狮子，才能刺激他发情，提高交配频率。所以，女孩子们折磨她们的男朋友，挑刺儿、打他们，就是为了激发他们的雄性意识。如果雄狮子不给力，雌狮子还会长出男性化的狮冠。你看她是男的，其实她是女的。言下之意：你不是个男人，那我变女汉子。"

我们大笑起来，笑得特别开心。我们都喝了点酒。这些天的朝夕相处，就如同亲人一样。在这个荒无人烟的地方，这个话题显得纯洁又撩人心弦。

"强壮的男蟋蟀高声鸣叫求偶，被壮男歌声迷得神魂颠倒的雌蟋蟀听得入了迷。一个心机弱男就躲在旁边，趁雌蟋蟀毫无防备的时候，跳出来和雌蟋蟀'啪啪啪'然后，小明的孩子就姓王了。"

我们忍不住放声大笑。

"哥，回去做个亲子鉴定，看你那小情人是不是你亲骨肉。"王小满对郝明说。

"怎么不是我的闺女？一进沙漠，就高兴成那样！好了，老葛的时间到了。"

我们听得意犹未尽。

"今天就讲这么多。"老葛说，"自然界，好玩儿的事儿可多呢。"

"同意葛大哥再给我们讲 15 分钟的，举手！"王小满把手举得高高的。

"不讲了，想听也没有了。规定的就是每人最多 20 分钟。"老葛不紧不慢地说，"有空，大家可以去翻翻动物方面的书，多向动物学习。别以为自己是人，就'高人一等'了。"

"多了解动物，对人就不会失望了。"我说。

"聪明姑娘。"老葛拿着烟斗，一指我。

"葛兄下面该我了。"老米说，"我跟你们说什么呢？我的创作风格是如何形成的？油画画作应从哪些角度切入赏析？还是该如何上色？把我烂熟的东西，给你们再讲一遍多没劲。要聊，只能聊三哥的印度神油和性爱壁画，又是儿童不宜。所以我——"老米两手交抱着，猛地摇摇头，"跳过去不说了。"

"今晚我不抽雪茄，换带来的烟斗。我那烟丝是上好的，还有一个烟斗，新的，你要不要试试？"老葛问画家。

"多谢，不抽了，"老米摇头，"今晚喝了点酒，有点头晕。下次吧。"

"老米你真不讲了？那我说了——"

"你不就讲你那些工程机械车吗？没人爱听，你问问这里，谁感兴趣？"

"你的意思，让我也别讲了？"

"每次和郝哥、我们这些哥们儿在一起，都绕不开聊车，说'不见面了不见面了，见面就是聊车，没意思'，等见了面，又是聊车。这回该换换新话题了。"

"老大不说，那按年龄算，该轮到我了？"嘉琪说，"我的经历很丰富，一时间，不知道该从哪儿讲起嘛。"

老米说："嘉琪今年往 30 上数了吧。"

"是的哦，一份感情依然没有着落。"

"哎，这个急不得的。每个年龄段的女人，都有她那个年纪的美。"老米宽慰嘉琪。

嘉琪叹了口气："我要求一点儿都不高的，只想找个长相看得过去，对我好，互相聊得来的——怎么就那么难呢？"

嘉琪一直认为她自己是宇宙放荡不羁爱自由的绚丽典范。"长相看得过去"，就是说那人得长得漂亮；"对我好"，就是要对你百依百顺；"互相聊得来"，就是每天要毕恭毕敬只听你一个人聊你码的字。你这么高的要求，还说要求不高——浑身长刺，怎么能怪别人绕道走呢！

"其实我找男人也没啥要求，"伊曼紧跟着说，"看着顺眼就行——怎么也那么难呢！"

我冷淡地看着伊曼：你说你没啥要求，确实是真没啥要求——人好不好、高矮胖瘦丑俊都没关系，只要多金就行。

"你难什么呢？你才二十一。"老米笑着对伊曼说。

"小 A 呢？"其他人忽然一起问我。

如果我支支吾吾地，今晚就显得未免太矫情了，我心里想，没注意到火堆旁突然一片安静。

"我，我的要求也不高。"

话音刚落，突然引起一阵爆笑。

王小满说："小 A 的意思就是，她要求很高。"

"我的要求确实不高啊。"我说。

"你先说你要求是啥吧。"老米问。

我不能跟大家讲"寻宝人丈夫"的事情，就随便想了一下："三个要求，人要好，对我要好，身体要好。"

"就这仨条件？"王小满满腹疑惑，惊奇地问，"没有房子、车、彩礼？"

"人家 A 姐家不需要呗。"小修说。

郝明说："小 A 的要求确实不高啊：人好、对她好、身体好，这很多人都能做得到。"

老米使劲摇头："不一定，现在好人本来就不多了！能对她好的，就更没几个了；身体好——现在哪个男人敢说自己肾好啊！"

我很生气，想反问老米："凭什么'能对我好的，就更没几个了'？"不过大过年的，这么问显得我太小肚鸡肠，不妨把心胸放宽广一点儿。

"噢，那看来，我的要求确实很高。一般人都达不到我的要求。"我话刚说完，全体又高声大笑："哈哈哈哈——"

我更加莫名其妙了——我什么时候变成谐星了？况且我的话也没有什么可笑的地方啊！为什么伊曼和嘉琪说这话的时候，就没人笑呢？

这里还就数嘉琪笑得最厉害："一般人都达不到你的要求——这话不就是说给咱们老大听的吗？咱们老大不是一般人，身体绝对好！"

对了，今晚的话题偏成人。后面那句话，我压根就不应该说。但是说出去的话泼出去的水，只能装出一副若无其事的样子，等大家笑完，再找个话题早点蒙混过去。不过，我还是忍不住从眼角偷偷瞄了郝明一眼。他没有表情，仿佛嘉琪提到的那个人和自己无关，不过最后也忍不住笑了。

"米总，你别净说别人了，说说你自己吧，你也老大不小啰。"修艳喜酒上了头，脸通红，话多了，说话声音也大了。

"我？我倒不怎么看长相，主要看个人感觉。我也没什么要求，是个女的，将来能给我暖暖被窝，就行了。"

"给你暖被窝，米总？"小修把身体往前一探，脖子往前一伸，眼睛睁得极大，"我可不信！"说了这句，小修把上半身撤回来，"你给她暖被窝，我信！"

"小修都看明白了，米哥，你就别装正经人了。"王小满说。

老米脸一红，像个小孩一样，不好意思地笑了："哎哎，小满，你倒是不装正经。"

"我一直就不是正经人啊！让我装，我也装不出来。"

"你就这么天天不正经下去？"老米眉毛向上一扬，朝小修挤挤眼睛，"你二老板家的老板娘是不是挺多？"

"不是挺多，是——不是一般得多！有次，早上刚在修车厂门外认识了一个少妇，下午就分手了。"

"小满，你这一年四季，只为爱情烦恼，别的你都不愁。"

"哎，老郝，能像小满这样，一辈子只为爱情烦恼的人生才是真幸福的人生。"

"哥，你也别装正经了，说说你的。"王小满点燃一支烟，对郝明说。

"我也不怎么看长相。"郝明说。

"吁——！"篝火边一片响亮的喝倒彩的声音。

"看，你们也不等我把话说完，就'吁'我。那我不说了。"

"我没'吁'你，你说。"王小满笑着说。

"你就给我们讲讲小珺珺妈是啥类型的呗。"伊曼说。

小珺珺无疑是郝明女儿的名字。伊曼对郝明和他的家庭，都比我熟悉、了解得要多。他对于我来说，其实是个陌生人。

"她还真不是我喜欢的类型。"郝明回答。

"老大，那你说说你喜欢的类型。"嘉琪含笑说。

适逢刚才一时情绪冲动，又被阻断，郝明觉得作为队长，不太好意思说这个话题，他笑着踌躇着，忽然对王小满说："要不你来替我回答？"

"说啥呢——"王小满把身体猛地往旁边一撤，"你搞对象，我来回答，像什么话。"

"我看女孩儿，第一眼不是看外貌、身材，是看皮肤，白净的那种。要是身材适中，五官端正看着顺眼，那就很好了！"

这里面，数我和伊曼白——伊曼比我还白。果然，伊曼得意得笑了。她、郝明、王小满三人紧挨着坐在一起，又说又笑，就像从前他们认识的时候那样。

我站起来，往外就走。

"去哪儿？"郝明立刻问我。

"黑灯瞎火的，她还能去哪儿？肯定是去上厕所，上厕所你也要陪着？"王小满说。

"把头灯点上，别走丢了。"郝明隔着火堆告诉我，拿着他的卫星电话，叫我，"你是不是也应该给你爸妈打个电话报个平安，过来拿来！"

"不用，我用老葛的电话就行。"我冷淡地说。

"在驾驶室我座位上。"老葛告诉我。

我和妈妈通了电话。妈妈听出我的情绪有些低落，担心我在沙漠里吃了苦。我急忙调整情绪，讲了这里队友的情况，告诉她今天晚上，我们吃的羊汤和馕，而且这里并没有她想象的冷，请她放心。妈妈叹息着，叮嘱我，要照顾好自己，不要和同事闹意见。

我把卫星电话放到老葛座位上，回到篝火边，刚坐下，手一甩，碰到什么动物的头上。我回头一看，一只像狗一样的东西，黄毛儿、蓬松尾巴，就站在我旁边。

"啊——"我听到塔漠上空有人惨叫："狼——"

"别怕，小A，"郝明急忙站起来，踏前了一步，"那不是狼，是狐狸。"

"是狐狸？"我慢慢扭动着僵直的脖子，往右边瞄了一眼——真是一只狐狸！还对我笑呢——露着狐狸一般的微笑。

"你不用怕，狐狸不咬人。"我听见老葛告诉我。

"小A，你是不是除了男人，什么都怕？"王小满问我。

王小满隔着篝火，给老葛丢过去半张馕。老葛用这张馕，成功地把狐狸引了过去。

我这才松了口气。

"这塔漠腹地里哪来的狼啊？你自己吓唬你自己。"老米说。

"有狼！"

"哪有狼？！"

"有狼，老米。那天晚上小A说的猫头鹰叫，其实是狼。"

老米不说话了。

狐狸一口叼住老葛手里的那张馕，迅速跑掉了。不多时，又回来了。馕却不见了。

"是只母狐狸，"郝明说，"出来找粮食，存着开春怀孕的时候吃。"

狐狸嗅到王小满那儿还有成袋的馕，躲躲闪闪，迂回着前进，绕道奔着小满而去。小满从口袋里拿出一张完整的馕，对着狐狸晃了晃，放在地上，小狐狸慢慢接近馕，一口咬住，叼了就要跑，被郝明上前踏住。

王小满从工具箱里拿出一个铁钎，将馕钉在沙地上。小狐狸贪婪地撕扯着馕。

"小满，你给她吃的，下辈子她变美女来报答你。"

"别下辈子啊，今晚就变美女报答我好了哈！"王小满抚摸着狐狸的毛发，笑着说。

我们叫这只狐狸"小满的女朋友"，和它玩了好半天。

"郝明，我们两个正式认识，是不是就是穿四大无人区那次。"老葛问。

"我印象中是那次。"

"刚进可可西里，就你高反最严重，和死了一样，一直吸氧。"老葛说。

"真的是，我之前还以为你会比我严重呢。"

"可可西里看到藏羚羊、野牦牛了吗？"嘉琪问。

"能看到的基本都看到了。"郝明从兜里掏出手机，打开一些图片视频，递给嘉琪。

"老大，面对野生动物，你们害怕吗？"

"有车，就不害怕。说实话，野生动物也怕人。"

嘉琪说："落单的野牦牛比成群的危险性大很多哦，野牦牛性格多疑、孤僻、攻击性强，最好不要距离过近。"

"对，我们一看到野牦牛停下来盯着我们，我们就停车。"

"头牛很容易找出来吗？"

"头牛很好区分，一群里面站在队伍最前或者最外面的就是，它会警惕地注视着陌生来客，直到自己的族群走远才从容离开。"

"老大，这不说的就是你吗？"嘉琪把手机递还给郝明，笑着说，"西藏我常去的，但是这种无人区，我还没去过。"

"好说啊！下次有机会，我再带你去。"王小满说。

"还有下次吗，哥们儿？你不是一直嫌我这副驾不合格吗？"嘉琪问。

郝明向我这儿迈了两大步，把手机递给我："要看吗？"

我透过夜色，深看了他一眼，接过手机，心里顿时好过了很多："哇！熊熊！郝队，是大熊还是小熊？"

"是大熊，小熊跑不了这么快。"

"大熊为什么在跑？"

"在追藏野驴。"王小满在火堆那头，替郝明回答我。

我注意到郝明并未走，而是站在那里，急忙又说："视频里的风景真得很美，照片拍得倒是挺一般。"

"手机拍的，凑合看吧。"

"你那拍得不好，不清楚，晃动厉害。"

"我边开车边手持录像，画面算不错的了！"

"虽然乱七八糟的，不过抓拍很真实，所以很感人。"我说。

"照片都是大家手机凑的——当然，最感人的是我拍的。"

我把这句话在心里反复过了两遍。

"回头请你们去我家看，我三脚架架在车上拍的，张张都是大片。"

"是的哦，葛爷家专门有间屋子，给来宾放他拍的片子。"

"你的再好，眼下不也看不到，说不是白说？"

我恋恋不舍看完照片和视频，把手机递还给郝明。老米把手机接过来，看了一会儿问："屁股这么大！郝明，是母熊吧？"

"我发现了，米哥很在意女人的屁股。这是不是你的职业病啊？"王小满说。

"我问的是不是母熊，不是女人，好伐？我就不信你不注意女人的屁股！那你还是男人吗？"

"我是男人啊。我更看中的是女人的心灵。"

"吁——！"

老葛说："这个时代是怎么了，假话说得比真话还崇高。"

"我已经过了只注意女人屁股的年龄。不像你米哥，过了看重女人心灵的年纪，又只注意女人的屁股了。"

"哎哎，你这看中女人心灵的，小A不是只有美德才能打动她吗，你俩挺合适，正好男的比女的大三岁。"

"米哥这个提议好，我倒是挺愿意的，不知道小A愿意不？"

"她人就在现场，你可以问问她啊。"

"瞧瞧，明明听见了，又装没听见。"王小满笑着说。

"哎，对了，小A你正经学历史的，《狼图腾》那本书，你怎么看？"老米忽然问我。

这不，打击、报复老米的时候到了。我拿出权威人士恬淡的神色，说："那本书，我翻了一下，作者历史知识相当匮乏，就权当南派三叔的小说看看吧。"

老米的脸色果然不大自在了："嚯，口气这么大。"

"我也看过那本书，一口气看下来，写得挺好的。"郝明说。

老葛说："喊，什么'狼图腾精神'——狼能有什么精神！它没人那么多想头儿，天天吃饱了就行。那些所谓精神都是你们文人骚客自己臆想出来的，弄一图腾供那儿，觉得自己活着就带劲儿！"

老米铁青着脸不说话。

"你是没见过狼，老米，"郝明说，"等着干你的时候，绝对不哼不哈，干你的时候，毫不含糊。"

"我就喜欢这样的性格哎！"老米的好斗精神被激发了起来说，"我很支持作者提出的'狼性'这个概念。我们就越来越缺乏这种'狼性动物中凡是食肉的，都是凶猛的，攻击性强的。因此充满了活力。它们无日不在一种严苛的自然环境中，为了生存而战斗。"

"狼现在变高大上了，连人这种灵长类高级动物都要开始向狼学习了：团队意识，与命运不断抗争的精神。说实话，狼这动物真挺悲哀。一方面被人捧上神坛，一方面被人喊打。老米，你看见一狗狗，你喜欢你摸它毛。你看到狼，绝对不会想到你图腾来了。狼跟狗甚至连生殖隔离都没有，在生物学上，这就是同一种物种，顶多顶多算是不同的亚种。"

"野化狗实际上比狼危害大，米哥，你是没去过西藏，也不常去内蒙古，野化狗追着狼群跑，已经不是什么新鲜事儿了。"

"和人待久了，也学会协同作战了。"

我听得汗涔涔的。因为老葛经常穿"狼爪"，所以在和田那天想夸我和老葛，骨子里都有一种狼性——幸亏没说。

"人的身体机能本来就在退化当中。成年男性的攻击力，也就与山羊这种低水平动物相当。"

"不至于吧？"王小满不高兴地说。

"不至于？你去和驯鹿搏斗一个试试看？"老葛声音高了一度，说，"先把你一脚端倒，然后一顿乱踩。所以说，"老葛对嘉琪、伊曼和我说，"以后在野外，碰到凶禽猛兽，别指望你们的男朋友、老公能保护你们，一样歇！好好商量下，留胖的那个，没准儿还能活一个。"

"行，以后遇到狼，就把你葛老哥留下，你那肚子，够他们嚼咕一阵子了。"

"人类在生物界智慧上占据最高层，但在实力上处于最底层。"

"我注意到了，今晚你们一老一小一唱一和，老葛说什么，小A就表态支持他。"郝明说。

"但是'人'经受了物竞天择、严酷的自然淘汰法则，不仅生存、繁衍下来，还统治了这个星球。虽然这种统治给星球带来灾难性后果。人的天性，就是渴望着去冒险，去尝试前人未曾踏足过的领域。人连不毛之地的沙漠，也敢往里闯。就是这种狼性，才是人类成为万物之灵长的原因。你们不是都有内部称呼吗？我现在想好了我的那个，就叫'逐日狼族'！"

王小满抽着烟，眯着眼笑着，和郝明、伊曼交换了个会意的眼神。

"女人和冒险，永远是男人最好的春药！"老米接着又补充了，"所以游牧民族不禁欲，不拘束人的本能。而中原那些伪君子、腐儒假仁假义的教条文化，教育要'坐怀不乱'。长期受这种文化的熏陶，生命就会退化。人性变得畸形。本来应该雄性荷尔蒙旺盛的男人变成二乙子！哪个男人，对自己喜欢的妞儿，还能把持得住，扭扭捏捏地，等着娘儿们来扒你的衣服，那还能叫男人吗？"

"战争、杀戮，这都是雄性动物干的事儿。男人，算不上一个好物种，特别对女人来说。"老葛笑着说。

"如果人以后能单性繁殖了，那女人还要我们干嘛？"王小满神情沮丧地说。

"不可能！不可能的事儿！"老米使劲晃了晃头，大声说，"只有海扁虫进化成人，人不可能进化成海扁虫！女人怎么能少得了男人呢？男人就算不是一个好物种，也是女人必要的一个物种。轮胎坏了，谁帮她们换？她们卸得下来备胎吗？螺丝都拧不动！"

"没男人的时候，女人自个儿就能换备胎了。"老葛慢悠悠地说。

"没春节晚会，大半个晚上我们就谈论这个话题了。"郝明说。

那个大年三十，我们烤着胡杨，吃着肉，都喝多了一真是个难忘的除夕。白天进入死城看到的悲惨情景——包括我在内，都忘得干干净净。

美好的生活是为活人准备的，这是一个残酷的真理。

"马上到午夜了。"郝明看着表。我们一起数："十、九、八、七、……四、三、二、一，兔年到啦！"小满跑到一边儿，放了老陈留下的一万响鞭炮。

老葛、老米、郝明给我、伊曼、嘉琪、王小满还有修艳喜每人一个红包。我们在鞭炮声中互致问候。

"又有点饿了。"王小满揉着肚子。

郝明把大蒸锅搬到火堆上，重新加热。

"我这还有一个压轴大菜呢！"郝明重新拧亮头灯，从旁边的储物箱里找出一个平底煎锅，"咱们还有冻饺子呢。我给大家做煎饺。"

鞭炮声停了。

四周一片寂静，可以清清楚楚听见平底锅煎饺子的声音。

"怎么新年刚过，大家都不说话了？"一阵沉默之后，郝明问。

"新的一年了。"老米打破沉默，"大家都许愿了没有？"

"我许了。"我说。

"我也许了。"嘉琪说。

"对了，小A，研究生不是冬季毕业吗？你怎么在夏天呢？"老米奇怪地问我。

真是哪壶不开提哪壶！

我期期艾艾地，正想着怎么混过去。幸好老米也就是随口问问："你这专业，工作难找吧。"

"是啊。佼佼者读完博士有机会留校。其他人有去博物馆、档案馆的；有去出版社、新闻单位的——看个人背景了；还有去培训机构的；也有一些自主创业的同学。"

"那你干嘛学这专业。"

"家境不错，所以有理想。国外有些大企业的CEO，是历史专业毕业的。"老葛说。

"没挨过饿，等她过几天有这顿、愁下顿的日子，她就不研究那些让人听着不着边际的东西了。"

我想反问老米，你当初不是也选择了搞美术。在我这儿看来，美术更是不着边际的东西。

"大家不要只停留在低级的感官世界，平时有空应该多读读史书，是有好处的。"我想为自己的专业大声疾呼，"历史，是一门非常严肃的学科，非常非常看重史料的客观性和逻辑判断能力。历史，不是本本主义，不是枯燥、抽象的年代，不是劳苦大众喜闻乐见的八卦，不是成化斗彩和乾隆玉玺。'以人为鉴，可以明得失，以史为鉴，可以知兴替'，说得都是真的！民众，应当从历史中学习明辨是非的能力。一个优秀的民族，应当容易被管理，而不是容易被奴役。"

"还不错，小A算是有想法的一个人，"老米点点头，沉思着，"大多数人都不知道自己一辈子要追求个什么，或者被生活蹂躏得失去了向往，阉割得没有了血性。"

我刚想问老米："什么叫'算是有想法的一个人'，我本来就是有想法的一个人，好伐？我学西域史是源自理想，不是分数不够走投无路才改去历史专业的。"

老米问我："你家就你一个孩子吧？"

"啊！"我不自觉用了王小满常用的腔调答了一声。

"那 A 姐你不愁了，将来都是你的——嫁妆都给你准备好了吧？车、房子，就等自己挑个好女婿了。"

"小修，你太低估小 A 爸妈的实力了。不是给她准备好一套房子，是准备好了几套房子啦！每天早上，愁开哪辆车出门？"王小满满面笑容地说。

"你毕业后怎么打算的？"郝明问我。

"我，想去投行或者券商。"

"炒股？你这跨度也太大了吧？"王小满诧异地问。

"我明白了。他们这些钻研历史的，不是每天看故事，是研究人性，人性被他们琢磨得透透的。"老葛抽着烟斗。

"都说股市，是逆人性的。"我说。

"哎哎，我周围那些炒股的，没有一个赚钱的，全是赔钱的。你小心点儿，自己觉得挺了不起的，小心被当韭菜割！"

"我不要当韭菜，我要雁过拔毛。"

"你们看小 A 的眼珠子，滴溜转呢，"老葛抽着烟斗，"呵呵"笑着，指着我，"长着一张天使的脸，男人最后都栽她手里。"

"光头强有一笔 100 万的烂账收不回来了，"郝明对王小满说："问题是，那笔钱是我借给他的。你前年从我这儿拿走的 50 万——"

"我都投到老家的厂子里用了，现在厂子还是亏损中，一时半时也收不回来呀！"王小满说。

"噢，那当我没说，我自己想办法吧。"

"老郝，缺钱吗？年后，可能又有一幅画能卖个好价钱。"米国军问。

"就是资金可能一时会周转不开，有个官司要打，账面资金要被冻结。"

"我们这几年的关系很纯粹，就是个'玩'儿。有事你开口。"葛卫东说。

"我想了一下，还不至于走到这个地步，唉，每年这种扯皮的事儿总要好几起。有这份心，就很感激了。"

"我从不信任，烟、酒这两样都不碰的人——你是个例外。"

"我也能喝点儿酒。以前有阵子烟抽得很厉害，后来肺不舒服，就戒了。"郝明说，"有一种说法，男人当过兵、离过婚、蹲过监狱，这辈子才算一个完整的男人。我差不多都凑齐了。我记得那年好不容易人在北京，正想好好和家人过个春节。没想到，竟然深陷囹圄。"

"啊，郝哥，为什么抓你啊？"伊曼问。我也吃惊地看着郝明。

"竞争对手织罗假罪证，诬陷我。"郝明看了看我，笑道，"你们可能觉得无法想象，这种事我们都经历多了，见怪不怪。竞争对手故意找这个点儿抓我，让我好看。光头强连夜组织人在外面捞我。还把电话打给你了吧，老葛？"

"不捞你行吗？保不齐你在里面三年五载出不来，谁带我们去沙漠玩儿啊？"

老葛抽着烟斗，"这件事，我没出力。最后摆平的还是崔永强。他找了个中间人，这个中间人既认识你，也认识对方。中间人说了：再用这么下三滥的手段，以后要让他彻底在北京待不下去。"

"最后怎么着了？"老米问。

"对方撤诉，庭外和解。"

"对方提供经济补偿了吗？"

"没有。他一时半时也拿不出钱。"

"那你就白被关了！"老米生气地问。

"光头强就说你，太软弱了。怎么的，也得反告他！"王小满不平地说。

"还不是为了吃口饭的事儿，都是有家有口的人，把他告倒了让他进去了又如何？他要是生意上做得好，也不会出这么个损招。得饶人处且饶人。"

"唉你，不行！"葛卫东摇头，"下次再碰见类似的事儿，第一时间让我知道，我来帮你铲！"

"还剩点儿茅台，"郝明晃了晃茅台瓶子，问王小满，"不如你就着饺子干了。"

"你知道我酒精过敏的，这个年特别，你要求我们不管能不能喝，都要喝点儿，所以今天我意思了一下。"王小满吃着煎饺，口齿不清地说。

"你们这酒量都不行，喝一点儿，就这毛病那毛病，还是我来把这点儿酒底儿解决吧。然后用这酒瓶子装点沙子回去，做个纪念。"

"我还是在老家呢，我、朋友夫妻俩儿，我们三人一块儿在小饭馆吃饭。来了几个小混混，非要让我那朋友的老婆陪他们喝酒。我那朋友，连句响亮话都没有，缩在那儿。我实在看不过去了，拎了几瓶酒往桌上一放，有几个我喝几瓶！"

"哥们儿，那你岂不是要糟！"嘉琪问。

"然后呢，那帮泼皮打你了？"我问。

"没，他们跑了。"

"跑了？！"

"混混也讲理的。"王小满说，"特混的不是没有，少！不过我惨了，医院输液了好几天差点小命没了。"

我心里咯噔一下。

"那你朋友的女朋友，是不是和你朋友分手了？"嘉琪问。

"没有。不是女朋友，是老婆，扯证了的那种，"王小满低声对嘉琪说："不能因为这件小事儿就离啊，日子总要过下去。"

"我靠！都老婆了。那妞儿正点吗？"

"挺正点的。"

"你朋友的老婆应该和你朋友离婚，然后嫁给你。"老米说。

小满看着手里的平底锅，我第一次见他很严肃地说："这我没想过。朋友妻，不可欺。"

伊曼突然大声嚷起来:"你们给评评理!我前几个月交往的一个男朋友,他哥们儿当着他的面吃我豆腐,他竟然也不说啥。"

我的心抽搐了一下,气得差点当场泣血:"你那什么男朋友啊,他哥们儿当着他的面吃你豆腐,还不立马翻脸剁他——就是八辈子的交情也不能要了!"

"你当他是你男朋友,你确定,他当你是他女朋友吗?"嘉琪问。

"那个狗东西这样无情无义地消遣你,你还不立马站起来走掉,还留着过年想他!"

伊曼眨着眼,不说话了。

王小满在旁边听着,一言不发,只顾闷头抽烟。

"有个开公司的男的,特有钱,和我有过一腿,明明能帮我他也不帮。"

我觉得伊曼是不是有点缺心眼。当着老米和王小满的面,肆无忌惮说她和以前形形色色的男朋友那些不光彩的事儿。这些黑历史,别人藏都来不及藏,她还像"祥林嫂"那样,喋喋不休,反复说个没完没了——她太不把老米和王小满放心上了。

"老葛,我试试你的烟斗。"老米突然说。

"好,等我去给你拿去。"

"我以前那个男朋友,竟然找了一个和他同岁、26 岁的老女人。"

"伊曼,马上 30 的女人表示很有压力。"嘉琪把手放在心口上,说。

"什么!"我也气得不行,"再过两年我就成了老女人了!"

伊曼口里说的找个同龄人的前男友,我猜测可能就是她小孩的生父。伊曼好像对这个前男友曾经比较上心,所以看起来很有些伤心。

"你这么漂亮,又给他生了个男孩,为什么他不肯娶你,你没好好想想!"

"主要我怀孕的时候,被他发现我和以前的几个前男友聊骚来着。"

"那怪不得!还几个前男友!"我望着伊曼,哀其不幸怒其不争。那张颠倒众生的脸,怎么把一手好牌打得稀烂的?

伊曼坐在老米宽大的 KingCamp 椅子上,两手夹在腿中间,肩膀松懈,拢在一起。伊曼一向昂首挺胸,这是她非常难得表现出软弱的时候。

我后来才知道,伊曼生的那个男孩,最终被孩子的父亲认领了。男方家一次性给清伊曼一笔分手费,条件是,伊曼以后再不能和这个孩子相见。我第一次见到伊曼,她戴的卡地亚钻石手链、开的英菲尼迪 SUV,就是用亲骨血换来的。

老葛拿过一个装了烟丝的新烟斗给了老米。

老米抽着烟斗,说:"感觉是比抽烟有范儿些。"

"抽烟斗、抽雪茄就比抽烟高出一头了?一样都是尼古丁。我现在发现了,咱们越野界也存在着'鄙视链'。四驱的看不起两驱车；暴改的看不起没升高的；开五十铃的看不起开长城皮卡的；开牧马人的看不起开丰田的。"

王小满抬起脸，重新露出笑容："还有，开电喷的看不起开化油器的。"

"剩下的冻饺子，不带了，扔了可惜，我给你热一下，你包圆了吧？"郝明问王小满。

"我不太想吃了。"

"不太想吃表明还能吃。"郝明把平底煎锅重新架在炉子上。

"我没当过兵，没结婚，自然也就没离过婚，不过我也进去过。有一天我和我马子在河边溜达。迎面来了邻村的一个阿飞，还有他七八个散仔，当着我的面，竟然调戏我马子。女人跟了你，连这点事儿都没个保障，那还能算带把的？看见她害怕的样子我心里都难受。拿我这条烂命换她下半生的平安，我也不后悔。我让我马子赶快往人多的地方跑。我抢了把肉铺的刀，一刀劈在那个阿飞的手指头缝儿之间，把他手掌劈伤了。"

"七哥，那是你吗？"修艳喜吃惊地大声问。

嘉琪同情地看着王小满。

"还蛮有血性的啊，小满。"老米隔着伊曼，歪着头说。

"想不到吧，这种蔫坏蔫坏的，一旦爆发，有时候做出意想不到的事儿来。"

"怪不得你劈柴功夫那么好呢，有你晚上从不愁烧的。"老米站起来，对郝明说："我再喝点羊汤，吃片多种维生素就睡了。哎，每天都按时吃的，今天竟然忘了吃了。"

"所以你就进去了？"我问。

"是啊，进了派出所，先按地上，两手搭在墙上搜身。我当时还不到十八。所以关了半年就放出来了。"

"你说的那个被保护的女孩子，是不是就是后来嫁给别人的那个。"我问。

"嗯，是，真喜欢啊！"王小满吸着烟，沉着肩膀，低头说，"不敢相信自己真的活着挺过来了，有时候闭上眼睛，脑子里都是她的脸。"

我一直认为王小满是个无可救药的浮浪子弟，没想到曾经还有这么痴情的一面，看来是我错怪他了。

我们学历史的人，不是最忌讳武断吗？非黑即白，不问青红皂白，一竿子打翻一船人。在品格上，我需要改进的地方，还挺多的。

正想着，我发现无意间和王小满隔着火堆对视了很久。王小满微闭着眼，以目示意，与我暗送秋波，我猛地把脸转开了。

"我这里也有羌塘的视频。我拍了一段野牦牛，我哥就没有。我给你看看。"王小满从衣兜里掏出手机，迈着轻捷的步子过来。

"不用了不用了，我在这儿能看见。"我急忙说。

"还是我亲自送过来比较好，这样你看得会更清楚。"王小满笑眯眯地，蹲在我旁边，殷殷勤勤地给我演示，顺势粘在我身上，胳膊很自然地架在了我的腿上。两根"修长手指"中间，夹着的香烟，冒着徐徐的轻烟。

我从眼角向下看着一群毛发蓬乱的野牦牛在那里狂奔乱跑，盘算着一会儿借着找暖水杯，可以很自然地把王小满推开。

"好了，午夜两点半了，大家钻睡袋吧，"郝明指着手表说，"别忘了我们今天起来还要赶路呢。"

"哎呦！"伊曼伸了个懒腰，"又得赶路，什么时候是个头啊。"

"穿越多有意思的事啊，我要是每天不走，还难受呢。"老米笑着说。

"唉——好吧！"伊曼站起来，把放在篝火上的锅，拿了下来，放在沙地上。

"小满，你怎么还不动窝，蹲那儿干什么呢？"郝明走过来，用膝盖顶了一下王小满的脊梁骨。

"等会儿的——"王小满向前趔趄了一小步，又迅速退回来，蹲在我旁边，"就给小A放完了。"

郝明用脚勾住王小满的腿一卷，王小满身不由己站了起来："睡觉去！要不今天又是你最后一个起来。"

我把帐篷搭好，毯子铺好，正要钻睡袋，忽然想起来，手机还在郝明车上。手机每天必须放到睡袋里保温，否则第二天早上电就全部跑光了。

我摸黑返回到途乐，看到"小红马"的后备厢打开着，伊曼的头灯亮着，正在把一些怕风沙的物品，从地下搬到车上码放好。王小满斜倚着车身站在旁边，满面堆笑耐心地劝："要不，今晚我让小修在我车里凑合一下，你上我那儿去？"

"我自己有帐篷睡，干嘛上你那儿！"

王小满把脸凑到伊曼肩膀上，低声说："你没听我哥夸我，体力恐怖么？"

伊曼立眉瞪目："去！"

"小满，你来我车这儿干嘛呢你？"一道光柱照到王小满脸上，戴着头灯的老米突然从黑暗中冒出来。

王小满用手挡住手电筒的光亮："我来看看，伊曼这儿，需要我搭把手儿吗？"小满用手遮挡灯柱。

"不需要，伊曼有我呢！"老米把脸板得一丝笑容都没有，手上用劲儿，把小满推走了。

我正看热闹，冷不防一道光打在我手上。郝明走过来问我："你找什么？要我帮你你打亮吗？"

"啊不、不、不用，已经找到了。"我急忙拿了手机去自己帐篷。紧走了几步，忍不住扭头回看。

郝明走上前，边走边问我："是有什么话对我说吗？"

"没有，啊——有，"我语无伦次地，"今天收了你的红包，祝咱们新年行大运，穿越顺利。"

第二天是春节，我们依然按照计划，往东行进。

出发前，我们集体合影留念。伊曼在中间，高举着横幅，左右两边一个是王小满，一个老米，一人竖着一条春联。三人都笑得特别灿烂。伊曼和王小满站在一起，会让人不自觉吐出"仙童玉女"四个字。很难看出，男的比女的大六岁。再看伊曼和旁边的老米，人们会认为：这个女孩不是有恋父情结，就是图这个男人的钱。

第二十二章

意外的遭遇

——凡战者，以正合，以奇胜。

兔年的征程，从大年初一开始就不顺利。

先是老米的轮胎，莫名其妙地，被"铁钎子"一类的东西刺破了侧壁。轮胎上刺破的口径可不小，整个轮胎废了，不得不换上备胎。接着，陆巡的轮胎也坏了。

"'小红马'的胎，应该是地上胡杨、红柳枝扎破的。陆巡，是因为轮胎气压太低，被碾压坏的。小满，你胎压快零了，你感觉不到异常？！你一路都想什么呢！"

"来，主驾们都过来，聊两句。我的意思，咱们现在就往外撤。不能等备胎被扎，那就被动了。"

"哎哎，刚进来没多久，还没见到克里雅河，大年初一的就往外撤，说不过去！"

"我同意郝明的意见，'小红马'和陆巡的轮胎再坏，就只能拖出去了。"

"我小心开，好伐？我就不信，我点儿那么背！"老米说。

"小满呢，什么意思？"

"我都行。"

"什么叫'我都行'？"

给陆巡换过备胎之后，我们又往前走。没走出去两公里，"小红马"的轮胎再次被扎漏。

"牧马人，还是你上前面拖吧。"郝明简短地对老葛说了一句。

沿着干涸的克里雅河古河床往外走，沿途的沙丘虽然起伏不大，但是全是松软的浮沙。

找到合适的轮胎，倒是意外的顺利。因为这里离被称作"大河沿乡"的通古孜巴斯特非常近。我导师来过通古孜巴斯特，他是坐着拖拉机往大漠深处走了50公里。他说过，到了大河沿，就有县道可以走了。

通古孜巴斯特，在维语里的意思是，"吊死野猪的地方"。通古孜巴斯特与民丰的牙通古孜乡距离不远，同在一条古代绿洲线上。而"牙通古孜"的意思也是"野猪出没的地方"。这两个地名含义的巧合，说明在古老的年代，塔克拉玛干沙漠的黄沙并没有像现在这样，肆虐至昆仑山下——那时的绿洲更靠近塔里木盆地的中心。

"看来有另一支探险队伍先于我们到达克里雅河。"郝明拿起报话机，说，"看车辙印，进去至少四五天了。"

"太好了，通联一下，搞个会餐。今晚咱们就不用做饭了。"王小满说。

"哎哎，小满，你想得倒美，你怎么不反过来想，人家没吃没喝的，来咱们这讨吃的哩。"

"到底姜是老的辣，还是米哥说得在理。咱们自己扎营吧，至少咱们现在有吃有喝的。"

"这儿陷过车，嘀，挠了半天。看样子是个大家伙！老葛，看体量，是不是福特猛禽？"郝明问。

"不是！猛禽太沉，陷这么深的坑里，根本拖不出来！"

"不像海拉克斯可能是丰田兰德酷路泽七系的七九。七九轴距、轮距和猛禽差不多，重量轻很多。"

"没玩过日系车，不知道！"老葛说。

"国内很少见到七九，基本都在中东。上次光头强弄到一辆一没拉到北京，直接在天津就被人买走了。"王小满说。

"前面那个平坡不错，兄弟们，咱们今晚就在这儿扎营了。"

夜晚即将降临，一天的行程暂时告一段落。从温暖的车子里跳出来，干爽的寒冷让人精神一振。

我们车头面向沙丘避风坡停靠。山上是一片茂密的杨树林，阴森森的。头顶，干透的杨树叶子，互相撞击着，发出"哗啦哗啦"的响声。

我和嘉琪就地捡了不少枯树枝，堆放在一起，等王小满一会儿点着篝火。

王小满去树林里方便了回来，告诉郝明："刚才有辆中东版陆地巡洋舰，从N39°方向穿过树林上马路了。挺新的一款，国内没见过这种车型，回来的时候咱们问问，他哪儿买的这种中东版陆巡？"

"你说什么，小满？你脑袋是不是进水了！还要去问他们哪儿买的这种中东版陆巡！"

"不会我们这么晦气，那伙儿逃亡的亡命徒让我们撞见了吧？！"老米愕然说，"奶奶的！那帮家伙懂得放气啦？"

"要是遇见了就麻烦了！"郝明说，"我们把篝火灭了；幸亏今晚我们的车子都停在沟底。这沙漠，再往里，他们是进不去的，可能左右就在我们附近。"

我们顿时没了笑容。

"老米，把你的零食拿出来。今晚没有晚饭了，大家对付着填饱肚子。"

老米从后备厢里拿出小圆面包，每人发了一个。

"老米，用咱们电台搜一下。他们之间肯定也用电台联络，用我们电台搜索他们通联频率，就能听到他们交谈。"老米马上去了。没两分钟，疾走回来。"搜到了！"

"怎么样？"郝明接过老米递过来的手台，问老米。

"啥也听不明白！"

郝明听了一会儿，叫我："小A，你不是懂维语吗？过来听一下！"

我把手台贴在耳朵上仔细辨认，因为老米把声音调小了，免得我们被发现。

听到电台里的对话声，我的心一下子揪起来。我想起到喀什的第一晚，郝明、老陈聊起恐怖分子，枪杀登山队员的事情，不由打了个寒战。

"听不太清楚，也听不太懂，"我焦急地说，"还有其他语言——好像是德语！Waffen、Waffen，武器、武器！ Gewehr、Gewehr，步枪、步枪。"

"小A，以前你说你懂维语，现在你又听不懂维语，又能听懂德语，你到底能听懂啥？"王小满问我。

"他们说的不是维语——说的是母语，说得快，我听不懂；德语说得慢，我反而能听明白。德语是我读研时候的选修课，懂一点儿有什么奇怪的了？"我斜了一眼王小满。

"好了，听懂听不懂的，我和老米去侦察一下。其他人隐蔽起来，原地待命！方才那辆中东版陆巡可能出去拉补给去了，随时可能回来。他们有枪！这些人原本就有命案，不在乎再多杀几个人，大家记住了吗？"

郝明预料得很对，那伙匪徒就在我们往东北直线距离70米的地方。如果不是郝明提前看中这块平地和粗大的红柳堆，再往前走，就狭路相逢了。

郝明和米国军躲在沙丘上一丛梭梭树后面，很清楚地看见有几个人待在一个四面被沙丘环绕的"莱尔"里。对面沙山上停着一辆丰田皮卡。车里放着震耳欲聋的曲调欢快的中亚音乐。

"我靠，音响还挺好，挺会享乐的。"

天空浮现一弯新眉般的月牙儿。

"塔神很眷顾我们哎。"

"他们以为塔漠里没别人，连个岗哨都没布。要不是这些音乐，我们就被发现了。"

"老郝老郝，这地形真是坑人。到处是灌木丛，可供隐蔽，偏偏这些人躲到坑底，当活靶子被人数。有两辆车，这大空地跑也跑不动，藏也没地方藏。"

郝明举着苏制军用红外望远镜，一动不动地看了三分钟："目前发现五人，手里都有武器：火堆边坐着四个，一个靠在沙上打盹儿的，好像腿受伤了，手里拿的是AKS74U短突。七九下面扔着榴弹发射器，怪不得能攻击装甲运兵车。"

"我靠！在这里躲了小半个月了吧？天天吃沙子，搞不好膛线都磨秃了。"

"这地形，真是坑爹。到处是灌木丛，偏偏这些人喜欢呆在坑底，当活靶子被人数。"

"嗯，看轮胎吃重的劲儿，皮卡太沉，这大空地跑也跑不起来，藏也没地方藏。"

"说的很对。我们这就赶快回去——回去之后，立刻打卫星电话报警。全体人员暂时退到大河沿乡，看情况再定，需不需要回和田。"

郝、米两人沿原路，徒步折返回我们静候消息的营地。突然，郝明一把拉住老米，两人矮身猫到沙丘背风坡投下的阴影里。过了片刻，十米外一大丛骆驼刺无缘无故从沙丘上顶起来—原来沙丘上趴着一个人。

"是那个出去拉补给的陆巡—他发现我们的车辆行踪了。"郝明见那人爬起来，大步走下沙丘不见了，对老米说，"那辆铅灰色一零五应该是停在那边林子里，老米，你在这儿，我一个人跟上去侦察一下。"

隔着一个沙丘传来发动机和轮子空转的声音。接着发动机的响声没了，郝明听到"唰唰唰"挖沙子的声音。

郝明观察了一下地形，找了一块硬沙地，欺身上来，想再靠近一些。忽然面前带风，一杆短柄铁锹朝郝明横扫过来。

郝明闪身要躲，没想到踏进浮沙里，险些跌倒。歹徒举起铁锹，照着郝明大腿砍来。郝明就势倒地，手一撑，一个回转，腿撩起沙子，打在那人眼睛上，接着一个扫堂腿踢在歹徒小腹上。

歹徒丢了铁锹，掏出枪来，被郝明一脚踢飞。郝明不给那人喘息机会，瞅了一个空档，一拳打在歹徒颧骨上。歹徒捂着脸，晃了两晃，捡起地上工兵铲，朝郝明掷去。郝明闪身躲过，短锹"铮"一声，扎入一棵胡杨树的树干上。

歹徒借着郝明躲闪的机会，跑去车上抽出一把长枪。郝明一个箭步，上前一脚端在车门上。歹徒左胳膊被车门夹住，疼得咧嘴。郝明扣住歹徒没被夹住的胳膊脉门，肩膀往下一按，膝盖往腰眼儿一磕，一肘击在那人肩胛骨，歹徒的脸撞在了车窗上。

歹徒体沉力大，手摸索到车门处用力向后一顶，郝明被迫往后急退几步。那人从车里抽出一把长枪，两个人无声地扭打起来。

老米见沙丘上两人动起手来，急忙跑上来助阵。郝明见老米来了，扭住那暴徒胳膊往后一别，在腿弯处猛端一脚，那歹徒下盘不稳，把背心露给了老米。

老米提手给那武装分子后脖颈就是一掌。那家伙身体素质好，没昏过去，挣扎着掏裤腿上掖着的匕首。被米国军颈动脉上又切了一下。那歹徒一声不吭，倒在地上。

"鬼子的玩意儿，够狠的哎！"老米看看自己手掌说。

"我看你不像个五段！一下子还不够解决问题的！还得两下子。还不如我打套军体拳呢。"

"哎哎，知道吗？打架靠的是速度、力量、战斗意识，还有气势！不是你那些可有可无的套路！"老米振振有词地说。

"这家伙，骨骼关节像钢筋混凝土灌的，要没有你，还真不一定干得过他！我小时候也算练过，没想到打在这厮身上，竟然没怎么样！人不服老不行，"郝明揉着手腕说，"来，打扫一下战场。"

"这是好东西。咱们自己留着。"郝明拾起歹徒挖沙子的铲子，递给老米。

"我靠，武装分子，挖个沙子用的都是美国冷钢公司的工兵铲。真是人比人得死、货比货得扔啊。郝明，你说咱们挖沙子的土八路的铲子，和人家美国铲子放一起，咋就那么难看呢？"

"这铲子方才要是砍我腿上，大腿动脉的血能喷出两米高。不要一分钟，血就放干了。"郝明从那人裤腿的绑带上摘下一把冷森森的匕首，扔给老米，"这也是好东西，送你了。"

老米抬脚，将那歹徒端下沙坑。郝明找回那柄被踢飞的手枪，看了看，递给老米："APB冲锋手枪，发射9×18马卡洛夫手枪弹，二十发弹匣，还剩三发子弹，装了消音器和钢丝肩托，因为自带缓冲装置所以射速不算太高。这帮人是一群经过准军事化训练的亡命徒。不能小视！拿着老米。"

老米两手握着手枪，往一棵胡杨树的树梢瞄准了一下。"车上再看看！"老米兴奋地说。

郝明从驾驶员座位旁捡出一条枪："这是一支被爆改过的MTs-116M，配俄罗斯PSO-1四倍瞄准镜——喏，你的菜，拿着。"

郝明将枪抛给米国军。老米欣喜地抓在手里，挥舞着说："老郝，这枪托砸人不错。"

"这还一把——这是莫辛-纳甘？怎么这人手里，枪支的差别这么大呢！"

"你别想着我会和你换！"

"91/30型配PU瞄准镜，"郝明举起莫辛-纳甘，往瞄准镜里看了看，"也能凑合用。总比赤手空拳强。侦察清楚了，咱们回去。"

"来，大家都过来。"回到宿营地，郝明召集大家，"大家不要慌，把情绪稳定住。听我把情况讲一下。我已经用卫星电话报了警。又给和田的杨局长打了电话。估计，现在正在层层上报领导批示呢。即便特警了，也不好进来。所以我留下来，看能不能帮着扫清一些障碍。三个姑娘，开完会后，第一时间撤离这里。剩下咱们五个壮劳力，除了我受过一点儿专业军事训练，你们四个人，都只当过老百姓。不过，我希望大家留下来，和我一块儿战斗！"郝明温颜看了看大家，"现在听我安排。他们的优势就是手里有枪械——"

"真新鲜！"老葛说。

"所以我们只能智胜，不能力取。"

郝明说这话的时候，平时儒雅的一面褪去了，代之以我从没有见过的凌厉的尚武劲头。他环顾了一下大家："我和小满，控车能力都能做到零误差。我们就比他们多了两辆能碾压的重型装备——优势就来了。"

"郝明，我不赞成你这个做法。"老葛腔调都变了，"他们一帮玩儿命的家伙，我们第一时间应该是离开这里，保住性命。至少对方现在还不知道我们的存在。"

"他们就快知道我们的存在了。"老米严肃地说。

"他们也有车。我们会被机枪打成筛子或者被RPG炸碎。有足够用枪经验的人，开点射模式打跑路的汽车，都可以做到弹无虚发，何况还是开阔地形。'七九'上防雨布下面可能是架重机枪，大家是不是认为，他们子弹都打光了，留着那东西烤全羊？"

"我们可以弃车，摸黑徒步上公路。"王小满说。

"公路两边全是荒漠，连藏身的地儿都没有。当然，我们可以借助目前黑夜的优势，把自己埋在沙子里，等几天后他们自行离开——可是万一他们就打算在这儿常驻了呢？在沙漠里他们肯定跑不过我们。他们转两圈就晕菜了！我们要把他们闹得手忙脚乱，然后找机会把他们全干趴下！"

"这里面，除了你，都没摸过枪。"小满说。

"谁说的！我就常摸枪！"老米把胸膛一挺。

"没摸过枪的，也得上！胆儿总有吧？"郝明说。

"瞧你那个德行，小满，怕，就跟我们几个女的一块儿走！"伊曼虎着脸厉声呵斥。王小满顿时满脸通红，紧抿着嘴，不吭声了。

"小满，你开老米的'小红马'，我开途乐，老米坐我车。他们一共五个人，有一个受了伤；有一个被老米打废了。我们手里现在有两杆枪。老米和我一人一杆。没看过美国好莱坞大片，一个四人小分队，就能端掉敌人的老巢。咱们三个爷们儿，又有枪，还撸不了五个歹徒？"

"怎么三个爷们呢？你忘了还有小修呢。"王小满说。

"你和小修合起来，算一个爷们。"老米说。

"小修，你把三十升的空油桶卸下几个来。往里面灌四分之一的油。还有所有的化清剂，都拿过来——去吧。"

"小满，把八〇的车钥匙给伊曼。伊曼，你带着嘉琪和小A，努力把车开到公路上去。然后报警。留神听着车台，我通知你们撤，你们就往和田开。别管我们——记住了没有？"

我的心打了个突——看来真的要兵戎相见了。

伊曼从王小满手里接过钥匙，冷静地说："放心吧。"

修艳喜一手提着两个绿色小油桶走了来，默默放在地上。

"老葛，给你个活儿干干。你把油桶埋在沙子里，埋哪儿，一会儿我告诉你。埋好后，你找个隐蔽的位置呆着，看好周围地形，不行的话，我通知你赶快撤离。上了公路，你基本就安全了。他们再亡命，内心也是怕的，咱们天朝收拾他们，还不和玩儿似的。"老葛沉默，然后点点头。

"小修，去我车里，变速箱上那个黄包里把弹弓找出来。拿出你小时候打鸟的技术来。"修艳喜脸煞白，手不住打颤。

"现在别想你老婆孩子，想了你就站不起来了。记住！只打一个你最有把握的，弹弓一旦打出去，迅速撤离，打中、没打中，都和你没关系了。"

"现在准备分头行动。"郝明告诉伊曼，又看了看我和嘉琪，"还愣着干什么，走吧。"

郝明带着老米开着"途乐",王小满带着小修开着"小红马",摸黑悄悄开到侦察的地方,把车停在坳里。

郝明摘下脖子上的魔术巾,递给老米:"我这脖套的颜色可以有伪装布的作用。"

老米见了,明白是郝明为了减少瞄准镜反光,增加隐蔽性,赞道:"到底你是专业的!"

"老米,不是只包瞄准镜,把枪身也罩上,可以防止金属和上漆的部分反光,而且射击后,枪管发热严重,可以降低在热感观察下的醒目程度。来,老米,"郝明把白工装手套的"食指"抻出来,老米马上明白了,掏出 SOG 多功能刀,亮出锋刃,把指头套那部分切了下去。

"你的。"郝明说。

老米把多功能刀递给郝明。

"左手食指抠扳机?"

"好眼力哎。"

郝明举刀对着手套一划,老米左手食指就露了出来。

MTs-116M 从梭梭丛中伸出去,架在沙丘上。

"手指在扣压扳机的时候,一定要缓,不要刻意用力。击发的时候,你能感受到来自扳机的阻力越来越大,然后就是'bia'的一声,子弹就出去了。"

"明白!"

MTs-116M 从梭梭丛中伸出去,架在沙丘上。郝明把手放在老米枪膛上,眼里闪烁着喜悦:"不错,手是稳的!"

"老郝,怎么少了一人?"老米在瞄准镜中观察着。

"得提防,失踪的那人,干什么去了。"

一个黑影从大漠深处走出来。

"失踪那人回来了。"

"老米,你负责盯住他。他不去烤火,却坐在皮卡下边,一定有缘故。"

老米突然滑下沙丘,靠着沙子猛烈摇头:"老郝老郝,这和打靶场的感觉一点儿也不一样。我没法朝活人开枪!"

"谁让你打活人了!军人以杀人为任务,我们不代表法律,即便他们是歹徒,不到万不得已,不能随意开枪。我数三个数,"郝明告知米国军,"往'一点'方向上扔个化清剂,你开枪打那个化清剂——离那人头顶一米到一米五的距离。不要太低,也不能太高。"

老米绷着脸,极度严肃地点点头。

"好,老米,一、二、三——"郝明往七九上空掷出去一个化清剂,老米用枪对准,一声"咔哒"响，子弹没射出去。

从黑夜里迅速跑来，跳上皮卡，靠着皮卡轮胎坐着的黑影从沙地上一跃而起，迅速跳上皮卡，揭开七九上盖着的防雨布，下面藏着一部苏联 DShKM 机枪。夜色中响起连珠炮的子弹声。

"郝明郝明，刚才我的枪怎么不响！"米国军焦躁道。

"你没开保险，枪怎么会响！等你开枪，战斗已经 game over 了！"
画家的脸被激得红涨起来。

"这下他们知道我们有枪了，一定会怕——怕了就好办。小满，往你那边转移一下视线。"

"小红马"昂着头冲到沙丘上，打开了氙气大灯。刺眼的光柱将周围照得亮如白昼。

果然，换成对着光柱方向，密集的子弹发射声又响成一片。王小满斜卧在方向盘下面，仿佛是为了配合枪声，故意将光柱一开一关。

"再来一次。还是一点方向。之后一个十一点方向。"郝明对老米说。
"收到！"

两发清脆的"咔哒"声后，化清剂先是变成一团小小的红色火焰，越来越明亮，忽然"啪"地一下往外膨胀，好像升起一颗照明弹，化清剂的碎片纷纷散落成火星雨。

"嘭"一声爆炸的闷响，火堆"忽地"变成一团巨大的火球，火堆旁烤火的几人，急忙护脸捂眼睛，翻身仓皇爬蹿。

郝明从砂砾掩体后一跃而出，架起"莫辛－纳甘"狙击步枪，一枪命中机枪手肩膀。

那个歹徒以一种很夸张的姿态往后一弹，栽到车下。

郝明急速移动枪口，将七九的两个轮胎打了个对穿。皮卡的车身，慢慢地向一边倾斜。

"老郝，打死了？"
"没死，打的肩膀。"

有个歹徒发现了郝明，口里乱叫着，举枪指着郝明就要射击，被隐藏在柽柳丛中的小修用弓弹打在脸上，鼻子、眼角被打破，汩汩地往外冒血。小修打完弹弓，急忙滚下山来，没命地往外跑，藏到茇茇草丛中。

郝明重新躲回到沙丘下面："好了，他们的重家伙这下哑了。小满，该你上场了。"

王小满蹲在车外沙丘的阴影里，眼睛一眨一眨地吸着烟。

"你前方下面，是那个伤腿的家伙。"郝明在手台里说，"放心，有人敢对你举枪，哥哥我把他脑浆打出来！"

王小满将烟头掐灭，一甩手把烟蒂丢了，很灵巧地钻入"小红马"。

"兄弟，这回千万不能掉链子，好歹看清楚路，别陷车了！更别翻了！听见了没有？我和老米的性命，就操在你手里了。"

"小红马"的马达发动了，车声隆隆，"突"地蹿上沙丘顶端。前灯一下大放光芒，刺眼的氙光直直打在恐怖分子脸上，照得他们睁不开眼睛。

王小满轻踩油门，两根指头来回轻旋方向盘，车体不住颤动，车头越来越低。小满突然低四一大脚轰油门，"小红马"前杠顶着沙土，兜头将"AKS74U 短突"盖在底下。

王小满打方向从旁边冲下来，从后视镜发现 AKS74U 持枪挣扎着从沙土中冒头出来。情急之下，小满挂倒挡从 AKS74U 腿上碾了过去。AKS74U 感到一阵剧痛，手里的枪械掉在地上。

"小红马"分毫不耽误，反复切换挡位，车轮来回碾压冲锋步枪，枪杆扭曲变形。

一个歹徒从车后跳出来，对着前风挡的小满准备开枪。"小红马"原地漂移，打着转儿，车轮扬起一大片黯褐色的扇面，沙土像铅砂一样打在恐怖分子脸上。

王小满惧怕歹徒手中的"斯捷奇金"，丝毫不敢大意，一个侧滑甩尾，"斯捷奇金"被"小红马"的备胎扫了一下，脱手飞了出去。歹徒想跑，左突右闪，却始终被"小红马"后备胎对着，只能跟着"小红马"倒退。王小满眼角轻轻一笑，突然加大油门，猛地将歹徒撞在沙墙上。

"行，小满暂时还玩得转！"郝明按下别在肩膀上的手台通话键，"老米，你保护一下小满，我把途乐开来。"

郝明迅速往途乐跑，钻进车后，扭动钥匙打着车；老米看到车灯，从沙丘上滑下来，打开车门，一低头，钻了进来，一手拿枪，单手把安全带塞好。

"哥，我车头八点方向，有一人往你那边去了。"

"抄收。"

途乐在黑影里斜着溯过去。郝明一点油门，又迅速收油，斜刺里将那个正往上逃窜的歹徒撞得一个倒栽葱顺着沙坡翻了下去。

"他且得在地上爬会儿。"郝明说。

就听"啾"一声，紧跟着"啪"一声大响，途乐右后视镜被子弹打碎了。

"我靠，再偏 10 厘米，我命没了！"

"子弹你两点方向打来的！"

"郝明，你上去。这个仇我不能不报！"

"上去你就是靶子！"

"不行，我得还击回去！"老米瞪着眼睛。

"记住方位——只给你一秒钟！上去后我立刻向左边打方向，下来。"

"知道了！"

车窗摇了下来。老米把枪伸出玻璃窗。

"二挡起步！"

"OK！"

途乐"腾"一下从原地冲上沙山，稳步冲到半空，向右侧了一下，又迅速向左打轮下来。

米国军放声大笑："郝明，我打中那人枪管了！枪炸了！哈哈哈哈哈！十一环！"

"他们往外跑了，很不错！这五个人很上路，一切按照咱们期望的那样。正好，咱们把他们赶到公路上去，让警察叔叔逮他们。"

火边的四个歹徒，夹着那个伤腿的，看到陆巡，一个拉开车门，跳上驾驶的位置，剩下的四人也急忙钻入车内，沿着之前的车辙印往外逃。

还有那个颈动脉被老米狠命切了两下的歹徒，苏醒后，正爬出坑外，被同伴抓着，爬上 LC105。

"老米看你的了。"郝明说。

老米右手持 APB 冲锋手枪，左手托着右手手腕，目光炯炯的，眼睛从镜片后盯着瞄准镜。

"看到油桶了没有？"

"不太确定。但是那个地方，莫名其妙长着一截红柳枝，准是葛兄插的标志。"老米眇着一目，咧嘴一笑。

"打吧。前面基本都是平坡了。如果没打中，还有补救的机会。提前吸气，按动扳机的时候，不要呼吸。"

郝明话音刚落，黑夜里突然爆出一个大火球，滚滚的烈焰把整个胡杨林都照亮了。气浪猛地将 LC105 推到沙丘的边缘。LC105 车晃了晃，没有掉下去。里面的有人刚想推车门出来。第二个不亚于之前暴烈的火球又出现了。

强大的气浪将 LC105 的底盘掀起来，在空中转体一百八十度，落到沙上，被弹起来，翻滚着掉到坑底。一个人从震开的车门里被甩到半空中，像一个装水泥的口袋直通通拍在沙上，一动不动，昏死了过去。

"这是个没系安全带的，反面教材。"老米说。

郝明说："车里面那几个，也舒服不到哪儿去。"

半晌，有只手从碎了玻璃的车窗里伸出来。老米凑到瞄准镜前，一道火星乱进，LC105 后视镜被子弹打得粉碎。那只伸出来的手急速缩了回去。

我听到一种从未听过的尖利声刺破了夜空——是枪声！没想到枪声听起来会这么凄厉，像野猫子叫。

郝明的计划执行得像时钟一样准确。

有人放了颗照明弹，接着枪声响成一片——一点都不像鞭炮声，完全不是电影里听到的鼓点一样，响声足以把人吓得肝胆俱裂。

我们三人愣了半天，才回过神来。

"打起来了！"惨淡的月光照在嘉琪没有血色的脸上。

"咱们得赶快走了。"我把安全带绕过我和嘉琪扎好，催促道。

虽然紧张得动作都僵硬了，不过伊曼还是顺利地打着了发动机。

"安全带！伊曼，系好安全带，喂，和你说话呢。"伊曼不大耐烦地系好安全带。在沙漠里走了这么多天，翻过车，她知道安全带的重要性。

"手别抖啊，握稳了方向盘！"我又叮嘱。

伊曼发怒了，甩脸冲着我："你行——要不你来！"

"你们两个，别吵了行吗？"嘉琪焦躁道。

"我就是不行，所以郝队才把车钥匙给了你啊。"我急忙换了个语气——我应该也是吓的，说话才这么不讲究分寸，轻声细语地问伊曼，"想活命吗，想活命就别和我计较，开车吧！"

伊曼不理我了，转而专心开车。

"伊曼，那边好像上不去。"我从嘉琪肩膀上看过去，"我记得，郝明遇到这种坡，都选择绕开。"

"八〇"猛冲了一下，果然冲不上去。伊曼正准备倒车，就好像踩在了润滑油上，车身突然不受控制地向右滑去。

"不好，要翻车了！"我喊了一句，左手死命按住座椅，右手本能地箍紧嘉琪。嘉琪的腰上全是肉，很有弹性。

关键时候，还是伊曼机敏，她迅速向右打方向，让车头顺着沙子滚落的方向驶下来，避免了我们侧翻。

车子熄火了。伊曼挂挡，只听见不祥的车轮空转的声音。

"不好！"伊曼喊了一句，吩咐我，"你下去看看，右后轮是不是脱圈了。"

"好。"我松开安全带，一推嘉琪。嘉琪先下车，我跟着跳了出来，扭亮了头灯。我的脸几乎贴在了轮胎上，打着手电筒一通乱照，发现轮胎还在轮毂上，轮胎上有个小口子。

我站起来，想看看右前胎的情况，眼前一道黑影划过，一颗小石子儿打在沙子堆上，激起一阵小规模的烟尘。

"是子弹！子弹打过来了。"我大喊一句，腿一软，抱着头，一下子趴在了备胎下面。

"小 A 小 A，你没事吧？"嘉琪推开车门关切地问我。

"我没事，你们听到子弹声了吗？"我问。

我慢慢抬头往上看着，看还有没有"小石子儿"飞来。峨眉状的新月升得更高了，让我注意到，方才我们倒车下来引发的烟尘，也和子弹激起的尘埃，一动不动地浮在半空中，微弱的月光透过来，好像嘉琪笔下那个魔幻的世界——今天的塔漠，一丝风都没有。

我趴在地上，手扣在头上，尽量让自己贴着地爬行。我至今也没想明白，当时我用这种怪异的姿势，究竟是怎么绕过车尾，爬到左后轮旁的。

"不是脱圈了。"我惊魂未定地告诉伊曼。

"你确定吗？！"

"确定。和老米一个情况。"

"妈的！"

"总不能就这样弃车了吧？"我问。

"弃什么车啊，"伊曼拉紧手刹，推开车门，"马上换轮胎！"

"右后轮胎和部分底盘被埋入浮沙中。"我告诉伊曼。

"那没别的办法，挖吧。"伊曼说。

我跑去打开"八〇"后备箱。王小满的铁锹就在所有物品的最上面。我用力拉扯铁锹，费了九牛二虎之力，才拉出一两寸。

"你笨啊！不知道先松开捆扎带。"伊曼走过来，顺着捆扎带摸到紧固器，一按，捆扎带就松开了。

"我不是笨，我会松，但是不会系。每天早上都是郝明收拾车。"我羞愧地说。

伊曼冷笑了一下，轻蔑地看了我一眼。

户外是个讲实力的地方。有实力的人就可以大声嚷，没实力的只能默默听喝。

"你甭管了，待会儿我来紧固。"伊曼承诺。

"太好了。"我迅速从捆扎带下抽出铁锹。跑到右后轮前，开始挖沙。

伊曼从后备厢拿出绿色工具箱，把工具箱卡在左轮胎下面，防止溜车。我握着锹柄，刚挖了两下——关于先挖那儿，又有不同意见。嘉琪认为我应该先让轮子露出来，这样我们就可以走了。我则认为先挖底盘下面。伊曼走来，认同应该先挖底盘。我把铁锹插进底盘下面，往外掏沙子，没掏几下，就大汗淋漓、气喘吁吁。

"瞧你那费劲扒拉的，不行就赶紧闪一边去！"伊曼不耐烦地说。

"不行也得是我，你胳膊累得抬不起来，一会儿怎么开车？"我说。伊曼听了这话，十分满意，身腰挺得笔直，昂着天鹅一般的脖颈，神态高冷，站在一旁看我忙碌。

"小A，"嘉琪从我手里接过铁锹，"我来挖会儿吧。"

远处又传来一声巨大的闷响，不知道又是什么爆炸了，在寂静的大漠上空显得格外让人心悸。

我们三人面面相觑了片刻，开始没命地挖沙子。真是谢天谢地，其他轮胎都是好好的，要不然真够我们三个累的了。

"行了，换胎吧。"伊曼说。伊曼很快从工具箱中找出卸备胎的专用扳手，又合上工具箱。

备胎都是用螺栓固定在后备厢外侧的。我看王小满、老米他们换备胎的时候，是需要花费一定的力气，才能用扳子将那颗螺栓拧下来。

伊曼拿出绿色工具箱，打开，很快从工具箱中找出卸备胎的专用扳手，又合上工具箱，把工具箱卡在左轮胎下面，防止溜车。

我爬着，拿回那个铁锹，蹲在地上，举着铁锹，替伊曼挡子弹。

"你省省吧！"伊曼冷笑一声，"哪那么容易就被子弹打中了。"伊曼说着，像个男人一样，握着扳手，猛地一用力，螺栓松了——备胎能取下来了。

伊曼抬起腿，吃力地架住备胎，似乎正打算以一己之力将备胎卸下来。我急忙丢了手里高举的铁锹，和嘉琪一人一边，帮着伊曼，我们三人合力把备胎从备胎架上抬了下来。

"这轮胎好沉啊！抬不动啊。"我喊着，不由自主，被轮胎带着，弯下了腰。备胎"咚"一下，落在了沙地上，砸出一个坑来。

"我们推吧！抬是抬不动了。"我喘着气，说。

"谁说不是呢？别人都是傻子，就你聪明。"

我们三人六只手，一齐骨碌这个轮胎。幸亏，是后胎扎坏了，推了几下，就把轮胎推到了位置上。也幸亏老米坏了两次轮胎，这样小满把备胎补齐了。要不然，我们只能徒步逃亡了。真是承蒙塔神眷顾，我内心是无比的感激，也就不计较伊曼言语上的冲撞了。

伊曼把液压式千斤顶架在铁锹上，将陆巡底盘升高，我目眩神迷地望着伊曼，第一次因为能与她同行感到尚兴。

我们三个安好备胎，紧固好轮胎的螺丝，把那个扎口子的轮胎随便往旁边一推。

"我还是直拨吧。你们坐好了。"伊曼说。这回嘉琪坐在了里边，我的腿抵着车门坐着。伊曼像个男孩一样，伏在方向盘上，从左至右扫了一遍，"找到路了，那边！"

"八〇"急冲到坡上，离山顶还有半个车身的地方，停住了。

伊曼迅速挂倒挡，一边回身看着后面，一边告诉我和嘉琪"那边你俩儿帮我看着点儿。"

"停停，快撞上树丛了。"我喊。

"好。"伊曼换挡后，猛一踏加油板，车猛冲上山坡，前轮搭在了山顶上。"我靠，就差这么一点儿了，还他妈的得倒一次。"

"伊曼，不用倒车了。我每次见这种情况，郝明都是用低四一直接挠上去。"伊曼将信将疑，不过郝明这个名字具有权威性，她选择了挂低四一。奇迹发生了："八〇"轻微抖动着，慢慢爬上山顶。

"成功啦！"我们三人压低声音高兴地喊，击掌庆贺，暂时忘了危险和恐惧，也忘了彼此之间的口角和纷争。

"车开得真好！"我记得我甚至用慈爱的目光看了看伊曼。伊曼并没有我和嘉琪那么兴高采烈，反而依旧冷静地观察着地形，查找能顺利通过的线路。

"伊曼，我们进来的时候是倒扳，这是一种走法，如果出去的话，应该是顺势。"

"你想说啥？"

"只要我们总是走西南方向，基本上是正扳，顺着迎风坡上、背风坡下。反正，我们的目的地，是公路。"我进一步阐述我的观点。

伊曼顿时领悟了。

嘉琪抱住我，我靠在嘉琪丰满的胸部和富有弹性的小腹上，手紧紧抓住头顶的扶手。我们三人坐在车里，就这样一路颠簸地走着，终于在黯淡的月色中看见了县级公路。

伊曼坐在主驾的位置上，我和嘉琪挤在旁边那个座位上，我们三人都不说话。夜空中突然迸发出一大片橘黄色的光团，一下子让杨树林显出阴森的原形来，接着又传来两声巨大的轰鸣，不知道又是什么爆炸了。我和嘉琪紧紧抱在一起，伊曼冷冷地盯着火光的方向。

电台里忽然传来一个陌生的声音："郝明、郝明，听到请回话。郝明、郝明，听到请回话。"伊曼一下子坐起来，搂了搂头发，拿过报话机问，"你，你谁啊？"

"呼叫郝明，我们是和田的特警。"我和嘉琪屏声静气地听着，就听有人在报话机里说，"怎么还有女的！"

"啊，警察叔叔——不，警察哥哥，快来救我们！郝哥、米哥他们已经和坏人他们干上了！"伊曼尖声叫到。

"提供一下你们的方位。"特警说。

"方位？方位：民丰往北 270 多公里。"

——民丰往北 270 多公里？伊曼，你傻啊？！我急得想喊。

"我们已经在你们附近，位置不精确！没法找到你们。"

"GPS 方位行不行？"我倾着身子凑到伊曼旁边，对着报话机喊。伊曼急忙把报话机塞给我。

"最好！"

伊曼把王小满架在前暖风的 GPS 取下来。

"我们的坐标是'度'的格式。"我说。

"要'度－分－秒'格式。"

"你稍等、稍等，我马上调一下格式。"我着急地说，生怕特警等不到坐标，转身走了。

我拿着手持 GPS，把格式重新定义了一下，看着，一一念来："北纬 38 度 00 分 39 秒，东经 83 度 25 分 78 秒。"

"再重复一遍。"

"北纬 38 度 00 分 39 秒，东经 83 度 25 分 78 秒。"

"收到。我们马上赶到！"特警说。

伊曼急忙从我手里抢走报话机："警察叔叔，你们带枪了吗？他们都有枪！"

"你们什么时候听说过特警执行任务的时候不带枪。好了，我看到你们了。"

"看！"嘉琪忽然指着车外的后视镜。我仰头往上看，马路上，来了两辆打着双闪的警车：一辆桑塔纳，一辆装甲运兵车。

"啊，帅呆了！"嘉琪都快哭了。

杨局从桑塔纳上下来，拿着报话机部署。"执行'塔干行动'三号方案。"

"郝哥，郝哥，能抄收吗？"伊曼对着报话机大喊。

我从伊曼手里一把抢过报话机："老葛、老葛，快回答我！特警来了！他们是公路胎，底盘又低！车进不去，你出来接他们一下！快来啊！"

车载电台里传来老葛回应，令我欣喜若狂："抄收了。"

我点亮头灯，拿着手台，爬到一个高的沙丘上。高举着战术手电，对着东北方不停地挥舞着，很快我就看到绿色牧马人明亮的车灯了——"到底是老姜辣！"

穿着黑色警用作战服的特警队员从绿色牧马人跳出来，有序地分散开。

"行了，可以换岗了。没我们什么事儿了。"郝明离车，一面猫着腰，用手台通知大家："大家不要在车里逗留，隐蔽到车头后去，免得万一被流弹击中。——那个还没有行动的是谁？！小修，你伸头看什么呢。"

看到所有特警：肩膀上挂着单兵对讲机，有的持 95 步枪，有的端着七九微冲，一律全息瞄具，带着夜视镜；狙击手迅速埋伏好，架好狙击步枪。

"我靠，真屌！"老米盛赞。

"那是 88 式狙击步枪，"郝明告诉旁边的老米，"百米开外，指哪儿打哪儿。"

六名歹徒全部被缴了枪械，戴着手铐，赶到一堆儿，蹲在地上。

老葛车后的东西一律搬下来，后座也取了下来，丢在营地里。腾出来的空间，把六人赶进去。几个家伙蹲在里面，包括那个伤腿的。前面坐了一个特警，拿着枪。

郝明说："我开牧马人。老米车上坐一特警，小满开我车，带一特警。小修，你把篝火升起来。老葛，拿你炉子煮点儿面。你和小修，还有两位特警，在这儿烤烤火，耐心等一会儿，半小时后准回来接你们。"

"老葛，拿好你的手台。我们保持联系畅通。"郝明坐入绿色牧马人，摘下报话机，"都能抄收吗？"

"能抄收！"老米回答。

"抄收。"王小满回答。

"老米，你走前面，小满，你押后。小满，要在这还陷车，就丢脸了！后面就别跟我走了，听见了吗？"

王小满在电台里："嗯"了一声。

"小红马"率先启动。郝明旁边特警系好了安全带，枪架在座椅上，对着后面的歹徒。

郝明告诉特警："我会把车开得平稳的。要是谁不老实，你就开枪！"

特警响亮地答了一声："抄收！"

郝明笑了笑，问："他们能听懂我们说话吗？好像不是我们国家的人。"

"有中国国籍的，也有外籍的。"

"上次通缉的是不是就是他们几个？"

"是。"特警回答，"这次全部落网了一你们帮了大忙！"

黎明前的夜极度寒冷，让我们每个人都打着寒战。嘉琪让我坐在车上，可我宁愿站在路上，翘首等待。

终于，黑黢黢的杨树林里出现车灯的亮光。

六个歹徒被赶下来，关进装甲运兵车。

杨局同郝明、老米、王小满紧紧握手，高兴地说："我们的战斗人员，平时训练都是针对建筑物，爆破，解救人质，还没有在沙漠里缉凶的经历。这次在你们的大力协助下完成任务，不错，不错。"

"我回去接人。老米，你再跟我进去一趟。"

"抄收。"

等把老葛等人接出来，郝明和特警交接好后，转身准备回到他的爱车上来。伊曼尖叫着跑上前，先抱住了郝明的脖子。

郝明拍了拍伊曼后背："干得不错！没给咱们 N39° 队伍丢脸！"

"丢脸？！"伊曼不高兴地一扭脸。

"是，不是丢脸，是长脸！"郝明笑着说。

"这还差不多。"伊曼喜滋滋地和郝明讲了一遍她的开车心得。讲心里话，伊曼今天确实表现出色。

"别忘了还有小 A 哦，"嘉琪跟郝明说，"多亏了她，想着报出咱们的经度、纬度！"

郝明转过脸来，看着我，说："是的，我们在电台里都听到了。今天大家表现都不错。"

　　我没法告诉他，只要你人安好，就是晴天。

　　"你怎么了？"郝明奇怪地问我。

　　"没什么，吓的。"

　　没想到我的"胆怯"，竟然引起了郝明的高度重视，他长时间凝视我："是我忽略了，应该给你们报个平安的。"

　　曙色，不知不觉中，重新覆盖大漠。惊心动魄的大年初四过去了。不知道我今晚是否向大家证明了：自己并不完全是一块废物点心，郝明力挺我，不是完全没有道理。

第二十三章

一次特别的谈话

——坚信你会看到光明与美好，
无论从怎样的卑微和黑暗中走来。

天刚亮，郝明四人加上小修，开始彻查车辆，特别针对途乐和"小红马"。

"小红马"奇迹般地毫发无损。途乐的后视镜被子弹打坏，电瓶也报警，一检查，里面进了一颗子弹。

"唉，我真走运！昨天是有些冲动了。幸亏没有人员伤亡。现在回想起来，还真是后怕。"郝明叹了口气，低声对老米流露了一些真实的内心。

"结果不是还不错，就别回想了。昨天最难受的，是眼睁睁看着他们把 MTs－116M 收走了。"

彻查车辆结束，早饭也好了。我们吃着馕和榨菜，一边烤火聊天。

"昨天小满，还有伊曼，表现出色。特别是小满，一次链子都没掉；有胆有识，真是难得。立下汗马功劳，表扬。"郝明说。

王小满听了，免不了喜形于色，"那种情况下，哪敢掉链子，一掉小命没了哈！"接着又吹嘘了一通自己的车感。

"这哪儿跟哪儿啊！"老葛说。

"哎哎，是不是前天晚上遇到的那狐仙儿，激发了你的雄性意识。"

"不是狐仙儿，是一头漂亮的母狮子。"王小满嬉笑着。

"那天是谁说的，女的连备胎都换不了？"伊曼撞了一下老葛。

"葛爷，三小女子面露得意之色嘞。"嘉琪含笑说。

"你说，这做男人也真糟心，干了半个晚上玩命的事儿，最后还不是一个好物种。"郝明说。

"老郝，昨天打了那几枪，肩膀给打肿了。"老米明显自豪多过不满："扳机好重，打了几发之后，那后坐力震得我虎口疼。"

"不是无意识射击，不能用力扣扳机，忘了告诉你了。"

"昨天真过了瘾。"老米高兴地说："可惜——昨天最难受的，是眼睁睁看着他们把 MTs－116M 收走了。"

"老米，"郝明说："你极大地颠覆了我对艺术家的一贯印象：我印象中的画家——"

"个个都像齐白石、张大千那样？我倒挺羡慕齐白石的，八十了还泡妞呢"

"你这——又是雷明顿 700、又是牧马人、又是空手道五段、又是河南话——"

"哎哎，我是四川和河南的混血，好伐？"

王小满说："米哥，你现在是画家中开车开得最好的，开车的人中准头最好的。"老米得意地笑了。

"老米，你昨天应该不是中了十一环，是枪管里进沙子，炸膛了！"

"谁说不是我打中的。"老米瞪起眼睛。

"是不是米哥打中的，还是炸膛了，炸了就行。"王小满笑眯眯说。

"不服老不行，昨儿可好，稍微活动了一下，半天才能把气调匀。拿以前来说，昨晚那点运动量算什么。论身体素质，我现在还不如你。工作忙，也没时间去健身，全靠吃老本。"

"你那时候是训练，昨晚是搏命哎。"米国军说。

"昨天看特警的那些小伙子，各个那么年轻、英气。感觉就像是在跟年轻的自己对话。一眨眼儿，二十年就过去了。"

"郝队，据说受过军方特殊训练的人，能做到'以一敌五'，这种说法是否属实？"我问。

"能一个打五个的，基本都是被五个围着打。"王小满说。

"为啥？"伊曼问，"干嘛要被人围着打？"

"不是不想还手，是怕还手后打死人。"王小满说。

"哇！是不是就是传说中的'一招致残'？"我问。

"还降龙十八掌呢！你还懂挺多，'一招致残'你都知道。"

"郝明还能等人围着他——他傻啊，早跑了。王小七，脑子是样好东西，你该长长了。"

"老葛说得对，被五个人围着，特别是他们手里还拿着家伙，不跑，等着被剁成饺子馅吗？"

"那肯定有什么特别的地方，要不然为什么被称作'特战人员'呢？"嘉琪问。

"在部队里，没有光环，每天就落实到柴米油盐上：今天伙食不好了；饭夹生了；想家了——全是生活上鸡毛蒜皮的琐事。不要神话特战人员，他们也是血肉之躯。在单兵作战能力方面，特战人员的确是要强一些。我们当时的普训科目，直降、超低空投放、泅渡、攀岩、手步枪速射、野外生存，能让我们在实战中很快适应战场环境；也能快速上手各种枪械、机动车辆、通信设备；会简单的外科手术、伤口包扎、注射葡萄糖液。体能略好一点之外，并没什么特别的。每天练劈砖，精通拉大栓，别的不用学了。部队又不是散打俱乐部——能用枪为什么用刀？能用刀为什么要赤手空拳？能跑为什么恋战？靠衡量一个人能放倒几个社会闲杂人员——要不然和小满之流的有什么不同，而是整体实力上，能否护卫住身后的十几亿国民。"

"那你肯定有特长，你特长是啥？"

"我主要是敌后侦察，如果需要，还能抓个'舌头'回来。"

"啥？割谁的舌头回来？"

"笨啊，"我在内心叹息，告诉伊曼，"不是老干妈凉拌猪舌头，是抓个俘虏回来。"

"你怎么知道呢，你又不是郝哥！"伊曼不屑地说。

"就是啊，你怎么什么都知道呢。"郝明笑着问我。

"就郝明上下文的语气来看，小 A 说的——我也是猜的啊，是俘虏的意思。"

老米低声告诉伊曼。

伊曼不吭声了。

"我全听明白了。侦察的目的是什么？获取情报。获取情报之后，你是不是得活着？鬼子进村悄悄地，越隐蔽越好。进去之前，退路都想好了。能跑就不打，能躲就不与人正面杠。雄性动物之间开撕前，还反复试探几下呢。真互相咬上了，谁都不好过。等你落单的，嘿，有你好瞧的。你看郝明的性格，并不是特横那种。老米就容易和人杠上。"

老米用力摇头："我苟不住，只会刚！"

老葛说的，我这两天深有体会。

"你嘴里念叨什么呢？"

"就是'能苟，则苟'。"我说。

"苟？部队没这词！"

我顿时肃然起敬。

"老郝说他小时候练过形意拳。我没接触过传统武术，不是太懂。"老米低声告诉王小满，"看他打，也没什么特别的，就那些锁喉、缠腕、别臂、踹膝。感觉他每个动作特别紧凑，干脆利落，知道该怎么打，打完了就奏效。不像你，纠缠起来只会抡王八拳，要么抢一把杀猪刀没方向地乱挥乱砍。"

"他那些招式，估计都是致命的。"王小满说。

"这点和空手道的道理是一致的，专打人体的薄弱环节，暴露在易击打部位的动脉、穴位，他们肯定都要了解。他不说而已。我感觉老郝没使全力，手下留情了，要不然也不至于完全打不过。"

王小满抽着烟，心领神会。

"我们驻地离镇江市不是很远，有次几个人请假出去转转。路上看到老乡家葡萄园里的葡萄熟了。挂在枝头，十分诱人。

"有个叫裴东海的战友，最爱吃葡萄。方才小A问的能一个打五个的，说的就是他——别说五个，七个都不惧。刚进特战队三个月，擒拿格斗中，就能把所有的教官撂倒。入伍前，他就擅长打架——所幸，派出所没留案底，和小满一样是笑面虎，心狠手黑，求胜心强烈，号称特混旅中的战斗机。

"裴东海脚一蹬，翻墙就进去了。有个词你们都听说过——鸡飞狗跳。就听墙里面'鹅飞狗跳'，然后就没见他再出来。

"裴东海到底什么情况，我们不知道，派我进去侦察。我在葡萄架下匍匐前进，就见裴东海，脸上挂了彩，手也肿了，只穿着背心裤头，光着脚底板，坐在葡萄架下——扭着脖子，七个不服八个不忿地。"

"社会我鹅哥！"王小满笑眯眯地说。

"裴东海被老乡扣住，如果闹到部队去，连带着我们也没好果子吃。肯定一个'大过'跑不了。当时就有俩吓得头也不回地蹽回营部去了。我们墙外头的几个一合计，只能铤而走险。我壮起胆子，从大门进去，跟老乡解释，我是他班长。我们教导员听说队里有人偷老乡家葡萄，叫我来领人，回去处分他。老乡都知道附近有部队驻防，又见裴东海穿的背心短裤都是部队发的，就信了，把衣服还给裴东海，放他走了。

"要不放人，葡萄真没了。鹅也不管用了，都不知道谁干的。"王小满笑眯眯说。

"裴东海穿好衣服往外走。迎面来了三个小丫头。下面才是重点。就见这三个小丫头，一人踩住一只鹅，用力一扯鹅脖子，不到一分钟，躺倒了一大片。然后，打扫战场，把鹅往麻袋里一扔，走了，连根鹅毛都没掉。"

我们齐声大笑。

"都是往事，回想起来还是挺有乐趣的。老裴现在，待人一团和气，人畜无害。退伍后，一度胖得脖子都没了。前几年得了一对双儿，两个男孩儿。老裴说，真是报应，两个小子天天闹得他不得安生。"

修艳喜说："郝哥，我见过一个事儿。应该是个当兵的，军人气质，看见有个穿貂的无赖在我们那长途车站后街调戏一个十四五岁的小妹子，路见不平了。那无赖躲到一道不锈钢门后，嘴里骂骂咧咧地。他以为那当兵的不能把他怎么样呢。没想到当兵的过去一脚——不锈钢门钢管断了两根，猛地抓住那小子往门上一带，那小子就晕了。不知道是真晕还是装的。"

"嚯！"我赞。

"我滴个妈呀，看得我一口老血喷出来，直接跪了——比电视上还精彩。从那当兵的身上，我看到了英雄的光辉，那种很阳刚的正气！"

"为什么会认为当兵的就一定这么能打？"伊曼问。

"因为——军队是国家暴力机器。"老米说。

"说的有点悬吧，能把不锈钢钢管蹁断？我不信。"王小满说。

"七哥，俺亲眼见的。"

"小满说的有道理，可能那钢管材质太差。"郝明说着，和米国军相视而笑。

"老大，当兵的是不是都是胸大肌外加八块腹肌？"嘉琪笑问。

"不是老米这种，一看就是健身房练出来的身材，但是真没胖子，一个个精瘦的，肉很紧实，一身块儿。"

"那也肯定没有一个赶得上我一半儿帅的！"

"我靠，已经一身块儿了，还用看脸吗？"

"现在，主要就是看脸哈！"

"哎呀嘿，开眼了，真有比城墙还厚的脸皮。"

"七哥，你唯一的资本就是帅，"修艳喜说，"哎嗨嗨，其他方面的长处，目前我还没看出来。"

我听了，乐得差点一口"老血"喷了出来。

"说来我倒也有过一次'一个对付五个'的经历。"

"哎哎，给我们讲讲哎！"

"我哥学会卖关子了。"

"是一次演习。我们把对方的指挥部摸了。对方师长怒了，调集精锐四处抓人。我看到远处有个地方在冒热气。以我在炊事班的经历，我知道那一定有好吃的。果然，蒸屉里全是刚蒸好的白馒头——我就手拿了三个。一回身，整个炊事班把我围住了。六个 200 斤的大胖子，一个拿锅铲的，一个拿擀面杖的，拿菜刀的没好意思上前，就晃了一下，还有一个跑去叫人去了。我说，兄弟们，演习就快结束了，没必要再较真。你们放我走吧，我不想伤到你们。你们猜，对方怎么回我的？"

"怎么回你的？你吃我家馒头，让我们吃什么？"王小满笑眯眯地问。

"不，不是，"伊曼说，"你白吃我家馒头，哪有这好事，不许走，得留下给我们刷锅。"

"为首那个炊事班的班长说，嚓，有这么侮辱人的吗？军人都是有血性的好吗！"

"怎么着，老郝，"老米眉花眼笑地，"然后你就拉开架式开练了？"

"那还不赶快杀开一条血路，反正三个馒头下肚，也饱了。"郝明笑着说，"都是陈年往事，现在回想起来，还是很有乐趣的。"

"我也见过一个特战人员。"我跟郝明说。

"你在哪儿见的？"

"在师大附念高二的时候。校门口新开了一家牛肉面馆——味道好，面也特筋道！我经常和同学晚自习中间，去面馆再搓一顿。做牛肉面的小哥哥清瘦，脸庞像雕塑一样，不管店里多忙，他永远干干净净，最多身上有时候沾点白面。

"小哥哥媳妇温婉朴素。两个人相敬如宾的样子，特别美好。那时候就觉得这位小哥哥跟普通男生哪儿不一样，就是说不上来。

"我们学校旁边高尚小区里，好几家有钱有势的人家被盗了。一直没破案。有天面馆突然关门了。

"我和同学都很不习惯了好一阵子。后来听我一个爸爸在局子里的同学说，就是那个小哥哥。他是特种部队出来的，身手极其了得。他可以徒手从一楼爬到六楼。他从不拿贵重物品，只拿高档烟酒或者散钱之类的。

"这事儿在我们学校那很轰动。我都上燕大了，才听说他拿那些东西不是为了自己，是为了他一个战友。那个人执行任务的时候成了残废，家里没有老人也没有孩子。"

没人说话。

过了好一会儿，老米说了一句："这人是个好人，但是选择了错误的方法，去做好事。"

"转眼八年过去了，我一直记得，我们正长个儿的小女生催他赶快下面给我们吃，他冲我们一笑的样子；看到城管欺负卖刮凉粉、麻辣烫、轰炸大鱿鱼的小商小贩，眉毛拧在一起，看人的眼神格外冷峻。不知道他和他媳妇一切都好么。"

"真挺让人惋惜的欸！"嘉琪说。

"没什么可惋惜的。不管什么理由，都对不起身上曾经穿过的那身军装。行了，准备出发了。站着聊这么半天了。"郝明说。

王小满和修艳喜，找到我们昨天换下的轮胎。小修说，真空胎的这个破洞，插入橡胶条，还是能用的。我们以为轮胎废了，就随便一扔，伊曼倒车，把轮胎轧得橡胶开裂，把小满心疼坏了。

"八〇还得再补个新备胎。"郝明说，"大家收拾东西，老米你做队长，带队往前走。我现在就出去修水箱。估计半天就修完回来了。"

"那我呢？"我问。

"你不跟我走，那六个都上车走了，你原地挨冻受清风吗？"

我心里很高兴，但是面上一点儿不露出来。

"你把你前面的抽屉打开。"我们出发去修水箱后，郝明告诉我。

"这是什么？防狼器？"我问。

"它叫手刺。昨天从歹徒身上掉下来的。拿来给你玩儿。"

"是这样用吗？"我演示给郝明看。

"对。不过，这可是一件大凶器，不能随随便便用它来扎人。警察叔叔会找你麻烦的。"

"我真的成小A了。"我笑着说，"那些歹徒用这玩意儿干吗呢？他们手里那么多枪啊。"

"可别说，两个人近身肉搏的时候，有这个的，立马占上风。"

"他们的装备还挺齐全的。"我把手刺装回到套子里，随手放进大衣口袋里。

"郝队，你喜欢什么样的女孩儿？像伊曼那样勇敢、冷静的？"我问。

"勇敢的女孩儿谁都喜欢吧。"

"就勇敢吗？没别的了？"

"你是指泛泛而谈，还是找对象？"

我本来想说"找对象"，话到口边，又失去了勇气："呃，泛泛而谈。"

"首先要讲道理。"

"讲道理？"

"我不是太会哄人，只会讲理。"

你有时候就很不讲理，好么。我心里暗暗嘀咕。当然这话不能说出来，说出来就是一场"祸"。

"是不是善良，有正义感——性格没毛刺。"

我悻悻地说："这种人现在很少了，很难遇到。"

"是，很难遇上。"

"遇上了，你会对她好吗？"我大着胆子刺了他一句。

"当然。"

路边有几个修车点，郝明下车问了一下，水箱好修，但是要修被子弹打坏的后视镜有点难度。郝明又往西边的于田县跑了些路，最终在一家小学校里，找到个能修后视镜的修车厂。

我们几乎走出去快天公里，才遇到一个介乎于村落和乡镇的地方。

商议好价钱后，郝明招手叫我："车得留这儿，就去隔壁家吃午饭吧。"

我跟着郝明走到学校外一家看起来很干净的餐馆。

"你想吃什么？"郝明一边翻看菜谱，问。

"熘肥肠。"

"嘘！这里是清真餐馆。"郝明压低声音说。

我心虚地转脸向两边看了看："还好，周围没人。不然被打成猪头了！"

郝明竖起食指做了个禁言的动作："看今天车能不能修好。如果修不好——"他俯身凑过来，小声对我说，"就找地方让你吃上熘肥肠。"

"女神都是只吃香菇菜心的，我爱吃的都是猪下水这种——"我急忙盖住嘴，在桌子上画了个猪脸，指了指。

"赶快把你的画擦掉吧，明眼人一看就知道是什么——画得还挺像的。"

"斯文·赫定爵士就非常擅长画画，所以我也下意识学了点儿。"

"你还没说你吃什么，今天我请客。"

"吃个'拉条子拌面'就好。"

"就吃这个？！"

我并不特别喜欢吃"拌面"，但我知道郝明爱吃："到新疆不吃拌面吃什么？"

"会不会太简单了？"

"不会。再加个'大刀拍黄瓜'好吗？老吃不到新鲜蔬菜，我这牙龈开始往外冒血了。"

"怎么不好。"他把菜谱"啪"得合上，对远处的回族服务员喊了一句，"两份'过油肉拌面'，一个'大刀拍黄瓜'。"

"过油肉拌面"先上了一份。郝明把拌面端到我面前。

"不不，郝队，你先吃。"我把面推到郝明面前。

"你先吃，你吃得慢。"郝明把面放到我面前，又递给我一双筷子。

"那，一起吃吧。"我说。

"这不，又来了么。"

方才那个戴小白帽的回族服务员把第二盘"拉条子拌面"端上来。

"啊，太饿了啊。"我直搓手，做出欢天喜地的样子。

郝明给自己拿了双筷子："小A，其实我和小孩的妈妈早就离婚了。"

我正挑起拌面往嘴里送，听到这句话，手一抖，面差点滑到盘子里。

——这个消息的爆炸性，可比油桶要猛烈得多！

我装作若无其事的样子，继续用筷子夹起拌面吃着。

我等着他继续说下去，可他不再说话了。如果我不接茬儿，这个话题就中断了。他为什么忽然和我说这个，一时间我来不及细琢磨，不管怎么样，既然他主动提起了这个话头，我就把我所有想知道的都问出来。

"你才离的婚？"我张着天真的眼睛，装出漫不经心的样子问。

"有十年了。"

十年了？！我从拌面的热气中看了他一眼——怪不得郝明和他女儿合照上，只有两个人。

"没听王小满他们提过啊。"

"他们知道我是一个人。"

"一个人！！"我把这三个字在心里翻过来掉过去默念了好几遍。

"我想不出，你的婚姻应该坚如磐石，怎么会离婚？"

"是她提的。"

"为什么过不下去了？"

"从部队复员后，我在县政府当了个公务员。我前妻说，当公务员没前途。不如一块儿做点小生意。我从机关辞职出来，但是生意做得很不成功，欠了很多钱。我前妻说，'为了孩子，咱们离婚吧，所有债务归你'。我问她，'你想好了吗？如果真愿意离开我，我绝不阻拦。家里所有你认为值钱的东西，都可以带走；债——我来背'。"

我想张口骂人，但是郝明一定不愿意听到我辱骂他前妻。

"离婚后那段日子，过得很消沉：一天两包烟，一瓶二锅头——就是作践自己！这样过了一个多月，我这当过兵的体质，走路直打颤。我想再这样下去，我这个人就废了。"

"当时欠了多少钱？"

"68万。"

"68万！现在也是一笔钱啊，何况十多年前！"

"离婚后那段时间，天天有债主上门讨债。有一次来了七八个人在外面砸门。没办法，实在拿不出钱。我只好翻窗出去，顺着下水管道，出去避避风头。整整有一年时间，晚上在家我不敢开灯。

为了还债，给钱的工作我都干过，只要这份工作是合理合法地出卖体力。可是债务就像个无底的深渊，怎么填都填不满。有天晚上，我揣上我们连长在我退伍时送我的战术折刀，在路上边走边想，老天真不给人活路了吗？真要把人逼上杀人越货的地步。这时候，对面过来一位老者，蹒跚地走着。他看到我，没有一丝的恐惧，而是很和善地看了看我，依旧蹒跚地慢慢走了过去。人性的本质是善的。这位老者把我心中的恶念给送了回去。

"为了挣更多的钱，我来到北京。第一份工作，是踩三轮车给人送货。每月300块。老板看我干得好，第二月给我600，第三月给我涨到900一个月。早上吃两个馒头，自带一军用水壶。为了省钱，尽量不吃午饭。每天就在兜里放点零钱，不带钱包，就怕花超了。有时候帮人卸完货，老板给瓶七喜，就和过年一样。

"我记得我带着第一个15万，整整一'军用挎'的钱回到老家，一下就被债主全分光了。你还吃不吃了？"

"我不吃了。"

"不行，你还剩了大半盘子面没动呢！快吃。我出去看看车去。"郝明看了看表，说。

我机械地拿筷子扒拉着盘子里的面。郝明起身走了之后，我就把筷子放下了。

我的心情不要太好。一直以来，我认为的，我们之间的鸿沟原来根本不存在。眼下即便全是山珍海味，我也吃不下去。

"寻宝人丈夫"的方案，似乎可以缓一缓再考虑了。

我走出小饭馆，回到修车厂。

郝明的水箱修好了。但是王小满的备胎是彻底完了，不能再要了。

维族修车厂厂主说他有郝明要的STT大花纹胎，但是这儿没有现货，必须回家取一趟。维吾尔族店主叫过一个本民族小伙计。那个孩子戴上一个打劫帽，只露出两只眼睛，骑上一辆两轮摩托，去了。

郝明用手按了按自己的轮胎："还得给轮胎补点气。"他看了一眼修车店老板为难的脸色，笑着说，"我自己打气，不用你，气泵我也有。你忙你的去吧。"

"小A，"我听见郝明喊我，"你站那儿干嘛呢？让她进屋里暖和去。"后面那句话，是对站在屋门口一个三十多岁的妇女说的。

我掀开屋门外的棉帘子，里面有个穿开裆裤、圆头圆脑的小孩儿在玩；床上的被子堆在那儿没叠，里面还睡着个更小的孩子。

"那是你家男人？"那妇女一扬脸，问我。

我顺着她下巴扬起的方向看过去，才明白她说的"你家男人"是什么意思。"不是，不是。"我哑然失笑，急忙否认。

"嗯，站你旁边，像个汉子。"

我用这名妇女的眼光，看着正在用气泵给轮胎打气的郝明。这个35岁的男人，内心出奇的纯净，我的命会这么好吗，好到让我怀疑我的人生。

我的手机在兜里震动。我拿出来一看——又是他。我心情好，准备调侃他两句："不该发生的事情到底还是发生了！我无可救药地爱上了路边卖羊肉串的维吾尔族哥哥，准备跟他在新疆定居了。我没骗你。你别伤心，我现在这么快乐，你这心伤得有多不值哇。"

"小 A，你在和谁说话呢？"郝明突然在车那边问我。

"听到了吗？"我捂住手机，低声对电话讲，"我男朋友叫我呢，汉语说得还不错吧？我不能和你再讲了，让他知道我和你私下通电话，他会打我的。挂了。"

我回过身，郝明不见了。

我找了一圈，发现他在给轮胎放气。

"刚才不是在打气吗，为什么又放气？"我问。

"刚才听到你说要在新疆定居，气打多了。下午温度高，怕爆胎。"

"噢。"

"噢什么，上车。"

我和郝明坐在车里，等着轮胎送过来。

郝明拿过报话机，不断呼叫其他队员。呼叫了几次，终于有了回应。因为我们离得远了，声音不是很清楚。

郝明告诉老米，一拿到轮胎，他就火速往回赶，晚上回沙漠里和大家一道扎营。之后，电台里就没声音了。

"可能他们刚翻过一座大沙山。所以信号收不到了。"郝明把报话机挂回到托座上。

相对沉默了很久，郝明仿佛很不自在似的，打开车载电台："听会儿音乐吧。知道这是谁唱的？"

"许巍？"

"许巍还是汪峰，听不出来吗？"他把歌曲音量调大了，"好好听听，接点儿地气。"

为了日子好过点
可以忍住眼泪吗
可以表达愤怒吗
可以告诉我
你真的很孤独吗
你不知道，该如何面对
可你已经无路可退
你要坚持到，最后一刻
为了让生活继续

……

我的心，一阵难言的痛。

"你前妻很漂亮吧？"我问。

"也就一般人。"我觉得他讲这几个字的时候，还是带着点感情的。

"你们怎么认识的？"

"我们是高中同学。"

"明白了，高中时代就眉来眼去了。你根本不是因为打老兵去喂的猪，是每天晚上熄灯后躲在被窝里给她写情书，被你们班长发现了！"

"没有。上高中的时候，我根本对她没印象。当兵回来后，一次同学聚会，才有了联系。她是高二转到我们班上的。她老家比较穷。我们县是产粮大户，很多姑娘都希望能嫁到我们县来。"

"当初，谁追的谁？"

他略略回忆了一下："应该是她，先主动的。我条件也不是很差吧？"

——这哪是什么爱情，明摆着就是为了找个长期饭票。

"那你喜欢她哪儿？"

"当时，真没去想过这些。刚从兵营里回来，之前也没怎么谈过恋爱。"

"谈了多久？一年？"

"两个月。"

"两个月！你就敢把终身托付给她。明白了，你是不是把她肚子搞大了！"

"小A，我不至于那么下作吧！我们那时候，不像现在的年轻人这么开放，随便去酒店开个房——也没那个钱。"

"这和开不开放、有没有钱没关系。钻个谷子堆、苞米地都行。你方才不是说，你们那儿是产粮大户吗！"

"这是个误区，玉米地不是那么好钻的。玉米长得很密集，三岁小孩进去都很费劲，别说大人了。"

我们两个忽然一起笑了起来。

说也奇怪，我一方面鄙视郝明的前妻，同时心里却又非常感激她。虽然她让郝明痛苦过，要不是她不要郝明，现在痛苦的那个人，就是我。

"你当兵那会儿是不是八块腹肌？"

"那会儿的兵都有八块腹肌，不算什么。"他平淡无奇地说。

"现在呢？"

"这个么，男人一过30，就发福了。"

"这么说没了呗。你和你前妻在一起的时候应该还有吧。每天晚上，你都拉着她的手，让她摸你的腹肌。"

他没吭声。

车里因为开着暖风，所以很温暖，就像我的心一样。自从我们之间的隔阂去除后，我想知道更多他过去生活的细节，可我又不忍心去撕开他也许才愈合的伤口。

"你们结婚初期还是幸福的吧？你骑着自行车带她去郊外踏青；依偎在一起，看夕阳下滚滚的麦浪；合吃一个蛋筒冰激淋，你一口，我一口，越吃心越近，嘿"

"自打结了婚，就天天吵。她和我母亲的关系很不好，我父亲也不喜欢她。我们一吵架，她就往娘家跑。我不去接她，她就不肯回来。女人一结婚，就会变成另外一个人，觉得你是她的私有财产，可以颐指气使，特别可怕！"

"你女儿判给谁了？"

"一般小孩小，特别又是女孩儿，都会判给母亲。我托人走关系，才把女儿判给我的。再说，女方没孩子，改嫁更容易。"

眼看等得夜幕就快降临了。那个摩托才回来。新疆大啊，取个轮胎要一个小时。

几个人把系在一起的两个轮胎从摩托上卸下来，帮郝明将其中一个扔到途乐后备厢里。

郝明告诉我："你把安全带系好。我会把车子开得很快。这样，天黑前，我们就可以进入大漠。"

车子在坑坑洼洼的砂石路上，以每小时 90 公里的速度全速前进，就是有大的坑洼，郝明也不减速避让，只通知我："抓住头顶的扶手！"

那段路，郝明把途乐开出了赛车的感觉。

忽然，我听到车顶有"撒豆子"的声音。又有人故意往我们车顶扔石块，"铛铛"地响了好几声。前风挡的外面多了十几个白色的"鸡蛋"。

"冰雹！"

我往窗外一看，吓了一大跳，黑压压的浓云压在我们头顶。转眼，窗外什么都看不到了。

"暂时走不了了！我记得这附近有一个中石油的加油站，应该就在前面。可以让咱们躲一躲。"

中石油加油站里，挤满了大车。所幸的是，大车之间，刚好有个空隙，留给了我们。

郝明把车泊在两辆大车的轮子中间。车顶被人"扔砖头"的声音没有了。

"看来今晚回沙漠有点悬了。"郝明焦急地说，"老米他们又联系不上。"

"你离婚的时候，也就比我现在大点儿，那你怎么当爸爸啊。我看见小孩，好玩儿的，捏两下；哭了，给买个冰激淋。让我带小孩儿，头大。"

"有了孩子，你就会带了。我把一个旧的旅行袋吊房梁上，把我女儿放进去。她哭了，我就推那个旅行袋。你知道我只有高中文化程度，还得进一步学习，不能一辈子出卖体力。

"后来我业务越来越忙。我弟媳也生孩子，我妈照顾不过来。我只好把闺女送到她妈妈那。另外她也大了。很多时候，我这当爸爸的，越来越不方便。我前妻，还是一个很称职的母亲。"

"你女儿以后一直就跟你前妻生活了？"

"我忙不开的时候，送她妈妈那儿。不出差的时候，早上六点起床，去对面中学操场跑一万米；七点回来洗漱、做早饭，喊闺女起来；七点十五吃早饭；吃完早饭，我洗碗、收拾厨具，闺女念英语；八点送闺女上学，我去上班。

"下午五点，在校门口等闺女放学；回来做晚饭，六点钟准时开饭；七点，看《新闻联播》，之后守着闺女做作业；等她睡下了，我写责任报告。一天一天这么过。"

"生活还挺规律嘛！不是有坚持锻炼吗？怎么腹肌就没了？"

"你用手捏我肩膀，"郝明说。我看着他，不明白他是什么意思。

"把手放我肩膀上。"郝明又说。

我犹犹豫豫地把手轻轻放上去。

"用力捏。用力！你这是猫抓呢！是不是像铁一样硬。"

"肩膀都是硬的。你捏我的肩膀，也是硬的。"

"你捏我肩膀，自然而然，会产生一个抗拒的力道。这就是那时候练的。你就没有。"

我把手收回来，放到自己腿上，心里喜滋滋的：今天不知道算不算一个里程碑，我和郝明有了肢体上的亲密接触。

"你女儿不感到奇怪吗？父母同城，却始终不住一块儿。"

"有一次我去我前妻那接她回我这住。她不像以往看见我兴高采烈地。回到家，我问她怎么了。她问我，是不是爸妈已经离婚了。闺女长大了，看来瞒不住了。她反锁了门在里面哭。我敲门，她死活不开。我坐在客厅里抽烟，心里很难受。想想真是对不起她，她还不到两岁，这个家就支离破碎了。"

"后来你一直单身？"

"是。"

"你前妻呢？"

"我们还没解除婚姻关系之前，她认识了一个男的；我们离婚后，他们在一起同居了五六年，不知道为什么那个男人最后没娶她。"

"你前妻没找过你要求复婚？"

"找过。有整整一年，她几乎天天缠着我。"

"你怎么没答应？"

"我说，这么多年过去了，我已经习惯了现在的生活状况。为了孩子，我们还是很好的朋友，这样不是更好吗？"

"这么多年，你真的没再谈过女朋友？"

"我不想再结婚了。做什么三番五次地结婚——人背后怎么看你。不结婚，耗着人家的时间、感情，白耽误女方。交个女朋友，就为了'性'吗？"

真是结过婚的男人，什么都敢说，我低着头，心里暗道。

"我就不信，这么多年，就没有一个对你表示过好感的。"

"曾经也算遇到过，一个还不错的女人。"

果然！不追着他问，他还不说哩。

"怎么叫'还不错的女人'？"

"一直暗中关心，默默地帮我做一些力所能及的事。一年后，她主动向我表白了心意。我跟她说，'我不会再婚了。'人这一辈子，结一次婚就够了。我还记得，她当时低着头，什么也没说。然后一如既往地待我。三年后，她又主动向我坦陈了心迹。我说，'我马上要去趟羌塘，路上让我好好想想。'等我回到北京，给她打电话。她说，三年前，家里给她介绍了一个相亲对象，她一直回绝人家。三年过去了，那人还在等她。她也发现这人不错，是过日子的人，准备往结婚上发展。"

"你傻了！她是在试探你的真心，等着你去找她。根本没这个相亲对象！"

"不是，"郝明很肯定地说，"语气很决绝。我们认识这么多年，她非常了解我，我不是一个需要试探的人。"

"羌塘你去了多久？"

"二十多天吧，不到一个月时间。"

"中途，你没给她打过电话？"

"无人区，哪来的信号？那时候，也没有卫星电话。"

"那当然不高兴了！这一个月来，你生死不知。谁知道你是不是掉沟里了？或者被盘羊顶了？她心里有多煎熬，你知道吗？要是你前妻，单人单车去羌塘，你一个月没她消息，你着不着急？"

郝明沉默半晌，叹口气说："唉，把玫瑰种在沙漠里，开不了花，真的不是玫瑰的错！"

"你和'玫瑰姐'，想的根本不在一个频段上。过去四年了，你才考虑要不要和她开始；而人家考虑的，是不是应该放弃你了。"

很显然，郝明脸上的表情，是他从来没有想到会是这个情况："有的人，天生血液里就有不安分的因素，可能我命中注定要漂泊一生。"

"不用遗憾，"我用豁达的语气安慰他，"她不在你心里。如果你心里真的有她，绝不会等回到北京后，洗完澡，换套干净衣裳，再好好吃个饱饭，才想起来给她打电话。你要是真喜欢她，刚有手机信号，第一时间就会打给她——哪怕信号断断续续，根本听不清呢——还是没有遇到对的人。"我扭转头，对着车窗里的我，非常愉快地做了个鬼脸。

"看来今天晚上沙漠是回不去了，"郝明看了看表，"今晚只能在这儿找地方住了。我记得来时，确实路上有个二层小楼，应该就是旅馆。"

郝明看着车窗外，非常缓慢地倒车，调头离开了加油站。打开雨刷器，我们也就只能是勉勉强强看到车头前的一点路。

途乐尽量保证车头直线，慢慢滑行着。总算在蒙蒙的大雪中，发现了那个灰土土的二层小楼。

出乎意料，这个其貌不扬的小旅馆里非常暖和，因为整栋楼都有地暖。

郝明去办入住手续。前台告诉我们，只剩下一间空房间了。

"你们门口也没停多少车辆，房间里都黑着灯，怎么只剩下一间空房间呢？"郝明问。

"那是给石油部的工作人员预留的房间，他们原定今天要到。"

"他们今天肯定到不了了。外面这种天气，什么车都走不了。你再给我们一间，我们就睡个觉，明早一大早就走。你多赚一个晚上的钱，多好。"

"不行！"前台说什么也不答应，最后有点不耐烦了，"那间你再不定，一会儿石油部打电话再多要房间，我就给他们了。"

郝明默然。

"你们两个可以住一间嘛。"前台后面一个中年妇女说，"反正你付的是一个标间的钱。出门在外的，顾不得那么多。"

郝明把那间空房要下了。

办完手续，郝明背起他土黄色的大背包，拿着房间钥匙，提着我的随身包，带着我去了房间。

房间里有两张被褥十分简单的单人床，有一个老式的床头柜，还有一张没有抽屉的书桌。书桌上还有一盏台灯。没有单独的浴室，屋里只有一个洗手池。

"小 A，你早点休息吧。昨天就没怎么睡好。明早我过来，在这儿洗个澡，然后我们就去找老米他们。"

我吃了一惊："你去哪儿？"

"我到外面扎营去。"

"扎营？！外面多冷啊！"

"零下三十摄氏度的野外，你不是也睡过吗？"

"那是在沙漠里，没条件。现在不是有条件吗？"我着急地说，走过去，掀起破旧的劣质地毯，露出热乎乎的瓷砖。

"这儿有地暖、有地毯，在这扎营不比外面露营好太多！

郝明很轻微地点了下头，算是同意了。

"既然住屋子里了，还扎营干嘛？就睡床呗。"我说，"我穿抓绒衣睡。你随意。"

"那我睡靠窗这张床，女人应该睡里面更安全的地方。"

郝明把他那个土黄色大包，轻轻一拎，拎到床上，将里面的东西都倒出来，又一样一样检查一遍，放进大包。

我坐在我的床上，一动不动地在背后看着他。包的一个拉链忽然拉不动了。郝明试了好几次，都拽不动那拉链。

我急忙从自己旅行袋里翻出一小瓶发油，递给郝明："是摩洛哥玫瑰阿甘油，就是太香了。"

拉链忽然"嗤啦"一声能拉动了。

"多谢，下次用的时候再找你要，"郝明说。

我拿着发油，自觉无趣地转身回来，忽然一只手勾住我的腰，腾云驾雾，我就倒在了床上。

我简直不敢相信这一切是真的。

郝明的手插在我头发里，用手指轻轻摩挲着我的脸庞。他看到我还有一条腿在床下边，就托起我，往前轻轻一送，我整个人就躺在了床上。

郝明低下头，在我的脸颊上亲了一下。我紧张得鼻子都冒汗了。现实真的比想象的还要美好一万倍。

郝明见我身体僵硬表情木然，询问似的，不安地把身体抬起来，插在头发里的手也移开了。

哎，我不是这个意思！我心里喊。

我没什么经验，不知道该如何迎合，就用双手抱住了他。于是，他搂我搂得更紧了，一只手放在我的腰部。不知道什么时候，我们两人的嘴唇就粘在了一起。

我有些意乱情迷：今晚是不是会发生什么？好，还是不好？

郝明扔在床上的对讲机发出"兹啦兹啦"的声响，"郝哥，哥，能抄收吗？"——是王小满！

郝明从我身上翻身下来，一骨碌坐起来。我也连忙起身，心怦怦地跳。

郝明迅速摸起对讲机："能抄收，请讲。"

"米哥的车坏了。我们的车怠速都有 3000 转，他的最多只有 1500 转。车没法走了，要检修。我车里的暖风突然没了。人坐车里，跟坐在冰窖里一样，我都受不了，何况嘉琪。我们一直呼你，呼不到，就商量着先一起出来——已经上公路了。"

我大吃一惊！

郝明用手指了指床上那些他的东西，我急忙过去，把床上一些零碎东西装进他的包里。他点点头，一边对着我用手在棒球帽上顺了顺。

我急忙跑到洗手池上那面镜子前，一照，把我吓了一跳。我的头发乱蓬蓬的，一看就是那种衣冠不整的样子。

我赶快把头发重新梳理了一遍，一面听郝明说："我就在你们上道点不远的地方。遇到了大雪和冰雹，没法走，现在在一个与石油部有协议的小旅馆待着呢。我把我 GPS 坐标报给你们——什么？你们根本没遇到大雪和冰雹，真是邪门。"

郝明松了手台的按键，对我说："他们就快到了，你待在这儿，我去接他们。"

我神情僵硬地点点头。

郝明走了。

我拿出那本《俄藏黑水城北宋西北边境军政文书》，力图遮掩些什么。

"雪太大，好不容易找到这家旅店，而且只剩下一间房，先给小 A 住下了。"我听郝明在上楼的楼梯那儿说。

"啊，还有这回事，这么巧！"王小满说。

"能有一间就不错了。至少三个姑娘今晚有床睡。咱们几个大男人，哪儿不能糊弄一晚上。"

我急忙去开房门。他们已经在外面的走廊上了，老葛在前，大家鱼贯步入房间。

我不知道该做出什么表情迎接大家，如果做出又惊又喜的样子，会不会更显得心中有愧。老米镜片后目光闪闪，瞭了我一眼，立刻就去看床。

我的心扑腾扑腾乱跳。虽然床单我重新铺了铺，可是始终没法像刚来的时候那么平整——唉，真是应了那句话"若要人不知，除非己莫为"。

"今晚可以睡床啦！"伊曼大喊了一句，倒在郝明床上，头枕着他的土黄大包。

"啊！床！"王小满大叫一声，跟着倒在郝明床上，和伊曼一块儿枕着土黄大包。

伊曼一下子坐起来，厉声说："你身上沙子拍了没有，就往我床上躺！你让我晚上怎么睡啊——起来！"一面用力推王小满。

王小满非常受用的样子，就是不起来。

"我躺哪儿你躺哪儿，去，那床躺着去！"伊曼用拳头用力捣王小满。小满一边笑着躲一边抓伊曼的手："哎哟，打人还挺疼的哈！"

"你们怎么全出来了？"郝明问。

"你这一走，都没激情了！"老米坐在床上，低着头说。

"什么叫没激情了？！"

"这么一堆人，今晚怎么住？"老葛问。

"什么叫怎么住？我和前台说了，有预定没来的，或者退房的，通知我。如果有房间，我们就住房间；没有房间，男人们跟我去走廊扎营。这儿有地暖、有地毯，不比外面露营好太多！"

又有人进来了，是那个前台："石油部的人不来了，他们预定的三间房都可以住了，你们要几间？"

"全要！"

"小满你起来！"

老米把两张床中间的床头柜拖出来，王小满和修艳喜把两张单人床并在一起。

"不错，挺宽敞的。"老米说。

王小满笑着说："晚上你们仨睡一块儿，千万别打架啊！"

男人们提着自己的行李、背包，离开我们的房间，去楼下办入住去了。

伊曼从包里拿出洗漱用品，也没和我们打招呼，就出去了。

嘉琪自进入这个房间，就一直闷声不响，不知道什么原因，让她心情不好。她盖着被子，两手交抱靠床坐着。因为屋内热，嘉琪只穿了件黑色吊带，露着小麦色健壮的胳膊。

我正想问她怎么了，嘉琪一掀被子，披上件抓绒衣，离开了房间。

门刚关上，又被踢开了。

伊曼裹着白色浴巾，头上包着白毛巾，拿着洗发露、沐浴液，像一个顶罐子的非洲部落女人，从外面款款地走进来。

"伊曼，水怎么样？热吗？"

"凑合吧，"她用脚踢上门，"反正能洗。"

"浴室有锁吗？"

"废话，没锁我怎么洗的。"

我想说："就是没锁你也能洗。你巴不得别人都能看到你美好的身材。"但是这话不能说，说出来，我和伊曼就打起来了。

伊曼拖出椅子，坐在桌前，竖起一面超大皮面镜子——那镜子很有意思，自带灯光；又拿出一个超级大的化妆包，不停地往外掏瓶瓶罐罐。

"这么多瓶瓶罐罐！除了乳液和精华，她还用什么呢？"我装作看书，其实一直不断用眼角余光睽视伊曼，等她摘掉浴巾或者站起来的时候浴巾不小心掉下来，看看她是不是大胸妹。

可是，伊曼一点没有站起来的意思，而是往手掌心里挤了一些乳液，修长的手指慢慢揉开，往脸上涂抹着，又拿出一个仪器，在脸上来回揉着。

突然，我看到伊曼正从镜子里冷眼斜视着我。

我怕她以为我是一个变态，赶忙转过头，摇头晃脑地大声念："'自三峡七百里中，两岸连山，略无阙处'。呃……后面是什么来着？噢，'每至晴初霜旦，林寒涧肃，常有高猿长啸，属引凄异——'"

我声音越来越小，回过头，发现伊曼仍在镜子里冷眼斜视我。我也毫不示弱地，回瞪她。

"嘉琪刚才进了郝明房间，别怪我没提醒你。"伊曼说，关了仪器。

"什么意思？"我问。

"那货骨子里才骚呢。"

我对伊曼随口飙脏话早已经习以为常，见怪不怪。可听她这么说嘉琪，血往脸上涌，心像锥子刺了一下。

"那怎么了！"我回了她一句，可转念一想，伊曼在这方面可是行家里手。

"你的意思是，我去看看？那好吗？"我小声问。

"那还不随你的便！"伊曼像突然发现了什么，忽然凑到镜子前面，仔细审视了一会儿自己的脸。打开一个硬皮小包，从里面取出一个小镊子，拔掉眉毛下新长出来的几根杂毛。

我打开房门，左右一瞧，走廊里一个人没有，安静得很。

我蹑手蹑脚走了个来回，什么也没发现。所有房间都关着门，只有一个房间门是虚掩的。我往门缝里看了看，只看到一隙白墙。

我正准备回房间，就听虚掩的房门里有人说话："老大，你轻点抓我！你手劲儿太大了！"

——是嘉琪！

"这样呢？"郝明问。

——郝明和嘉琪真的在一个房间里面。

"哎哟…好舒服 ... 就这样子 ..."

我愣住了——这是什么意思？

"还有哪儿？"

"下面下面……老大，用力用力！"

"我一用力你不是疼吗？"郝明问。

"痛并快乐着——再来两下！哎哟，太好过了。"

我贴在门缝上，紧张地偷听。除了一隙白墙，我什么都看不到。我伸出个小指头，想悄悄把门捅开大点。忽然肩胛骨给人钢钳一样扣住，往后一带，我不由自主，往后退了两步，差点坐倒在地毯上。

王小满铁青着脸，猛地把门推开——门"砰"一声大响撞在了墙上，大步走了进去。

我又回到门边，就听被单摔在身上的声音。

"你这是干什么？疯了吗？把衣服穿上！"

啊，我大吃一惊，嘉琪真没穿衣服。

就听嘉琪嚷："你别拽我，你放手！你弄疼我了！"

"你们俩闹够了没有！啊！"老米大声说，"一路就听你们俩吵！要吵出去吵，别在我这儿丢人现眼！"

"适可而止啊，"老葛说，"都不是三岁小孩儿了！"

原来老葛也在，那更没事了。我蹑手蹑脚正打算退回房间去，就听郝明问："谁在外面呢？怎么不进来。"

我一阵风似的跑回自己房间，跳上床，盖好被子，拿过《俄藏黑水城北宋西北边境军政文书》，趴在床上佯装看书。

刚趴好，就听到门被重重敲了一记。

"进来。"伊曼慢吞吞说。

"我来查岗，人都在吗？"

"在啊，除了嘉琪。"伊曼漫不经心地说，一边不住往左胳膊上拍 body lotion。郝明看到伊曼裸露着肩膀，只围了一条浴巾，犹豫了一下，不过还是走了进来。

"小 A 呢？"

"啊，我一直在看书，没出去。有事吗？"我一脸茫然，问。

他深深地凝视着我，半天说："好，那就好好在房里看书，别再违纪了。"

"噢，知道了。"我答应了一声，就好像今天我们从没有单独相处过一样。

郝明走了。

不过我猜，他一点儿不怀疑刚才外面的那人就是我。我低下头，努力看书，看了好一会儿，才发现我竟然把书拿倒了。

我索性把书收了起来，躺在被子里。我一向只看到我们队长，完美地拥有女性最推崇的男性优点：冷静、果敢、担当。今天又看到了他，男性本能的那一面。

屋里亮着大灯。我翻来覆去地，睡不着。嘉琪还没有回来。伊曼才刚往右胳膊上拍乳液，一边画圈按摩。

我打开手机，发现嘉琪竟然有更新：

我天性害怕与人交际。我不是担心对方乏味，就是害怕对方觉得我乏味。可是我既不愿忍受对方的乏味，也不愿强迫使自己显得有趣起来，那都太累了。我独处时，最轻松。即使我乏味，也自己承受，不影响他人，因此无须感到不安。

每个人都是一座孤寂的岛屿，盘踞在属于自己的寸土，恐惧着交出自己的内心，生怕别人拒绝自己的柔情。喧闹繁华的都市，车水马龙，人来人往，感觉到的，总是冰冷——那是别人的繁华。那些五彩斑斓的颜色，都不属于我，就像爱情。

融雪没说一句话，大地却已泪流满面。秋风只留宿一晚，落叶却满世界狂欢。

从今往后，答应自己不再熬夜，也不会再幻想会有人来心疼自己。活在当下，活出自我，让自己更充实、更快乐。而不是总是期待着，会有什么人给你打来电话。

你要明白，这个世界不是你想要得到什么，就一定能得到什么，特别是人心。愿所有现在睡不着的人，最后都能遇到爱你的那个人。

嘉琪这段莫名其妙的文字，应该是路上，她用手机写下的。很多读者为嘉琪的这段文字所困惑，不住地问：

"琪姐，你和风哥怎么了？"

"包爷儿，半仙儿哥对你不好了吗？"

"你们吵架了吗？"

"糨糊哥的脑子又糨糊了吗？我们一起帮你把他摇醒。"

我忽然恶作剧地想注册一个新用户名"大刀拍黄瓜"，然后披着马甲回一句：琪姐之所以如此地感伤，是因为吃瓜群众们不知道，队里除了她和幽灵，还有个漂亮又能干的模特儿。

第二十四章

塔克拉玛干的肚脐

——终有一天，你将穿透这黑夜，看到星光。

老米的"小红马"检查不出来是什么问题。郝明和老葛怀疑，是"小红马"改建主、副油箱的时候，改装厂的小工没有把油箱里的异物清理干净，导致油路堵塞。小修把油品换了一遍，转速倒是上去了，不过动力仍旧今不如昨。

"小修，'八○'没有暖风了，什么原因？"

"暖风不热有两方面的原因：一是发动机冷却系统不灵了，一是暖风控制机构工作不良造成的。看一下暖风小水箱的两个进水管温度，如果两根管都够热，说明是风量控制机构问题，如果两根水管都凉，或者是一根热一根凉，说明是冷却系统问题。七哥的是，冷却系统出了毛病。"

"冷却系统可能会是什么问题？"郝明问，"这必须得修好，不然小满和嘉琪怎么坐里面？"

"一是节温器常开或节温器开启过早，冷却系统过早地进行大循环，而外部气温很低，特别是车跑起来时，冷风很快把防冻液冷却，发动机水温上不来，暖风也不会热。水泵叶轮破损或丢转，暖风水箱的流量不够，热量也上不来。

发动机冷却系统有气阻，气阻导致冷却系统循环不良，造成水温高，暖风不热。我看了，暖风小水箱的进水管都凉，说明暖风小水箱没事。如果冷却系统总有气，很可能是汽缸垫有破损，向冷却系统串气。得一项一项排查——"

"王七，你那破车，问题都查不过来，还修呢。"老葛不待修艳喜说完，大喊大叫起来。

"越野是一种精神，和车破不破，没有关系，"王小满半开玩笑半认真地，"我这车，拉那么多重物，现在才有点暖风上的小麻烦。"

旅店前台来找我们，让我们退房，说道路通了，石油部的人晚上就到。

伊曼负责把我们所有房间退了，付清住宿费，收回押金。我们把所有的行李，堆放在外面的平地上。

小修告诉我们，"八○"的暖风就快修好了。

"很好，"郝明非常高兴，"我们先去吃饭。小修，就辛苦你，留下了。"

郝明按了好几声喇叭。工作人员才跑出来。工作人员的家属——老婆、孩儿、父母七八个人，一块儿坐在有暖气的空荡荡的便利店里吃火锅呢。

"'小红马'加油吧，我的油箱，基本都是满的。"郝明说。

"我油还不少，够到塔中了。我主、副两个油箱都大，不像'小红马'，见着一个加油站就得加油。"王小满说。

嘉琪从"八○"上下来，在外面走来走去地游荡着。

"琪姐，你怎么不坐车上？外面多冷。"我推开车门问。

"唉，小A，我跟你说，我其实是很讨厌烟味的。""小满和老米烟瘾太大，我对他一根接一根抽个没完没了，非常看不惯很久了。"

"我很走运，郝队不抽烟，不用忍受呛人的烟味。"

"你和老大之间，绝对有事！"嘉琪突然诡异地笑着对我说。

"什么意思？"我心一跳，故作茫然地问。

"你们两个之间，特别不自然。"

"琪姐，咱们这是在穿越呢！"我严肃地说，"平时宿营的时候，开开玩笑没大问题，讲真，就不好了吧。"

"呵呵，你就装吧，小 A。"嘉琪想了想，含笑说，"有女儿也没什么，女儿总归是要出嫁的。"

王小满按了一下喇叭，嘉琪就回车上去了。

那个晚上之后，我和郝明之间突然疏远了下来。

"恋人"之间，一个微妙的变化，都能有所觉察。

我个人觉得，相比从前，我没有变得更好是真，但是也没有变得更不好。我不知道他哪里来的这么大火气。

老葛认为，男人不是一个好物种。我没有比现在更赞成这个观点的时候了。当然，我对老米说的，男人是女人的一个必备物种，也不反对。必须要承认，轮胎坏了，都是男人一手承担换备胎的工作，而且他们也乐意去做。女人们，乐享其成就可以了。

郝明一手提了一件矿泉水走了回来，打开后备厢，放了进去。又从后车门拿出一块抹布，开始擦前挡风玻璃。

"小满，你暖风怎么样？"

王小满下车，随手又是一根新的香烟："目前正常。车里热得我，抓绒都穿不住了。车是没说的，就是我那副驾，有点懒。"

"我那个也差不多，还不如嘉琪。"郝明一边用力擦车窗，一面对王小满说："这风挡脏成这样了，就不知道找块布擦干净。眼里没活儿——不知道这书怎么读的。"

"她不开车，当然注意不到。另外，都是你惯的。"

这话听着口风不好，我赶忙推开车门下来。

"我这半边我来擦吧。"我说。

"行了。我一块儿都擦完了。等你来，黄花菜都凉了。你回车里坐着吧。"他的口气突然很温和客气，我感觉不妙。

我站着没动。

"那你把两个后视镜上的土擦掉吧。"我刚想和他说两句，没想到郝明把抹布丢给我，转身就去找老米了。

我接住抹布，心里老大不是滋味。我把暖水壶里的水往抹布上倒了一点儿，努力擦拭后视镜。果不其然，后视镜被我擦得一尘不染。

这时候，兜里的电话响了。我看了一眼，刚想挂掉，没想到手指头碰到接通键了。

"又有什么说的？我？我是心情不好。没一件事顺利的，还失恋了！我失恋了，再回头找你，那不是把你当备胎了——我这人是不是太没品格了。对了，我给你介绍一个姑娘吧，你们挺合适的——女神级别的，模特，比我小三岁，唯一不好，就是爱消费，当然你不在乎。不过，有一点，她未婚先孕过——喂？喂？？"岂有此理，竟然挂我电话。我气愤愤地想。

"小红马"加完油，驶离了加油站。我们三辆车跟上。走不了几公里的公路，我们将重回茫茫大漠。

"我让你用抹布把土擦掉，你为什么弄湿了擦？"

我往外一看，吓了一大跳。后视镜上结了一层薄冰，后车全看不到了，只有一片反射的光芒。

我急忙放下车窗，想用袖子把薄冰擦掉。一股冷风，伴着轰隆隆的车声，涌进来。

"你干什么！"郝明拿指结在我锁骨处敲了一下，把车窗升了起来。我觉得左肋让郝明撞过的地方疼得有点闹心，不自觉拿手摸了一下。

"刚才是不是下手重了？"郝明问我。

我剧烈地大声咳嗽，然后学武侠剧中呕血三升的样子，以表达自己内心的极度不悦。

"少来！没那么夸张。"郝明说。

我不咳嗽了。

"就因为昨天我说了你，你就一直生我气，吃饭的时候故意坐得远远的，看我的时候当我是空气——我没想到你这么小心眼！"

我莫名其妙："啊？我没生你气啊。"

"噢"他愣了一下，声调没方才那么高了，"我说你说得不对吗？"

"你说我什么了？"我更莫名其妙了。

"哦，算了，说你什么，我也忘了。那你干嘛和我怄气，只顾自己吃这吃那，也不问我一声。"

"我是想给你找点吃的。可是口袋里除了话梅，就是波力海苔脆。这两样东西，也不顶饿啊。"

"你总可以问问我，要不要喝水！"

"噢。"

"什么'噢'！"

"你要喝水吗？"我忙问。

"水壶在座位后面挂着。"

我在郝明车座椅背后找到一个虎牌户外水壶，旋开盖子，把水倒在盖子里，递给他。

"你先喝。"郝明说。

"我不渴。"

"我没口腔溃疡。"

"哦。"水很烫，冒着热气。我犹豫了一下，喝下去一大口。

"再喝，我看你今天一直没喝水。"

"这里面泡的是什么中药？"我问。

"黄芪！"

"噢，原来叫黄芪，我一直念黄芷。"我说。

"你还念白字。你都读到博士了。"

"不是博士，在读研究生而已。"

"对我来说，都差不多——你找什么？"

"我想找个纸巾，把杯口擦擦。"

"你有口腔溃疡？"

"这两天腮边长了一个。"

"口腔溃疡又不传染。"

"不是怕传染，是觉得卫生些。"

"我没那么讲究。"

我倒满了一瓶盖黄芪茶，递给他——我觉得他根本不渴。他带着白线手套的手一手扶着方向盘，一手接了过来，喝了一口，轻声说了一句："我们不是已经那个了吗？还计较这些干嘛？"

好在车内十分昏暗。

"那个，那天晚上，他们会不会误会我们了？"我嗫嚅地问。

"不用想，一定会的。越描越黑，等过几天，大家就忘了——我们又没做。什么十恶不赦的坏事，是不是？"

郝明突然把端着的瓶盖塞给我，迅速摘下报话机："小满，什么情况？"

"刚才路边灌木丛里看见一只小狐狸，我停车看看是不是就是除夕夜见到的那只。"

"你还惦记着你那狐仙儿呢，王小七？"

"哎哎，小满，你是不是打算跟着她走啊？"

"没有，我是想，她是不是打算来以身相许？"

"那你还不赶快一脚油门踩到底——跑！被狐仙缠上了，三天就把你小子干废了。"

车台里恢复了一贯的静默。

"你把我后面的包打开，把我的平板电脑拿出来。"我把平板电脑递给郝明，郝明把平板电脑搁在方向盘上，一手扶着，一手把卫星图片调了出来。

卫星图片立刻引起了我的高度注意。

郝明不断拉大图片："这是塔克拉玛干真正的腹地。这个灰色的斑点，像不像人腹部上的肚脐？"

"像！这里为什么会有个灰黑色的'肚脐'？"

"我也不知道，答案即将揭晓。"

"我们会经过那儿吗？"我兴奋地问。

"顺利的话，下午就会到达。"

郝明摘下报话机："兄弟们，我们准备下道了，去探寻塔克拉玛干的肚脐。放气，升旗。"

猛然间，我发现车队置身于一个密密麻麻紧密分布的胡杨林中。

这里就是真正的塔克拉玛干的腹地了。我明白了，为什么从卫片上看，塔克拉玛干有个巨大的灰色肚脐。

这片胡杨林十分广袤，一直延伸到天际。

当发现这些茂密的胡杨，已经全部死去的时候，内心的震撼不亚于看到成千上万死去生灵的白骨。

这里的胡杨林，不知道是不是因为被风沙吹得太久的缘故，颓败得很厉害，几乎没有了树形。而被大风撕扯开，裸露在外的红柳的根系，竟然可以有三层楼高。

在这里，我们仿佛进入了一个大人国世界。

对比红柳堆可以想见，这些胡杨生前会多么高大。就这么庞大的根系，这些胡杨还是没有活下来。曾经的枝繁叶茂全部没有了，只剩下小半段主干。这段主干随着风沙日晒，慢慢解体，变成我们晚上最喜爱的取暖木材。

太阳偏西之后，大漠中又出现了一大片低矮的胡杨林阵。这种阵式我还没见过。胡杨密集矮小，好像人工栽种的一样。这里曾经生长着一大片年幼的胡杨林。它们发芽成长的时候，这里还水土丰美，不知道发生了什么，导致环境急剧恶化，终究没有长大，只留下了纤细的树干。

是什么样的强大力量，掌握着大漠的命脉，致使那一眼望不到边际的原始森林，还有那些生命力顽强的红柳，终究沦落到全部死亡的境遇。

整整一天，车队都缓慢穿行在浓密的死胡杨丛林中。

郝明提醒大家小心："注意避让！闹不好低头就掉一'V沟'，车头还顶一大坨山一样的红柳堆，出都出不来！"

傍晚，我们停车扎营。西方的天际出现了童话般的色彩。

每天太阳快要下山前，是一天中大漠最美的时刻，我忍不住爬上沙丘，领略黄昏时刻的大漠美景。

尾车王小满在扎营地的西南方停了下来，和我们隔了三个山包远。

"你两个干嘛呢？为什么不过来？"郝明在手台里问王小满。

"哥，嘉琪看到这块儿有几棵胡杨生得很有规律。拍个照就过去。"

"喔，行，知道了。"

我听到"几棵胡杨生得很有规律"这句话，心里一动。王小满离我们并不远，大约也就百八十米的距离。我可以步行走过去，顺便把我的手机拿回来。我的手机今早交给了他，让他帮我充电，不知道他给我充了没有。

从我这儿瞧过去，嘉琪和王小满都站在车外，没有太亲密的举止，应该不碍事。我戴好头灯，裹紧大衣，慢慢走过去，心里想："大嫂和小叔子争风吃醋，史书上罕见。今天是个和小满修好的机会。"

远远地，就听到单田芳老先生说评书的声音："上回书说到，薛丁山离开寒江关——"

"小满，樊梨花遇到薛丁山了没有呢？"我问。

"已经被打跑两回了。唉，听得我都好心疼。"

我瞧了瞧嘉琪拍照的胡杨，很普通的几根胡杨树干紧密地长在一起，没什么意趣。

"小满，你给我的手机充电了吗？"我问。

"给你足足充了一天，应该是满格的。"

"谢谢，那我把我的手机拿回去了。"我客气地说。

王小满把烟卷塞到嘴里，打开"八〇"车门，拔掉连在点烟器上的数据线，从车里拿出手机递给我。

"我看你手机了，里面有几个神秘的未接电话。"他诡异地一笑，我的脸色就变了。

"呦！看来手机里还真有秘密！那我要看看！"王小满突然捏住手机，我就拉不动了。

"给我！"我急忙添了只手来夺。

王小满笑着松了手："早知道，还真看看你手机里的内容。"

我急得脸都红了，没好气地瞅了王小满一眼，掸了掸手机上的浮沙，揣到大衣口袋里，转身往回走。

"奇怪！这胡杨怎么有烧过的痕迹。"嘉琪问。

"这儿哪有人来过，是雷劈的吧？"

"哥们儿，你说得有道理欸。"

"这几小段胡杨，正好可以当今晚的柴火烧——聪明吧？这地方多好，地平，又有胡杨。"小满喊我，"小A，叫他们过来扎营。"

要以往，我一定会反驳："营地是队长找的，队长决定在哪儿扎营，一定有他的道理，除非他决定更换，其他人最好不要做这种无谓的建议。"

今天小满帮我手机充了一整天的电，所以我决定多跑两趟路，把他的话带给郝明。然后再把郝明"换什么换！叫他和嘉琪都过来"。的话再带回给他。

我听到一阵熟悉的放绞盘的声音，回头一看，王小满把"八〇"的绞盘，套在了捆扎住这几根胡杨的铁丝上。那几根高矮一样的胡杨就像旱地拔葱一样，被轻易地连根拔了起来。

"哎呦，"我听到嘉琪说，"我陷到浮沙里了。"

"那你还不赶快爬出来啊？"王小满不急不慌地说。

"我是想出来啊——不行，哥们儿，我越陷越深了欸！"嘉琪惊呼一声。

我转身一看，顿时吓了一跳，嘉琪的人很明显地在慢慢下沉。

"等我把绞盘摘下来的，你抓住绞盘出来。"

——这时候还摘什么绞盘啊？！我急奔过去，把手伸给嘉琪。

"你不行的，你拉不住我，还会把你拽下来的。"嘉琪急忙摆手，这一摆手，整个小腿埋进了沙子里。嘉琪的脸完全变了颜色，声调也变了。

我见嘉琪不肯把手递给我，就涉险又往前迈了一步，去抓嘉琪的衣服。我感到脚下的流沙在加速下行，一颗心跟着往上揪扯。

王小满把绞盘绳索迅速抛给了嘉琪，嘉琪抓住了绞盘绳。我也想去够那个绞盘绳，够到了我就安全了，但是我的腿已经在流沙里拔不出来了。我慌忙用力向前扑，但是重心已经变不过来。我眼看着地上黄色的积沙突然间露出一个黑洞。我绝望地看了嘉琪一眼，看到她似乎在大声呼唤我，脸上露出极度惊恐骇异的表情，就像在水上乐园里跳入黑暗的滑道内那样，我跟着脚下的浮沙一块儿快速坠落了下去。

我记不清具体向后翻了几个滚儿，躺在了浮沙上。

我这是掉入五维空间了吗？周围一丝亮光、一点声息都没有。我一动不敢动地待了好半天。洞里漆黑一片，坟墓般潮湿腐朽的气味，把我从五维空间拉回到现实。

我侧耳细听，确定没有人或者鬼怪喘气的声儿，才开始活动胳膊腿儿，把自己从沙子堆儿里拔了出来。

"小A，小A！"我听到头顶似乎有人在焦急地喊我，我分不清具体是谁。肯定是我的队友们，听说我掉进了洞穴里，赶来找我。

我就像一个不会游泳却掉进河里的人，手脚并用，划着爬向积沙的高处。

陷落的浮沙几乎挡住了洞口。我爬不上去了。

"我还活着。"我向洞外高喊了一声，眼巴巴渴望地期待着。

没有人回应我。

外面的天，应该全黑了。我看到耀眼的氙气大灯，像个探照灯一样扫来扫去，可是这里的地是平的，光线始终照不进来。

他们看不到我，甚至听不见我喊他们。

我兜里有手机，可是没有信号。我有手台，但是我疏忽了，没有随身携带。

我完全被与世隔绝了。

我卧在浮沙顶端，正一筹莫展，突然一道光柱晃了过来。

我立刻用手电筒回照过去，一面拼命冲上喊："我在这儿呢！"

"哎呦，谢天谢地，你总算回应啦！"我听到嘉琪在我头顶大声喊。

"看到光了。小A，你现在怎么样，没受伤吧？"老葛问我。

"没有！"我扯着嗓子向上喊，"快救我出去！"

不知道是不是喊声过大，头顶上的沙土扑簌簌滚落下来，落了我一头一脸。

"噗！谁啊，这是！"我迷了眼睛，拼命咳嗽。

我听到老葛又在那儿大声呵斥王小满："你智商又不在线了！"

"洞口太小，全被浮沙盖住了，她出不来，咋办？"

"她能进去，就能出来。出不来再想别的办法，你现在挖沙子，情等铲她一头土！"

"是啊，哥们儿，你会把小A活埋在里面的。"

"等着啊，我们想法拉你上去。"老葛冲洞口喊。

我立刻心安气定下来，心中默念有队友同伴的好处来。要是这里真的只有我一个人，我就死定了。

忽然，有个想法闪过我的脑海。既然我都能听见他们说话，那我离这个洞口也没多远。

我用手电把沙子的坡度仔细扫视了一遍。觉得难度很大，但是待着也是待着，再待下去我会冻僵的。我不妨再加把力，看看自己能不能爬出去。

我把手电夹在大拇指和食指之间，光柱照亮的前方沙子下，露出砖头一角的东西，看样子很像一本我常用的硬皮袖珍简明英汉词典。

我把词典小心翼翼地从沙子里扒出来，拂去浮沙，果然是一本"书"，书的封皮上描绘着金粉。我轻轻打开"书"，那一瞬间，我知道我的命运已经被改变了。

我急忙摘下脖子上的魔术巾，将这本"书"包好，放到大衣口袋里。在他们准备拉我上去之前，我必须尽快再找找，看看这沙子下面，是否还有其他类似的珍贵"书籍"。

我的手在沙子里胡乱掏挖着，忽然被什么东西卡住了，拔不出来。我只好腾出另一只手，把被卡住手上的沙子拨开，露出一个白色的圆东西。原来我的手指被卡在了一个骷髅的眼眶里。

啊，我听到狭小的洞窟内爆发了一声凄惨的大叫。骷髅被我甩到了沙堆上，又骨碌碌地朝我滚了下来。我急忙躲避，骷髅还是砸在我肩膀上，擦着我的耳朵飞了出去。

惊惶间，因为用力过猛，我跟着骷髅滚到了更深的洞底。

洞的底部，更加潮湿、阴森，坟墓般的腐朽气味更浓重。翻滚中，战术手电从我手里脱落，正正好好掉在了骷髅的旁边。

我只能硬着头皮爬过去，当我拾起手电——今生今世，我永远不会忘记，就好像施了魔法一样，洞窟的壁顶上，奇迹般地露出精美的绘画。

我虽然掉进了地狱，眼睛却看到了天堂。

洞窟的穹顶装饰着孔雀羽毛般的图案。这些孔雀羽毛，从中心向四周辐射。每根羽毛的最顶端都有一个天使，手里捧着宝石项链做供养状。穹顶上出现的蓝色，被大面积使用在文艺复兴时期的绘画当中。

虽然尘封已久，绘画的颜色依然是那么得鲜艳夺目，在头灯的光照下闪耀着保留到至今的辉煌，就好像是昨天刚画完的一样。

我拿着手电往下照，让我失望的是，岩洞的壁画上覆盖着一层黑色的焦油。

这个洞窟可能待过放牧人。我忽然想到，嘉琪方才拍照的那排很有规律的胡杨，可能就是羊圈或者作为拴牲口的地方。我们的附近曾经有过一眼甘美的泉眼也说不定呢。

随着塔克拉玛干气候的日益严酷，放牧人的足迹越来越难以涉及这里。而那些仍然打算纵穿塔克拉玛干去阿克苏或者和田的行路人，把那些木头拔出来——就像我们一样，做晚上的篝火。洞窟中的壁画被当时他们生起的篝火，烟熏火燎地破坏得很厉害——这需要经过专业人士的判断，才能确定是否还能修复。

我不断将靠近壁画的积沙推到我的两边和背后，随着我一步一步的清理走之后，浮沙下的壁画，正式显露了出来。

岩壁上的这幅壁画，是在一个哥特式的停尸堂里，画上的男人们，两腿分得很开，用足尖保持着平衡，环绕着站在那里。他们穿的是锦缎或者精美的刺绣品，身上披着三角形的斗篷。腰上系着表明贵族身份的带子，带子上饰着金属环佩，上面挂着长长的宝剑。宝剑上有圆的或平的把手。把手与剑刃之间有横档，呈十字型。

看到这幅画，我吃惊得心脏都停止了跳动。这种宝剑的式样同欧洲加洛林王朝和哥特时期的宝剑式样一模一样。在他们身体的一边，还佩戴着短的匕首——却是斯基泰风格。在这些男人的上衣口袋里，还别着一条手帕，这种打扮方式，意大利人在公元 16 世纪才知道。男性贵族的头发都削剪成一致的样式，头发是红颜色。不知道这是他们本来的颜色，还是长年累月氧化变成了红色。

他们应该是曾经生活在这片地域的贵族们。一个男人拔出匕首来刺破他的额头，另一个人用剑砍他的胸口，来表达他们对佛陀涅槃的悲伤。这些人自戕身体的夸张行为，非常符合中亚多血质民族的特色。

那些骑士般打扮的男性背后，站着一些贵族妇女。她们下身穿着长长的拖裙，上身穿着紧身背心，背心前面很短，里面的衣服是喇叭袖。背心前面绘有图案，还装饰着小铃铛。她们肩膀微微向后仰，而身体又明显前倾，这种又高傲又表示谦卑的姿态，给我留下了非常深刻的印象。

等我低头平复了一下内心激动的情绪之后，抬头再仔细看，发现壁画中，男性贵族服饰中的哥特风格消失了。不过，在塔克拉玛干腹地的岩洞里，所见到的妇女服饰以及男人武器上表现出的同欧洲人的相似性，还是让人震惊得不亚于刚经历过一场九级地震。

原来，欧洲骑士与贵族女性的穿着打扮，都来源于东方的游牧民族，只不过壁画上的衣服比欧式服装长一些，也可能，这些服装传入欧洲前已经被改良截短了。

一根拖车绳，拴着一根打亮的战术手电，徐徐下放。

我被拉出洞外的时候，除了"八〇"前灯大亮之外，绿色牧马人的氙气大灯，也在为我打光。

"哎呀哎呀，真了不起，落难英雄出洞了！小心头！"

我忘了岩石这回事，猛向外一爬，脑袋就撞在了坚硬的岩石上。

"哎呦，好痛。"我从地上爬起来，顾不得身上的土，使劲儿揉我的脑门。

外面只站着郝明和老葛两人，其他人都不见了。

"老葛你带小 A 回去。"

"我想走走，活动活动胳膊腿。"我急忙说，"下面太冷了。这儿都能看到咱们营地的篝火。"

"那你自己走回去吧。"郝明钻入绿色牧马人驾驶室，当仁不让地握住了方向盘。

"你就放心她一个人回去？"老葛笑问。

"咱们在这个大沙漠里呆了这么多天，还不知道这里有多安全么？"我说。

"没什么不放心的，她都这么能干了。"

我太饿了，迈步就往营地走。

绿色牧马人摇摇晃晃经过我身边，停了下来。

"让她上来吧，你们俩搁副驾位置上一块儿挤一挤。"老葛建议。

"不用不用，就快走到了。"我拿着神火战术手电，向篝火的方向指了指。

郝明升起车窗，绿色牧马人在黑暗中颠簸而去。

营地的篝火虽然熊熊地燃烧着，可是没有人做饭。而且大家也没有着急吃饭的样子。我赶在饭点的尾端脱困的喜悦，顿时不见了。

"修，"我问旁边的修艳喜，"今天是什么重大的日子，需要全队斋戒一天？"

"刚才那个，"小修仿佛很艰难地，吐出了这几个字，"咱队长方才给光头强打了个电话，光老板说伊曼她爸，十天前没了。"

电视里那些漂亮的女演员，都是"嘤嘤"地啜泣，或者潸然泪下。伊曼蹲在沙地上，大张着嘴，仰天长号。就是这样，依然楚楚动人。

嘉琪在伊曼身旁，陪着掉泪。王小满站在伊曼背后默默地抽着烟。老米拿着一包暖风吹过的湿纸巾，抽出一张，递给伊曼，不住安慰、劝解说："别哭了。别哭了。再哭，又把脸哭苦了。"

伊曼一面哭，一面伸出纤长的手指抹眼泪，一遍一遍地念叨："我没爸了。我没爸了。我是一孤儿了。以后我一个人儿过活了。"

我借着寡淡的月色，找到老米的"小红马"。可喜的是，小红马后备厢盖是支起来的。我饿坏了，忧愁能不能在老米这儿找到些吃的。后备厢里黑乎乎的，什么也看不见。我不敢点亮头灯，伸手一摸，摸到一摞码放得整整齐齐的真空包装食品。我喜不自胜，又向旁一摸，这一摞食品包装袋略大，按上去很有弹性。我知道这一摞必是猪蹄儿。

我扬了扬挂在脖子上的相机，悄悄跟修艳喜说："等会儿，你跟队长提一句，说我又回到那个地下洞窟里了。"

小修很明显地，倒抽了一口冷气："我说A姐，这深更半夜的，晚上沙子里的寒气往外冒。"

"如果现在有车辆坏了，你还不是照样往地上躺——都一样的。"我说。

"不一样，洞里潮气重！"

我非得下去不可，一分钟都不能耽搁——我怕它不见了！虽然它在那里安好地待了1800年，可是今晚说不定会毁于地震或者其他不可抗拒的自然力量。

我啃着冷凝油脂和着冰碴的猪蹄儿，又急煎煎走回来叮嘱："修，千万别忘了，要是队长忘了，你记得提醒他洞底下还一人呢！"

这个小洞窟里浮沙下的壁画，我越看，越忍不住泪如泉涌。

它简直就是一个袖珍博物馆。

勒柯克从胜金口、柏孜克里克和吐峪沟盗走的壁画，那些因为切割下中心部分而失去关联的壁画，大部分可以在这里重新找到答案。

有一幅壁画，画着一个巨人，正领着一个小男孩过河。这也许是模仿基督教绘画中圣克里斯托弗和少年基督的故事。

在壁画的一个小角落里——仅此一例，出现了叙利亚人的"闪米特"风格。很早以前，有为数不少的叙利亚人翻越了葱岭，在天山北部的吐鲁番山脉上修建了很多他们基督教分支景教的教堂。但是，很明显，出现在壁画上的叙利亚人，是佛教徒。

这些菩萨、梵天、佛陀弟子所穿的衣服样式格外奇怪。他们长着很明显的鹰钩鼻子，蓝色或者绿色的眼睛、络腮胡子，身上穿着兽皮服装、高筒靴、头巾、奇怪的帽子。毫无疑问，这些壁画上的人物正是当时居住在塔克拉玛干附近的各种信徒的肖像，他们的脸型五官，还有服饰，是什么人种，所处的时代，我竟然完全没有头绪。

我佝偻着上半身，盘腿坐在浮沙上，举着手电，在靠近烟熏火燎壁画的角落里，我终于发现了在中国被称为祆教的琐罗亚斯德教的踪迹：拜火教的标志—长着双翼的有胡子的长老"智慧之主"阿胡拉·马兹达，还有风神维施帕卡。

风神维施帕卡的壁画残片可以清晰地看到他的臂上狗头和三叉戟。比起更像举着三叉戟的海神波塞冬的本土面貌，这里的风神三头六臂，身披甲装，已经更东亚化了。看到这位风神，我没法不联想到《西游记》里玉帝的外甥二郎神。实际上，杨戬的形象就是来自祆教的风神维施帕卡。唯一有变化的是，维施帕卡臂上画的尖齿犬头，变成了能为杨戬助战的哮天犬。

如果我告诉我那些爱车的队友们，马自达车标不是一只海鸥，而是拜火教的双翅鹰；玛莎拉蒂的三叉戟车标、二郎神的三尖两刃刀的创意均来自同一神，他们会作何感想呢？想到这里，我不自觉地笑了笑。

这可能是目前为止，处于塔克拉玛干附近，保留的最古老也是最完好的壁画岩窟。之前，在学术报告讨论会上，几代人争论不休的问题，靠这些壁画就可以得到解决。

只是有一点让我百思不得其解，这个岩洞的山体，像红白山一样属于片麻岩。为什么壁画却会出现在这里？

随着和我导师通过话后，我才知道当地的原住民有他们的土办法。他们将黏土混合上骆驼粪、碎麦秸秆等植物纤维，和成稀泥，涂在片麻岩的岩壁上，再在上面涂上薄薄的一层白垩土，将其拉毛，然后就可以在上面构建绘制壁画。

这得对自己的宗教多么虔诚，才会费时费力，在塔克拉玛干的腹地绘制如此多精美的壁画。用内地人甘逢兴的话说："真是信仰的力量啊！"

可以遥想，当年来往塔克拉玛干南北部的商贩、教徒、人众，从于阗、精绝等古国出发，途经这片生机勃勃的胡杨林绿色走廊，前往漠北龟兹的塔漠居民，或者反向而行，在遮天蔽日的胡杨树下乘凉休息的时候，萌生了在这里的洞窟里作画的想法。

不知何时，曾经的绿色走廊全部死亡。十多个世纪以来，由于这里经常狂风大作，春季风暴带来的大量尘沙、沉积的淤泥，把这一片土地和这个小洞窟都掩埋在了下面，挡住了风沙对壁画的进一步侵蚀，所以这里的壁画得以完整又完好地保留了下来。

我忘了时间了。坐在洞里，对着一幅幅壁画的整体、局部、各处的细节，贪婪地按动快门。

"小A，小A！"手台里，传来郝明呼叫，"我现在用老葛的车台和你说话，几点了？是不是今晚想住下面了？"

"不啦不啦，我上来了。"我对今天的收获十分满意，愉快地回应。

我的腿、脚、胳膊和手都冻麻木了，我竟然毫无察觉。我费了半天劲儿，才站起来，好像一个中风患者。

"大姐，是不是还得我亲自下来请？"郝明手罩在嘴边，在洞窟口向下大声喊。

我这才发现系在绞盘索上的手电已经放下来，在这里发光很久了。我急忙拉住绞盘，对着对讲机大声喊："好啦好啦。"并且在下面用手电筒对着洞口晃了一下，表示我听到了。

绞盘非常和缓地往上拉动着。我像在攀岩，又像在泥浆中跋涉。这次我学乖了，被绞盘拉上来的时候，我躲过了磕我的头岩洞，也没再继续吃土。

"哎哟哟，真是做大学问的人。"郝明抓住我的胳膊，把我从地上拉起来，推进途乐里，"快进去暖和暖和吧。"

车里的暖风开得很大。

"知道你在下面待了多长时间！"郝明驾驶着途乐返回营地，一面问我。

"洞里很小，大部分被风沙掩埋，可看的东西不是很多，不然我能待个三天三夜。"

"有什么重大发现？"

"重大发现说不上，结论前人都有过综述——不过肯定能毕业了。"

"哦，那倒是可喜可贺啊。"

回到营地，其他人似乎已经睡下了。只有老葛和小修在检修绿色牧马人。我急忙下车走过去："老葛，我记得除夕那天晚上，有瓶'闷倒驴'没喝完，在你这儿吗？"

"不在我这儿。"老葛说。

"知道在谁那儿吗？"

"在我那儿呐！"郝明走过来，没好声气儿地说，"怎么，你要喝？"

"想欢庆一下。"

"换一种方式欢庆不行吗？"

"主要是想暖和一下。"因为在岩洞下面待得太久，大漠的晚上又太冷，再加上莫名的兴奋，我不自觉地打着寒战。

"那我去替你跑一趟，谁叫你立大功了！"

"老葛，为了报答你对我的支持，答应你的，"我伸出一只手，"比你上次多添个零。"

"五千万——？"

"欧元！"

正在专心修检车辆的修艳喜，猛然抬头，露出骇异的表情。

"我想不明白，什么东西能这么值钱？"老葛见我说得神乎其神，不信任地瞟了我一眼。

"你先答应我一个条件，我就把宝贝给你。"

"先说说你的条件，我要认可，再瞧你什么宝贝。"

"老葛，钱对你来讲，只是个数字了。你不缺钱，需要的是名望。以你的名义，将这个本子捐献给我母校。我们人文学院会给你立个雕像的。"

"是你说过的什么桦树皮语录吗？"

"是摩尼教最早的手抄本之一。"

摩尼教是3世纪中期在巴比伦兴起的世界性宗教，曾向东、西两个方向传播，盛极一时，影响久远。随后完全消亡，成为世界上唯一灭亡的世界性宗教。

1902年，德国的格伦威德尔及其助手民族学家冯·勒柯克来新疆探险考察，在塔漠附近发现大量摩尼教经典抄件残片，引起世界性轰动。自此以后，摩尼教的研究再次兴隆。王国维、陈垣先生，还有法国的伯希和、沙畹，他们开创性的作品，壁立千仞，高山仰止。尤其是伯希和与沙畹的《摩尼教流行中国考》刊行后，摩尼教的研究已无太大空间——除非另有惊世骇俗的考古发现。

"那你有什么惊世骇俗的考古发现了？"老葛眯起唐古特人式的肿眼泡，问我。

从3世纪到15世纪，摩尼教在长达一千多年的传播时间内，传播面积从北非到中国的福建，也就是说几乎涵盖了整个欧亚旧大陆。摩尼教主要吸收犹太教、基督教等教义而形成自己的信仰，同时也采纳了不少琐罗亚斯德教的光明二元论成分，传播到东方，又染上了一些佛教色彩。如果要研究中世纪欧亚大陆东西文明交流史，从研究摩尼教入手无疑是一个极佳的选择。

摩尼教经典先后由古叙利亚文译成中古波斯文、帕提亚文、粟特文、汉文、突厥文、回鹘文、阿拉伯文、大夏文、希腊文、拉丁文、亚美尼亚文、科普特文等十余种文字。其中，希腊文《科隆摩尼古卷》的发现，令学术界掌握了摩尼早期思想的第一手资料。摩尼教的上述文字的文献，均有传世，但是还没有见过叙利亚语版本的摩尼教经典。

"叙利亚语是继拉丁语和希腊语之后，公元初年第三大重要的基督教语言，所以一本摩尼教经典是叙利亚语，就太让人感到意外了，据我所知，这可能是目前世界上独一无二的孤本。是否能成为学术界掌握摩尼早期思想的第一手资料，还不能做定论。"我从口袋里掏出那本手抄经书，递给了老葛。

老葛摩挲着那本子的封面，小心翻阅着。

"小A！"郝明在篝火那儿叫我。

"行了，别搁这儿给我们上课了，快过去吧。"老葛说。氙灯下小修咧开大嘴笑起来。

"你记错了，没有半瓶，就剩个底儿了，不过够你喝了。行，喝点热酒会暖和一点儿。"

我感激地看了看郝明，接过"闷倒驴"，发现酒瓶已经插到篝火附近的余灰里加热过了。

可能手上沾满了沙子，或者天太冷的缘故，瓶盖打不开。我做了一个吓人的举动，我拿着那瓶"闷倒驴"，尝试用牙齿把瓶盖咬开。

"哎呀我的姑奶奶，你真是特立独行，把我吓到了。还是我来吧。"郝明把酒瓶夺过来，氙灯下小修咧开大嘴笑起来。

辛辣温热的酒顺着我的食道流入胃里。

我烤着火，一面不住打摆子。酒的热力散发出来。我原以为我会仰天大笑三声，突然没来由地，满脸的热泪，泣不成声。

我急忙用工装手套擦着脸上的眼泪，没想到眼泪突然决堤一样，又流了一脸。

这么多天，比内心更焦灼的，是无望的等待。现在的我，不再是一个空自说梦的痴人，一个吃干饭的闲人。我也终于可以挺直腰板，大声告诉郝明，"我对得起你对我的护持"。

哭着哭着，我忽然发现眼泪从鼻子里流了出来。天太冷，我在地下又呆得太久，我的鼻腔里不自觉淌出清鼻涕。我一时间来不及去拿纸巾，就用工装手套擦鼻子。

"赶快把手套扔到火堆里。再去拿一副新的来。"郝明一边说，一边帮我把手套扯下来。

"别这么就扔了，沙漠里哪能这么大手大脚！节俭些，还能再用的。咱们的手套不多了。"我劈手夺回手套，用力擤了几下鼻涕，然后团起来，擦了擦挂在眼睛上的泪水。

"哎呦哎呦，真太脏了！赶快扔火里烧掉！"

我恋恋不舍地把方才掉到洞里时戴的手套扔到火堆里。棉质的手套一下子就着了。

"伊曼呢？还哭得厉害吗？"

"老米、小满、嘉琪一直都陪着她。放心吧，伊曼比你想的要坚强多了！"

我心里好过了很多。

从黑暗中走来一个人。

"伊曼怎么样了？"郝明问老米。

"还好。我让她睡了。嘉琪陪着她呢。"

王小满抽着烟，也从黑暗里走出来。

"真怪可怜的，爹妈都没了。"

"怕什么！还有我这老大哥呢！她还小，等她玩儿两年的，然后收心去学点什么，做她喜欢做的正经行业——少和那些臭男人打连连！"

王小满抽着烟，闷声不响。

"你不去睡，还站在这里干什么？"郝明撵我走，这是他和老米、王小满有事情商议而不愿意我听见。

钻睡袋的时候，我还在打寒战。因为喝了点酒，我的头有些昏沉，可是精神却异常亢奋清晰。和后来的冒险相比，我在这的收获比任何地方都大。这里的壁画，非常确凿又直观地展示出，东西方文化的关联、相互之间的影响，比我们想象的要早，要紧密，远远超出了我们最大的想象。

我脱下袜子，搬起来一只脚，放到怀里，一边使劲儿用手搓，好让冻僵的双脚能暖和一点："中国是个非常有意思的国家。本土宗教的道教，从未向外宣传，而对那些由西扩张而来的外来宗教，又采取很包容的态度。然而至始至终，中国一直是个高度世俗化的国家。而儒家的积极入世，我很同意我导师的看法，它从来不是什么宗教，而是一种精神。宗教往往是在底层小民骚乱的时候，最容易被利用起来蛊惑民心；而士大夫阶层，和宗教的关系始终是一边接纳一边保持距离。"

我感到这只脚底板的血液流通得快了起来，于是换了一条腿蜷起来，忽然想到，伊曼应该是要离队了。

第二天一早，我以为郝明会陪同老米，护送伊曼撤离塔克拉玛干。没想到伊曼除了双目红肿，一切如常，而郝明、老米仍然在火边烤馕，丝毫没有出发的意思。

原来伊曼的姑妈一直联系不上她，就做主将伊曼父亲的后事料理了。伊曼认为回去了也见不到父亲最后一面了，不如留下来，成为"穿塔第一女"。

嘉琪告诉我，伊曼昨晚睡得很好。反倒是我，感伤伊曼的身世遭遇，昨晚上在睡袋里翻腾了一晚上，几乎一夜未曾合眼。郝明说得对，伊曼比我想的要坚强多了！

我发现昨晚曾让我惊心动魄的山洞，洞口边垒起沙丘一样高的浮沙，变成了一个可供闲人随意出入观看的景点。

我不知道王小满今早究竟挥了几百次铲子。不明真相的其他人，都觉得王小满的行为怪异。小满解释，是自己精力旺盛造成的。

是小修！我豁然醒悟。

昨天晚上钻睡袋后，小修一定告诉了小满，我在山洞里发现了一本价值五亿人民币的手抄本。

不过，小满除了累得两臂发酸，却什么也没有发现。在清理浮沙中，小满只找到了我昨天在沙子中掏出的那个颅骨的盆骨，而这个颅骨的其他部位，可能被狼叼走了。

我与殉道者黑洞洞的眼眶对视着。这个独行的人，在这座岩洞中过夜的时候，这个岩洞已经被风沙掩埋了大半。这个虔诚的叙利亚摩尼教教徒，在生命的最后时刻诵读的经书，成为人类史上无法估价的财富。

我又花了很大力气，将沙土连同骷髅和盆骨，一起推回到洞里。我担心那些举世无双的壁画，就此横遭破坏。

回填前，我又去洞里看了看那些令我心潮澎湃的壁画。让我感到惊讶的是，昨晚壁画的光泽全都不见了。原来壁画呈现出来的辉煌的光芒，是洞内潮湿的结果。暴露在干燥的露天后，颜料中的金属光泽就消退了，变得黯淡无光。

枯死的大片胡杨林被抛在了我们后面，从此我们与克里雅河渐行渐远。

第二十五章

塔中油田指挥部

——石油工人吼一吼，地球也要抖三抖。

我们谁都没有预料到，往塔中前进的路会走得这么艰难。

从尼雅古河道出发的那天早上，"小红马"被"八〇"后轮卷起的石块儿击中前风挡。有轻度整洁强迫症的老米，一看到自己裂了一米的前风挡玻璃，就生气地抱怨王小满一通。

小满自觉理亏，一声也不言语。

俗话说，祸不单行，"小红马"的排气管又不知道怎么撞坏了，不过暂时不影响行驶。

终于有一天，老米实在忍受不了他的排气管，突然停车，叫小修把排气管拆掉。

拆掉排气管的"小红马"，仿佛化身阿斯顿·马丁：行走时发出海啸般动人心魄的轰鸣，停车时又如龙吟般低歇。老米说，每天，他的头好像伸在北极挨冻，屁股却像是坐在赤道上，一直受着烘烤。

"我倒没什么，就是连累小曼和我一块儿受罪了。"

"米哥你这话说的，讨好伊曼也不能这么个讨好法，"王小满酸溜溜地，"牧马人排气管在左边，右边下面是油箱。人伊曼和你一个感受，你早就成烤肉了。"

"你把米哥'小红马'前玻璃打成那样，你怎么不说。"伊曼质问王小满，"天天看面前那玻璃，恶心巴拉的。"

"你替米哥气不过，到塔中后，我掏钱给米哥换块新玻璃总行了吧？！"

"哎哎小曼，不用这么维护我，要不小满更吃醋了！"老米得意地一笑，说。

其实，"八〇"的麻烦最大。因为水箱漏水，高温导致缸盖变形，只剩下了四个缸。五号缸、六号缸依然喷油，但是不工作了。

"我不知道我还能不能坚持到塔中，不行我就直接退出了。"受到伊曼斥责的王小满心情低落。

"小满你忍耐一下，离塔中只有30公里了。"郝明给王小满打气。

过了安迪尔河古河道之后，"知道那是什么东西吗？"郝明指着沙漠里一个像烟花爆竹的东西，问我。

"郝明，外面那个，是不是找石油留下的炮眼儿？"老葛在车台里问。

"对，说明以前石油勘探队员找油，来过这里。"

正说着，前面出现了一条奇怪的凹槽型沙路。

郝明在凹槽的入口处停车。其他车辆也停靠过来。大家都下了车。我看到凹槽里，插着一溜儿旗杆，大约一尺高，旗子有蓝有红。旗杆上贴着白色小纸条，写明是"辽某某施工队"。

"怎么办？老郝，正好在北纬39°线上，一秒都不差。"老米看着手持GPS，说。

"那还不借力哇，想什么啊！咱们车况可都不好了。"王小满说。

郝明想了想，说："行，小满，那你带队飞奔吧。"

我们好像坐着过山车，沿着一条人为铺垫的平整轨道，在"海平面"上下滑行。
"太爽了！"王小满说。
"老郝老郝，GPS直直一条线，和死人心跳一样。"
"看来这路，要直通塔中公路了。"老葛说。
"看到塔中公路啦！"王小满在前面报告，"今晚睡塔中咯！"
我们作为尾车，刚登上路基，在塔中公路上走了半分钟不到，我忽然听到车下"砰噔"一声大响，整个车子剧烈抖动了一下。
郝明急忙一个紧急刹车！

"老郝，你车怎么了？"老米急忙问。
"天晚了。这当口，大家不要慌乱。所有车辆打开双闪，停在路基下面。"
车辆刚停好，四员主驾刚从左侧下来，一辆有奔驰车标的白色巨型卡车威风凛凛地飞驰而过。
我们习惯了每天走30公里，猛然间碰见每小时70公里的车速，都吓了一大跳。
"小心啊，一定要经常左右看看。这边车少，车开得快。"我们朝马路两头张望着，互相关心提醒。
话音刚落，又有一辆白色巨型乌尼莫克飞奔而过。巨大的车轮卷起马路上的沙土、石子，砸向我们。
晚上九点半了，还是有车从塔中出来，向库尔勒方向开去。

"伊曼烧水煮面；小修，检查车辆；其他人，跟我去找柴火。"郝明说。
郝明、老米、王小满和老葛，打亮了头灯，从路基回到沙漠。
"谁来给我帮个忙？！"小修在车底下忽然大喊。
我急忙跑过去，扶着车身，问车底的小修："他们都去找红柳枝去了——你要什么？"
"给我找个垫圈儿来。"
"什么圈儿？"
"那算了，给我拿个14号的扳子来。"
地上平摊着一个敞开的绿色工具箱。工具箱里，不同大小、型号的工具摆放整齐，一目了然——但是14号扳手是哪一个？
怎么这么巧，懂行的一个都不在！这么紧急的时刻，我却一点儿帮不上忙。我想让伊曼过来，看伊曼那边炉子正冒着热气呢，就把这个念头打消了。
"小修啊，我把工具箱给你推到汽车底盘下面，我给你打手电，你自己找好么？"

第二十五章 塔中油田指挥部

— 413 —

"不用！"小修说，"你按照数字，找！"

我用手电照着，绿色工具箱的边框上印有数字："14，15，16，17，——"怪不得郝明总说，用完的东西一定要放回到原来的位置，不然到时候找不着。

幸亏我这文科生还认得阿拉伯数字，找到14号的位置，把扳子取出来，递到小修伸手能够到的地方。

"对了！"小修赞许地说，"17号的扳子给我——18号也行！"

路基下面，头灯的光影晃动，那四人提着几大捆红柳枝回来了。我长舒了一口气——可以退居二线了。这段时间大约不超过15分钟，可是像过了一个月那么漫长。数九严寒，把我紧张得额头上全是汗。

郝明、小满先将火升起来，然后去看小修有什么需要帮忙的；老葛和老米烤馕。大家希望今天一鼓作气赶到塔中，一整天只顾跑轨道，没正经吃饭，早已经饿得前胸贴后背。

"途乐后桥坏了。"郝明走到篝火边，告诉老米和老葛，"途乐后桥怎么会坏呢——没听说途乐后桥坏的！"

"我还认为我'小红马'的后桥不会坏呢！还不照样坏。"

老米把刚烤好、热乎乎的馕第一个给小修。小修蹲在地上，狼吞虎咽地吃起来。

"夜深了。不要所有车都在这里耗着。大家去且末，找宾馆住下。我和小修留下来修车。老葛，你带着小A走。"

老米、小满、老葛默然，既没表示同意，也没表示不同意——也许都太累了，懒得说话。吃完手里最后一块馕，同时过来帮着小修干活。

要拆后桥，必须先把途乐给架起来。在阿瓦提乡的修车厂，我见过那种坑道，机修师在坑里待着。在塔漠里拆"小红马"后桥的时候，王小满和小修在沙子里挖出一个坑——可马路上没法挖坑。

"找什么东西，把途乐底盘顶起来。"

"备胎！"小修先跑到"八〇"后边，把王小满的备胎卸下来。轮胎太重，小修拿不住，轮胎骨碌碌往路基下面滚跑了。小修"哎哟"一声，跳下车去追轮胎，终于，在大轮胎滚下路基的一瞬间把轮胎抱住。

路基下是垂直距离4米的大沙坡，轮胎滚下去，只能用绞盘再拽上来，忙中更添乱！

郝明、老米两人卸下途乐、"小红马"背后的两个大轮胎。王小满和老葛卸下四门牧马人的，加上"八〇"的备胎，四个备胎两两摆一摆儿，被横着搁在途乐底盘下面，把车尾架了起来。如果那天晚上老米、老葛和小满真的走了，光剩下郝明和小修，两个人根本玩不转。

凌晨两点时分，途乐的后驱卸下。四盏头灯，再加上三支战术手电合力照着。

"找到问题的元凶了。牙包缺油，干烧坏死了。"郝明说。

"牙包怎么可能缺油呢？！"王小满倍感讶异。

"听着怪瘆人的。"伊曼在旁说。

"行，途乐总算可以跑了。咱们不去且末了，改去塔中住下吧。"

途乐没有了后驱，后轮在路基下挠了半天，没走动。

"老米过来拽我一下。"

途乐只能靠"小红马"的拖拽，重新回到铺装路面。

"小修，到塔中后，查一查我这前驱，"郝明忧心忡忡地要求，"如果前驱也缺油烧了，我这强悍的硬派越野只能做拖拽房车用了。"

我们在天亮前，赶到塔中。人困马乏。

我的两脚刚踏在塔中的地上，平地就起了一阵怪风。风打着旋儿，往半空去了。公路的一端，通往无边无际的大漠；公路的另一端，也通往无边无际的大漠。夜色中，一盏蓝色孤灯，在黎明前的寒风中摇曳着。

被称为"死亡之海"的塔克拉玛干沙漠中，是有人长期居住的。20 世纪 80 年代，"石油大会战"的时候，就有工人不断在塔克拉玛干沙漠里找石油。勘探地层、建设电站、钻井输油，建起了中国第一个现代化沙漠整装油田——中石油塔里木油田公司塔中作业区，简称塔中。

1995 年，中石油投资近 10 个亿，建成一条南北纵向穿越塔克拉玛干沙漠的公路，使南疆最贫困的民丰县和乌鲁木齐的距离一下子缩短了 1000 公里。为了往来的车辆方便，中石油在塔中公路的中心点修建了一个加油站，慢慢以加油站为中心，形成一个"塔中小镇"。

所谓的"塔中小镇"，统共由塔中公路一侧的一家小旅馆、一个超市和路对面的一栋公共厕所组成的。塔中唯一的那家小旅馆，被王小满戏称为"龙门客栈"。因为没有第二家，招牌被大风吹掉了之后，也没有再挂起来。

郝明和王小满上次探路来过这里，因此熟门熟路——那时只有他二人孤身只影相伴，如今队伍扩大到了八人，另有六人加盟。

我们肩扛、手提着行李，涌入龙门客栈。

一问，房间还有，但是只剩下普通间。所有"标间"，两个星期前已经被石油部给预定下了。普通间，没有室内盥洗室。洗澡和上卫生间，都要到外面公用的地方去。一时间，大家都很囧，比在沙漠里坏车的时候还要囧。

老米满脸尴尬："这、这，那没有隐私了哎！"

"龙门客栈"的老板娘此时就坐在一旁，擦得白白的宽脸庞，画着细细的弯眉。

老葛把腰包放在柜台上，倚着柜台，冲老板娘说："咱们商量一下，你看这样成不成？你这儿来住店的人还没到呢，这段时间让我们把澡洗了，就像钟点房那样。我们多给你钱。"

老板娘风情万种地摇摇头，笑道："不行，我这儿没人手打扫卫生。"

"没人手你可以亲自动手嘛——我看你坐那儿也没事儿。"

"我可不干那种活儿。"

无论我们怎么和她理论，老板娘笑吟吟地，始终只有两个字："不行！"

一个四川口音的妇女不断劝我们："那个公共澡堂的水好大、好热的，很不错的，反正你们都是一起来的，不用那么在乎隐私了么。"

"你们的房间在后院儿，"四川妇女用手往东一指，"门在楼梯下面。"

"你们那几辆车，也得给我挪到后面场院里去。停我门前，影响我生意。"老板娘说着，站起身，一摇一摆地走了。

楼梯下面有一座木头矮门。我们拖着疲倦的身体，猫着腰、半蹲着从楼梯下面钻过去。郝明起早了，头撞在水泥楼梯上。他费力地推开那道木门，用力抵住，我们一个一个侧着身子挤出去。

木门后面是一个不小的停车场，对面一排就是像地震救灾时，搭的简易房的普通间。

血红色的曙光显现在简易房背后的沙丘上。

公共厕所，就是水泥修的两个狭窄的小房间。男厕所外面垂着一个大红金花棉帘子，女厕所的帘子是卷起来的。果不其然，里面没有抽水马桶，沙子地上挖一个坑而已。隔一阵子，有人拿沙土掩埋一下。

我疑心，自从这个厕所建好后，就一直没有被清理过。

我试图把女厕所的大红金花棉帘子放下来，帘子上全是尘土，还有大量蜘蛛网和蚊虫干瘪的残骸。

忽听郝明在男厕所外面大声问："谁在里面？"

"是我！"

"那你快点。"

"快不了，你还得等会儿。"

"别进来，我在里面。"我喊了一声，急忙冲出来。郝明手插在裤兜里，站在男厕所对面的沙丘上。

"你要着急，现在里面没人了。"我指着女厕所说。

"我不上女厕所！"郝明急转身，往远处走了两步。我面红耳赤，拿手盖着脸，急忙离开。

我走了几步，悄悄回头一看，郝明背着手也瞧我呢。我急忙把头转回来，冷不防和王小满撞了一个满怀。

“正好，你去超市给我买双拖鞋和一条毛巾回来。”王小满只穿着抓绒，从上衣内侧口袋里掏出二百块钱，塞到我手里。

“我去哪儿买啊？”我问。

“你让一个路盲去，她再回不来了。”郝明走过来，对王小满说。

“你也太宠她了。这小镇总共就没几间房儿，毛巾和拖鞋再买不来，那些书真就白读了。”

金花棉帘子被掀开，老葛从男厕所里走出来的。

“把郝哥、米哥、葛大哥的拖鞋、毛巾也顺便买回来。”

“那你就去证明一下自己。从这里出去，右手边就是小超市。”

小超市很好找。

我出了门，按照郝明说的向右转，就在看到“蓝莲花轰趴会所”几个字的同时，看到门口堆着萝卜、大白菜的小超市。

小超市店主只同意给我四双拖鞋和四条毛巾。

我本来只是打算到外面上个厕所的，没带钱。经过一番不算艰苦的讨价还价，店主收去我手里的二百块钱，给了我四双拖鞋和五条毛巾。其实在这个地方能有这个价格，真是很让人满意了。

“小满和小修关系好，他俩可以共用一双拖鞋。”我想。

我回到简易房。

经过一个房门完全敞开的房间，我看到老米、郝明、老葛都在房间内。

郝明眼光一下扫到我，立刻叫我：“进来吧。”

我放下三条毛巾和三双拖鞋，一转身，差点又和从另一间屋里进来的王小满撞一满怀。

王小满敞开着抓绒外套，光脚踩着高帮户外鞋，没穿外裤，露着两条笔直的腿。我急忙把脸扭开了。

“这么快就买回来了？太好了。”王小满把毛巾和拖鞋从我怀里抽走，“哥，你还有干净的速干内衣和抓绒吗？”

“你等会儿不行吗？我正和老米、老葛商量修车的事儿呢，”

“这出了沙漠，脑瓜皮痒得厉害。我一秒都不愿意等，就想马上洗。”

“那你先穿旧的不行吗？反正是你自己脱下来的。”

王小满噘嘴说：“脱下的衣服再往身上穿，这心理上就不舒服！”

“好好，不谈修车的事儿了，我马上给你找衣服去。”

“哎哎，小满，你露着两条大白腿，穿着个三角底裤走来走去，是几个意思？换成伊曼，我们都愿意看，你么——还是算了吧。”

“米哥，你也太猥琐太直白了吧！也不管人伊曼脸上下来下不来哈！”

"这不叫猥琐，我本来就是一个脱离了高级趣味的直男，好伐？"

老板娘走了来："我想起来了，普通房里还有一个公共洗澡的地方，这样你们就不用走到外面去，可以就近洗澡了。"

"是吗？谢谢了哈！"

"我的拖鞋呢？"小修从王小满背后走出来，问。

"没、没有了。我只买了四双拖鞋。钱不够了。"我没想到王小满和小修会同时出现。

"我就知道没我的份儿！"小修愤愤地说。

"你等我洗完澡的吧。"

"好么，还得等你洗完的。"

"喏，这是你的毛巾。要不你先穿我拖鞋吧。"我跑去把我的那双粉红人字拖拿来。谁知道小修个子不高，脚却肥大，半个脚掉在拖鞋外面。

"算了吧，我还是等七哥回来吧。"修艳喜悻悻地走了。

我拿着洗漱用品还有干净内衣，进到那个新发掘的公共洗澡间。里面只有昏黄一点灯光。男女浴室，都在一个石灰墙的毛坯房里。外面应该是男浴室，里面是女浴室，中间用木板隔着。男浴室门口放了个短了一条腿儿的凳子，勉强还可以放点衣物。

男浴室里有人在洗澡。所以我听不清女浴室里是不是在流水。我轻轻敲了敲女浴室的门，就听王小满在里面喊："就快洗完了啊！"

我急忙缩回手，赶快抱着衣物出来。

"洗澡在什么地方？"我听小修问王小满。

"直着走，不出门，左转，走到头有个门，进去，第一个是男浴室，往里女浴室。女浴室的水大些，也热些。我刚才就是在女浴室洗的。"

"啊！怎么还这么复杂啊。"

"不复杂啊！女浴室有插销，你可以把门划上。"

"哎呀，妈呀，我还是去外面的公共浴室吧，水小点儿就小点儿吧。"

女浴室里，连个放衣服的地方也没有。我只好把干净衣物放在拖鞋上，赤着脚站在地上。女浴室里的地面，常年没人打扫，积累的污垢令人作呕。喷头锈得像三千年前的青铜器。两个龙头坏了一个，另一个拧开后淅沥沥地流出一些温水来。

我凑在淅沥沥的流水下面，一面竭力不看从脚面漂过的白色浊沫和鼻涕一样的东西，算是把这几天的尘土洗掉了。

房间里热得像桑拿房。

屋里的硬板床上放着床小薄被子。我不敢拍床单，怕拍起好多灰尘来。我疑心自打被罩、床单放在这里就没有洗换过。

电视只有一个台，带着雪花，正在放老版《西游记》。不知时间已有一个星期，也不知道美国有没有打叙利亚或者伊朗，以色列和巴勒斯坦之间有没有开战？

床头有个小课桌，有网线。嘉琪正尝试着用笔记本电脑上网。好容易连上网络后，显示网络欠费，已经无法上网。嘉琪去找老板娘交涉。老板娘满面春风地笑着，说是以前的客人使坏，把密码改了。得等明天和且末联系，派人来修，才能重新开通。

半夜，我和嘉琪被一声炮响给震醒了。原来，正逢石油勘探队在塔中附近探油。地下定向爆破，要造成三级地震效果，利用地震波在不同地质层的反射波的不同，确定地下有没有油层。

爆破声响了一晚上。每隔一个小时"咚"一声大响，震得塔中"龙门客栈"墙皮都掉下来了。

十点，我们集体在隶属"龙门客栈"的餐馆里吃早饭。周围，我们见到几个穿橘红色工作服、黑红脸的石油工人。有一大桶稀饭，可以随便吃，好几盆咸菜。前台的四川妇女提醒我们，每人可以有一个茶叶蛋。

吃饭用的小铁碗，看上去很沉，其实轻飘飘的。大约每次只用水随便冲洗一下，小铁碗发着油腻腻的光泽。考虑到这里地理条件的限制，一路上吃的土，也就不在意了，拿起饭桌上的一卷手纸，一阵儿猛擦，就完了。

"今天，我再和老米去库尔勒二手车市场，找找途乐的后差速器总成。小修，八。"八〇"那两个缸修好了没有？"

"那个好修，基本没问题了。"

"你怎么了？"郝明问有些无精打采的王小满，"是我车坏了，又不是你车坏了。"

王小满突然打了个惊天动地的大喷嚏："嗓子疼得厉害。"

"文明点儿，行不？唾沫星子全喷我脸上了。"老葛对着王小满说。

"病了？发烧吗？"

"不发烧，就是浑身不舒服，可能冻着了。"小满揉着鼻子说。

"你真是个怪人，小满，我们昨晚热得冒汗，被都盖不住，你还冻病了。"

"都是你那裤衩儿惹的祸！"老葛说。

"伊曼，一会儿给小满找点药吃。"

伊曼放下手里的筷子，把手向老米一伸："瞧，为了你，饭都吃不好！"

"不用吃药，你给我按摩按摩，我就好了。"王小满嬉笑着对伊曼说。

"哎哎，小满，想得美你！"老米站起来，从衣兜里摸出车钥匙，"伊曼你吃饭吧，我去给他拿药。"

"哎，老郝，有辆奔驰 G500 停在旅店门前。会不会是上次那个'笨鸡'找我们来了？"老米把感冒药扔给王小满，对郝明说。

"你多心了，就不能让新疆有两台奔驰 G 吗？"郝明话音未落，上次我们在石油便道见到的那个"大头"跟着老米进来了。一个敦实、黑红脸年轻人从奔驰另一侧绕过来，双手托着一个大纸箱，跟在"大头"后面。

"还真是他。"

"大头"走到我们的桌子前，拉开一把椅子坐下。

黑红脸年轻人将大纸箱子放在隔壁饭桌上，"这是麦哥让我给你们送来的你们要的总成"。

"你告诉麦西来甫了？不是说不要麻烦人家吗？"郝明问王小满。

"我没跟他说，不过我告诉陈哥了。陈哥具体怎么跟麦西来甫说的，我就不知道了。"

郝明打开纸箱子，从里面拿出一个铁家伙，"这差速器型号和我的不匹配，不管怎么说，谓寸谓寸你了，兄弟，大老远让你来一趟塔中。"

黑红脸年轻人只腼腆地低着头，一言不发。

"小满，给麦西来甫打个电话，告诉他总成收到了。谢谢他。"

王小满早已经掏出了电话："我这就给他打。"

饭桌上，"大头"介绍自己姓余，绰号胖头鱼，旁边黑红脸青年叫小宁，"我长得胖，也有人叫我'肉哥'。"

"哈，'肉哥'。"我忍不住笑出声来。

"兄弟，我就是塔漠这儿土生土长的，从来没有进去过，你们也带我进去耍耍。"胖头鱼恳切地问郝明。

"哎哎，老余老余，你是怎么查到我们在这儿的？"老米眉毛向上耸了一下，笑问。

"我昨天在库尔勒看到你的红色牧马人，车上贴这个车贴的，就只有你们。我想你们可能到这儿了，去库尔勒买配件。"

"我们原则上不接受空降。我们都穿了三分之二的路程了。下次有机会的。"

"你车不行，"老葛一扬脸，"轮胎也不行。"

"我这车，V8 的发动机。奔驰都不行，没啥车行了。"胖头鱼说。

"谁说嘀？"老葛反问胖头鱼，"我们是怎么到的这儿？"

"都吃好了么？"郝明问大家，"拿行李，外面集合。"

我们拉开座椅，起身离开，去做出发前的准备。小宁连忙跳起来，用眼神恭送我们离开。

我们拿好自己的行李，发现胖头鱼并没有离开。

王小满抽着烟，架着二郎腿，大模大样坐在饭桌边："你和我说没用，余哥。最终还得我哥同意。他是队长。"

我把行李放进途乐后备厢，一回头，发现胖头鱼站在"龙门客栈"的门口，往我们这边眼巴巴地望着。

王小满走过来，低声跟郝明讲："哥，刚才麦西来甫告诉我，说这个老余承包了两个加油站。"

"这个老余，是麦西来甫的朋友吗？"郝明问。

"是不是朋友我不知道。你想想，能承包两个加油站，关系得多硬？咱们在南疆人生地不熟，认识个朋友，以后加油说不定还打折呢。"

"王七，你这辈子是没见过油卡吗？"老葛点着一根雪茄问。

"小满，上次我们就知道他有两个加油站了。一个加油站在乌鲁木齐；一个在阿克苏。你那么远地方加油去？"郝明问王小满。

"老郝老郝，"老米看着胖头鱼动了恻隐之心，"我也是打新人过来的，也有过这心情，盼你们能松口带上我。是男人，都挡不住沙漠的诱惑的。老余有这心，难能可贵。要不，带上他走一段，让他跟着我，不成，我再送他出来。"

郝明不答，走到胖头鱼面前："老余，看看你车。"

"你这车上，两卫星电话！"

"怕和大家失去联系？"

"两 GPS！"

"怕走丢喽？"

"这是什么？"郝明见车顶挂着一个松紧带，"噢，你这报话机放这儿了，倒是挺方便。"

"我还有个新科技你们没有呢：胎压监测仪，可以实时监测四个轮子的胎压。"胖头鱼得意地说。

郝明打开奔驰 G 的后车门，后排座椅拆除了，取而代之的是白色亚力克箱子，上面堆放着毯子和三床大被。

"老余，野外只能睡睡袋。"

"我这是羽绒被。"

"什么被都没用。你不信走着试一试。"

"家底都暴露了，老余，"老米说着打开亚克力抽屉，里面全是大碗方便面。

"吃这个不行的，长途穿越，首要的就是让自己睡暖吃好。"

"上次遇见你们之后，就把油箱改大了。"

"油箱还是有点小。油是满的吗？"

"到塔中，就把油又加满了。"

"老余，你确定想进塔漠吗？"郝明认真地问，"如果确定，哥儿几个拼死给你把油背进去！"

"我想进'死亡之海'去看看。"

"那就出发。老余，我给你下道点坐标，你头前带路。"

我们返回塔中公路上道点的对面，当晚在沙漠里扎营。

第二天早晨，除了老米和郝明，其他人连我在内，都起来晚了。早饭吃得既饱且暖。郝明看见大家，都有点懒洋洋地，围着篝火不愿意离开，就说："兄弟们，我先热热车，顺便往前走走。"

途乐一动，其他车辆迅速跟了上来。郝明看着后视镜，露出欣慰的微笑。

忽听胖头鱼在电台里惊慌地问："老郝老郝，你们人呢？！"

"我们已经出发，老余，你在哪儿呢？"

"我还在原地呢！"

"我们都在五公里以外了哈！鱼哥。"

"你们什么时候走的？！我都不知道！"

"抱歉，老余，我把你给忘了。不要再耽搁工夫了。我们慢点走，你按照车辙印追我们吧。"

"小宁帮我扎行李，等我回来，你们都走了。"胖头鱼在电台里说，"真不够意思，走也不打个招呼。"

"我们从来都这样。队长一走，其他人自动自觉跟上。一个一个打招呼叫，那还怎么完成穿越。"老米不快地说。

"我等等鱼哥的。"王小满说，"没关系，有过一次掉队经验，下次提前选好上大号的时间。"

"老余跟上了没有？"郝明问。

"我看到他了。鱼哥，你那么好的车，在后面闻我的尾气，我太过意不去了哈。你上我前面去，让我好好欣赏一下你性感的屁股。"

没多久，王小满在车台里报："我陷车了！"

郝明："老余还没陷车，你怎么陷车了呢？你让老余救一下，我们已经走得比较远了。"

"鱼哥被吸在沙坡上，随时有可能翻。奔驰的车尾，还顶在我车头上！"

"我们三车一路下坡，回来呛茬断崖，需要一个多小时！你和老余、小宁自己挖沙吧。"

王小满着急地喊："那得挖去半座山啦。"

"那我回去。老米、老葛你们继续前进。"

等我们掉头赶到王小满和胖头鱼陷车的地方，王小满挥着个铲锹，满头大汗，正在"王公移沙"。奔驰 G 越来越斜，情况实在不妙。

王小满让小宁在奔驰 G 车头前方一个沙坡上挖了个坑，自己把"八〇"的备胎卸下来，滚动着推到沙坡上，拉出奔驰 G 绞盘系在轮毂上，扔到坑里，把轮胎埋好。让这个备胎当个锚点，让胖头鱼用自家绞盘自拽脱困。

小满、小宁加上嘉琪和我四人背靠背全都坐在沙子上，互相挎住彼此的胳膊，用力压住那个备胎。

郝明几步跨到沙丘上，拿着手台指挥："老余，不要打方向，轻给油门——让你不要打方向，打什么方向！"

郝明话还未说完，黄沙从车轮底下喷涌出来，郝明急忙向旁边躲闪，"让你轻给油门，给那么大油不是自己找陷么。重新来！不要打方向，轻给油门——走！"

奔驰左前轮悬空，车身右倾。王小满从沙地上一骨碌跳起来，踩着左侧杠帮着车身保持平衡。

"往右打轮！那你那是左！右！左右不分吗？"

奔驰沿着沙坡滑了下来。

"老余，你怎么走了？他留下救你，怎么你倒不管他了。你去'八〇'后面，一拽它就出来了。"

胖头鱼绕到沙坡上，放出绞盘，发现绞盘和拖车绳之间还差了一截。奔驰还需要再靠近一些。胖头鱼正要收绞盘，王小满说，"鱼哥，不必要老来回收绞盘，你开车，我拿着绞盘跟着车跑。"

郝明见"八〇"脱困后，立刻说："小满，你走前面，我收尾，老余，你夹中间。"

绿色陆地巡洋舰扬起黄色尘烟，一晃儿不见了。我们跟在奔驰后面，慢吞吞跑着。

"老余，你车轮距窄，轮胎也不对，就像播种机一样，本来压实的车辙印又让你给掀起来，"郝明说着移出车辙，另找了一条上沙山的路，又问："怎么下车了？"

"我让小宁给我拍两张照片。"

"天快黑了。我们还没赶上先头部队。后面全是大沙山，一座比一座高。拍照的机会有的是。"

没有回答。

"能抄收吗？老余，老余——？"

"我们上车了。"胖头鱼回答。

郝明从后视镜看到奔驰 G 正在向我们靠近。

"你走吧。"

郝明拿起报话机,说了一声:"那我先走了。"

我们正顺着长约百米的沙坡往下滑,忽听胖头鱼说:"我陷车了。"

郝明猛地把车刹在沙坡上,前杠顶起沙土,就像"钱塘江的江潮"一样扑簌簌地滚落下去:"老余,我车上从来不备锹。只能你和小宁挖沙自救了。"

"我也没锹。"

郝明听了,把车滑下大坡,一面用手台通知:"小满和老葛回来。老米,你继续往前走,找有红柳的宿营地。"

"抄收。"老米回答。

胖头鱼和小宁站在高达百米的沙山顶峰,往下看我们。他们小小的身影,看起来比绿豆大不了多少。

远远地,两道烟尘滚滚而来,绿色"八〇"和绿色牧马人一前一后地回来了。

"老余,能抄收吗?"郝明呼叫胖头鱼。

一问,没人回答。二问,还是没人回答。

"他们俩儿在上面干嘛呢?"老葛问。

"不知道。呼他们,也不回。我看了一下卫片,"郝明对王小满说,"最近的一个沙山缺口往南16公里,穿回去,再绕道山上,天黑前肯定赶不到老余那儿——耗时耗油。

"我爬一趟上去不就完了。"

王小满打开"八〇"后备箱,一手松开捆扎带,抽出铁锹,往脚下一掷。

郝明一指鲁米诺克斯:"现在是 17 点 55 分,给你的时间不多了。"

王小满脱下大衣,打开车门,扔到"八〇"驾驶室里,从地上捡起铁锹,和小修一前一后向北走去。

"错了错了!他们在这个上面,在上面!"我指着我们下来的车辙印,急忙喊。

"你不用管!小满心里有数。"郝明说。

王小满回头看了看我:"车走过的沙子太软一没法爬!"挥了挥手里的铲锹,嬉笑着走了。

王、修两人往北走了差不多 100 多米,开始往山上爬。我这才想起来,小满只拿了一把铁锹,水也没带,手台也没拿,就和小修出发了。

郝明、老葛还有我和嘉琪跟过去,往沙山上观瞧。

开始小修爬得飞快,想借着一口气爬到山顶。爬了不到五分之一,修艳喜已经累得爬不动了,跌坐在沙山上。小满把铁锹插进沙子,一脚沙山上,一脚踩着铁锹,站在那儿喘气。

"他平日里就热心肠，爱救援，今儿可好，终于整出一个大的来了。"郝明对葛卫东说。

"嘚，这小子，丫就没见办过一件利落的事儿。"葛卫东点燃一支雪茄，说。

"也不能全怪小满，要不是最后我松口，老余也不会来。"

修艳喜慢慢地从沙山上滑下来，坐在地上双眼直直地发呆。我和嘉琪连忙跑过去，递给修艳喜一瓶水。

"看看老米什么情况。老米，能抄收吗？能抄收吗，老米？"

"哎，能抄收。"隔了好一会儿，老米气喘吁吁地回复。

"你那边怎么样？"

"我刚才脚下油门欠了一点火候，担这儿了！奶奶的！唉！现在正和伊曼一块儿挖沙子呢。老余怎么样？下来了没有？"

"没有消息。"

"没有消息？！"

"好，你和伊曼挖沙自救吧。我们这边应该也快过去了。"

我们在沙山下面，等得心焦。远处连绵不断的沙山弥漫着黄烟，缭绕盘旋，很像《西游记》里黄风怪要出来的感觉。零零星星生长的芦苇在风中不安地摇动着。

太阳一点一点向西坠落。

"天快黑了，找不到怎么办？"我忧心忡忡地，"山顶风那么大，胖头鱼有暖风，小满非得冻死不可。"

"你别担心小 A，我觉得小满没问题的。"嘉琪言不由衷地宽慰我。

郝明皱着眉，对老葛说："既然也不回个话，那我们就把车开走，让他们三个自力更生吧。"

我们沿着山谷，车子是开远了。但是两车并没走。大约离开沙山 3 公里的地方停下。这样可以观察到山顶的车辆。我拿出照相机，把镜头拉近，就见对面沙山上一个针尖那么大的小黑点。

"小满找到胖头鱼了没有？"我急忙问。

"你自己瞧吧。"郝明把手里的望远镜递给我。

我找了半天，才在山体上，看到一条上山的脚印，然后沿着一个缓坡折向北边，然后又向南。

小满刚爬了一多半路程，沙山顶上就刮起了白毛风。一般的人，早就在这迷人眼的大风里迷失了方向。小满多年在沙漠里积累的方位感发挥了功力。

真别说，我心里暗暗点头，敢来塔漠的，还真都不是一般人。王小满也就是在我们之前溜下山的。下山的整个过程，不到二十秒，这么短的时间，他竟然对两边左右沙势牢记在心。

忽然黑点动了，慢慢滑下山来。

我们急忙回自己车，往前开拔。路上郝明第一时间联系老米，告诉胖头鱼获救了。

"你们怎么样？"

"我们也自救成功，小曼真是辛苦了，挖了不少沙子。"

天渐渐长了。落日前，我们扎营的时候，已经快到晚八点了。

"老余和小宁怎么不过来？"郝明搅着锅里的汤，问，"小A，去叫他俩来吃饭。"

我走到奔驰G那，敲了敲车窗。胖头鱼见是我，慢条斯理把手里的面包吃完，才把车窗降下来。

"队长喊你们过去吃饭。"

"不用了，我刚才在车里已经吃过了。"

"老余不来了，刚才在车里已经吃过了。"我走回去复命。

"你这哪有一点团队精神。"郝明把汤勺交给伊曼，走到奔驰边，一把拉开车门，对坐在驾驶室里的胖头鱼说，"老余、小宁，过来喝口汤。"

"我带吃的了。"胖头鱼提起一个大塑料口袋，说。

"这饼干、点心不能当饭，三天你身体就垮了，老余。小宁，过去吃饭去！"小宁的脸从胖头鱼后面显现出来："谢谢郝总，不，郝队。不用了，我正想减减肥。"

"你又不是姑娘减什么肥！再说你又不肥！"郝明说。

胖头鱼走过来，手里提着一个户外椅和一大板发黑的香蕉。

"塔漠晚上太冷了。一个晚上香蕉就冻了。来来来，大家随便吃。"

"冻了你才拿出来——谁吃啊！"老葛说。

"我吃，来，老余，给我一个。"郝明剥开黝黑的香蕉皮，咬了一口，"真的没法吃了，就地掩埋吧。小宁怎么还没来？宁旭，还得喊你几遍？"

"小宁，过来吃饭，是不是要我这做哥的亲自去请你？"

小宁走了来，修艳喜站起来要把马扎让给宁旭坐。

"不用不用，我坐沙子上就行。"小宁急忙摆手，坐在了沙地上。

"这是你的。"郝明把平时给我们煮方便面的粉红搪瓷盆给了宁旭。小宁捧着郝明给他的碗筷，腼腆地低着头。

王小满给小宁打汤捞羊肉："多吃点，咱俩今天都累了。"

"抄你那么多次，为什么不回应？！"

"哥，哪有时间啊。铁锹看起来好像多了一个拐杖，实际上更碍事。最后我索性远远地把铁锹扔到山上，四脚着地双手地往上爬。一路爬得我膝盖疼，胸口要似炸开一样，累得坐在地上足足喘了15分钟，才把气匀过来。天快黑了，匀过气来就忙着挖沙子。"

"纯狡辩——不还有小宁吗？"

"只有一把铁锹，我和小宁只能轮番挖。鱼哥开着暖风，一个人躲在驾驶室里。挖沙的那个人暂且还过得去，不挖沙的，冻得要命，不停地趴在机箱盖上取暖。"

"我呼过你，可能你那边正在呼我。你没听到。"胖头鱼说。

"你坐驾驶室里，为什么不多呼我几遍，直到我抄到为止？"

"今天精神不好！昨晚，把我冻坏了。三床大被还冷。"胖头鱼说。

"你不冷就怪了。"老米说，"被子管用，那还设计睡袋干什么。"

"今早我一看，昨晚我一晚上竟然用了30升汽油，我骂自己，我是猪！猪！猪！猪！"

"我给你支一招，鱼哥，管保今晚你就不冷了。"王小满说："一会儿，你挖个沙坑，把这些红柳的灰烬埋在下面，盖上沙子。我那还有一个防潮垫和帐篷。今晚，你睡帐篷，比睡你车里还暖和。"

"你可拉到吧，王七，又出馊主意。"

"怎么是馊主意呢。"

胖头鱼又惊又喜，命令小宁，"给我挖个坑，我也体验体验睡火炕是什么滋味。"

小宁答应一声，急忙放下饭碗。

"把饭吃完！"郝明出手阻止，"你不能这么用他，老余！我不知道你们之间到底是朋友还是老板员工，你要摆上下级关系，你出去摆去。"

老葛说："自己事，自己完成，是这个队伍的规矩。既然跟我们穿越，就得按我们的规矩来。"

老米瞪着眼睛："这个队伍里，没有等级差别，有钱没钱，都是兄弟！"

小宁象征性扒了两口饭，立刻找了把铲子去挖坑："米总，借你铁锹使使。"

"小子，眼神够用，知道我的锹好。"老米赞赏地说。

胖头鱼有些讪讪地，呆不住，也过去站在一旁，看小宁挖坑。

王小满捧着饭碗，凑过来，对老米、郝明说："还别说，小宁肯定是胖头鱼雇来的，拿人钱，当然人让他干什么就得干什么。"

"老郝，你车上睡袋再给小宁一条，我看小宁的睡袋最多扛零下10℃，说是雇他，老余似乎什么也没给小宁准备。"

郝明默然。

"今儿进来第一天就惹这么大娄子，明儿还不知道有什么情况呢。"老葛说。

"今天时间主要都泡在救援上了，明天我们要提速多赶些路！"

"明天你打头，老余我来照看。"

"老余，"郝明喊胖头鱼，"你还不来跟老米取取经。"

"你走的不错，老余，比我刚进沙漠那会儿不要好太多。主要你车动力好。"

"老余，你掌握一个中心点就行：在沙山里面看沙势，把惯性做出来。沙势是第一动力；发动机才是第二动力。"

"车子一定要悠起来，"老米说："我基本上三挡开。脚粘在油门上，下坡的时候不冲，滑下去。上坡实际上有两个受力点：一是昂头，受力点在车后，你给大油，轴就容易断。再有一个，上坡以后，吭吭几下，那是个受力点。我切个挡走人；上不去，我绝不吭吭挠，第一时间倒车！但绝对不能较着劲儿走。这两个受力点较劲儿，最容易断传动轴和差速器。"

"老米讲的，能理解吗？"郝明问胖头鱼。

"怎么不能理解，讲得挺透彻。"

"明天一旦陷车，赶快呼我。像我，每次陷车就在电台里作死地喊：'快来救我，快来救我！'记得，千万不要死要面子活受罪。"

"老余记住了吧？那我明儿只管走我的了。"

"嗯，你只管走你的，老余这有我。"

塔克拉玛干的东端，与和田河以西的大漠相比，荒凉死寂有过之而无不及。景色单调得让人心寒。几百米高的大沙山，山脊被强风吹成刀锋状，好像裁纸刀切割过，齐刷刷成一线。

这里大风常年不息，席卷旷野，不动声色间，可以吞噬万物。

忽然，我听到车下传来不祥的一声"咯噔"声。郝明拿过报话机："兄弟们，我的后差速器可能又完了。"

我从后视镜中看到，小修从绿色牧马人上跳下来，火速跑了来。

"你动下车，郝哥。"修艳杰的脸出现在郝明那边的车窗外。

郝明扭了一下钥匙，车往前走了一下，"咯噔"一声，我跟着车，往上跳了一下。

"行了，还是老问题。"小修拍了一下车门，说。

郝明下了车，看着老米、老葛、王小满三人，无奈地说："我已经开得 12 分小心了。"

老葛"吧嗒吧嗒"吸着烟斗，默然不语。

"这后差比我这车，还早生产了几年。前后差速器不匹配，齿轮的转速不一致。杨局不是说日本人特别喜欢西域文化吗。这里丰田很多，遍地是牛头。尼桑的车却少。我也是没办法，想咱们时间拖不起，有一个先凑合着用。"

"沙子太软，头车强度太大，损害也大。"老米声音低沉。

"啥也不说了，小修，拆后差。开始动手干活。"

浮沙被挖开后，冰冷潮湿的深层沙子显露了出来。途乐是在一个坡上突然坏的。

尽管尾部有 CESS 液压千斤顶顶着，车中有轮胎撑着，前轮倾到沙坑里，但是小修还是很难在车下工作。

"这么窄个坑，我蹲进去待着更难受，又施展不开。"修艳喜对王小满说。

"去把你八〇开到沙山上去，小满。"

王小满一下就明白了，把"八〇"绞盘放出来，用很"边式"的速降动作，拉着绞盘索一点点从沙山上坠下来，挂在途乐的后拖车钩上。车尾跟着拉紧的绞盘，撅了起来，小修终于可以爬到车下工作了。

前两天刚换上的后差，又给卸了下来。修艳喜用扳子打开，发现里面除了绞碎的齿轮，还有一颗孤零零的螺丝。

"奇怪啊，"修艳喜喊，"这种螺丝怎么可能出现在这里呢？"

"是不是有人故意放进去的，就是为了害我们郝哥？也不至于啊。"王小满说。

"牙包没有打开过的迹象。真太奇怪了！"郝明说。

"确实太诡异了哦！"嘉琪说。

"啥怪事都遇上了！"伊曼说。

"换小满在前面带路，奔驰 G 跟着，老葛收尾。撤出去修车。你们走前天咱们进来的车辙印，我刚看了卫片，我开两驱的途乐，往西南走一小段，然后沿着沙谷向北和你们汇合。"

"那怎么行呢！"老米猛力摇头，"旁边连个保驾护航的都没有。上不去坡的时候，途乐可以和'小红马'绞盘对拽！就像西段葛兄拖我的那样。"

老葛和小满上来，把郝明车上的重物—油桶、储物箱一件一件搬到自己车上。"小红马"上的空间已经所剩无几，老米又推又垒，硬是又塞入了郝明的工具箱和两个 30 升小油桶。

"哥，你想过你两驱要减负哈，小 A 怎么办？她也百十来斤呢。"

"就是的哦，小 A 坐哪儿？"

"我去后备厢趴着去吧。让 A 姐坐牧马人副驾位子上。"修艳喜说。

"你咋趴啊？还不得把你颠晕菜了！"

"就是啊，修师傅，太遭罪了。"嘉琪也说。

"我不趴，谁趴。咱这种劳动人民，天生就是遭罪的命。"

天黑前，塔神恩赐了我们一块稍微避风的小戈壁作为扎营地。地面是不算罕见的红黏土地，地面非常平。

这一晚，依旧没看到红柳堆的影子。王小满以割稻子的手法，收集了几大捆芦苇杆。但是芦苇杆，一是不经烧，二是烧后烟大，无法用之做饭。最后还是郝明用行军炉子，给大家煮方便面。

平时郝明要求我们的，不管野外有风没风，都要严格按照程序搭好帐篷。虽然大风吹得人站不住，我搭的帐篷始终没有被吹得飞走。

这是个寒冷的夜晚。没有篝火，只有"呼呼"的朔风。王小满努力把汽油灌进小气罐里，然而小气罐很不给力。只能把水烧热，泡个方便面。嘉琪、伊曼、我蹲在地上，背着风轮流吃了方便面后，凑合着填饱肚子之后，马上钻睡袋。

早上天还没亮，就听有人不断按喇叭。

我正解开睡袋准备穿外衣，就听老葛在绿色牧马人里分析："这特妈除了王七，没人会干这种事儿。"

话音未落，王小满拉开帐篷，伸头说："那不是我，铁定是鱼哥——年纪大的人，就是觉少！"

我钻出帐篷，见胖头鱼和小宁早早地坐在车里，准备出发了。

胖头鱼下车，走过来，用不容置疑的口气对郝明说："昨晚没火炕，车里冻得我睡不着。塔漠真是太苦了。我想立刻返回塔中，越快越好，你的途乐，拖我们大家后腿，希望你弃车。"

老米第一个跳起来反对："哎，这可不是我们队伍一贯的行事风格哎！一向以来，我们是不放弃任何一辆车、任何一个人的！一人有难，其他人必在左右！"画家太阳穴上的青筋暴绽，"途乐可以两驱跑，就像我第一次见你那回表演的。途乐每前进一步，就更容易得到维修。"

郝明考虑了一下，对胖头鱼："行，我尊重你的意愿——我弃车！"

一阵无言的沉默之后，郝明用手套拍了拍身上的土，说："大家别坐着了，说干就干。我去把我装备拿过来。"

"四辆车，十个人，咋坐啊？"伊曼直着嗓子大声问。

"小A继续坐老葛边上，老葛，你把你车后座收拾出个位置来，我去后车座挤一挤，没几公里就出去了。"

老米帮着老葛，把绿色牧马人后座上，能不带走的，都搬下来。王小满和伊曼一样一样码放整齐。

郝明把他和我的帐篷，都整理在一个包里，提了过来，打开牧马人后车门，扔在捆扎带上面。

"你这也会整理了，冈。认识那会儿，我就记得你乱。"郝明对老葛说。

"可不是么，那会儿什么东西总胡乱往后备厢一丢，走不了多远，里面东西搅和成一团，最后像条狗一样钻里面乱掏。没办法，越野逼得你，必须有秩序。"

修艳喜低头佝着腰爬上来。

"小修，给你的空间更小了。只能多忍耐了。"

"比原来更好了。原来还容易乱滚，现在不会了。"

我趁他们在车尾说话的时候，打开车门，坐到了后座椅上，然后把车门锁了。

"哎嗨，你怎么坐这儿了？"修艳喜在头顶问我。

"出来。"郝明在外面拉车门。

我纹丝不动。

郝明又敲车窗玻璃。

我捂住耳朵，一个劲儿地摇头。

"郝哥，你是我们队长，小 A 哪能让你坐后面。"王小满在外面笑着说。

"行了，你就坐前面吧。"老葛也笑。

"你们还没好吗？"胖头鱼过来问。

"小满，继续做你的头车，沿我们车辙印回塔中。"

"抄收。"王小满突然怪腔怪调地应了一句。

途乐被留在塔中公路向东 80 公里的地方。

"我没油了。"胖头鱼在车台里说。

郝明告诉老葛："跟老余说，亮红灯之后，还能继续开一阵。让他坚持一下。"

"老余，领导让你挺住。眼下大家都要集中精力先过了这段小结构。"

"不行！现在就得给我抽点油出来，不然我心里老不踏实。"

"你跟丫直接说吧。"老葛把报话机递给郝明。

郝明接过报话机："你不用不踏实，老余。你放心，我们心里有数。"

"我知道，你们是嫌我前几天油耗太高了，你们舍不得你们自己的油，这我理解——等我没油了，你们到时候全跑路了，丢下我一个，那我岂不是要抓瞎？"

电台里一阵难堪的沉默。

我从前风挡望出去，"八〇"丝毫没有停车的意思，反倒比之前跑得更快了。

"哎哎，我说老余，我们都花了快 100 来万改我们这车。忽然舍不得这点油钱，你也太小看我们了吧？"老米生气地嚷。

"那不一样！旁边守着个加油站，你不在乎，我也不在乎。现在有 100 万现金，你也没地方买油去！"

"哎哎，这点你倒说挺对。"

"老余，会给你油的，我们还没有贪生怕死到为了点汽油把你丢下不管的地步！"

"看来不给老余加油，老余得闹我们一路。"郝明告诉老葛，又用报话机通知，"小满停车吧。"

"八〇"又往前走了 1 公里，郝明再次敦促，才停了车。

"你们就用这个方法抽油？"看见修艳喜将软管插入"小红马"的副油箱，胖头鱼将信将疑地问。

"我们用这种方法抽过好多遍了。"老米神色冷漠地说。

眼看着啤酒状的汽油已经吸到抽油管顶部，汽油味熏得修艳喜喘不过气来。小修捏住油管，剧烈地咳嗽起来。老米见了，急忙接过油管，用力一吸，之后迅速将抽油管塞入奔驰的油箱口，将嘴里的汽油吐在了沙地上。

"漱漱口吧。"伊曼递来老米的暖水杯。

"喔，谢谢啦！"老米高兴地接过来。

"我不是在塔中买了两个哈密瓜吗？还剩一个，趁这会儿把它吃了吧。"郝明提议。

王小满从"八〇"车后拿出一个黄绿色花纹瓜，郝明用SOG多功能刀切了："老余，过来吃瓜。"

"这块给小宁送去。"郝明让我。

"亲自送到小宁手里，不然他就吃不到了。"老米叮嘱我。

"喏，队长让我给你的。"我走到小宁面前，把瓜递了过去。

"我不吃，你们吃吧，我新疆人，年年吃瓜。"

"我昨天吃饭了，今天就不用吃了？队长说了，你不吃，我那份就不让我吃。拿着吧。"

小宁犹豫了一下，终于伸手接过瓜。

"已经冻透了，没瓜味了。你说它是心里美萝卜，我都信。"我蹲下来，坐在沙地上吃瓜。

"这是冷库里存的瓜，要吃新疆的瓜，得夏天来。"小宁说，"你们口子里的人不知道吧，哈密不产瓜，你们说的哈密瓜，其实是我老家焉耆的瓜。"

"你是焉耆人？"

"很早就离开了，家安在了阿克苏，现在主要从余哥那拿点活儿干干。以后去阿克苏可以找我。跟你们走这么一趟，虽然只有两三天。还是挺让我震撼的。"

"震撼？"

"你们特团结。遇到事儿，一下就看出来了，几个人拧成一股绳儿。关键时候，你们还真听你们队长的。我听小七哥说，你们都挺有来头的。能做到这点，挺不容易的。"

我第一次听小宁一口气讲了这么多话，我很想问问他是怎么看胖头鱼的。宁旭虽然老实却不傻，但是一想到他现在主要从胖头鱼那拿点活儿干干，就不问了。

"郝哥，前面出车祸了！"伊曼忽然在车台里，报。

郝明找了找老葛的报话机，拿起来问："没听清楚。再说一遍，什么车祸？"

"小满追尾了！"

"七哥不是头车吗？"趴在我旁边用一只手撑住车顶的修艳喜不解地问。

我们赶到车祸现场，看到"八〇"大灯碎了一个，机箱盖瘪进去了一个角。

"我拖他下来，解 U 钩，谁想到他加油冲我倒车！幸亏我人闪得快。"王小满跟郝明解释，"副驾驶车门撞变形了，打不开，小修你修一下，要不嘉琪没法出来。"

"既然老余有手忙脚乱的毛病，以后他再担车，你从前面拖他。"

"哎哎，小满，一报还一报，你小子上次把郝明撞得也不轻。"

"米哥你忘了，还顶了我们两回。"

"过来个人帮下忙。"修艳喜喊。

"怎么样？"郝明走过去问。

"发动机没什么问题，就是这前风挡有点悬了。"

"我奔驰被八〇前杠顶了一下，也不能好过了。瞧，后杠都掉了。"

"谁让你踩油门的，没把小满压了已经万幸了。"

郝明刚走，我就听王小满低声跟老米抱怨："把我车撞了之后，连给点赔偿，出去后替我修车，都没提一嘴。昨天我爬山去救他，坐地上，足足喘了 15 分钟，跟胖头鱼说，'鱼哥，你给我递瓶水来，我嗓子渴冒烟了。'他理都没理我。还是小宁给我拿了瓶水。"

"我靠，还有这种事儿！"老米气得骂，眼珠都快从镜片后面凸出来了。

"别让那人再跟咱进来了，真他妈太讨人厌了。"伊曼愤愤地说。

"回去，我就把家里那几条鱼送人！"

"嘘，老郝过来了，"老米低声道，"先别让他知道，咱们慢慢合计。"

"我说，老余，离日落不到两个多小时了。以目前的沙漠状态，今晚穿出的可能性——几乎没有。"郝明拿着报话机说。

但是胖头鱼不放弃，敦促头车王小满："小满，你要一直往南走！"

王小满带路，比较爱绕远、兜圈子。胖头鱼又提醒："小满，你要直直地走！"

有点恶作剧，王小满忽然往北去。

胖头鱼奇怪地问："小满，你怎么又往北走了呢？应该往南啊！"

大家在电台里听着暗笑。

胖头鱼沿着车辙，自己带队往南去，王小满只好折回来。

又走了 20 公里，天快黑了。离塔中还有 15 公里。

晚上露营，点起篝火。队长接连坏车，给大家内心蒙上了一层阴影。

"多好啊，在沙漠再多体验一晚。"老米说，"我还舍不得离开沙漠呢。"

修艳喜望着火堆，一动不动地坐着，神色怏怏不乐。

"你怎么了修师傅，病了？"嘉琪关切地问。

"我没病！郝哥、七哥、葛老板他们才有病！"修艳喜突然情绪激动，"昨晚上兴奋地一晚上没睡着，以为今晚一定能住到塔中了呢。真是受不了了！白天干活出汗，晚上刚睡暖了身上就发痒！真后悔来这儿，再不来了！"

"小修，明天一定就出去了。"郝明安慰修艳喜。

今晚无风。满天的星斗，恍惚中，好似置身于星宿海间。本来应该是围着篝火畅谈人生的大好时光，可是大家全都默默无言，早早钻了睡袋。

远远地，看到高压塔了。我们又回到了文明社会。

车辆跟着奔驰G鱼贯上到马路。主驾们下车，给轮胎打气。老葛拉开备胎架，打开后备厢，小修从老葛行李上慢慢爬下来，一屁股坐在塔中公路旁的路基上，脸色惨白。我想下车，发现脖子被车里的行李压得死死的，我想抬手敲车门呼救，发现根本抬不起手来。

还是坐在地上的修艳喜发觉不对，叫来老葛、郝明把我后背上的行李扔到后边，这才把我拉出来。

奔驰、两辆牧马人、陆巡四辆车前，都响起马达和"呲呲"打气的声音。

郝明站在路基边，背着手向弃车的方向遥望。

"是我惹你不高兴了？"我走过去，悄悄地问。

"怎么会，你那么乖。"郝明说。

"哎哎，老郝，理解'小红马'坏车那会儿我的心情了吧？！"

"就好像被缴械了一样，没有了用武之地。"

老米猛一回身，冲着正蹲在地上打气的葛卫东、王小满一扬下巴，"那俩别得意，早晚步咱俩的后尘！"

一辆长城皮卡从北驶来，小宁拉开车门，跳上长城皮卡，走了。

"小宁怎么这就走了？也没跟我们道个别。"郝明不解地和老米说，"老余什么时候走的？是不准备继续跟我们穿越了？"

蹲在地上打气的老米、伊曼、老葛相互交换了一个愉快的神色。

正说着，郝明手机响了。郝明从兜里掏出手机一看，告诉老米和老葛，"是麦西来甫。"

"兄弟，"郝明接通电话，热情地问候。

"哥，小宁这孩子，是个特实诚的小伙子——"

"是是，小宁确实很不错！手脚勤快，我们都很喜欢他一怎么了，有什么不对的地方？"

"他老婆眼看要生二胎了。养家糊口地，都不容易。哥，跟你们在塔漠待了五天四晚上。你说是不是适当地给点报酬，意思一下。"麦西来甫说。

"兄弟，来的时候，你们怎么谈的？"

"我们没谈过。因为胖头鱼说要找你们。我让他坐个顺风车给你们送配件。

没想到你们要他跟着你们进塔漠。我是想，哥你的人品，绝对不会亏待小宁的。"

"好的，兄弟。我明白了。不会亏待小宁的，你放心好了。"郝明说。

"哥，我没别的意思。"麦西来甫笑道，"小宁不好意思提，要我来跟你们讲。既然是我委托他给你们送配件，说不好只能是我来做回坏人了。"

"咱们兄弟之间，不用讲这些客气话，再讲就生分了——该说什么说什么。"

两人就老陈现在的情况，又说了几句，就把电话挂了。

"小满你也过来，咱们一块儿商量个事儿，"郝明把手机揣在兜里，叫王小满，"方才，麦西来甫给我打电话，说，小宁想要我们给些报酬。"

"报酬？哪门子的报酬？他不是胖头鱼带来的吗？"

"哎哎，这下我明白了，为什么小宁连个招呼不打就走了。"

"他不走，和我们称兄道弟的，到时候怎么抹得开面子开口提报酬的事儿——是按朋友价儿算呢？还是就搁一块儿吃顿饭完结。"

"是没法开这口了。"老米点头。

"咱们讲究人，做事得漂亮。问小宁要多少钱，把钱给他。"老葛说。

"小满，和小宁联系的事情就交给你了。上车，咱们回塔中。"

我们又回到了塔中小镇那个唯一的小旅店。

"先吃中饭。"郝明叫大家："吃完饭，老米和我再去趟库尔勒二手车市场。再看看有没有途乐Y60的差速器总成。其他人住下。"

一个高大的人影，从门外大步走进来。他站住脚，扫视了饭厅的大堂，目光锁定在我们几人身上。

"老郝老郝，好像是奔着我们来的。一直看我们。"

"人家在看我们吃什么菜，不是看我们人。"

话音刚落，那个身形高大的人，大步走了过来。"你们是不是有个叫——"那人从口袋里掏出一张小纸条："王小满？郝明？葛、葛卫东？米——"

"你是老陈的朋友？"郝明放下筷子，起身问。

"哎哟，我和老陈认识快30年了。"那人一拍大腿，说。

原来，到达塔中后，王小满第一时间，和老陈通了电话，告诉我们又回到了塔中。

"塔中小镇那个小旅店住宿条件差吧？我联系一下我塔中指挥部的朋友老翟，看能不能搬到他们招待所去住。"

"哎哟，你们这个活动，真是好！"老翟一把搂住郝明肩膀，一竖大拇指，不住说，"你们都是这个！我给老陈打电话，没想到你们行动那么快！前两天我来，扑了个空，听老陈说，你们的车又坏了。我想我得快来，不然你们又进沙漠了。"

"总成速比不匹配。之前我换了一个。以为能将就用，没想到两天就坏了。"

"哎呀，早联系我，我帮你弄。我油田上有个朋友，也在库尔勒。他有一辆途乐，和你一模一样的，我让他把总成卸下来，换你车上。"

在库尔勒老翟的安排下，我们住进了塔指的招待所。住宿条件一下子有了质的飞跃。

我万万没有想到，"塔中作业指挥部"是个小桥流水、鸟语花香美丽的地方。办公楼外面，竖着一块大牌子："只有荒凉的沙漠，没有荒凉的人生。"

"看到没，荒凉的沙漠其实不荒凉，只要有人治理。"郝明说。

塔中指挥部外的广场上，停着一列列奔驰的乌尼莫克、吊车、叉车、自卸卡车、集装箱运输车，还有道路清障车。有的车，单单车轮就有一人高。

"哇，中石油的车真好！"我、伊曼、嘉琪边看边惊呼感叹。

"郝哥，肯定都是进口的吧？"伊曼问。

"这是日本的小松，远处沙山上的，是美国的卡特彼勒。"郝明给我们一一介绍着。白雪覆盖下的大漠，卡特彼勒的车辙印相当清晰。

"快给我拍照！"伊曼让嘉琪。

塔指不远，有一种非常奇特的，圆眼的接扣式钢板飞机跑道。跑道长 600 米，宽只有 20 米。在塔中公路修建好以前，石油工作人员就是乘坐 Y-12，Y-5 轻型运输机来往于塔漠边缘和塔漠腹地之间。

塔中公路的修建成功是一个世界性的奇迹。

库尔勒老翟 1995 年就在"塔指"工作，亲眼看着塔中公路的建成、开通。老翟说，世界上有不少沙漠公路，这些沙漠的下面很快就是戈壁硬地，而塔漠的沙山可以高达数十米。沙子下面还是挖不完的沙子。另外，塔漠的沙粒，如果用 100 目的纱网过滤，会有 98% 的沙粒漏下去。100 目，按照中国的标准，每个孔目是 150 微米，也就是沙粒的直径不会超过 0.15 毫米！

由于塔克拉玛干异常干燥，沙粒相互之间粘结性差，之间的缝隙会比较大。再加上颗粒细小，受到挤压后就会下陷，这就是老葛、郝明他们总说塔漠的沙子"软"的原因。

塔中公路不光建成困难，建成后，面临一个最大的问题就是"护路"。开始，模仿宁夏沙坡头用"麦方格"的办法固沙。可是新疆没有那么多麦子。很快，建路队想到阿拉干东北方向的博斯腾湖畔有大片的芦苇杆！因地制宜，用"苇方格"治沙。

这种机械治沙的方法，只能管一时。时间一长，迟早会被沙漠再次吞没。于是改用生物治沙。

塔克拉玛干的地下水储藏量，经科学考察，发现等同于一个三峡水库。但是这些地下水的矿物质，含量在 3 克至 5 克每升，而超过 0.2 毫克每升，人喝了就受不了。

人受不了的水，梭梭和红柳枝可以受得了。梭梭和红柳枝都是生命力旺盛根系发达的植物，可以牢牢固化住沙子。梭梭在没有水的情况下，不会死而是进入休眠状态，有水的情况下会迅速活过来。红柳枝，我们已经太熟悉，一旦被沙漠掩埋，红柳枝就会让自己长出沙漠。

虽然如此，这些植物仍然需要灌溉。塔中公路两边，每隔一定距离，就会有一所蓝白色的小房子。开始我们误以为那是简易公共厕所，后来才知道，里面是水井。塔漠的地下水从井下汲上来，通过橡皮管道灌溉滋养公路两旁的"护路卫士"。

"你们再往远看，"郝明说，"前面有个找油队伍出发了。"

我从望远镜里看到，写着"火热的沙漠，沸腾的人生"的大幅标语后面，是一连串的车队——前面履带挖掘机、推土机轮番开道，紧跟着压路机反复压路，一直压到后面的运送补给的油罐车、冷藏车能驾驶往来。

"找油是一个大作业，大约 50 平方公里的曲线图的测定，就需要花费 1000 万人民币。"老翟告诉我们，"一次大约需要 200 号人一起出动。把车房往集装箱运输车上一放，一走，在沙漠里一待就是个把个月。"

老翟告诉我们："在沙漠里待久了，都得干眼症。我在塔指待了 7 年。原来苦得很呐。现在用海水淡化系统处理地下水，喝水没有限制了。食品有冷库保鲜，饭菜品种不单一了。"

"今天自由活动，"郝明对我、伊曼、嘉琪说，"你们在这儿拍照吧，我和老翟、小修现在就去库尔勒拿总成。"

老翟开着他那辆老霸道，载着郝明、小修和总成，驶入塔漠深处的时候，天已经黑了。天上出现了两个斗大的灯球。灯球徐徐地降下来，原来是一辆中石油的运油车，从一个大沙山上的山顶下来。

快到塔中了，前方突然设置了路障，不让车辆行驶。有几辆大货歪在路基下。不用问，是因为石油勘探队在附近找油。

老翟只能把车暂时停靠在一边不走。郝明心急如焚，降下车窗，问什么时候能放行。拦路的脖子一昂，懒得搭理，走开了。

郝明从夜色中辨认出一点灯光，问老翟："不是说不让车辆通行么？怎么对面来车了呢？！"

老翟奇怪地问："哪来车了？"

"你瞧着你正前方，一会儿你就看到了。"

老翟瞪着正前方，摇头说："大车，特别是载货的大货可能会有一点影响，小车没事的。有的人，唉，手里有点权力就难为你。"

郝明立即告诉老翟："着车。"

果然，对面飞驰来了一辆大车。拦路的过去，搬开了路障。

"看到路障之间的缝隙了吗？你这车能过得去！注意给油——走！"

老翟不错，擦着路障"嗖"的蹿了过去。后面也没人叫嚷，也没有警车、城管的车追上来。一路顺畅。

到塔中已经是夜半十二点了。塔中小镇一片漆黑寂静，除了"蓝莲花"轰趴会所亮着诡异的蓝色灯光。

"霸道"进入塔指招待所，我们都在老葛房内吹牛呢。老翟拎了一个面口袋，里面装着三种九十个馕，这是他自掏腰包为我们购买的。

"你们买的馕不对，这种库车的油馕，最好吃，又薄，火一烤就酥软了。"老翟说。有一种甜馕，厚厚的、又甜又软，还撒着花生碎，口感很像俄罗斯大列巴，大家当时就你一块我一块分吃了一个。

"今天，你们就进去修车了？你们的时间抓得紧呦。"

"不紧不行啊——怎么翟哥，今晚不住下吗？"王小满问。

"我得连夜回去，还要上班呢。"老翟说着，往门口走。

"哎呀，真是够让你辛苦的了。让你老哥来来回回地跑。"郝明、老米、老葛、小满一面往外送，一面感激地说。

"不说这话。你们这是个好事儿，好事儿。等你们从若羌出来，一定要来库尔勒找我。"老翟拉着大家的手，反反复复地说。

第二十六章

地狱之门

——遇见了喜欢的人，
就像越过了死亡之海，看见了绿洲。

我们回到那天郝明弃车的地方。途乐静静地立在那里。

"我和老葛留下换配件；老米你头前带路，按着咱们车辙印走，尽量多往前赶路。我这车耽误不少工夫了。咱们经常保持通联。"

老米答应一声，同王小满走了。

"我去捡柴火。"我自告奋勇。

郝明点头："很好。老葛，做壶水。咱们忙里偷闲，烧壶茶喝喝。"

"好主意。我也想喝茶了。"老葛点着行军炉，抓起一撮茶叶直接扔进小水壶里。

"没茶碗怎么喝？"我问。

"多大点儿的事儿，"郝明掏出刀，一刀把个矿泉水瓶子一寸高的瓶底切下来："因陋就简了，这个拿去给老葛。"

我接过来。

郝明又一刀，矿泉水瓶口带盖的那部分也给削下来："这是你的。"

安溪铁观音，有股烟熏火燎的味道。不过，这并不影响品茶人的心情。道法"自然"，随遇而安，"与天和"从而"与人和"。

"上次一块儿喝过酒，这次又在一起品茶，好幸福。"

老葛笑了笑："能毕业了，心里美吧。"

"我那书你好好保存了吗？"

"妥当地收着呢。"

有一会儿工夫，我和老葛一言不发地喝着温热的铁观音。

"老葛，我真的好佩服你。"

"你又佩服我什么了？"

"在家不会喝这种带糊味的茶吧？你一个讲究人，茶具必定一色元青花。"

"在家谁喝这茶——都熬糟了！"

"在家不用给我们做饭、烧茶、热巧克力奶，都是保姆给您沏茶，阿姨把饭做好了，您动筷子就行了。"

"这倒是实情。"老葛说，"不过这里每个人，都不用佩服别人，心里乐不乐意、扛不扛得住另说，受的苦全一样。"

"我们回到北京后开庆功宴，你说光头强会不会出现？"

老葛面无表情的脸，突然笑了。我脸一红，也忍不住笑了。

"不用拐弯抹角地，想问什么直接问吧！"

"那个——"

"等等，"老葛回身看了一眼，"他耳朵很灵的，你不怕被他听见。要不晚上找时间你再问。"

我扭头很快地看了一眼："还是现在吧。他现在正干活儿呢。他干活儿的时候，精力比较集中。"

老葛又笑了。有那么一会儿，我自己都感到不好意思了。

"说吧，你想知道啥？"

我放低声音："那天郝明突然告诉我，他离婚了。"

"合着你不知道啊？"老葛诧异地问我。

"啊，原来你们都知道——又没人告诉我，我上哪儿知道去！"我生气地说，"您说，他告诉我离婚的事，算不算有诚意？"

老葛想了好一会儿，肯定地一点头："以他这个人为人来看，算，不然他离不离婚的，告诉你干嘛？"

我心里涌起一阵欢乐的暖流："不过有一点，他说他不愿意再婚了。"

"那就刷了他换人。一切不以结婚为目的恋爱都是耍流氓。"

我像抓住了一根救命稻草，急忙问："这话是哪位哲人说的？"

"毛主席啊。"

"啊，毛主席还说过这样的话。老葛，"我回头看了看，郝明正给小修递工具，"你说真会有离婚后恐婚的人吗？"

"会，特别像他这种自尊心特强的人。被自己老婆蹬了，一辈子的伤疤。"

我心里掠过一道阴影："这么悲观！"

"自信点！"老葛突然严肃起来，"他这样的人，中国少说有一万个吧。"

"有那么多吗？关键是，我上哪儿找那九千多个去？"

"哼，真没看出他有那么好来。"

"好，打着战术手电也难找。"我涎着脸皮说。

"那我就没办法了。"

"你见过他前妻么？"

"有次见一女的来找过他，不知道是不是你说的一他前妻。"

"长得怎么样？"我问。

"郝明出去见的，我没见到。"老葛在阳光下打了个哈欠，"太阳晒得，有点犯困。"

"你俩聊挺好啊。"郝明神不知鬼不觉地站在我们背后。

"多好的太阳，正适合聊天。"老葛微笑说。

"啊，你怎么背后偷听人壁脚呢！"我扭着头，愤怒地喊。

"谁偷听你们了，"郝明说，"不干活儿的两个人，还理直气壮地在那儿嚷。老葛头儿，换换班儿，我喝口茶，你用土办法往后桥灌齿轮油。"

"哎嗨，干活去喽。"老葛爬起来往途乐那儿走。我也跳起来，跟在老葛后面。

"怎么我一来，你还走了！"郝明问我。

"你不是说我们是不干活儿的两个人吗？干了活儿，就能理直气壮了。"

第二十六章 地狱之门

　　我举着矿泉水瓶，老葛把齿轮油从铁桶灌到矿泉水瓶里。其实，把矿泉水瓶插在沙子里，比我手拿着还稳妥。我就是找个由头和老葛继续待在一起。

　　"小修，这个给你。"我把自己的随身听掏出来，连着耳机，递给修艳喜。

　　"不听——我听那个就头疼。"修艳喜从底盘下伸出脑袋来，对老葛说："看看，找块抹布来。我用汽油把这下面的沙子擦一擦。"

　　"抹——布！"老葛念叨着。

　　"我这有副用过的旧手套。"我从大衣口袋里掏出团在一起的白线手套。

　　修艳喜接过来看了看，"行！我车底下干活儿呢，放心，我啥也听不见。"

　　"千万别外传啊，修。"我叮嘱了一句。

　　"A姐，其实不用听，我都知道你想问咱葛老板啥。"小修眉花眼笑地对我说，随即缩回到底盘下。

　　"那我下面该怎么做？"我问老葛。

　　"什么怎么做——等着！"

　　"等什么呢？"

　　"等他做进一步表示啊。不过到若羌之前，他肯定不会。"

　　"是么？"虽然知道老葛说得十分在理，我还是微微有点失望了，"唉，好盼着他表白的那一刻。"

　　"哎哟嗬，现在的姑娘都怎么这样？我们那时候，姑娘们都很端庄，一副凛然不可冒犯的样子。能不能稳重一点？别给根蜡烛就灿烂了。"

　　我刚想说话，"嘘，他过来了。"

　　"怎么样了？"郝明问修艳喜。

　　"行啦，我这差不多快完工啦。"修艳喜在车下回答，"用梨型荆棘轮扳手加套筒把减速器外壳的螺母挨个拧回去。"

　　"你走开吧，剩下的忙你帮不上。"

　　"你还喝茶吗？"我问老葛，"喝，我就继续烧水。"

　　"喝啊。这不茶还没喝透呢，就让来干活了。"

　　我回到火堆边，把行军炉点着，用手刺划破瓶装水，投到壶里。我尽量把火力调整到最大，行军炉表面的孔眼进了很多沙子，火苗没有进来的第一天那么旺盛。

　　我望着茫茫大漠，暗暗下定决心，一定要将这件事往好的方向促成。

　　"喝你的茶去吧，多你一个不多。"

　　"得嘞，喝茶去。"老葛从沙地上跳起来。

　　"我发现你腿脚动作灵活多了。"郝明对老葛说。

　　"我也发现我这肚子小了好多，估计到若羌能小一半。"

　　老葛走回来，坐在小椅子上。我递给老葛一杯刚烧好的热茶。

　　"你和我郭老师怎么认识的？"

"什么怎么认识的，我打小就认识她。"

"啊，青梅竹马啊！现在太罕见了。我幼儿园有个小伙伴，小时候我老追着他打，现在他在北理工，只长到齐我耳朵高一让我怎么和他青梅竹马！燕大倒是有我很多高中同学。从大一就开始往外走。7年中，能走的都出去了。一到夏天，飞机上全是我们学校的人，就像燕大包机了一样。"

"你要这么理解青梅竹马也行。我和郭老师是一个大院长大的，她哥和我都是四中毕业的。"

"啊，你还说你白手起家，你起点比别人高多少。"

"我不怎么努力，爱玩儿，玩得比较多。她哥做得大。给你看看我地库里的车。鄂尔多斯那丫算什么玩意儿，半年前的老款，还在那儿嘚瑟。"

我溜了一眼，图片上果然全是跑车。我把半个后背和后脑勺对着老葛："你这个年纪，还玩这个？是不是太危险了。"

"我不玩，收藏而已。"

"花这么多钱，就为了欣赏。"

"那怎么地。"

"你要喜欢，干嘛不买高仿真的模型。一样可以欣赏。"

"那不一样。"

"车是消耗品，从买到手的第一天，就贬值。你这车，可以赞助多少边远山区的失学贫困儿童？"

"我还真没少捐。"老葛说，"别的我捐少点，教育是国家之本。"

"老葛，你家孩子怎么看你来塔漠穿越？"

"我没孩子。"

"没孩子？！"

"我和郭老师都不想要小孩。"

"那么早就丁克了？"我想问，那你那么大家私将来谁继承呢？但是这话不能问。

"你们两个是包办婚姻吗？"

"哎嗨，这年头哪有包办婚姻这一说。我在宾州，她在马里兰，她哥在西雅图，托我多去照看照看她。美东这两个州无聊得很，中国人也少。两家父母都说那你们俩必须先把婚结了。"

可能就大多数女性来看，郭老师的人生经历着实令人羡慕。娘家非常富有，老葛也有钱——虽然福布斯排不上，但是吃喝不愁了。她就读马里兰大学英美文学专业，毕业后回国在译文出版社一呆一直到今天。出版社不用加班，同事关系简单，接触的都是高知类群体，往来无白丁。

"天天就你两人，那你和郭老师不寂寞吗？"

"有什么寂寞的？每天她一下班，我就接上她，约上朋友，胡同、犄角旮旯儿

— 443 —

找小馆子吃。你郭老师可是北京吃货活地图，你想吃什么，尽管问她。要不我这肚子怎么来的？郭老师每天，就好像从没吃过肉一样，一盘最简单不过的鱼香肉丝，炒好了都能吃得有滋有味——自打我认识她起，我就没见她瘦过。"

"你们就这点共同爱好吗？"

"那还要几个共同爱好？小 A，我活到这个年纪，告诉你一句大实话，当然你现在肯定听不进去。夫妻俩恩爱一辈子，那都是瞎掰。有没有呢？——有。少！你自个儿还有烦你自个儿的时候呢，对吧？就看双方是不是能约束得了自己。你父母、我们那一代的人，对婚姻还是看得很重，离婚是件丢脸的事儿。打归打，差不离儿能过还是过下去。你们这一代人，因为感情走到一起的越来越多，婚姻也越来越不当回事。有感情，就在一起。没了，就另起炉灶。'责任'这两个字，越来越淡漠了。女的不用男的负责，男的也更不愿意负起责。"

"那你觉得过去好，还是现在好？"

"凡事有利有弊。"

"老葛，你觉得北京变化最大在哪儿？"我突然问。

"天儿。我小时候，北京四季分明。十月份的秋天，真是金秋。现在北京只有夏天和冬天。小时候我住东城区，现在，我住平谷。"

"你们俩挺能聊啊！"郝明走来说。

"全完活儿？"老葛问。

"能不完吗？你们俩都聊这么久了。收拾东西，走人。没讲完的话，晚上扎营后接着唠。"

我们急忙登车，全速追赶老米和小满。换上型号匹配的后差速器的途乐，重新恢复了强悍的越野性能。

白天的天气逐渐变热。太阳炽烈的光芒照在大沙山上，耀得人睁不开眼。

汽车驾驶室里像个烤箱。主驾们在车内开始只穿长袖单衣。老米更厉害，直接穿上了色彩艳丽的始祖鸟短袖 T 恤。

下午，太阳正好从我右侧直射过来，没遮没拦，烤得我的脸火辣辣得疼。

随着车队不断向东挺进，沙山越来越高大，沙子也越来越软。那种磨人性子的小鸡窝越来越少——虽然还四处潜伏着，不知道什么时候会让你掉进去，取而代之的是超大、超深的大沙锅。

"老米，"郝明呼叫。

"看到了——我靠，够深的！"

"这样的锅，叫爷爷也不能下去。"

"那咋过去呢？"

"问我，我也不知道。"

"你一定有办法哎。"

"我说哥，你就别和米哥秀恩爱了。"小满让"绿八骑在我们背后的刀锋上，居高临下说。

"你弄那么个姿势卧在上面，担梁了谁去救你啊？"

"我重心在下面呢。"

"看来，只能从两个大锅中间那条一车宽的沙梁过去了，这沙梁两边的大沙锅，掉下去真出不来，只能拆车了！"老米说。

"所以我也怕，这不调侃两句镇定镇定心情。"郝明说。

"老郝，那什么，还是你打头阵，要拆车，也先拆你的。"

沙梁的尽头像航空母舰的起飞跳板一样，老米管这种沙梁叫"飞机跑道"。主驾们在起始点倒车倒到尽头，然后加速冲过沙梁一直冲到坡顶。坡顶通常都是平沙区，冲上来的车辆四轮腾空，平稳地落在富有弹性的沙地上。老米称之为"屁股向后，平沙落雁式"。这是后期穿越中，驾驶员们最喜欢的游戏之一。

"米哥，你这波骚操作，换挡换得够溜儿啊。"

"小满，你别夸别人了，你也快点儿吧。"郝明催促。

连我都看出来了，"八〇"油又给大了。陆地巡洋舰重重落在沙地上，扎在了一个硬坎儿上，除了一声不祥的"哐"，车子还摇晃了几下。郝明瞧得分明，立刻下车。果然，王小满紧绷着脸，一边着车一边拼命踩离合器，车"哼哼"了两下，熄火了。

郝明把"八〇"机箱盖推起来，架好。修艳喜胳膊下夹着工具箱，也到了。王小满坐在驾驶室里没出来，呆呆地愣神。

"怎么了，老郝？"老葛、老米都下车来问。

"不知道，听声音不像好事儿。"郝明神色凝重，"和他费了多少唇舌，总改不了这毛躁的性子，我也不说了。"

修艳喜检查了一下，发现是油泵不工作了。

"我料到了，带了个新的油泵来，要不要拿出来？"王小满问。

"等等的。"修艳喜把油泵取下来，在前杠上磕了几下，重新装回去，油泵又重新工作了。

我们开始称呼小修为修神。

"哎呀妈呀，一不留神就封神了，别叫我修神，如果觉得过意不去，就叫我喜之郎吸吸吧。"

王小满大喜过望，笑眯眯地说："相比较，还是牛头靠谱些，虽然有点软。我不是自夸，你看，我'八〇'到现在，除了油泵小坏了一次，发动机一点故障都没有。人品真是好得没法说了。"

"你不光人牛叉，车也牛叉。"老葛说，"我的绿马老没劲儿，转速老上不去，下坡加油也不走，但是熄了火等一会儿再点，动力就又回来了！看上去不像是油路、传感器的事，修总你帮我看看是什么原因？"

"也有可能是油路气阻，这个故障只在高温时出现，避免长时间机箱里温度高，就好了。"

"主要还是要提高驾驶水平，我和我哥开牧马人就从来没高温过，"王小满笑眯眯地说。

"牧马人且得查一查，其他人吃点东西，上个卫生间。"

我装作在"小红马"的百宝箱里翻找吃的，等四下里无人了："老米，找你问句话。"

"说。"

我刚要继续开口，发现老米转到车那边去了。我以为他忙着干活，也跟着走到车那边。没想到老米又转回到车原来的一面。

我就知道不是偶然了。

我抬眼朝四周一望，绿色牧马人停在不远处的沙丘上，老葛、郝明和修艳喜正在打开牧马人引擎盖，在进行修检。原来如此。

我钻进老米"小红马"里坐着，脸伏在车前的扶手上。这样我可以看到郝明，但是他却看不到我——这样可以肆无忌惮地望着他真好。

"老米，老米？"

没人回答。

我用拳头敲了一下方向盘上的喇叭，小红马发出"哇"一声大响。果然郝明回身往这面看了看。

"你干嘛你？！"老米现身在敞开的车门外，瞪着眼睛质问我。

"你回答了我的问题，我就走。"

"我回答不了你的问题！"

"老米，你说，一个离异过的男人，内心里还会有结婚的期盼吗？"

老米的脸忽然露在放下窗户的车窗外，双眼闪闪放光："他和你表白了？"

"没有。他只告诉我，他是单身。"

"那不算什么，我以为他和你表白了呢。"老米又不见了。

我没法告诉老米，后来我们还有一点亲密接触。或许在老米眼里，这也不算什么。

"老米，你说郝明是个值得托付终生的人吗？"

"对兄弟那是没说的，对女人么？那就不好讲了。"

"他不愿意再婚了。"

"他和你说的？"

"没有，但是他话里话外露出这个意思来了。"

"你们两个感情要是真的好的话，何必在乎那张纸呢？"

"你的意思是，一辈子同居，等他100岁的时候，介绍我，这是我88岁的女朋友——哎，还没到那一步呢。"

"不知道了。我又没离过婚。"

"你总有被甩的经历吧？"

"我没有被甩过哎！都是和平分手的，好伐？"

"差不多啊，都一样心痛，不是吗——老米，老米！"我朝外喊。

"我都说了，不知道。"

我在方向盘上又捶了一下。小红马发出"哇"一声大响。

郝明站在沙丘上，挽着衬衫袖子插着腰，往这面大声问话："老米，你车喇叭怎么了？"

"那什么，"老米急忙说："刚才装GPS不小心碰了一下。"

"你今天不小心两次了。这可不是你一贯风格啊，没事吧，老米？"

"没事没事。"

我心里暗笑。

"小红马"车窗外露出老米愤怒的脸："哎，你烦不烦啊，没完没了的。你到底想怎样？"

"帮我促成这件事！"

老米沉吟着："你先处处关心他，问寒问暖地。然后冷他几天，他就感冒了——感冒药在你手里！"老米说完，像个孩子似的笑起来，"可女孩子么，还是要矜持一点，别太主动。男人的天性都是狩猎者，太容易得到不会珍惜。"老米说着一挤眼睛。

"问题的关键是，他怕耽误女方，不愿意往下发展，你说怎么办——老米！"

"我在想呢。这个么，我觉得你不用担心。一个女人，如果足够好，对他足够好，就像泛滥的洪水，迅速把那个男人心中留下的沟壑填平。"

我来找老米，绝对正确。

我看到郝明正好去后备厢拿工具，我瞅准了这个空子，迅速从"小红马"中撤离。

这天刚翻过一个大沙坡，毫无预料地，一个占尽视野的大平谷突然出现在眼前，与嘉琪笔下描写的魔域地界似的情境竟然不谋而合。

郝明用手台呼唤老葛："准备好你的相机，这里有你感兴趣的东西。"

"什么东西？"

"上来看看就知道了。"

绿色牧马人上到沙山顶。老葛没熄火，下了车，走到郝明跟前，往下一看，立刻吃惊地说："哎哟嗬，这可是大宝贝！"

老葛笨拙地跑回绿色牧马人，先把车熄了火，从后备厢里翻出单反，换上大炮筒，又笨拙地跑回来，蹲在沙山边缘，稳稳地托住相机，一阵连拍。

三百米高的大沙山下，是方圆几十公里的乌黑干涸的"湖底"。"湖底"嵌着一副史前巨兽的白色骸骨。

"葛老板，这是什么？恐龙吗？！"修艳喜尽眨着眼，有些惶悚地问。

"不好说，也可能是巨犀，犀牛的祖宗。不过，应该和恐龙是一个时代的。"

"好家伙儿，这动物活着的时候，赶上一个工程机械车了。"

老葛、郝明看到的，是世界上唯一保存完整的巨犀骨骼。巨犀，是在地球上生存过的——包括已经灭绝和仍旧存活的最大的陆行哺乳类动物。

"这之前应该是一大片沼泽。"郝明说，"要不然，怎么塔克拉玛干大沙漠下面，能打出石油来呢。"

"老葛，这个东西大约生活在什么时代？"我问。

"最晚，不会晚于'晚第三纪'。"

"可见，亚欧次大陆板块的造山运动，从'晚第三纪'开始，对塔里木地区的天气和地理环境，开始产生剧烈的影响。"

时光荏苒，几度沧海桑田。塔里木先从一片汪洋大海，渐渐变为沼泽、茂林相间的温润湿地。喜马拉雅、帕米尔高原、天山山系的崛起，阻挡了印度洋、北冰洋的水汽，使得塔里木成为极度干燥、沙漠覆盖的内陆盆地。大片树木、草地的消失，最终导致草食性巨犀的种族灭亡。

老葛连按了十几下快门，依然意犹未尽。

"我下去瞧瞧去。"老葛兴奋地跟郝明说，开着绿色牧马人，带着小修冲下山去。

"湖边"随处可见软体动物的贝壳。修艳喜还找到不少粉色的珊瑚，拿塑料袋装了不少，随后看多了，也就失去了兴趣。

翻越了重重山岭和一个个山谷。当晚，我们就在一个类似湖底的大平原上扎营。平厚四周被厚实的大沙山拥抱在当中。矗立在正东边高大贫瘠的沙山，对我们而言，是百看不厌的美景。人类或许从未踏足过那里。

半夜睡在帐篷里，我听到一只远古巨兽向我走来。每走一步，大地都是一颤。

"米哥，米哥。"不远处，传来王小满凄凉的喊声。我被惊醒了。帐篷瑟瑟响个不停。

"小满小满，你怎么了？"我听到郝明在问。这么短时间内，他已经迅速穿好衣服，钻出帐篷。

王小满没回答。倒是修艳喜说话了："七哥他又睡着了。郝哥你放心，七哥没事，就是刚才想告诉米总，地震了。"

帐篷不再瑟瑟响个不停。绿色牧马人里传来老葛的呼噜声。

大地又恢复了沉静。

早上烤火的时候，我用卫星电话给妈妈报平安。

卫星电话里传来妈妈焦急的声音。她说，地震发生在今早六点整，强度5.9级。电视新闻里已经报道了。因为震源在塔克拉玛干沙漠无人区内，所以没有人员伤亡，只有几间民居被震塌了。

我告诉妈妈，由于沙子之间松散的联结性，昨晚营地四周的大沙山岿然不动。没有给我们造成塌方的危险。

妈妈问我什么时候能离开那个恐怖的大沙漠，她因为担心我而上火，嘴角都生了口疮。我安慰她，说就快了。我没敢告诉妈妈实话，其实我挺享受这段旅程的。

我们翻越了东边的一座山岭，山岭的那一头也是一个大平谷，只是平谷像一条铺开的毛绒绒的灰地毯。到处是暗褐色斑驳的沙堆，随风摇曳的杂草和骆驼刺，苍白、干燥犹如枯骨的红柳枝。

灰色地毯的中心出现一个长儿公里的大裂缝，沙子倾倒在大裂缝里，半座沙山没了。还有沙子在忽急忽缓地簌簌坠落，时不时还往外冒着黄色的轻烟。

地下水慢慢渗出来，一个晚上，冻成棱角分明的巨石，边缘的冰凌就像锯齿般锋利。从沙山上往下看，这道裂缝就像一个皮肉翻出，刚刚结痂的刀口。又像一只丑陋恶魔的怪眼，让人感到可怕又恶心。

"这是地狱之门。"我们全都哑口无言，只有老米说了一句。

没人愿意在这种恐怖的地方多呆上片刻，我们尽可能地加快速度，躲离了这里。

前面的一个大红柳堆后面又出现了一团浓密的黑烟。

途乐像在旋涡儿里打了个旋，盘旋着绕过红柳堆。

大概是两个工头，正在那对着工人指手画脚地乱嚷。

郝明放下窗玻璃，正打算和他们解释一下。一个凶神恶煞般的工头冲过来，对郝明大喊："你们哪儿冒出来的？！碍着我们啦！赶快走！再不走，扣你们车！"

郝明一看，就不打算解释了，拿起报话机："兄弟们，跟好我。不然要扣咱们的车。"

"我靠，要扣车那也得追得上我们。"

"可不就是这话么！"

我们绕过工头。前面有二十来个妇女在铺磷带土工布。一辆铲土车慢慢往土工布上倒戈壁土。

两台推土机把沙子推平。后面压路机来回压平。

我们很运气，竟然亲眼看到了沙漠生命线是如何在沙漠里修建的。

"中国龙工铲车，后面的是徐工压路机。"郝明告诉大家。

"修路的，怎么全变成是国产货了呢？"

"米哥，中石油再有钱，也不能人人都用小松、卡特彼勒。"

"我和小满第一次探路，刚一进沙漠，车'哐'就沉下去了。把我和小满吓得——这怎么回事？地塌陷了——"

"我和我哥下车一看，这哪是沙，和我们吃的炒面差不多。"

"在油茶面上筑路，真是常人难以想象。当时为了建塔中公路，一共有八个方案。不是平整性不好，就是施工速度慢或者造价太高。后来工程师调整思路，就以塔漠风积沙为原材料，照搬库尔班通古特筑路经验，用土工布铺在沙体上，再筑路。前面，咱们应该还能看到机械护路的苇方格是怎么搭建的。"

"没听库尔勒老翟说建设塔中公路的时候，是八台推土机全天候同时工作，不休息。有一天，竟然同时坏了五台。"

"没法休息，一停工，一晚上风沙就把昨天推出来的路埋了，活儿白干了。"王小满说。

我从前风挡看到沙地上，有个遗留的红色安全帽，然后就看到不远的地方，有个小石油作业区。

横幅在风中抖动着："只有荒凉的沙漠，没有荒凉的人生。"

"这应该是个产油大户，因为路修得很不错。"郝明说。

这一片谷底分布着不少被称之为"磕头虫"的抽油机。更多的穿橘色工装衣裤、戴白色安全帽的石油工人，正在"磕头虫"附近的管道边忙碌。

有个负责人模样的脸上露出诧异的神色，朝我们走过来。

"我们碰巧路过这里，马上就走。"郝明问那人，"这里能让我们参观参观吗？"

来人自我介绍姓侯，是这里的主要岗位负责人。

"欢迎欢迎！"侯主岗热情地说，"这是在录取井口压力，那是保养阀门，那个在更换井口盘根。"侯主岗为我们一一介绍。

"现在井站一体化管理，每个片区实行专人全天制巡检。你们要不怕冷，我带你们去参观'掺稀流程设备'。"

原来塔漠下面的这片油田，是稠油油藏。需要向油井内注入热轻质油，来降低稠油的粘度，专业上称为"掺稀工艺"。掺稀工艺可以降低生产液的回压，从而可以使稠油能够实现连续生产。

这里地势平坦，夹在两座南北走向的大沙山之间，因此寒风格外刺骨。加上雾天，远处的掺稀流程若隐若现。

与我们八人同行的，除了侯主岗，还有四位前往流程替换值班的中石油员工。

刚交接完工作，稀油车辆已经到门口。新上岗的一位值班人员示意司机停车之后，开始很熟练地对稀油车辆进行检查，铅封、车号、司机姓名、防火罩、静电接地。

侯主岗他们每个班差不多要卸 12 车油，每辆油车都必须做同样的检查，认真进行核对。这些检查如果做不到位，很可能会出现问题。

"所以，决不能从我的眼睛里放走一车有问题的油。"值班人员挥手放行稀油车辆，笑着对我们说。

稀油车辆进入泥泞的井场，有两位工作人员着手开始工作，一人负责查看液位，一人负责卸油口卸油。

"别小看这工作，卸油好像简单，监护不到位可能造成原油污染。"侯主岗告诉我们，"在这样寒冷的天气下，他们一站可就是一个小时，每次卸完油，脸都冻得通红，手也麻木了。"

同我们一道来的小曹、小常，负责每个小时生产罐的计量。准备上罐量油的小曹和小常，边穿他们称为上罐必备"法宝"的正压式空气呼吸器和便携式硫化氢检测仪，边告诉我们，在硫化氢井站上班，这两样安全防护一样不能少。

两人背着好几公斤重的空呼，往高架罐上爬去，每一步都踩得特别小心。

"这样的上下爬罐，每个班大概要爬 58 次。"侯主岗说。

量罐结束后，紧接着要对刚才卸油完毕的车辆装生产油。小曹和小常马上指挥空车停在装油台下面，佩戴着两样"法宝"进行装油作业。

"这样的一车油要装一个多小时才能装满，有时候天气冷原油粘度降低的话，装车时间可能会更久些。这样的装油量，每个班也要装上 13 车左右。"

"你们每天的工作量不小呢。"

"除了这些，每天还得按照安全检查标准大表对现场的水套炉安全附件进行排查，在冬天，水套炉的运行情况很重要，一个疏忽，直接影响油井的正常生产。"侯主岗说。

侯主岗正讲着，有个工人扯开嗓子远远地喊："晚饭好啦！"

"要不要过去跟我们吃点儿。"

"不了，多谢。心意领了。"郝明婉言谢绝。

话音刚落，有值班工人从简易房中跑出来报告说，距离该流程五公里的 YM1-5 号井压力异常。侯主岗马上通知守井工人，立即对井口数据进行确认，并适当调整返出阀门。

"我得马上到 YM1-5 号井的井口去看看。不然井口返稠油就麻烦了。"侯主岗笑着告诉我们，"掺稀井有时候很娇气，如果注入量不对或者温度不合适，返出量不合适不及时赶到井口调整都可能造成井堵。天冷，油井问题也就多，一定要把心操到位。"

一辆五十铃皮卡开了过来，后面露天的车斗里坐着三四个披风冒雪穿橘色工作服的石油工人。我们和钻入驾驶室副驾的侯主岗挥手作别。

我们从沙山上，绕过石油作业区，再往前走了约莫一公里，望见了一支在沙漠中作业的石油工程队。

"你们干嘛往东走？东边全是大沙山。"一个工程队员做了个白鹤亮翅的动作，在风里冲我们大声说。

"我们来的目的，就是去东边看看，那些大沙山到底能多大。"王小满笑眯眯地说。

"南北走，容易些。"另一个工程队员说。

"你们只能南北走，履带车根本上不去那些大沙山。我们这四个轮子的越野车就能走。"王小满说。

"那边——"做白鹤亮翅的工程队员走来，往北指了指，"我们在路上作业时遇到一座土山，履带车确实过不去，只能绕路。没想到还捡到了个这个。想不出，这沙漠里以前还住着人？"工程队员从衣服口袋里掏出一个铜勺子，给我们看。

"我们这儿有专家哈，让她给你看看值钱不？"王小满招手叫我，把铜勺子交到我手里。

我的运气会那么好吗——踏破铁鞋无觅处，得来全不费功夫？！

"师傅，你在哪儿拾到这个铜勺子的？"

"那边！"工程队员往东北方向一指。

"那边？"我疑惑地问，"是那边吧？"

"你那是南边——在北边。"工程队员又往东北方向一指，"我还有一个同事捡到一把很小的玉斧。不过他今天有事回塔中了。"

"他们老在大漠里作业，方位感很强，不会错的。"郝明告诉我。

"具体东北什么方向？"

工程队员又往北指了指，"就那一片。"

"我们车头对着的是正东，你能不能再指得更精确些——车头几点钟方向？"我问工程队员。

"大约你的 11 点方向，你不用问那么仔细，你去，不一定就能捡到玉了。山下除了骨头，还有破树根，什么都没有了。你要喜欢这铜勺子，给你了。"

"那座山大约离这里多远距离？"

"不到 10 公里。"

"怎么了小 A，有什么疑问？"郝明问。

那一刻，我突然起了向郝明和盘托出一切的冲动一可是他不信怎么办？就算信了，他不采纳怎么办？他采纳了，其他人不同意怎么办？队里八个人呢，如果郝明采取民主集中制表决；一旦被否定，就没有回转的余地了；油不多了；离三月一日越来越近了。

"这条路往南，是不是连着油井？"老米问工程队员。

"有有，古隆三号井，"工程队员说，"不过是口废油井。"

"又多条生命线。"老米高兴地跟郝明说。

"好了，咱们再往前跑跑，和了不起的工程队员们告别吧。我们要各奔东西了。大家上车了！"

这个晚上的宿营地，离又一个塔中作业区不太远，因此当晚我们不需要营地灯或者头灯了。远处又有一个钻井平台在燃烧"帕萨特"，火光冒着淡淡的黑烟，照亮了小半个天空。

一入夜，大漠又坠入苦寒的深渊。

第二十七章

真正的楼兰

——愿用热血，换我一生的向往。

　　我钻出帐篷的时候，昨夜的篝火即将熄灭。车后的四面三角小红旗在寒风中猎猎作响。

　　我冷得牙关"咯咯"作响。

　　夜色深沉，大地一片漆黑。繁星依旧闪烁。北斗以一种奇怪的姿态微倾在地平线上，于天穹上为甘愿冒险的人们指引着方向。

　　如往常一样，郝明最早起来，升起篝火。天亮后，大家拆卸帐篷、检修车辆，准备出发。

　　王小满今天格外早，很快收拾停当，戴好白色工装手套，意气风发地振臂高呼："今天，我要做头车给大家带——谁都别拦我。小修，上车。"

　　说完，往"八〇"里一钻，开车走了。

　　"嚯，今儿太阳打西边出来了。"老葛慢悠悠走过来，对烤火的郝明、老米说。

　　"不知道动了哪根筋。"郝明看着远处"八〇"扬起的黄尘，"小A呢，今早我就一直没见到她人！"

　　嘉琪说："是不是病了？帐篷一直没有拉开。我去看看她。"

　　嘉琪在帐篷外喊了数声"小A"，没人答言，拉开我的帐篷，发现里面只有一个空睡袋。

　　嘉琪回去告诉郝明，说我起来了，可能找地方方便去了，很快就会回来："老大，这里的地势越来越开阔，对我们女生来讲，也是越来越不方便了欸。今晚扎营——"

　　"这几天都是开阔地，要不只能在沙山上扎营。你没看前几天地震，半座沙山没了——觉得不方便，天黑前起来。"老米抢在郝明前说。

　　"你们快看那！"伊曼指着正东方的大沙山，大喊。

　　绿色"八〇"一动不动停在大沙山半山腰。

　　"早起的鸟儿，你干嘛呢？"老葛冲到"小红马"驾驶室，打开车门，抓起车台问。

　　"你干嘛呢——你干嘛呢——你干嘛呢——"回声在广阔的山谷间回荡。

　　没有回答。

　　"他这是干嘛呢！"伊曼问。

　　老葛拿出单反，举在眼前："瞧不见人影儿。"

　　"着车吧。"郝明让大家。

　　"八〇"马达隆隆地开了回来。

　　"早起的鸟儿，你怎么飞回来了——啊？"老米问。

　　"米哥你不知道，我腿都蹲麻了。"王小满说，"为了找个地方拉个野屎，要开车出去5公里。来回十升油没了。"

"怎么这小A还没有回来？"郝明在炫目的烈日下眯缝着眼睛，四周找寻着。

"是不是真遇见了食人兽？"王小满笑眯眯地说。

郝明把手一伸："老葛，把你单反给我。"

透过长镜头，郝明发现远处沙山上，往正北方向有一溜人类的脚印。他立刻去车里，发现我的包不见了，手台也不见了。

我失踪了。我没跟任何人打招呼，就擅自离开了团队。

"看来，小A是早有预谋的。昨晚烧水的时候，她忽然拿保温杯要了整整一瓶热水，我就有点奇怪，想着天气转暖了，或者女孩儿特殊日子。我车后那个照明求救的，也被她拿走了。"郝明边琢磨边说，"你们看那行足迹，正常人走，都会选择好走的路，但小A走得很奇怪，故意上上下下兜圈子，但是方向不变，暗示她要去正北。"

"会不会和昨天我们遇到石油勘探队的人有关系？"老米问。

"应该就是和这个有关。我想不通的是，她是个路盲，别看她现在是往北，翻过前方这座沙山，她就分不清东南西北了——真是个敢想敢干的人！"

"设个套儿给你，让你开车去找她。"王小满说。

"你不知道？她自个儿有个手持GPS。"老葛说，"她问过我怎么用，一教就会，脑瓜儿可比王七好使多了。"

郝明的眉毛立刻拧到了一块儿。

"我们都被她利用了，学历史的人，就比我们正常人复杂，你只是不信。"

"她利用你什么了？"郝明勃然作色，冲王小满大喝一声。

王小满不敢说话了。

"老米你做队长，带队往前走，我去把她找回来，不然她妈妈找我来要人，我怎么说。"郝明钻入车里，发动了车子。

和平地相比，沙漠真不好走。天没亮，我就动身来着。没走出去半个小时，我就浑身大汗淋漓。可是我不能放松，我要加紧脚步快走。天亮后，郝明用车追上我，是分分钟的事。

有车真好啊！

还没到正午，大衣已经穿不住了。我脱下大衣。大衣太沉，我真想把它扔了，可是我知道，太阳一落山，没有大衣我就会冻死。

我看了我的GPS，直线距离我才走了不到3公里，虽然路上我已经拼尽了全力。我开始怀疑，我的这次冒险，是否有些过于轻率鲁莽了。我甚至认真考虑，是不是要厚着脸皮，返回到营地去。

"小A，能抄收到吗？"手台里传来郝明的声音。

我一下子从地上惊跳起来。

我的第一反应是，抬脚就往北跑。无论他怎么反复抄我，我都不回应。

不过，这个时间点上，郝明不会才发现我不见了——看来他已经从营地里出来了。我不知道他目前的方位，也许翻过我南边那个山头，他就看到我了。

我不能继续拿我危险的处境要挟他，等他把汽油耗得所剩无几了，就该真的动怒了。所以我要先做出一个恳请合作的姿态来。

"能。"我说，说完这个字，我又加了一句，"能抄收，郝队。"

"你周围有什么特别的标志物？我远远地能看到的。"他问话很平静，更引起了我的高度不安。

"没有。只有一个两米高的沙包。你能看到它，也能看到我了。"

"哦。那我想想怎么能找到你。你 GPS 开着没有。"

"开着。"

"那还不快把坐标报给我！"

"你是单车吗？"

"你还打算几辆车出来找你呢？"郝明这个口气才算正常。

"我告诉你——不过你先答应我，我们好好谈谈。"

手台里传来沉默。我正惶惑不安，对面回应了："好的。"

南面一点方向有一道光芒一闪——是途乐的前风挡反光。我正伸着脖子愣愣地凝望，"轰"一声大响，一辆白色越野车从我背后的断崖下跳上来。

车子的右车门停在了我的面前。

"上车。"他坐在车里，用手台唤我。

我站着不动，感到不妙。

"是不是还得我下车把你抬上来？！"郝明猛一推车门，从车里蹿下来。绕过车头，大步朝我走来。

——坏了，情况比我预想得要糟糕得多！不过平心而论，这也是他应该有的正常反应。

我急速退到车后，绕过车尾，打开左侧后车门，一把抓出车座后面的 SOG 野营斧。我举着斧子，平伸着左胳膊，手掌心坚定地对着郝明，厉声说："你别过来，离我三米，不然同归于尽。"

"长本事了，是吗！"郝明真的动怒了，仍然走过来，"还会跟我耍心眼了？！"

郝明的一项专业特长，就是"捕俘"。我下定决心，如果郝明上来，抓住我的脖子，硬要把我塞进车里，我就用脑门去碰前杠，以示决心！

——现在还不到用脑门去撞前杠的地步，看怎么先苟住。

"我知道错了，你别生气。说好我们要谈一谈的。听我把话说完。"我谦卑地说。

郝明站住，两手摸上衣口袋。

"你找什么？"我问。

"昨天老米给我根烟，让我放哪儿了？"

"我记得你放到侧面的口袋里。"

郝明一拍胳膊上的口袋，把烟卷找到了。他又从裤兜里掏出一个简易打火机，把烟点燃，然后猛吸了一口："说吧，告诉我，你脑袋瓜里到底想干什么？你不就想去有铜勺子的地方，我们可以在到达若羌之后，我再带你进来一次！现在可好，为了你私自行动，耽误全队一天的行程！"

他好像面对我，不知道为什么，突然变得非常紧张。他吸了一口烟，胳膊肘倚在机箱盖上，把手搭在前杠上。那根烟就那么着着，淡蓝灰色的青烟袅袅，成笔直一根线。

我面对他，也很紧张，这根燃烧的香烟就成了一个缓冲事物，我对着那道青烟说着，偶尔看看郝明的态度。

"郝队，我今天终于可以告诉你我的'野心'了！这才是真的楼兰！"

郝明听明白我的话之后，吃惊地看着我："楼兰？！"

"是的。我导师和我怀疑很久了。楼兰在消亡前，已经有上千年的历史，而三间房只有百年。之前的楼兰故国，就在我们站着的塔克拉玛干沙漠的下面。"

郝明一言不发地听着。

我继续说："石油勘探队员所说的，推土机推出来的'垃圾'，和小河墓地出土的文物是同一种。赫定发现的三间房，是罗布泊东移后，老楼兰子民随后新建立的聚居地。"

"如果真是这样，这可是一个考古大发现啊。"郝明将信将疑。

"轰动世界。"

"那你为什么不事先告诉我实话？私自偷跑出来。"郝明突然严厉地质问我。

"我告诉你，你会相信我吗？"

郝明猛然抬眼，朝我大吼："你这样会死人的知道吗？就你，一个完全没有野外生存经验的人。离开团队，就是个死！"

我佯装惭愧地低头听着，等郝明把话说完，平静地说："来这之前，我不仅没进过沙漠，连沙漠都没见过。我是想过的，我可能会跟着你死在里面。"

果不其然，郝明立刻把眼睛睁得老大。

"不是这个意思，"我急忙举起手说，"你听我说完。甚至最初，我分辨不出'四驱骆驼'和你之间的差别。就为了那百分之一的希望，我也甘愿冒那百分之九十九的危险。"

"你的那些专业——过去2000年了，"郝明向远方看了看，问我，"那时候的人别说汽车了，木头轮子的车都没有！不研究，会影响我们的正常生活吗？有必要为这个白白送命吗！"

"你去特战旅之前，也是知道，说不定哪一天会报效国家了。明知道可能会面临生命危险，但是你并没有考虑，那我还是留在连队里养猪吧，和猪做伴更安全。你选择了危险，是不是？"

"你不要瞎比较，这根本就是两码事！"

"在我看来，就是一回事儿。"

我和郝明四目瞪视了好一会儿，终于他把戴着白工装手套的手轻轻放在机箱盖上，低头不语。

"上车。"郝明丢下一句话，钻入车内。

我站着不动。看来我方才的话全白说了，我还是没有说动他。我沮丧地低下头，鞋底用力把脚下的沙子踩实。

郝明把车窗放下来，皱着眉，喊我："愣那儿干嘛？上车。"

我抬起头："您走吧，我继续往前徒步。"

"上车，我让你上车！哎哟，跟你说话怎么这么费劲儿啊！你听不懂话吗？"郝明绝望地把脸转到一边，忽然想到换一种能让我明白的方式表达，"我开车，咱们继续往北，走10公里，找不到就打住回来。"

我这一喜非同小可，忙不迭爬上车。不过扎安全带的时候，我留了个心：一旦他往回开，我就立刻跳车。

"把你的目标、实行方案，全部告诉我。"

"目标，就是刚才说的垃圾场；方案——没有实行方案。"

"好的，知道了。目标：不清楚；方案：蛮干。"

我们向正北方向直线距离走了十公里之后，郝明把车停在一个高处，拿着望远镜四面观望。

"人说十公里，也就大致那么一说。向北10公里的范围大了去了！9.9公里的地方算不算10公里？12公里算不算十公里？北面那一片儿都是向北10公里！你要是事先告诉我，我是不是能帮你问得更详细一点。"郝明瞅我一眼。

我听了顿时垂头丧气，心中十分懊悔。

"北偏东一点方向，那边似乎有条凹槽一样的平路。"郝明说。

"看着像是中石油推出来的路？"

"中石油也不会瞎推，也是要研究地形找路。要是顺着一条古河道，那目标可能会缩小很大范围——过去看看，反正也是瞎找。上车！"

车子密闭性这么好，我还是听到前车轮突然"噗"一声响，然后我这边车身就缓慢地向下倾斜了。

"是不是轮胎被扎破了？"我喊了一声。

郝明早已经下车，拿出CESS液压千斤顶，把车撑起来。

轮胎悬空了。我一看，顿时愣住了：轮胎的胎壁上，被撕开一个十五公分的口子，我可以没有困难地把手塞进去。

郝明把卸下来的轮胎扔到一边，走到后备厢拆备胎。我急忙跟过去帮忙。

"走开吧你！别添乱。"郝明两手擎住备胎，放到地上，滚到前车轮，一个人熟练地用工具把轮胎换完。

"你有没有想一下，轮胎怎么会刺出这么大一个口子来。"郝明严肃地看了我一眼，问。

"是很蹊跷！"我思索着："地上全是沙子，连根红柳枝的枝条都没有。"

"不是红柳枝，是其他东西。就你这点观察力，还寻找失落的楼兰呐！"

郝明给轮胎放完气，把千斤顶收了。然后撤出铁锹，沿着车辙印开始往回挖沙子。

挖了四五锹，铁锹的沙子里冒出一个铁青色尖锐的兵器。

"喏，看起来就和你一样。"他把铁锹送到我面前。

我急忙把那个断裂的"青铜戈"从铁锹上那撮沙子里拿出来，用工装手套把上面的浮沙掸掉。上面还刻有铭文。我不能确定，但它至少是西周早期的。

"你的运气真不是一般好！怎么那么巧，刚好把轮胎刺破了。"

我慢慢抬起脸，直瞪着郝明一更古老的楼兰，离我们不远了，也许就在我们脚下。

"这枚方孔钱，好像是中国的？怎么上面有个英文字母？"郝明又从沙里拨出一枚生着绿色斑斑锈迹的铜钱，递给我。

我瞥见那个"X"型的"五"字，急忙接过来："呀，这是一枚汉制的五铢钱啊！"

元狩五年，汉武帝废"三铢钱"，改五铢钱。元鼎四年，武帝将铸钱权收归中央。由中央集中铸造的标准五铢钱，又称为"上林五铢"。我判断不出，这枚铜钱，是元鼎四年之前的五铢钱，还是之后的"上林五铢"。但是不管怎么说，这枚五铢钱至少建铸于公元前113年。

"这枚铜钱的购买力如何？"郝明问我。

"汉制，一斤16两，为256克，一铢为一两的二十四分之一，一斤黄金等于一万个五铢钱。现在金价四百一克，所以这枚铜钱，相当于10元人民币。"

"这么一枚小小的铜钱，竟然值10块，那你赶快收好了！"

途乐越过一条西北走向的沙脊后，直觉告诉我，我们步入了古老生命存续过的范畴。

斯坦因曾写道，当他看到"鸽子塘"的景象："在那辽阔无垠的平原里，我仿佛是在注视着地底下一个巨大的城市的万家灯火，这难道会是没有生命又没有人类存在的可怕的沙漠吗？"

— 461 —

我现在，就是同样的感受。

这里静极了。我好像步入了上古的岁月。时间的延续性没有了——时空仿佛永远静止在这里。

塔克拉玛干东缘若羌、且末一带，一直可以听到"土旁巴拉斯"——"沙雨湮埋曷劳落迦"的传说。学术界认为"曷劳落迦"就是"喀拉墩"；而我导师则认为，"曷劳落迦"应该另有它地。

这个地方，如今被他弟子我找到了。

开始西斜的阳光，照在古城高达十几米的城墙上。城东侧有两个更高的红柳沙包，静静地独立在荒漠中。在浩瀚的大漠中，这一切不过好似一个微缩景观，很容易被错过。

流沙几乎要把一切都湮没了。古城就像一艘即将沉没的巨舰，只有桅杆还矗立在海面。

赫定无意之间发现的楼兰，是方形城廓，这说明它的城建，已经深受汉文化的影响。而这个更古老的楼兰——我给它取了一个绰号"史前楼兰"，从外围轮廓看，是更希腊罗马化的"大夏"圆形模式。

无独有偶，这类"圆形古城"在塔漠附近已经有了一系列发现——向东最远分布到尉犁县孔雀河北岸的营盘、麦德客和且尔乞都克一线。

这座"史前楼兰"，毫无疑问，必然是希腊文明东渐的结果。那么自亚历山大"东征"，到张骞"凿空"西域，公元前4世纪到公元前2世纪，这100多年，这座废弃的楼兰古城到底发生了什么，竟然沦为沙埋的庞培？

我拿出我的GPS，把这个地方的方位记录在电子设备里又叮嘱："郝队，请用你的GPS给这个地方打个点，做个备份。"

我不能打个点，就上车走了。我要亲自翻找一下这黄沙下面可能埋藏的秘密。我注意到前方沙谷里，似乎有个长方形的院子。那是两千多年前，人类居住过的地方。可能被流沙掩埋后，又被大风吹开。

我拉近相机的镜头，眼前是一个由一连串房间包围住的中央庭院，以及一个荒凉的有着葡萄藤蔓的果园。

庭院中残留的希腊式样的圆柱，但是用土坯垒起的围墙，又是典型的东方风格。圆柱上的雕刻有希腊传统手法，又有不注重透视，构图平板的东方画法。

地上有一块刻着忍冬花纹饰的木板，与赫定在罗布泊三间房发现的非常一致——同样的花纹，我在和田洞窟、塔克拉玛干死城反复见到过。

我的脚下，忽然滚动着一片薄薄的织物——是一小块丝绸！

虽然它看起来完好无损，但是我知道我不能用手触碰它，只要我手指一触到丝绸，它就会碎成齑粉。目前唯一能做的，就是抓紧时间把它照下来。

一阵风吹来，丝绸碎片随风飘逝。我没法阻止，只能眼睁睁看着它被风吹走，无能为力。

我小心扒开丝绸滚过的沙地，翻出一个连珠纹昭明镜和一条毛织裤子。这条毛织裤子，裤子的左腿是一个倒置的武士，右腿有个人首马身图案。图案显而易见，洋溢着古希腊风格。人首马身图案是不是早期希腊神话中，半人半马的神兽喀戎的形象，还有待专家进一步确认。

我又继续往东而行。

前面沙丘的下面，很明显是一条沙埋河道——这种景象，一路上我已经看得太多了。

古河道那些矗立的胡杨，并不认为自己已经死去，仍然在苦苦等待，等待眼前的河流重新流淌，等待枯枝重新萌发新的生机。

我导师认为，塔克拉玛干腹地，曾经有一条与塔里木河平行的古河流。这条古河流向东，与南北流向的且末河夹角处，存在有一座古城，就是早期的楼兰。

等我亲眼看到克里雅河的广阔，再亲眼目睹了塔克拉玛干腹地广袤的原始胡杨林，我改变了我的看法。我认为第二条东西流向的河流不存在，与且末河交汇的可能就是塔里木河本身或者它的一条重要支流。

这条河流最后流淌得有多么艰难啊。昔日的浩渺烟波升腾至天空，变化成缥缈莫测的云霓，那些纵横交错的水系变成名副其实的流沙河。河水与沙漠在这里有过殊死较量，分出胜负的时间到底有多长？也许用了几百年，也许只有瞬间。

这个地方，被干旱、死寂笼罩了近20个世纪。完全没有生命的迹象，甚至连灰鼠、甲虫、蜥蜴都看不到。

那些撕裂沙丘，挣扎着冒出头来的残椽断柱仿佛在大声疾呼，唤起人们的注意，看起来比纯粹荒原更让人心生悲凉。

一丛稀拉的枯红柳下，竟然有一副狗的完整骸骨。红柳枝的根茎整片倒在沙地上，这是从前被洪水猛烈冲刷过的痕迹。

红柳堆的背后露出一个空洞。空洞里面是一个坟墓，露出干裂腐朽的棺木。

我深一脚浅一脚地跑过去，从浮沙上连滚带爬滑下来。

棺木是彩棺，依稀看得出棺面上绘有先秦两汉常见的云气纹。棺木上有两个剥落的人形绘画，其中一人的胸口前绘有三足乌。这应该是中原文化推崇的人类始祖伏羲和女娲，只是女娲胸前代表明月的蟾蜍完全看不出来了。

我遏制住内心的恐惧，打着手电往里看。棺木内有个被丝织物包裹的尸体。因为天长日久，丝织物颜色看起来发黑，精美的花纹却依然清晰可见—表明它来自2000多年前，战国时期的楚国。

棺木外面散落着零星的陪葬品。有个圆形金饰上有个中国士大夫形象，宽大的袍袖，坐在双轮华盖车上。但是拉车的不是马匹，而是狮型怪兽。还有一个黄金饰件，上面长着双翅裸体骑鱼的小男孩，应该是丘比特。带翼牛身人面青铜像应该和祆教艺术有关联。

这里，汉代以前的华夏文明、希腊——罗马文明、大夏文明、天竺文明随处可见，但是丝毫看不到与佛有关的艺术品。

我暂时能看到的就只有这些了。以后会有什么振奋人心的大发现，只能假以时日，等待专业考古队进驻了。

追寻消失文明的努力一次次化为泡影后，那些古代地理志的撰述，和至今仍在沙漠边缘居民间口口相传的传说，如今都得到了证实。

楼兰早期先民的人种，他们认识什么文字，他们吃什么，他们信仰什么，如何婚丧嫁娶，答案或许都能在这里找到。沉睡在如同深海般的大漠中，古老时光中几经沉浮的那些与我们曾经相近的灵魂，在现代科技的照耀下，终将从掩埋的废墟中，重新步入现代人的视野。

我又借了郝明的卫星电话，把情况简单通告给了我导师。我导师羊廉教授，自不必说，格外欢心。

"这段日子，频繁和我导师通话，用了你好多卫星电话费。"我把卫星电话还给郝明。

"你这个险总算可以冒完了？"

"是，可以回去了。"我心满意足地笑了笑，小步快跑地回到车上。

车子突然熄火了。

郝明急忙下车。

"怎么回事？"我跟出来，问。

"油箱漏油——油基本漏光了。"

我蹲下往车底一看，油还在滴答往下淌呢。

"只能弃车。我们手头的工具，修不了油箱漏油，只能徒步了。"

我吃了一惊："真是好事多磨。"

途乐的四周，除了漫无边际的黄沙，什么都没有。

郝明拿出平板电脑，仔细看了一会儿："东南方向有个平谷，沿着平谷，可以直插到 N39° 线上，看到时候能不能和老米通联上。"他"啪"地合上平板电脑，看看我，说，"走吧！"

"我们现在离老米他们可能有多远？"我问。

"直线距离有十五公里。"

"噢，才 15 公里。"我放了心。

"噢，才 15 公里？骆驼一天才走 30 公里。骆驼四条腿，人两条腿！"

郝明从后备厢里拿出几瓶水，两瓶套在腰间一个锁扣里，两瓶放入裤子侧面的口袋里。

我也拿了四瓶矿泉水，发现我的背包已经满了，只能勉强放进一瓶；剩下两瓶，我撩起大衣往屁股兜里一插。

"把你的重要东西都带好！我锁车了。"

我早已经把相机、手机、丘比特和带翼牛身人面青铜像，包括青铜戈，统统都放进了背包，背在身后。

"你的那些个破铜烂铁，一律留下——你没塞包里吧？"郝明问我。

"没有。"我心虚地说。

"哦。"他似乎也就信以为真了。

在沙漠里徒步，真是一件考验人体力和意志力的事。我放下背包，从里面拿出矿泉水，一口气喝了半瓶，又把青铜戈从包里掏出来。

"这种戈，国内出土了很多，本身价值就不大，之所以出现在楼兰，和丝绸的意义等同，并没有任何特殊的地方。"我想着，趁着郝明不注意的时候，把青铜戈悄悄地扔了出去。

"你能不能走快点？"郝明急切地催促我。

"郝队，我已经是拿生命在走了。"

郝明往我背后指了指，我回头一看——天边有一道不祥的黑线。

"那是风暴的前奏吗？"我手搭凉棚看着。

"没错！"

几乎就是说话的这会儿工夫，那道不祥的黑线变成巴掌宽。

黑风暴——"喀拉布兰"提前来了。

一道旋风，夹着一股土腥气吹来。

我目瞪口呆："那还不快跑——等什么！"

我刚跑出去一步，就被郝明给拽了回来。

郝明把魔术巾往脸上一拉，从兜里掏出一副防风镜，果断给自己戴上。

"咦？这不是老米的隆美尔风镜么？你给拿来了？"我问。

"不允许他有两副送我一副吗？"郝明把我揪过来，把我的头套拉到头顶，一直盖住眼睛。

"抓紧我的胳膊。"郝明命令我。

风越来越近，土腥味越来越重。

我拉下魔术巾。太阳隐藏在尘埃后，活像一只独眼怪物。

郝明一提我的魔术巾，重新遮住我的脸。我什么也看不见，好似盲人一般，只听得耳边风声呼呼。

"让你抓紧我的胳膊，你抓我袖子干嘛——抓个胳膊都不会！你说你还能干嘛吧！"他一边拽着我往前走，一边说。

"郝队，如果我们被风暴赶上，会不会活不成了？"

"不会的，最多半死不活吧！"

身后响起一阵可怕的声音。风赶上来了。黄沙漫天飞舞，呛得我直咳嗽。郝明架着我，足不点地地往前走。

我真的害怕起来："我们遇到铁扇公主的芭蕉扇了，不知道会被吹到哪里去？"

"你有没有好好想过，为什么和你在一起就有事啊，小 A！"郝明大声问我。

"所以，宁要神一样的对手，不要猪一样的队友。"

"哎呀，真难得，看来你已经学会自我反省了。能意识到自己的不足，就有希望。"

"你老人家就别说我了，省省力气吧。"我都快虚脱了，对郝明说，"你先走吧。别管我了——你是队长！"

"前面有座堡垒，"郝明在我耳边大声说，"赶不上进去，我们真就完蛋了。"

我感觉风快把我吹走了，举步维艰。突然，背后一个榔头凿了我一下，我不由自主就趴在了地下，脸触到沙子上。

"匍匐前进，会吗？"郝明在我耳边喊。

我扬起蒙得严严实实的脸，用力点了一下头。

"开始——爬！"

我奋起全身的力气，两只胳膊搂土，两条腿在后面乱蹬，拼命向前爬着。

人，没有停留为爬行动物，而是最终进化成直立行走，是有道理的。这种匍匐前进，实在是累人，而且进展甚微。

雷鸣般的风声，快把我耳膜震破了。我自小在山温水软的江南长大，没见过大自然的暴怒，是这等席卷天地的气势。听到头顶风暴的狂嚣怒号，人基本都会吓去半条命——我也不例外。

我们趴在沙子上的时候，我和郝明的手应该始终是紧紧攥在一起的。可惜的是，这只是我事后在脑海中补充的一种合乎情理的推断。我唯一留在记忆里的，是我不停地往外吐嘴里的沙土；再就是担心我要死了，再也见不到妈妈了。

"妈妈，我们来世还要做母女！"我在内心里呐喊着。

突然地，风小了——我一时还以为风停了。郝明瞅准这个空儿，攥住我冲锋衣上的帽兜，一把把我从地上提了起来。

"快跑！"他大喊。

可我的腿，因为恐惧和冷，已经不听使唤了。

郝明死死架住我，拖着我曳地前行。

可恶的风，又来了。

我们两人，一进三退，这十几米的路程，好似走了 500 年。

我这辈子从没这么冷过，好像灵魂都要被冻出窍了。我浑身酸痛，打着寒战，体力耗尽，如果这时候一头栽倒在地上，就此死去——那也就死了算了。

好容易捱到那个门洞前，我们就离这个洞口一步之遥，可是风打着旋儿，拼命把我们向后拉扯。我努力往洞口移动，却根本迈不动步子。

郝明伸手掰住围墙上日久风化的孔洞，一手紧紧攥住我的胳膊。僵持了好一会儿，郝明突然松开手，猛地把我推进了洞口。我一个趔趄，扑倒在沙地上。

我立时感到挣脱了束缚一般，急忙拉下头套，先大喘了一口气。

可郝明还没有进来。我背心用力紧紧顶住粗砺的土墙，慢慢蹭过去，向郝明伸出双手，意思是拉他一把。郝明见我冒险又出来，生气地一推我，我往后倒退了两步，一屁股摔在沙子上。

我爬起来一瞧，发现郝明不见了。

一瞬间，我头脑一片空白，然后就没命地往外爬。

风，仿佛要把我重新拖回到深渊里。耳畔，风沙拍打墙垛发出巨响。我强睁着眼，在沙风中找寻他。忽然看到郝明没被风吹走，而是紧贴着外墙，猫着腰蹲在那。

我立刻卧倒在地，紧紧抱住他的小腿。我担心我的力气不够，把脸上的脖套撸下来，死死咬住了他的裤腿。

忽然，我被连揪带掀地滚了进来，和郝明两个一起倒在了地上。

"这么好的避风场所，为什么不进去！"我听见他厉声斥责我，我被按着脑袋，送进了两堵墙之间的一个洞穴里。

郝明弓着腰半蹲着，两手撑住墙，背冲外，挡在我前面遮住风沙。我趴在他脚下。我们两人尽量闭住呼吸，憋得实在不行了才喘口气。

真好，这儿没有别人，就我们两个——尽管外面狂风大作。虽然每天总在一辆车上，他要带路，要负责救援，要不断询问"后车跟上了没有"。下车休息，旁边还有老米、小满和其他人，不能用稍显亲密的语气说话。

不知道过了多久，大风终于过去。郝明翻身靠墙坐下。我也爬起来，鼻里、嘴里都是沙土。我摊开两手一看，手上全是紫红的血点子。

从洞口往外看，天地完全混沌成一片。

"刚才你差点又卷了出去。"郝明说我，"就凭你那点小力气，能把我拉进来吗？我自己能解决，不用你来添乱，记住了吗？我说过多少遍了，户外，每个人先确保自己的安全。力所能及的情况下，才考虑帮助别人。"

"是。"

"你刚才怎么样？"郝明问我。

"还好，"我咳嗽着，"就是中间有几次想吸氧。"

"知道了吧，险不是随便能冒的！

"知道了。"

"是楼兰重要还是你的命重要啊？"

"鉴于总算活下来了，那还用说吗——当然是楼兰了。"

"还和我强词夺理！你还学会布迷魂阵了——我就不应该来找你，让你死在大漠里，小A！"

我佯装惭愧地低着头，其实内心毫无悔意。

"对你来说，是楼兰重要；对我来说，你更重要！我心里揣着你，但不端着你。最爱唠叨你的那个人，才最在乎你——可你一点都不理解。好赖话听不懂吧？"

这是明确地在暗示什么吗？不知道是不是太累了，我竟然对这句话充耳不闻。我靠墙坐着，突然嗅到一股橙花的香气——是我们那天早上出发，伊曼身上"感官之水"的味道。

我知道这是幻觉，可是幻觉却越来越逼真。香水的味道渐渐淡薄，取代的是更甘甜深沉的真正的花香。我翕动着鼻翼，贪婪地呼吸着，闻到的却是土腥气。

我的耳边，忽然又听到雨声，雨声越来越大，是雨点打在青石板路上的声音。我记得每年春节过后，家乡的山茶花已经开了。那红色的大朵，娇艳欲滴。如果不来这里，我根本回忆不起那些开在路边的山茶花，因为我早已经习以为常，熟视无睹了。

花香、绿色、生命，我脑海里往往复复这三个词。然而，让我奇怪的是，为什么天空彤云密布，丝毫不见亮光，我却依然看得清墙上的凌霄花、爬山虎？

"小A，小A。"

我隐隐约约听到郝明在叫我。

"别睡，睡了就醒不过来了。"

我头脑清醒了些，眼皮也没刚才那么发沉了："我睡着了吗？我都不知道。"

"隔着这么远喊话，累不累啊？"郝明拍了拍他旁边的沙土，"还不快坐过来！"

可能我真是太累了，脑筋变得迟钝。我坐着没动。

"好吧，唉，还是我过去吧。"郝明叹了口气，往我这边移过来，和我隔开了半尺，坐下。

郝明用手指弹了一下我的帽子，把我的帽檐往上顶了半寸，让我露出半张脸。

"别睡！睡了会冷。"

"我不睡。"

"唉，你要永远这么听话该多好！"

"回营地之后，我要挨你剋了吧？"我忧虑地问，"如果我们还能活着回到营地的话。"

"你死都不怕的一个人，还怕挨我剋啊！"

"说得也是。"

"还说得也是呢！没有胸大肌，就别干冒险的事儿！"

"刚才是不是觉得我的表现很孬？"

"孬？不觉得。挺勇敢的！"

"勇敢？我？"

"是啊，你从来没有害怕过，退缩过。"

我想说，其他的人也没有退缩过，老米没有过，老葛没有过，包括伊曼和嘉琪也没有过。

郝明摘下白线手套，拉出我缩在袖子里的手，握住了。

我心里涌起阵阵暖流。但我不能表现出是那种点根儿蜡就灿烂的傻女人，于是我默默地坐着，等着郝明做进一步的表示。

郝明松开了我的手，诧异问我："你是不是冷血啊？"

我急忙问："那你前妻会怎么做？"

"我们结婚前就没拉过手。"

"啊？那你们在一起都干嘛？比赛掰苞米？"

"啊什么，我们还算自由恋爱结合的。我周围很多人，从小到大没离开过家门，要靠家里介绍、相亲。男方瞧中女方，直接给彩礼，然后就结婚。"

"大清灭亡整整 100 年了！中国的封建残余思想还没有被肃清吗！"

"中国很多家庭不就是搭伙过日子么。"

"怎么你也是老脑筋！"

他没再说话，打亮手电筒："给你照照，看这里面有没有你可以发现的东西。"我忽然非常懊悔，跟他一本正经讲论这些道理干什么。我把时机错过了，只能等郝明给出下一个机会，再好好把握了。

一张圆胖的人脸在我眼前一晃而过。

"啊"我大叫一声，捂住脸："这里有个死人！"

郝明不怕死人，用手电照了一下："不是死人，是尊佛像。"

我从指头缝中定睛一看，原来是个和蔼可亲的陶塑菩萨。这是犍陀罗文化之后的佛像了。佛从希腊的卷发、高鼻深目的窄面孔，变成圆下颌的印度脸。

这尊菩萨头像，不知道出自于哪一位不知名的民间工艺大师，塑造得栩栩如生。我想把这个菩萨的脸举起来好好看看，却发现根本举不动，原来陶瓷菩萨的头里全是沙子。

运气来了，挡也挡不住。我已经中了特级大奖，命运之神还额外附送了我一个三等奖。

我们躲避沙尘暴的地方，是一座颓败的佛寺，后来被命名为达玛沟乡小佛寺遗址。佛寺面积只有 4 平方多米，是迄今为止世界上发现的最小的佛寺。

后来该佛寺周围挖掘出一个庞大的佛寺群，其中一个佛寺，竟然还同时存在有古希腊风格的石柱和伊斯兰的雕饰。

从佛寺残存的大部分佛像制作技法判断，系属南北朝遗迹，距今约 1500 至 1800 年。特别出土的一例"千手观音"手托带有老鼠图案的法器，于世上首次印证了塔漠原始居民"万民崇拜鼠王"这一重要传说。

那天的苦总算没白吃。

郝明道："离天黑还有四个半小时，我们得尽快返回营地，不然晚上取暖、喝水成问题了！"

我马上站起来，拍了拍身上的土。其实，我真不太舍得离开这个地方，离开和他独处的这一小会儿时光。

"这么说今晚要走夜路了？"我连忙问。

"逃不掉了。"

他替我把大衣的拉链拉好，打劫帽替我正了正。不知道是不是我的脸色出卖了我，郝明突然轻轻搂住我。

我刚想抬起胳膊，郝明却放开了我，像和战友告别一样，用力拍了拍我。郝明给出的这个机会，我又没有把握上。

"走吧，直线距离 23 公里，沙漠徒步。"

空气中充斥着令人烦躁的尘土的味道。尘土仍旧浮在半空中。透过昏黄的烟尘，天空竟然蓝得不像话——神奇般得清朗，万里无云，无辜得仿佛刚才的疾风沙暴与它毫不相干。环顾四周，苍茫沙山，仍旧沉浸在乌烟瘴气中，让我确信，刚才的一切不是梦。

沙子反射着刺眼的光芒。太阳似乎把它所有的热量都倾泻在了山谷里。这里连一棵草也没有，更别说能提供遮挡的树荫了。我感到自己就要被烤化了。

热啊！

我拿出背包里的矿泉水，本来只打算润一润嗓子，却忍不住喝了两大口。

郝明站住了，从锁扣摘下一瓶矿泉水，旋开，仰脖喝起来。我突然想起来我后屁股兜里插着两瓶水，一摸，当然早就没了。

"你还剩几瓶水？"我急忙问。

"这瓶喝完，就没了。"

"没了？！"我大吃一惊，"我们离老米直线距离还有多远？"

"还有 11.3 公里。"

我倒抽一口寒气。

我们直线距离才走了两公里不到，水喝掉了四分之三。这里的大沙山全在二百米以上，没法掘井；沿途没有河流，一路上也没有看到活的植被出现。

找寻到楼兰的欢乐一下子消失得无影无踪，代之以生命危险迫近的恐慌感。

"你还知道害怕啊，小A？"郝明问我。

我极其不愿意回忆我当时的表现，我认为，我应该表现得更坚强、更无所畏惧。实际的情况是，我惨叫了一声，跌坐在地上，脸跄在地上，因为绝望，额头不住撞击沙面。

"你怎么了！"郝明问我。

"这回我们真的要死了。"我低着头，以免他看到我掉眼泪。

"现在还愁不到那个阶段，"他说着递给我手里的矿泉水。

"这水是你的，我不喝。是我拖累了你。如果我把你害死了，请恨我吧。"我想象的当时的我，大眼睛里含着热泪，其实郝明看到的我，蓬头垢面，双目肿赤，眼角或许有一滴眼泪或者一滴眼泪也没有。

"哎呀呀，小A，我发现你真行，真会演戏！背后给一闷棍，就手塞根胡萝卜。不喝是吗？不喝就渴着吧。"

郝明拿着GPS，走在前面；我在落后3米的地方跟着。有两次，他停下来，站在那儿等我。我急忙加快脚步，可快走到的时候，又失去了勇气，不由地放慢了脚步。

郝明转过身，继续走他的。我可怜地看着他的背影，为一而再、再而三地错过机会而懊恼。

我盼着他再次站住，我就跑过去，伸手拉住他，让他拖着我和他一块儿走。

可是他再没有。

隔着厚厚的鞋底，我都能感受到，沙漠滚烫的温度。我的舌头肿胀得难受，在嘴里待不住。浑身每个细胞都渴得发痒。

生命，在完全无能为力的时候，才格外体会到它的珍贵。

我之前也有过这个错觉，那就是：倒下死去的人们，纯粹是因为意志薄弱。我有幸证明了，人的求生意识是不需要激励的。在濒临死亡前，面对任何一丝一毫可能活下去的机会，都会竭力撷取。但生灵是脆弱的，倒地的那一霎，真的是因为再也无力支持下去，听凭幽冥之神将他带走。

我才24岁。我真的不想死。我的人生才刚刚开始。我想大哭，大喊大叫。

死到临头，我对我说过的那些大话，真心实意地后起悔来，后悔为了一纸文凭来到这里——"悔向万里来，功名是何物"！

面对死亡，我失却了勇气，痛哭流涕，根本做不到默念着"此生无憾，面对着星空，平静地合上双眼"。

我将变成这里的孤魂野鬼，就像嘉琪描述的那些亡灵。我将倒在这里，在烈日的暴晒下，我的皮肤会变得漆布一样乌黑。

妈妈认不出我来了。郝明也认不出我来了。不，郝明自己也要死了。再经过若干年，皮肤脱水脆化，骨殖从衣服里分裂脱落。郝明还有那块腕表为他证明身份，而我，没有任何特殊的物品为我验明正身，就像死城里那些在风中随意滚动的无名的枯骨。

我不能让郝明也跟着我一道死去。理想，是需要付出代价的，我愿意为之付出代价，虽然这代价有点惨痛。但是，这不是他应该付出的代价。他一路都很照顾我，今天没有他，我甚至还没有走到楼兰，就死过两回了。

我没想到，我这个向来坚定的无神论者，有一天会发自内心地迫切希望，这个世界若是真的有鬼神该有多好。

我还会遇到他吗？他不是亲口对我说过，他还要开着国产车再走一遍塔漠吗？

我仿佛看见他来了，正站在那儿拿着对讲机组织救援。

我忘了，我必须在太阳下山后才能出来。我冒着被炽热的烈焰烧成灰烬的危险，在他身边回旋。我伸出没有手指的手，去触摸他的迷彩服，可是他什么也感受不到。我睁大自以为明亮其实早已经黯淡无光的眼睛，张大了没有嘴唇的嘴，大声呼喊他的名字，可在他听来，却是一阵风过耳畔的呼啸。

我忘了，我不再是一个有血有肉的人。能活着、能相爱，该有多好。我迎着太阳，真正有了流泪的冲动，可是双目干涩，一颗眼泪也滴不出来。

我知道，只要我膝盖一软，趴在地上，我就永远站不起来了。就算生命在今日消亡，我也要让我人生的最后一刻，为别人的生存带来希望。

能为别人付出，甚至是生命，让我即将离开躯壳的灵魂，变得前所未有的勇敢。我心情笃定下来，不再畏惧生死。

我顶着烈日，忍受住干热和饥渴，又奇迹般地往前走了很久。也许就在前方，会有一小片绿洲，一丛梭梭，一小根活着的红柳枝，就能让郝明活下去。

我正拖曳着双腿往坡上爬，郝明忽然在山顶上站住了，拿着那瓶水，远远地递给我："最后一点水了，还不喝口吗？"

我像个雕塑一样，站在原地，呆立不动。

"还不喝是吧？"他把矿泉水瓶收回去，喝了几口，扭上盖子，随手一扔，转身就走。

瓶子骨碌碌滚下山去。

我急忙跑去捡——瓶里还真剩下一点儿水。

太浪费了！我气愤地想，把瓶底的最后几滴水倒在嘴里。太清甜甘美了，我咂着嘴，细细品味着。

郝明又在山顶出现了。

"你现在想喝水也晚了，我是没有水了。"他走下山坡对我说。

"我背包里还有小半瓶水，留给你。真到了走投无路没水的地步，你就喝我的血吧！你别拿牙咬我，那太疼了。"我做了一个在手腕上一划的动作，"你不有刀吗？来个痛快一点的——"

"为什么不是你包里那瓶水，留给你自己。没水的时候，你喝我的血呢？"他手叉着腰，直视着我，问。

"下一步，考古队一旦进驻楼兰，全要靠你来指挥带路！我行吗？"我激动地说。

他直直地瞪着我，我知道，他这是被我的信念深深地打动了。有那么一瞬间，我觉得就是死去，也值了。

没想到他突然对我大声咆哮："你还惦记你那个楼兰呐，你都快死啦。你是不是有偏执狂啊！"

"要不然，来这受苦干嘛呢？"我说。

他用一种无可救药的神情看了我一眼，转身走了。

身后延伸着孤独的脚印，看不到尽头。我想喊住他，可是喉咙干涩，发不出声音。我想咽口吐沫，润润喉咙，口腔已经不分泌唾液了。

第二十八章

我先离开了

——答应我，忍住你的痛，不发一言，走完剩下的路。

"老郝老郝，能抄收吗？"我大衣口袋里传出老米急切的呼叫声。

我急忙从大衣口袋里找出手台，刚想作答，手台随即被郝明抢走了。

"老米，能抄收到！我把我的坐标点报告给你。"

"抄收，我和小满去接你们！"老米说。

"瞧见没有，活命还得靠兄弟。跟着你，只有送死的份儿。"郝明从我后面背包里拿出剩下那瓶水，喝了两口，递给我，"不用背了。救兵来了，喝了吧！"

我刚想接过来，转念一想："不行，不见到老米，这水还得留着。"

"还不喝？不喝我全喝了！"郝明见我不答，一口气儿喝光。

我先是听到马达在山谷里的回响，接着看到"小红马"和"绿八〇"从沙山顶上依次滑下山谷。

郝明告诉老米和王小满："油箱的油漏光了；卫星电话用没电了；手台呼不到大家。"老米和王小满面无表情地听着：这都不像郝明一向的行事风格。

"路上还遇到了沙尘暴——差点死球的！"郝明当着老米和王小满的面儿骂我，"给她扔瓶水过来——渴坏了！"

老米正眼都不瞧我一眼，他和小满谁都没和我打招呼，不过我全都不在乎！

我接过王小满扔来的矿泉水，咕咚咕咚一气儿喝干——世界上最好喝的琼浆玉液就是水！

能活下来真好！

刚回到营地，郝明立刻召唤修艳喜："车子漏油。但是之前，油箱里还有大半箱油的时候。感到车没劲儿，马变牛的感觉。"

"可能流量传感器坏了。进气管压力传感器和电脑的连接线路断路或短路、传感器和进气管之间的真空软管堵塞或漏气、进气管真空孔堵塞等，也会使传感器的输出信号不正常。极限时发动机转速高，空气流量大，如果进气系统密闭不好，高速流动的气流携带尘埃经过流量传感器，就损坏了。"

"你和我，开老米的'小红马'。小满，你跟着我。天有点晚了，今晚我们三个肯定赶不回来，得在我坏车的地方扎营了。小 A，你这么能干了，晚上肯定能把睡袋口扎紧，不会让自己冻死。"

"我必须离开，郝队，"我说，"你送我出去。"

"你要去哪儿？！"

"三月初，罗马有个国际会议，每年学术界重大考古发现都会选择在这个时候对世界宣布。论文截止日期是 2 月 17 日，今天 2 月 10 号了，所以我得走，回去赶会议论文。要不就得等明年了。"

"你打算退出了小Ａ？"嘉琪吃惊地问我。

"你那么肯定那就是楼兰遗址？"王小满乜斜着眼问。

"没挖掘以前，谁都不能肯定。但是有一点，这确实是一个新发现！"

"非得在罗马？别的地方宣布就不行了？"郝明问。

"宣布的结果会是什么？"老米问。

"更容易引起国际重视！联合国可能会给钱；会组织联合考察团。但我们国家很可能会抢在前面。"今天，我终于可以把我心里藏着的话大声说出来了，"迄今为止，塔克拉玛干所有的重大发现，基本都是西方探险家的。我不是想证明自己有多了不起。我们遗失的东西，一定要自己亲手找回来。另外我还担心的是，如果错过这次大会，消息慢慢泄露，这个发现者不一定是谁了。他坐在家里，什么土都没吃过，荣誉就是他的了。"

大家默然。

"老葛，等回到北京后，我希望，我仅仅是希望，你和你的买玉玺的朋友，认真考虑建立一个考察探险基金会，去资助那些为学术和科学奉献的人们。成天在网上晒包晒豪车吸毒搞一夜情过着醉生梦死日子的人，竟然还能博得那么多人的羡慕。而我导师这样的人，家里五口人住70平米的小屋，用的还是老旧的电灯泡，什么奢侈品摆设都没有，除了四面墙垛得满满的书！省下来的钱，自费去大英博物馆、俄罗斯国家图书馆查阅资料，只买一个面包，喝着图书馆提供的免费饮用水，从早上开馆到晚上闭馆，一笔一划把那些从我们国家偷运走的珍贵历史文献抄写下来。这个时代，人人都考虑既得利益，有没有钱，有多少钱，是衡量成功与否，值得尊敬与否的唯一标准。如果再这样下去，没人再去关心人们的头脑中是否还有理想和追求，我们这个国家的精神就会一点点消亡了！"

"你们说怎么办？"郝明大声问大家。

我打定主意，如果郝明不送我出去，我就背上水，徒步走到作业区，然后搭乘石油部的车去库尔勒——可是石油部的人不让我坐他们的车怎么办？我担心起来。

"你是队长——决定得你做。"王小满从兜里掏出烟盒、打火机。

"我没有建议。我去办个公去。"老米着，抬脚就走。

"你这个时候办公？"王小满嬉笑着边走边问。

"可不是吗？为了找他们两个，我整整一天都没去办公。"

"送她出去吧，"老葛用一种无可反驳的沉静语气说，"都说得这么慷慨激昂了。"

我感激地看了一眼老葛。

"老米，车钥匙。"郝明喊了一句。

米国军从兜里摸出车钥匙，回身抛给郝明，头也不回地走了。

郝明把钥匙接在手里，提示我："拿好你的东西——证件、手机，不带走的

— 477 —

全扔这儿。"说完钻入了"小红马"。

我要走了。我真的要走了——突然地我就要和大家分别了。这种感觉，比我亲眼看到那座沙埋古城，还要不真实。

老米办公还没有回来。小修在"小红马"下只露出两条腿。伊曼手插着兜，和小满靠在"绿八〇"的前杠上。我想上前和他们一一道别，可是感觉是那么的矫情和不自然。我想告诉他们，离开这支队伍，我有多么的不舍；我为他们骄傲，以他们为荣。

"行了，刚才那么急着要走，现在又磨磨蹭蹭地。上车！"郝明说。

我紧紧夹住我的包，猛地拉开"小红马"的车门，坐了进去。

嘉琪走过来，站在车门外，笑着说，"小A，终于心想事成，为你高兴。"

我强忍住眼泪，对嘉琪大声说："北京见啦。"

嘉琪奇怪地笑了一下，欲言又止。

车子绕着营地缓缓地动了起来。看到矗立在沙包上的老葛，我朝车窗外拼命挥手。老葛大长胳膊一挥，回了我一个美国兵敬礼的动作。

我第一次直观地意识到，老葛原来这么高，好像铁塔一般。

没想到我是以这种方式离队的，快得甚至都没有和大家告别。

逐渐映入眼帘的是越来越多的枯死的胡杨、柳桎、骆驼刺，再次打破了大地的贫瘠与单调。

一切犹如梦幻之中。车辆钻入一片黄色的犹如秋日的麦田般的密不透风的芦苇丛中。车辆无声地分开芦苇，芦苇在车辆通行过后，又无声地合拢在一起。

"这条路不对！"郝明倒车回来。

"小红马"从一个芦苇丛中的豁口退出来，在芦苇丛中发现一个比门板还小的空隙，钻了进去。

"这条路应该是对的。"

我不知道，都是在芦苇丛里走，有什么不对的了。

钻完芦苇又钻荆棘丛。这是一种酷似红柳的植物，我怀疑是梭梭，也可能就是幼年的红柳枝。苍白的枝条长得比车身还高，没有树叶，比容易倒伏的芦苇可有力多了。枝条打在"小红马"的车身上，发出"哗哗啪啪"的敲击声。

一条闪着光芒的银练出现在视野的远方。

"那是什么？"

"车尔臣河。说车尔臣河你可能陌生，说且末河，你就知道了。"

"且末河？因为它，古且末城改址了三次。我们会遇到车尔臣河吗？"明明应该问"你们会遇到车尔臣河吗？"，我还是下意识地用"我们"做了主语。

我从没有见过这么动人的景色。太阳已经走到西边，正慢慢沉下去。车尔臣河的西岸是黄褐色、铅红色夹杂的密林——是活的胡杨林！四周静极了，听不见河水响。然而我听到了鸟叫声。

是的！是鸟在歌唱。我激动得浑身发抖。

我们正驶向与文明世界接轨的途中。沙丘从人们的视野中渐渐消失，皲裂的干土地代替了黄沙。肺里吸进的空气开始变得潮冷湿润，把今早一路积存在肺里的干燥焦闷呼出体外。顺着一条若隐若现的沙土小路，就能到达塔中公路。路上，时不时可以瞧见远处那条迂回盘绕的车尔臣河。

林中隐隐出现遗弃的院落、残败的房基，塔漠边缘的居民现在仍然住在这样格局的院落里。网状的灌溉像大地的经纬，盛载着流沙。倒梯形的干枯水井，也与今天大河沿的住户正在使用的水井十分相似。要不是它们身处在沙漠之中，我恍惚随时可以推开院门，进去和这里的村民打个招呼。

终于又看到了笔直的胡杨林小路、流淌的水渠，"小红马"越过最后的沙丘，从一大片骆驼刺中上到公路的路基。

郝明掏出手机刚要拨打，手机响了。

"你是郝明吗？"

"你是不是就是沙鼠兄弟？"

"对。你把你们的通联频道告诉我，我用电台和你联络。"

"438.196。"

"郝明，郝明，能抄收吗？"电台里传来声音。

"能抄收。"

"估摸着，还有二十多分钟，我就到你那儿了。"

"真是麻烦你了，让你大周五的跑 1000 公里来接人。"

"都是玩越野的，不讲这话。我听老翟说了你们的事儿，对你们，也是十二分的钦佩。"

"好的，等我们从若羌出来，去库尔勒找你和老翟喝大酒去。"

"抄收！"

"刚才你听到了吧？"郝明问我说，"库尔勒老翟有事来不了了，托他一个车友沙鼠来接你。今晚，你就能住进库尔勒康城建国饭店了。老翟那边给你联系好了。明天一早，沙鼠会送你去机场。明天这个时候，你就在学校了。到了北京，一切都好说了。路上应该不会有什么大问题。"

我注意到他并没有把车熄火。

"沙鼠这个名字，听着让人不舒服。"我说。

"外号而已，又不是真的老鼠。你不是说，于阗有鼠王崇拜的习惯吗？人家叫个沙鼠也不为过。沙鼠很快就到，那我就不陪你了。老米他们还在沙漠里等我呢。

检查一下还有什么东西没带的，别留在车上。"

他对于和我分离，竟然无动于衷。

我就要走了，离开大漠，离开他。郝明应该抓住这段时间，把我们之间的感情确定下来。可是他一点这样的意思也没有，而是着急与老米他们汇合——难道这一路都是我的错觉吗？

以后的一个星期里，我将见不到他，也得不到他任何消息。从若羌回来，他是否还会再联系我，现在我也拿不准了。没有他走前确定的一句话，我还不得疯了。

这时刻，所有的教条、谨慎的试探，故弄玄虚，全记不起来了，我心里只有最直白的告白。

我选择了一种最可怕的问法："郝队，你是不是喜欢我？"

郝明没说话，看着前风挡，突然笑了——笑得我毛骨悚然："小A，我觉得，应该是我们两个互有好感吧？"

他说得一点都没错，但是就是不知道哪儿不对头。

我之前想过各种可能，最好的结果，不用说了。最坏的情况，我也反复想象过。

"小A，我刚见你的时候，对你确实很有好感，可是随着了解，我认为，我们之间不合适。"

"我公司有个'玫瑰姐'，我们认识十年了，在一起同居了三年，我打算这次从若羌回北京之后，就和她结婚。"

甚至连他要和前妻复合，我都想到了，就没料到他这个态度。

如果我能老练些，应当不动声色地试探他。如果我没那么爱他，就在沙鼠到来后，若无其事地离开——甚至还和他快乐地招手告别。

可是我做不到。

也许我真的误会他了。他不好意思说破，以他的为人，他不会在内心里嘲笑我。我自己给自己一个台阶下吧，"那我下车了。"

"急什么！外面冷，等车来的。"郝明一把抓住我。

"你走吧，老米他们在沙漠里，翘首以待呢。今天大家为我，耽误了整整一天。"我低着头说。

"小A，你是想和我谈谈，我们的将来是吗？"

"我们的将来"——"我们！"这话听着有点上路了。

"是。"我急忙回答。

"有话，咱们回到北京再说，你看怎么样？"

"有什么话非要回北京说？为什么不能在这儿说？"我追问。

郝明迟疑了一下，看着前方："很多事情，不是你我想要有，就能控制的。"

"这话什么意思？"我不安地问，"你今天怎么这么高深莫测？——你根本没有离婚——你在骗我！"

"我是离婚了，小 A。"他看着我，说。

"你在等谁给你答复——你前妻？"

"没有。"

"那为什么？"

他沉吟不语。

"因为你不想结婚了？"

他没说话。

"明白了，今晚你给我打个电话，确认我是不是到库尔勒了，以后你就不用跟我联系了！"

我抓住背包，以迅雷不及掩耳之势推开车门，跳了下去。

我把包挎在肩膀上，昂着头，大步向前走着。

我多傻啊！为什么老米和老葛会说出那样的话，做出那样的判断，因为他们都是男人。他们了解男人心里是怎么想的。我还盲目乐观呢，认为我就是那道亘古未有的洪流，可以抚平他内心的伤痕。

背后响了一声汽车喇叭。我乜斜了眼一瞧，郝明把车开到了我身后。我走得更快了。

"库尔勒在北边，你往南走什么。不打算回去了？要不跟我再回去，继续穿越？"郝明用对讲机朝我喊话。

我放慢了脚步。

"别耍小性子，先上车，有话慢慢说。"

他都肯做低伏小到这个份上了，我要继续闹，后面不好再往回找，不如借坡下驴，给自己个机会。我拉开车门，重新回到车上，脸朝外坐好。

郝明第一时间先把车门锁了。

"唉，你这一点就着的脾气啊！"郝明说，"往我这边看——哎，看过来！"

我仍旧把脸朝向车窗外。

他把手从我下巴底下伸过来，抠住我的脸，往他那边扳。我死命梗住脖子。郝明松了手，叹了口气："我现在算是明白了，爱情的本质，就是互相折磨。"

"谁折磨你了？"我猛地把头扭过去，冲他大喊，"我送你一甜瓜，你非说是苦的！这不是你自己折磨你自己吗？"

"行，有什么不满、怨气统统发泄出来吧！"

"谁有不满和怨气了？"我冷冷地盯着他，眼神就像刀锋一样冰冷，"是你要我上来谈的！"

"小红马"前风挡上的 GPS，明明架得好好的，郝明突然把它卸下来，又重新安了一遍。

我的眼前一直有一幅画面：四个车轮飞快地旋转着。还有 15 分钟，沙鼠就到了。

装好 GPS，郝明把火熄了，手搁在方向盘上。

时间在飞快地流逝，我们能单独相处的时间不到 10 分钟了。

"说话！说——话！"他说，"开口说话，让我叫你奶奶都行！"

"谁是你奶奶！"我瞪眼喊。

"回北京再谈不行吗？一个星期后又见面了，以后日子长着呢。"他问我。

"你叫我上车，就为了跟我说这个。现在纠结的，回北京就不纠结了吗？"我的语调也像刀锋一样冰冷，"你不就是想告诉我，你不打算结婚了，所以没有未来。"

他思索着，好像并不反感这个话题。

"郝明，塔中就一个加油站吧？"车载电台里忽然传来沙鼠的声音。我差点把沙鼠要来接我的事儿给忘了。

"就一个。"

"那我先去加点儿油。你们得多等我一会儿。"

"你太客气了。等你是应该的。"郝明好像刚才没和我发生口角一样，完全没有情绪的影响，笑着回答。

电台里没了声讯。

"沙鼠就快来了。有什么话，还不赶快说——别那么气鼓鼓地坐在那，搞得我们好像仇人一样。都是荷尔蒙在作祟。"郝明叹口气，"老米说得对，同性之间才是真爱。一个'出'加一个示范的'示'，是不是念祟？"

"原来叫作祟，我一直念'做祟'。"

"你还博士呢！"

"研究生延期毕业。"

"都差不多。有什么想法，心平气和地讨论行不行？"

"我记得你说过一句话。"

"哪句话？"郝明看着我。

"只要我们踏上 N39° 这条线，就永远不走回头路。这是你在会上讲的。别让昨天的伤痛，错过了今日的良缘。"

"小 A，谢甫寸你这么看重我。在大漠里，你看我车开得好，发号施令，干脆果断。可是我们毕竟不能一辈子住在这儿。回到外面我们生活的社会，我就是一个凡夫俗子。我会为生意上的事情烦恼，可能惹上官司，不得不陪领导喝酒，尽管这酒——我并不想喝。"

我没想到，不需要试探、遮遮掩掩地表达，竟然一下子就把他心里话给套了出来。

"哪个人，在历史的长河里不是凡夫俗子？既然都是凡人，就要搭伴，在这个薄情寡义的世界里，彼此支持着活下去啊！"

"你愿意吗？"

"为什么先问我？"

"因为——我是被动的那个。"

"我愿意。"

"我也愿意。"他朝我微笑。

我又惊又喜——这就完了？

"不过，光我们两个愿意，是远远不够的。我得先和我父母聊聊，我前妻肯定会不高兴——"

我的眼神顿时又变得像刀锋一样冰冷。

"——当然，这和她没有关系了。我也要问问我女儿的意见，她12了，也懂事了。这个你不用操心，我来解决。应该没问题。"

我高兴地笑了。

"你也要征询你父母的态度。你回去之后，先和你父母讲一下我们的情况。我离过婚，比你大12岁，带一个孩子，你爸妈，能同意吗？"

"我父母同意了呢？"

"那当然最好！"他很快地说。我心里顿时好过了很多。

"我父母要是不同意呢？"

帽檐挡住了他的脸，我看不到他的表情。沉默了一会儿，他很肯定地说："那就，听你父母的。"

听我父母的？——我简直不敢相信我的耳朵，这是郝明嘴里说出来的话？

"他们是过来人，不被父母祝福的婚事，一定有他们的道理。"他低着头，痛苦地说。

"一路走来，我遭大家嫌弃；那么多次的失望，你怎么从来没对我说过一次'放弃'两个字呢？你怎么没说过，回去问问你爸妈，这论文还做不做了？塔漠还穿不穿了？既然你肯这么轻易放弃，就当没遇到过我这个人！"

我闪电一般按了一下锁车键，解开安全带，就在跳出车外的瞬间，被郝明一把拉住了。

"一言不合你就跳车，真让人没法接受！"他紧紧攥住我的胳膊。

"这个沙漠，"我指了指郝明那边窗外的大漠，问，"你之前，肯定也有人想过把它走一遍吧。他走不过去，回头告诉你，没法走，你就听他的，彻底放弃？为什么我们经历了那么多次翻车、坏车，你仍旧带着大家三进三出，啊，郝明队长！我们两个在一起，我才是那个男人。我的话说完了。去羌塘找你的母藏羚羊吧！——把你的手拿开。"我在他胳膊上，重重拍了一记。

这些话就像一把利箭，射穿了郝明的内心。很明显，我感受到他受到极大的震动。这比打在他脸上，还让他疼。

他松了手，慢慢把胳膊撤了回去。我感到很灰心。虽然，我一向都是一个悲观主义者。

"你的心意我明白了。"

"你明白什么了？"

"我会竭尽全力，达成你的——我们共同的想法。你真的不介意吗，你条件那么好？"

"我也有个条件，想问问你，看你介意不介意。"

郝明微微皱起眉头，慢慢抬眼，不是很高兴地盯着我，慢吞吞地说了一句："你说。"

"我的专业，工作不好找。万一遇上一个无良上司，我这不为'五斗米折腰'的脾气，'安能摧眉折腰事权贵，使我不得开心颜'，把辞职信摔他脸上——'老娘来你这儿，就是为了找个事儿做做丢了工作，又没哪家公司要我，回家吃半年老米饭，行不行？'"

"一辈子就待家里了？那你的学业不就荒废了？！"

"没说一辈子，最多半年。"

"那不成问题。"

"那我也不介意。"我说。

"别先这么快回答，回学校后好好想一想。也许，你回到学校，立刻就很现实了。"

"我现在就很现实！我走了以后，你从塔克拉玛干出来，庆功宴上都喝高了，被伊曼拽到房里，强行按在床上，生米做成了熟饭。你又是一个负责的人，从此和我一刀两断，怎么办！"

"我干嘛那么笨，让伊曼把我拽她房里去，你以为我是你啊——老米也不会让啊。"

"酒喝多了之后，人的行为是不受控的。"

"伊曼还是个小女孩的时候，我就认识她了。她是个不错的姑娘，身世也很可怜。不过，我不喜欢她，她太功利，太自私——我也不是她中意的对象。"

我满意地笑了。

"就考虑了这点现实？！"郝明问我。

"我知道你是个正经人——还要去外面扎营。"我低着头说。

"那是假正经，有喜欢的，也不愿意错过。"

我们相互望着，忽然相视而笑。

"我和羌塘，谁是天堂？"

"那还用说——当然是你！"隔着变速箱，他把手伸过来，我急忙用两只手紧紧握住。

"刚才，我大喊大叫，你生我气了？"我问。

"生气有什么办法？最后还不是得原谅你。"

我把脸紧紧贴在他的手背上，能多用力按就有多用力。真实的幸福比想象的还要美妙。

"还差五天，就到若羌了。"郝明望着我的眼睛，"这是保守的估算，快的话，四天半就可以出来了。"

我神情冷淡，就像没听见这句话。

郝明用额头一下把我脑门顶开，手也抽了回去。

"又怎么啦？"我急忙问。

他不怎么高兴地，靠回到"小红马"华丽的座椅上："算了，我还指望你能陪我走天涯呢。"

我面无表情，一言不发。

"我不能丢下老米他们，陪你回北京。你心里只揣着你的梦想，也不肯陪我走到头，不是吗？"郝明看着我，"就差五天了。"

"就算四天半到若羌，你还要去库尔勒，这又一天，路上还要四天。"

"不是可以从库尔勒坐飞机回去吗？现在改签机票还来得及。"

"不行！"我猛摇头，"一到北京，就得把文章赶出来，国际会议的 paper，我还得用英语写——估计连觉都没时间睡。"

郝明点点头，表示了理解："是这样，那我收回我的请求。"

我很感激他没有再问我。说心里话，我已经动摇了。如果他再问我一遍，我真的可能就走不成了。

"我离你们还有三公里的样子。"车载电台里，传来沙鼠的声音。

"收到。"郝明把报话机放回到车前风挡下面。

"如果那天开完会，我放弃跟随你们进塔漠，是不是我们就没有以后了。"

"不会啊，我回来后肯定会联系你的。我不会这辈子只来塔漠一次吧？等我们互相了解了的，我再带你进来。沙鼠马上到了。下车吧。"

"不山盟海誓一下？"我问。

"刚才还不算吗？"他推开车门，下了车。走过来，打开我这边的车门。

外面风很大。

我慢吞吞地从座椅上滑了下来，抱着双肩包站在地上。我真舍不得离开这个地方，离开和他独处的时光。他替我把大衣的拉链拉好，抓绒帽替我正了正。我打定主意，只要他搂住我，我立刻热烈地抱住他。

郝明往我大衣口袋里塞了只信封，像和战友告别一样，用力拍了拍我，迎着风大声对我说，"好了，路上小心，我走了。老米他们还在沙漠里等我呢。"

"如果不是这件事,我是不会提前离开你的。"我急切地对他背影喊。

"知道。"郝明拉开车门,钻进驾驶室,关上车门。

我扶着右侧的车门,往车里无声地呆望着。

"关门呐。"郝明让我,"乖乖地待在学校等我,好好地写你的论文。我回去后,就去找你。"

这话甜到心里去了。

我拿出那只信封扬了扬,把车门用力撞上之前,喊了一句:"这钱我先拿着,回去后,我就还给你。"

他一个急速地"u"型掉头,就在下路基前,朝我按了一下喇叭。

"记着你的话,回去就找我。记得每晚给我打电话!"我挥着信封喊。

"小红马"刚看不见了踪影,沙鼠就到了。

我强打精神,和沙鼠打了个招呼。沙鼠让我把我的背包放到车后去,我表示这个包,必须要时时刻刻和我不分离。

我抱着这个包,用安全带把我连带怀里的包系在一起。

我把脸枕在安全带上,木然地看着窗外。

"外面的风景有什么好看的?全是大沙丘和骆驼刺,你们看了一个月了,还没看够。"沙鼠说。

"啊。"我敷衍了一句。

"这一路走得挺艰难吧?"

"还行。"

"你挺了不起的,队里就你一个女队员?"

"不止,还有。"

"我听老翟的意思,你们还没到头,你是半路撤出来的?"

"是。"

"为什么呢?"

"我放弃了。"

"太艰苦了!说实话,女性的生理构造,是不适合来这种地方冒险的。"

我不知道该表示赞同还是不同意,只好保持沉默。

"我问你一句话,你听了,可别生气啊。"沙鼠说。

我心情不好,很想说"那你最好别问了——问了我肯定生气"。但是我坐他车,所以我默默不语。

"你长这么漂亮,"沙鼠看了我一眼,笑着说,"那帮男的没想非礼你?"我眼中怒火一闪,但是我马上克制住了自己。

就我这刺头儿的个性,言语上冲撞了沙鼠,把他惹毛了,赶我下车,我就赶不上飞机了。塔中到库尔勒好几百公里的路程呢。

"没有，他们都是正派人！"我掩盖住内心的愤怒，义正词严地说，然后把脸继续转向车窗。

沙鼠有点无趣地"哦"了一声。

我右手边沙山上出现了 14 个巨型红色的大字"只有荒凉的沙漠，没有荒凉的人生"。

我的眼泪忍不住夺眶而出。

一个中石油加油站在车窗外一闪而过，车子已经进入"塔中小镇"——它比我第一次见到时留下的印象，还要小，还要破。

我们驶入库尔勒市的时候，已经是万家灯火。

沙鼠说他要请我吃晚饭。

"不用了不用了。"我急忙回绝。

"我也要吃饭呐。"

"那这顿饭我请您吃吧。"我说。

"行啊。"沙鼠笑着说。

沙鼠在建国饭店对面找了一家餐馆，把车停住。吃饭的时候，他问了好些专业性的越野问题，比方说我们怎么治脱圈，怎么换差速器总成。我只能尽我所了解的那一点，回答了他部分问题。

吃完饭后，沙鼠送我回酒店，又提着我的旅行袋，帮我办入住。我故意站在当地，再三再四向沙鼠表示感谢，又去沙鼠手里接回自己的旅行袋。

沙鼠急忙一转身："怎么能让你这么个女孩儿拿两个这么重的包呢？我送你上去。把你送到房间，我就走。"

我不知道还能对沙鼠说什么，只能让他送我上楼。在电梯里，我尽可能站得离沙鼠远远的。

我把房卡插在了槽里，正打算立刻把所有的灯都打开，沙鼠把手按在了我的手上。

我明白我碰到禽兽了。

"一会儿到床上，你是喜欢迅速把你的衣服脱掉，还是喜欢有前戏。"沙鼠把脸凑过来，低声问。

我低着头，做出羞答答的样子，一面急速思索对策。走廊上没有人，人们这个时候都去吃晚饭了。我就是呼救，这个时代，一般也会龟缩在房间里，没人会出来行侠仗义。

人在情急之下，往往能爆发急智。我忽然想起郝明送给我的那个小玩意儿。我把手放进口袋里，先摸到了那枚"五铢"钱，我又继续往下摸，摸到了一团我擤过鼻涕的纸巾。纸巾下面，终于摸到了那个皮套。

——谢天谢地！它没从我口袋里掉出来。

我摸索着打开皮套，把手刺卡在两个手指之间。

沙鼠的手伸了过来，我知道这个时候我不心狠的话，接下来会有更大的麻烦。我猛地抽出右手，对着沙鼠的手掌奋力刺去。

"啊！"沙鼠大喊一声，痛得弓下腰缩在了一起。我抑制住极度的厌恶，拼尽全力把那个人渣推出门外，然后迅速把门反锁上。

我拿了一个酒店提供的一次性浴帽，作为罪证，把手刺包了起来。这才发现，我的虎口地方，在刚才猛力一刺的时候，也被手刺割破了，半个手掌心上全是鲜血。

我去水龙头里冲掉血迹，顾不上处理我的伤口，从背包里拿出笔记本电脑，开始备份我那些宝贵的照片，一面动笔记录下那些即将震动世界的细节。

晚上九点，郝明果然准点打来电话："小 A，你安全入住了吗？"

"是。"

"沙鼠这兄弟人真不错，回头我给他打个电话，感谢他一下。"郝明高兴地说，"明早他会来送你去机场，别睡过头了。"

我知道把沙鼠的事情告诉郝明，是愚蠢的。这只会徒自使他气愤不安，而于事无补。等郝明抵达若羌之后，我再把这件事讲给他听。我们有一个在部队练过格斗，还有一个空手道五段，够沙鼠受的——我不信沙鼠比雇佣军歹徒更抗揍。

我问了其他人的情况。郝明说，如果都能像今天这么顺利，三天后就能到若羌了。

我给酒店前台打了个电话，说刚才有人在门外骚扰我。明早我退房的时候，希望酒店派保安上来接我。

这个晚上，我一整晚都没有睡，带着不尽的思念，和随之而来的责任，让我神思亢奋。

早上六点，酒店派了两个保安来接我。我从猫眼里看了看，仍旧不放心，又跟前台做了核实，这才敢开门。我告诉保安，那个骚扰我的人，是我老公的朋友。我老公因为有事走不开，托他送我去机场，谁成想他竟然对我有无礼的行为。保安信以为真，义愤填膺，气得脖子都红了。

两个保安陪我去前台结完账。因为我年轻，又一副有文化的样子，所以前台的女服务员对我的话，也深信不疑。她们替我叫了辆正规出租车。保安一直把我护送上车，看着我离去，才回到酒店大厅。

离我办理登机手续的时间还有一个小时，可我一直在柜台前站着，一面不时警惕地四下里打量。沙鼠知道我乘坐的航班号和时间，我得提防他来机场报复我——越到这个时候，越要谨慎。

我把背包套在前面背着。那一大包我穿过的户外衣物，被我扔在了库尔勒的酒店。我必须把我所有的注意力，都放在我的背包上。

我站得太久，以至于相邻那个柜台的服务人员不落忍，招手叫我过去，帮我办理了登机手续。

坐在候机厅里，我两只手仍然紧紧搂住我的双肩包。机场的大玻璃窗外，显现了曙色。候机的人群忽然出现了躁动。空中贴着屋顶，落下大鸟一样银灰色的飞机，落在停机坪上。人们从座位上跳起来，涌向玻璃窗，有人喊了一声："歼十！"

上了飞机后，我仍然抱着我那个背包，直到空姐走来，亲切又坚定地让我把包放到头顶行李箱里。

飞机起飞了。

舷窗外是漫无边际的黄色。我把脸紧贴在舷窗上，向下俯视大漠，努力搜寻着，看能不能看到车辆的踪影。

"下面就是塔克拉玛干了吧？"我听我后排座椅有人说，不由侧过耳朵去听。

"真是个不毛之地啊，连点绿的都看不见。"

"是啊，号称死亡之海，里面应该没有活的生物吧？"

我正听他们还说什么，眼前的黄色变成了湛蓝的苍天。飞机转向了，开始向北飞行。

飞机的机身震动着，发动机轰鸣震耳，渐渐靠近东西罗列的白色群山。我看到了那三座"丰碑"。

博格达峰的三个峰尖紧依并立，虽然海拔落差都不是特别明显，不过这三座山峦的整体高度相对其他山脉还是一目了然。从飞机上看，依旧十分震撼，陡峭的岩壁是攀登者的巨大挑战。

飞机安全到达首都国际机场。除了身上背着的双肩包，我没有托运行李。我一面给妈妈打电话报平安，一面急煎煎往外走。

刚走到出口，我看到出口栏杆外有人举着一块带有我母校校徽的大牌子。

我又惊又喜，看来我导师已经把我的发现上报学校了。这是学校派人来接我。我禁不住潸然泪下，用抓绒衣的袖口拭了拭滚下的热泪，径直走过去，才看清楚牌子上写着"某市党政机关干部高级精神培训班报到处"。

车水马龙的大北京，让我感到有些无所适从。不过我知道我很快就会适应。

我待了7年的学校，也显得异常陌生。我没有回宿舍，而是直接去我们历史系那幢灰色二层小楼。果不其然，我师姐正在教研室里查资料呢。

师姐抬头看到我第一眼，立刻露出了大吃一惊的表情："哎呀我的妈呀，这可真是新疆回来的！"

我师姐告诉我，此刻的我，瘦得两腮凹陷，脸被吹得好像红薯皮，嘴上全是小裂口子。

我从包里拿出活动硬盘，给我师姐看了一遍洞窟壁画和"史前楼兰"的照片，虽然其中的精华，我昨晚就已经发给她了。我师姐翻看那本手抄经卷，边看边啧啧称奇。

刚进门的时候我还精神抖擞，突然间就仿佛坠入了云里雾里，我感到疲倦袭身。师姐的脸也好似在晃动的烛光中摇曳。我恍惚告诉师姐，我想回去休息一下。师姐也回了句什么，可我极度缺乏睡眠的大脑已经无法准确翻译成人类可以理解的词汇。

回到宿舍，我洗了个脸。从镜子里看，我的脸黄一块白一块的，摸上去像是刚用砂纸打磨过，粗栎不堪。嘴唇上被晒黑了一圈，不留神看，还以为我长了小胡子。

我打算去学校六食堂吃晚饭之前，先打个盹儿，这样，晚上可以精力充沛地把会议论文连夜赶出来。

我只想睡个十分钟的，没想到一挨着枕头，立刻睡死了。直到我被耳边不断重复响起的电话铃惊醒。我睡得发蒙，有一会儿，我不知道自己身在何处。

电话断了，之后又重新响了起来。我一看表，晚上九点整。

郝明又准时给我来了电话。

我急忙抓起搁在枕边的手机。听到他熟悉的声音，我立即清醒了。

郝明并不知道我是自己去的机场，听我安全回到学校，非常高兴。他告诉我，他们离若羌就剩下最后99公里了。回京的时间，指日可待。

我很高兴。挂上电话后，我打开笔记本电脑，摩拳擦掌，准备投入到洋洋洒洒的雄文构筑中——时代、文化逻辑、翔实的例证，都是已经深深印刻在脑海中的。没想到在标题上就踌躇了半天，好不容易拟了个小篇幅的开头，大半个晚上又过去了。我读着这些内容枯燥、描述起来干巴巴的文字，不由想到我的师兄马波博士，他的文章，篇篇可称为经典，既能晓之以理，又能动之以情。唉，旁征博引、富有远见卓识的论文可真不是那么好写的。

随即我和导师之间的通话，又给我打了一针强心剂。我们师徒之间，终于可以用手机联络了。我导师告诉我，这次在召开的"中国西部远古文明学术讨论会"是非常鼓舞人心的。尽管很多论点仍不成熟，但是基本确定，大月氏故乡实际在今天山东部巴里坤山、博格达山和阿尔泰山之间广大的草原地带，而非以前一直认为的甘肃敦煌。与会者一致同意，这样的讨论会应该定期举办，以期推动研究的深入进行——包括令史学界束手无措多年的谜团：吐火罗人究竟何时与讲肯特姆语的凯尔特人、希腊人分道扬镳？又是如何千里迢迢来到塔里木盆地的？

我花了两个通宵和一个白天，总算把论文写好了。又花了一整天，把那些英文专业名称核查好。

看看差不多了，我这才爬上床去补觉。这个晚上，我梦都没做，一觉睡到第二天一大早，连身都没翻。

我终于明白了，我们的祖先为什么要发明床。

这期间，我和我导师一直互通电话。导师对我是信任的，但是反复强调，让我一定要把论点的各处细节核实清楚，并告诉我，明早会议组派车送他去莫钦乌拉山西段的八强子村，去看看八强子双马神岩画与内蒙阴山岩画究竟有何相似之处，他已经和会议主办方的领导说明了情况，明晚就返回乌鲁木齐，明天一大早就赶回来，再帮我仔细把文章敲定。

眼看着快要到晚九点，我急于结束通话，一些存于内心的疑虑我也就不想在今晚与导师深入交流了。

和导师的这番通话让我备受鼓舞。妇好墓出土的和田玉就是经吐火罗系统游牧人之手，辗转于巴里坤、哈密、鄂尔多斯大草原、山西保德这条非常古老的通道，最后到达河南淇县的殷都大邑商。大月氏人一向以将佛教推广到东方而闻名。而史前楼兰下掩埋的丝绸之路上的先驱者吐火罗人遗迹，又会向世人提供什么不一样的文明呢？

我思索着各种可能，忽然发现已经十点过半了。修改会议论文的时候，我把手机放到电脑边，生怕错过郝明来电。但是一直到天亮，我始终没接到他电话。

从这之后，他就再没和我联系过。

第二十九章

轮台的车祸

——前进，即使有更多苦难的日子在前方等着我们。

每当我看到学校西角门卖羊肉串巴郎子摇扇子的时候，都会想起一个词："煎熬"。那些薄薄的羊肉串搁在炭火上用烟熏、用文火慢慢炙烤，就和我现在的心情一样。

我想，思念是有重量的，要不然为什么我的心一直沉甸甸的。最深的孤独不是身处一片黑暗中，而是你惦记的那个人始终杳无音信。

为什么一直没有电话？队里一共有三部卫星电话，而他的手机也一直打不通。

我离开沙漠的时候，已经明确知道，最迟五天后，他们的穿越任务马上就要大功告成。

一个星期了，为什么毫无音讯，究竟发生了什么事情，让他们逡巡不前。

是真出了什么事情吗？

我无人可问。

唯一能求助的知情人，马波博士，公派去了日本早稻田东亚研究中心。不过，即便马师兄尚在国内，真的有什么事情，郝明他们也会严守秘密，不会把内情告诉任何人。

我没想到会提前离开，开会那天见到的郭老师，我也联系不上。

我又回到了曾经亮马桥的地方，打了一辆出租车，让司机往东，找寻一个到小武基十几分钟车程的、有工程机械车的大院子。出租车拉着我兜着圈子来来回回跑了一个多小时，最后司机不耐烦了，要赶我下车。我这才付了钱，让他把我放到一个有地铁口的地方。

我再想不出其他的办法啦，只能默默地等候。

我的情绪已经够糟糕的了，师姐又告诉了我一个更坏的消息。

那天我和我导师，刚通完电话没多久，一辆拉石料的小货车，撞在送我导师去乌鲁木齐的车上。送往医院的路上，人就过世了。

我是出事的第二天下午才得知这个情况的。上午，人文学院的院长、历史系系主任以及羊教授家属，已经第一时间坐最早班飞机飞乌鲁木齐处理相关事宜。

没想到出发去塔漠的前一天，竟然是我们师徒最后一次面晤。再见面，我导师竟然是栖身在一个小匣子里。

这是我第一次经历生离死别。

吊唁活动，由校方安排在人文学院的明鉴书屋举行。

师母没有来，只有羊导的儿子羊传博士来到现场。我们在读的学生，戴着黑纱，站成两排，眼睛红红的，给前来吊唁的人们鞠躬还礼。

我不知道我导师曾经带过那么多学生。如今，他们有的从政，有的是西装革履的成功商人，还有的步他的后尘，成为老师。他们也是眼睛红红的，不少人主动上来讲话，说他们虽然后来放弃专业，但是学生时候羊老师的教导"认真学问，正直做人"，一直成为人生的座右铭。

场内一度响起呜咽声。

正在读博的师兄、师姐带了我们几个读研、大四的师弟、师妹，买了水果、鲜花去恩师家悼慰师母。

穿过黑暗的、放满了自行车的楼梯口，我们敲开一楼的一个单元门——这就是我恩师的家。我们都坐进去后，本来就不大的房间显得更狭小了。这间光线昏暗的屋子，四壁摆放的书架上满满的全是书籍——这和我叔叔陈列着名酒、玉佛的那个富丽堂皇的大起居室差别有多大啊。

这些天，我一直沉浸在哀痛中，根本无法继续我的论文。唯一感到欣慰的，是我恩师走之前，看到了我拍下的那些令人震惊的照片。我完全能想象得出来，他戴上又近视又老花的眼镜，欣喜地仔仔细细反复过滤那些细节。

他可能还会立刻跟林教授通个电话。我导师、林教授、荣教授，他们内心深处，是对自己职业终身不倦的奋斗和挚爱。他们意志坚决，不受世俗标准的压迫而改变，不像我，内心经常动摇。

一想到这些，我就禁不住泪流满面。

那天，郝明返回塔漠，与老米、老葛他们六人汇合。车已修好，小满把途乐开了回来。

天色将晚，郝明带队又往前赶了一段路程。翻过一座大沙山后，即将下山的时候，小满翻车了。

大家紧急返回救援的时候，就见"八〇"和刀锋呈十字形垂直。

原来，王小满见这座大沙山的峰顶像刀割一般，绵延出数10公里，分外壮观。他要在这大刀锋上面表演一下他"滚刀锋"的绝活，让嘉琪给他录下像。

嘉琪下车，自己往山上爬，快爬到山顶，"八〇"来了，然后不可思议地转了90°，横在刀锋上，底盘冲着嘉琪——嘉琪又一次有如神助地躲过了翻车。

"我说'分段赛冠军'，怎么挂梁儿上了？"

"你怎么翻梁上了？"郝明问两手撑在车窗外，正从车里爬出来的王小满。

"哎哎，怎么着小满，看我们翻车，你也想亲自体验体验翻车的感受？"老米坏笑着问。

"为什么滚梁的时候能脱圈了？你说你跟我之前来塔漠南北穿过，谁信啊！"郝明问两手扒在车窗外，正从车里爬出来的王小满。

王小满两手撑在车框架下，两腿一缩，从车窗里轻松跳到沙子上—穿迷彩花纹抓绒衣、护耳从帽子上掉下来的王小满，活像个准备投降的坦克兵。

面对众人的"落井下石"和奚落，王小满满不在乎，依旧笑呵呵地。

等把"八〇"车身在"刀锋"上放正，天已经黑了。

山上无法扎营。途乐在前，后面三车紧紧跟随，在黑暗中冒险摸索着下到山下。

第二天快到正午了，天才亮。四车出发后，天越来越阴，风越刮越大，能见度也越来越低。整个大漠，笼罩在漫漫烟尘中。郝明有时候不得不离车，冒着狂风，徒步探路。

"老郝老郝，我的'小红马'传动轴又有了异响。"老米突然惊惶地呼叫郝明。

"你先别急，停车检查一下。"

老米停车，赫然发现有个大轮胎上的螺丝，竟然掉了两颗，其他轮胎的螺丝也松动了，再晚一步，也要掉光了。小修将剩下的螺丝重新配比到各个轮胎，郝明、王小满、老米三人拿着扳子，重新把四个轮子的螺丝用力紧固一遍。

正在风沙中抢修车辆，电台里传来老葛的呼叫："郝明，我的前桥好像也出问题了。"

"老葛，少安勿躁，总不能斜在坡上拆前桥吧，等我去看看前面的地形——前面是个平谷，大家下来吧。"

在山谷的平地上，小修对绿色牧马人进行拆卸检查，拆检后发现，Rubicon前桥主被动的齿碎了。

没有人说话，大家都像木头人一般。

沉默了很久，老葛勉强笑了一下："这不是，给我下了个死刑判决书吗？"

郝明："老葛——"

老葛把手一摆："不用说了，进来的全明白。马上二月中旬了，不能因为我再耽误你们！你们哥仁儿继续往前走吧！"

老米问小修："就坏了几个齿，还有没有办法补救？"

"米总，你忘了，你'小红马'只坏了一个齿，都没法跑了。"

"米哥不是二驱跑过塔漠吗？"伊曼问。

王小满说："地形变了呀！米哥二驱跑的时候，沙型多简单。这沙山，好几百米高！'小红马'哪儿拉得动葛老板。"

又是一阵儿沉默。

已经走了那么多的路程，眼看胜利在望，老葛却被迫在这里撤出，谁的心头都是沉甸甸的，站在原地，不知道拿什么去安慰老葛。

老葛说："我车上吃的，哥几个儿往下搬，都搁你们车上去——还有油。"

"吃的车上都有，把你油留给我们就行——放心，我不会全抽干的，一定能让你到塔中。"王小满故作欢乐地说。

"这下郭老师该彻底放心了，不会老问我，什么时候能出塔漠了。"老葛愣了一会儿神，用力一点头，大声说，"我在北京听你们好消息，回头儿请大家吃炸酱面。"

大家难过地低下头。郝明眼圈红了。他不愿意让队员看到他掉眼泪，急忙背过脸去走开了。

铁塔一样的老葛蹲在了地上，大颗的眼泪一颗一颗滴在沙子上，滚成一粒一粒的沙球。老米眼睛红红的，走过去拍拍老葛肩膀，老葛突然抱头放声大哭，哭得撕心裂肺。

那一刻，所有的人都跟着掉了眼泪。老米抱住老葛，泣不成声。伊曼和嘉琪，守在老葛身边，哭得泪人一般。

伊曼哭着高声嚷："郝哥，你快给想个辙儿啊。"

老米哭着走到郝明面前，拿下眼镜，用抓绒衣的衣襟擦了擦，刚戴上眼镜，镜片又被泪水打湿了。老米索性拿着眼镜，用工装手套擦了擦眼泪，说："老郝老郝，能不能想个折中的办法，让我们一块儿走完。"

"老米，"郝明问，"我们现在离古隆三号井的直线距离多远？"

老米把镜片擦干净，戴上眼镜："只有18公里左右！"

郝明大步走回来："都别哭了。大家的心情我非常理解。咱们团队的精神，'不抛弃、不放弃'。"

老葛立刻止住哭。

"但是，我们还要从实际出发，把困难摆清楚，理性地考虑问题。"郝明停了停，环视了大家："原计划，一个月的穿越，现在超了好几天；老葛，你坐我车，当我副驾到若羌，你肯定不干；去库尔勒再买辆新牧马人，改装是来不及了，素车你又开不了；所以只能等北京发配件，一等十天半个月，大家同意不？"

"同意！"所有人响亮地回答。

"队长怎么定，我怎么跟从——我跟着，听从。"王小满的声音高昂而坚定。

"好，现在我们集体撤出，等车修好后，我们再一起进来，争取时间，加快进度，完成后面的穿越。老米，给北京打电话，定配件！"

老米马上走到一边，用卫星电话与光头强联系。

老葛脸上露出孩童般开心的微笑。

"还蹲在地上干嘛？说你呢，葛老头儿，"郝明问葛卫东。

老葛站了起来，用手抹了抹脸上的泪痕。

"葛大哥，你不用说感谢的话，大家伙儿心里都明白。"王小满从口袋里掏出烟盒，抽出一根香烟，先给老米的"中南海"点燃，然后才是自己。

"有难，必在左右。"老葛感慨万分，说着又哽咽了。

我们远比自己想象的，是一个彼此不可分离的、荣辱与共的整体。

光头强那边传来的情况不坏。

老葛需要的配件，他能很快准备好。为了缩短等待时间，郝明和老米与光头强商量好，还像上次给"小红马"送配件那样，光头派一个叫"充气"的人带着配件，从北京坐飞机到乌鲁木齐，然后再换乘飞机飞库尔勒。

郝明让大家带上一部分油料和必需品，剩余的油料、补给、装备全部留在当地。老米用签字笔在油桶上写下："各位朋友，这是N39°穿越的补给物资，请勿动！！！谢谢合作！2011年2月11日。"

四位主驾协助小修拆掉绿色牧马人前桥后，立刻出发，终于赶在天黑前，到达了古隆三号井。

当晚，一行七人又住进了塔指招待所。

不料，乌鲁木齐暴风雪，"充气"乘坐的飞机被迫暂时改降兰州，一直等到第三天一早，才飞达乌鲁木齐。

郝明和老米，一早开着途乐离开塔中，去库尔勒接配件。车刚开出去5公里，郝明觉得这车有问题，方向盘的框量太大，又返回塔指招待所，让小修给检查一下。

小修查了一下，说没事儿。

郝明将信将疑。车开出去20公里，郝明又返回塔中，对修艳喜说，这车确实有问题，让小修再给检查一下。

等郝明、老米回来查看修车情况，发现工具箱摊在地上，小修全不见踪影。郝明回身一找，看到修艳喜蹲在墙角边，手捂着话筒正在打电话。

"小修，框量给矫正好了吗？"郝明看看手表，焦急地问。

"我给你查了，"小修将手机揣到兜里，跑回来，"你沙漠开都没事儿，马路上开，更没事儿。"

郝明和老米在库尔勒机场接上"充气"。三人一块儿吃了个午饭，之后，"充气"买返程机票回北京，郝明与老米开途乐回塔中。

"哎，郝明，"米国军清了清嗓子，"昨天晚上，我做了一个奇怪的梦，醒来后，心里很不舒服。"郝明没接茬儿，静静地听。

"我梦见咱们两个坐在车里，全速行驶在一座架在深渊上的桥上，没想到这桥是断的！咱俩，连人带车全掉了下去。"

"你的担心没有来由，"郝明说，"路两边都是平原，哪有深渊啊！想掉都掉不下去。这都是你这几天，没睡好的缘故。你在车上打个盹儿吧。"

"你说的是啊，哎，感觉——怪怪地。"老米神色阴沉，"行，我睡一觉。"

没过一会儿，老米坐了起来："哎，睡不着！你这儿没爵士乐，我得听着音乐才能睡着。"

"你们这些大知识分子，穷讲究真够多的。"郝明笑着说，"我真是想不明白，我们这几个人里，还就你意志最坚决。"

"老郝，我一直在想，等我老了，得坐在轮椅上被别人推着走的时候，回忆起的，绝不是为了安身立命蝇营狗苟那些破事儿，一定是肆意热血的过往，和那些年爱过的妞儿。"

郝明默然半晌："这一天，总会到来的。我们都有老的那一天。"

"越野人永远不会老去，只有泛黄的青春！"

老米把前风挡上的遮光板掰下来，照着里面的镜子，左右转动着脸："我怎么晒这么黑？不知道扬州我那些妞儿们看到我，还能不能认出我来。"

"不用问，肯定都被你吓跑了。我第一眼见你，面如冠玉，真是翩翩少年，现在把你扔煤堆儿里，找不见你在哪儿了。"

"会这样吗？"老米眯缝着眼睛，仔细端详着镜子中的自己，"也许觉得我更有魅力了？"

"看，准备修高速了，"郝明指着窗外高架桥，"过不了两年，我们再来南疆，从库尔勒到麦盖提，七个小时就到了——还不珍惜一下眼前布满'炮弹坑'的柏油马路。"

"年初，我们从库尔勒到麦盖提，最快每个小时也才能走个 100 公里，现在这车被我们在沙漠里训练的，就算不是公路胎，也能开到 120。"

"不是被沙漠训练的，是外面起风了，正好西北风，车速提高了百分之二十。"一个包着鲜艳头巾的维族妇女，开一辆三轮电动车，行驶在路当中。

"这电动摩托，也不往路边靠靠，挡我们的路。"

"你这话说得没道理，这路，又不是高速，什么车都可以在上面跑。"郝明见对向没有来车，向左多打了一点方向，超过三轮电动车。

"你坐稳了。"郝明让老米。老米抓紧了头顶的扶手。途乐直接驶过一个炮弹坑。

前面"C"型拐弯，迎头来了一辆 12 个轮子的大货。郝明向右打了下方向，发现一点反应都没有，觉得不妙，又向右多打了点方向一车子依旧笔直前行。

"坏了，方向没有了！"郝明急忙连打两把方向。途乐直挺挺地冲向大货。

对面那辆大货，也以每小时 70 公里的速度，全速向途乐驶来。大货司机发现来车不对劲儿，急忙向右转——已经避不过去了。

"不好！老米，要撞车了！"郝明急忙通知米国军，把那块鲁米诺克斯表的表壳冲外，挡在眼前。就听耳边传来剧烈的碰撞声，两人眼前一黑，都昏了过去。

不知道过了多长时间，老米先有了知觉。睁开眼，眼前只有嘈杂的人影。老米闭上眼睛呆了一会儿，再睁开眼睛，发现稍微能看清楚了。

老米晃了晃脖子，发现脖子不疼，稍微举起手，数了一遍，确定没有出现脑震荡的现象。老米认为自己肋骨、腿骨肯定骨折了，没想到轻轻活动了几下，发现手脚竟然能动——这一喜非同小可。立刻试着打开他这边的车门。没想到，车门竟然很顺利地被打开。老米刚想起身，发现身上还系着安全带。他尝试解开安全带，发现安全带被勒得死死地，他从裤腰上摸到 SOG 多功能刀，把安全带割断。

老米急忙下车，快步跑到郝明那一侧。

郝明这一侧，被撞得惨不忍睹。发动机的机箱盖已经没了，车头内的发动机被挤成"手风琴"一样。车门外的铁皮整个不见了，只剩下个框架。郝明人被卡在车里。方向盘被冲撞的巨大力量挤压成对折，抵在郝明前胸的位置，卡得死死的。在两车相撞的时候，鲁米诺斯表的蓝宝石面把前风挡玻璃撞碎。郝明脸部被碎玻璃划伤，前额、脸上淌出血来。

路上一辆奥迪轿车经过，车主见出了这么大一起车祸，急忙停下来，参与救人。大货上的维吾尔族司机也下来。三个男人一起用力拽车门，车门极度扭曲变形，已经无法打开。老米疯了一样，去开后门——还好这个车门能打开，把郝明座椅后那些沉重的工具、油桶、饮用水拼命地扔出车外，一面不住喊话："老郝老郝，你怎么样？伤着没有？"

郝明车座后面的东西被清空后，老米把座椅的后背放平。郝明这时候，也逐渐有了意识，人慢慢清醒过来。

老米急切地问："老郝老郝，你感觉怎么样？哪里疼不？"

郝明微笑着，小声说："我好像漂浮在外太空，四周一片安静，听见你在遥远的地方，不断叫我。没事，我感觉没有伤到五脏六腑，只是腿被卡住了。"

老米拉住郝明，一点一点地往外拖，终于把他抱出来，放到地上。郝明指导老米，给自己做了一个快速体检，发现并未受重伤。

时速都是70的两辆车相撞，郝明和老米竟然能生还，真是天大的奇迹。大车司机情急之下向右做的闪避动作，导致途乐撞在了大货左前第二个轮子上，被弹出去17米，一直给撞到了马路对面的土路上。万幸地是，马路外没有护栏，也没有其他过往车辆。

奥迪车主报了110，老米打了120。轮台的交警和库尔勒的救护车先后赶到。郝明被抬上救护车，送往库尔勒的医院。救护车走之前，老米摘下脖子上的魔术巾，把郝明额头上的伤口包住，让他自己按好。

老米则留在现场，配合交警做事故处理。大货车的传动轴被途乐撞掉了，毁了四对八条驱动轮胎，避震的钢板弹簧被撞断，前桥也毁了。最奇的是，大货左前有个驱动轮不见了，怎么找都找不到。老米正在奇怪，发现大货车轮胎上的螺母，挂着丝丝白色布条，就像西藏的经幡。

老米凑过去一看，不是布条，是途乐白色车门，在相撞的瞬间，撕成一条条的铁皮，挂在上面。

郝明挚爱的途乐Y60则完全成了一堆废铁，被吊到了清障车上。老米这才发现，那个失踪的驱动轮，嵌在途乐底盘下，死活拿不出来。原来是两车剧烈相撞的瞬间，被途乐生扒下来的。

交警拍完照，老米被要求前往轮台县公安局做笔录。老米正要爬上清障车，突然发现右肩抬不起来，想用左胳膊，一动，整个胸腔疼痛难忍，最后被救援人员给托上清障车。

在去轮台警察局的路上，老米躺在清障车上给王小满打电话，没告诉小满事情原委，只让他开着自己的"小红马"，和老葛迅速开车到轮台来。王小满和老葛来到轮台县警察局，一看院内报废的途乐，什么都明白了。

老米叮嘱王小满，不能对他外界亲朋好友走漏风声，甚至伊曼和嘉琪，都一概不能告知。郝明与老米撞车、受伤的事情，伊曼和嘉琪直到穿越结束，都毫不知情。伊曼心思不放在这上边，注意不到那么多。嘉琪虽然有几分疑心，但她怕人说她多事，也就没有多问。

老米在轮台县公安局做完笔录，坐上绿色牧马人，同老葛、小满去库尔勒，到医院看望郝明。

郝明住院后，拍完 X 光片，意想不到地，医生告诉他，除了胸口、右臂软组织受损；各个部位都无碍。真是塔神的庇佑，很多车祸事故中没外伤的人，因为内脏大出血，第二天人没了的，很多。

那条被我亲手塞到前挡风玻璃下的白色哈达，之前的水箱、发动机被撞得稀烂，而哈达之后的两个人，竟然奇迹般毫发无损。

即便这样，郝明和老米身体的疼痛是免不了的。在随后的好几个月时间内，郝明和老米，稍微高声说话，胸口就会疼；睡觉只能仰面睡，不能趴着或者侧卧。

老葛和郝明坚持让老米也拍个片子。老米和郝明坐在诊室外面椅子上，等候诊断结果时，老米说："老郝，要不是那维吾尔族大车司机打了一把方向，咱俩小命玩儿完。要咱们多少钱，给他多少钱。你说怎么样？"

"我也这么想的。你全权处理吧。"

郝明是全队的核心，没了战车，该何去何从，他自己也在思考这件事。

"老米，我们这一路，三进三出，历经磨难。我现在连车都没了。沙尘暴也比往年提前来了。你说，这是不是天意？不如我们放弃今年的穿越，明年，我带着大家再战。"

"那不行，"老米猛一摇头，"半途而废的事，绝对不干！让我回去，怎么和我那些妞儿们交代。为了男人的荣誉，就剩下我一个，我也要完成此次穿越！"

这时，医生叫老米进去，告诉他，从 X 光片子上看，老米没事儿，倒是建议他，眉骨上一个一寸长的伤口，可以缝合一下。

"不缝！缝了以后，脸上留大疤！让我以后怎么泡妞呢！"老米气得额头上的筋都暴起来了，连片子也不要了，站起来就走。

郝明办完出院手续，为了方便处理交通事故，四人去了轮台，在"都护府"宾馆住下。

是继续穿越，还是就此打道回府，郝明问葛卫东和王小满是什么想法。

老葛不声不响抽了半天雪茄："有句话我说出来你别不高兴——既然咱们已经克服了这么多磨难，你们俩又安然无恙，也许天意，我们就该把它穿完！"

"小满的意思呢？"

"啊？我？我也没异议。领导怎么定，我怎么跟从。"

"既然大家都这么说，那就定了！"郝明口气坚决，"下一步我马上再弄一辆车来，咱们接着往里干！两个方案，从北京托运一辆来。但是，托运至少要半个月，车才能到新疆；最快捷的办法，就是在当地再买辆新车。明儿一早，我、老米、小满去乌鲁木齐看车去。"

其他三人点头同意，王小满随即订了机票。

第二天，四人起了个大早。老葛开绿色大牧马人送郝明、老米和王小满去库尔勒机场，乘坐八点的早班航班奔赴乌鲁木齐。

三人转了几个二手车市场，没见到一辆途乐Y60。郝明说："本地途乐少，看来，只能集中精力买一辆带三把锁的二手'牛头'。"

轮台的交警给老米打电话，催郝明和老米过去把案子结了。三人只好失望而归，乘坐下午的航班从乌市返回库尔勒。郝明让老葛、王小满回塔中，他和老米留在轮台。抽空，两人就去库尔勒二手车市场，看见丰田"八〇"，就去问人家车子什么配置，卖不卖？

留在塔指招待所的伊曼和嘉琪，过着悠闲的生活。塔中的网络慢得可怕，所以嘉琪也无法上网和网友交流，每天在电脑里码字，或者像伊曼一样，闲逛、睡觉，抽空还去烫了个头。

郝明、老米开着"小红马"去轮台，总算将交通事故处理完结。离开了轮台，二人又去库尔勒的二手车市场到处转。但是二手车市场的"八〇"，不是过老，就是过旧，要不就是又老又旧还没有锁。

两人转了一个下午，始终没有遇见中意的车，十分失望。走到一个僻静的地方，老米站住了，说烟瘾犯了，必须先来一根儿。

"买辆新车，似乎不值；托运来一辆，大家真的等不起了。"郝明犯愁说。

"你别急，老郝，命运安排给你的终究是你的，说不定那辆车，一会儿就出现了呢。"

郝明忽然觉得胸闷，一边咳嗽，顺手扶了一下老米。

"你别扶我！万一被哪个漂亮妞儿瞧见了，本来要和我搭讪的，误认为咱俩是基佬，那可不好了——我可是不折不扣的异性恋者。"老米说着，向四下里看看，粲然一笑。

"你也太敏感了，不看看我们两个的形象，哪像同志啊？"

"哎哎，不好说的，有的男同志，外形很阳刚的。"

"老米，等你抽完烟，咱们找个地方先把饭吃了。"

"这……还没找到车，心里总觉得有个事儿。这饭，吃不下去。"

"这话说的！买不到车就吃不上饭了！喏，那边有个清真小馆，吃个拉条子拌面加羊肉串，如何？"

"老米，我想好了，"郝明和老米吃着拉条子拌面、羊肉串，说，"如果再找不到中意的车，我就到网上找当地做二手车的'车虫'，买他们手里的车——不就是多两个钱的事儿嘛！"

"妈的，要不是小修，马马虎虎，不好好检查途乐，咱们现在早就到若羌了。"老米生气地骂。

"天天在塔漠里修车，小修也修皮了。这事就翻篇吧。老米，看外边——你斜前方，我身后。"郝明示意。

"是那辆黑色'八〇'吗？"

"刚才，咱们进来的时候，那车还不在。车主应该和我们一样，是来吃饭的。""去看看。"老米把手上的羊肉串往桌上的盘子一丢，顺手留了一张100元的大钞。

"这车看起来真板正！"郝明抚摸那辆黑色"八〇"赞道，"磨砂喷漆的，还第一次见。"

一个穿黑皮夹克、手里拿着五串羊肉串的人，急匆匆从一家小馆子里推门跑出来，用浓重的重庆口音问："你们要爪子（你们想干嘛）？"

"兄弟，你是车主？正想找你，你这车卖吗？"郝明热切地问。

"卖啊，我车恁个巴适（我车这么棒），你要不嘛？"

"兄弟，你的'八〇'是柴油版的，而且没有锁，不符合我要求。"郝明说。

"圈里头好多玩'八〇'滴，我帮你问哈嘛！"重庆人非常热情，和郝明互留了电话。重庆人回去继续吃饭，郝明和老米继续看车，依然没有合意的。

两人带着失望，返回塔指招待所。途中，重庆人的电话过来了，说找到了一辆符合郝明要求的车，而且正打算出售。

"谢谢你兄弟，我们已经快到塔中了。明儿一早，我就赶回库尔勒。"

郝明高兴地挂断电话，和老米讲了一遍："我们刚从库尔勒出来，明天又回库尔勒。不到24小时，奔波往返1100百公里。知道的，是着急买车；不知道的，还以为我们头脑出了故障。"

"哎哎，每一个越野人心中，都有一种常人无法理解的生活态度哎。"老米骄傲地说。

当晚，在塔指招待所，六人在老葛房间里开会。郝明布置："明天，我和小满去库尔勒看车。老米，你和伊曼到塔中那个小卖部里，将水、食物补充充足。后天一早，咱们就准备进沙。"

"老郝，我烟不够了。你去库尔勒给我再买几条烟回来。万一'中南海'买不到，就买一条'万宝路'，要烟味很冲的那种。"

郝明问王小满："你说的上次来塔中认的那个老乡，有没有替我们找到油桶？"

"人家早找到啦。"

"是不是楼下摆的那几个塑料桶？"

"啊！"

"我看了，那几个塑料桶装过柴油——装汽油会不会起静电？"

王小满显然没想过这个问题："这个——'可能会'，也'可能不会'。"

"这个不能有'可能不会'！明早一大早，你重新找油桶去！"

"我问了，加油站就有油桶卖，一百一个。"老葛说。

"是镀锌油桶吗？"郝明问。

"是。一百升的那种大圆桶。"

"中石油的油桶质量应该有保证。"郝明对老葛说，"明天买四个油桶来，装满油；另外把咱们带出的近20个30升小油桶全部补充完毕；各车都把油加满。对了，我怎么一直没看到小修？"

"对啊，我也一直没看见他。"老米说。

"小修去哪儿了？"郝明问王小满，"你吞吞吐吐地，有什么瞒我的？"

"哥，小修回北京了。"

郝明瞪视着王小满，好像他脸上突然冒出了个瘤子："回北京了？"

"啊！"

"怎么没跟我说？他家里怎么了？出什么急事了？"郝明关切问。

"他家里怎么都没怎么的！他有个客户，开悍马的，去了趟天漠，把车摔了，让他回去修。机票都给他买了。"

"就为这个，连个招呼都不打，就把我们撂这儿了？"老米气得脸都红了，"没这么做事的！"

王小满虽然自己也很生气，却又不得不为小修辩解："他也是想多有些客户，这个开悍马的是新找上他的。小修不敢得罪，怎么说怎么是。"

"不就一悍马吗？找谁修不是修？！除了小修就没会修车的了？"

"这不，他不跟着我们来穿塔，出了大名了。他那修理厂本来没人知道，我听强哥说，现在找他修车的人把门槛都踏烂了。"

"我们也从来没亏待过他吧，"老葛阴沉着脸，抽着雪茄，看着郝明说，"从来修车，一概不问价，要多少给多少。这次他来，跟我和郝明说，忙不过来，厂子缺钱，雇不起短工，维持很艰难。我和郝明没少给他往里投钱。既不是股东，也没要利息，什么时候拿回本金也没提，连个字据都没留。说白了，就等于白送钱给他了。这么待他，到时候丫还不是见利忘义。"

"我库尔勒新收的三徒弟，给我们介绍了个机修师，通过一次电话，这个人上来就把利益谈得很清楚。"

"把利益谈清——敢情这最好了。别先套近乎，等关键的时候，翻脸和你谈利益。那人靠得住吗？"

"那人我不知道，也没见过，不过我三徒弟人都好，绝对靠得住。"

"你那三徒弟和你一样，二五眼吧？"

"怎么叫二五眼呢？"

"你那徒弟介绍的修车的把咱葛老板坑了，一个钉子要2500！"伊曼冲王小满嚷。

"牧马人什么钉子这么贵？"郝明问。

"过去了的事儿不提了。"老葛一摆手，"谁让咱是来烧钱的。"

"小满，那你再和他联系一下，确定来还是不来？"老米说。

"价格都谈好了，不知道啥原因，再就不接我电话了。"

郝明好一会儿没说话，然后抬眼看着王小满。王小满惴惴不安地，以为郝明要开口骂人。

"那就赶鸭子上架——咱俩上，小满。我在部队修过大解放，你对车也不生疏。"

"那哪行——你那经验都是老黄历了，你过去修的大解放也是化油器的。电喷车咱也不懂。主要就是这两辆牧马人，轮番地坏。"王小满半开玩笑半认真地说。

"这阵子，咱们修车还少吗？谁生来会修车，咱们边走边学着修。老米，明早你去买油桶。我和小满去库尔勒验车。散会。"

老米在宾馆走廊上，叫住王小满，悄悄说："刚才当着老郝的面，我没说。我和老郝那都是气话，这是玩儿命的事儿。你再给小修多打电话，劝他回来。"

"我给他打了，他不接啊！我有什么办法。"

"不接啊？"老米有些慌乱了。

"放心，他也只是暂时不接我电话，也不至于总不接啊！他会给我打回来的。"王小满又恢复了嬉皮笑脸的样子，笑眯眯地说。

天尚没亮，郝明、王小满开着"八○"，由塔中直奔库尔勒二手车市场。

热心的重庆人，早早就在二手车市场候着了。

看到郝王二人下车后，重庆人立刻给卖车车主打电话。说着说着，重庆人急了，郝明和王小满知道，事情有变故了。

"你麻哈儿嗦，豁我哦——豁别个也不行！（你骗我呢，骗别人也不行）"重庆人叫骂起来。

原来，卖车车主想着他这车，还只有八成新，一直在公路上跑，里程也只有3万公里，盘算了一晚上，不打算出售了。

"莫急撒，圈里玩'八〇'的好多。"重庆人对郝明做了个手势，皱着眉，开始不停地打电话，询问有没有卖陆巡的，车况要求不错，另外带三把锁。

一通电话之后，重庆人露出喜悦的神色，告诉郝明，说他有一个朋友，认识个陕西人，正打算出售手里的陆巡。只是不知道这个陕西人，现在是在库尔勒，还是回陕西安康他老家去了。他这个朋友正联系那个陕西人，看他现在在哪儿。

郝明谢了重庆人，和王小满商量："看来眼下也只能等着了。"

王小满立刻给重庆人递烟，陪重庆人聊天。

"你们买车做啥子哟？"重庆人问。

"还不是为了穿越 N39°。"王小满笑着说。

"啥子？啥子？"重庆人露出惊骇的表情。还要再问，电话来了。重庆人的朋友说，陕西人没回安康，目前就在库尔勒。

一支烟没抽完，一辆白色陆巡驶来了。

郝明和王小满把机箱盖打开，仔细检查了一遍发动机。郝明又把车开到改装间，用起吊机吊起车辆，仔细查看了底盘。

"兄弟，你这车翻过是吗？"

"大哥，好眼力。"陕西人诚恳地说，"有次在南山侧翻过一回，再就没进过沙漠——这车没大耍儿过。"

虽然是辆未曾改装的素车，郝明十分中意："兄弟，你这车我要了，给个价码吧。"

陕西人说了一个数字，郝明看了看王小满。王小满微微颔首。

"我这陕西兄弟是个实在人儿。"重庆人用普通话说。

"兄弟，你告诉我一个你常用的银行卡账号，我马上叫人去银行给你汇钱。我现在手头没那么多现金。"郝明说。

"好说、好说。"陕西人不住说。

一切谈妥，重庆人拉着王小满，招呼郝明："走走，找个地方儿，去吃虎头帮帮主的'胡汉三'去。"

四人找了一个小餐馆，坐下后，王小满对重庆人说："哥你原来会说普通话，——你就不说。你说什么，我和我哥一半儿听不明白。"

重庆人笑了一下："让你见笑了，'重庆人'，码头文化，讲话粗。用重庆话骂人，人家听不懂，我自己还爽。"

陕西人要了几瓶乌苏啤酒，一碟油炸花生米和几个热菜，低声问重庆人，方才他为什么骂人的原委。

"不要跟我提那个崽儿，他牙刷得很！"重庆人生气地一摆手，又对郝明和王小满说："我这人，出身很差，过去的品行也一般，痞子一个，但是做人要讲局气（讲究道义）！"

王小满满脸是笑地点着头，有意无意地看了郝明一眼。

"怎么这么慢，"郝明摸出电话，着急地说，"我再催催。"

"不急不急，来，再吃几颗豆豆，"陕西人拿筷子指着碟子里的花生米。

陕西人放在桌上的手机一响，"你看看，应该是短信通知你钱到账了。"郝明提示陕西人。

陕西人拿出手机，低头一看："到咧。"

2月17号中午，郝明有了一辆新战车———一辆未做任何升高、改装，但是有三把锁的白色陆巡"八〇"。

"小满，去把账结了。"

不一会儿，王小满走回来，看着重庆人和陕西人含笑不语。

"你怎么了？"

王小满对郝明说："哥，这位陕西大哥刚才把饭钱结了。"

"哎呀，"郝明过意不去，"是我们买车，还让你破费。"

陕西人一举手机，"都从这里出咧。过户手续，我帮你们办了吧，我认识人。不要你们操一点心。"

"谢谢了，兄弟。过户手续办好，至少又得一天。我们急着进沙漠。等我们从塔漠出来的，再办。"

郝明和王小满立刻启程，开着两辆"八〇"回塔中。

郝明去了塔指招待所老葛房间，跟老葛、老米、嘉琪、伊曼讲了一遍买车经过。老米见车的问题终于落实了，十分高兴。

"怎么就你一人儿回来了？那个王方天雅车神呢？"老葛问。

"我在这儿呢，"王小满嗖一下蹿进房间，"我去自己房间撒了泡儿尿。"

"你说你们两个大活宝，见了面就斗嘴，不见面还想。"

"葛大哥想不想我，我不知道；我想我葛大哥是真的——哎呀哎呀，这是谁啊，咋看着这么面熟呢？"

王小满对坐在老葛床头的一个人满面含笑说："你回北京这么多天，应该胖了，怎么反倒瘦了呢？"

小修站起来，含羞带愧地，说不出话来。

"不错，小修终于赶在我们去若羌前，归队了。"郝明脱掉冲锋外套，扔在老葛床上，只穿抓绒，坐在椅子上，含笑说。

"是啊，有什么困难尽管提。小修你能回来，我们老哥儿几个心里就踏实了！"老葛说。

郝明问老米："油桶，搞定了没有？"

"我和葛兄都置办齐了！"

老米和老葛从加油站买的4个镀锌100升油桶，不是全新的，之前装过其他油品。郝明、老米、老葛在加油站后面的沙坡上，用汽油一遍一遍将之前的油品清洗干净，交给加油站的王小满陆续加油。

之后三人开着各自战车，来加油站加油。没想到，加油站里，排了20多辆车等待加油。还有一辆救火车正在加柴油。

老米在电台里说："今天人突然多起来了。"

"是啊，正月15一过，都回来上班了。"王小满说。

郝明斜靠着车门坐着，没精打采地出神。

"哥，上来加油吧。"王小满说，"我跟他们说，我们是去穿越的，他们都很佩服我们，也很感动，让我们先加油。上来吧，我和咱葛大哥都好了。就等你和米哥了。"

"小红马"率先离开队伍，去加油了。

"哎呀，这多不好意思。"

"素八〇"前面排着的那辆车的车门被推开，车主探出身招手，示意郝明往前去。

郝明转动钥匙，开动了车子，慢慢超越其他车辆前移——有的车主降下玻璃窗，对"素八〇"竖起大拇指；有的车主甚至下车，站在路边，为七名勇士热烈鼓掌。

郝明眼圈红了，振奋起了精神。每经过一车辆，就按一声喇叭，以表谢意。"素八〇"排在小红马后面加完油，四车依序列，缓缓驶出加油站，向东前往塔克拉玛干。那辆中石油的救火车突然拉响鸣笛，尖锐的响声回荡在塔中小镇上空，为穿越人员壮行。

第三十章

被困车尔臣河

——沙漠，是无底的深渊。

这天早上天还没亮，我猛地从梦中惊醒，忽然想到，郝明、老葛、老米他们七人可能早已经回到了北京。

接着我接到妈妈的电话。妈妈说，我老豆说我去沙漠受苦了，他们去邮局给我寄来好多好吃的，今天就能到。

我去燕园北一门取妈妈寄来的快递，一眼看见，中关村北大街上跑着一辆绿色四门牧马人——是老葛。

他们果真已经回来了！

眼看着绿色牧马人要左转了，我急忙发足狂奔，一面挥手一面喊。

那辆绿色四门牧马人还是左拐了，似乎准备找个地方停车。我犹豫了一下，还是下决心冒险闯红灯到马路对面去。

一辆宝蓝色荣威突然右转，朝我撞来。情急之下，我死死抵住机箱盖。我很幸运，车主反应神速，那辆荣威戛然而止，我只是大腿被轻微撞了一下，甚至都没有飞出去。我惊魂甫定，一抬眼，发现郝明赫然坐在里面。

他戴着黑色棒球帽，穿着我第一次见到他时他穿的那件大红羽绒服，旁边坐着一个三十多岁的短发女人。

——是他前妻！

他最终认可的还是他前妻，他觉得无颜面对我，就选择不再联系。

那位短发女子指着我，严厉地询问郝明。郝明惭愧了，或者说可怜我，往前凑过来，从风挡后面望着我

——不是他，这个人和郝明年龄相仿，脸比他圆，眼睛也要大一些。

我急忙把眼眶里的泪水擦了擦，退回到人行道上。

荣威重新启动了，从我面前驶过。我看到车里短发女子冷峻的目光，和那个男人觉得有趣的笑容。

是我师姐率先发现我有不对的地方。

有天晚上我在教研室里对着笔记本电脑发愣的时候，师姐拉过椅子，坐在我对面，轻声问我："小 A，你是不是失恋了。"

我原打算矢口否认的，没想到却以沉默变为变相承认。等我一开口，又变成了可怕的和盘托出。我絮絮叨叨前后突兀毫无连贯，倾诉了很多我们的日常相处、郝明的前妻、他们是如何离异的，甚至连玫瑰姐都提到了。

"好了，我全明白了。"师姐打断我，"很显然，在这件事情上，你认真了；而那个男人——没有。小 A，你没结过婚，你不知道两口子睡在一张床上之后是什么感受。一日夫妻百日恩，何况他们之间还有一个女儿。孩子是割不断的纽带。

你现在就去大吃一顿，喜欢什么就吃什么，然后早点去睡。你心情不好，可能和你最近缺乏睡眠有关。明天开始新的一天。"

师姐说完，突然间神色极其冷淡，迅速地站起来，坐回到她位置上，专心致志地投入到她新决定的课题当中去了。

我不相信我师姐的话，可我现在也没法再继续相信自己的判断。

我和他的相识，是命运同我开的一个残酷的玩笑么？命运要我们逆来顺受。我这种不安分的性格，命中注定要受到磨难。

回到绿色牧马人坏车的地方，众人发现，存放补给的四周沙地上，有杂乱的小动物的脚印。零零落落地，撒了一地的碎方便面。甜食被吃了个精光，咸的、辣的，食品包装袋被撕开，里面东西没被吃。

"准是兔子干的。"王小满说。

"应该是沙鼠，兔子在沙地上的脚印比这大。伊曼，你清点一下，还剩下多少食物。大家先吃饭。"

四位主驾一边对啃猪蹄儿，一边商议。

"我哥那'素八〇'没经过任何升高、改装，通过性要大打折扣。"王小满说。

"你什么意思？我不带路，谁带路？"郝明问王小满。

"小满说得对，还是让葛兄到前方开路比较合适。"老米说。

"我带——行。"老葛同意。

"你上次带过一回路，还翻了。这里沙山可比西边高多了，你怕不？"

"哥，你忒把人葛老板看扁了，"王小满边嚼边笑边说，"这沙漠直线900公里跑下来，即便长进不大，总也有长进吧？"

老葛咳嗽了一声，清了清嗓子，没吭声。

老米走上前，扯了一张厨房用纸，擦着手，说："那就这么定了——吃完了，就出发。"

郝明很快适应了"素八〇"。

"老葛，你歇会儿吧。我来带队。"

王小满向左一掰轮，给郝明让出路来。

"小红马"泊在一小块红黏土硬地上，白手套从驾驶室左侧玻璃窗里伸出，有节奏向前摆动，示意郝明上前。

绿色牧马人在沙上慢慢地跑着。郝明按了一下喇叭，从右侧快速超越，重新回到领队位置。

"老米，小满，你俩怎么还没上来？"郝明抓起车载电台的报话机，问。

"不知道啊，就剩下这么一个小坡，我怎么就上不去呢？"老米也感到纳闷。

郝明站在坡顶，一面朝老米挥手，一面用手台通告："老米，赶快停车，你传动轴掉了！"

"老郝，你逗我呢吧。我小心脏现在脆弱得很——这根轴是新的啊！"

郝明严肃地说："我没骗你，真的，你自己下车瞧瞧！"

老米急忙下车去瞧——传动轴真得掉了。另外，由于长期高负荷地连续运转，这根新传动轴的十字结已经拧碎了。老米一屁股坐到了地上。

"小修，我们还有十字结吗？"郝明用车台问。

"没了。"

"我正在倒车，回来了。"老葛带着修艳喜，反向翻回到沙山的这边。

"没别的办法，只能把后驱拆了，让'小红马'用前驱跑——现在就开始干吧！"

"前传坏完，后传坏。前传坏，是我刚进塔漠，操作不当。后传坏，真怪不到我头上了。妈的，也不想想我在什么地方，不给我焊牢！"天热，又加上生气，老米气得帽子都戴歪了。

"'二驱神'那是白叫得么？"王小满笑眯眯地，"我还想当'二驱神'呢，偏偏我的前传、后传它就是不坏，我有什么办法。"

老米铁青着面皮儿，"哎哎，小满，你别把话说满了。"

修艳喜将后传拆下来后，老米一试车，车子只有前传，非常得不好开。

"小修，那把前传拆了，改到后传如何？"老米心急火燎地问。

"不行，前、后传的长度不一样——"王小满插言。

"——嗯，这个问题么，可以把前传的十字结拆下，改装到后传上，来解决。"小修说。

"你小子，净误事！"老米一把将王小满推到一边，露出高兴的笑容，问，"需要多长时间？"

"今天是走不了了！"小修把脸一歪，一咧嘴，很有把握地说。

郝明看了看表，回身对伊曼和嘉琪说："你们俩做饭，其他人扎营。"

小修一直干到深夜，终于将"小红马"的后传改好。

为了给"小红马"减重，郝明安排伊曼坐到他车上去。虽然自己的车已经很重了，王小满还是尽量将"小红马"上的装备、辎重，悉数搬到自己车上。

"我的GPS显示，咱们离若羌，还有不到90公里出头的直线距离要跑了。"郝明招呼主驾们过来，"今天老米又要创造奇迹，用两驱跑完剩下的里程。今天还是我打头阵，老葛在我后面，'小红马'第三辆车，小满收尾。老米，我们这里，就你二驱开出过塔漠。你应该不怵的。"

老米负着手，气定神闲地昂然向东方凝望了片刻，突然转身对郝明一挤眼，小声说："我——还是挺怵的！"

"听你这话，一点都不像在塔漠走过 900 公里的人，"郝明用工装手套打了老米一下，戴上手套，"走吧！"

高沙山，越来越低矮，行车速度也越来越快。未做任何改装的"素八〇"经过几天的行驶，车身、底盘已经伤痕累累，但是丝毫不耽搁它前进的步伐。

四车正在沙山上飞檐走壁，王小满在车台里说："哥，葛老板又翻车了。"

等郝明和老米赶到的时候，小修已经从绿色牧马人里爬了出来。

"葛老板真瘦了，这回顺顺溜溜地就出来了。"王小满笑着说。

"可不真瘦了——连外套都不用脱了哎！"老米把手递给老葛，拉他出来。

"瘦了！腰围最明显。"老葛自己也说。

绿色牧马人这次翻车，比上次还惨，玻璃又碎了不说，车轮的轮眉也掉了。虽然又翻车了，老葛的情绪还不错，谈笑风生。

"行了，这回连糊窗户的纸板都没了，只能两边灌风地跑了。等回库尔勒大修吧。"郝明用手台指挥救援，"小满，你和老米把车开上来，先把车拉正。"

"素八〇"没有绞盘，同样是一万两千磅的绿牧马的绞盘用不上，只能依靠"小红马"和小满的那架破绞盘了。

"小红马"现在是两驱，移动不利落。"绿马"放正后，郝明让王小满绕到绿马后面，停到沙坡上，负责拉住绿马，防止它再被拉翻。

王小满上坡时，由于车辆太重，没有上去，倒了下来。第二次上，仍然没有上去。王小满焦躁起来，让嘉琪下车。这次，小满一次就开上了这个坡。

好容易到达预定救援位置，但是绿"八的"破绞盘，就好像段誉的六脉神剑，时灵时不灵。

"还得'小红马'上！'八〇'退开。"郝明手一挥，让"小红马"绕到"绿马"后面的坑沿。

"小红马"蹒跚而行，刚一动，就陷在一个小沙坑里。郝明跳上"素八〇"，过去，把"小红马"从沙坑里拖出来。

"小红马"在沙地上蹒跚地努力着，终于爬上沙坡。谁知道，一切准备就绪，绿"八〇"在给"小红马"让位的时候，倒车时，沙子太软，塌陷了，车子来了两个后侧翻。并且左后轮脱圈了。

嘉琪，第三次躲过了翻车。

"小满，这回你满砸！"郝明说。

"你是个怪人！倒车你能倒翻它！又没速度，你能玩儿脱圈。"

"'东坝之花'，你还有什么没表演出来的绝活啊？"

"八〇"的前风挡整体掉了，奇怪的是，风挡玻璃完好无损。不过嘉琪这边右侧的两块玻璃没了。王小满见自己车这样，垂头丧气地爬到倾斜的"小红马"后面，掏出液压千斤顶，扛在肩膀上，去救自己的车。

"小红马"先将翻车的绿色牧马人拉到平缓的地方，又去解救后滚翻的绿"八〇"。

郝明坐进绿"八〇"，前进、后退，走了一个来回，告诉王小满，车没问题，还能继续前行。王小满找来宽胶带。老米、老葛连同伊曼、嘉琪一块儿动手，把前风挡固定在车主体框架上；小满给轮胎充好气，车子发动着。

小满见，除了前风挡上粘了几道难看的黄色宽胶带——自己在车里又看不见，有它只当没它，其他如常，又恢复了嬉笑、活泼的天性。

"我靠，小满你这心理素质，要我们随便就折一跟头儿，早就不敢玩儿了。"老米赞道。

绿色牧马人发动机突然发出"怒吼"。

"强悍的牧马人！"老葛和米国军异口同声地说。

"我们这趟，真是多灾多难，不过总能逢凶化吉。拿红牛出来，提提神，压压惊。"郝明提议。

地势越来越开阔。郝明和老米一路飞驰，正走得酣畅淋漓，车台中传来王小满的声音："哥，葛老板的车熄火了。"

"你们目前的位置？"

"大概离你两三公里的样子。"

郝明和老米在山顶上等了半个多小时。郝明用手台抄收王小满："现在什么情况？"

"一直不能着车，哥，你回来瞧瞧吧。"

老米和郝明返回，远远地看见绿色牧马人孤零零停在沙山顶，无法启动。

从下午四点开始修车，一直修到第二天凌晨。早上的时候，小修钻睡袋睡了一小会儿，天亮后又起来修车。又修了一个上午，判断可能是有个零配件坏了。

老米给光头强打电话，催促他找配件。

光头强说："我这儿没这个配件——我这儿都没有，别家也肯定不会有。这个配件没听说坏的——没人经历你们那种极限环境，如果它坏了，也该换车了。要找原厂定，少说要半个月才能到国内，最快也得 10 天。"

老米挂断卫星电话，把光头强的话告诉了大家。

郝明当即做了决断："那没有别的办法，只能放弃绿色牧马人了。把'绿马'的前传动轴卸下，装到'小红马'上去。咱们不耽误时间了，继续往前走。小修，现在就开工！伊曼，你回老米车上去；老葛和小修坐我车。"

郝明转身，对老葛说："离若羌只有 70 公里了，现在拿你黑卡去库尔勒或者乌鲁木齐买一辆新牧马人，不现实，你说呢？"

老葛满脸沮丧，可郝明的话说得在理，点点头："同意队长的决定。"

"我油还够，把老葛车上那桶油全加到小满的"八〇"里。咱们有导管。把油桶抬高，利用势差让油从油桶里流出来。"

　　修艳喜爬上绿马机箱盖，王小满踩在前杠上，郝明说："我喊一、二、三——"和老米、老葛三人举起100升的大油桶。小修和小满接住，放到机箱盖上，给"八〇"输油。

　　获得"绿马"传动轴的"小红马"，再次"满血复活"。大家帮老葛把帐篷、睡袋、贴身衣物、巧克力装到"小红马"上。葛卫东锁好车，拔下钥匙，抓下自己的芥末色抓绒帽，默默地和自己的战车告别。

　　"米哥，我回来啦。"伊曼背着她小巧精致的女包，一手擎着摄像机，张开胳膊，像一只轻盈的小鸟，飞奔向老米。

　　"你咋又回来了呢？"老米笑得眼睛都眯起来了。

　　"又不由我，队长让我去他那儿我就得去他那儿——"

　　"伊曼，你回来。"郝明忽然喊，"我疏忽了，我的车够沉了，还没升高，一个老葛，好么，顶伊曼和小修两个，我底盘直接托底了。你们俩Jeep难兄难弟，坐一块儿吧。"

　　老葛走过去，和米国军紧紧地拥抱在一起。

　　沙山逐渐与沙谷合为一体。

　　GPS的屏幕上出现了一条西南－东北走向的蓝色的细线。

　　"老郝老郝，GPS上显示的那条蓝色的线是什么东东？"老米问。

　　"那是车尔臣河。"

　　"这条河，来时你知道吗？"

　　"车尔臣河是条时令河，咱们的卫片都是几年前的老图，预期可能碰见，但是不能确定的是，它还有没有水。"

　　"哦。车尔臣河那边是什么？"

　　"从卫片上看，过了车尔臣河，是60公里的纯戈壁路段，走完之后，我们将重新回到人间。"

　　GPS上一直指向东方的箭头，在屏幕上不断逼近那条蓝色的细线。就在太阳快贴到地平线上的那个时刻，天际间出现了一道微弱的银光。

　　"兄弟们，"郝明说，"咱们终于和期待已久的河神会面了。河对面就是若羌了。"

　　终于到了，走了多少天了啊！电台里爆发出一片喧杂的欢呼声。

　　车尔臣河犹如蓝色的缎带蜿蜒在灰黄色的沙漠中。

　　"还有红牛吗？"郝明问。

　　"没了。"老米说。

"把巧克力威化拿出来。"

老葛拿出大包的巧克力威化，每人一个举着，在车尔臣河旁，提前庆祝穿越成功。

王小满提议说："趁着还有亮儿，看能不能强渡车尔臣河，夜穿戈壁，今晚就在若羌睡床啦，哈哈哈"

队伍里老葛最高。老葛自告奋勇下河探——沙漠里没有资本家和修车工的阶级差别。谁合适，谁上。

"车尔臣河的总流量都一样大，河道宽的地方，水流缓，河道窄的地方，河床深。走河道宽的地方。"

伊曼和嘉琪扶着老葛。水裤不大适合老葛的身高，老葛好不容易把脚塞进水裤的鞋里，系上水裤的背带，准备下河了。

另外六人齐声叮嘱："一定要注意安全！"王小满从车上拿来一把铁锹，交给老葛；郝明递给老葛一部步话机，以备急需之用。

平坦的河水下面有极多沟壑，前一秒老葛站在没脚面的地方，往前跨了一步后，河水就齐大腿深，手里的铁锹往旁边一触，整个铁锹把没入水里。

"行了，回来吧，"郝明用步话机召唤老葛，"这里过不去，明早再另寻过河点。"

老葛慢慢转身回来，一个趔趄，差点跌倒在水里，嘉琪和伊曼吓得一声惊呼。好在，老葛将铁锹插在水里，稳住了，在水里半蹲着，横着加大阻力，慢慢挪动回岸边。

几双手同时伸向他，把他拉上岸。

"辛苦了！"郝明说。

"穿着水裤倒也不冷，就是脚冻得疼。"老葛靠着"素八〇"的车头，开始脱水裤。

郝明看到小修、嘉琪明显失望的脸色，安慰大家："既然这样，咱们就在沙漠多呆一天。今晚就在车尔臣河边扎营，把若羌的庆功宴提前摆在这儿，数着车尔臣河上空的星星，喝大酒聊大天。明儿过河后，想享受塔漠的行车乐趣和睡眠质量，要等下辈子了。"

一番话说得大家欢乐起来。

当晚，七人在开阔沉静的河岸边扎营，宽达百米的冰封河面与梦幻般的月光交相辉映。月色中隐隐望得见阿尔金山巍峨的轮廓。大家吃着喝着，憧憬着明天到达若羌的那个激动人心的时刻。

这一晚所有的人，内心其实都很不安，也睡不踏实。黎明时分，有人拉开了帐篷门。四下里静悄悄的，唯有车尔臣的河水发出"哗哗"的巨响。

八点不到，天就大亮了！

明晃晃的大太阳，从正东方照在车尔臣河上。和七人扎营的平静的河岸相对比，是夹杂着冰块湍急的河道。

"看来，我们只能向且末靠了。我记得，卫片上显示往南有座浮桥。"郝明说。

"嗯，找到了，在这儿呢。"老米拿着平板电脑，指给郝明和其他人看。

"素八〇"在前，"绿八〇"在后，"小红马"居中，三车沿着车尔臣河道，蜿蜒行走。

明明是中午，阳光像月光一样微弱。前方出现一片亮银色的大水——原来是一个波光粼粼的大湖。

三车驶到近前，湖面的波光不见了，湖也不见了。原来这片大水其实是一大片厚厚的盐碱地。盐碱好像排列很不整齐的"尖刀""铡刀"。有的"铡刀"很高，可高达半米，似一堵矮墙。"刀口"锋利，似乎若用手在刃上稍碰一下，立即出血。

"这路，靠人走，可够呛。"王小满说。

"车走也够呛。这要是扎破一个轮胎，还有一个备胎可用。扎俩轮胎，只能弃车了。"老葛说。

郝明下车，抬腿踩了盐碱一下，立刻回身上车，发动了车子。

"怎么说，老郝。"老米问。

"看起来很锋利，其实外强中干。大家坐好了，可能比较颠簸。一路千辛万苦，鸡窝、V沟、大锅、严寒、酷热、沙尘暴都挺过来了不是。这段盐碱地能难到哪里去？"

"你还得小心点儿。"老葛说。

"我会小心的。"

那辆白色陆地巡洋舰领头，一路上摇摇晃晃。

"老米，严格按我车辙印走，你这老扎轮胎内壁的。"

越往南走，大家发觉天气越不对，能见度越来越低。弥漫的水汽加时强时弱的沙尘，好似在魔幻世界里巡游。

"大家都把双闪打开，看不到前车或者后车的时候，问一声。"郝明说。

"米哥，你那氙气大灯怎么没开呢？"

"开着呢！"

"我怎么看不到。"

"哎哎，你怎么能看到呢！车灯在前面！"

"我也没看出来，你开了氙气大灯，老米。"郝明说。

三车顶着风沙，在沙尘中艰难地前行。有一阵子，沙尘大得像从天上倒下来的一样。车身在风暴中剧烈摇晃。沙子就像倾盆的急雨，从四面八方打在车窗上，"沙"地一声，慢慢滑落；新的"雨点"又打过来。

几位主驾眼看着前车和后车，被尘沙吞没。车内漆黑一片。郝明打开车内小灯，拿起报话机："三车已经互相望不到对方，继续走会走散的。只能停车，等待风沙小点后再走。有需要下车的，一律带手台，而且不要走远了！不然找不到回来的路了。两个姑娘，嘉琪和伊曼，需要上洗手间，就在车后面吧。这么大的风沙，也不会被人看到。记得，一定要抓住什么东西。"

沙尘暴全天一直没停。这一等，一直等到了晚上。当晚根本无法开火，郝明、老米、小满冒着沙尘帮伊曼和嘉琪搭起帐篷。郝明在自己帐篷里，给大家烧开水。大家喝了点热水，吃了片面包，全钻了睡袋。

第二天早上，郝明第一个起来。沙尘暴仍在塔漠上空肆虐。

郝明忽然发现，嘉琪、伊曼和她们的帐篷统统不见了。郝明这一惊非同小可。

"嘉琪、伊曼。"郝明在风里呼唤两人。风太大，听不见回应。过了一会儿，看到地上的沙土动了动。

郝明扑过去，拨开沙土，揭开帐篷，发现伊曼和嘉琪两人缩在睡袋里，睡得十分香甜。

风沙到了午后，才停了下来。

四车穿过一条曲折幽深的古河道，经过一大片长着巨大风蚀蘑菇的雅丹地貌，终于看到了南边的渡桥——卫片上的那座桥真的有，而且还在。车里的人，齐声欢呼。

"今晚可以在若羌睡床了。"王小满高兴地对嘉琪说。

"终于脱离苦海了。"嘉琪把手按在心口，笑着说。

"大家先不要着急过桥，为了安全起见。我先看看桥身能承受得住不，能承受得住，我们再把车开过去。"

郝明刚说完，七人先是听到天崩地裂般一声巨大、空洞的闷响，仿佛头顶打了一个焦雷。洪水像一堵墙，迎面而来，冲上堤岸，挟带走一切能带走的枯枝树干。

"赶快上沙山！"郝明迅速在车台里通知。

不到十几秒光景，狭窄空荡荡的河床已经变成一道宽阔、汹涌的激流。转瞬间，铁浮桥上的木板就被冲得没了影。很快，铁索的一头被挣断了。铁链沉到了河里。唯一可以渡河的桥，就在七人亲眼目睹中，消失得无影无踪。

松软的沙土受到冲击，变成一道道的沟壑。向南的道路，也被封锁了。

"我们往回返吧。"郝明简短地说了一句，"向东北，绕过车尔臣河。"

雅丹地貌渐渐消失。流沙又重新布满地面，视野里又慢慢出现原始形成的沙丘。这些沙丘低矮极了，最高不超过一米。沙丘不是光秃秃的，上面栖息着植物，无精打采地，不知道什么时候死去。

晚上宿营的时候，天空向下飘落雪花。大家心头一喜，这是一个好兆头——降温了。车尔臣河可能会在凌晨上冻。

早上，寒风刺骨。地上有积雪的痕迹。

郝明、老米、王小满迅速驾车，沿着车尔臣河寻找过河点。车尔臣河上竟然飘荡着淡淡的雾气，犹如玻璃镜面般平坦的河水反射着迷幻的光芒。

灰暗的阴云在半空中游移着。向远处望去，河面上有许多裂口，附近的冰面利剑般耸立着，如犬牙交错，十分可怖。粉面一样的黄色细沙，尖锥状地，一滩一滩地撒在冰面上。岸边有半棵仍旧活着的胡杨，被冰冻的泛滥河水连根拔出。

"看到前面河道转弯的地方了吗？河道转弯的地方，水流速度不快，而且河面开阔，基本上冰封，是我们理想的渡河点。"郝明在报话机里说，"老米，你来做头车。小满，你排在老米后面。我来收尾。注意，三辆车，彼此距离，保持在20米左右。"

"小红马"小心翼翼地下到河面，感觉河面还比较结实，车子越开越快。王小满紧追在老米后面，"小红马"后轮刚离开冰面，"绿八〇"前轮就上了对岸。老米留了个心，往后视镜看了一下："老郝，你怎么了？"

"我掉到河里了。"

老米闻言，心里一急，二话没说，方向一掉，重新回到河面，朝郝明驶回来。老米一边开车，一边透过薄雾，准备绕到"素八〇"后拉它。忽然，"小红马"车头往河里一栽，然后头又向上昂，车头顶在冰层上，无法动弹。

王小满不敢靠近，远远地从"小红马"右侧兜过来。"八〇"庞大的体量，将河床上的冰面压塌，车后轮陷在冰隙里。

郝明、老米、老葛、王小满四人下车，勘察境况——境况让人很绝望。两辆车都无法作为，尤其是"素八〇"和"小红马"，陷得非常实在。

"这将是一个浩大的救援工程。"郝明说，"伊曼、嘉琪，你们两个在河岸上生火做饭吧。"

"郝哥，今天还能走吗？"伊曼问。

"今天肯定走不了了，赶在天黑前，能把三辆车都救上岸，已经是功德圆满了。"

"唯一的希望就在小满的'绿八〇'上了。"郝明说。

"可小满那架破绞盘经常不给力。"

"给力不给力，也得试一下，能否脱困就在此一举了。"郝明和老米说："先设锚点。"

"怎么设锚点呢？"老米问。

"没别的办法，只能在冰面上再弄个窟窿出来，将一只备胎卡进冰层里。"

这时，王小满从遥远的河岸边，拖来那根2米多长、40公分宽的粗壮胡杨树干。

"这树干在水里泡了好多天，沉死了——可比备胎好多了！"

郝明、老米、王小满、修艳喜用几把铁锹和SOG战地斧，连砍带凿，在冰上凿出个洞来，把树干一头斜插在冰窟窿里，修艳喜坐在树干的另一头。"

绞盘开始拉动。

王小满的破绞盘在关键的时候竟然很给力，"绿八〇"从冰缝中被拉了出来。

"绿八〇"的脱困，点燃了大家内心的希望。

王小满小心翼翼把车开过来，先拉"素八〇"。可是"素八〇"纹丝不动，反将"绿八〇"拉得在冰面上不断向"素八〇"滑过来。

郝明决定，放弃"素八〇"，先拯救"小红马"。

五人冒着冰河上刺骨的寒风，老葛、老米轮流用SOG战斧把一整枝胡杨树干砍成几段；郝明和王小满按照"八〇"的轮距，在冰面做下两个标记，费了九牛二虎的力，终于在冰面上又开出两个窟窿来。

画家扛着木头，往来几次，将木头塞到冰洞里。王小满把车开到郝明指定地点，用捆扎带将"绿八〇"左右两个前轮牢牢地捆在树干上。郝明、老米又轮番抡动榔头，将"小红马"车头顶着的冰层砸碎。

冰层有30多公分厚，坚硬如铁。好不容易将冰层敲碎，郝、米两人用手，把脸盆大小的碎冰块扔到一边。小满上来，将"绿八〇"的绞盘和"小红马"的绞盘对挂在一起。

小满和老米同时按动，遥控器两辆车的绞盘一起工作。"小红马"的绞盘是快速绞盘，速度比"绿八〇"快，也比"绿八〇"力道大，两部绞盘无法同步，有劲儿也使不到一块儿。

老葛在寒风呼啸的冰面，声嘶力竭地指挥两辆车的绞盘配合。小修穿上水裤，不断跳到刺骨的冰水中，一遍一遍将绞盘缆绳解开，换到合适的受力位置。

"还得用动滑轮。"郝明说。

王小满把动滑轮装在"小红马"上。没想到还是不成，绞盘一绞，"小红马"车头就被压下去。最后，将绕过动滑轮的绞盘绳下，垫上一截树干，一头拴在"小红马"前轮，王小满死命踩住"绿八〇"的刹车，作为锚点，"小红马"终于从河中被拉了出来。

这次救援，多亏了老米追求奢华高配，"小红马"上安的是双电瓶，不然早就耗没电了。

"小红马"拖出冰窟窿，老米一打发动机，果然无法启动。

郝明说："现在没时间修理'小红马先把我的车拉上来。"

"素八〇"沉在冰中，一侧越来越倾斜，看起来很像一辆小型泰坦尼克号。驾驶室进水，水面没到座位上，车子已经无法启动。

五人又如法炮制，在"素八〇"后面的冰面上凿洞，将树干插进冰窟窿。小满开车将"小红马"拖到预先计算好的位置上，挂上动滑轮。"素八〇"在水里纹丝不动——底盘被烂泥严丝合缝地吸住。两架强悍的沃恩绞盘上吨的拖力，对于被吸住的"素八〇"毫无施为。

"停！绞盘声音不对了，再拉下去，两个绞盘就要报废了！"郝明一挥手，"把所有的千斤顶都拿出来。"

小满把两架油压千斤顶从"绿八上搬下来，一手一个提到"素八〇"轮胎前。小修蹲在冰水里，努力把两架油压千斤顶塞进底盘下面。

郝明和大家解释："水流会帮我们冲开流沙，弹簧也会帮着咱们，把底盘撑起来。只要底盘和泥沙之间能进气，车就能从淤泥中起来，绞盘就能发挥作用。"

那四人半信半疑。

"等一个小时，就能看到我说的结果了。咱们趁着这会儿，补充点体能。"

老葛从口袋里掏出一把巧克力威化，每人拿了两块吃了。

20分钟后，大家明显看到沉下去的"素八悄悄浮起来一些。千斤顶发挥了功效，把底盘从烂泥中稍微顶起一道缝隙。

"有戏有戏！"修艳喜大叫。

老米递给小修 CESS 液压千斤顶。小修再次埋入冰水中，把液压千斤顶撑在底盘上。

老米想上前拉一把从冰水里爬上来的修艳喜，没留神，左腿踩在松碎的冰面，冰面塌陷，跌落进冰河中。等被大家拽到冰面上，不到一分钟，老米湿了的裤腿、鞋面结了冰，冻得硬邦邦的。

"小修，"郝明让站在冰水里的修艳喜，"去把老米的背包拿来，老米赶快换裤子、鞋袜。其他人继续干活。"

"这冰河的水淌太慢。既然鞋袜、裤子都湿了，索性不换了。等于多了条水裤。"老米挥动铁锹，将"素八〇"底盘下面的泥沙混合物挖出来，再将三个千斤顶把车顶高一点。这么不断重复掏挖、升高千斤顶，"素八〇"上升地更快了。

王小满从"绿八〇"车后找出两个编织袋，边跑边滑回到岸上，挥动铁锹，往里面装满了沙子。老葛也趔趄着跟过去，和王小满把两个编织袋从冰面上拖过来。

三个小时后，底盘和泥沙之间有了很大松动，老米和小修不断在水里推动编织袋，尽量让"编织袋"垫在"素八〇"四个轮子下。郝明觉得差不多了，按下"小红马"绞盘控制器，"素八〇"车头慢慢从水里拉动出来。

晚八点，"素八的发动机发出怠速的轰鸣。"小红马"依然无法启动，一直修到天已大黑，还是修不好。

"将'小红马'拖到岸上，在营地边上修理。"郝明说。

两辆"八〇"护着"小红马"，"绿八〇"在前面开道，"素八〇"拉着"小红马"向营地驶去。天黑路滑,"小红马"又陷到冰缝里,动弹不得。

"先上岸吃饭。吃完饭,再救援。"郝明决定:"老米,你赶快换衣服!"

老米忍着寒冷,拿手电照着,指点小修拿哪个背包。老米从背包里拿出新的衣裤、鞋袜,往四周看了看。

"米总,你不用避讳,这里都是老爷们儿,嘉琪和伊曼在岸上做饭、烤火呢,这么远,想看也看不清。"

"那也不行,隐私哎!"老米换裤子时候,发现自己整个左腿肌肉冻得无法打弯。

修艳喜回到岸上,靠着车轮坐着:"今天我实在太累了,就不逗你们笑了。"

"修总辛苦了。嘉琪,给修总一特写。"老葛说。

吃饭的时候,修艳喜发现手冻得不仅指头伸不直,连手套也脱不下来。郝明小心翼翼地帮他把手套脱下来,老米解开衣服,把小修的手放到腋下取暖。

"修,我把床给你铺好了,你直接钻睡袋就行了。"王小满体贴地说。

众人刚睡下不到两三个小时,天就蒙蒙亮了。

郝明、老米、王小满已经穿戴停当。

"现在真是和时间赛跑,要赶在车尔臣河化冻前把车弄到岸上去。小满,去把小修叫起来。"

修艳喜被唤醒后,睁开红肿的眼睛,被车尔臣河升起的太阳,和冰面反射的晨光,刺得流下眼泪。小修倒在睡袋里,泣不成声,满脸都是眼泪。

"小修,亏你还是一家之主,这么经不起风霜"郝明走过来,"穿衣服起来,哭能解决问题的话,我带着你们大家一起哭!"

老米拿着纸巾,在帐篷边,煦煦地低声安慰。修艳喜窝在睡袋里,抽抽搭搭地又哭了一会儿,擦干了眼泪。

"'小红马'接近两吨的体重,靠我们五个人抬是不现实的。最好的办法就是让它自己能跑起来。"

郝明让修艳喜把"小红马"的主油箱卸下来。

"油箱、油管,都进水了,油滤也进水了,你说咋让它跑。"王小满开始清理"小红马"油箱和油管里的冰,"油箱里全是冰。这小修累死也打不着火啊。"

"我知道了,米哥你80万的改装,就是为了把'小红马'烧油改烧水。"在一旁摄像的伊曼说。

郝明戴着手套,用"素八〇"排气管尾气烘油滤。用尾气熏热油滤,效果很慢。郝明也只能耐着性子,反复转动油滤。车尔臣河边的气温也升上来了,油滤里的水和自来水一样,淌了下来。

王小满把篝火边烤热的沙子,装到编织袋里,架在副油箱下面,把油管和油箱里残余的冰烤化。王小满要抓紧时间做油、水分离，气温太低，耽误片刻，刚放一会儿，水又结冰了。

小修把主油箱重新安装到"小红马"上，老米着车，"小红马"全无反应。

"别气馁。"郝明鼓励大家，"来，咱们想法绕过主油箱，为'小红马'造个供油系统。小满你把你车上那个空机油桶拿来，灌汽油进去。"

王小满灌好汽油，拎到冰面上。

"小修，你坐到车头上。"郝明打开"小红马"的机箱盖。

修艳喜爬上"小红马"，佝偻着腰坐在水箱上。郝明把机油桶递给他，让他擎着，又把输油管从发动机上拔了下来，把塑料软管连了上去。郝明一着车，"小红马"发动机的马达响了。

众人一阵欢呼。

"小修惨了，只能举着机油桶不能下车了。"王小满笑着说。

"米总，你可慢点开。我没在这个地方坐过，还挺怕的。"

"小红马"上了岸，郝明招呼："主驾们都过来，商量一件事。"

老葛和王小满走来，四人站在一起。

"老米下车，昨天三辆车同时在河边陷车，救车、修车，耗费了大量的油料。现在油料已经严重不足，所以必须放弃一辆车。那辆车的油料，补充到另外两辆车上去。"

营地一片寂静，静得能听到彼此的呼吸声。

"'小红马'只能坐两人，而且刚才试了，油泵时好时坏，所以——放弃'小红马'。"

这个决定刚公布出来，老米的眼眶瞬间红了。但他忍住了，没有掉眼泪，反而以轻松的口气说："为了大家能够平安地回到'人间'，这个牺牲是必须的。"

郝明做出这个决定——容易，当着老米的面，把这个决定说出来，却是十分艰难。听到老米反而以豁达、开通的口吻安慰自己，心里由衷感动。

"好的，现在就干吧。"郝明大声说，借以掩饰内心的不忍，急匆匆地走了。

王小满帮着老米把随身衣物，放到"素八〇"上，重的装备、工具、大包，放到自己那辆丰田陆巡上。

修艳喜把一根软管插进"小红马"油箱，用嘴吸出汽油来，然后迅速把软管插入三十升的小油桶。小油桶灌满后，郝明依次灌入到两辆"八〇"油箱里。

老米把"小红马"锁好，往前走了两步，突然停下来，慢慢转过身，恋恋不舍地最后望了一眼，悄悄擦了擦眼角，转身上了"素八〇"。

两辆"八〇"一前一后，沿着河边，边走边寻找过河点。但是，不是河面没有冻透，就是水流太急。更糟的是，东北流向的车尔臣河主流突然分叉。

上古的时候，车尔臣河就在这里分叉，一条支流流向我找到的"史前楼兰"，另一条更主要的支流流向"台特玛湖"。

向东北方绕过车尔臣河的路，又被封死了。唯一不受阻碍的，就是朝正北行进，也就是重新再回到沙漠腹地。

郝明对王小满说："我们两车不能再在一块儿走，油料不够了。下一步分头去寻找能越过车尔臣河的路径，我们两人都是单人单车，注意保持通联！"

郝明没有提醒小满要谨慎行车，提醒也没用，只能自求多福了。走出去半个小时，郝明呼叫小满，问前方是什么情况。

"一片连着一片的湖，一望无际。"王小满用绝望的语气回答。

"那你回来吧，我这边也是。"

王小满和郝明分头返回，准备重新合在一起。郝明突然瞄到，远处像是有一座人工建筑。

"小满你朝我靠过来。我看到房子了。"

郝明开过去，原来是一座废弃的羊圈。

郝明、老葛、老米每人拿着自己的手持 GPS，站在羊圈边，查看当地的地形。

"我有个主意。刚才，我看到一条河流的分叉，相对比较窄小，咱们搭一座桥，过河，还按照咱们的原定方案，继续向东北方向行进。至于搭桥的材料，嗒——这不就有了。"

远远地一道尘烟滚来，"绿八〇"回来了。

郝明一翻手掌，对"绿八〇"一挥，召唤王小满："出来干活吧。"

郝明将七人分成两组。老葛、伊曼、嘉琪用铁锹把干得完全失去水分的羊粪铲到一边，清理出一块干净地方，搭好帐篷，生火、做饭；他和老米、王小满、修艳喜四人开始拆废弃的羊圈。

准备搭桥的胡杨木积累得差不多够数了，伊曼招呼大家吃晚饭。

七人喝着一小把面条煮成的面汤，吃着巴掌大小的馕。

"我们的处境越来越严重了。"郝明说。

"从今天开始，决定对食物进行严格管制。每天都把食物分成三份。当天吃一份；剩下的两份，第二天再分成三份，当天只吃一份。依次类推；这样能保证每天都有食物吃，而且是慢慢减量，人体可以慢慢适应。每天的食物，再由我平均分成七人份。这里没有性别差异，所有人配给的食量是均等的。"

郝明把食品分配原则交代清楚后，用极为严肃的口气对大家说："饭后，各车各人就把所有食物全部上交给我。"

天还未亮，七人便起床了

两个人合抱着昨天拆掉的胡杨木，另外两人用铁丝捆扎好。修艳喜爬到"素八〇"车顶。下面四人将胡杨木一起举过头顶；修艳喜用捆扎带把胡杨木扎在车顶。

因为几天来一直没吃过饱饭，大家体力明显不支。后面的胡杨木实在举不动了。郝明决定把两辆"八〇"的后备厢打开，把木料全部塞到车尾。车尾不能全放下，郝明让伊曼到王小满车上，将剩下的胡杨木码放到座椅上。

"很快就到河边，你和嘉琪在一个位置上暂且挤一挤。"

"知道这里现在谁最高兴吗？"王小满嬉笑着说，"就是我啊。"

"高兴你个头啊！"伊曼厉声说。

"'绿八〇'后滚翻过，车顶坑坑洼洼地，木头放不平整，捆扎不牢靠。"修艳喜向郝明汇报。

"那你别下车了——就在车顶待着吧。"郝明说。修艳喜趴在木头上，两只手搂着木头绊子。郝明和王小满分头载着五个人，还有搭桥建材，向河边驶去。

到达河边后，郝明、老米寻找到一个相对狭窄又好登岸的河道。

修艳喜穿上水裤。郝明用一根拖车绳，在修艳喜腰间拴了个活扣，和王小满共同拉着，以防他突然被湍急的河流冲走。小修慢慢趟过河，郝明喊了一句："就这儿了！开始搭建桥基。"

老葛和老米把木头抬来。第一截木头丢到水中，一下就被大水冲走了。郝明又找了一根拖车绳，绑在胡杨木的一端，将绳索远远抛给修艳喜。修艳喜把拖车绳接在手里，郝明、王小满踩住胡杨木的这一头，修艳喜横着拽木头那一头。将第一根桥梁拉着横在河上。

第二根长木，也如法炮制。胡杨木非常粗壮。平衡性好、腿脚利落的，可以从上面走过去。这样两边都有了人，搭桥的速度开始加快。为了能更好承载车辆，几根短粗胡杨木和长胡杨木绑在一起。

桥的主体算有了。

双边桥的两头，各横两根短胡杨木，将桥的主体固定住。耗时两个多小时，双边桥才算大功告成。嘉琪和伊曼，帮着将两辆"八〇"上的装备全部卸下。

男人们，肩背手提，把铁锹、修车工具、千斤顶、气泵等装备人工运过河去。一是为了减轻车重，二是以防万一车掉进河里，肯定是出不来了，装备也落入河水冲走。嘉琪和伊曼合作，将帐篷扎在一起，伊曼背在后背。两人抱着睡袋，从双边桥走到河对岸。

四位主驾聚在一起商量了一下，一致认为由郝明在岸上指挥过桥，老米来开"素八〇"。郝明让老米将轮胎胎压放到了零，首先过双边桥。

车行到一半，咔嚓一声，有一边桥承受不了车的重量，被压断了；老米迅速将车倒回。湍急的河水冲力很大，很难将断裂的木头拉住。修艳喜慢慢走回到河中，试图在河中打桩，以支撑桥梁，可是非常困难。

只有再重新建桥了。

看木头不够用，王小满和老葛又返回羊圈，拉回一大捆木头。郝明让大家，按照长短把木头分类搭配，然后用捆扎带牢牢地捆扎在一起。

下午两点左右，双边桥终于重新搭建好。这回主桥体比上回还粗。修艳喜坐在桥上，用捆扎带将木头接缝处再牢牢地扎紧。王小满用铁锹将车子上堤岸的地方，修出一个坡道来。

还是郝明指挥，老米慢慢将车开到桥上。漫长的穿越，将人们内心锻炼得更加沉稳，技术上更细腻精湛，真正做到了郝明说的"零失误"。

车子一公分一公分往前挪，慢慢地通过双边桥。在前轮搭到河堤的一刹那，老米加速，第一辆"八〇"顺利登上河对岸。

"该你了，小满。"

王小满紧张了。"绿八〇"的轮胎在胡杨木上来回乱扭。

郝明对着对讲机大喊："稳住你的方向盘，控制好油门。"

"绿八〇"匀速地在双边桥上快速滑行着。到岸边了，小满急着上岸，方向打早了，左后轮跌落在河里。幸亏小满反应快，急忙加大油门，"绿八〇""噌"一下，跃上坡道。

"为什么非得先犯个错误，再把事情做对。"郝明在对讲机里问王小满。

为了搭建这个双边桥，足足耗去了一天半的时间。两辆"八〇"终于安全驶过双边桥，继续前行。

刚离开"双边桥"没多久，"素八〇"右前轮的刹车盘坏了；水箱也出了毛病，不断漏水。王小满的前风挡也彻底坏了。

宽胶带经不住多日来的风吹日晒，粘上尘沙后，黏性更是大打折扣。整个前风挡，不断下滑，勉强挂在车体上。车辆一开动，前风挡随着车的颠簸，"呼扇呼扇"地颤抖着，胶带发出让人恶心的"噗啦噗啦"的声音。

王小满终于觉得忍无可忍。他一脚踩在宽轮胎上，双手按在机箱盖上，一跃，跳上机箱盖，一把将前风挡从车上扯下来，远远地扔了出去。

"小修，我水箱越漏越厉害，拆下来焊一下。"郝明打开"素八〇"的机箱盖，查看了一下，说。

"两辆陆地巡洋舰的油料都所剩无几——即使前面一切顺利，油料也只够一辆车用的。"郝明拍板，直接说了决定，"现在放弃'绿八〇'。所有人都坐到我车上，我带着你们往前走。"

王小满刚从机箱盖上跳下来，听到郝明的决定，顿时耷拉了脑袋。

"别耷拉脑袋，还不到耷拉脑袋的时候。'绿八〇'右前轮的刹车盘，换我车上小修，检查我的车，把'绿八〇'好配件都拆下来，带着走。"

临出发之前，为了减重，郝明找出来两个蛇皮大口袋，"把一切暂时用不上、能不用的私人物品全部找出来，全放里面。"

"绿八〇"弃车的地点，周围有三丛仿佛栖身宝座上的巨大红柳堆。它们早在几百年前已经死去，因为不倒不朽，似乎还存在有一丝生的气息。

"这两个蛇皮口袋，和'八〇'留在一起。打上点。等我们到达若羌后，再回头来取。"郝明声音里洋溢着希望。

大家把不用的物品装入袋子里，王小满扎好袋口，放到红柳堆下面。老米、老葛、郝明三人在 GPS 上保存下经纬度。

"车上要坐七个人，得留出空间来。大家的背包、提袋，全部放到车顶。"郝明和老米爬到车顶，下面的人往上递背包、提袋，他俩一件一件摆放在一起，用网兜兜好。

依旧是郝明掌控方向盘。老葛坐郝明副驾的位置上，因为他个高，年纪也最大。老米和小修坐后排座椅，中间夹着伊曼。最高兴的莫属王小满和嘉琪这对苦命鸳鸯了。

"我们不和你们挤一起，我们谦让，我们俩坐后备厢。"王小满笑眯眯和郝明说。

王小满把"素八〇"的后备厢盖打开，躺到一堆睡袋上，又把嘉琪拉上来。两人互相搂抱着，四条腿交叠在一起，一是互相取暖，二是免得被颠出车外。

七个人全部挤到库尔勒购买的素车上，继续走下去。

走之前，我想过我们的各种可能，甚至想过路途实在遥远艰难，连老米都放弃了，就没想到是这个结果。

如果当初大家抛弃老葛，让他独自撤出，客观上也就回避了那场车祸，至少可以节省十天的时间。这宝贵的十天，正是昆仑山的积雪开始融化，涓涓细流汇集成山洪，导致车尔臣河暴涨，变成一匹无缰的野马。

即便河水原来已经在那儿，车尔臣河也是冰冻的。一行人将顺利地渡过车尔臣河，就像当初我们顺利渡过宽阔的和田河。这次穿越将会有一个不错的结局。

如果老米、王小满在顺利渡过车尔臣河，即将踏上彼岸的时候，抛下队长郝明，独自穿越剩下的戈壁到达若羌，也将圆满完成自我的 N39° 穿越之旅。但是老米和小满，毅然决然选择掉头，第一时间赶回来救援。

长达五十天的磨合，让全队成员真正融为一个集体。如果整支队伍，没有所有人的无私奉献，相互扶持，队伍中的任何一辆车，任何一个人包括郝明在内，都无法独自完成这个不可能的任务。

"亲嘴儿的声音小点儿！"伊曼没好气地，甩头警告后备厢里的二人。

"谁亲嘴儿了？啥耳朵啊？"王小满笑着说。

"还说没亲，'吧唧吧唧'的——烦死人了。"

"谁'吧唧吧唧'的嘞？"

"逃难呢，还吵。"老葛说。

"看看前面，还吵吗？"郝明一指前方。

前方是一片平坦的谷地，谷地上的浮沙毛茸茸的，活像一大块厚实的毛毯。

郝明眼看着这块奇异的地形，心里感觉特别不对劲。所以他没有选择迎头开上去，而是绕路沿着边走。谁知右前轮一下子就陷了下去，然后看到毯就像水塘里丢了块石头一样，起了涟漪，波浪向远处一个波一波传出去。

郝明大喊一声："不好，赶快跳车！"

车上的六个人，包括嘉琪和小满，反应神勇。郝明一推车门，一步跨出车外，回头一看，六人已经全部站到高处的安全地带。

郝明惊魂未定，告诉大家，这个可能就是传说中的"沙湖"。沙尘颗粒漂浮在流动的地下水上，使得沙子变得像液体一样，形成"沙湖"。这种"沙湖"，表面看似平静，实际暗藏着杀机。一旦车子陷入其中，泥沙水的混合物疯狂往车里灌，人很快窒息死去。

"我靠！我小心脏现在还怦怦乱跳呢！"

"吓得我内裤都崩裂了！"

"没有绞盘，只能靠人力把车弄出来了——抬吧！"

七个人先把车上的装备全部卸下来，搬到高处。

王小满坐在驾驶里控制方向盘。

郝明手撑在备胎上，用力推了一下，探身朝前面喊："小满，挡位！"

"挂一挡了。"车门开着，王小满横着坐在方向盘后面，喊了一句。

郝明、老葛、老米、修艳喜还有伊曼和嘉琪，6人12只手，扶住'素八〇'车身，一齐喊着号子，将车身一点一点抬起来，往山上推，终于将车推离了危险的沙湖附近。

一车七人沿着车尔臣河支流一路向北，不停地翻越沙山。没想到，支流的河水也越来越大；沙地的情况也愈来愈复杂，车辆时不时地掉入沙坑。

为了减少油耗，除了驾驶人员，其他人一律下车徒步。徒步的六人，体力消耗很大。而且天越来越热了，对饮用水的需求量也越来越大。

这天，六人尾随"素八〇"登上一座沙山——眼前是一大片湖泊，更远的地方星罗棋布分布着大大小小的水域。

七人已经被包围在车尔臣河水系中。

第三十一章

芦苇香烟

——这是你眼前的月色，一直在我梦里。

那些天，我天天哭，天天眼睛是肿的。先是为导师，后来想念郝明，再后来是可怜我自己，最后什么都不是，就是为那些莫名其妙的伤感。

一切是那般不真实地发生过。

过去的那整整一个月，不过是做了一场梦，这个梦，活灵活现，感觉像真的一样，而随着每天去学校六食堂吃饭，梦的真实感也越来越弱，以至于我觉得这个梦也没做过，只是我白日的幻觉。

可我知道，这不是梦，是真的。刺眼的大车车灯，路边烈士陵园一排排的墓碑，追逐着奔跑越野车长着栗子仁大眼睛的维族孩子，落日荒丘，零星白骨，都深深印刻在记忆中。

写论文的时候，我找出我在塔漠里录下的解说，听到背景有郝明的声音，就会戴上耳机，将这段音频，设置成循环播放，一直听到深深地刻在脑海里。

他给我的头灯、神火战术手电筒，我都留在途乐的侧门里。只有他给我的超厚魔术巾，我叠得齐齐整整放在枕头边。

手机未接电话还显示在那里，时间是我们在路上的时候。年初他发给我的那条短信"小 A 你好，我是郝明。你的老师把你的电话给了我。收到请回复"，我反反复复地念过不知道多少遍，念得文字都失去了意义，变成一群偏旁部首的组合。

我还做了一件非常傻的事，就是一遍又一遍拨打他的手机。

回复我的永远是："你拨打的电话已关机。"

他的手机丢了？他可以继续申请使用原来的号码。他手机里那么多联系人，不会因为我，就废弃了。

论文提交到国际会议之后，很快就收到会议主办方一封热情洋溢的回复，说论文被采纳了，请我校务必派人来会议亲自宣讲。可我表态，坚决不去会议，让系里感到不快同时也不可理解。在没有得到郝明七人确切下落前，我坚决不离开国内。

学院领导看我情绪极其不稳定，不知道我是不是有家族精神病遗传史，也就放弃进一步做我思想工作的打算。

国际论文，得知学院最后决定由系主任和师姐去罗马宣讲后，我轻松了很多。后来的几天，我的情绪稍微好了一些。

我厌倦了这种思念，我想集中精力专注于学业。可是生命中那种心动的感觉真让人无法抵挡，让人奋不顾身地往烈焰里跳。那心动的感觉，曾让我切切实实地有把握，现在却犹如一道青烟，消失在空中。

8000万年前的印度板块北漂，导致青藏高原的抬升。"世界屋脊"的形成，阻挡了印度洋湿润的西南季风，使得南疆地区的降水大幅度减少，持续的干旱使得塔克拉玛干一带形成了今天广阔的沙漠。

为了让那些非专业的普通历史爱好者，能更容易了解塔克拉玛干的来龙去脉，我尝试采用谭其骧先生的《史地法》，用更直观的文图对应方式，力图把塔克拉玛干沙漠千万年来的地理、人文的变迁表现出来。

从历史学诞生至今，多数的史学著作都以单一的文字表述为主，最多配以二维平面地图。不过，文字很难表述复杂的时空关系。与人类社会紧密相关的历史，脱离不开人类赖以生存的地理环境——这件事在这个地方因为当时的条件，所以发生了。

另一方面，地图很难表达历史事件的背景、细节、因果、及其在历史长河中的地位，更不可能承载抽象的思想或理论。而这些对于了解历史事件又是必要的。

如何做到面面俱到，是个需要我思考的问题。

我找到我就读环境地理系信息管理专业师大附的同学，让他们帮我。时间轴的地理信息模型很好建立。回溯两千年前的塔漠地貌、历史遗存，可以插入我拍下的图片。这个方法看起来很不错！

可一目睹那些亲手拍下的照片，我就泪如泉涌，悲不自胜，仿佛又回到过去那些难忘的旧时光。

为什么环境改变了，心里的那个人还没有改变呢？

早上，王小满来告诉郝明，方便筷子全用光了。

"急什么，老郝最擅长做筷子。"米国军说，"这满地的都是红柳、胡杨的枯枝。"

"估计，以后我们也用不上筷子了。车上只剩下最后一包方便面了。"郝明叫过来伊曼，"想想怎么把最后一包方便面做得看起来很丰盛。"

"我那儿还有最后一听咖啡。"老米说。

"午饭就干吃方便面。调料包，留着下顿，还能煮一锅汤。"伊曼说。

伊曼和嘉琪将那包方便面瓣碎了，分成七小撮——这就是一天的正餐了。老米把最后一听铁罐咖啡，撬开一个口子，埋在灰烬里："这罐咖啡做下午茶。"

郝明说："除了吃的，咱们的瓶装水，马上也没了。从今天开始，我们要尝试着喝大自然的'矿泉水'了。"

郝明穿上水裤下河，把一大块浮冰推上沙岸。老米、老葛、小修三人，一齐把浮冰抬到扎营地。小满挥着榔头，又是敲，又是凿，嘉琪把碎冰放到每个人碗里，在阳光下融冰取水。

看起来晶莹的冰块融化后，底层全是泥沙。

"咱急救包还在，急救包里应该有纱布。"小满告诉伊曼。

"纱布太少了！这么多冰呢。纱布也过滤不了啊！"

王小满将指尖间的烟卷用力往嘴角一插，在急救包里翻找了一通，"这里还有五个医用口罩，把口罩拆了，里面纱布可以当过滤器。"

口罩上厚厚一层泥沙，过滤后的水质，仍然泛黄。

伊曼用煮方便面的行军炉把水烧开。

"谁想喝？没人？刚才还说要喝水。烧好了又不喝了！"

"是不是怕这水不能喝？那我先来，你们瞧好了。"郝明端起来，尝了一口，"水有些涩，但是可以饮用"说着，"咕咚咕咚"又喝了几大口。

"唉，真难喝，又苦又咸。"郝明喝完水，躺倒在沙地上，把头上帽子扯下来盖在脸上，睡起来。

其他六人坐着，晒着太阳，默默无语。

"你们谁去看看，咱们老大，一动不动地躺了半个小时。"嘉琪突然开口，担心地说。

"老郝、老郝。"老米叫道。郝明一动不动，老米慌了，急忙爬过去推郝明的腿。

"我没事，"郝明扯下脸上的帽子，坐了起来，"水没烧开前我喝了，还能喝下去。我看不烧开了，直接饮用。这是昆仑山的雪水，除了泥沙，没有污染。"

"那不行，还得烧开了喝。"老米摇头。

"咱们已经沦落到没吃没喝的境地了，不成，就跟当地政府求救吧。"

郝明说："我的意思，先不惊动当地政府，相信我，一定能把你们带出去。"

"哥，我们是相信你的，"王小满说，"可你有什么办法把我们带出去？"

郝明见大家体力严重不支，看在眼里、疼在心上。思前想后，郝明拨通了麦西来甫的手机，讲了当前的情况。

麦西来甫听罢，倒吸了一口冷气："郝哥，你别急。我们圈里，有个徐叔范徐哥，人在乌鲁木齐。他和瓦石峡的莫贺延碛很熟。我和莫贺延碛都有对方的电话，但是从来不联系。他来喀什，也从来不找我。我把徐哥的电话给你。你跟徐哥讲明情况，让莫贺延碛援救你们。"

郝明再三谢了麦西来甫。

麦西来甫做事非常痛快，"徐哥"和莫贺延碛的手机号码，很快用短信发了过来。

郝明立即拨打徐叔范的号码，电话那头马上接了。一个低沉的声音问："你，谁啊？"

郝明自报家门，跟徐叔范讲明了情况，对方一声不响听完，说："这样，你直接给莫贺延碛打电话，好吧？我马上要进加油站了，过会儿，我给你打回去。先祝你们一切顺利。"

电话断了。

郝明拿着手机，默默地站了一会儿。

"怎么说，郝明？"老米问。

郝明摇摇头："还没有确切的答复，说过一会儿再给我打回来。"接着，举手拨打莫贺延碛的电话。

"你是郝明啊，久闻大名，久闻大名，"对面传来一阵爽朗的大笑声，"你们这次穿塔，在我们南疆已经传得沸沸扬扬。"

"兄弟，我们现在遇到了困难。"

"既然你们已经把 N39° 这条线拿下了，怎么现在把自己搞得这么狼狈？"

"你听我说——"

"你们来'穿塔'，只和喀什的麦西来甫碰了面，其他地方谁都没打招呼，现在捅了娄子，遇到麻烦了，才想起来找我们。"

"是这样，兄弟，你听我给你解释。我们本来是谁都没打招呼的。只是我们队伍里原来有个老陈，和麦西来甫很熟，就在喀什一块儿吃了个饭。之后我们一直在穿越，出来也只是修车，修完再进去。就这样，还把我们忙得够呛。"

"郝明，把扬声打开！"老米瞪着眼睛，嚷。

郝明按下了免提键。

"那你们又让麦西来甫找中汽联和媒体的人，筹划在库尔勒开庆功会又是怎么回事？"

郝明立刻看了王小满一眼，王小满低着头。

"兄弟，我不是吃你们这个圈子饭的人，中汽联的人，我根本就不认识。这可能是我们队伍中某个队员的私人行为，我根本不知情！这次穿越，纯属几个越野发烧友想了却一个心愿。我并没有百分之百成功的把握，我们想着，失败了，就悄悄离开，改日再来。中途，我数次想放弃来着，因为责任重大。全是其他队员意志坚决，推着我，这才把队伍带到车尔臣边上。"

"那你们找的那个女写手，给你们在网上做宣传，又怎么解释？"

郝明沉默半晌，问："兄弟，我之前有做过什么对不起你们的事情吗？"

"你们队伍里是不是有个叫王小满的——自封'车神'的？"

"是是，有，是我兄弟。那个'车神'，只是个绰号。"

"那年分段赛，我们各个环节都打通了——至少保证我们前三名。这个王小满，不知道从哪里冒出来的，结果我们连前十都没进。车队的老板对我们大发雷霆。"

莫贺延碛的声音中气十足，王小满的脸色不由大变。

"请听我解释一下。是这样，车队的领队和我认识多年，那时候他心急火燎，电话就打到我这儿来了。正巧小满给他们车队做维修。就这么简单。我不知道你们有这些内幕（猫腻）。你看，这事过去好几年了。越野圈里的都是男人，不妨把心胸放宽广一点。小满是我推荐的，给你造成多大的损失，我们从车尔臣河出来之后，我适当地给你做些补偿，你看好不好？"

"你打电话来，就为和我说这个？我们没你们那么能烧钱，可也别把我们看扁了。"

听郝明一声不响，莫贺延碛又说："当然啦，你已经求到我这儿，我不能不管。你们要我们提供什么帮助。"

"我们主要食物短缺。全队一共七人，主要还有两名女性队员。"

"怎么还有俩女的呢？不是有个女学生，从你们队伍里退出来了吗？这人每天给'刀疤'打电话、发短信催'刀疤'退款，也就算了，还威胁说要去警察局报案，说'刀疤'蓄意诈骗。哎哟哟，人活着不易，放小的们一条生路吧。"

"那我代她向你们道个歉。这样，能不能先派人给我们送些吃的。"

"你们都走不出来，我们怎么进去？"莫贺延碛用揶揄的口吻反问郝明。

"我看了卫片，给你们找出一条路，非常好走。我告诉你们怎么走，胎压放到多少。这里已经有手机信号，我可以随时联系你们，即便陷车我也能做救援指导。"

"郝明，送吃的可以——不过，你得答应我两个条件。"

"行，有条件你尽管提。"

"你必须正式发布个消息，说你们这次'穿塔'完全是失败的，只在外围走了走，根本没进入到腹地；现在被困车尔臣河，还得靠我们来救援。"

"兄弟，我们队里没人姓'龟田'，也没人叫'汤姆汉克斯'。当年尧茂书死在金沙江通伽峡，还不是因为得知美国人出资 30 万美元购买了长江首漂权，要抢在美国人前面。我们穿塔成功，荣誉还不是属于我们中国人的吗。"郝明眼圈红了。

"你穿成功了，叫我以后怎么和'四驱骆驼'他们合作呢？"莫贺延碛泰然自若地反问一句。

"快把电话挂了，老郝！"老米太阳穴上的青筋暴绽，"干嘛一味低三下四去求这个屌毛？把咱们脸面都丢尽了！一个大老爷们，娘们儿叽叽活像个三家村的老婆子絮絮叨叨地尽说些言之无物的废话！"

"甭跟这人废话了，"老葛说，"说也是白说，消遣我们呢。你还没听出来吗？"

"这人肚里有气，自然想难为难为我们，也能理解。方才那个徐哥说他要进加油站，估计现在油加完了。我给他打个电话，让他再和莫贺延碛说一说——关键是，本地我们也不认识别的什么人。"

郝明拨徐叔范的电话，没人接。再打，关机了。

郝明拿着手机愣在那儿。

老米说："老郝，这俩电话都他奶奶立刻地删了它，以后坚决不找他们！"

"他那句话说得对呀，咱们都走不出去的，他们哪能进得来。纯粹是嘴炮。"

老葛说。

"我现在想不出，还有谁可以求援的。"

"我在库尔勒收的三个徒弟，还有老翟——"

"别扯淡了！找谁进来都歇！"老葛冲王小满大嚷。

"你新收的徒弟，还救我们？怪不得总说你智商不在线，不被我们救就不错了！"伊曼说。

"那只能是，葛老板北京托托关系，看空军能不能派个直升飞机，把我们接走。"王小满说。

"你说什么胡话呢！"郝明发怒了。

王小满立刻不吭声了。

"求近的求不来，只能求远的了。"郝明终于下了决心，"看来还得是给咱们自己兄弟打电话了。"

"你说的是，先紧咱们自己人吧。"老葛说。

"你给谁打电话？"王小满问。

"光头。"

"崔永强这人做事不靠谱，你不是不知道！"王小满急忙提醒郝明。

"我知道，不过这个人发动群众的能力一流——喂，光头，是我，我们现在遇到这么个情况——"

光头强听说他的两个VIP大客户、两位好友、一个喜欢的美女被困在大漠中——汽油消耗殆尽，食品和饮用水告急，生死攸关，蹲在地上号啕大哭。

哭过之后，光头强开始组织人救援。

下午四点半后，陆陆续续有人赶到光头强这儿。一面仔细研究卫片，一面商议对策。

"老郝他们人已经在塔漠边缘，主要是看怎么过水。"鸣野说。

光头强厂子里的小工拎来一大塑料桶热气腾腾的西红柿鸡蛋烂面条。

光头强找来一摞干净搪瓷盆子和一把方便筷子："哥儿几个凑合吃点儿。"

"先定下来谁去新疆。"鸣野吃着面条，说，"我已经把假请好了，我去。"

"我去不成，小孩病了。"

万冬根说："我没问题，我可以去。"

"我也能去。过完节这段时间厂子里活儿不忙。"光头强犹豫了一下，说。

"你就别去了，光头强，你老婆怀孕了，你留守北京大本营。万一我们那边缺什么，还得靠你周旋。"万冬根说。

"行，那我就不去了。"

"我去。"从河北石家庄赶来的盘毅一举手。

"我也能去，""长风"说，"只是我那车不行。到时候我们得互救。"

"四个人两辆车够了。"

鸣野说："我开我那辆手挡丰田LC100。光头强，你厂里什么车闲着。"

"闲车倒是有，但是没有绞盘。"光头强略有为难地说，"其他的不是在修，就是客户拿去玩儿了，剩下的都是路虎发现这种老爷车，娇气不说，也不适合进沙漠这种地方。"

万冬根说：'优燃'说他的自动挡VXRLC80在你这儿，他去不成，让我们开他的车去。"

"吃饱了。"鸣野把搪瓷盆子往桌子上重重一放，方便筷子顺手投掷到不远处的垃圾桶里。

"不吃了？还有好多呢，不够再做。"光头强用一不锈钢的水舀子在塑料桶里掏挖着，"这下面好多卤肉呢，特意让人放的——再来点？"光头强举着水舀子问。

万冬根往旁边一躲："呃——不来了！"站起来夹了一筷子涪陵榨菜，问"长风"，"要不？"

"搁我碗里点儿。"

"走了，哥儿几个慢慢吃。"鸣野说着站起来，"下班堵车高峰期过去了，我去把我岳父、岳母接来，我岳父接送孩子上托儿所，我岳母做饭。明早，我去你家接你，冬子。"

"有辆丰田LC76，'张胖儿'拿去玩儿了。我一会儿找人开回来，连夜盯着小工检查发动机，把绞盘装好。"光头强端着搪瓷面碗说。

"说实话，大强子，"鸣野看着光头强，露出微笑，"你能表态，亲自要去趟新疆，已经出乎我意料了。郝明和小满平时待你不薄，再不表这个态，兄弟们就要换地儿修车了。"

光头强低着头不说话。

"明早北六环外第一个加油站见。""长风"站起来，同鸣野说。

"明儿见了！"

一辆棕绿色丰田LC100、一辆红色丰田LC76，一前一后曙色微明中驶离北京。四人轮流开车。路上一律不停车。最多在服务区吃个快餐，主驾将车钥匙抛给副驾，主副驾交换位置，不分昼夜倒班儿开。

光头强走之前买好了两箱子红牛，每车一箱，放在后座上。夜晚，副驾系上安全带，在座位上睡觉。主驾感觉精神不济顶不住了，叫醒睡着的人替换。偶尔，四人深夜把车泊在临时停车带，一块儿抽根儿烟，就算休息了。

进疆的路我们来时走了四天，鸣野、万冬根、"长风"、盘毅四人只走了44个小时。站在塔克拉玛干沙漠的边缘，四人只望见一片茫茫大水，一个人影也看不到。

太阳升起，阳光重新照亮了塔克拉玛干。

七人在篝火边或坐或卧。老葛和王小满把鞋脱了，脚搁在鞋上烤火。

"葛大哥，你那身家，我还以为你穿多好的袜子呢。"

"我就爱穿薄袜子，怎么地？"

"我这袜子好。"王小满抬腿给众人看他的袜子，"穿进去的时候，是袜子，出来一脚羊毛。"

王小满这句话招致一阵捧腹大笑。

"你就我们一'开心果'。"老葛说。

"你别给我们看那一脚羊毛了，脚底板都破洞了。"伊曼说。

"老米，是不是睡着了？不能让他睡，谁把老米叫醒。"郝明说。

"哎我没睡哎，我不冷，感觉像是躺在佛罗里达棕榈滩晒太阳呢。"

"可你那躺的架势，像是玩儿完了——天上那头鹰，可是盯你很久了。"

"它盘旋它的，我们这几个大活人还怕一只鸟儿。"

"米哥，你是不常去内蒙，我们亲眼见的，草原上的鹞子一翅膀，能把刚出生的小牛犊子脊椎扇成两截。"

米国军猛地坐了起来，望着火堆，愣了一会儿神，说："哎，真是不作就不死。"

"咋的，后悔来啦？"王小满笑眯眯地问。

"不后悔！"老米大声嚷，"从来就不做后悔的事儿。"

"回去画幅画吧，米哥。把咱们的境遇画下来。"王小满在火边说。

"画这有什么意思？几个大老爷们儿在这里挺死尸？我只画漂亮妞儿。"

嘉琪走来，把大半袋"冠生园"益母红糖交给郝明，解释说："老大，我根本就没有意识到这是'吃的'。"

"不错，又能让我们再坚持几天。"郝明说。

"红糖是女的来大姨妈喝的，我们男的又不痛经。我不喝。"王小满说。

"不怕没文化，就怕自以为有文化，"老米说，"红糖本质是蔗糖，治不治痛经是次要的——我喝。"

"一会儿，大家把自己包里东西都倒出来，再好好搜搜，看有没有遗忘的饼干、糖块儿之类的。"郝明说。

"今天中午，大家可以开荤了。"王小满手托着一个真空包装的猪蹄走来，得意地给大家看。

"你哪儿找来的？"

"好啊，小满，你竟然私藏粮食！"画家大声说。

"真是冤枉我了！我是按照郝哥说的，把我车上的东西，全上交了。这是我刚才找袜子，无意中翻出来的。我要私藏，偷偷跑一个地方自己吃了！"

"七个人，一个猪蹄，怎么吃啊？"伊曼问。

"怎么吃？看来你还是不饿，饿了你就知道怎么吃了——大家轮流啃呗。"

"老米说得对。老葛，你来第一口，然后逆时针往下传。"

老米咬了一口猪蹄，递给下手的王小满，突然粲烂一笑："哎哎，刚才我那一口，猪蹄上沾了我好多口水，不好意思啦。"

"米哥，我不嫌弃你口水。就当我亲了你一口。"

王小满咬了一口猪蹄之后，举着猪蹄："这一定是米哥从扬州带来的，南方的猪小，猪蹄也小。北方一个猪脚，能有这两三个大——"

"有吃的，还不能让你闭嘴。"伊曼厉声说。

王小满恋恋不舍地，把猪蹄交给嘉琪，一面不住细细咂摸着嘴里的香味。

伊曼把水烧好。看起来很多的大半袋红糖，每人舀了一勺之后，就去了一半。大家喝着发咸的红糖水，突然静默了。

"小A这人，在的时候没帮上什么忙。走了之后倒是做了一件好事。"王小满说。

其他人不答。

半响老米开口说："像小A这种女生，现在是一个很大的群体，像写字楼里的白领、金领。这和越来越多的女性接受了高等教育有关。她们遵纪守法，恪守公德，有爱心，有自己的人生信仰。凡事有自己的见解，保持着很强的思维独立性，所以也不便于过分苛责她。"

大家都太饿了，以至于老米对我的这段评价，谁都没听进去。

"唉，没想到生长在和平年代的我，居然有挨饿的这一天。"

"这里的人都没挨过饿，好伐？"

"葛老哥的年纪，出生的时候好像吃不上饭。"

"饿谁也饿不着他啊！"

"你们现在都最想吃什么？"嘉琪问，"我最想吃一大碗正宗的云南过桥米线。"

"你们肯定猜不到我最想吃什么？"伊曼抢过话题说，"早上刚离锅的煎饼果子——"

"打住打住！千万别提煎饼果子，一提，我这眼泪马上要下来了。"

"你说人有钱有啥意思，葛老板上百亿的资产，饿成这样，就想吃个煎饼果子。"王小满说。

"我告诉你，王七，就是那胡同犄角旮旯里的不知名老字号才好。老字号也分，有的老字号是那个'庙门儿'，可是里面供奉的早就不是原来那尊'神'啦！有次我和郭老师她哥，我们俩突然说起童年时候吃炒肝的老字号饭庄。我记得特清楚，20世纪80年代初，我俩来的时候，是一角四分钱一碗，那碗比茶碗大不了多少。进去一看，冷冷清清，里面重新装修了，明明就一吃饭的地儿，搞得跟博物馆似的。看着就不对劲儿，一吃，根本就不是原来那味道了。"

"你那是见惯世面，好吃的吃多了——口味刁了。"

"真正的老北京人要是喝起炒肝来,那是非常认真和讲究的。这炒肝,芡太多!蒜味太重!肝多肠少——真成炒肝了!服务也特差劲儿,真是不给老字号争气!

"后来我和郭老师有次经过朝阳门南小街,我说我四十年前在这儿寄宿过,进去忆忆旧去。什么旧都没了。只剩下一家很不起眼的叫'花德号'的早点铺子。进去一看早点种类还很多,还有炒肝。"

"我和郭老师每人要了一碗炒肝。一喝,我们俩几乎同时啊了一声,都感到炒肝纯正,猪肠洗得干净,煮得烂活儿;猪肝选得鲜嫩;蒜末香烂适度;芡粉勾得浓稠适当。我们俩每人又要了两碗炒肝,再加上油条、包子,结果我们连中午饭都吃不下去了。服务员高兴地一个劲儿地说:您二位是真正的吃主儿,这炒肝是位地道的老北京厨师给做的。"

"我知道有家徽菜馆,臭鳜鱼做得最地道。"王小满说。

"臭鳜鱼,我是没法吃。闻着都受不了。"

"臭才正宗,闻着臭,吃得你腿抖!"

"米大师,你对扬州饮食习惯吗?'烟花三月下扬州'——我去过一次,好不习惯呢。"嘉琪说。

"呆了十几年了,谈不上习惯不习惯。你们只知道广式早茶,不知道扬州早茶,那叫一个精美,不输给广州的早茶。"老米说。

"米哥,你在美院那七八年里,北京有什么爱吃的没有?"伊曼问躺在沙地上的老米。

"'海碗居'的炸酱面,'东来顺'的涮羊肉、'河间府'的驴肉火烧,这三样,每次回北京,必吃。"

"你上学那会儿,吃的'驴肉火烧',是真驴肉。现在,能给你上面盖薄薄一片驴肉就不错了,一般都是骡子肉、马肉,加上驴肉香精煮成。"老葛说。

"说那么多!俩大馒头炒一热菜,就着半块酱豆腐就很好了——还这那的!"郝明说。

"我想起来了,我箱子里还有小半瓶王致和酱豆腐,只剩汤儿了不过。"老米说。

"那还不拿来?用咱红柳枝方便筷沾点放嘴里滋吧滋吧,也能解解饿。"老葛催促。

"饿的时候真不分有钱人没钱人。葛老哥,你家是不是住温榆河畔的大别墅哇?"王小满问。

"葛老板不是住大别墅了,是住长城脚下的城堡里。"

"你怎么知道的?"王小满立即问嘉琪。

"有次他在网上晒过他家照片,坐在家里直接可以看到长城的烽火台。"

"那天晚上我肯定是喝多了。"

"长城脚下,那是不是和潘石屹住邻居啊?那一定要请我们去你家看大片。说不定还能和潘石屹打个照面呢。"王小满笑着说。

"到时候请修总还有你们吃我亲手做的老北京炸酱面。"

"就请我们吃这个！"修艳喜不满意地问。

"别人想让我给他做，门还没有呢！"老葛说。

"光给炸酱面？肉都不提供？"

"小修，你看咱老葛大哥曾经的肚子，还用担心没肉吃吗？"王小满说。

"能不能不聊吃的了？越聊，意志越薄弱。"郝明说。

"就是别说了，越说越饿了。"修艳喜说。

"唉，睡觉吧，梦里也许能吃到一顿饱饭。"王小满说。

"睡觉。该聊的都聊得差不多了。"

"是啊，再聊下去，该聊到小时候尿床了。"

"虽然现在我们是休假，每天还是要按时起床，整理好个人内务，要不然，人就待散了。"

月光洒下来，四周是坟墓般的寂静。

比挨饿更难受的是，没有烟了！

老葛、老米和王小满像觅食的野兽，焦灼不安地在地上来来回回地走着。

煎熬到最后，王小满先绷不住了，开始捡地上的烟屁股抽。有第一个人捡，另外两个也扑上去。三人掸了掸烟蒂上的沙子，也不管是谁丢弃的了，点火抽了起来。

很快，地上的烟屁股没了。

"我想到了一个地方！"王小满喊了一句，就往"素八〇"跑。没想到真有收获，烟灰盒里的烟灰中，翻出四个烟蒂。

老米、王小满、老葛一人一个。最后一个烟屁股，三人一人一口，一直抽到只剩下过滤嘴。

不到半天，三人烟瘾又犯了。老米看到迎风摇曳的芦苇，猛地灵光一闪。

老米用SOG多功能刀，将芦苇杆割成香烟大小，点燃吸了几口，感觉非常不过瘾。老米把芦苇穗塞进芦苇杆，用力一拉，穗子出来，毛毛留在芦苇杆里。这回烟大了，呛得老米弯下腰，剧烈咳嗽。

"不成吧，老米？"老葛、王小满眼神中带着殷殷期盼问。

"不成。"老米摇头。

真的没有香烟可抽了，三人只能干熬。

"都因为我撞车了。耽误了大家十几天的工夫。"郝明歉疚地说。

"别说了，各人心里都明白。要不是为了给我取配件——"老葛想起郝明叮嘱的，封锁一切消息的话，止住不说了。

"很难得了。大家能这样团结一心。没有一个人主动离队，这个队伍也没有主动放弃任何一个人。也谢谢大家一直信任我。"郝明说。

"合着怎么听着像在致悼词呢？"

营地又是一片沉寂。

"老郝，这里太安静了。看看这车上有什么音乐，放点曲子听听。"

"我只找到一张 CD。"

"只要有点声响就行。"

郝明按下播放键，汽车里传出欢快的童声合唱：

春天在哪里呀
春天在哪里
春天在那青翠的山林里
这里有红花呀
这里有绿草
还有那会唱歌的小黄鹂
嘀哩哩嘀哩——嘀哩哩
嘀哩哩哩哩哩

"真是放大假了，每天除了烤火，没事干。不用搭帐篷、收帐篷、不用检修车辆，连做饭都省了。"老米凝神想了一会儿，微笑着，"在外人看来，认为我们很悲惨，可我内心觉得很幸福。"

"老米，你把这次穿越的意义，都上升到哲学高度了。"葛卫东说，"人生的最高境界，是不在乎别人的观点，达到自我精神上的愉悦和满足。"

"哎哎，我说的是大实话哎。"

电台里突然传来嘈杂的声音。

郝明一个箭步冲到"素八〇"前，把音乐关了，又惊又喜："不会吧，北京的人这就到了？！我给光头强打电话，才过去两天半。"

电台信号突然清楚多了。报话机里传来鸣野的声音："能抄收吗？郝明，能抄收吗？"

"能抄收，很清楚！"

"郝明，我们是昨天半夜到的。今早进塔漠，发现倒处是水泡子。我们打算先去若羌住下，再想办法。路上遇到一'八〇'。那'八〇'特意减速看了看我们。小万看他也开'八〇'，急忙放下车窗，跟他打听情况。说来也真是太巧了，这个回民小马是若羌国土资源局的。

小马知道一条渔场常走的路。目前进展顺利，我们在离你们 40 公里左右的地方。"

"太幸福了哇，咱们有救啦！大——河啊向东流哇，天上——的星星参北斗啊，呜哇呜哇咿呀嘿啊、呃呜哇呜哇咿呀嘿啊——"

"瞧我们多不容易啊，本来就够苦的了，还带一精神病！"伊曼说。

"给我们送吃的来，听见没有啊呜野，"王小满蹿到郝明背后，冲报话机喊，"我们啥吃的都没有了，油料也没了，每天灌大肚，已经喝了一个星期的河水啦。"

"吃的带上了，"呜野回答，"还有烟！"

"米哥，还给我们带烟了——"王小满冲老葛、老米大喊。

"幸福在哪里啊——"老米开口唱，王小满和老葛也哑着嗓子跟着唱："幸福在哪里！"

"听见了没有，"郝明问呜野，"那三杆大烟枪已经唱起来了。"

"晚上你们就能抽上了。"呜野说。

"路上小心！"郝明叮嘱。

"收到。"呜野回复。

郝明放回报话机，回头看见小修爬到"素八〇"车顶，前腿弓，后腿绷，高举着车载电台天线，大笑："我说信号怎么突然好了那么多。"

"郝哥，能撤了不？手都举得犯酸了。"小修问。

当晚，车载电台里，再也没出现呜野四人的声息。

新的一天又开始了。

"我从一件老冲锋衣兜里找出块吃的。"郝明把巧克力威化那么大的压缩饼干递到众人眼前。

"我来给大家切。"伊曼拍了拍掌，把压缩饼干接到手中。老米撩开抓绒衣，拿下自己的SOG多功能刀，递给伊曼。

"嘉琪，给我来个寺写。"伊曼用多功能刀，慢慢地锯开饼干，一面对着镜头甜笑。

"咱们七个人，分不了那么均匀，有人多点儿，有人少点儿，别怪我啊。"伊曼说。

"少能少多少？每人都指甲那么大一块儿。"王小满笑着说。

"你这压缩饼干，包装都破了，什么年头的？"老葛问。

"老大，保质期已经过了两年了欸。"嘉琪看着包装纸说。

"郝哥，已经变味了！"小修说。

"你不是一个人。"王小满说。

"这时候还考虑这么多！是能量就行！"郝明说。

"还有谁没吃？"伊曼举着一小块压缩饼干问。

"我，另外还有你自己。"老米微微抬起眼皮，盯着伊曼，慢吞吞说。

"干嘛愁眉苦脸的？"伊曼拿脚背踢了一下小满小腿，"有吃的你还不高兴。"

"我在想我那几个兄弟，呜野、盤毅他们也不知道在哪儿呢——过去两天了！"王小满手枕在脑后，躺在沙子上，有气无力地说。

车尔臣河像回到了 2000 多年前的楼兰时代，奔腾澎湃。不断能听到土块坠入河中激起浪花的声音，沿岸的红柳堆、梭梭、芦苇露出巨大的根须来。

郝明举着望远镜，朝河的东岸观察着："河对岸，有一棵小胡杨在一棵枯木边长出绿色的嫩芽了。春天脚步已经到来了。有谁要看不？"

"不看！我们就快成为那棵枯木了。"

"你很快就会发芽了，老米。鸣野他们应该快到河对岸了。"

"郝明，郝明，"手台里忽然传来鸣野的呼叫。

"能抄收，请讲。"

"那天和你们联系上了之后，我们四个都非常高兴，感觉胜利在望。没想到接着就开始绝望了。走着走着，我作为后车，跟着前车的车辙走，突然就陷住了。我还觉得奇怪。下车一看才明白，看起来硬的盐碱壳下面，已经全成泥浆了。脚踩上去都是软的，何况是车呢？

"当时我汗就下来了。费了好大的劲儿，才把我车拖出来。虽然知道危险，但是为了救你们，我们决定还是继续往前走。

"我们走着走着，感觉越来越难走了。发现这里已经全变成沼泽。而且从表面看，无法区分下面是硬土还是泥浆。而且天色渐晚，感觉非常恐怖。只能回撤。

"没想到，我们两辆车都陷在了一片有芦苇的湿地里。两辆车都动不了了，车下全是水，车越陷越深。

"我们四个，想尽办法也没能让车出来。你知道，陆巡 LC100 的前拖车钩是半开放非闭合的，容易松动掉落，绞盘有时候使不上劲儿。

"一折腾，已经到下半夜了。我们只能在车里草草睡了，希望第二天早上温度最低时，能够把车弄出来。

"这一夜，真是彻夜难眠。想着等待救援的兄弟们还在挨饿，又担心我们的车会不会继续陷下去，如果这样的话，我们几个也都非常危险了。虽然大家很困很累，但是都不敢熟睡，隔一段时间，就要派个人下来看一下车子。

"幸好第二天早上，温度最低的时候，湿地没冻住！我们终于把车弄出来了。我们四个一商量，决定退出这条线路，再找别的救援线路，如果继续冒险，可能我们也要被救援了。"

"好的，我认为你们做得很对！"

"还不错，我们顺利地退回到公路上。加满油、吃完饭后，我们去巴扎买了好几块木板，然后决定马上探索第三条路。这时我接到了小马的电话。他让我们先别动了，说瞎探路没意义。他跟他们领导说了。这回国土资源局局长亲自帮我们规划路线。

"我们希望早日给你们送去吃的，就按照第三条线路进去，但是同样以失败告终。

"说实话，我们当时感觉非常绝望，非常期望有人能帮助我们。新疆我们人生地不熟，后来小万说，实在不行就只能找政府了。没想到政府真是人民的好政府，非常给力，行动迅速。马上安排公安局的人和我们联系。

"我们在公安局见到一个人，是和田公安局的杨局长。这个杨局说他认识你们，你们在和田一块儿吃过饭。杨局说，他一直等你电话，迟迟不见你给他打，还说你们是不是已经回北京了，没想到你们被困在车尔臣河边了。"

"杨局怎么知道咱们被困的事儿，是不是你给他打电话的？"郝明回身问王小满。

"没有啊，我没给杨局打电话啊！"

"郝明，你们这事儿，现在真是牵动万人心。卫东大哥老伴的哥哥，知道这件事后，就开始给新疆的高层打电话。估计，杨局是这么知道的。

"我们往这边来的路上，小万和光头强就一直通电话。越野联盟豹哥他们也一直问你们情况。北京那边也一直想办法，包括找军区直升机救援，找滑翔机给你们送食物，可以说什么办法都想过了。"

"谢谢，谢谢大家。"郝明不断用感激地口气说。

"能被这么多人关心，我真是太幸福了，感觉这十天的河水，没白喝。"王小满高兴地说，"滑翔机送食物那事儿，不怎么靠谱，还是派架武直十来接我们，没有武直十，武直九也行。"

"我靠你，这半个月沙尘暴的土你还没吃够，直升机大螺旋桨一搅，漫天都是沙尘，找你都找不见。"老米说。

"王小七，脑子是个好东西，你该长长了。"葛卫东说。

"郝明，之前小满总说，塔漠的沙子和油茶面一样，我们就想不明白，沙子怎么会像炒面，这回我明白了。"鸣野在电台里说，"小万往地上扔了一根火柴，这沙子竟然烧黑了，竟然有蛋白烧焦的味道，不知道里面什么成分。"

"郝明，以前爬爬山、霍霍沙子真的感受不到大沙漠的分量和意义，我们来这三天，感叹你们实在太不易了。"盘毅感慨万分地说。

"鸣野，小盘，快说说怎么救我们出去？"王小满冲"素八〇"报话机喊。

"库尔勒一个娄总，连夜从库尔勒赶来。他认识这里的一个牧民'李大嘴'。这个牧民，知道怎么走能走通。今天早上，若羌的公安干警大批人马汇集在十字路口。杨局亲自指挥，在人行道上铺了一大张南疆地图，确定了一条最捷径的路线。接着就浩浩荡荡出发了。一辆履带式挖掘机开道，后面跟一辆装载机，还有一辆六轮大军卡也出动了。场面很壮观，我们真是非常激动。"

"太好了，听见了吗？兄弟们都欢呼雀跃了。"郝明高兴地说。

"我这儿还有一个人，说也认识你。"

"郝哥，能听出来我是谁吗？"

"你是——阿尔斯楞？"

那面传来一阵笑声："若羌欢迎你们！你们终于走到了。晚上咱们就见面了！"

声音又换成了鸣野："郝明、小满，反正这壶酒你们是躲不掉了。行，我这边先不说了，保持联系。"

"好的，祝你们顺利。"

郝明放下报话机，走回火堆边。

"没戏，"老葛冷静地说，"那辆六轮大卡进来就得歇。"

"做好还得饿两天的心理准备。"老米说。

"就看履带挖掘机能不能进来了。"王小满说。

"我忽然想到，咱们还剩下一样能吃。不到最后，不公布答案。"

下午稍晚，鸣野紧急呼叫郝明："一路上过河无数，陷车频繁，冲过一条宽几十米的河后，大军卡陷进一条深河沟里出不来。履带式挖掘机想把军卡勾出来，也陷了。杨局临时决定组建摩托车队，说只有这样才能救人。因为摩托车灵活机动，可以走狭窄的沙丘，绕过河流。我们现在马上准备回城。晚了，河上冻，车陷里面就救不出来了。"

"唉，搞得大家这么不安生。"郝明看了看葛卫东和老米。两人靠着沙地，已经饿得不愿意做表情了。

七人围坐在篝火边，听郝明安排："我们离被救的希望越来越大了。这两天，我们就要离开塔漠了。我们尽可能地少带东西，把摄像机、相机、镜头、笔记本电脑全部留在车里。备用衣物也不带了，过河尽量轻装。小满，你同我，把空油桶扎成一个筏子，过河时也许会用的上。"

郝明和王小满把最后剩下的九个空油桶从车上卸下来，扎成一个 1.2 米 × 1 米的铁皮平台。

救援人员返回若羌，在公安局会议室连夜开会。到晚上一点，决定了摩托车队成员。天亮后，开始征集摩托车，给摩托车加油。

第二天早六点，摩托车队和救援大部队又出发了。因为摩托车灵活机动，可以走狭窄的沙丘，绕过河流。

鸣野一路不断抄收郝明，很快抄收到了："只有摩托车队进来了，两辆丰田也没进来，搁外边了。"

"就你吗？那仁都没来？"王小满问。

"小满，我和鸣野坐摩托来的，"盘毅突然从车台里冒了一句，"小万和'长风'留下看车。"

"有事还是得靠兄弟！"王小满欣慰地说，"那你是怎么用车台跟我们通联的呢？噢，我明白了，你们把车台卸下来背着呢？"

"可不是。我们带了好几块蓄电池。"

"还是你聪明，小满，这么复杂的问题都难不倒你。"

"郝明，杨局要求你们今晚一定要过河，争取连夜出沙漠。说这几天天气一直不好，他们怕明天起沙尘暴，所以一定要尽快离开这里。再次和你确认一下你们的坐标。"

"我们也希望尽早过河啊，可是这个不取决于我们，是河神说得算。"王小满笑眯眯地把报话机交给旁边的郝明。

"抄收！"

坐在地上烤火的人，都动起来。

郝明、老米和小满正在进一步紧箍筷子，麦西来甫给郝明打来电话，问需要人手不，他正打算带几个兄弟从喀什过来。

"兄弟，谢谢了，我们北京的朋友已经报警了，所以暂时不需要你们过来。"

麦西来甫说："我给莫贺延碛打过电话，他说他们已经集结了二十几台车，要里面的人给他打个电话，他们才能行动。你没给他和徐哥打电话吗？"

画家和老葛对望了一眼。画家尽管饿得站都站不大稳了，还是愤怒地"呸"了一声。

"我已经跟他们通过话了。他跟我也是这么说的，也是暂时不需要。"郝明说。

"郝明，我们已经到达河对岸，现在应该离你们很近了，可是就是找不到你们。干警鸣枪了，你们听见了吗？"

"没有。风太大。"

"我们在两个胡杨堆上点了两堆火，你们看到了吗？"

"没有。河面太宽了。雾沼沼的，视线也不好。"王小满说。

"我从望远镜里看到你们了。你们不要动了，我们就在你们斜对面。小满，把咱们准备庆功的手持礼花放出来。"

薄暮中有了几点五彩斑斓的闪光，救援队终于知道七人的具体位置了。

"郝明，阿尔斯楞说，明天可能有沙尘暴，让你们现在务必强行过河。他们这边已经开始做准备了。"

"不行！阿尔斯楞太楞，也没有很多救援经验。咱们不能听他的，"郝明告诉老米和老葛，"鸣野，你让阿尔斯楞过来听手台，主河道水流湍急，并且分出了多条支流，天黑看不清河水状况，一个失足会出人命的！今晚，你们也不要试图过河，我们都原地扎营，明天天亮后，我们再汇合。"

河对岸，救援人员也生起一堆火，在篝火边的沙地上，或坐或卧，也度过了寒冷难熬的一夜。

第三十二章

重归人间

——一个人彻悟的程度，恰等于他所受痛苦的深度。

我告别了"沙上见日出，沙上见日落"的征途，又重新回到原来生活的轨道上。

已是薄暮的时分，历史系灰楼大玻璃窗外，空气中弥漫着春天的气息，但是树枝上还没有绽露嫩绿的新芽，但是快了。

如果没有体验过篝火炽热的烈焰，也许就不会感到寒冷；如果没有进过沙漠，就感受不到什么叫生死相依。

醉过才知酒浓，爱过才知情重。

我和"玫瑰姐"，很遗憾，都不是郝明的终结者。

缘分不可强求，纵然不甘心，如果他真的不想再有婚姻，何必违背他的意愿，那我可以做他终生的朋友。

可是他一直回避我，不肯与我联系了。

既然你已经忘了，那我也就不提醒你了。

已经过去了两个星期了。还是没有任何消息。如果他们此时还滞留在大漠里，饮用水和食物肯定不够了。

我禁不住打了个寒战——难道他们全部罹难了？

3月7日这天清晨，郝明把最后七袋"三九胃泰"颗粒倒到行军锅里，加入过滤后的河水煮开。七人就着郝明的行军锅，轮流喝完。

郝明让把所有的救生绳、捆扎带都带在身上，连备用的绞盘软缆都拿着。

小修把救生绳缠在腰间；捋成圆圈的绞盘软缆挂在肩上，扛着一把铁锹。郝明与阿尔斯楞通联上，告诉他们这边即将准备渡河。

郝明、老葛、老米、王小满四人抬着空油桶扎成的筏子，七人向车尔臣河主干道进发。

"等等，我们忘了一件非常重要的东西！"老米突然说，放下筏子，返回"索八〇"。

众人愕然。

"啥你忘了啊，米哥？"王小满莫名其妙。

老米从地上找了一根粗壮的红柳枝树干，将一面已经被风吹得裂成一丝一丝的红色三角旗系在了上面。

"这是在陈哥翻车的地方，我拾起来的。可以弃车，车旗绝不能丢！旗子不光是旗帜，还有我们共同的信念。"

老米把红柳枝旗杆高擎在手里，抬起油桶筏子："走吧！"

七人蹒跚着走在有浮沙的冰面上，很快遇到一条比较宽阔的支流。

　　四人将油桶筏子放入河中。王小满和郝明按住油桶，先扶伊曼和嘉琪站上筏子，接下来是老葛，然后是小修。等老米上了筏子，小满把手递给葛卫东，郝明攥住老米的手，两人用力一推筏子，老葛和老米一拉，二人上了筏子。

　　七人互相帮扶着，乘着忽忽悠悠的油桶筏子，飘过了几条小支流。其他人倒还好，小修不会游泳，还特别怕水，夹在中间，紧紧抓着老米和老葛的冲锋衣。

　　因为没有合适的划子、船篙，油桶筏子在湍急的支流中十分不好驾驭。

　　在四人抬着筏子，赶往下一条支流的时候，老米生气地说："哎哎，我们四个人，本来就饿得走不动路了，这东西又死沉的，抬着它又要耗费大量体力，况且在河流里一点都不好摆弄——不如索性扔掉！"

　　老葛赞同："不要这玩意儿了，还不够添乱的。"

　　王小满笑道："我没觉得这东西不好摆弄啊，那是因为你们没划过船。有根桨我就能划到对岸去。"

　　"你这不是说废话吗？上哪儿去给你找桨去？"

　　"小满，你要什么桨啊？你的人生哪用桨，全靠浪。"

　　"这些支流并不算深，那我们就徒步蹚水过河。小满，不要脱鞋！"

　　"不脱鞋，鞋湿了，没得换的。"

　　"宁可穿湿鞋，你光脚下河，脚就完了，连路都走不了了。"

　　郝明、老葛、老米、王小满高挽起裤腿。老葛、王小满、嘉琪一组，王小满背上嘉琪；老米背小修；郝明背伊曼。

　　郝明率先走下冰冷的河水，走了几步，回头叮嘱："河底大部分地方是硬地，有的地方是烂沙淤泥，一脚下去，拔不出脚来，大家一定要紧跟住我走。"

　　老米跟在郝明后面正准备下河，修艳喜见河水离自己屁股那么近，吓得死死抱住老米的脖子，勒得老米喘不上气来。老米不得已，松开一只手，用力扳小修的胳膊，小修吓得杀猪般地叫起来，两腿紧紧夹住老米的腰。老米差点失去平衡，摔倒在冰河里。

　　郝明不得已折回来，厉声说："小修，是不是想留在这儿等着饿死？"

　　被吼过的小修不那么惊惶了，老米不住回头安抚小修，小修情绪渐渐稳定了一些。

　　水流急的时候，大家慢行，四人相互搀扶，连拉带拽地在冰水里前进。一直到正午，七人终于到达车尔臣河主河道，和对岸的鸣野、盘毅和救援人员可以招手互见了。

　　双方隔河而行，同时寻找过河点。

　　在车尔臣河下游方向大概百八十米一个拐弯处，河道分出一条支流，河水流速明显缓慢。两边同时认定，上游是个好的过河点。

"鸣野、盤毅，你们挖几个坑，我们过河后，不能马上烤火！一定先在沙子里暖一下。"

"好的。"盤毅回答。

"我们的旅程即将结束了。"郝明召集六人聚拢过来，给大家鼓劲儿，"80难都经过了，就差最后一哆嗦，过了河，就能重归人间，现在。活命要紧，大家就别怕害臊了。我们只剩下身上穿的这套衣服是干的。大家把外衣全部脱去，只穿里面的背心、短裤——过河！"

也许真的是逼到绝路上了吧——所有的人，犹豫都没犹豫，开始脱外衣。

伊曼最快，穿着一套洁白的蕾丝内衣，高筒雪地靴上露出鹭鸶一样的长腿，披着冲锋衣，抱着双肩，站在冷风刺骨的河边瑟瑟发抖。

已经脱掉一半外裤，露出一条长毛瘆瘆粗壮大腿的老米，张大了眼睛，镜片后闪着光芒，拉住刚脱掉上衣的郝明，指给他看："老郝老郝，看到啦——终于看到啦！"

救援人员数次试图过河，搭一条横跨车尔臣河的浮索，刚在河里走了几步，就被河水冲得七零八落，只得又退回到东岸。

牧民"李大嘴"穿着水裤，努力向车尔臣河主干道中心的一个小岛挺进，突然脚下一滑，虽然所幸没有摔倒，冰冷的河水灌进了他的水裤。水裤进水后，"李大嘴"行动不便，被迎面来的一大块浮冰撞了一下，大腿顿时骨裂。

那边人赶紧往回拽，"李大嘴"自己咬牙坚持，终于回到东岸。

七人站在西岸，目睹了方才的一切，望着车尔臣主河道沉沉浮浮、床面大小的浮冰，神情严峻，将自己衣裤用冲锋衣包成一团，交给郝明。郝明用力塞到他的防水背包里。

"老米先过河。然后老葛，伊曼，小修，小满，嘉琪这个顺序——不要乱，我们已经得救了。"郝明以鼓励的眼神告诉大家。

早上带的绞盘绳，这会儿派上用场了。郝明将绳子在腰间绕了几圈，老米拿着绳子那一头，系在自己腰间，手里攥着我们的车旗，慢慢下到河里；绳子不够长，对岸也把绳子抛给老米。几次抛绳后，老米终于拉到绳子，站在河里稳定住自己，把腰间的绳子解开，将两根绳子的两头牢牢地拴在一起。

老米站在绳子的右侧，即河水的上游方向，单手抓住绳子开始过河，左手仍然紧紧攥住车旗，一心只想把车旗带出沙漠。走到河中心，没想到河中心的水流十分凶猛，冲地老米人站立不稳。上游又冲来一块磨盘大小的冰块，老米努力去躲，没有完全躲过，被冰沿扫了一下，人一下子就倒在了河中。

两岸的人看见，拼命地拉绳子，想把老米拉出水面，谁知道老米反被绳子按在水中。老米闷在水下，去抓绳子——绳子没了。原来老米已经被河水冲到了下游。老米数次抓不到绳子，一瞬间蒙了。

几秒后，老米忽然想到他是游泳健将，脚底一使劲儿，准备游到河对岸。没想到，人一下就站了起来，原来这里是浅滩，绳子也顺流漂到了他身边。另一个幸运的是，红柳枝旗杆虽然被冰水冲走了，但是三角小红旗却飘在水面。老米急忙抓紧绳子，手里仍然紧紧攥着我们的车旗，向对岸泅水走去。

终于走到对岸，老米已经是精疲力竭，一下子扑倒在岸上，盘毅跳到冰河里，拖住老米的胳膊，把他拉到冰面上，并用速干浴巾帮他擦干身上的水渍。鸣野给老米拿来大衣。

老葛第二个过河，在河中央水流最急的地方，大个子也被冲得东倒西歪，但还是走到了河对岸。鸣野招呼老米、老葛躺到沙坑里。但是两人挂念其他队友，坚决不肯，披着大衣，站在河岸边看其他人渡河。

伊曼第三个过河。

郝明最担心的就是伊曼和嘉琪，因为两人相对体力较弱。在渡河中，伊曼表现得特别坚强勇敢，即使被急流冲得站不稳，始终紧紧拉住绳子，一边努力控制住身体，等浮冰过去之后，迅速站立好，最终平安过河。岸上救援队的人，都给伊曼鼓掌叫好，伸大拇指夸赞："女中豪杰！"

鸣野递给伊曼一条速干毛巾，伊曼一面打着冷战，一面手不停地把身上冰冷的河水擦干。

盘毅指着挖好的沙坑，对伊曼喊："快躺进去。"

伊曼问也没问，迅速跳到坑里，盘毅把沙土铲到伊曼身上，让伊曼的身体渐渐适应零度的"高温"。

小修壮着胆子下到河里，走到河中央，被河水的激烈流速吓住，缩在河里不敢往前行走。无论两岸的人如何喊话，他就是不敢迈腿。

眼看小修冻得就要失去意识，没入水中溺亡，小满提前渡河。过河的时候，人踩到水下的软沙，不慎滑倒，但是王小满硬挺着爬了起来，强行赶到修艳喜身旁，背起小修，两手拉住绳索，一步一步挪到岸边。盘毅和救援人员立刻上前接应，一个把小修架上河岸，一个拉小满上岸。

王小满和小修，也平安地渡过车尔臣河。

轮到嘉琪，郝明见嘉琪仍旧背着她装着笨重笔记本电脑和单反相机的背包，厉声喝止："嘉琪，背包扔掉！水流很急。身上不能再多负重。"

"不行，不行！"嘉琪摇头大喊，"这里全是我们一路留下的照片、视频，绝对不能放弃！"

"嘉琪，别舍命不舍财！"老米、老葛也在河对岸大声警告嘉琪。

嘉琪坚持不肯放下背包，摸索着下河。嘉琪穿得少，郝明也不好去硬拽她，只得将自己的 JEEP 皮带抽出来，拴在嘉琪腰间，再用快挂连接到缆绳上。这样，嘉琪比别人多了一重保险。她自己再拉着缆绳涉水过河。

河两岸的人，都提心吊胆地看着她。走到河水最急的地方，嘉琪被河水冲得前仰后翻，不慎落入河中。沉重的背包拖着嘉琪，让她直立不起来，慢慢向水下沉去。

郝明看见，紧走两步，想下河援救嘉琪。突然一股急流冲来，嘉琪腰间的快挂不知怎么地突然脱落。整个人没入水中，转瞬间被河水卷走。河面上只看到一只手和漂散在河面的头发丝。

一切发生得太快。河两岸的人们都吓愣了，内心均火光般闪出一个念头——"完了，嘉琪没命了。"

真是嘉琪命不该绝，被冲出去近 60 多米后，她在河道转弯的地方被河里一个泡了很久的烂树根挡住。岸上的老葛立刻迈开大长腿，用尽全身最后的力气跑了过去，跪在泥地上，抓住嘉琪的头发，把她的头拉出水面。

嘉琪睁着眼睛，脸色苍白，意识还在，只是意志力完全崩溃了，在冰水里喊："不要管我了，我放弃了！"

"丫你倒是也出点力啊——你自己也往上爬。"老葛提不动嘉琪，破口大骂，却死死地不松手。河的下游是更广阔的水面，老葛一旦松手，嘉琪真就活不成了。

王小满紧跟着跑到，把盘毅给他的浴巾往老葛肩膀上一搁，毫不犹豫地跳到齐胸深的冰河里，拼命把嘉琪从水里托起来。王小满倚住粗糙的烂树根，艰难地在水里平衡好两个人，一面慢慢抬起一条腿，抵住嘉琪的后腰，让她能露出水面；一面把嘉琪的手慢慢举给老葛。老葛拽住嘉琪的手，将嘉琪一点一点拖出河水。

河水突然湍急起来，小满站不稳，嘉琪又跌回到水里。小满猛吸一口气，沉入冰河中，用肩膀扛起嘉琪肉厚的臀部，嘉琪努力将一条腿攀上河岸，老葛将嘉琪整个人横拖到岸上。

"有块儿浮冰过来了，你快上来！"老葛冲王小满大叫。

小满一回头，看见河水推着磨盘大小的厚冰块朝自己冲了过来，急忙去抓那个硕大的树根，用力往上拉自己，想避开浮冰，但是在冰水里泡得太久，人也早没了力气，没躲利落，冰块撞在了王小满大腿上，痛得他打了个激灵，差点掉到冰水里。烂树根被冰块撞击后，松动了，向下游漂去。

"跳过来！跳过来！"老葛嘶叫着，跪在河边向王小满伸出手。生死关头，王小满不知道从哪里迸发出的力气，在烂树根被冲走的那一刻，跳向老葛，被老葛抓住手腕子。

嘉琪伏在冰面上爬过来，无处着力，只好死死扯住王小满内裤，救援队其他人也跑来了，把王小满抱到硬地上。嘉琪瘫软在冰面，半天才哭出来，涕泪齐流。

留守在最后的郝明见嘉琪安全了，六人都已经顺利过河，并且得到照应，长松了口气。

这会儿车尔臣河西岸，只剩下他一个人，没有人给他拉着绳子。郝明背上装七人衣物的双肩包，下到河里，把绳子绑在一个突出的冰块上，冒险强行渡河。

下午一点，七人全部渡河完毕。

"老郝老郝，水真冷，奶奶个球的，"老米在沙坑里嘟囔，"弟弟冻得好疼。你说，以后会不会影响泡妞质量？"

"你命都快保不住了，眼下还考虑泡妞质量？！"

嘉琪后来告诉我，过河那天她和伊曼都赶上来大姨妈，冰河让她留下了腰疼的毛病，两只脚又痒又疼，一年后才好。

等七人感到沙子寒冷了，郝明才让大家从沙堆里钻出来。郝明把大家的衣服分给个人。小满急不可耐先找盘毅要了一根烟，老米和老葛立刻围了上去。王小满一边穿裤腿一边吸了一口刚点好的烟，递给老葛，老葛接在手里，用力猛吸一口，递给老米，才套上衣袖。

七人穿好衣服，这才凑到火堆边烤火。

盘毅把身上的大衣给伊曼披上，鸣野把大衣给了嘉琪。当地救援队的人烤好馕，一人给一张，并给他们递上热水。

"不要大吃，"郝明告诉大家，"我们饿了十多天了，肠胃会不适应的。"

"哟，伊曼，你怎么还这么漂亮呢！你看，小满、郝明俩人，都形销骨立了。"鸣野说。

"都是崔永强这个坏东西，鼓动我来塔漠，什么做穿塔第一女，妈的，让我遭死罪了——回去我掐死他！"

"你还认识他吗？"郝明指了指米国军，问鸣野。

鸣野仔细认了半晌，"是不是出发前，光头强硬塞进来的那个画家？"

"啊，怎么啦！"画家不高兴地大声问。

鸣野看着米国军，突然笑了，"出发前，我见你的时候，你是一个标准的文明人；现在我见你，你是一个标准的野蛮人。"

阿尔斯楞跟郝明七人讲，下面是怎么个安排："你们吃完馕，咱们就徒步前往停放摩托车的地方，大约要走两三公里的样子。"

众人突然发觉沙丘之间不断地有水喷涌而出——泥沙冒着泡泡，好像沸腾的岩浆，以惊人的声势迅速蔓延、泛滥。很快，救援队来时的路已经变成河沟。

"别慌，往沙山上撤！"郝明站住脚，指挥大家。人们迅速往沙山上奔去。水位还在快速上涨，转瞬河沟变成支流。

人们惊魂未定，在山脊上排成一串走着，走到停车点，发现摩托车停放的地方已经被大水淹没。

阿尔斯楞大声呼喊，无人应答。他掏出手枪向天连续鸣枪，远处的沙山上有个人出现了，可是听不见他说什么。

这个人直接跳入水中，向救援队游来。原来是个维吾尔族协警。昨晚他留在这里看车，谁知道晚上沙山被水冲垮，水漫进这片沙地，他一个人连开带推，折腾了一夜，往高沙山处转移出了六辆车，有一辆车无法发动，周围又被水包围，无法推出，只能留在原地被大水淹没。

阿尔斯楞要求郝明、老米七人，下水游泳过去。

郝明跟阿尔斯楞说，这会儿大家已经没有体力了，特别伊曼和嘉琪，而且小修根本不会游泳。

"可你们总得过去，给你们准备好摩托车了都。"阿尔斯楞说。

郝明、老米、王小满、小修就地找木料，一块儿扎木筏。但是用捆扎带扎好的木筏放入水中，立刻就被大水冲散了架。

水仍然迅速上涨。

郝明对阿尔斯楞说："把摩托车停车点的大致方位告诉我。我们另外找路。"

"不行，你们会迷路的！"阿尔斯楞大喊。

"迷路？我们？"老米一笑，冲郝明一眨眼。

"我们不会在沙漠里迷路的。你们也跟我们走！"郝明说。

晚八点，探险队加救援队一行人终于到达摩托车停车地，这里离若羌大本营直线距离还有48公里。

阿尔斯楞计划的是，郝明他们当晚就过河成功，七辆摩托车当天能将七人带出塔漠，因此食物和水都留给了杨局带领的救援大部队。没想到当晚没法过河，多耽搁了一天。这下变成探险队与救援先遣队共同缺水少食。老米、老葛用地上丢弃的空瓶，装满车尔臣浑浊的河水，以供返回时大家能润润喉咙。

一辆摩托车被水淹了，只剩下六辆摩托。老米说："你们坐摩托，我徒步。我空手道五段，身体素质好，慢慢在后面走。"

"你们三个，带着伊曼、嘉琪、修艳喜先走。"郝明对三个摩托车手说，"我跟老米徒步。在部队那会儿拉练，没少走路。"

眼看着河水还在猛涨，最后确定阿尔斯楞带着老葛，维吾尔族协警带着王小满。鸣野坐摩托，盘毅主动表示要和郝明、老米步行。

阿尔斯楞发动摩托，从水里冲了过去，其他几辆摩托紧跟着离去。

盘毅箭步如飞，老米和郝明尽力追赶，仍然被越落越远。盘毅数次停下等待二人。

郝明道："盘毅，你先走吧。救援队带的水和食物不多，能早离开塔漠一个是一个。我和老米能互相照应，你就放心吧。"

郝、米两人一直走到晚上十一点，前面回来两辆摩托接二人。

"我骑摩托出过车祸，有心理阴影，"老米把头摇得拨浪鼓一样，"打死我也不坐摩托了！"

"坐上吧，现成的代步工具。"郝明劝老米："能省力就省省力气。"

"还有多远？"

"走了一半了。"

"我靠，才走了一半。"老米只得克服恐惧心理，坐到摩托车上。

隐隐看到有亮光，原来是摩托队在前方休息。

郝明看到其他五人和鸣野、盘毅都在篝火边烤火。伊曼找了个枯胡杨树段靠着，睁着眼睛，看精神尚好。嘉琪蜷缩着，直接睡在沙子地上。

老米走到柴堆边，往地上颓然一躺。王小满给老米和郝明递过来小半块馕。

老米嘴里嚼着馕，还没咽下去，就睡着了。只打了一个盹儿，就被冻醒了。转个身，把背冲着火堆暖和一下，又睡了过去。没睡多久，又被冻醒。

翻来覆去地一直迷糊到早上七点，老米决定不睡了。一看，老葛躺在旁边，也是半睡半醒的。

"塔漠沙子软，摩托车跑不起来，摩托车手要两膀较着劲；开摩托的累得够呛。坐车的也累，时不时地两腿还要蹬一下地，保持平衡。车子过不去的时候，我仍然要下来走，有时还要帮着推摩托。我是不坐摩托了。"

老米看看四周，对老葛说："他们都还在睡觉，咱俩反正要走，不如先走。"

老葛呻吟一声，艰难地爬起来。

"哎，葛兄，我有一幅得意的画作，送你吧。谢你一路拖我'小红马'。这画我从来不打算卖的。小时候也不知道我多大，我父母带我看画展，那是我第一次领略到，艺术不可估量的震撼力。后来我不顾父母反对坚决要去美院，就是和这幅画有关。原画背景乱七八糟的，太多此一举了。所有画笔的注意力，应该全集中在那个女人的美丽上。"

老葛一边走一边听，不觉朦胧睡去，一个跟跄，差点摔倒。

"哎，葛兄葛兄！"老米急忙挽住。

老葛一下清醒了。

"方才我是睡着了——这走着还能睡。"老葛自己也笑了，"平时晚上十一点睡下，在床上翻来覆去，想这想那，好不容易一点睡着，五点又醒了。"

"咱们都是'路上治愈症'患者。"

"你刚才和我说什么来着，说了一大堆，就记得你说要谢我，其他我想不起来了。"老葛慢慢地回忆着。

"我是说，我把我平生最得意的画作送你。这画我不卖的。这幅画，是我从学生时期就开始构思、描绘，断断续续用了我15年。现在我的画技越来越好，也越来越油滑，再也没有过去那样的情怀去画了。"

"老米，我实在是走不动了，我歇会儿。你要能走，你先走。"

半个小时不到，老米也走不动了，靠着一棵活着的小胡杨坐着，不自觉睡着了。

朦胧中，老米听见发动机的轰鸣声，一睁眼勉强把眼睛开一线，原来是摩托队带着伊曼、嘉琪、小修追了上来，赶到前面去了。

摩托队再次准备出发。

郝明把在沙地上熟睡的王小满推醒。

"我不坐摩托了！"王小满揉着眼睛，坐起来说，"我大腿冰决被撞肿了，身上也有好多处被烂树根刮伤，坐在车上颠簸，时不时带动伤口，还不如走。"

郝明、王小满两人无言地走着。

"快天亮了。"王小满自言自语。

"那不是老米么？胡杨树下面坐着的。"

"可不是我米哥么。"王小满跳过去，拉老米起来。

两人急忙上前摇醒米国军："老米老米，不能睡，再睡，就醒不过来了。"

"还剩多少路了？"老米问。

"这回真走了一半了。"郝明回答。

"靠。"

郝明、小满与老米，三人走了一会儿，看见路边，一个长腿大个子直挺挺躺在冰冷的沙地上，一动不动，好像死了。

郝明、王小满这一惊非同小可，急忙上前，一探鼻息，发现老葛还活着，随即没命地推醒老葛，拉他起来。

四人并肩踽踽而行，过河后吃的那张馕早就消化完了，两脚磨出了血泡，胯骨疼痛难忍，已经疲惫到了极点，拖曳着脚步，找寻着摩托车的车痕，踽踽前行。

"咱们边走边聊天吧。这样可以走得轻松，不知不觉就到若羌了。"郝明提议。

"我以为你又要让我们唱《打靶归来》呢，要唱你唱，我是不唱的。"老葛嗓子里咕哝着。

"回到北京后，大家都各忙各的，别说聊天了，打个电话都很难。还不珍惜眼前的好机会。"

王小满看见老葛合着双眼，脚步趔趄着，说："你们说，葛老板放着加长版凯迪拉克不坐，和我们来这儿，连摩托车都没福气坐，图什么呢？"

老葛猛然惊醒，张开了眼睛："你背后嘀咕我什么呢你，王小七。"

"葛老板啊，回去以后千万别告诉别人你这俩月去哪儿了，想想潘石屹、王石都去沙漠里住帐篷了，房子还谁买啊，北京房价就掉了。那样我就买得起房，娶得上媳妇啦——"

"老郝老郝，你说我们穿越成功了没有？我们车都扔沙漠里了。"

"米哥，你说你扬州坐车来，在保定提前下车，徒步走到北京——你能说你没到北京吗？"

"王小七，这是我第一次听到你说出有智商的话来。"老葛喉咙里发出的咕哝声突然清晰起来。

"还是日系车皮实，要不是你们那俩牧马人，上个月这时候，我和我哥就到若羌了。"

老葛连连冷笑。

"小满你小子，你车就没坏过？"老米面红耳赤地喊。

"我那车，1996年化油器的老车，到最后，发动机仍旧好好的。"

"你们还有劲儿辩论？把辩论消耗的能量留着走路吧。"郝明说，"争来争去，最后都还得靠11路解决问题。"

四人开始还交谈着，话越来越少，路越走越慢。计划一个小时休息一次，到变成45分钟休息一次，后来每隔半个小时、15分钟就要休息一下。

下午六点，离塔漠边缘5公里的地方，四人终于见到带来了大量食物、水还有香烟的杨局和万冬根。小满跛着腿一路小跑，和万冬根、"长风"抱在一起，眼泪抑制不住地流下来。

早上，妈妈很早就给我打来电话，说她在电视里看到楼兰的新闻了。不过没讲太多，对大漠远远地扫了一下，就完了。我去图书馆查资料，顺便翻了一下这几天的报纸，发现报纸上也不见提及。

倒是有个爆炸性新闻，是关于胡娇蕊的。等我把这些长篇累牍的八卦枝节一字不漏看完，竟然快到十一点了。一个上午就这么白白浪费了。我怀着浪子回头一般的懊悔，决心在午饭前至少把五个需要核实的论点一一查清。

我刚专心致志下来，身后传来一阵阵喊喊喳喳的嘀咕声。我愤怒地回头一看，应该是去年夏天才入学的两个大一新生，一男一女戴着眼镜的两个小家伙。

"图书馆是给人学习的安静场所，不是讨论今天中午吃什么的地方！"

那个小女生翻起眼睛要和我理论，旁边的小男生拉了女生一下，两人拿起书包闹出一些响动，离开了图书馆。

去学三食堂吃饭的时候，经过三角地，我又看见了那两个大一学生。他们看起来又小又可恶。小女生先看见了我，横了我一眼。

"还没想好吃什么，是不是？"我走过去，气汹汹地说，"才上大一就看不起学校的饭菜啦？！我告诉你们吃什么，豆豉鲮鱼炒馕，这个你天天吃都吃不厌！"

小女生哭起来："真是个神经病。"男孩虽然对我不高兴，却没有和我对峙，选择去安慰他的小女伴。

我想走回去，质问她骂谁是神经病，电话响了。

不是他的电话。因为我将他的号码设置成一个特定的音乐铃声 explore the world——又是那些来自全国各地做贵金属交易、房屋中介的陌生电话——我已经接过上百个了。

电话响了好半天，停了。然后又响起来。我把手伸进包里摸索，等我把手机抓到手里，铃声停了。屏幕上，两个未接电话是同一个来自北京的陌生电话。

"他人在北京了——难道他已经回来了？"我正乱琢磨，电话铃又响了。我急忙接通。

"哎呀，我的姑奶奶，你终于肯接电话了。"电话里传来那个我朝思暮想的人的声音。他的嗓音沙哑，带着鼻音，好像上了大火。我呆立在当地，什么也说不出来。

"——喂？"

"在在！你在哪里呢？"我急切地问。

"我现在在若羌。确切地说今天下午才到达若羌。原来的手机没有电了，看到你发给我的短信，赶快借了鸣野的手机，给你打过来。你要和我分手，能不能等我回北京之后我们谈过以后的。"他一边吃东西一边说。

"你吃什么呢？"我问。

"馕。你也吃过的。"他在电话那头笑了一下。他说话有点沙哑，好像上了火。

"下午六点吃馕？这是中饭还是晚饭呢？"

"哪顿都不是，饿了好多天了。"

我骤然一阵心痛。

"你的那篇文章送到国际会议上去了？"

"送了。"

"我记得你说你会和你导师同去。现在出国容易了，手续办得顺利吗？"

"我没去，没有你的准确消息，我没法离开国内。"我低声说。

"哦……是这样。谢谢。"我看不到他的表情，他应该是会感动的吧。

"我听若羌的领导说了。发现古楼兰的消息见报了，不过只是说，燕京大学的羊教授和他的弟子们，没有提你啊，小 A。"

一种难以言喻的悲伤袭上心头，我哽咽着说："提我不提我，不重要。反正我能毕业了。最重要的是你回来了。你还好吗？"

"挺好。"

"伊曼、嘉琪、老葛，还有其他人都好么？"

"也都好。"

我长松了一口气："那为什么一直没有电话？"

电话那头没有马上回答，我看不到他的表情，仿佛他被我说着了，感到歉疚：

"呃，你知道，你刚走没两天，我这边——"

"——别说队里卫星电话全丢了，或者打没钱了！我离开的时候，老葛说他电话里还有一万块。就说几个字，报个平安，也不会让我那么牵肠挂肚，你知道，没有你的消息，这段时间我是怎么熬过来的吗？！"我对着手机大声咆哮。我要发泄我的不满，让郝明也痛一下，因为他让我痛苦来着。

"车都坏了，小 A。"

"到底发生了什么事情？"

"你新交了男朋友没有？听见了没有，问你呢！"

"我才回北京多久啊。"

"不好说啊，这世界变化很快。有没有小男生给你送玫瑰花？"

"有，但我没收。"

"有没有人约你看电影？"

"有，但我没去。"

"那好，我回北京后就去找你。我们后天坐国航 CA1270，票都定好了。"

我犹豫了一下，问："你愿不愿意我去机场接你。"

"当——然！如果你有时间的话。"他一秒都没思考，就给了我肯定的答复。这是我喜欢他的地方。

"下午五点零五分到北京，拿完行李，差不多六点了，我们可以一起吃晚饭。就我们俩人，你看好不好？"

我张口结舌，激动得说不出话来。

"呃？"那边探询似的问了一句。

"好好，当然好！"我忙不迭地回应。

"好，那后天晚上见了。"

我正想问他明天能不能再给我打电话，就听郝明在电话里说："我不和你说了——老葛和小满打起来了。"就听电话那头，好像是嘉琪在叫"老大、老大"，电话随即断了。

二十几天的阴霾一扫而光。我仰头看天，天从来没有这么美丽过。不知道什么时候，马路两边的柳树已经绿茵成行。两个新生还在原地。他们看起来不光年纪小，个子也小小的。他们才上大一。我大一的时候，不是也和同学在图书馆里交头接耳，抱怨学校的伙食和家里没法比。一趟塔漠回来，难道心胸还没有放宽广吗？我正打算走过去道个歉。那两个新生看了我一眼，走了。

随后的两天，果然不出我预料，他再也没有给我打过电话。他从库尔勒返回北京的 48 个小时，是我人生度过的最漫长的两天。

他从库尔勒返回北京的当天，是我最无所事事的一天。我发现我什么也干不了，除了呆呆地看着钟表的指针移动。我想，不如现在就动身去机场。那里都是等人的人，和他们在一起，心里会好过一点。

我早早到了首都机场 T3 航站楼，在一个角落默默地等待着。

已经熬过了 46 个小时，还有最后三个小时。从机场出口走出来的人们张望着，在人群中纷纷找到了自己的亲友。我忽然担起心，万一突然起了变故，他们没有搭成这趟航班，我心中的郁闷该如何排遣？

我离开航站楼，走到机场送站大厅外的马路那一边，往远处的高楼眺望着，借以消磨时光。北京暖和了。白天最高气温已经到了零上 10℃。

我凝视着朝阳区 CBD 那些分割天际线的东一个西一个的摩天大厦，发现它们和塔漠成片的沙山一样单调无聊。我转过来，靠着围墙，思忖着人类对文明的理解，是不是完全是错的。

突然，我靠着的围墙，伸出来一只手，在我背后快速捣了几拳。我脚下的地面，剧烈地颤动了一下。这种感觉，我太熟悉了。颤动的时间非常短暂，那些行走、正在停车的人们根本没注意到。

他们此时正在天上飞来——我急忙回首，没有出现高楼摇晃、崩塌的情景。CBD 的摩天大厦依然巍峨屹立。

一切如常。

没多久，我周围的人们拿着手机，露出惊骇的表情："日本本州岛发生里氏 9.0 大地震！东京震感强烈！"

我本以为，我只是安安静静，见到我当日的那几个伙伴，大家默默拥抱，互道别离之情。没想到，当我回到 T3 航站楼出口处，发现汉白玉九龙壁前面，站了有好几十人。大部分是穿户外冲锋衣的男性，他们打出横幅、摇着小旗子和气球，再加上他们的配偶还有小孩，乍一看还以为是旅游团。

在这些人的外面，站了十几个奇形怪状的人，有的西装革履，有的五绺长髯长袍马褂，还有个扎着冲天炮的。我恍惚看到老米的身影，也就不奇怪了。

随后，我在另一圈子外，瞧见了老葛的太太郭老师。

我走了过去。郭老师看到我，立刻抓住我，哭诉："连来带去两个月，走时红光满面，回来时第一眼看上去，脸色都不是肉皮儿该有的色儿。我再也不放他出去了——死活再不能同意。"

这是只有做妻子的才会流下的眼泪，我只看到老葛让人熟悉的坚韧不拔的目光不见了，眼窝深陷，眉毛灰白，乱蓬蓬的长发压在歪戴着的芥末色抓绒帽下——老葛原来并不是这样不在意形象的，冲锋衣的拉链没拉上，沙丘般的肚子奇迹般地不见了，裤腰松松地系着。

和老葛在一起的，是老葛在地产、金融圈里的熟人。有两个大佬，我经常在杂志和网络上看到他们。这个圈子的人最少，远离大众，独自在僻静的角落里站成一小圈。可是这个圈子包围的媒体记者却最多。一个采访人举着麦克风，旁边站着两个扛摄像机的。奇怪的是，情绪激昂、侃侃而谈的不是老葛，而是他的朋友。

老葛也看到我了。我和老葛互相凝视着。彼此判断着对方的变化。老葛晒黑了，更像一个"唐古特人"，一看就是长途跋涉刚回来。回到文明社会，老葛脸上又戴上了心事重重的面具。

好奇怪，我离开队伍不过二十多天。老葛对我来说，已经相当陌生了。我不知道，再见到郝明，会不会也有这种陌生的感觉。

老葛认出了我，朝我笑了。这种笑容像个孩子，捉摸不定的那部分被拿掉了。他从裤兜里掏出手机，放到耳朵边。

我正琢磨要不要过去和他打个招呼，和他说几句。老葛挥着他的长胳膊，像在塔漠里指挥车辆掉头那样，手指指向左边最多的一群人。

我不明所以，回首一望，那一大群人纷纷向两边散开，让出一条通道。通道的尽头，郝明正举个手机，找寻着什么，他看到我了，就把电话挂了。

是他！

他穿着常穿的那件褐色抓绒衣，外面套着一件肥大陈旧的豆灰绿色有口袋的夹克，夹克的袖口有明显磨损的痕迹。这件衣服，我从没见他穿过。帽子还是熟悉的那顶。他，还是我想念的那个他；我换上了城市打扮，可是我的心没有变。

他的鞋没系鞋带，鞋帮上粘着泥块，两条裤腿散着，一高一矮。他脚有点跛，一瘸一拐的，朝我走来。

我盯着那个身影，禁不住迈动脚步迎了上去。

人们似乎以善意的笑容看着我，可是我的眼里只有他。

"气色不错，看来是养过来了。"郝明伸手轻轻抚摸我的脸，仔细端详我。我注意到，他手上贴了好几个创可贴，手背上也有伤痕，"就是这脾气还是原来那样。"

我伸出手，不顾死活地、拼尽全力，紧紧抱住他。

"行了行了，清场了、清场了，大家可以走了！"一个穿着宝蓝色羽绒服，戴着黄色凯乐石帽子的男人高声说，"我车比较大，可以送郝明和那女孩儿回去。"

我们暂时分开了，和人流一齐走向停车场，其间他一直搂着我的肩膀。

那人按了一下电子锁，郝明打开车门，将他那个背包放到后座上。那个穿宝蓝羽绒服戴凯乐石帽子的男人坐到方向盘后面，插好钥匙："郝明啊，你和你女朋友都坐后面吧。"

郝明走过来，抓住那人胳膊，那人还没反应过来，就被郝明拽到了车外。

"你找别人的车去坐。"郝明把那人硬生生给推到了一边，自己坐到了主驾位置上，关上车门，随即把车门锁住了。

"凯乐石帽子"弯下腰敲了敲车窗，笑得合不拢嘴："这是你么？郝明。"

郝明没理他，飞一般一个"C"型大弧线将车倒走，又迅速地开回来，走了一个大"Y"字，停在我面前。

在沙漠一起的三十多天，培养的默契还在。我一个箭步冲过去，迅速拉开车门，钻了进去。

郝明摘下车上的手台，问："老葛，能抄收吗？"

"你说。"老葛回应。

"叫你司机接上优燃，我和小A在他车上。"

"抄收了。我和甜甜姨，也要找家正宗老北京酥白肉，解解馋去！"

我导师羊廉教授过世后，学院指派了一个新的导师给我——我们历史系的系主任。我高兴坏了，这下我铁定毕业了——系主任的学生，哪有不让毕业的理儿。

没想到，自从我成为他新弟子之后，一向待人和气，见到学生总是主动打招呼的系主任，突然变得冷若冰霜，好像我爷爷抢过他家的钱，一直没还。

我和新导师第一次见面，我们系主任就对我说，他看了我的论文之后，明白了为什么只有我是延期毕业的：论文结构不完整，重大发现的研究意义不明确，研究方法也不得当，有些地方缺少研究背景的提供。最后他铁青着脸指出，这种质量的硕士论文，如果通过，简直是给燕大丢脸，云云。

听得我面如死灰。

我早起贪黑，累到吐血，花了三个星期的时间，终于将系主任的所有批评、教导一一修正。

再与他见面的时候，系主任随手一翻，发现我一个动词前竟然用了白勺"的"，当场就把论文给打了回来。我把"的、地、得"错别字通篇检查了五遍，才敢把论文再次递上去。

第二天，系主任又把我叫了去，说：祆教里的神、希腊的神、摩尼教的神、印度佛教的神应该按照各自的体系去称呼，而我的阐述非常混乱。特别是我论文里主要阐述的佛教神祇和祆教神祇之间的对应关系，即梵天对祖尔万 (Zurvan)，因陀罗 (Indra) 对阿胡拉·马自达 (Ahura-Mazda) 或者阿摩 (Adh-bagh)，摩醯首罗天对风神维施帕卡 (Weshparkar) 没有明确列出；而且这些对应关系，出自敦煌发现的粟特语佛典《太子须大拏本神经》，——虽然他早已经烂熟于胸——在参考文献中也忘了提。

我拿着我的论文夹子，再次默默离开系主任的办公室。

论文林林总总地，修改了快不下六遍。

我都快疯了。

终于有一天，系主任用有所保留的态度，对我说："论文总体来说一可以，盲评也还不错，回去好好准备答辩吧，可能有外校的老师来听。"他在"好好"

两个字上特别加重了语气。

"是。"我仿佛蒙受大赦一般，慢慢站起来，给系主任鞠半躬致谢。

离开系主任办公室，我第一个念头就是，找个地方好好吃一顿"毛血旺"。这段日子，不是泡方便面，就是啃果子面包，我都快馋死了。

走在路上，我发现，校园里除了我，全是穿短裤、裙子的人。不知不觉，已经入夏了。

时间才刚过早上十点。淞原餐厅除了我没有第二个人。我抱着"毛血旺"的大盆子，一边吃一边看电视——我已经很久没看过电视了，任何弱智的综艺节目都能让我看下去。

接下来播放的是一档母婴节目。我正想调台看看有什么好的电视剧，忽听电视里女主持人声情并茂地介绍："她是人类首次驾车成功穿越塔克拉玛干沙漠探险队里，唯一女性成员。她不仅勇敢，她的文笔更有一种魔力。当我第一次阅读到，就立刻被她的文字深深打动了。我本人是她的忠实粉丝。让我们用热烈的掌声欢迎旅游达人、畅销书女作家嘉琪女士——"

如果不是主持人介绍，我真的不敢相信这是嘉琪。她穿着乳白色职业套装，和十公分防水台高跟鞋，款款走出来。嘉琪瘦了，白了，人也变美了。

离开塔漠后，嘉琪和我时不时地还在 QQ 上保持着联系。

有一天，嘉琪在网上给我发信息，想要我给她发一些我在塔漠地洞里拍下的精美壁画；并且告诉我，现在好多出版社找她出书——因为网络上的巨量点击率。

嘉琪的文字，虽然不乏夸张、荒诞的描述，可是我却看得津津有味。因为这些看似夸张、荒诞的描述，都来自嘉琪最真实的内心。

郝明、老米、老葛，追求的是肾上腺激素飙升和对未知路途的把控能力；我，只担心自己能不能有所发现，好让自己能按时毕业。只有嘉琪，她是真的用心去体验这次穿越。

凡事、凡各种言语，都抵不过"真诚"二字最能打动人。她如实记录下了，人们面对严酷的大自然，"进去不一定回得来"，在团队精诚合作和个人利益取舍间，内心最真实的恐惧、挣扎。她坦白自己的弱点——虽然有事后的修饰，但终究是坦白的。

她让这次历时 60 天的单调、枯燥的穿越，上升为让更多人关注、感兴趣的人性内心历练的记录。

于是这篇《当信仰的光芒照进梦想的殿堂——记我的 N39° 旅程》以惊人的点击率，迅速成为网站首页热推——在没有向该家网站购买任何付费宣传的情况下。

这是一个很好的为西域文化做宣传的机会，因此我精挑细选了十几幅照片。

为了防止嘉琪张冠李戴，犯下不可原谅的学术上的错误，我把每幅照片上壁画的内容，进行了详尽的描述。写完后，我反复查看这些图片和配套写下的文字，任何嘉琪的读者，只要沉下心阅读，东西方文明之间的互动，一目了然。

我和伊曼完全失去了联系，甚至连对方的联系方式都没有。我们在一起经历了那么多，只要她愿意，我完全可以成为她的好朋友。可能她早就把我忘了，可我却经常想起她，担心她受人欺负，可怜她没有了爹妈。

在塔漠挨饿的最后15天，郝明让大家把所有口粮上交。只有伊曼，把一大袋可可粉藏了起来。别人都饿得瘦骨嶙峋，只有她一个人还胖了。

没有遮拦的旷野，伊曼躲在"素八〇"后偷吃可可粉的举动，很快就被老米看到了。老米爱了伊曼一路，因为这一件"小事"，所有的爱，瞬间消失得无影无踪。

可可粉只是一个引信。伊曼太功利了，对人自身的美德如善良、待人诚恳，统统视而不见。不过她只有21岁，未来还会碰到很多被她容貌俘获的人。等她把剩下的青春挥霍完，也许有一天，回过头来，才能领悟到什么是人间的真情。

王小满和嘉琪也没有下文。就像嘉琪在她的连载中所说的那样：生活里，有很多"转瞬即逝"，像在车站接人，刚刚还相互拥抱，转眼已各自天涯。共历生死不等于可以共度人生。王小满的年龄、外貌、三心二意，嘉琪看得很明白，认为长痛不如短痛。

在去乌鲁木齐转机的路上，嘉琪认识了一个"环塔拉力赛"的职业赛车手。这名赛车手，比嘉琪小五岁，比王小满还小两岁。此时的嘉琪，已经声名远播，是这名赛车手心中的女神。不用过多追求，两人迅速坠入爱河。虽然赛车手长得远没有王小满俊美，但是嘉琪的性格，需要一份强烈的安全感。这个，王小满给不了她。

俗话说，好心有好报。老葛真的把那本世界上最早的叙利亚文摩尼教手抄本赠予了我们人文学院。院里在人文学院明鉴书屋，办了一个非常隆重的交接仪式。我坐在礼堂比较前排的地方，比其他人文学院的学生们更热烈地鼓着掌。

不过我胡吹大气的什么建立塑像的许诺，应该是没有了。老葛虽然有钱，但是他既不是官员，也不是院士，没有这个政治待遇。这件事，老葛应该比我看得通透，一开始就没有过这个想头，所以也就没有失落。他之所以没有把这本1600年前的手抄本拿到拍卖会上去，全是因为他受过高等教育所带来的责任感。

我看到老葛两鬓斑白了。我走后发生的一系列事件，对老葛的心态影响挺大的，后来他基本脱离了越野这个圈子。

老葛的绿色四门牧马人被留在沙漠 37 公里深处的地方。老葛舍不得他的爱车，让小修再进沙漠一趟修车，把车修好后他再开出来，留作纪念。

郝明安排王小满陪同老葛，他和老米去解救"小红马"。

小满跟郝明说，他要去库尔勒，有重要的事情要办。他答应过他三个徒弟，从塔漠出来后，一定去库尔勒教他们如何在沙漠开车。不过，他托三个徒弟，在瓦石峡当地找了开汽车修理厂的俩刘姓兄弟。

大刘和二刘兄弟俩一听，拍胸脯道："不就 30 多公里吗？小意思！我一上午给你跑两个来回！"

大刘和二刘各开一辆摩托，背后驮着修艳喜和老葛。第一次，大刘的摩托出去了，二刘的摩托没动地方。第二次，二刘的摩托出去了，老葛没出去，摔在了地上。

没办法，老葛体重超标，只能把他留下。大刘让老葛回库尔勒等着，他兄弟俩带着小修，三人进去修车。

第一天，三人一共走了 8 公里。

第二天，看错了方向，往回走了 5 公里。

两天下来，一共只走了 3 公里。

二刘的摩托车没油了，大刘说他回去背油。二刘推着摩托车往前走，修艳喜徒步。

第三天，因为认为一个上午就能出沙漠，三个人只带了两个馕，三瓶水。

白天的沙子已经烫脚，刘氏哥俩儿只穿着单裤。晚上，刮起了可怕的沙尘暴。气温骤降到零下十几摄氏度！

修艳喜有经验，带了厚衣服，此时他把所有能穿的衣服都穿在身上，秋裤就穿了好几条。二人把修车的彩布兜在头顶挡风。二刘就靠一条单裤生扛，实在冻得不行，就用打火机烧线手套取暖！

二刘联系回去取油的大刘，谁知道竟然联系不上了。原来，兄弟情深，做哥哥的怕弟弟着急来找他，就把手机给关了。

第四天，沙尘暴小了，水早就没有了，那两块馕也吃完了。

总不能等着渴死，修艳喜和二刘开始挖沙子找地下水喝。掘了一口"井眼"，里面干得一滴水都攥不出来。

第二口井挖到一半，小修累得躺在沙地上睡着了。

醒过来一看，周围一个人都没有了。修艳喜吓得一下子睡意全无，一骨碌从沙地上坐起来："啊！那小子跑啦！"

修艳喜忽然看到有一捧沙子从地下扬出来，跑过去一看，原来那小子没跑，沙子已经挖到一人多高，修艳喜自然看不到下面挖沙子的二刘。

沙子已经湿得似乎可以攥出来水，可是就是不出水！小修绝望地又躺在地上睡了。

半夜，二刘跌跌撞撞跑来，手里捧着水浇到修艳喜脸上，激动地喊："水！水！水！"

原来二刘沿着一棵细细的红柳枝——这附近就只长了这么一棵小红柳，往下挖，只半米就挖出水来。修艳喜喝了十天这种水，知道水虽然很涩，但可以饮用。有了水，人心就能安定不少。

过了这一夜，到了白天，仍旧二刘推摩托，修艳喜徒步。昨晚穿在身上的衣服又一件一件往下脱，地表温度已经热得让人受不了。

终于找到绿色牧马人。二刘和修艳喜一阵乱翻，竟然在车上找到一小包巧克力威化。修艳喜还发现了一罐老葛打开过的雀巢咖啡。这是两个星期前的咖啡，味道已经严重不对——可是俩人还是喝了，因为它是水。

有了吃的喝的，精神倍增，活儿也干得迅猛。十一点多找到老葛的车，下午一点半，就把老葛的车给修好了。这时候，大刘开着摩托，带着汽油、饮用水、馕也到了。

修艳喜第二次从塔漠死里逃生。

修艳喜从此打心眼儿里惧怕沙漠，比水还要怕，发誓永远再不回沙漠。

授徒结束后，小满告诉郝明，他一个徒弟，能搞到真正的库尔勒母梨。他负责将"小红马"和绿色牧马人托运，他开"素八〇"回北京，不跟大家一起乘机回北京。顺便拉些香梨回去。

库尔勒附近有个南山小沙漠，小满在那里传授了三个徒弟几手绝活。授徒结束后，那个徒弟也说话算话，给小满搞来20箱正宗库尔勒母梨。小满把后备厢的杂物能扔掉的都扔掉了，腾出空间，这才把20箱母梨全塞了进去。

途经哈密，三个徒弟在哈密的七八个朋友早就候在路口，看见小满的"八〇"到了，急忙上前截住，死活要请他吃饭。

小满满心欢喜，一向不喝酒的他，竟然也喝了小半杯啤酒。其他几个人，比小满还要兴奋，拉着小满问这问那，问塔克拉玛干沙漠内部的情况。小满以亲历者的身份一一回答。

吃完饭，哈密的几个朋友很热情地告诉小满，新疆到北京的高速G7已经通车了。从这里上高速，回北京可以缩短1200公里。然后又一块儿护送小满上了G7，看着小满远去，这才返回哈密。

小满吹着口哨，兴高采烈地走到了"骆驼圈子"这个地方，突然刮起沙尘暴，视线不好，等看到路边立着的一块牌子"前方施工，请绕道"，这才发现高速不见了，只有一个隆起的大土堆，土堆下面是个大坑。小满以每小时80公里的车速，从土堆上飞过，一头扎进大坑里。

"素八〇"的车头没了；没禁锢好的油桶从背后猛撞了王小满的腰。20箱香梨从纸盒中翻滚而出。

小满解开安全带，摸到手机，挣扎着从梨堆里爬出来，给哈密那几个朋友打电话求援。

那几个哈密人高兴，回去后继续喝起来，喝得东倒西歪。到了晚上才看到小满的电话。可怜小满在地上躺了好几个小时，才得救。一检查，肋骨断了两根，两节尾椎骨骨裂。

伤病中的人总是容易软弱，小满忘了在沙漠那会儿嘉琪有多难缠，眼下孤零零一个人住在哈密医院里，又想起嘉琪的柔情笑语来。小满躺在病床上给嘉琪发短信，诉说自己的"飞来横祸"。嘉琪只回了一句："祝早日康复"，就没有下文了。

小满掉了几滴眼泪，不过他很快就振作起来，用社交软件，在哈密附近搜到个女孩。这女孩明明19，看上去像29，满脸青春痘，长得也不好看。大冬天穿着薄薄的低胸廉价蕾丝连衣裙，刮了丝的劣质裤袜。不过，她真心仰慕王小满，楼上楼下跑东跑西照顾他，王小满也就不计较了。

绿色牧马人和"小红马"离开塔漠后，被王小满安排停在建国饭店楼下。当晚，停车场内的小卖部突然着火，大火将绿色牧马人吞噬，烧成废铁。而旁边的"小红马"则完好无损。至此，穿塔的五辆越野车，只剩下"小红马"，其他四辆全部报废。

"四驱骆驼"亲自给我打来电话，用近乎央告的口气，要我不要闹了："这次活动我没经验没组织好，我该死！你要还不解气，我抽自己几个大嘴巴行吧？"我想起师大附门口卖拉面的小哥哥，同意不闹了，不过希望他尽快还我钱，因为我也欠着债呢。

"四驱骆驼"给我转来44300；我把我四婶送给我的包卖了；又向我爸打白条借了些钱，承诺毕业后找到工作分期还清，一共凑了六万多。最后算账，修艳喜所有的开销，是郝明、老米、老葛、小满四人共同分担；伊曼的花费，全是老米担负的；嘉琪的费用，王小满主动向老葛表示，他来承担一半。

旁边突然伸过来一只手，把我饭桌上放着的遥控器拿走了。我这才发觉，淞原餐厅里，又进来几个吃饭的。

要从前，明明瞧见我正在看电视，不打招呼就转频道，我不说两句，至少也要瞪那人一眼。不知道，是不是塔漠之旅，让我的心胸变宽广了。我什么也没说，虽然我很想再看看嘉琪，看看她的采访。

拿走遥控器的人正在更换频道，最后落在娱乐频道上。

"这不胡娇蕊吗？"拿遥控器的，一指电视，对旁边的人说。

"就是她。她终于露面了。"

电视里，胡娇蕊穿一身黑，戴着一副大墨镜，紫银色镁光灯对着她的脸，不断闪着。那副大黑超，几乎把她巴掌大的脸遮去了一半，可是难掩她脸色的憔悴。

胡娇蕊坐下后，旁边有人递给她一份稿子。胡娇蕊念着，为"裸照事件"向公众道歉。虽然是预先写好的，胡娇蕊仍数度落泪。

"这些日子，净是她的绯闻满天飞。估计她压力够大的了。"

"你们男的，看见胡娇蕊那样了，还幸灾乐祸，一点同情心也没有。"

"那个小男的，真不是东西。还要胡娇蕊赔偿他名誉损失费。"

"那小男的不是说了么，他只是胡娇蕊后宫团中的一员。"

"她老公不是要和胡娇蕊离婚吗？要求平分她1.2亿的个人资产。"

"她老公够狠的。胡娇蕊也真有钱啊。"

"真无耻，男的管女的要赡养费。"

"那小男的和胡娇蕊老公，设的套吧？他俩才是真爱。"

邻桌响起一阵愉快的笑声。"点菜吧，饿了。"

我本来打算稍事休息一下，再卷土重来，听见这些话，顿时没有了胃口。我推开面前的"毛血旺"，走了出来。

淞原餐馆对面，有家小书店。在燕大的六年多，我经常去那儿买书，或者蹭书看。店老板吴广仕人很好，从来不赶我们走。

听我报出书名后，吴店主立刻点头说："嘉琪的书半个月前就脱销了。一直缺货，下个月新的可能能到。"

看到我沉吟不答，旁边一个戴眼镜的说，"你要着急看，燕园南门外，晚上地摊上有盗版的。"

"坚决不买盗版！"我说。

"盗版的没法看，错字连篇，印刷质量低劣。"吴广仕说。

"你那是老黄历了，吴哥，"眼镜笑了，"现在盗版的技术很高明，简直可以用'复刻'这两个字来形容。就一点，照片清晰度太差。嘉琪那书的精华，其实全在照片上"

我以为答辩那天，就是走走过场。自从我的论文获得系主任首肯后，我以为我毕业板上钉钉了。没想到答辩那天，现场来了很多人，甚至还有复旦、南大在这个领域的学术权威。看到那些神情严肃的老头子，我们系主任也很紧张。

开始我讲得结结巴巴，不过一会儿我就镇定下来。宣讲过程一切顺利。不过提问环节，如同我担心的，各种较真、尖刻的问题对我抛了出来。我这才意识到我的才疏学浅，好些关隘性的要点，我仍然缺乏进一步的深思熟虑。想到历经生死，最后仍然毕不了业，我不禁悲从中来。

还好，系主任不动声色地把问题接了过去，帮我打圆场。他先替我做了个总结，一面暗示在场人员，这不过是一个硕士生的论文答辩。未来有关这方面的学术研究，仍然任重道远。

提问的人，没有了，现场响起一片掌声。我给大家鞠90度躬还礼。

2011年6月11日，我终于毕业了。

很长时间，史学界有个浅薄的论调，那就是"南北抗衡，东西割裂"。每谈及此，我导师羊廉教授总不免叹息，而我也"夫子言之，于我心有戚戚焉"。

向西的路，尽管非常坎坷，非常漫长，要攀越高山、雪岭，要跋涉湿地、沙漠，仍然没有阻断东西方种族之间的往来。

人类追寻未知的愿望似乎永远停不下来。

西域文明，从来是华夏文明不可分割的一部分，而不是独立的存在。真理，总像在逆境中跋涉的夜行人，不易为大众广为所知。

我们的先祖，是多种族、血缘与文化构成的祖先。如果他们在天有灵，发现其后代，竟然大惊小怪似地发现了这些逝去的真相，会作何感想呢？

我导师常说："'吾生亦晚'，陈宗器、黄文弼、袁复礼、徐炳昶都是我由衷敬佩的前辈学者，但又都以未曾亲聆教诲为憾。"

我生也晚，但我赶上好时候了。

与那些来自东、西方，内功扎实，勤勤恳恳埋首于文化研究的大师们相比，我的修为功底显然是薄弱的。只是我运气好得出奇，就因为我的学长兼老师"马啃菠萝"买了一辆二手"吉田"越野车。

百年前的"西域热"，来自西方的探险家们，留下的有关塔克拉玛干的巨作，波澜壮阔。而华人自己，瞠乎其后，徒然与发生在自家后花园的这个大行动，"不与焉"。

而如今，"被书写"的颓唐时代已经过去。轮到我们以"亲历者"的身份去书写新的探险篇章。

这场我以为走过场的答辩，给了我极大的警示：对于我们这次历经整整 60 天的 N39° 穿越，仍然有大量的细节被忽视—不仅仅是历史方面的。这些细节，我有责任，详细记录在案—哪怕它尘封在故纸堆中，叙述得也并不光彩照人、动人心魄，也要为后人，记述下我这个时代的人，所经历的那次传奇般的 N39° 之旅。